Tucholsky Wagner Zola Scott Sydow Schlegel
Turgenev Wallace Fonatne Freud
Twain Walther von der Vogelweide Fouqué Friedrich II. von Preußen
Weber Freiligrath Frey
Fechner Kant Ernst
Fichte Weiße Rose von Fallersleben Richthofen Frommel
Engels Fielding Hölderlin
Fehrs Faber Flaubert Eichendorff Tacitus Dumas
Eliasberg Ebner Eschenbach
Feuerbach Maximilian I. von Habsburg Fock Zweig
Ewald Eliot Vergil
Goethe Elisabeth von Österreich London
Mendelssohn Balzac Shakespeare
Lichtenberg Rathenau Dostojewski Ganghofer
Trackl Stevenson Doyle Gjellerup
Mommsen Tolstoi Hambruch
Thoma Lenz Hanrieder Droste-Hülshoff
Dach Verne von Arnim Hägele Hauff Humboldt
Reuter
Karrillon Garschin Rousseau Hagen Hauptmann Gautier
Defoe Baudelaire
Damaschke Descartes Hebbel
Hegel Kussmaul Herder
Wolfram von Eschenbach Dickens Schopenhauer Rilke George
Bronner Darwin Melville Grimm Jerome Bebel
Campe Horváth Aristoteles Voltaire Federer Proust
Bismarck Vigny Barlach Heine Herodot
Gengenbach
Storm Casanova Tersteegen Grillparzer Georgy
Chamberlain Lessing Langbein Gilm Gryphius
Brentano Claudius Schiller Lafontaine
Strachwitz Bellamy Schilling Kralik Iffland Sokrates
Katharina II. von Rußland Gerstäcker Raabe Gibbon Tschechow
Löns Hesse Hoffmann Gogol Wilde Vulpius
Luther Heym Hofmannsthal Klee Hölty Morgenstern Gleim
Roth Heyse Klopstock Kleist Goedicke
Luxemburg Puschkin Homer
La Roche Horaz Mörike Musil
Machiavelli Kierkegaard Kraft Kraus
Navarra Aurel Musset
Nestroy Marie de France Lamprecht Kind Kirchhoff Hugo Moltke
Laotse Ipsen Liebknecht
Nietzsche Nansen
Marx Lassalle Gorki Klett Leibniz Ringelnatz
von Ossietzky May vom Stein Lawrence Irving
Petalozzi Knigge
Platon Pückler Michelangelo Kock Kafka
Sachs Poe Liebermann Korolenko
de Sade Praetorius Mistral Zetkin

Der Verlag tredition aus Hamburg veröffentlicht in der Reihe **TREDITION CLASSICS** Werke aus mehr als zwei Jahrtausenden. Diese waren zu einem Großteil vergriffen oder nur noch antiquarisch erhältlich.

Symbolfigur für **TREDITION CLASSICS** ist Johannes Gutenberg (1400 — 1468), der Erfinder des Buchdrucks mit Metalllettern und der Druckerpresse.

Mit der Buchreihe **TREDITION CLASSICS** verfolgt tredition das Ziel, tausende Klassiker der Weltliteratur verschiedener Sprachen wieder als gedruckte Bücher aufzulegen – und das weltweit!

Die Buchreihe dient zur Bewahrung der Literatur und Förderung der Kultur. Sie trägt so dazu bei, dass viele tausend Werke nicht in Vergessenheit geraten.

Die Fünfundvierzig

Historischer Roman

Alexandre Dumas (der Ältere)

Impressum

Autor: Alexandre Dumas (der Ältere)
Umschlagkonzept: toepferschumann, Berlin

Verlag: tradition GmbH, Hamburg
ISBN: 978-3-8472-4690-9
Printed in Germany

Rechtlicher Hinweis:
Alle Werke sind nach unserem besten Wissen gemeinfrei und unterliegen damit nicht mehr dem Urheberrecht.

Ziel der TREDITION CLASSICS ist es, tausende deutsch- und fremdsprachige Klassiker wieder in Buchform verfügbar zu machen. Die Werke wurden eingescannt und digitalisiert. Dadurch können etwaige Fehler nicht komplett ausgeschlossen werden. Unsere Kooperationspartner und wir von tradition versuchen, die Werke bestmöglich zu bearbeiten. Sollten Sie trotzdem einen Fehler finden, bitten wir diesen zu entschuldigen. Die Rechtschreibung der Originalausgabe wurde unverändert übernommen. Daher können sich hinsichtlich der Schreibweise Widersprüche zu der heutigen Rechtschreibung ergeben.

Text der Originalausgabe

Alexander Dumas

Die Fünfundvierzig

Historischer Roman

Dieser Roman bildet die Fortsetzung von »Dame von Monsereau«, ist aber in sich abgeschlossen.

Erster Band

Das Tor Saint-Antoine.

Am 26. Oktober des Jahres 1585 war das Tor Saint-Antoine wider alle Gewohnheit noch um halb elf Uhr morgens geschlossen. Um drei Viertel auf elf Uhr kam eine Wache von zwanzig Schweizern aus der Rue de La Mortellerie hervor und marschierte auf das Tor zu, das sich vor ihnen öffnete und hinter ihnen schloß. Sobald sie vor dem Tore waren, stellten sie sich längs den Hecken davor auf, welche die umfriedeten Plätze einschlossen, und drängten schon durch ihre Erscheinung eine große Anzahl von Bauern und geringen Bürgersleuten zurück, die vergebens durch das Tor wollten. Jeden Augenblick erschienen Mönche aus den Klöstern des Stadtgebietes, Frauen, die seitlings auf dem Saumsattel ihrer Esel saßen, Bauern auf ihren Karren und ballten sich an die schon beträchtliche Masse an, und durch ihre mehr oder minder dringenden Fragen entstand ein Geräusch, das den Grundton bildete, während einzelne Stimmen aus diesem Baß hervortraten und bis zur Oktave der Drohung oder der Klage aufstiegen.

Außer dieser Masse von Zugewanderten, die in die Stadt hineinwollten, konnte man noch einige besondere Gruppen wahrnehmen, die herausgekommen zu sein schienen. Diese schauten gierig nach dem Horizont, der von dem Kloster der Jakobiner, der Priorei von Vincennes und dem Kreuz Faubin begrenzt war, als ob auf einer von diesen drei einen Fächer bildenden Straßen ein Helfer kommen müßte. Diese Gruppen, die unsere ganze Aufmerksamkeit verdienen, wurden meist von Pariser Bürgern gebildet, die sehr hermetisch von ihren Hosen und Wämsern umhüllt waren; denn das Wetter war kalt, der Nordostwind schneidend, und große Wolken, die sich nahe über der Erde fortwälzten, schienen den Bäumen die letzten gelben Blätter, die sich noch traurig darauf schaukelten, entreißen zu wollen.

Drei von diesen Bürgern standen beieinander, zwei unterhielten sich, während der dritte mit größter Aufmerksamkeit gegen Vincennes schaute. Der letztere war ein Mann, der von hoher Gestalt sein mußte, wenn er sich aufrechthielt; aber in diesem Augenblick waren seine Beine, mit denen er, schien es, im Zustand der

Ruhe nichts anzufangen wußte, unter ihm gebogen, während seine nicht minder langen Arme sich über seinem Wams kreuzten. An die Hecke gelehnt, hielt er mit dem beharrlichen Streben eines Menschen, der nicht erkannt sein will, sein Gesicht hinter seiner breiten Hand verborgen und wagte nur ein Auge mit durchdringendem Blick zwischen dem Mittelfinger und dem Ringfinger durchschießen zu lassen. Neben ihm plauderte ein kleiner Mann, der auf einen Erdhaufen gestiegen war, mit einem dicken Mann, der am Abhang dieses Haufens schwankte und sich bei jedem Schwanken wieder an den Knöpfen des Wamses seines Gegenredners anhakte.

»Ja, Meister Miton,« sagte der Kleine zu dem Dicken, »ja, ich sage und wiederhole, es werden sich hunderttausend Personen um das Schafott von Salcède drängen, wenigstens hunderttausend Personen. Seht, ohne diejenigen, die sich schon auf der Grève versammelt haben, oder die sich aus den verschiedenen Stadtteilen dorthin begeben, – seht, wieviel Leute hier sind, und das ist nur ein Tor, und wir zählen doch sechzehn Tore.«

»Hunderttausend, das ist viel, Gevatter Friard, glaubt mir, viele werden meinem Beispiel folgen und den unglücklichen Salcède nicht vierteilen sehen, aus Furcht vor einem Tumult, und sie haben recht.« »Meister Miton, Meister Miton, nehmt Euch in acht, Ihr sprecht da wie ein Politiker. Es wird nichts vorfallen, durchaus nichts, ich stehe Euch dafür.«

»Nicht wahr, mein Herr?« fuhr er dann, als er sah, daß der andere den Kopf mit einer Miene des Zweifels schüttelte, fort, indem er sich an den Mann mit den langen Armen und den langen Beinen wandte, der inzwischen, ohne seine Hand von dem Gesichte zu nehmen, eine Viertelschwenkung gemacht hatte und nun das Tor zum Zielpunkte seiner Aufmerksamkeit wählte.

»Wie beliebt?« fragte dieser, als ob er ebensowenig den Anruf, der an ihn gerichtet war, wie die vorhergehenden, an den zweiten Bürger gerichteten Worte gehört hätte.

»Ich sage, es wird heute auf der Grève nichts vorfallen.«

»Ich glaube, daß Ihr Euch täuscht und daß die Vierteilung von Salcède vorfallen wird,« antwortete ruhig der Mann mit den langen Armen.

»Ja, allerdings, aber ich sage, es werde keinen Lärm dabei geben.«

»Es wird den Lärm der Peitschenhiebe geben, die man den Pferden verabreicht.«

»Ihr begreift mich nicht. Unter Lärm verstehe ich Aufruhr, und ich sage, es werde kein Aufruhr losbrechen. Wenn ein Aufruhr zu erwarten wäre, so würde der König nicht eine Loge im Stadthause haben schmücken lassen, um mit den beiden Königinnen und einem Teile des Hofes der Hinrichtung beizuwohnen.«

»Wissen die Könige je vorher, wann es zu Meutereien kommt?« sagte mit einer Miene erhabenen Mitleids der Mann mit den langen Armen und den langen Beinen.

»Oh! oh!« machte Meister Miton, sich an das Ohr des andern Bürgers neigend.» »Das ist ein Mensch, der in einem seltsamen Tone spricht. Kennt Ihr ihn, Gevatter?« – »Nein,« antwortete der Kleine. »Nun, warum redet Ihr dann mit ihm?« – »Ich rede mit ihm, um mit ihm zu reden.«

»Und Ihr habt unrecht; Ihr seht wohl, daß er nicht gesprächiger Natur ist.« – »Mir scheint jedoch,« versetzte der Gevatter Friard laut genug, um von dem Mann mit den langen Armen gehört zu werden, »daß es das größte Glück des Lebens ist, seine Gedanken auszutauschen.«

»Mit denen, die man sehr gut kennt, aber nicht mit denen, die man nicht kennt.« – »Sind nicht alle Menschen Brüder, wie der Pfarrer von Saint-Leu sagt?«

»Was heißt, sie waren es ursprünglich; doch in Zeiten wie die unsrigen hat sich die Verwandtschaft merkwürdig gelockert, Gevatter Friard. Schwatzt also mit mir, wenn Ihr durchaus schwatzen wollt, und überlaßt diesen Fremden seinen Gedanken.«– »Euch kenne ich seit langer Zeit, wie Ihr sagt, und weiß zum voraus, was Ihr mir antworten werdet, während mir dieser Unbekannte dagegen vielleicht etwas Neues zu sagen hätte.«

»St! er horcht auf Euch.« – »Desto besser; wenn er auf uns horcht, so wird er mir vielleicht antworten. Ihr denkt also, es werde auf der Grève Lärm geben?« fuhr er, sich an den Unbekannten wendend, fort. – »Ich habe kein Wort davon gesagt.«

»Ich behaupte nicht, daß Ihr es gesagt habt,« versetzte Friard mit einem Tone, den er fein zu machen suchte, »ich behaupte nur, daß Ihr das denkt.« – »Und worauf gründet Ihr diese Gewißheit? Solltet Ihr ein Zauberer sein, Herr Friard?«

»Halt! er kennt mich,« rief der Bürger, im höchsten Maße erstaunt, »und woher kennt er mich?« – »Habe ich Euch nicht zwei- oder dreimal genannt, Gevatter?« sagte Miton, die Achseln zuckend, wie ein Mensch, der sich vor einem Fremden des geringen Verstandes seines Gefährten schämt.

»Ah! es ist wahr,« sagte Friard, der sich anstrengte, um zu begreifen, und infolge dieser Anstrengung auch wirklich begriff; »bei meinem Wort, es ist wahr. Nun! da er mich kennt, wird er mir wohl antworten. Nun! mein Herr,« fuhr er fort, indem er sich wieder an den Unbekannten wandte, »ich denke, Ihr denkt, es werde auf der Grève Lärm geben, da Ihr, wenn Ihr es nicht dächtet, dort wäret, indes Ihr hier seid ... ha...«

Dieses »ha« bewies, daß der Gevatter Friard in seiner Folgerung die äußersten Grenzen seiner Logik und seines Geistes erreicht hatte.

»Aber Ihr, Herr Friard, der Ihr das Gegenteil von dem denkt, was Ihr denkt, daß ich denke,« erwiderte der Unbekannte, »warum seid Ihr nicht auf der Grève? Mir scheint doch, das Schauspiel ist ergötzlich genug, daß sich die Freunde des Königs dort drängen. Ihr werdet mir vielleicht antworten, Ihr gehörtet nicht zu den Freunden des Königs, sondern zu denen des Herrn von Guise, und Ihr erwartetet hier die Lothringer, die, wie man sagt, in Paris einfallen sollen, um Herrn von Salcède zu befreien.«

»Nein, mein Herr,« antwortete rasch der Dicke, sichtbar erschrocken über die Voraussetzung des Unbekannten; »nein, mein Herr, ich erwarte meine Frau, Nicole Friard, die vierundzwanzig Tischtücher in die Priorei der Jakobiner getragen hat, da sie sich der Ehre erfreut, die Privatwäscherin von Dom Modeste Gorenflot, dem Abte der genannten Priorei der Jakobiner, zu sein...«

»Gevatter, Gevatter,« rief Miton, »schaut doch, was vorgeht.«

Meister Friard folgte der durch den Finger seines Gefährten angegebenen Richtung und sah, daß man außer den Schlagbäumen auch noch das Tor schloß, worauf sich ein Teil der Schweizer vor dem Graben aufstellte.

Beim Anblick dieser neuen Maßregel erhob sich ein langes Gemurmel des Erstaunens und hin und wieder ein Schrei des Schreckens aus der sich drängenden Menge.

»Laßt den Kreis bilden!« rief die gebieterische Stimme eines Offiziers. Dies wurde auf der Stelle ausgeführt, doch nicht ohne Schwierigkeit; genötigt, zurückzuweichen, zerquetschten die Leute zu Pferde und die auf den Karren da und dort einigen die Füße, oder sie drückten rechts und links ein paar Rippen ein. Die Weiber schrien, die Männer fluchten, die fliehen konnten, flohen, einander über den Haufen werfend.

»Die Lothringer! die Lothringer!« rief eine Stimme mitten unter diesem Getümmel, und der furchtbarste Schrei, aus dem Wörterbuch der Angst entlehnt, hätte keine raschere und entschiedenere Wirkung hervorbringen können, als dieser Ruf.

»Nun! seht Ihr? seht Ihr?« rief Miton zitternd, »die Lothringer, die Lothringer, fliehen wir!« – »Fliehen, und wohin?«

»In dieses Gehege,« erwiderte Miton, der sich die Hände zerriß, indem er die Dornen der Hecke faßte, auf der der Unbekannte ganz bequem saß.

»In dieses Gehege,« rief Friard, »das ist leichter gesagt als getan. Ich sehe kein Loch, durch das man hinein gelangen könnte; und Ihr werdet doch wohl nicht über die Hecke setzen wollen, die höher ist, als ich.«

»Ich werde mich bemühen,« erwiderte Miton unter neuen Anstrengungen.

»Ah! nehmt Euch doch in acht, meine gute Frau,« rief Friard in dem schmerzlichen Tone eines Menschen, der den Kopf zu verlieren anfängt, »Euer Esel tritt mir auf die Fersen. Uff! Herr Reiter, paßt doch auf. Euer Pferd schlägt aus. Ho! ho! Kärrner, mein Freund, Ihr rennt mir die Gabel Eures Karrens in die Seite!«

Während sich Meister Miton an die Zweige des Hages anklammerte, um darüber zu kommen, und der Gevatter Friard vergebens ein Loch suchte, um durchzuschlüpfen, stand der Unbekannte auf, öffnete ganz einfach den Zirkel seiner langen Beine und stieg mit einer Bewegung, ähnlich der eines Reiters, der sich in den Sattel setzt, über die Hecke, ohne daß ein Zweig seine Hosen streifte.

Meister Miton ahmte ihm, die seinigen an drei Stellen zerreißend, nach, aber nicht so ging es beim Gevatter Friard, der weder darüber noch unten durchkommen konnte und, immer mehr bedroht, von der Menge erdrückt zu werden, ein herzzerreißendes Geschrei ausstieß. Da streckte der Unbekannte seinen langen Arm aus, packte ihn zugleich bei seiner Halskrause und beim Kragen seines Wamses, hob ihn auf und setzte ihn auf die andere Seite der Hecke mit einer Leichtigkeit, als ob er es mit einem Kinde zu tun gehabt hätte.

»Oh! oh! oh!« rief Meister Miton, ergötzt durch dieses Schauspiel und mit den Augen dem Aufsteigen und Sinken seines Freundes Friard folgend, »Ihr seht aus, wie das Wirtshausschild zum Großen Absalom.«

»Uff!« rief Friard, die Erde berührend, »mag ich aussehen, wie Ihr wollt, ich bin nun auf der andern Seite des Hages, und das habe ich dem Herrn zu verdanken. Ah! mein Herr,« fuhr er zu dem Unbekannten fort, dem er kaum an die Brust reichte, »wieviel Gnade, Ihr seid ein wahrer Herkules, bei meinem Ehrenwort, so wahr ich Jean Friard heiße; Euren Namen, mein Herr, den Namen meines Retters... meines Freundes?« – »Ich heiße Briquet, mein Herr, Robert Briquet, Euch zu dienen.«

»Ich erlaube mir, zu sagen, Ihr habt mir schon bedeutend gedient. Oh! meine Frau wird Euch segnen;... doch meine arme Frau, sie wird in diesem Gedränge erstickt werden. Ah! verfluchte Schweizer, die nur dazu taugen, die Leute zu erdrücken.«

Der Gevatter Friard hatte kaum diesen Ausruf beendigt, als er auf seine Schulter eine Hand so schwer wie die einer eisernen Bildsäule fallen fühlte, es war die eines Schweizers.

»Soll ich Euch niederschlagen, Freundchen?« sagte der kräftige Soldat. »Ah! wir sind eingeschlossen!« rief Friard.

»Rette sich, wer kann!« fügte Miton hinzu.

Und da sie die Hecke hinter sich und Raum vor sich hatten, so entflohen beide, verfolgt von dem stillen Gelächter und dem höhnischen Blicke des Mannes mit den langen Armen, der sich nun einer andern Gruppe näherte, die von einer beträchtlichen Anzahl außerhalb der Stadt durch dieses unerwartete Schließen der Tore überraschter Bürger gebildet wurde. Diese umgaben vier oder fünf Reiter von kriegerischer Haltung, denen das Schließen der Tore, wie es schien, sehr unbequem war, denn sie schrien mit voller Lunge: »Das Tor! das Tor!«

Robert Briquet schritt also auf diese Gruppe zu und rief noch lauter als einer von denen, die sie bildeten: »Das Tor! das Tor!«

Infolgedessen wandte sich einer von den Reitern, entzückt über diese Stimmgewalt, gegen ihn um, grüßte ihn und sagte: »Ist es nicht schändlich, daß man am hellen Tage ein Stadttor schließt, als ob die Engländer oder die Spanier Paris belagerten?«

Vor dem Tore Saint-Antoine.

Robert Briquet schaute den Redenden aufmerksam an. Es war ein Mann von vierzig bis fünfundvierzig Jahren, und er schien der Anführer der drei oder vier anderen Reiter zu sein, die ihn umgaben.

Da die Prüfung Robert Briquet Vertrauen einzuflößen schien, verbeugte er sich ebenfalls und erwiderte: »Oh! mein Herr, Ihr habt recht, zehnmal recht, zwanzigmal recht; aber dürfte ich Euch, ohne neugierig zu sein, fragen, welchem Beweggrunde Ihr diese Maßregel zuschreibt?«

»Bei Gott!« rief einer von den Umstehenden, »was für eine Furcht sie haben, man könnte ihnen ihren Salcède fressen.«

»Cap de Bious! ein trauriger Fraß!« sagte eine Stimme.

Robert Briquet wandte sich nach der Seite, von der diese Stimme kam, deren Akzent ihm einen Gaskogner andeutete, und er erblickte einen Mann von zwanzig bis fünfundzwanzig Jahren; er war barhaupt; ohne Zweifel hatte er im Getümmel seinen Hut verloren.

Briquet schien ein Beobachter zu sein, doch in der Regel waren seine Beobachtungen kurz; er wandte auch sogleich seinen Blick wieder von dem Gaskogner zu dem Reiter zurück.

»Aber,« sagte er, »da man meldet, dieser Salcède gehöre Herrn von Guise, so ist es kein schlechtes Ragout.« »Bah!, man sagt das?« versetzte der neugierige Gaskogner, seine Ohren weit aufsperrend.

»Ja, allerdings, man sagt das,« antwortete der Reiter, die Achseln zuckend; »aber in unsern Zeitläuften sagt man viel Närrisches.«

»Ah!« bemerkte Briquet mit seinem forschenden Auge und seinem spöttischen Lächeln, »Ihr glaubt also, mein Herr, Salcède gehöre nicht Herrn von Guise?«

»Ich glaube es nicht nur, sondern ich bin dessen sicher,« antwortete der Reiter und fügte, als Robert Briquet, sich ihm nähernd, mit einer Bewegung zu sagen schien: »Ah, bah! und worauf gründet Ihr diese Sicherheit?« hinzu: »Ganz gewiß, wenn Salcède dem Herzog gehört hätte, so würde ihn der Herzog nicht haben hängen oder wenigstens nicht, an Händen und Füßen gebunden, haben von Brüssel nach Paris führen lassen, ohne mindestens einen Entführungsversuch zu seinen Gunsten zu machen.«

»Einen Entführungsversuch!« versetzte Briquet, »das wäre sehr gewagt; denn er mag gelingen oder scheitern, sobald er von seiten des Herrn von Guise käme, würde dieser zugestehen, daß er gegen den Herzog von Anjou konspiriert habe.«

»Ich bin überzeugt, Herr von Guise wäre dadurch nicht zurückgehalten worden,« erwiderte trocken der Reiter; »und da er Salcède weder reklamiert noch verteidigt hat, so gehört ihm Salcède nicht an.«

»Entschuldigt meine Beharrlichkeit,« fuhr Briquet fort; »es scheint sicher, daß Salcède gesprochen hat.«

»Wo dies?« – »Vor den Richtern.«

»Nein, nicht vor den Richtern, mein Herr, auf der Folter.« – »Ist dies nicht dasselbe?« fragte Meister Robert Briquet mit einer möglichst naiven Miene.

»Nein, das ist entfernt nicht dasselbe; man behauptet, er habe gesprochen, das mag sein, aber man wiederholt nicht, was er gesagt hat.« – »Ihr werdet mich abermals entschuldigen,« entgegnete Robert Briquet; »man wiederholt es, und zwar sehr ausführlich.«

»Und was hat er gesagt? Laßt hören?« fragte ungeduldig der Reiter, »sprecht, da Ihr so gut unterrichtet seid. Wie lauten seine Worte?« – »Ich kann nicht dafür stehen, daß es seine eigenen Worte sind, man behauptet aber, er habe zugestanden, daß er für Herrn von Guise konspirierte.«

»Gegen den König von Frankreich, ohne Zweifel. Immer dasselbe Lied!« – »Nicht gegen Seine Majestät den König von Frankreich, sondern gegen Seine Hoheit Monseigneur den Herzog von Anjou.«

»Wenn er das zugestanden hat...« – »Nun!«

»Nun! so ist er ein Elender,« sagte der Reiter, die Stirne faltend. – »Ja,« sagte leise Robert Briquet; »doch hat er getan, was er zugestanden, so ist er ein braver Mann. Ah! mein Herr, der spanische Bock, die Daumenschraube und die Wippe haben ehrliche Leute viel sagen lassen.«

»Ach! Ihr sprecht da eine große Wahrheit aus,« versetzte der Reiter, einen Seufzer ausstoßend.

»Bah!« unterbrach ihn der Gaskogner, der beständig den Kopf in der Richtung jedes Redenden ausstreckte und alles gehört hatte, »bah! spanischer Bock, Daumenschraube und Wippe, schöne Erbärmlichkeiten das! Hat Salcède gesprochen, so ist er ein Schuft und sein Patron ebenfalls.«

»Oh! oh!« machte der Reiter, ungeduldig auffahrend, »Ihr singt sehr laut, Herr Gaskogner!«

»Cap de Bious, ich singe aus der Tonart, die mir beliebt; desto schlimmer für die, denen mein Gesang nicht gefällt.«

Der Reiter machte eine Bewegung des Zornes.

»Ruhe!« sagte eine zugleich sanfte und gebieterische Stimme, deren Eigentümer Robert Briquet vergebens zu erkennen suchte.

Der Reiter schien gegen sich selbst zu kämpfen; doch er besaß nicht die Kraft, ganz an sich zu halten.

»Kennt Ihr die, von denen Ihr sprecht?« fragte er den Gaskogner. – »Ob ich Salcède kenne?« – »Ja.« – »Nicht im geringsten.« – »Und den Herzog von Guise?« – »Ebensowenig.« – »Und den Herzog von Anjou?« – »Noch weniger.« – »Wißt Ihr, daß Herr von Salcède ein Tapferer ist?« – »Desto besser, dann wird er tapfer sterben.« – »Und daß Herr von Guise, wenn er konspirieren will, selbst konspiriert?« – »Cap de Bious, was geht das mich an?« – »Und daß der Herzog von Anjou, früher Herr von Alençon, jeden hat töten lassen, der sich für ihn interessierte, La Mole, Coconnas, Bussy und andere?«

»Ich kümmere mich den Teufel darum.« – »Wie, Ihr kümmert Euch den Teufel darum?« – »Mayneville! Mayneville!« murmelte dieselbe Stimme. – »Allerdings kümmere ich mich nicht darum. Gottes Blut! ich weiß nur eins; ich habe heute, noch diesen Morgen, in Paris zu tun, und wegen des wütenden Salcède schließt man mir die Tore vor der Nase zu. Cap de Bious! dieser Salcède ist ein Lumpenkerl, und ebenso alle, die daran schuld sind, daß ich die Tore geschlossen, statt geöffnet finde.« – »Oh! das ist ein rauhborstiger Gaskogner, und wir werden ohne Zweifel etwas Interessantes sehen,« murmelte Briquet.

Doch das Interessante, das der Bürger erwartete, kam nicht. Der Reiter, dem bei dieser letzten Rede das Blut ins Gesicht gestiegen war, senkte die Nase, schwieg und verschluckte seinen Zorn.

»Ihr habt im ganzen recht,« sagte er nach einer Pause, »ein Gewitter über alle, die uns verhindern, nach Paris hineinzukommen.«

»Oh! oh!« sagte Robert Briquet, »ah! ah! es scheint, ich werde etwas sehen, das noch interessanter sein dürfte, als was ich erwartet hatte.«

Eine Trompete erklang, und zugleich trennten die Schweizer die ganze Menge mit ihren Hellebarden, als ob sie eine Lerchenpastete durchschnitten, in zwei zusammenhängende Stücke, so daß die Mitte freiblieb.

In dieser Mitte ritt der Offizier, von dem wir gesprochen, und dessen Bewachung das Tor anvertraut zu sein schien, auf und ab; nach einem Augenblicke prüfender Umschau, die einer Ausforderung glich, befahl er seinen Trompetern zu blasen, worauf nach so viel Aufregung und Getöse ein unheimliches Schweigen eintrat.

Der Ausrufer mit seiner lilienbestickten Tunika, auf der Brust ein Schild mit dem Wappen von Paris, trat sodann, ein Papier in der Hand, vor und las mit näselnder Stimme: »Kund und zu wissen unserem guten Volke von Paris und Umgegend, daß die Tore von jetzt bis ein Uhr nachmittags geschlossen sind, und daß niemand vor dieser Stunde in die Stadt kommen wird, nach dem Willen des

Königs und durch die Wachsamkeit des Herrn Stadtvogts von Paris.«

Der Ausrufer hielt inne, um wieder Atem zu schöpfen. Sogleich benutzten die Anwesenden die Pause, um ihr Erstaunen und ihre Unzufriedenheit durch lautes Zischen zu äußern.

Der Offizier machte ein gebieterisches Zeichen mit der Hand, und bald war die Stille wiederhergestellt, worauf der Ausrufer, den sein Gleichmut keinen Augenblick verlassen hatte, fortfuhr: »Von dieser Maßregel sollen ausgenommen sein diejenigen, so sich durch Erkennungszeichen ausweisen oder gehörig mit Mandaten versehen sind. Gegeben im Hotel der Stadtvogtei, Paris, auf ausdrücklichen Befehl Seiner Majestät, am 26. Oktober des Jahres der Gnade 1585. Trompeter, blaset.«

Sogleich ließen die Trompeter ihr heiseres Geschmetter vernehmen. – Dann aber fing die Menge hinter der Linie der Schweizer und der Soldaten an zu wogen wie eine Schlange, deren Ringe anschwellen und sich krümmen.

»Was bedeutet das?« fragten sich die Friedlichsten. »Ohne Zweifel abermals ein Komplott.«

»Oh! oh! ohne Zweifel, um es zu verhindern, daß wir in die Stadt hinein kommen, hat man die Sache so eingerichtet,« sagte leise zu seinen Gefährten der Reiter, der mit so seltener Geduld die Ungezogenheiten des Gaskogners ertragen hatte, »diese Schweizer, dieser Ausrufer, diese Riegel, diese Trompeten, das ist alles unsertwegen; bei meiner Seele, ich bin stolz darauf!«

»Platz! Platz! Ihr Leute,« rief der Offizier. »Tausend Teufel! Ihr seht wohl, daß ihr die, die das Recht haben, sich die Tore öffnen zu lassen, weiterzugehen verhindert.«

»Cap de Bious, ich bin einer, der durchkommen wird, wenn alle Bürger der Erde zwischen ihm und dem Schlagbaum wären,« sagte, mit den Ellenbogen spielend, der grobe Gaskogner. Und er war in der Tat in einem Augenblick in dem leeren Raum, der sich mit Hilfe der Schweizer zwischen den Reihen der Zuschauer gebildet hatte.

Man kann sich denken, wie sich die Augen voll Eifer und Neugierde auf einen Mann richteten, der so sehr begünstigt war, daß er eintreten durfte, während die anderen nach einem strengen Befehle außen bleiben mußten.

Doch der Gaskogner kümmerte sich wenig um die neidischen Blicke; er dehnte sich stolz aus und ließ durch sein dünnes grünes Wams alle Muskeln seines Körpers hervortreten, die ebensoviel durch eine innere Kurbel angespannte Stricke zu sein schienen. Dürr und knochig standen seine Faustgelenke um drei Zoll aus seinen abgeschabten Ärmeln hervor; er hatte einen klaren Blick und gelbe, krause Haare, zu deren Farbe übrigens auch der Staub sein Teil beigetragen haben mochte. Groß und geschmeidig schlossen sich seine Füße an Knöchel, so sehnig, wie die eines Hirsches. An einer Hand trug er einen Handschuh von gesticktem Leder, der ganz erstaunt schien, daß er ein Leder, das noch rauher war als das seinige, schützen sollte; mit der andern Hand schwang er ein Haselstöckchen.

Er sah einen Augenblick umher, dachte dann wohl, der Offizier, von dem wir gesprochen, sei die wichtigste Person dieser Truppe, und ging gerade auf ihn zu. Dieser schaute ihn eine Zeitlang an, ohne mit ihm zu sprechen. Ohne sich im geringsten aus der Fassung bringen zu lassen, tat der Gaskogner dasselbe.

»Ihr habt Euren Hut verloren, wie es scheint?« sagte der Offizier. – »Ja, mein Herr.«

»Geschah es im Gedränge?« – »Nein, ich hatte einen Brief von meiner Geliebten erhalten. Cap de Bious, ich las ihn am Flusse, eine Viertelmeile von hier, als mir plötzlich ein Windstoß den Brief und den Hut entriß. Ich lief dem Brief nach, obgleich der Knopf meines Hutes ein einziger Diamant war. Meinen Brief erwischte ich; als ich aber zum Hut zurückkehrte, hatte ihn der Wind in den Fluß gerissen. ... Er wird das Glück von irgendeinem armen Teufel machen. Desto besser!«

»Somit seid Ihr barhaupt?« – »Findet man keine Hüte in Paris, Cap de Bious! Ich werde einen herrlicheren kaufen und einen Diamanten, zweimal so groß, als der erste war, daran setzen.«

Der Offizier zuckte unmerklich die Achseln und fragte: »Ihr habt eine Karte?« – »Gewiß habe ich eine und eher zwei als eine.«

»Eine einzige wird genügen, wenn sie in Ordnung ist.«

– »Aber täusche ich mich nicht?« fuhr der Gaskogner, die Augen weit aufsperrend, fort; »nein, Cap de Bious, ich täusche mich nicht; ich habe das Vergnügen, mit Herrn von Loignac zu sprechen?«

»Es ist möglich, mein Herr,« antwortete trocken der Offizier, sichtbar wenig erfreut über diese Wiedererkennung.

– »Mit Herrn von Loignac, meinem Landsmann?«

»Ich sage nicht nein.« – »Meinem Vetter?«

»Es ist gut. Eure Karte?« – »Hier ist sie...«

Der Gaskogner zog aus seinem Handschuh eine kunstvoll abgeschnittene Karte.

»Folgt mir,« sagte Loignac, ohne die Karte anzuschauen, »Ihr und Eure Gefährten, wenn Ihr welche habt, wir wollen die Einlaßscheine untersuchen.«

Er nahm seinen Posten beim Tor ein, und der barhäuptige Gaskogner und fünf andere Männer folgten ihm.

Der erste war mit einem herrlichen Panzer von so wunderbarer Arbeit bedeckt, daß man hätte glauben sollen, er komme aus den Händen Benvenuto Cellinis. Da indessen das Muster etwas aus der Mode gekommen war, so erregte dieses Prachtstück eher Gelächter als Bewunderung. Allerdings entsprach auch kein anderer Teil des Mannes der beinahe königlichen Herrlichkeit des Prospekts.

Der zweite, dem ein dicker Lakai mit gräulichen Haaren folgte, schien, mager und gebräunt wie er war, der Vorläufer von Don Quixote zu sein, wie sein Diener für den Vorläufer von Sancho gelten konnte. Der dritte erschien mit einem Kinde auf seinen Armen; ihm folgte eine Frau, die sich an seinen ledernen Gürtel anklammerte, während zwei Kinder, das eine von vier, das andere von fünf Jahren, sich an dem Rock der Frau festhielten. Der vierte erschien hinkend, als wenn er an einem langen Degen befestigt wäre. Um den Zug zu beschließen, rückte ein junger Mann von schönem Aussehen auf einem Rappen heran, der zwar mit Staub bedeckt, aber von edler Rasse war.

Dieser letzte trug die Miene eines Königs. Genötigt, ziemlich sacht zu reiten, um nicht seinen Gefährten voranzukommen, blieb dieser junge Mann einen Augenblick an den Grenzen der vom Volke gebildeten Hecke.

In diesem Augenblicke fühlte er, daß man ihn an der Scheide seines Degens zog, und neigte sich rückwärts. Der ihn so berührte, war ein junger Mensch mit schwarzen Haaren, funkelndem Auge, klein, schmächtig, anmutig und sorgfältig behandschuht.

»Was steht zu Diensten, mein Herr?« fragte unser Reiter. – »Mein Herr, eine Bitte.«

»Sprecht, aber geschwind, ich bitte Euch, man wartet auf mich.« – »Ich muß notwendig in die Stadt hinein, mein Herr, es ist eine gebieterische Notwendigkeit für mich, versteht Ihr? Ihr seid allein und braucht einen Pagen, der Eurem guten Aussehen Ehre macht.«

»Nun?« – »Nun! gebt und es wird gegeben; nehmt mich mit hinein, und ich werde Euer Page sein.« –

»Ich danke, aber ich will von niemand bedient sein.«

– »Nicht einmal' von mir?« fragte der junge Mann mit einem so seltsamen Lächeln, daß der Reiter fühlte, wie die eisige Hülle schmolz, mit der er sein Herz zu umschließen versucht hatte.

»Ich wollte sagen, ich kann keinen Diener brauchen.«

– »Ja, ich weiß. Ihr seid nicht reich, Herr Ernauton von Carmainges.«

Der Reiter bebte, aber unbeirrt fuhr der Jüngling fort: »Auch ist keine Rede von Gehalt, Ihr sollt im Gegenteil hundertfach für die Dienste, die Ihr mir leistet, belohnt werden; ich bitte also, laßt mich Euch bedienen und bedenkt, daß der jetzt bittet, oft befohlen hat.«

»Kommt,« sagte der Reiter, der dem Ton und der ihm eigenen Autorität nicht länger widerstehen konnte.

Der Jüngling reichte ihm die Hand, was sehr vertraulich für einen Pagen war; dann wandte er sich zu der uns schon bekannten Gruppe um und sagte:

»Ich komme hinein, das ist das Wichtigste; Ihr, Mayneville, sucht irgendwie dasselbe zu tun.«

»Damit ist noch nicht alles geschehen, daß Ihr hineinkommt,« erwiderte der Edelmann; »er muß Euch sehen.«

»Oh! seid unbesorgt, sobald ich dieses Tor im Rücken habe, wird er mich sehen.« – »Vergeßt nicht das verabredete Zeichen.«

»Zwei Finger auf den Mund, nicht wahr?« – »Ja; Gott helfe Euch!«

»Nun!« rief der Herr des Rappens, » Herr Page, entschließen wir uns?« – »Hier bin ich, Herr,« antwortete der junge Mann, und er sprang leicht auf das Kreuz hinter seinen Gefährten, der den fünf anderen Auserwählten nachfolgte, die eben damit beschäftigt waren, sich auszuweisen.

»Alle Wetter!« sagte Robert Briquet, der ihnen nachschaute, »das ist eine ganze Ladung von Gastognern, oder der Teufel soll mich holen!«

Revüe.

Die Kontrolle am Tore bestand darin, daß man die Hälfte einer Karte aus der Tasche ziehen und sie dem Offizier überreichen mußte, der sie mit einer andern Hälfte verglich, um zu sehen, ob die beiden Hälften ein Ganzes bildeten.

Der barhaupte Gaskogner näherte sich zuerst.

»Euer Name?« – »Mein Name?, Herr Offizier, er steht auf der Karte geschrieben, auf der Ihr noch etwas anderes sehen werdet.« »Gleichviel! Euer Name? Wißt Ihr Euren Namen nicht?« – »Doch wohl, ich weiß ihn, Cap de Bious! Und wenn ich ihn auch vergessen hätte, so könntet Ihr mir ihn sagen, da wir Landsleute und Vettern sind.«

»Euer Name? Tausend Teufel! Glaubt Ihr, ich habe hier Zeit mit Wiedererkennungen zu verlieren?« – »Schon gut. Ich heiße Perducas von Pincorney.«

»Perducas von Pincorney,« versetzte Herr von Loignac und las von der Karte ab: »Perducas von Pincorney, am 26. Oktober 1585, Schlag zwölf Uhr.«

»Porte Saint-Antoine,« fügte der Gaskogner bei, indem er seinen schwarzen, dürren Finger auf die Karte ausstreckte.

»Sehr gut! in Ordnung; tretet ein,« sagte Herr von Loignac, um jedes weitere Gespräch zwischen ihm und seinem Landsmanne kurz abzuschneiden. »Nun ist die Reihe an Euch!« sagte er zu dem Mann mit dem Panzer. »Eure Karte?«

»Wie, Herr von Loignac,« rief dieser, »erkennt Ihr nicht den Sohn Eures Jugendfreundes, den Ihr zwanzigmal auf Euren Knien geschaukelt habt?« – »Nein,«

»Pertinax von Montcrabeau, Ihr erkennt ihn nicht?« – »Wenn ich im Dienste bin, erkenne ich niemand, mein Herr. Eure Karte?«

Der junge Mann mit dem Panzer reichte seine Karte.

»Pertinax von Montcrabeau, am 26. Oktober, Schlag zwölf Uhr, Porte Saint-Antoine. Geht zu.«

Der dritte Gaskogner näherte sich; es war der mit der Frau und den Kindern.

»Eure Karte?«

Seine gehorsame Hand tauchte sogleich in eine kleine Weidtasche von Ziegenfell, die an seiner rechten Seite hing. Aber es war vergeblich. Belästigt durch das Kind, das er auf dem Arme trug, konnte er das Papier nicht finden.

»Was zum Teufel macht Ihr mit dem Kinde, Ihr seht wohl, daß es Euch hindert?« – »Es ist mein Sohn Scipio, Herr von Loignac.« »Nun! so setzt Euren Sohn auf die Erde.«

Der Gaskogner gehorchte, das Kind fing an zu heulen.

»Ah! Ihr seid also verheiratet?« – »Ja, Herr Offizier.«

»Mit zwanzig Jahren?« – »Man heiratet jung bei uns, Ihr wißt es wohl, Herr von Loignac, da Ihr mit achtzehn geheiratet habt.«

»Gut,« sagte Loignac, »das ist abermals einer, der mich kennt.«

Die Frau hatte sich mittlerweile genähert, und die an ihrem Rocke hängenden Kinder waren ihr gefolgt.

»Und warum sollte er nicht verheiratet sein?« fragte sie, indem sie sich aufrichtete und von ihrer sonngebräunten Stirn ihre schwarzen Haare strich, die der Staub des Weges wie einen Teig daran kleben ließ; »ist es in Paris aus der Mode gekommen zu heiraten? Ja, er ist verheiratet, und hier sind noch zwei Kinder, die ihn Vater nennen.«

»Ja, aber es sind nur die Söhne meiner Frau, Herr von Loignac, wie auch dieser große Junge, der hinten steht; tritt vor, Militor, und grüße Herrn von Loignac, unsern Landsmann.«

Ein junger Mensch von sechzehn bis siebzehn Jahren, kräftig, lebhaft und durch sein rundes Auge sowie durch seine Nase einem Falken ähnlich, näherte sich, die Hände in seinem Gürtel von Büffelleder; er war in eine gute Kasake von gestrickter Wolle gekleidet, trug auf seinen muskeligen Beinen eine Hose von Gemsleder, und ein sprossender Schnurrbart beschattete seine zugleich freche und sinnliche Lippe.

»Es ist Militor, mein Stiefsohn, Herr von Loignac, der älteste Sohn meiner Frau, die eine Chavantrade, eine Verwandte der Loignac Militor von Chavantrade, ist, Euch zu dienen. Verbeuge dich, Militor.«

Militor verbeugte sich leicht und ohne seine Hände aus dem Gürtel zu ziehen. »Um Gottes willen, mein Herr, Eure Karte,« rief Loignac ungeduldig.

»Kommt und helft mir, Lardille,« sagte der Gaskogner errötend zu seiner Frau.

Lardille machte nacheinander die an ihrem Rocke angeklammerten Hände los und suchte selbst in dem Weidsack und in den Taschen ihres Mannes.

»Wir müssen sie verloren haben,« sagte sie.

»Dann lasse ich Euch verhaften,« versetzte Loignac.

Der Gaskogner wurde bleich und erwiderte: »Ich heiße Eustache von Miradoux und werde mich durch Herrn von Sainte-Maline, meinen Vetter, empfehlen.«

»Ah! Ihr seid ein Verwandter von Sainte-Maline,« sagte Loignac, ein wenig besänftigt... »Freilich, wenn man sie hört, sind sie mit allen verwandt; so sucht noch einmal und sucht mit Erfolg!«

»Lardille, seht in den Kleidern Eurer Kinder nach,« sprach Eustache, zitternd vor Ärger und Unruhe.

Lardille kniete vor ein kleines Päckchen bescheidener Effekten nieder und drehte es murrend um.

Der junge Scipio fuhr fort, sich heiser zu schreien, zumal seine Stiefbrüder die gute Gelegenheit benutzten, ihm Sand in den Mund zu stopfen.

Militor regte sich nicht; es war, als gingen die Erbärmlichkeiten des Familienlebens unter oder über diesen großen Burschen hin, ohne ihn zu berühren.

»Ei!« rief plötzlich Herr von Loignac, »was sehe ich dort auf dem Ärmel dieses Schöpses?«

»Ja, ja, das ist es,« rief Eustache triumphierend; »das ist ein Gedanke von Lardille; sie hat die Karte Militor angenäht.«

»Damit er doch etwas trage,« sagte Loignac spöttisch. »Oh über das große Kalb, das nicht einmal mit den Armen schlenkert, aus Furcht, ihr Gewicht zu fühlen.«

Militors Lippen erbleichten vor Zorn, während sein Gesicht auf der Nase, auf dem Kinn und auf der Stirn marmorartig rot wurde.

»Ein Kalb hat keine Arme,« brummte er mit boshaften Augen, »es hat Klauen wie gewisse Leute von meiner Bekanntschaft.«

»Friede!« sagte Eustache, »du siehst wohl, Militor, daß Herr von Loignac uns die Ehre erweist, mit uns zu scherzen.«

»Nein, bei Gott! ich scherze nicht,« erwiderte Loignac, »dieser große Bursche soll im Gegenteil meine Worte so nehmen, wie ich sie sage. Wenn er mein Stiefsohn wäre, ließe ich ihn Mutter, Bruder, Gepäck tragen und würde selbst noch darauf steigen und ihm die Ohren verlängern, um ihm zu beweisen, daß er nur ein Esel ist.«

Der Spannung, die diesen Worten folgte, bereitete Lardille dadurch ein Ende, daß sie dem Offizier die Karte überreichte. Herr von Loignac nahm sie und las: »Eustache von Miradoux, am 26. Oktober, Schlag zwölf Uhr, Porte Saint-Antoine.«

»Geht,« sagte er, »und seht, daß Ihr keine von Euern Meerkatzen, schön oder häßlich, verliert.«

Eustache von Miradoux nahm den jungen Scipio wieder auf seine Arme; Lardille hing sich abermals an seinen Gürtel; die zwei Kinder klammerten sich wieder am Rock ihrer Mutter an; und diese Familientraube schloß sich, mit dem schweigsamen Militor, denen an, die nach überstandener Prüfung warteten.

»Die Pest!« murmelte Loignac zwischen den Zähnen, während er Eustache von Miradoux und den Seinigen mit den Augen folgte, »welchen Auswurf von Soldaten wird Herr von Epernon da haben.«

Dann wandte er sich um und rief dem vierten zu: »Nun kommt Ihr dran!«

Dieser und der fünfte, ebenfalls charakteristische Gaskognergestalten, nach ihren Ausweiskarten, die Herren Chalabre und Saint-

Capautel, passierten, ohne Schwierigkeit. Es blieb noch der sechste, der zufolge der Aufforderung des improvisierten Pagen vom Pferde gestiegen war und Herrn von Loignac eine Karte überreichte, auf der Ernauton von Carmainges stand.

Während Herr von Loignac die Karte prüfte, war der Page, der ebenfalls abgestiegen, bemüht, seinen Kopf zu verbergen, indem er die Kinnkette am Pferde seines Herrn noch fester anzog.

»Der Page gehört Euch?« fragte Loignac, mit dem Finger auf den jungen Menschen deutend.

»Ihr seht, Herr Kapitän,« erwiderte Ernauton, der weder lügen noch verraten wollte, »daß er mein Pferd zäumt.«

»Geht zu,« sagte Herr von Loignac, der mit großer Aufmerksamkeit Herrn von Carmainges betrachtete, dessen Gesicht und Haltung ihm mehr zu gefallen schien, als die aller anderen.

»Das ist doch wenigstens ein Erträglicher,« murmelte er.

Ernauton stieg wieder zu Pferde, der Page war ihm, gleichsam absichtslos, aber nicht langsam, vorangegangen und hatte sich schon mit der Gruppe der übrigen vermischt.

»Öffnet das Tor,« rief Loignac, »und laßt diese sechs Personen und die Leute ihres Gefolges hinein.«

»Vorwärts, rasch,« sagte der Page, »in den Sattel und marsch!«

Ernauton wich abermals der Gewalt, die dieses seltsame Geschöpf über ihn ausübte, und da das Tor offen war, so gab er seinem Pferd den Sporn und drang, von dem Pagen geleitet, bis in das Herz des Faubourg Saint-Antoine.

Loignac ließ hinter den sechs Auserwählten das Tor wieder schließen zur großen Unzufriedenheit der Menge, die nach Erfüllung der Förmlichkeit ebenfalls passieren zu dürfen glaubte und nun geräuschvoll ihre Mißbilligung äußerte. Meister Miton, der nach einem atemlosen Laufe querfeldein allmählich wieder Mut gefaßt hatte und dann, vorsichtig, schrittweise zurücklaufend, am Ende wieder auf seinen Platz zurückgekommen war, wagte es, einige Klagen über die Willkür der Soldateska laut werden zu lassen.

Gevatter Friard, dem es gelungen war, seine Frau wiederzufinden, und der, von ihr beschützt, nichts mehr zu befürchten schien, erzählte seiner erhabenen Ehehälfte die Neuigkeiten des Tages, bereichert und geschmückt mit Kommentaren seiner Art.

Die Reiter endlich, von denen einer von dem kleinen Pagen Mayneville genannt worden war, beratschlagten, ob sie nicht die Ringmauer umgehen sollten in der Hoffnung, irgendeine Bresche zu finden und durch diese Bresche in die Stadt hineinzukommen, ohne daß sie nötig hätten, sich länger an diesem oder einem andern Tore zu zeigen.

Robert Briquet, der sah, daß er aus den Gesprächen der Reiter, der Bürger und der Bauern nichts mehr erfahren könnte, näherte sich immer mehr einer kleinen Baracke, die dem Torwart als Loge diente und durch zwei Fenster erhellt wurde, von denen eins gegen Paris, das andere gegen das Feld ging.

Kaum hatte er sich auf seinem neuen Posten festgestellt, als ein Mann, der im schnellsten Galopp herbeieilte, von seinem Pferde sprang, in die Loge trat und am Fenster erschien.

»Hier bin ich, Herr von Loignac,« sagte er.

»Gut, woher kommt Ihr?« – »Von der Porte Saint-Victor.«

»Euer Verzeichnis?« – »Fünf.«

»Die Karten?« – »Hier sind sie.«

Loignac nahm die Karten, untersuchte sie und schrieb auf eine Schiefertafel die Ziffer 5.

Ebenso erschienen in rascher Folge noch 7 weitere Boten, und am Ende sah Loignacs Tafel folgendermaßen aus:

Porte Saint-Victor	5
Porte Bourdelle	4
Porte du Temple	6
Porte Saint-Denis	5

Porte Saint-Jacques	3
Porte Saint-Honoré	8
Porte Montmartre	4
Porte Bussy	4
Porte Saint-Antoine	6

45

Gesamtsumme fünfundvierzig.

»Nun öffnet die Tore, und es trete ein, wer will,« rief Loignac mit starker Stimme.

Die Tore öffneten sich, und mit Getümmel und Lärm drängte alles vorwärts.

Robert Briquet ließ die Flut verrauschen, dann ging er phlegmatisch durch das Tor und sagte: »Alle diese Leute wollten etwas sehen und haben nichts gesehen, nicht einmal in ihren Angelegenheiten; ich wollte nichts sehen und bin der einzige, der etwas gesehen hat. Das ist aufmunternd; fahren wir fort; doch wozu fortfahren? Ich weiß bei Gott genug. Wird es für mich von Nutzen sein, Herrn von Salcède in vier Stücke zerreißen zu sehen? Wahrlich! nein. Überdies habe ich auf die Politik Verzicht geleistet. Gehen wir zum Mittagessen; die Sonne würde Mittag bezeichnen, wenn es eine Sonne gäbe; es ist Zeit.«

Er sprach es und kehrte nach Paris zurück mit seinem ruhigen, boshaften Lächeln.

Die Loge des Königs Heinrich III. auf der Grève.

Warf man einen Blick auf den Grèveplatz, so durfte man wohl sagen, daß Meister Friard recht hatte, wenn er die Zahl der Zuschauer, die sich dort zu dem grausigen Schauspiel einfinden würden, auf hunderttausend berechnete. Ganz Paris hatte sich dort eingestellt. Paris versäumt kein Fest, und Salcèdes Tod war damals ein außerordentliches Fest.

Der Zuschauer, dem es gelang, auf den Platz zu kommen, erblickte zuerst die Bogenschützen des Leutnants vom Stadtgericht Tanchon, und eine große Anzahl von Schweizern und Chevaulegers. Sie umgaben ein kleines, ungefähr vier Fuß hohes Schafott und erwarteten den Missetäter, dessen sich die Mönche seit dem Morgen bemächtigt hatten, und dem nach den Straftaten die Pferde entgegenharrten, um ihn die große Reise machen zu lassen.

Unter dem Wetterdache eines nahen Hauses stampften wirklich vier kräftige Pferde mit prallen Kreuzen, weißen Mähnen, langhaarigen Füßen ungeduldig das Pflaster und bissen einander wiehernd zum großen Schrecken der Frauen, die diesen Platz freiwillig gewählt hatten oder gewaltsam dahin gedrängt wurden.

Nächst den wiehernden Pferden und dem leeren Schafott zog die Blicke der Menge am meisten das mit rotem Samt und Gold ausgeschlagene Hauptfenster des Stadthauses an, über dessen Balkon ein mit dem königlichen Wappenschild verzierter Teppich von Samt herabhing, es war die Loge des Königs.

Es schlug halb ein Uhr, als dieses Fenster, wie der Rahmen eines Gemäldes, sich mit Personen füllte. Zuerst kam Heinrich III., bleich, beinahe kahl, obgleich er zu dieser Zeit erst vierunddreißig Jahre alt war, während das Auge in seine schwarzblaue Höhle eingesunken war, und der Mund von Nervenzuckungen zitterte.

Er erschien düster, mit starrem Blick, zugleich majestätisch und wankend, seltsam in seiner Haltung, seltsam in seinem Gang, mehr ein Schatten als ein Lebender, mehr ein Gespenst als ein König, ein für seine Untertanen stets unbegreifliches und von ihnen nicht begriffenes Geheimnis, denn wenn sie ihn erscheinen sahen, wußten sie nicht, ob sie: »Es lebe der König!« rufen oder für seine Seele beten sollten. Heinrich war in ein schwarzes Wams mit schwarzen Borten gekleidet; er hatte weder Orden noch Edelsteine; ein einziger Diamant, der als Agraffe für drei kurze, krause Federn diente, glänzte an seinem Toquet. Er trug in seiner linken Hand ein schwarzes Hündchen, das ihm seine Schwägerin, Maria Stuart, aus ihrem Gefängnis geschickt hatte, und auf dessen seidenem Fell seine feinen, weißen Finger wie alabastern glänzten.

Hinter ihm kam Katharina von Medici, schon vom Alter gekrümmt, denn die Königinmutter war damals sechsundsechzig Jahre alt; doch den Kopf trug sie noch fest und gerade; unter ihrer gewohnheitsmäßig zusammengezogenen Stirn schleuderte sie einen scharfen Blick, aber trotz dieses Blickes war ihre Erscheinung unter ihren ewigen Trauerkleidern matt und kalt wie ein Wachsbild.

Zugleich zeigte sich das schwermütige und sanfte Antlitz der Königin Luise von Lothringen, der scheinbar bedeutungslosen, in Wirklichkeit aber getreuen Gefährtin seines geräuschvollen und unglücklichen Lebens.

Katharina von Medici ging einem Triumph entgegen, die Königin wohnte einer Hinrichtung bei, König Heinrich behandelte eine Angelegenheit, wie man dies auf der hochmütigen Stirn der ersten, der ergebenen der zweiten und auf der bewölkten und gelangweilten des dritten lesen konnte.

Dahinter kamen zwei hübsche junge Leute: der eine von kaum zwanzig, der andere von höchstens fünfundzwanzig Jahren.

Sie hielten sich am Arm, trotz der Etikette, die verbietet, daß die Menschen vor den Königen aneinander zu hängen scheinen.

Sie lächelten, der jüngere mit unaussprechlicher Traurigkeit, der ältere mit bezaubernder Anmut; sie waren schön und waren Brüder.

Der jüngere hieß Henri von Joyeuse, Graf du Bouchage, der andere Herzog Anne von Joyeuse. Noch vor kurzem war er bei Hofe nur unter dem Namen d'Arques bekannt; aber der König liebte ihn über alles und hatte ihn ein Jahr zuvor, die Vicomté Joyeuse zu einem Herzogtum und zur Pairie erhebend, zum Pair gemacht.

Das Volk hegte gegen diesen Günstling keinen Haß, wie einst gegen Maugiron, Quelus, Schomberg, einen Haß, den Epernon allein geerbt. Es empfing also den Fürsten und die beiden Brüder mit bescheidenem, aber schmeichelhaftem Zurufe.

Heinrich grüßte das Volk ernst und ohne zu lächeln, dann küßte er seinen Hund auf den Kopf, wandte sich gegen die jungen Leute um und sagte zu dem ältern: »Lehnt Euch an die Tapete an, Anne;

ermüdet Euch nicht dadurch, daß Ihr stehenbleibt; es wird vielleicht lange dauern.«

»Ich hoffe es,« unterbrach ihn Katharina, »lange und gut, Sire.«

»Ihr glaubt also, Salcède werde sprechen, meine Mutter?«

»Gott wird hoffentlich unseren Feinden diese Verwirrung geben. Ich sage unseren Feinden, denn es sind auch Eure Feinde, meine Tochter,« fügte sie hinzu, indem sie sich an die Königin wandte, die erbleichte und ihr sanftes Auge senkte.

Der König schüttelte den Kopf mit einer Gebärde des Zweifels Dann wandte er sich wieder zu Joyeuse um und sagte, als er sah, daß dieser trotz seiner Aufforderung immer noch stand: »Nun, Anne, tut, was ich gesagt habe, lehnt Euch mit dem Rücken an die Wand oder stützt Euch mit den Ellenbogen auf meinen Stuhl.«

»Eure Majestät ist in der Tat zu gut, und ich werde nur von der Erlaubnis Gebrauch machen, wenn ich wirklich müde bin.«

»Mein Sohn, sehe ich nicht ein Getümmel dort an der Ecke des Kais?« fragte Katharina.

»Welch ein scharfes Gesicht, »meine Mutter! In der Tat, ich glaube, Ihr habt recht. Oh! wie schlimm sind meine Augen, und ich bin doch nicht alt.« »Sire,« sagte Joyeuse, »dieser Tumult rührt vom Zurückdrängen des Volkes durch die Kompagnie der Bogenschützen her. Sicherlich kommt der Verurteilte.«

»Wie schmeichelhaft ist es für Könige, einen Menschen vierteilen zu sehen, der in seinen Adern einen Tropfen königlichen Blutes hat,« sagte Catharina und ließ bei diesen Worten ihren Blick auf Luise ruhen.

»Oh! Madame, verzeiht, schont mich,« versetzte die junge Königin mit einer Verzweiflung, die sie vergebens zu verbergen suchte, »nein, dieses Ungeheuer gehört nicht zu meiner Familie, und Ihr wollt dies nicht sagen.«

»Gewiß nicht,« sagte der König, »ich bin überzeugt, daß meine Mutter dies nicht sagen wollte.«

»Ei!« erwiderte Katharina mit Bitterkeit, »er hält zu den Lothringern, und die Lothringer sind die Eurigen, Madame; ich denke wenigstens. Dieser Salcède geht Euch also an und zwar ziemlich nahe.«

»Das heißt,« unterbrach sie Joyeuse mit einer ehrenhaften Entrüstung, die der hervorstechende Zug seines Charakters war, »er geht vielleicht Herrn von Guise an, aber keineswegs die Königin von Frankreich.«

»Ah! Ihr seid da, Herr von Joyeuse,« sagte Catharina mit unbeschreiblichem Hochmut. »Ah! Ich hatte Euch nicht gesehen.«

»Ich bin da, nicht nur mit Bewilligung, sondern auf Befehl des Königs, Madame,« antwortete Joyeuse, Heinrich mit dem Blick befragend. »Es ist nicht so ergötzlich, einen Menschen vierteilen zu sehen, daß ich zu einem solchen Schauspiel kommen sollte, wenn ich nicht dazu genötigt wäre.«

»Joyeuse hat recht, Madame,« sagte Heinrich; »es handelt sich hier nicht um Lothringer, nicht um Guise und besonders nicht um die Königin; es handelt sich darum, Herrn von Salcède, einen Mörder, der meinen Bruder töten wollte, in vier Stücke zerreißen zu sehen.«

»Ich habe heute wenig Glück,« sagte Katharina, plötzlich nachgebend, was ihre geschickteste Taktik war, »ich bewirke, daß meine Tochter weint, und Gott verzeihe mir, ich glaube, ich bewirke auch, daß Herr von Joyeuse lacht.«

»Ah! Madame,« rief Luise, Katharinas Hände ergreifend, »ist es möglich, daß sich Eure Majestät so in meinem Schmerze täuscht?«

»Und in meiner tiefen Ehrfurcht?« fügte Anne von Joyeuse bei und verbeugte sich auf den Arm des königlichen Lehnstuhles.

»Es ist wahr,« versetzte Katharina, einen letzten Pfeil in das Herz ihrer Schwiegertochter abdrückend. »Ich sollte wissen, wie peinlich es Euch ist, mein liebes Kind, die Komplotte Eurer Verwandten von Lothringen enthüllt zu sehen, und obgleich Ihr nichts dafür könnt, leidet Ihr doch durch diese Verwandtschaft.«

»Oh!« rief Anne von Joyeuse, »Ihr seht wohl, daß ich mich nicht täuschte, Sire, der Missetäter erscheint auf dem Platz. Teufel! welch ein gemeines Gesicht!«

»Er hat Angst,« sagte Katharina; »er wird sprechen.«

»Wenn er die Kraft dazu hat,« entgegnete der König.

»Seht doch, meine Mutter, sein Kopf wankt wie der eines Leichnams.«

»Ich wiederhole,« versetzte Joyeuse; »er ist abscheulich.«

»Wie soll ein Mensch schön sein, dessen Inneres so häßlich ist? Habe ich Euch nicht die geheimen gegenseitigen Beziehungen des Physischen und Moralischen erklärt, Anne?«

»Ich sage nicht nein, Sire, aber ich habe zuweilen gesehen, daß äußerst häßliche Menschen sehr tapfere Soldaten waren. Nicht wahr, Henri?«

Anne wandte sich nach seinem Bruder um, als wollte er dessen Beifall zu Hilfe rufen; doch Henri schaute ohne zu sehen, horchte, ohne zu hören; er war in tiefe Träumerei versunken, der König antwortete daher für ihn.

»Ei, mein Gott! mein lieber Anne,« rief er, »wer sagt, daß jener dort nicht tapfer sei? Er ist es wie ein Bär, wie ein Wolf, wie eine Schlange. Ihr wißt, er hat in seinem Hause einen normannischen Edelmann, seinen Feind, verbrannt. Er hat sich zehnmal geschlagen und drei von seinen Gegnern getötet; man hat ihn beim Falschmünzen ertappt und deshalb zum Tode verurteilt.«

»Das ist ein wohlerfülltes Dasein, das bald sein Ende erreichen wird,« sagte Joyeuse.

»Herr von Joyeuse, ich hoffe im Gegenteil, es wird so langsam wie möglich endigen,« sagte Katharina.

»Madame,« erwiderte Joyeuse, den Kopf schüttelnd, »die Pferde, die ich dort unter jenem Wetterdache sehe, kommen mir so kräftig und ungeduldig vor, daß ich nicht an einen sehr langen Widerstand der Muskeln, Nerven und Sehnen des Herrn von Salcède glaube.«

»Ja, wenn man nicht für den Fall vorhersehen würde,« versetzte Catharina mit jenem Lächeln, das nur ihr angehörte; »doch, mein Sohn ist barmherzig, er wird den Knechten Befehle geben, daß sie sacht anziehen lassen.«

»Aber, Madame,« warf die Königin schüchtern ein, »ich habe Euch diesen Morgen zu Frau von Mercoeur sagen hören, dieser Unglückliche würde nur zwei Züge auszuhalten haben.«

»Von Herzen gern, wenn er sich gut benimmt,« erwiderte Katharina; »dann wird er so rasch wie möglich abgefertigt werden; doch Ihr versteht, meine Tochter, und ich wollte, Ihr würdet es ihm sagen lassen, da Ihr Euch für ihn interessiert, er halte sich gut, das ist seine Sache.«

Während dieser Zeit hatten die Hellebardiere, die Bogenschützen und die Schweizer den Raum beträchtlich erweitert, und es herrschte nun rings um das Schafott eine Leere, die alle Blicke Salcèdes trotz der geringen Erhöhung des Blutgerüstes unterscheiden ließ.

Salcède mochte ungefähr vierunddreißig Jahre alt sein, er war stark und kräftig; seine bleichen Gesichtszüge, worauf einige Schweiß- und Blutstropfen perlten, belebten sich, wenn er umherschaute, durch einen unbeschreiblichen Ausdruck bald der Hoffnung, bald der Angst. Gleich anfangs warf er seine Blicke nach der königlichen. Loge; aber sein Auge verweilte nicht hier, als hätte er begriffen, daß ihm von dort statt der Rettung der Tod drohte.

Er wandte sich der Menge zu; im Schoße dieses stürmischen Meeres wühlte er mit seinen glühenden Augen und mit seiner am Rande seiner Lippen zitternden Seele.

Die Menge schwieg. Salcède war kein gemeiner Mörder, er war vor allem von guter Geburt; dabei war er ein Kapitän von einigem Rufe gewesen. Nun durch einen schmählichen Strick gebunden, hatte diese Hand einst mutig das Schwert geführt; dieser bleiche Kopf, auf dem sich die Schrecknisse des Todes abmalten, Schrecknisse, die der Missetäter ohne Zweifel in der tiefsten Tiefe seiner Seele verschlossen haben würde, wenn die Hoffnung nicht zuviel Platz eingenommen hätte, dieser bleiche Kopf hatte großartige Pläne beherbergt. So war Salcède für viele Zuschauer ein Held, für viele andere ein Opfer.

Man erzählte sich in der Menge, er sei aus einem Kriegergeschlechte geboren; sein Vater habe heftig den Kardinal von Lothringen bekämpft, was ihm in der Metzelei in der Bartholomäusnacht einen glorreichen Tod eingetragen, der Sohn aber habe, diesen Tod vergessend oder vielmehr seinen Haß einem Ehrgeize opfernd, für den der große Haufe immer eine gewisse Sympathie hegt, einen Vertrag mit Spanien und mit den Guisen eingegangen, um in Flandern die wachsende Souveränität des bei den Franzosen so sehr verhaßten Herzogs von Anjou zu vernichten. – Man sprach ferner von seiner Verbindung mit Baza und Balouin, den angeblichen Urhebern des Komplotts, das den Herzog Franz, den Bruder Heinrichs III., beinahe das Leben gekostet hätte.

Salcède seinerseits hatte beständig auf Befreiung gehofft. Er hatte klüglich halbe Geständnisse gemacht, welche seine Feinde auf mehr Enthüllungen hoffen ließen und sie bewogen, ihn nicht sofort zu töten, sondern nach Paris zu bringen. Salcède hoffte im Gefängnis, Salcède hoffte auf der Folter; er hoffte auf dem Karren; er hoffte noch auf dem Schafott.

Dem König entging so wenig wie dem Volk dieser beständige Gedanke Salcèdes. Catharina studierte ängstlich jede, auch die geringste Bewegung des unglücklichen jungen Mannes; aber sie war zu weit von ihm entfernt, um der Richtung seiner Blicke zu folgen und ihr fortwährendes Spiel zu bemerken.

Der Henker fing indessen an, sich des Opfers zu bemächtigen, und band ihn mitten um den Leib auf die Mitte des Schafotts. Auf ein Zeichen Tranchons waren schon zwei Bogenschützen durch die Menge gedrungen, um die Pferde zu holen, und willig wich die Menge vor ihnen zurück.

In diesem Augenblick entstand ein Geräusch an der Tür der königlichen Loge, und den Vorhang aufhebend, meldete der Huissier Ihren Majestäten, der Präsident Brisson und vier Räte wünschten die Ehre zu haben, mit dem König über den Gegenstand der Hinrichtung eine kurze Unterredung zu pflegen.

»Das ist wunderbar,« sagte der König und fuhr, zu Catharina gewendet, fort: »Meine Mutter, Ihr werdet befriedigt werden.«

Catharina machte ein zustimmendes Zeichen mit dem Kopfe.

»Laßt die Herren eintreten,« sagte der König.

Ehe aber die Gemeldeten erschienen, bat Joyeuse den König leise, sich entfernen zu dürfen. Nach mehreren vergeblichen Einwänden gewährte Heinrich die Bitte und sagte seufzend: »Gehe, halte es nach deiner Phantasie; es ist mein Los, allein zu leben.«

Und er wandte sich mit gefalteter Stirn zu seiner Mutter, denn er fürchtete, sie könnte das Gespräch gehört haben, das zwischen ihm und seinem Günstling stattgefunden.

Joyeuse aber neigte sich an das Ohr seines Bruders und sagte zu ihm: »Geschwind, geschwind, du Bouchage, während die Räte eintreten, schlüpfe hinter ihren großen Roben hinaus und laß uns wegschleichen; der König sagt jetzt ja, in fünf Minuten wird er nein sagen.«

»Ich danke, mein Bruder, ich war wie du, es drängte mich, wegzugehen.« – »Vorwärts, die Raben erscheinen, verschwinde, zarte Nachtigall.«

Man sah in der Tat hinter den Herren Räten wie zwei rasche Schatten die zwei jungen Leute entfliehen. Hinter ihnen fiel der Vorhang mit seinen schweren Flügeln herab. Als der König den Kopf umwandte, waren sie schon verschwunden. Heinrich stieß einen Seufzer aus und küßte einen kleinen Hund.

Die Hinrichtung.

Die Räte blieben schweigsam im Hintergrunde der königlichen Loge stehen und warteten, bis der König das Wort an sie richtete. Dieser ließ einen Augenblick auf sich warten, wandte sich dann um und sagte: »Nun, meine Herren, was gibt es Neues? Guten Morgen, Herr Präsident Brisson.«

»Sire,« antwortete der Präsident mit seiner leichten Würde, die man bei Hofe seine Hugenotten-Höflichkeit nannte, – »wir kommen, um Eure Majestät, wie es Herr von Thou gewünscht hat, anzuflehen, das Leben des Schuldigen zu schonen. Ohne Zweifel hat er einiges zu enthüllen, und wenn man ihm das Leben verspräche, würde man es erfahren.«

»Aber man hat es nicht von ihm erfahren, Herr Präsident?« – »Ja, Sire, – teilweise, – genügt das Eurer Majestät?«

»Ich weiß, was ich weiß, Messire.« – »Eure Majestät weiß also, woran sie sich in Beziehung auf die Teilnahme Spaniens bei dieser Angelegenheit zu halten hat.«

»Spaniens, ja, Herr Präsident, und sogar mehrerer anderer Mächte.« – »Es wäre wichtig, diese Teilnahme festzustellen, Sire.«

»Der König hat auch die Absicht, die Hinrichtung zu verschieben,« sagte Katharina, »wenn der Schuldige ein mit seinen Angaben auf der Folter gleichlautendes Bekenntnis unterzeichnet.«

»Das ist meine Absicht,« bestätigte der König; »Ihr könnt Euch davon überzeugen, Herr Brisson, wenn Ihr Euren Leutnant mit dem Missetäter sprechen laßt.« – »Eure Majestät hat mir nichts mehr zu befehlen?«

»Nichts. Noch keine Veränderung in den Geständnissen, oder ich nehme mein Wort zurück! Sie sind öffentlich, sie müssen vollständig sein.« – »Ja, Sire. Mit dem Namen der beteiligten Personen?«

»Mit dem Namen, mit allen Namen.« – »Selbst wenn diese Personen durch das Geständnis des Verbrechers mit Hochverrat und Empörung gegen das Oberhaupt befleckt würden?«

»Selbst wenn diese Namen die meiner nächsten Verwandten wären.« – »Es soll geschehen, wie Eure Majestät befiehlt.«

»Geht, meine Herren,« sagte der Präsident, seine Räte verabschiedend. Und nachdem er sich ehrfurchtsvoll vor dem König verbeugt hatte, ging er hinter ihnen hinaus.

»Er wird sprechen,« sagte Luise von Lothringen, ganz zitternd, »und Eure Majestät wird ihn begnadigen. Seht wie der Schaum auf seine Lippen tritt.«

»Nein, nein, er sucht nur,« erwiderte Katharina. »Was sucht er denn?« – »Parbleu,« sagte Heinrich III., »das ist nicht schwer zu erraten: er sucht den Herzog von Parma, den Herzog von Guise; er sucht Monsieur meinen Bruder, den allerkatholischsten König. Ja, suche! suche! warte, glaubst du, die Grève sei ein so bequemer Ort für Hinterhalte, wie die Straße von Flandern? Glaubst du, ich hätte hier nicht hundert Bellièvre, um dich zu verhindern, vom Schafott herabzusteigen, wohin dich ein einziger geführt hat?« Salcede hatte die Bogenschützen abgehen sehen, um die Pferde zu holen. Er hatte den Präsidenten und die Räte in der Loge des Königs bemerkt, – dann hatte er sie wieder verschwinden sehen: er begriff, daß der König Befehl zur Hinrichtung gegeben hatte.

Da erschien auf seinem leichenbleichen Munde der blutige Schaum, den die junge Königin wahrgenommen; in der tödlichen Ungeduld, die ihn verzehrte, biß sich der Unglückliche bis auf das Blut in die Lippen.

»Niemand! niemand!« murmelte er. »Nicht einer von denen, die mir Hilfe versprochen hatten! Feige! Feige! Feige!«

Der Leutnant Tranchon näherte sich dem Schafott und sagte zu dem Henker: »Haltet Euch fertig.«

Der Nachrichter machte ein Zeichen gegen das andere Ende des Platzes, und man sah die Pferde, die Menge durchschneidend, eine stürmische Furche zurücklassen, die sich, der des Meeres ähnlich, wieder hinter ihnen schloß.

Jetzt konnte man an der Ecke der Rue de la Vannerie, als die Pferde hier vorüberkamen, einen uns bekannten hübschen, jungen Mann von dem Randsteine, auf dem er stand, herabspringen sehen, angetrieben von einem Jüngling von etwa sechszehn Jahren, der sehr gierig auf dieses furchtbare Schauspiel zu sein schien!

Das war der geheimnisvolle Page und der Vicomte Ernauton von Carmainges.

»Geschwind!« flüsterte der Page seinem Gefährten ins Ohr, »werft Euch in das Loch, es ist kein Augenblick zu verlieren.« – »Aber man wird uns erdrücken, Ihr seid ein Narr, mein kleiner Freund.«

»Ich will sehen, von nahem sehen,« sagte der Page mit so gebieterischem Tone, daß man leicht zu erkennen vermochte, dieser Befehl komme aus einem an Befehle gewöhnten Munde.

Ernauton gehorchte.

»Schließt Euch fest an die Pferde an,« sagte der Page; »verlaßt sie nicht um eine Sohle breit, oder wir kommen nicht an Ort und Stelle.« – »Aber ehe wir ankommen, werdet Ihr in Stücke zerschmettert sein.«

»Kümmert Euch nicht um mich. Vorwärts! vorwärts!« – »Die Pferde werden ausschlagen.«

»Packt das letzte am Schweif; nie schlägt ein Pferd, wenn man es so hält.«

Ernauton gehorchte unwillkürlich und hing sich an den Schweif des Pferdes an, während sich der Page an seinem Gürtel festhielt. Mitten durch diese wie ein Meer wogende Menge gelangten sie, hier einen Flügel ihres Mantels, dort ein Stück ihres Wamses oder ihre Hemdkrause zurücklassend, zugleich mit dem Gespann bis auf drei Schritte vom Schafott, auf dem sich Salcède in den Zuckungen der Verzweiflung krümmte.

»Sind wir an Ort und Stelle?« murmelte atemlos der junge Mann, als er Ernauton anhalten sah. – »Ja, zum Glück, denn meine Kräfte sind erschöpft,« antwortete der Vicomte.

»Ich sehe nicht.« – »Tretet vor mich.«

»Nein, nein, noch nicht ... Was macht man?« – »Schlingen an das Ende der Stricke.«

»Und was macht er?« – »Er verdreht die Augen wie ein Geier auf der Lauer.«

Wie Pferde waren nahe genug am Schafott, daß die Knechte des Henkers an Salcèdes Füße und Fäuste die an ihren Kummeten befestigten Zugriemen binden konnten.

Salcède brüllte, als er an seinen Knöcheln die rauhe Berührung der Stricke fühlte, die eine Schlinge um sein Fleisch zusammenzog. Er richtete einen äußersten, einen unbeschreiblichen Blick auf diesen ungeheuren Platz, dessen hunderttausend Zuschauer er im Kreise seines Gesichtsstrahls umfaßte.

»Mein Herr,« sagte höflich der Leutnant Tranchon, »beliebt Euch, mit dem Volke zu sprechen, ehe wir fortfahren?« Und er näherte sich dem Ohre des Verbrechers, um leise hinzuzufügen: »Ein gutes Geständnis... und Euer Leben ist gerettet.«

Salcède schaute ihm bis in die Tiefe der Seele. Er begriff, daß der Leutnant aufrichtig war und halten würde, was er versprach.

»Ihr seht,« fuhr Tranchon fort, »man verläßt Euch, Ihr habt keine andere Hoffnung mehr auf dieser Welt, als die ich Euch biete.« – »Nun Wohl!« sagte Salcède mit einem heiseren Seufzer, »gebietet Stillschweigen, ich bin bereit, zu sprechen.«

»Der König verlangt ein geschriebenes und unterzeichnetes Geständnis.« – »Dann macht mir die Hände frei und gebt mir eine Feder, ich werde schreiben.«

Euer Geständnis?« – »Mein Geständnis, es sei.«

Entzückt vor Freude hatte Tranchon nur ein Zeichen zu machen, denn es war für den Fall vorgesehen. Ein Bogenschütze hielt das Erforderliche bereit; er gab ihm Schreibzeug, Federn, Papier, und Tranchon legte alles auf das Holz des Schafotts.

Zugleich lockerte man um etwa drei Fuß den Strick, der Salcèdes rechtes Faustgelenk hielt, und hob ihn auf die Estrade, damit er schreiben konnte.

Als Salcède saß, atmete er zunächst mit aller Kraft und bediente sich seiner Hand, um seine Lippen abzuwischen und seine Haare zurückzustreichen, die, feucht von Schweiß, über seine Augenbrauen herabfielen.

»Vorwärts, vorwärts,« sagte Tranchon, »setzt Euch bequem und schreibt alles.«

»Oh! fürchtet nichts,« erwiderte Salcède, seine Hand nach der Feder ausstreckend. »Seid ruhig, ich werde die nicht vergessen, die mich vergessen.«

Bei diesen Worten schaute er zum letzten Male umher. Ohne Zweifel war der Augenblick, sich zu zeigen, für den Pagen gekommen, denn er ergriff Ernauton bei der Hand und sagte zu ihm: »Mein Herr, habt die Güte, nehmt mich in Eure Arme und hebt mich über diese Köpfe empor, die mich zu sehen verhindern.« – »Ah! in der Tat, Ihr seid unersättlich, junger Mensch.«

»Noch diesen Dienst, mein Herr.« – »Ihr mißbraucht mich.«

»Ich muß den Verurteilten sehen, versteht Ihr? Ich muß ihn sehen. Habt Mitleid, Herr, habt Gnade, ich flehe Euch an.«

Ernauton hob widerstandslos den jungen Menschen in seine Arme, doch nicht, ohne über die Zartheit des Körpers, den er in seinen Händen hielt, zu erstaunen.

Der Kopf des Pagen überragte nun die anderen Köpfe, und Salcède erblickte zu seinem großen Erstaunen das Antlitz des jungen Menschen, der zwei Finger auf seine Lippen drückte. Eine unsägliche Freude verbreitete sich auf dem Gesichte des Verbrechers. Es war wie die Trunkenheit des Reichen, da Lazarus einen Tropfen Wasser auf seine vertrocknete Zunge fallen läßt. Er hatte das so ungeduldig erwartete Signal erkannt, das ihm Hilfe verkündigte.

Nach einem kurzen Zaudern bemächtigte sich Salcède des Papiers, das ihm Tranchon, unruhig über sein Zögern, reichte, und fing an, mit fieberhaftem Eifer zu schreiben.

»Er schreibt, er schreibt,« murmelte die Menge.

»Er schreibt,« wiederholte die Königinmutter mit offenbarer Freude.

»Er schreibt,« sagte der König, »bei Gottes Tod! ich werde ihn begnadigen.«

Plötzlich unterbrach sich Salcède, um noch einmal den jungen Menschen anzuschauen, der dasselbe Zeichen wiederholte, und Salcède schrieb weiter.

Das wiederholte sich noch einmal.

»Seid Ihr zu Ende?« fragte Tranchon, der sein Papier nicht aus dem Gesichte verlor.

»Ja,« antwortete Salcède mechanisch.

»So unterzeichnet.«

Salcède unterzeichnete, ohne seine Augen, die an den jungen Menschen genietet blieben, auf das Papier zu richten.

Tranchon streckte seine Hand nach dem Geständnis aus.

»Dem König, dem König allein,« sagte Salcède.

Und er reichte dem Leutnant das Papier, doch zögernd, wie ein besiegter Soldat, der seine letzte Waffe übergibt.

»Wenn Ihr alles gestanden habt, so seid Ihr gerettet, Herr von Salcède,« sagte der Leutnant.

Ein aus Spott und Unruhe gemischtes Lächeln trat auf den Lippen des Verurteilten hervor, der den geheimnisvollen Pagen ungeduldig zu befragen schien.

Ermüdet wollte Ernauton seine Last niedersetzen und öffnete die Arme. Der Page glitt auf den Boden. Mit ihm verschwand die Vision, die den Verurteilten aufrechterhalten hatte. Dieser suchte den Kopf mit den Augen; dann rief er ganz verwirrt: »Nun! nun!«

Niemand antwortete.

»Rasch, rasch, beeilt euch,« sagte er; »der König hat das Papier in der Hand, er wird es sogleich lesen.« Aber niemand rührte sich.

»Oh! tausend Teufel!« rief Salcède, »sollte man mich hintergangen haben? Ich erkannte sie doch wohl! Sie war es, sie war es!«

Kaum hatte der König inzwischen das Papier entfaltet und die ersten Zeilen durchlaufen, als er von Entrüstung ergriffen zu sein schien. Dann erbleichte er und schrie: »Oh! der Elende!... oh! der boshafte Mensch!«

»Was gibt es, mein Sohn?« fragte Catharina.

»Er nimmt alles zurück, meine Mutter; er behauptet, nie etwas gestanden zu haben.«

»Und?« – »Er erklärt die Herren von Guise für unschuldig an allen Komplotten.«

»In der Tat,« stammelte Catharina, »wenn es wahr ist.« – »Er lügt,« rief der König, »er lügt wie ein Heide.«

»Was wißt Ihr davon, mein Sohn? Die Herren von Guise sind vielleicht verleumdet worden. Die Richter haben vielleicht in ihrem zu großen Eifer die Angaben falsch ausgelegt.« – »Ei! Madame,« rief Heinrich, der sich nicht länger bemeistern konnte, »ich habe alles gehört.«

»Ihr, mein Sohn?« – »Ja, ich.«

»Und wann dies?« – »Als der Schuldige die Folter auszuhalten hatte... ich war hinter einem Vorhang; ich habe nicht eines von seinen Worten verloren, und jedes von diesen Worten drang in meinen Kopf wie ein Nagel unter dem Hammer.«

»Nun, so laßt ihn unter der Folter sprechen, da er die Folter braucht; befehlt, daß die Pferde anziehen.«

Vom Zorne hingerissen, erhob Heinrich die Hand. Der Leutnant Tranchon wiederholte das Zeichen. Schon waren die Stricke wieder an die vier Glieder des Missetäters gebunden worden; vier Männer sprangen auf die vier Pferde; vier Peitschenhiebe erschollen, und die vier Rosse stürzten in entgegengesetzten Richtungen fort.

Ein furchtbares Krachen und ein entsetzlicher Schrei wurden zu gleicher Zeit vom Boden des Schafotts hörbar. Man sah, wie die Glieder des unglücklichen Salcède blau wurden, sich verlängerten und mit Blut unterliefen; sein Gesicht war nicht mehr das eines menschlichen Geschöpfes: es war die Maske eines Dämons.

»Ah! Verrat! Verrat!« schrie er. »Nun! ich werde sprechen, ich will sprechen, ich will alles sagen. Ah! verfluchte Herzog...«

Seine Stimme übertönte das Gewieher der Pferde und den Lärm der Menge; aber plötzlich erlosch sie.

»Haltet ein! haltet ein!« rief Catharina.

Es war zu spät. Kurz zuvor noch starr vor Schmerz und Wut, fiel Salcèdes Kopf plötzlich auf den Boden des Blutgerüstes.

»Laßt ihn sprechen,« rief die Königinmutter. »Haltet ein, haltet doch ein!«

Salcèdes Auge war übermäßig erweitert, es blieb hartnäckig auf die Gruppe geheftet, wo der Page erschienen war. Tranchon folgte geschickt der Richtung. Aber Salcède konnte nicht mehr sprechen, er war tot.

Tranchon gab leise seinen Bogenschützen einige Befehle, und diese durchsuchten die Menge in der durch Salcèdes Blicke bezeichneten Richtung.

»Ich bin entdeckt,« sagte der junge Page Ernauton ins Ohr; »habt Mitleid, helft mir, unterstützt mich, Herr, sie kommen! sie kommen!« – »Aber wer seid Ihr denn?«

»Eine Frau... rettet mich, beschützt mich!«

Ernauton erbleichte, aber der Edelmut trug den Sieg über das Erstaunen und die Furcht davon. Er stellte seine Schutzbefohlene vor sich, brach ihr Bahn durch gewaltige Streiche mit dem Knopfe seines Degens und trieb sie bis zur Ecke der Rue du Mouton, gegen eine offene Tür. Der junge Page stürzte darauf zu und verschwand in dieser Tür, die ihn zu erwarten schien und sich hinter ihm schloß.

Er hatte nicht einmal Zeit gehabt, ihn nach seinem Namen zu fragen, noch wo er ihn wiederfinden würde. Aber während er verschwand, machte ihm der Page, als hätte er seinen Gedanken erraten, ein verheißungsvolles Zeichen.

Nunmehr frei, wandte sich Ernauton gegen den Mittelpunkt des Platzes um und umfaßte mit einem Blicke das Schafott und die königliche Loge.

Salcède lag starr und bleifarbig auf dem Blutgerüste ausgestreckt. Katharina stand leichenbleich und zitternd in der Loge. »Mein Sohn,« sagte sie endlich, sich den Schweiß von der Stirne wischend, »Ihr würdet wohl daran tun, mit Eurem Scharfrichter zu wechseln. Dieser ist ein Ligist.«

»Woran seht Ihr es?« – »Schaut! schaut!«

»Nun, ich schaue.« – »Salcède hat nur einen Zug erlitten, und er ist tot.«

»Weil er zu empfindlich für den Schmerz ist.« – »Nein, nein!« entgegnete Katharina, mit einem Lächeln der Verachtung, das ihr der geringe Scharfsinn ihres Sohnes entriß, »nein, sondern weil er unter dem Schafott mit einem seinen Strick in dem Augenblick erdrosselt worden ist, wo er die, die ihn sterben ließen, anklagen wollte. Laßt den Leichnam untersuchen, und ich bin sicher, Ihr findet um seinen Hals den Kreis, den der Strick daran zurückgelassen hat.«

»Ihr habt recht,« sagte Heinrich, dessen Augen einen Moment funkelten, »mein Vetter von Guise ist besser bedient als ich.«

»Still! still! mein Sohn, keinen Lärm, man würde unser spotten; denn die Partie ist diesmal wiederum verloren.«

»Joyeuse hat wohlgetan, sich anderswo zu belustigen,« sagte der König, »man kann auf nichts in dieser Welt zählen, nicht einmal auf die Hinrichtungen. Gehen wir, meine Damen, gehen wir.«

Die beiden Joyeuse.

Die Herren von Joyeuse hatten sich, wie wir gesehen, vor der Hinrichtung entfernt; sie ließen bei den Equipagen des Königs ihre Lakaien, die mit ihren Pferden auf sie warteten, und gingen durch die Straßen dieses volkreichen Stadtviertels, die an diesem Tage ganz verlassen waren.

Sobald sie außen waren, wanderten sie Arm in Arm fort, aber ohne miteinander zu reden. Kurz zuvor noch so freudig, war Henri ernst, in Gedanken versunken, beinahe düster.

Anne schien unruhig und war verlegen über das Stillschweigen seines Bruders. »Nun, Henri,« fragte er endlich, »wohin führst du mich?« – »Ich führe dich nicht, ich gehe dir voran, mein Bruder,« erwiderte Henri, als ob er plötzlich erwachte. »Wünschest du irgendwohin zu gehen, mein Bruder?« »Und du?« – Henri lächelte traurig, »Oh! ich,« sagte er, »mir ist es gleichviel, wohin ich gehe.«

»Du gehst doch diesen Abend irgendwohin,« entgegnete Anne, »denn jeden Abend gehst du zu derselben Stunde aus, um erst ziemlich spät in der Nacht nach Hause zu kommen, und zuweilen kommst du gar nicht nach Hause.«

»Willst du mich ausfragen, Bruder?« sagte Henri weich und zugleich ein wenig ehrfurchtsvoll vor dem älteren Bruder.

»Ich dich ausfragen? Gott behüte mich! Die Geheimnisse gehören denen, die sie bewahren.« – »Wenn du es wünschest, habe ich keine Geheimnisse vor dir, du weißt es wohl.«

»Du wirst keine Geheimnisse für mich haben, Henri?« – »Nie, mein Bruder; bist du nicht zugleich mein Herr und mein Freund?«

»Verdammt! ich dachte, du kümmertest dich nicht um mich, der ich nur ein armer Laie bin; ich dachte, du hättest unseren weisen Bruder, diesen Pfeiler der Gottesgelahrtheit, diese Leuchte der Religion, diesen gelehrten Architekten der Gewissensfälle des Hofes, der eines Tages Kardinal sein wird, ich dachte, du vertrautest ihm, und fändest bei ihm zugleich Beichte, Absolution und wer weiß ... Rat; denn in unserer Familie,« fügte Anne lachend hinzu, »ist man zu allem gut, du weißt es, davon zeugt unser vielgeliebter Vater.«

Henri du Bouchage ergriff die Hand seines Bruders und drückte sie liebevoll. »Du bist für mich mehr als Gewissensrat, mehr als Beichtiger, mehr als Vater, mein lieber Anne,« sagte er, »ich wiederhole, du bist mein Freund.«

»So sprich, mein Freund, warum habe ich dich, der du so heiter warst, allmählich traurig werden sehen, und warum gehst du, statt bei Tage auszugehen, jetzt nur noch bei Nacht aus?« – »Mein Bruder, ich bin nicht traurig,« erwiderte Henri lächelnd.

»Was bist du denn?« – »Ich bin verliebt.«

»Gut, Und dieses Versunkensein?« – »Kommt davon her, daß ich unablässig an meine Liebe denke.«

»Und du seufzest, während du mir das sagst?« – »Ja.« »Du seufzest, du, Henri, Graf du Bouchage, du, Joyeuses Bruder, du, den die schlimmen Zungen den dritten König von Frankreich nennen? Du weißt, Herr von Guise ist der zweite, wenn nicht gar der erste! Du, der du reich, der du schön bist, der du Pair von Frankreich sein wirst, wie ich, und Herzog, wie ich, bei der ersten Gelegenheit, die sich findet, du bist verliebt, nachdenkend und seufzend; du, dessen Wahlspruch ›hilariter‹ (heiter) lautet.« – »Mein lieber Anne, all dieses Gute in der Vergangenheit oder der Zukunft zählt für mich nicht unter die Dinge, die mein Glück ausmachen. Ich besitze keinen Ehrgeiz,«

»Das heißt, du besitzest keinen mehr.« – »Oder ich strebe wenigstens nicht nach den Dingen, von denen du sprichst.« –

»In diesem Augenblick vielleicht; doch später wirst du darauf zurückkommen.« – »Nie, Bruder, ich wünsche nichts, ich will nichts.«

»Und du hast unrecht, Bruder. Wenn man den Namen Joyeuse, einen der schönsten Namen Frankreichs, führt, wenn man einen Bruder hat, der der Günstling des Königs ist, so wünscht man alles, so will man alles... und hat man alles.« – Henri schüttelte schwermütig sein blondes Haupt.

»Sprich, da wir nun allein und von aller Welt entfernt sind,« sagte Anne. »Hast du mir etwas Ernstes zu sagen, Henri?« – »Nichts, nichts, wenn nicht, daß ich verliebt bin, und das weißt du schon, da ich es dir soeben gestanden habe.«

»Aber zum Teufel! das ist nichts Ernstes,« erwidert? Anne, mit dem Fuße stampfend. »Beim Papst, ich bin auch verliebt!« – »Nicht wie ich, Bruder.«

»Ich denke auch zuweilen an meine Geliebte.« – »Ja, aber nicht immer.« »Ich habe auch Widerwärtigkeiten, Kummer sogar.« – »Ja, du hast aber auch Freuden, denn man liebt dich.«

»Oh! ich stoße auch auf große Hindernisse; man verlangt von mir großes Geheimhalten.« – »Man verlangt? Du hast gesagt »man verlang?«, Bruder. Wenn deine Geliebte verlangt, so gehört sie dir.«

»Allerdings gehört sie mir... nämlich mir und Herrn von Mayenne; denn ein Vertrauen ist des andern wert, Henri, ich habe gerade die Geliebte dieses Unzüchters von Mayenne, ein in mich vernarrtes Mädchen, das Mayenne auf der Stelle verlassen würde, wenn es nicht fürchtete, von ihm umgebracht zu werden. Du weißt, es ist seine Gewohnheit, die Frauen umzubringen. Dann hasse ich diese Guisen, und es belustigt mich ... mich auf Kosten eines von ihnen zu belustigen. Nun, so sprich, wen liebst du, Henri? Deine Geliebte ist doch wenigstens schön?« – »Ach, mein Bruder, es ist nicht meine Geliebte.«

»Ist sie schön?« – »Zu schön.«

»Ihr Name?« – »Ich weiß ihn nicht.«

»Gehe doch!« – »Bei meinem Ehrenwort.«

»Mein Freund, ich fange an zu glauben, daß die Sache doch gefährlicher ist, als ich dachte ... Das ist beim Papst keine Traurigkeit, sondern Tollheit!« – »Sie hat nur ein einziges Mal mit mir oder vielmehr nur ein einziges Mal in meiner Gegenwart gesprochen, und seit dieser Zeit habe ich nicht einmal mehr den Ton ihrer Stimme gehört.«

»Und du hast dich nicht erkundigt?« – »Bei wem?«

»Wie! bei wem? bei den Nachbarn.« – »Sie bewohnt ein Haus für sich allein, und niemand kennt sie.«

»Das ist wohl ein Schatten?« – »Es ist eine Frau, groß und schön wie eine Nymphe, ernst und erhaben wie der Engel Gabriel.«

»Wie hast du sie kennen lernen? Wo hast du sie getroffen?« – »Eines Tages verfolgte ich ein Mädchen, ich trat in einen kleinen Garten, der an eine Kirche stößt, dort ist eine Bank unter Bäumen. Der Schatten fing an, dichter zu werden; ich verlor das Mädchen aus dem Gesicht, und während ich es suchte, gelangte ich zu der Bank.«

»Immerzu, ich höre.« – »Ich erblickte im Halbdunkel ein Frauenkleid und streckte die Hände aus.

»Verzeiht, mein Herr,« sagte plötzlich die Stimme eines Mannes, den ich nicht bemerkt hatte, »verzeiht«.

»Und die Hand dieses Mannes schob mich sacht, aber mit Festigkeit zurück.«

»Er wagte es, dich zu berühren, Joyeuse?« – »Höre, dieser Mann hatte das Gesicht in einer Art von Kutte verborgen, ich hielt ihn für einen Mönch, dann machte er Eindruck auf mich durch den liebevollen und höflichen Ton seiner Warnung, denn während er zu mir sprach, bezeichnete er mit dem Finger auf zehn Schritte die Frau, deren weiße Kleidung mich nach dieser Seite gezogen hatte ... Sie kniete vor der steinernen Bank, als ob es ein Altar wäre.

»Ich blieb stehen, mein Bruder; dieses Abenteuer begegnete mir am Anfang des September; die Luft war lau; die Rosen und die

Veilchen, die dort stehen, sandten mir ihre zarten Wohlgerüche zu; der Mond zerriß eine weißliche Wolke hinter dem Glockenturm der Kirche, und die Fenster fingen an, sich an ihrem First zu versilbern, während sie sich unten von dem Widerscheine der angezündeten Kerzen vergoldeten. Ach, war es die Majestät des Ortes, war es die persönliche Würde, diese kniende Frau glänzte für mich in der Finsternis wie eine Bildsäule von Marmor, und als ob sie wirklich von Marmor gewesen wäre. Sie flößte mir eine gewisse Ehrfurcht ein, die mich im Heizen erstarren ließ.«

»Ich schaute sie gierig an.

»Sie beugte sich auf die Bank, umfaßte sie mit ihren Armen, drückte ihre Lippen darauf, und bald sah ich ihre Schultern unter der Gewalt ihrer Seufzer und ihres Schluchzens wogen; nie hast du solche Ausbrüche gehört, Bruder; nie hat ein scharfes Eisen so schmerzlich ein Herz zerrissen.«Während sie weinte, küßte sie den Stein mit einer Trunkenheit, die mich von Sinnen brachte; ihre Tränen rührten mich, ihre Küsse machten mich verrückt.«

»Beim Papst! sie war verrückt,« sagte Joyeuse, »küßt man einen Stein so? Schluchzt man so um nichts?« – »Oh! es war ein großer Schmerz, der sie schluchzen ließ, oh! es war eine tiefe Liebe, die sie diesen Stein zu küssen bewog; aber wen liebte sie? Wen beweinte sie? Für wen betete sie? Ich weiß es nicht.«

»Doch dieser Mann, hast du ihn nicht befragt?« – »Gewiß.«

»Und was hat er geantwortet?« – »Sie habe ihren Gatten verloren.«

»Beweint man einen Gatten? Das ist, bei Gott! eine schöne Antwort; und du hast dich damit begnügt?« – »Ich mußte wohl, da er mir keine andere geben wollte.«

»Aber dieser Mann selbst, wer ist er?« – »Eine Art von Diener, der bei ihr wohnt.«

»Sein Name?« – »Er weigerte sich, ihn mir zu sagen.«

»Jung? alt?« – »Er mag achtundzwanzig bis dreißig Jahre alt sein.«

»Und was geschah hernach? ... Sie hat wohl nicht die ganze Nacht fort geweint und gebetet?« – »Nein. Als sie zu weinen aufgehört, stand sie auf, Bruder; es lag in dieser Frau eine so geheimnisvolle Traurigkeit, daß ich, statt auf sie zuzugehen, wie ich es bei jeder andern Frau getan hätte, zurückwich; sie schritt sodann auf mich oder vielmehr auf die Stelle zu, wo ich stand, denn sie sah mich nicht einmal; da traf ein Mondstrahl ihr Antlitz, und dieses erschien mir erleuchtet, schimmernd: sie hatte ihren düsteren Ernst wieder angenommen, kein Zusammenziehen des Gesichtes, kein Beben, keine Tränen mehr, nur noch die feuchte Furche, die sie gezogen. Ihre Augen allein glänzten noch. Ihr Mund öffnete sich sanft, um das Leben einzuatmen, das sie einen Augenblick schien verlassen zu wollen. Sie machte ein paar Schritte mit einer gewissen weichen Mattigkeit und wie im Traume; der Mann lief auf sie zu und führte sie; denn sie schien vergessen zu haben, daß sie auf der Erbe ging. Oh! Bruder, welch eine Schönheit, welche übermenschliche Macht!«

»Hernach, hernach?« fragte Anne, der unwillkürlich ein Interesse an dieser Erzählung nahm, über die er anfangs spotten wollte. – »Oh! nun bin ich bald zu Ende, mein Bruder; ihr Diener sagte leise ein paar Worte zu ihr, und sie ließ ihren Schleier nieder; ohne Zweifel sagte er ihr, ich wäre da; aber sie schaute nicht einmal auf meine Seite, sie senkte nur ihren Schleier, und ich sah sie nicht mehr; es kam mir vor, als hätte sich der Himmel verdüstert, und als wäre es kein lebendiges Geschöpf mehr, sondern ein diesen Gräbern entstiegener Schatten, der durch das hohe Gras schweigend vor mir hinschlüpfte.

»Sie verließ das Gehege; ich folgte ihr.

»Von Zeit zu Zeit wandte sich der Mann um und konnte mich sehen, denn ganz verwirrt und betäubt, wie ich war, verbarg ich mich nicht; was willst du? Ich hatte noch die alten gemeinen Gewohnheiten im Kopfe, den alten rohen Sauerteig im Herzen.«

»Was willst du damit sagen, Henri?« fragte Anke. »Ich verstehe dich nicht.« – Der junge Mann antwortete lächelnd: »Ich will damit sagen, daß meine Jugend geräuschvoll war, daß ich oft zu lieben glaubte, und daß alle Frauen für mich bis zu jenem Augenblick Frauen waren, denen ich meine Liebe anbieten konnte.«

»Oh! oh! was ist das?« rief Joyeuse, der, unwillkürlich etwas beunruhigt durch das Geständnis seines Bruders, seine Heiterkeit wieder zu erlangen suchte. »Nimm dich in acht, Henri, du schweifst aus, es ist also keine Frau von Fleisch und Knochen?« – »Mein Bruder,« sagte der junge Mann, ganz leise Joyeuses Hand mit fieberhaftem Drucke umschließend, »so wahr mich Gott hört, ich weiß nicht, ob es ein Geschöpf dieser Welt ist.«

»Beim Papst!« erwiderte Anne, »du würdest mir angst machen, wenn ein Joyeuse Angst haben könnte. Noch es ist doch gewiß, daß sie geht, daß sie weint, und daß sie Küsse gibt; du hast es mir selbst gesagt und dies ist, wie mir scheint, ein sehr gutes Vorzeichen, teurer Freund; aber das ist nicht alles; sprich, hernach, hernach?« – »Hernach kommt nur noch wenig; ich folgte ihr also, sie suchte sich mir nicht einmal zu entziehen, den Weg zu verändern, einen falschen Weg einzuschlagen; sie schien nicht einmal hieran zu denken.«

»Nun, wo wohnte sie?« – »In der Gegend bei Bastille, in der Rue de Lesdiguières; vor ihrer Tür wandte sich ihr Begleiter um und sah mich.«

»Du machtest ihm sodann ein Zeichen, um ihm zu verstehen zu geben, daß du mit ihm zu sprechen wünschtest.« – »Ich wagte es nicht; was ich dir da sage, ist lächerlich, aber der Diener imponierte mir beinahe ebensosehr wie die Gebieterin.«

»Gleichviel, du tratst in das Haus?« – »Nein, Bruder.«

»In der Tat, Henri, ich habe große Lust, zu leugnen, daß du ein Joyeuse bist; doch du gingst wenigstens am andern Tag wieder dahin?« – »Ja, aber vergebens, vergebens zum Friedhof, vergebens in die Rue de Lesdiguières.«

»Sie war verschwunden?« – »Wie ein Schatten, der entflohen.«

»Du Hast dich jedoch erkundigt?« – »Die Straße hat wenig Bewohner, keiner konnte mich befriedigen; ich lauerte auf den Diener, um ihn zu befragen, er erschien nicht wieder; doch ein Licht, das ich am Abend durch die Jalousien glänzen sah, tröstete mich, indem es mir andeutete, sie wäre immer noch da. Ich wandte hundert Mittel an, in das Haus zu dringen; Briefe, Boten, Blumen, Geschenke, alles scheiterte. Eines Abends verschwand das Licht ebenfalls und erschien nicht wieder; ohne Zweifel hatte die Dame, meiner Verfolgungen müde, die Rue de Lesdiguières verlassen; niemand kannte ihre neue Wohnung.«

»Du hast sie jedoch wiedergefunden, die schöne Spröde?« – »Der Zufall gestattete es; ich bin ungerecht, Bruder, es ist die Vorsehung, die nicht will, daß man das Leben so hinschleppe. Höre, es ist in der Tat seltsam! Ich ging vor vierzehn Tagen um Mitternacht durch die Rue de Bussy... Du weißt, mein Bruder, daß die Feuerverordnungen sehr streng vollzogen werden; nun wohl! ich sah nicht nur Feuer an den Scheiben eines Hauses, sondern einen richtigen Brand, der im zweiten Stocke ausbrach. Ich klopfte kräftig an die Tür, ein Mann erschien am Fenster. »Es brennt bei Euch!« rief ich. – »Still, habt Mitleid,« erwiderte er, »still, ich bin eben beschäftigt, zu löschen.« – »Soll ich die Wache rufen?« – »Nein, nein, um des Himmels willen, ruft niemand.« – »Aber, wenn man Euch helfen kann?«

»Wollt Ihr? so kommt, und Ihr leistet mir einen Dienst, für den ich Euch mein ganzes Leben dankbar sein werde.« – »Und wie soll ich kommen?« – »Hier ist der Schlüssel zur Tür.« – Und er warf mir aus dem Fenster einen Schlüssel zu.

»Ich stieg rasch die Treppe hinauf und trat in das Zimmer, das der Schauplatz des Brandes war. Der Boden brannte; ich befand mich in dem Laboratorium eines Chemikers; als er irgendeinen Versuch machte, hatte sich eine entzündbare Flüssigkeit auf der Erde ausgebreitet, wodurch der Brand entstanden war. Bei meinem Eintritt war er schon Meister des Feuers, so daß ich mir ihn anschauen konnte.

»Es war ein Mann von etwa dreißig Jahren, eine furchtbare Narbe durchfurchte die Hälfte der Wange, eine andere den Schädel; sein buschiger Bart verbarg den Rest des Gesichtes. Er sagte zu mir:

»Ich danke Euch, mein Herr, aber Ihr seht, alles ist vorbei; habt also die Güte, Euch zu entfernen, denn meine Gebieterin kann jeden Augenblick eintreten, und sie dürfte ärgerlich werden, wenn sie zu dieser Stunde einen Fremden bei mir oder vielmehr bei sich sehen würde.«

»Der Ton dieser Stimme lähmte mich, es war der Mann von der unbekannten Dame, denn er war mit einer Kutte bedeckt gewesen, ich hatte sein Gesicht nicht gesehen, nur seine Stimme gehört. Ich war im Begriff, ihm dies zu sagen, ihn zu befragen, als sich plötzlich eine Tür öffnete und eine Frau eintrat.

»Was gibt es denn, Remy?« fragte sie, indem sie majestätisch auf der Türschwelle stehen blieb, »und warum dieser Lärm?«

»Oh! mein Bruder, sie war es, noch schöner im sterbenden Feuer des Brandes, als sie mir in den Strahlen des Mondes geschienen hatte; sie war es, die Frau, deren beständiges Andenken mir das Herz zernagt.

»Bei dem Schrei, den ich ausstieß, schaute mich der Diener ebenfalls aufmerksamer an.

»Ich danke, Herr, ich danke,« sagte er noch einmal; »Ihr seht, das Feuer ist gelöscht. Geht, ich bitte Euch, geht.« – »Mein Freund« erwiderte ich, »Ihr verabschiedet mich so?« – »Madame« sagte der Diener, »er ist es.« – »Wer?« fragte sie. – »Der junge Kavalier, den wir im Garten trafen, und der uns nach der Rue de Lesdiguières folgte.«

»Sie heftete nun ihren Blick auf mich, und aus diesem Blick konnte ich schließen, daß sie mich zum ersten Male sah. »Mein Herr,« sagte sie, »habt die Güte, entfernt Euch.«

»Ich zögerte, ich wollte sprechen, bitten; aber die Worte fehlten meinen Lippen; ich blieb unbeweglich und stumm und schaute sie nur an.

»Nehmt Euch in acht, mein Herr,« sagte der Diener mehr traurig als streng, »nehmt Euch in acht, Ihr würdet Madame zwingen, zum zweiten Male zu fliehen.«

»Oh! Gott verhüte es,« erwiderte ich, mich verbeugend, »aber Madame, ich beleidige Euch doch nicht.« »Sie antwortete mir nicht. So unempfindlich, so stumm, so eisig, als ob sie mich nicht gehört hätte, wandte sie sich um, und ich sah sie allmählich im Schatten verschwinden und die Stufen einer Treppe hinabgehen, auf der ihr Tritt nicht mehr tönte, als wenn es der eines Gespenstes wäre.«

»Und das ist alles?« – »Das ist alles. Der Diener geleitete mich zur Tür zurück und sagte: ›Mein Herr, vergeßt im Namen Jesu und der Jungfrau Maria, ich flehe Euch an, vergeßt!‹

»Ich entfloh, betrübt, verwirrt, albern, preßte meinen Kopf zwischen meine beiden Hände und fragte mich, ob ich nicht ein Narr würde.

»Seitdem gehe ich jeden Abend in diese Straße, und deshalb wandten sich meine Schritte, als wir das Stadthaus verließen, ganz natürlich nach dieser Seite; jeden Tag, sagte ich, gehe ich in diese Straße, ich verberge mich an der Ecke eines Hauses, dem ihrigen gegenüber, unter einem Balkon, dessen Schatten mich gänzlich umhüllt; einmal unter zehnmal sehe ich Licht in dem Zimmer, das sie bewohnt; dort ist mein Leben, dort ist mein Glück!«

»Welch ein Glück!« – »Ach, ich verliere es, wenn ich ein anderes zu erlangen wünsche.«

»Aber wenn du dich mit dieser Resignation zugrunde richtest?« – »Bruder,« sagte Henri mit einem traurigen Lächeln, »was willst du? Ich fühle mich so glücklich.«

»Das ist unmöglich.«

»Das Glück ist immer beziehungsweise; ich weiß, daß sie dort ist, daß sie dort lebt, daß sie dort atmet; ich sehe sie durch die Mauer, oder es kommt mir vielmehr vor, als erblickte ich sie; wenn sie dieses Haus verließe, wenn ich abermals vierzehn Tage zubrächte, wie die, welche ich zubrachte, als ich sie verloren hatte, so würde ich ein Narr, mein Bruder, oder ich ginge in ein Kloster, um Mönch zu werden.«

»Nein, bei Gott! es ist schon genug mit einem Narren und einem Mönch in der Familie; wir brauchen keinen mehr, teurer Freund. Ich verspreche dir, Bruder, in spätestens vierzehn Tagen sollst du deine Geliebte haben. Laß mich nur machen.«

Trotz alles Zweifels und Kleinmuts des verliebten Bruders beharrte der Ältere darauf, daß er sein Ziel erreichen werde. Er ließ sich von Henri mitteilen, daß dem kleinen Hause gegenüber ein ähnliches von einem einsamen Bürger bewohntes stehe. Joyeuse sagte schließlich:

»Du wirst sie diesen Abend sehen, Bruder.« – »Ich?«

»Stelle dich um acht Uhr unter ihren Balkon.« – »Ich werde dort sein, wie ich es alle Tage bin, aber ohne mehr Hoffnung, als an den anderen Tagen.«

»Doch sage mir die Adresse ganz genau.« – »Zwischen der Porte Bussy und dem Hotel Saint-Deny, beinahe an der Ecke der Rue des

Augustins, zwanzig Schritte von einem großen Gasthofe mit dem Schilde: *Zum Schwerte des kühnen Ritters.*«

»Sehr gut, um acht Uhr heute abend.« – »Aber was willst du machen?«

»Du wirst es sehen, du wirst es hören. Mittlerweile kehre nach Hause zurück, lege deine schönsten Kleider an, nimm deine reichsten Juwelen, gieße auf deine Haare deine feinsten Essenzen; heute abend kommst du in die Festung.« – »Gott höre dich, mein Bruder.«

»Henri, wenn Gott taub ist, so ist es der Teufel nicht.... Ich verlasse dich, meine Geliebte erwartet mich, nein, ich will sagen, die Geliebte des Herrn von Mayenne.... Beim Papst! diese ist kein Zieraffe.«

»Mein Bruder.« – »Verzeih, schöner Liebesritter; also heute abend, Henri.«

Die Brüder drückten einander die Hand und trennten sich. Nach zweihundert Schritten hob der eine den Klopfer eines schönen beim Parvis Notre-Dame liegenden gotischen Hauses mutig auf und ließ ihn geräuschvoll wieder fallen. Der andere vertiefte sich schweigsam in einer von den krummen Straßen, die nach dem Palaste ausmünden.

Das Schwert des kühnen Ritters behält recht gegen Amors Rosenstock.

Inzwischen war die Nacht gekommen und hatte mit ihrem feuchten Nebelmantel die zwei Stunden zuvor noch so geräuschvolle Stadt umhüllt. Sobald Salcède tot war, kehrten die Zuschauer zu ihrem Herd zurück, und man sah auf den Straßen nur noch zerstreute Gruppen, statt der ununterbrochenen Kette der Neugierigen, die am Tage einem Punkte zugeströmt waren.

Bei der Porte Bussy, wohin wir uns zu dieser Stunde versetzen müssen, hörte man, wie einen Bienenstock bei Sonnenuntergang, ein gewisses rosenfarbig angestrichenes und mit blauen und weißen Malereien verziertes Haus summen, das *Zum Schwerte des kühnen Ritters* genannt wurde und nichts anderes war, als ein sehr geräumiger Gasthof, den man jüngst in diesem neuen Stadtviertel eingerichtet hatte.

Obwohl nun das Schild nicht nur den Kampf eines Erzengels mit einem ungeheuren Drachen darstellte, der von einem gewaltigen Kreuz in blutende Stücke zerhauen wurde, sondern der Schildermaler, um auch anderem Geschmack zuzusagen, Kürbisse, Trauben, Käfer, Eidechsen, eine Schnecke auf einer Rose und ein paar Kaninchen angebracht hatte, so schien doch die Anziehungskraft auf das Publikum gering, und der geräumige Gasthof blieb meist leer und gemieden.

Das Haus war jedoch groß und bequem; viereckig gebaut, mit breiten Unterlagen auf dem Boden ruhend, streckte es stolz über seinem Schilde vier Türmchen empor, von denen jedes ein achteckiges Zimmer enthielt, das Ganze allerdings von Holz gebaut, aber zierlich und vielversprechend, wie jedes Haus sein muß, das den Männern und besonders den Frauen gefallen will; doch hierin lag das Übel. Man kann nicht jedermann gefallen. Es kamen wohl viele kriegerische Gäste, aber die friedlichen verliebten Paare blieben fort.

Frau Fournichon, die Wirtin, behauptete auch, das Schild habe dem Hause Unglück gebracht, und sie versicherte, wenn man sich hätte auf ihre Erfahrung verlassen und statt des kühnen Ritters und des häßlichen Drachens etwas Galantes malen wollen, wie zum

Beispiel *Amors Rosenstock* mit entflammten Herzen statt der Rosen, so hätten alle zarten Seelen ihr Haus zum Wohnsitz gewählt.

Dagegen meinte Meister Fournichon, ein Reiter, der nur an das Trinken zu denken habe, trinke wie sechs Verliebte, und wenn er auch nur die Hälfte der Zeche bezahle, so gewinne man doch noch dabei, da die verschwenderischsten Liebesleute nie bezahlten wie drei Reiter.

»Überdies,« schloß er, »ist der Wein moralischer als die Liebe.«

Bei diesen Worten zuckte Frau Fournichon ihre fetten Schultern, und es blieb alles beim alten, bis einen Monat vor Salcèdes Hinrichtung. Da saßen nach ihrer Gewohnheit Frau Fournichon und ihr Gatte, jedes in einem Türmchen ihrer Anstalt, beide müßig, träumerisch und kalt, weil alle Tische und alle Zimmer des Wirtshauses zum *kühnen Ritter* völlig leer waren.

Amors Rosenstock hatte an diesem Tage keine Rosen gebracht, und das Schwert des *kühnen Ritters* hatte ins Wasser geschlagen.

Die beiden Gatten schauten also traurig nach dem nahen Exerzierplatz, dem Pré aux Clercs, von wo eben die Soldaten verschwanden, und während sie schauten und über den militärischen Despotismus seufzten, der die Soldaten, die natürlich sehr durstig sein mußten, zwang, nach ihrer Wachtstube zurückzukehren, sahen sie den Kapitän, der das Manöver geleitet hatte, sein Pferd in Trab setzen und allein mit einem Mann nach der Porte Bussy reiten.

In zehn Minuten war er vor dem Gasthaus. Da er sich aber nicht in das Haus begeben wollte, war er im Begriff, vorüberzureiten, ohne nur das Schild bewundert zu haben, denn er schien sehr sorgenvoll und in Gedanken vertieft, als Meister Fournichon, dem das Herz beinahe bei dem Gedanken brach, daß er den ganzen Tag kein Geld lösen sollte, sich aus seinem Türmchen neigte und ausrief: »Das ist ein schönes Pferd, Frau!«

Frau Fournichon fügte als einsichtige Wirtin hinzu: »Und wie schön ist der Reiter!«

Der Kapitän, der für Lob nicht unempfindlich zu sein schien, schaute empor, als ob er plötzlich erwachte. Er sah den Wirt, die

Wirtin und das Wirtshaus, hielt sein Pferd an und rief seiner Ordonnanz.

Dann betrachtete er, immer noch im Sattel, sehr aufmerksam das Haus. Fournichon rollte zu vier und vier Stufen seine Treppe hinab und stellte sich, seine Mütze in den Händen zusammengerollt, vor die Tür.

Der Kapitän dachte einen Augenblick nach und stieg dann ab.

»Ist niemand hier?« fragte er.

»Für den Augenblick nicht,« antwortete demütig der Wirt. Er wollte eben hinzufügen: »Es ist dies jedoch nicht gewöhnlich so in meinem Hause.«

Aber Frau Fournichon war, wie beinahe alle Frauen, scharfsichtiger als ihr Mann; sie rief daher eiligst von ihrem Fenster aus: »Sucht der Herr die Einsamkeit, so wird er sich bei uns vortrefflich finden.«

Der Kapitän richtete seine Augen in die Höhe, und als er das gute Gesicht sah, nachdem er die gute Antwort gehört hatte, erwiderte er: »Für den Augenblick, ja, das ist es gerade, was ich suche, meine gute Frau.«

Frau Fournichon eilte sogleich dem Fremden entgegen, indem sie zu sich sagte: »Diesmal gibt Amors Rosenstock Geld zu lösen und nicht das Schwert des kühnen Ritters.«

Der Kapitän war ein Mann von dreißig bis fünfunddreißig Jahren, während er erst achtundzwanzig alt zu sein schien, so viel Sorge verwandte er auf seine Person. Er war groß, gut gewachsen, von ausdrucksvoller und feiner Physiognomie; bei näherer Prüfung hätte man vielleicht etwas Geziertes in seinem großartigen Wesen gefunden, doch geziert oder nicht, sein Wesen blieb immerhin großartig.

Er warf seinem Begleiter den Zaum eines herrlichen Pferdes zu und sagte zu ihm: »Führe das Pferd auf und ab und erwarte mich hier!«

Sobald er sich sodann im großen Saale des Wirtshauses befand, blieb er stehen und sagte, einen Blick der Zufriedenheit umherwerfend: »Oh! oh! ein so großer Saal und kein einziger Zecher! Sehr gut!«

Meister Fournichon schaute ihn mit Erstaunen an, während ihm Frau Fournichon verständnisvoll zulächelte. Der Kapitän fuhr fort: »Es ist also etwas in Eurem Benehmen oder in Eurem Hause, was die Gäste fernhält.«

»Gott sei Dank, weder das eine noch das andere, mein Herr,« erwiderte Frau Fournichon. »Das Quartier ist nur neu, und was die Kunden betrifft, so sind wir wählerisch.«

»Ah! sehr gut,« sagte der Kapitän.

Meister Fournichon billigte mit dem Kopfe die Antworten seiner Frau.

»Zum Beispiel,« fügte sie mit einem gewissen Augenblinzeln hinzu, das den Urheber des Planes von Amors Rosenstock offenbarte, »für einen Kunden wie Eure Herrlichkeit ließe man gern zwölf gehen.«

»Das ist artig, meine hübsche Wirtin, und ich danke.«

»Will der gnädige Herr Wein kosten?« fragte Fournichon mit seiner am mindesten heiseren Stimme.

»Will der gnädige Herr die Wohnungen besichtigen?« flötete Frau Fournichon mit ihrer süßesten Stimme.

»Beides mit Eurer Erlaubnis,« erwiderte der Kapitän.

Fournichon stieg in den Keller hinab, während seine Frau ihrem Gaste die nach dem Türmchen führende Treppe zeigte, auf der sie ihm voranging, wobei sie ihren Rock zierlich etwas aufhob.

»Wieviel Personen könnt Ihr quartieren?« fragte der Kapitän, als er im ersten Stock angelangt war. – »Dreißig Personen, worunter zehn Herren.«

»Das ist nicht genug, schöne Wirtin.« – »Warum, mein Herr?«

»Ich hatte einen Plan, sprechen wir nicht mehr davon.« – »Ah! mein Herr, Ihr werdet sicherlich nichts Besseres finden, als *Amors Rosenstock*.«

»Warum *Amors Rosenstock*?« – »Den *kühnen Ritter*, wollte ich sagen, und wenn man nicht den Louvre hat ...«

Der Fremde heftete einen seltsamen Blick auf sie.

»Ihr habt recht,« sagte er, »wenn man nicht den Louvre hat.«

Dann fuhr er beiseite fort: »Warum nicht, das wäre bequemer und minder teuer.«

»Ihr sagt also, meine gute Dame,« sagte er laut, »Ihr könnet hier dreißig Personen zum Wohnen aufnehmen?« – »Ja, gewiß.« »Aber für einen Tag?« – »Oh! für einen Tag vierzig und sogar fünfundvierzig.«

»Fünfundvierzig, Parfandious! Das ist gerade meine Zahl.« – »Wirklich! seht, wie glücklich sich das trifft.«

»Und ohne daß es auswärts Lärm macht?« – »Sonntags haben wir oft achtzig Soldaten hier.«

»Und keine Zusammenrottung vor dem Hause, kein Spion unter den Nachbarn?« – »Oh! mein Gott, nein; wir haben keinen andern Nachbarn, als einen würdigen Bürger, der sich nie in eines Dritten Angelegenheiten mischt, und keine andere Nachbarin, als eine Dame, die so zurückgezogen lebt, daß ich sie in den drei Wochen, die sie hier wohnt, noch gar nicht zu Gesicht bekommen habe; alle übrigen sind unbedeutende Leute.«

»Das sagt mir vortrefflich zu.« – »Ah! desto besser.« »Und von heute in einem Monat,« fuhr der Kapitän fort; »behaltet das wohl, Madame, von heute in einem Monat, am 26. Oktober, miete ich Euer ganzes Gasthaus.« – »Das ganze?«

»Das ganze. Ich will einigen Landsleuten eine Überraschung bereiten ... Offizieren oder wenigstens Kriegsmännern der Mehrzahl nach, die in Paris ihr Glück suchen; bis dahin erhalten sie Nachricht, daß sie bei Euch absteigen sollen.« – »Und wie erhalten sie diese Nachricht, da Ihr ihnen eine Überraschung bereiten wollt?« fragte unklugerweise Frau Fournichon.

»Ah!« erwiderte der Kapitän, durch diese Frage sichtbar in Verlegenheit gebracht, »ah! wenn Ihr neugierig oder indiskret seid ... Parfandious!« – »Nein, nein, mein Herr,« rief sie hastig und erschrocken.

Fournichon hatte teilweise gehört, bei den Worten: Offiziere oder Kriegsmänner schlug sein Herz vor Wohlbehagen. Er lief herbei.

»Mein Herr,« rief er, »Ihr werdet hier Meister, Despot des Hauses sein, und zwar ohne Frage; mein Gott! alle Eure Freunde sind willkommen.«

»Mein Braver, ich sagte nicht meine Freunde,« erwiderte hochmütig der Kapitän; »ich sagte meine Landsleute.«

»Ja, ja, die Landsleute Eurer Herrlichkeit; ich täuschte mich.«

Frau Fournichon drehte ärgerlich den Rücken; die Liebesrosen hatten sich in Hellebardenbündel verwandelt.

»Ihr werdet ihnen Abendessen geben,« fuhr der Kapitän fort. – »Sehr wohl.«

»Hier sind dreißig Livres Angeld.« – »Der Handel ist abgeschlossen; Eure Landsleute sollen als Könige behandelt werden, und wenn Ihr Euch, den Wein kostend, versichern wollt ...«

»Ich danke, ich trinke nie.«

Der Kapitän näherte sich dem Fenster und rief den Hüter der Pferde. Meister Fournichon stellte mittlerweile eine Betrachtung an.

»Gnädigster Herr,« sagte er (seit dem Empfang der so großmütig im voraus bezahlten drei Pistolen nannte er den Fremden gnädigster Herr), »gnädigster Herr, wie soll ich die Herren erkennen?«

»Parfandious! das ist wahr, das habe ich vergessen, gebt mir Wachs, Papier und Licht!«

Der Kapitän drückte auf das siedende Wachs das Siegel eines Ringes, den er an der linken Hand trug.

»Ihr seht dieses Bild?« – »Meiner Treu, eine schöne Frau.«

»Ja, es ist eine Kleopatra; nun wohl! jeder von meinen Landsleuten wird Euch einen ähnlichen Abdruck bringen, und Ihr beherbergt den Inhaber eines solchen Abdrucks, das ist abgemacht, nicht wahr?« – »Wie lange?«

»Ich weiß noch nicht; Ihr werdet meine Befehle hierüber erhalten.« – »Wir werden sie erwarten.«

Der schöne Kapitän stieg wieder die Treppe hinab, schwang sich in den Sattel und ritt in scharfem Trabe fort. In Erwartung seiner Rückkehr sackten die Gatten Fournichon die dreißig Livres Angeld ein ... zur großen Freude des Wirtes, der unablässig wiederholte: »Kriegsleute! ah! das Schild hat entschieden nicht unrecht, durch das Schwert werden wir unser Glück machen.«

Und er fing an, dem 26. Oktober entgegenharrend, alle seine Kasserollen zu scheuern.

Gaskognersilhouetten.

Trotz der Diskretion, die ihr auferlegt war, und die sie versprochen hatte, konnte es Frau Fournichon nicht unterlassen, einen Soldaten, den sie vorübergehen sah, nach dem Namen des Kapitäns zu fragen, der die Übung abgehalten. »Ei,« antwortete der Gefragte, »es ist niemand anders als der Herzog Nogaret de la Valette d'Epernon, Pair von Frankreich, General-Oberster der Infanterie des Königs, und etwas mehr König, als seine Majestät selbst.«

Man kann sich nun denken, mit welcher Ungeduld der 26. Oktober erwartet wurde. Am 25. abends trat ein Mann mit einem ziemlich schweren Sack ein, den er auf den Schenktisch legte. »Das ist der Preis für das auf morgen bestellte Mahl,« sagte er.

»Zu wieviel den Kopf?« fragten gleichzeitig die beiden Ehegatten.– »Zu sechs Livres.«

»Die Landsleute des Kapitäns werden also nur ein einziges Mahl hier einnehmen?« – »Ein einziges.«

»Der Kapitän hat also eine Wohnung für sie gefunden?« – »Es scheint.«

Trotz der Fragen des *Rosenstocks* und des *Schwertes* entfernte sich der Bote ohne weitere Auskunft.

Endlich ging die Sonne über den Küchen des *kühnen Ritters* auf. Es hatte halb ein Uhr bei den Augustinern geschlagen, als vier Reiter vor der Tür des Gasthauses hielten, vom Pferde stiegen und eintraten. Sie waren von der Porte Bussy gekommen und trafen natürlich zuerst ein, einmal, weil sie Pferde hatten, und sodann, weil das Gasthaus zum *Schwerte* nur hundert Schritte von der Porte Bussy entfernt lag.

Einer von ihnen, der nach seinem guten Aussehen wie nach seinem Luxus ihr Anführer zu sein schien, kam mit zwei wohlberittenen Lakaien.

Jeder zeigte sein Siegel mit dem Bilde der Kleopatra und wurde von dem Ehepaar mit jeglicher Zuvorkommenheit empfangen, besonders der junge Mann mit den zwei Lakaien.

Mit Ausnahme des letzteren traten die Ankömmlinge indessen nur schüchtern und mit einer gewissen Befangenheit auf; man sah, daß sie etwas Ernstes beunruhigte, besonders, wenn sie unwillkürlich die Hand in ihre Tasche steckten. Die einen verlangten, sich zur Ruhe zu legen, die anderen, vor dem Abendbrot die Stadt zu besichtigen; der junge Mann mit den zwei Lakaien fragte, ob es nichts Neues in Paris zu sehen gebe.

Sehr empfänglich für die gute Miene des Kavaliers, antwortete Frau Fournichon:

»Ei, wenn Euch die Menge nicht bange macht, und wenn Ihr nicht davor erschreckt, vier Stunden hintereinander auf Euren Beinen zu bleiben, so könnt Ihr Euch dadurch eine Zerstreuung verschaffen, daß Ihr Herrn von Salcède, einen Spanier, der konspiriert hat, vierteilen seht.«

»Ah!« sagte der junge Mann, »es ist wahr, ich habe davon sprechen hören, Pardicor! ich gehe dahin.« Und er entfernte sich mit seinen beiden Lakaien.

Gegen zwei Uhr kamen in Gruppen zu vier und fünf etwa fünfzehn neue Reisende.

Einer kam sogar ohne Hut, ein Stöckchen in der Hand; er fluchte über Paris, wo die Diebe so verwegen seien, daß sie ihm bei der Grève, als er eine Gruppe durchschritten, den Hut gestohlen, und so gewandt, daß er nicht einmal habe sehen können, wer ihn genommen. Übrigens sei das sein Fehler, er hätte nicht mit einem Hute, der mit einer so prachtvollen Agraffe geschmückt gewesen, nach Paris kommen sollen.

Gegen vier Uhr hatten sich schon vierzig Landsleute des Kapitäns in dem Gasthause Fournichons eingefunden. Gegen fünf Uhr kamen endlich die letzten fünf Gaskogner auch, und die Gäste des *Schwertes* waren vollzählig.

Nie hatten die Gaskognergesichter vor Erstaunen und Überraschung eine solche Verklärung gezeigt, eine Stunde lang hörte man nur Sandioux, Mordioux, Cap de Bious, kurz, so geräuschvolle Freudenausbrüche, daß es den Fournichons vorkam, als ob ganz Saintonge, Poitou, Aunis und Languedoc in ihrem großen Saal Platz genommen hätten.

Einige kannten sich; so umarmte Eustache von Miradoux den Kavalier mit den beiden Lakaien und stellte ihm Lardille, Militor und Scipio vor.

»Durch welchen Zufall bist du in Paris?« fragte dieser. – »Und du, mein lieber Sainte-Maline?«

»Ich habe eine Stelle bei der Armee, und du?« – »Ich komme in Erbschaftsangelegenheiten.«

»Ah! ah! Du schleppst also die alte Lardille immer noch nach?« – »Sie wollte mir folgen.«

»Konntest du nicht insgeheim abreisen, statt dich mit diesem Volke zu beschweren, das an ihrem Rocke hängt?« – »Unmöglich, sie hat den Brief des Anwaltes geöffnet.«

»Ah! Du hast die Nachricht von der Erbschaft durch einen Brief erhalten?« – »Ja,« antwortete Miradoux. Dann rief er, hastig das Gespräch wechselnd: »Ist es nicht seltsam, daß dieses Gasthaus voll, und zwar von Landsleuten voll ist?«

»Nein, das ist nicht seltsam, das Schild macht Leuten von Ehre Appetit,« unterbrach ihn unser alter Bekannter Perducas von Pincorney, sich in das Gespräch mischend.

»Oh! Ihr seid es, Kamerad,« versetzte Sainte-Maline, »Ihr habt mir noch immer nicht erklärt, was Ihr mir bei der Grève erzählen wolltet, als uns die Menge trennte.«

»Und was wollte ich Euch erklären?« fragte Pincorney, ein wenig errötend.

»Wie es kommt, daß ich Euch zwischen Angoulême und Angers begegnet bin, und daß ich Euch heute zu Fuß, ein Stöckchen in der Hand und ohne Hut sehe?« – »Das ist ganz einfach.«

»Ich finde das nicht.« – »Doch wohl, und Ihr werdet es begreifen. Mein Vater hat zwei prächtige Pferde, auf die er so große Stücke hält, daß er imstande ist, mich zu enterben nach dem Unglück, das mir begegnete.«

»Welches Unglück ist Euch begegnet?« – »Ich ritt auf dem schönsten spazieren, als plötzlich zehn Schritte von mir ein Büchsenschuß losgeht, mein Pferd scheu wird und auf der Straße nach der Dordogne fortrennt.« »Wo es hineinstürzt?« – »Ja.«

»Mit Euch?« – »Nein, zum Glück hatte ich noch Zeit gehabt, zu Boden zu gleiten, sonst wäre ich mit ihm ertrunken.«

»Ah! ah! das arme Tier ist ertrunken!« –»Pardioux! Ihr kennt die Dordogne, eine halbe Meile breit.«

»Und dann?« – »Dann beschloß ich, nicht nach Hause zurückzukehren und mich soweit als möglich dem väterlichen Zorne zu entziehen.«

»Aber Euer Hut?« – »Wartet doch beim Teufel! Mein Hut war herabgefallen.«

»Wie Ihr?« – »Ich war nicht herabgefallen, ich hatte mich zu Boden gleiten lassen; ein Pincorney fällt nicht vom Pferde, die Pincorney sind Stallmeister in der Wiege.«

»Das ist bekannt,« sagte Sainte-Maline, »aber Euer Hut?« – »Mein Hut war also herabgefallen, ich suchte ihn, denn es war meine einzige Hilfsquelle, da ich mich ohne Geld von Hause wegbegeben hatte.«

»Wie konnte Euer Hut eine Hilfsquelle für Euch sein?« fragte Sainte-Maline, entschlossen, Pincorney durch seine Beharrlichkeit in die Enge zu treiben. – »Sandioux! und zwar eine große! Ich muß Euch sagen, daß die Feder dieses Hutes von einer Diamantenagraffe gehalten wurde, die Seine Majestät Kaiser Karl V. meinem Großvater schenkte, als er auf seiner Reise von Spanien nach Flandern in unserem Schlosse anhielt.«

»Ah! Ihr habt die Agraffe verkauft und den Hut damit. Dann, mein Freund, müßt Ihr der Reichste von uns allen sein.« – »Wartet doch! in dem Augenblick, wo ich mich umdrehe, um meinen Hut zu suchen, sehe ich einen ungeheuren Raben, der darüber herfällt.«

»Über Euren Hut?« –, »Oder vielmehr über meinen Diamanten; Ihr wißt, daß dieses Tier alles stiehlt, was glänzt; es fällt also über meinen Diamanten her und stiehlt Ihn.« »Euern Diamanten?« – »Ja, mein Herr. Ich folge ihm zuerst mit den Augen, dann laufe ich ihm nach und rufe: ›haltet den Dieb!‹ Die Pest! nach fünf Minuten war er verschwunden, und ich habe nie mehr von ihm sprechen hören.«

»Und durch diesen doppelten Verlust niedergebeugt ...« – »Wagte ich es nicht mehr, in das elterliche Haus zurückzukehren und entschloß mich, mein Glück in Paris zu suchen.«

»Schön!« sagte ein dritter, »der Wind hat sich also in einen Raben verwandelt? Ich habe Euch, glaube ich, Herrn von Loignac erzählen hören, beschäftigt, einen Brief Eurer Geliebten zu lesen, habe Euch der Wind Brief und Hut fortgenommen, als wahrer Amadis wäret Ihr dem Brief nachgelaufen und hättet den Hut Hut sein lassen.«

Halb unterdrücktes Gelächter machte sich hörbar.

»Ei! ei! meine Herren,« sagte der reizbare Gaskogner, »sollte man etwa über mich lachen?«

Jeder wandte sich ab, um bequemer lachen zu können.

Perducas schaute forschend umher und erblickte am Kamin einen jungen Mann, der seinen Kopf in seinen Händen verbarg.

Er ging auf ihn zu und sagte: »Ei! mein Herr, wenn Ihr lacht, lacht mir wenigstens ins Gesicht, damit man Euer Antlitz sieht.«

Und er klopfte dem jungen Mann auf die Schulter, der ganz ernst und nachdenkend seine Stirn erhob, es war kein anderer als unser Freund Ernauton von Carmainges, der sich von dem Abenteuer auf der Grève noch ganz betäubt fühlte.

»Ich bitte Euch, mich in Ruhe zu lassen,« erwiderte er, »und besonders, wenn Ihr mich noch einmal berührt, mich mit der Hand zu berühren, an der Ihr einen Handschuh habt; Ihr seht wohl, daß ich mich nicht mit Euch beschäftige.«

»Wenn Ihr Euch nicht mit mir beschäftigt,« brummte Pincorney, »so habe ich nichts zu sagen.« »Ah! mein Herr,« sagte Eustache von Miradoux zu Carmainges, »bei den versöhnlichsten Absichten seid Ihr nicht höflich gegen unsern Landsmann.«

»Worein, zum Teufel, mischt Ihr Euch?« entgegnete Ernauton immer ärgerlicher.

»Ihr habt recht, mein Herr,« sagte Miradoux, sich verbeugend, »das geht mich nichts an.«

Und er wandte sich auf den Absätzen um und wollte zu Lardille zurückkehren, die in einer Ecke am großen Kamin saß, aber es versperrte ihm jemand den Weg.

Es war Militor, mit seinen beiden Händen im Gürtel und mit seinem höhnischen Lächeln auf den Lippen.

»Sagt doch, Stiefvater,« machte der Taugenichts. »Was sagt Ihr zu der Art und Weise, wie dieser Edelmann Euch abgeführt hat? Er hat Euch gehörig gebeutelt.«

»Ah! Du hast das bemerkt?« erwiderte Eustache, indem er Militor auf die Seite zu schieben suchte.

»Nicht nur ich,« sagte Militor ihm wieder entgegen, »sondern jeder, seht nur, wie alle um uns her lachen.«

Man lachte wirklich, doch nicht mehr hierüber, sondern über andere Dinge.

Eustache wurde rot wie eine glühende Kohle.

»Auf, auf, Stiefvater, laßt die Sache nicht kalt werden,« sagte Militor.

Eustache warf sich in die Brust, ging auf Carmainges zu und sagte zu ihm: »Mein Herr, man behauptet, Ihr hättet besonders unangenehm gegen mich sein wollen?«

»Wann dies?« – »Soeben.«

»Gegen Euch?« – »Gegen mich.«

»Wer behauptet dies?« – »Dieser Herr,« antwortete Eustache, auf Militor deutend.

»Dann ist dieser Herr,« entgegnete Carmainges mit einem besonderen Nachdruck auf die Betitelung, »dann ist dieser *Herr* ein Starmatz.« – »Oh! oh!« machte Militor wütend. »Und ich fordere ihn auf,« fuhr Carmainges fort, »mit dem Schnabel fern von mir zu bleiben, oder ich werde mich an Loignacs Rat erinnern.«

»Herr von Loignac hat nicht gesagt, ich wäre ein Starmatz.«

»Nein, er hat gesagt, Ihr wäret ein Esel, zieht Ihr das etwa vor? Mir ist wenig daran gelegen; seid Ihr ein Esel, so gebe ich Euch die Peitsche, seid Ihr ein Starmatz, so rupfe ich Euch.«

»Mein Herr,« sagte Eustache, »es ist mein Stiefsohn; ich bitte Euch, behandelt ihn besser aus Rücksicht für mich.«

»Ah! so verteidigt Ihr mich, Stiefvater,« rief Militor außer sich; »da werde ich mich besser allein verteidigen.«

»In die Schule mit diesen Kindern, in die Schule!« sagte Ernauton.

»In die Schule?« rief Militor, mit aufgehobener Faust gegen Herrn von Carmainges vorrückend, »ich bin siebzehn Jahre alt, versteht Ihr wohl, mein Herr?«

»Und ich bin fünfundzwanzig,« entgegnete Ernauton, »und deshalb will ich Euch, wie Ihr es verdient, zurechtweisen.«

Und er packte ihn beim Kragen und am Gürtel, hob ihn von der Erde auf und warf ihn wie einen Ballen zum Fenster des Erdgeschosses hinaus auf die Straße, während Lardille ein Geschrei ausstieß, daß die Wände hätten einfallen sollen.

»Nun mache ich aus Stiefvater, Stiefmutter, Stiefsohn und allen Stieffamilien der Welt Fleisch zu Pasteten, wenn man mich noch einmal stört,« fügte Ernauton ruhig bei.

»Wahrhaftig, ich finde, er hat recht,« sagte Miradoux, »warum diesen Edelmann reizen?«

»Ah! Feiger, der seinen Sohn schlagen läßt,« rief Lardille, auf Eustache zurückend und ihre zerstreuten Haare schüttelnd. »Nun, nun, nun,« sagte Eustache, »das bildet seinen Charakter.«

»Ah! ah! sagt doch, man wirft also hier die Leute aus dem Fenster?« rief ein Offizier, der eben eintrat; »was Teufels, wenn man solche Späße treibt, sollte man wenigstens ›Aufgepaßt da unten!‹ rufen.«

»Herr von Loignac!« riefen zwanzig Stimmen.

»Herr von Loignac!« wiederholten die Fünfundvierzig.

Und bei diesem in der ganzen Gaskogne bekannten Namen standen alle auf und schwiegen.

Herr von Loignac.

Hinter Herrn von Loignac trat Militor, wie gemahlen durch seinen Sturz und purpurrot vor Zorn, ein.

»Ich grüße Euch, meine Herren,« sagte Loignac; »mir scheint, es geht etwas stürmisch zu. Ah! ah! Meister Militor hat wieder den Zänker gemacht, und darunter muß seine Nase leiden.«

»Man wird mir meine Schläge bezahlen,« brummte Militor, Carmainges die Faust weisend.

»Tragt auf, Meister Fournichon,« rief Loignac, »und jeder sei freundlich gegen seinen Nachbarn. Von diesem Augenblick an sollt Ihr Euch lieben wie Brüder.«

»Hm!« machte Sainte-Maline.

»Die Nächstenliebe ist selten,« sagte Chalabre, während er über seinem eisengrauen Wams seine Serviette so ausbreitete, daß ihm kein Unfall begegnen konnte, wie groß auch der Überfluß an Brühen sein mochte.

»Und sich so von nahem lieben ist schwierig,« fügte Ernauton hinzu, »allerdings sind wir nicht auf lange Zeit beisammen.«

»Seht,« rief Pincorney, der Malines Spöttereien noch auf dem Herzen hatte, »man verhöhnt mich, weil mir mein Hut abhanden gekommen ist, und man sagt nichts über Herrn von Montcrabeau, der mit einem Panzer aus der Zeit des Kaisers Pertinax, von dem er aller Wahrscheinlichkeit nach abstammt, zu Mittag speisen will.... Das ist Defensive.«

Montcrabeau erhob sich gereizt und sagte mit einer Falsettstimme: »Meine Herren, ich nehme ihn ab, dies zur Kunde für die, die mich lieber mit Angriffswaffen als mit Verteidigungswaffen sehen.«

Und er band majestätisch seinen Panzer los und befahl seinem Lakaien, einem Graukopf von fünfzig Jahren, zu ihm zu kommen.

»Friede, Friede!« rief Herr von Loignac, »setzen wir uns zu Tische!«

»Befreit mich von diesem Panzer, ich bitte Euch,« sagte Pertinax zu seinem Lakaien.

Der Graukopf nahm ihn aus seinen Händen und fragte leise: »Und ich, werde ich nicht auch zu Mittag essen? Laß mir doch etwas geben, Pertinax, ich sterbe vor Hunger.«

Diese Aufforderung, so seltsam vertraulich sie auch sein mochte, erregte durchaus nicht das Erstaunen dessen, an den sie gerichtet war.

»Ich werde tun, was mir möglich ist,« antwortete er, »doch zu größerer Sicherheit seht Euch selbst danach um!«

»Hm!« machte der Lakai mit verdrießlichem Ton, »das ist durchaus nicht beruhigend.«

»Habt Ihr denn gar nichts mehr?« fragte Pertinax.

»Wir haben unsern letzten Taler in Sens verzehrt.«

»Nun, so sucht irgend etwas zu Geld zu machen.«

Kaum hatte er dies gesprochen, als man auf der Straße und dann auf der Schwelle des Wirtshauses rufen hörte: »Alteisenhändler! wer verkauft Eisen?«

Bei diesem Rufe lief Frau Fournichon nach der Tür, während Fournichon majestätisch die ersten Platten auftrug. Nach dem Empfang, der ihm zuteil wurde, war Fournichons Küche ausgezeichnet.

Fournichon wollte seine Frau an den Komplimenten teilnehmen lassen. Diese war aber dem Rufe des Alteisenhändlers gefolgt und hatte ihm, wie sie selbst, bald zurückkehrend, sehr zum Ärger ihres kriegerischen Gatten erzählte, einen alten Panzer und eine Sturmhaube für zehn Taler verkauft. Diese Nachricht regte die Anwesenden nicht wenig auf. Loignac rief:

»Angenommen, diese alten Waffen haben zusammen zwanzig Pfund gewogen, so ist das ein halber Taler für das Pfund. Parfandious! wie einer von meinen Bekannten sagt, darunter steckt ein Geheimnis.«

»Oh! daß ich diesen braven Handelsmann in meinem Schlosse hätte,« sagte Chalabre, dessen Augen sich entzündeten, »ich würde dreißig Zentner Armschienen, Beinschienen und Panzer an ihn verkaufen.«

»Wie? Ihr würdet die Rüstungen Eurer Ahnen verkaufen?« sagte Sainte-Maline mit spöttischem Tone.

»Ah! mein Herr, Ihr hättet unrecht,« rief Eustache von Miradoux; »das sind heilige Reliquien.«

»Bah!« versetzte Chalabre, »zu dieser Stunde sind meine Ahnen selbst Reliquien und bedürfen nur noch der Messen.«

Man erhitzte sich immer mehr beim Mittagessen durch den Burgunderwein; dessen Verbrauch Fournichons Gewürze beschleunigten.

Die Stimmen wurden lauter, die Teller klangen, die Gehirne füllten sich mit Dünsten, durch die jeder Gaskogner alles rosenfarbig sah, ... mit Ausnahme von Militor, der an seinen Sturz, und von Carmainges, der an seinen Pagen dachte.

»Das sind viele lustige Leute,« sagte Loignac zu seinem Nachbarn, der gerade Ernauton war, »und sie wissen nicht warum.«

»Ich weiß es auch nicht,« erwiderte Carmainges; »allerdings mache ich meinesteils eine Ausnahme, denn ich bin nicht im mindesten freudig gestimmt.«

»Ihr habt Euerseits unrecht,« sagte Loignac, »denn Ihr seid einer von denen, für die Paris eine Goldmine, ein Ehrenparadies, eine Welt der Glückseligkeit ist.«

Ernauton schüttelte den Kopf.

»Nun, was sagt Ihr?« – »Spottet meiner nicht, Herr von Loignac, Ihr, der Ihr alle Fäden in der Hand zu haben scheint, welche die Mehrzahl von uns in Bewegung setzen, habt wenigstens die Gnade, den Vicomte Ernauton von Carmainges nicht wie einen hölzernen Komödianten zu behandeln.«

»Ich werde Euch noch ganz andere Gnaden erweisen, Herr Vicomte,« erwiderte Loignac, sich höflich verbeugend; »ich habe Euch mit dem ersten Blick unter allen bemerkt, Euch, dessen Auge sanft und stolz, und jenen andern jungen Mann dort, dessen Auge verdrießlich und düster ist.« – »Ihr nennt ihn?«

»Von Sainte-Maline.« – »Und was ist die Ursache dieser Unterscheidung, wenn Ihr meine Frage nicht für eine zu große Neugier von meiner Seite ansehf?«

»Weil ich Euch kenne.« – »Mich? Mich kennt Ihr?«

»Euch und ihn, ... ihn und alle, die hier sind.« – »Das ist seltsam.«

»Ja; aber es ist notwendig.« – »Warum ist es notwendig?«

»Weil ein Anführer seine Soldaten kennen muß.« – »Und alle diese Leute?«

»Werden morgen meine Soldaten sein.« – »Aber ich glaubte, Herr von Epernon ....«

»St! sprecht diesen Namen nicht aus oder sprecht vielmehr gar keinen Namen aus; öffnet die Ohren und schließt den Mund, und da ich Euch jegliche Gnade verhießen habe, so nehmt vorläufig diesen Rat auf Abschlag.«

»Ich danke, mein Herr,« sagte Ernauton.

Loignac wischte sich den Schnurrbart ab, stand auf und sagte: »Meine Herren, der Zufall führt hier fünfundvierzig Landsleute zusammen, leeren wir ein Glas von diesem spanischen Wein, auf die Wohlfahrt aller Anwesenden.«

Dieser Vorschlag wurde mit wütendem Beifall aufgenommen.

»Sie sind meistens trunken,« sagte Loignac zu Ernauton, »es wäre ein guter Augenblick, jeden seine Geschichte erzählen zu lassen, aber es fehlt uns an Zeit.«

Dann rief er, die Stimme erhebend: »Holla, Meister Fournichon, laßt alle Frauen, Kinder und Lakaien weggehen.«

Lardille erhob sich fluchend; sie hatte ihren Nachtisch noch nicht völlig verzehrt. Militor rührte sich nicht.

Nach einem Augenblick waren nur noch die fünfundvierzig Gäste und Herr von Loignac im Saal.

»Meine Herren,« sagte der letztere, »jeder von euch weiß oder vermutet wenigstens, wer ihn nach Paris hat kommen lassen ... Gut, ruft nicht seinen Namen aus ... Ihr wißt, das genügt ... Ihr wißt auch, daß ihr gekommen seid, um ihm zu gehorchen.«

Ein Gemurmel der Beistimmung erhob sich aus allen Teilen des Saales; nur, da jeder einzig und allein das wußte, was ihn betraf, und nicht wußte, daß sein Nachbar durch dieselbe Macht wie er bewogen, gekommen war, schauten sich alle erstaunt an.

»Es ist gut,« sagte Loignac, »ihr werdet euch später anschauen, meine Herren. Seid unbesorgt, ihr habt Zeit, Bekanntschaft zu machen. Ihr seid also gekommen, um diesem Mann zu gehorchen; erkennt ihr das an?« – »Ja,« riefen die Fünfundvierzig, »wir erkennen das an.«

»Nun wohl! um anzufangen,« fuhr Loignac fort, »ihr werdet euch geräuschlos aus diesem Gasthofe fortbegeben, um die Wohnung zu beziehen, die man euch angewiesen hat.«

»Allen?« fragte Sainte-Maline. – »Allen.«

»Wir sind alle berufen, wir sind hier alle gleich,« sagte Perducas, dessen Beine so unsicher waren, daß er, um seinen Schwerpunkt zu behaupten, einen Arm um den Hals Chalabres schlingen mußte.

»Nehmt Euch doch in acht,« sagte dieser, »Ihr zerknittert mir mein Wams.«

»Ja, alle gleich vor dem Willen des Gebieters,« rief Loignac.

»Oh! oh! mein Herr,« entgegnete Carmainges errötend, »verzeiht, man sagte mir nicht, daß sich Herr von Epernon mein Gebieter nenne.« – »Wartet doch.« – »So hatte ich die Sache nicht verstanden.« – »Aber wartet doch, verdammter Kopf.«

Es herrschte bei der Mehrzahl ein neugieriges und bei einigen anderen ein ungeduldiges Schweigen.

»Ich habe euch noch nicht gesagt, wer euer Gebieter sein würde, meine Herren ....«

»Ja,« versetzte Sainte-Maline, »aber Ihr sagtet, daß wir einen haben würden.«

»Die ganze Welt hat einen Gebieter,« rief Loignac; »aber wenn euer Wesen zu stolz ist, um da stehen zu bleiben, wo ihr gesagt habt, so sucht höher; ich verbiete es euch nicht, sondern ich bevollmächtige euch dazu.«

»Der König,« murmelte Carmainges.

»Still!« rief Herr von Loignac, »ihr seid hierher gekommen, um zu gehorchen, gehorcht also; mittlerweile ist hier ein Brief, den Ihr mit lauter Stimme zu lesen mir das Vergnügen machen werdet, Herr Ernauton.«

»Befehl an Herrn von Loignac, das Kommando der fünfundvierzig Edelleute, die ich mit Bewilligung Seiner Majestät nach Paris berufen habe, zu übernehmen.«

Nogaret de la Valette, Herzog von Epernon.«

Alle verbeugten sich mehr oder minder wankend.

»Ihr habt mich also verstanden,« sagte Herr von Loignac. »Auf der Stelle müßt ihr mir folgen, eure Equipagen und eure Leute bleiben hier bei Meister Fournichon, der für sie sorgen wird, und wo ich sie später holen lasse; jetzt aber sputet euch, die Boote warten.«

»Die Boote?« wiederholten alle Gaskogner; »wir werden uns also einschiffen?« – »Allerdings werdet ihr euch einschiffen,« erwiderte Loignac. »Muß man nicht über das Wasser, um nach dem Louvre zu gehen?« – »In den Louvre, in den Louvre,« murmelten freudig die Gaskogner, »Cap de Bious! wir gehen in den Louvre.«

Loignac erhob sich von der Tafel, ließ die Fünfundvierzig an sich vorübergehen, zählte sie wie die Schafe und führte sie durch die Straßen bis zur Tour de Nesle, Hier fanden sich drei große Barken, von denen jede fünfzehn Passagiere an Bord nahm, und sogleich entfernten sie sich vom Ufer.

»Was zum Teufel werden wir im Louvre machen?« fragten sich die Unerschrockensten, die, durch die Kälte des Wassers vom Rausche befreit, der Mehrzahl nach sehr schlecht gekleidet waren.

»Wenn ich nur wenigstens meinen Panzer hätte,« murmelte Pertinax von Montcrabeau.

Der Panzermann.

Pertinax hatte sehr recht, die Abwesenheit seines Panzers zu beklagen, denn gerade zu dieser Stunde entäußerte er sich seiner auf immer durch die Vermittlung des Lakaien, den wir so vertraulich mit seinem Herrn haben sprechen sehen.

Auf die von Frau Fournichon ausgesprochenen magischen Worte: zehn Taler, lief Pertinax' Diener dem Händler in der Tat nach.

Da es schon Nacht war, und der Alteisenhändler ohne Zweifel Eile hatte, so war dieser schon etwa dreißig Schritte entfernt, als Samuel aus dem Gasthaus trat, und dieser mußte den Händler rufen, der furchtsam stehenblieb und einen durchdringenden Blick auf den Mann, der zu ihm kam, warf.

»Was wollt Ihr, mein Freund?« fragte er. – »Ei, bei Gott!« erwiderte der Lakai mit schlauer Miene, »ich will ein Geschäft mit Euch machen.«

»Nun, so machen wir geschwind.« – »Oh! Ihr werdet mir, beim Teufel! doch Zeit lassen, zu schnaufen.«

»Allerdings, doch schnauft geschwind, man erwartet mich.« – »Wenn Ihr gesehen habt, was ich Euch bringe, so werdet Ihr Euch Zeit nehmen, da Ihr mir ein Liebhaber zu sein scheint.«

»Und was bringt Ihr mir?« – »Ein herrliches Stück, ein Werk, womit... doch Ihr hört mich nicht.«

»Ihr wißt also nicht, mein Freund,« sagte der Panzermann, »daß der Waffenhandel durch ein Edikt des Königs verboten ist?« – »Ich weiß nichts, ich komme von Mont-de-Marsan.«

»Ah! das ist etwas anderes,« sagte der Panzermann, den diese Antwort etwas zu beruhigen schien; »aber obgleich Ihr von Mont-de-Marsan kommt, wißt Ihr doch schon, daß ich mit Waffen handle, und wer hat Euch das gesagt?«

»Sangdioux! das brauchte mir niemand zu sagen, Ihr habt es soeben laut genug ausgerufen.«

Nachdem der Lakai dem aufhorchenden Händler mitgeteilt hatte, daß er mit vielen Gaskognern im Schwert des kühnen Ritters gewesen sei, und ihm versichert hatte, daß diese Fremden weder dem König von Navarra ergeben noch Hugenotten seien, sagte der Händler:»Nähern wir uns ein wenig der Mauer, wir stehen hier gar zu auffallend auf der offenen Straße.«

Sie gingen miteinander einige Schritte aufwärts bis zu einem Hause von bürgerlichem Aussehen, an dessen Fensterscheiben man kein Licht erblickte. Die Tür befand sich unter einem Wetterdach, das einen Balkon bildete. Eine Steinbank war als einziger Zierat an seiner Fassade angebracht.

»Laßt einmal den Panzer anschauen,« sagte der Handelsmann, als sie unter dem Wetterdach standen. – »Hier ist er.«

»Wartet, man bewegt sich, glaube ich, in diesem Hause.« – »Nein, es ist gegenüber.«

Der Händler drehte sich um.

Gegenüber lag wirklich ein Haus von zwei Stockwerken, dessen zweites sich zuweilen flüchtig erleuchtete.

»Machen wir geschwind,« sagte der Handelsmann, den Panzer betastend. – »Nicht wahr, der ist schwer?« – »Alt, Plump, aus der Mode.« – »Ein Kunstgegenstand.« – »Sechs Taler, wollt Ihr?« – »Wie, sechs Taler, und Ihr habt dort zehn für ein altes schadhaftes Bruststück gegeben?« – »Sechs Taler, ja oder nein.« – »Aber betrachtet doch diese getriebene Arbeit.« – »Was ist an der getriebenen Arbeit gelegen, wenn man nach Gewicht wieder verkauft?« – »Oh! oh! Ihr handelt hier, und dort habt Ihr alles gegeben, was man wollte.« – »Ich gebe noch einen Taler mehr,« sagte der Händler voll Ungeduld.

»Gut,« erwiderte Samuel, »Ihr seid ein drolliger Bursche von einem Kaufmann. Ihr verbergt Euch, um Euren Handel zu treiben; Ihr verletzt die Edikte des Königs und feilscht mit ehrlichen Leuten.« – »Ruhig, ruhig, schreit nicht so.« – »Oh! ich fürchte mich nicht,« erwiderte Samuel, die Stimme erhebend, »Ich treibe keinen unerlaubten Handel und werde durch nichts veranlaßt, mich zu verbergen.« – »Still, still, und nehmt zehn Taler.« – »Zehn Taler? Ich sage Euch, daß das Gold allein so viel wert ist; ah! Ihr wollt Euch flüchtig machen?« – »Nein, nein! das ist ein wütender Mensch.« – »Ah! wenn Ihr Euch flüchtig macht, rufe ich nach der Wache!«

Während er diese» Worte sprach, erhob Samuel die Stimme so, als ob er seine Drohung verwirkliche.

Bei diesem Lärm wurde ein kleines Fenster auf dem Balkon des Hauses geöffnet, dem gegenüber der Handel stattfand, und das Knarren dieses Fensters erfüllte den Handelsmann mit Schrecken.

»Schon gut,« sagte er, »ich sehe, daß man alles tun muß, was, Ihr wollt, hier sind fünfzehn Taler, nun geht Eures Weges.« – »Das lasse ich mir gefallen,« sagte Samuel, die fünfzehn Taler einsackend. – »Das ist ein Glück.« – »Doch diese fünfzehn Taler sind für meinen Herrn, und ich muß doch auch etwas für mich haben.«

Der Handelsmann schaute umher und zog seinen Dolch halb aus der Scheide, aber Samuel hatte ein Auge, so wachsam wie das eines Sperlings, der sich an den Trauben erlabt, und er sagte zurückweichend: »Ja, ja, guter Kaufmann; ja, ich sehe deinen Dolch, aber ich sehe auch etwas anderes; jenes Gesicht auf dem Balkon, das dich auch sieht.«

Bleich vor Schrecken, schaute der Händler in der von Samuel bezeichneten Richtung und sah in der Tat auf dem Balkon ein langes phantastisches Geschöpf, in einen Schlafrock von Katzenpelz gehüllt; dieser Argus hatte keine Silbe, keine Gebärde von der letzten Szene verloren.

»Vorwärts, Ihr macht aus mir, was Ihr wollt,« sagte der Handelsmann mit einem Gelächter, dem des Schakals ähnlich, der seine Zähne zeigt, »hier ist noch ein Taler mehr ... Und der Teufel erdroßle Euch,« fügte er ganz leise hinzu.

»Ich danke Euch,« sagte Samuel, »ein gutes Geschäft.« Und er grüßte den Panzermann und verschwand mit einem Hohngelächter.

Der Handelsmann, der allein auf der Straße geblieben war, hob den Panzer auf und bemühte sich, ihn in Fournichons zu schieben. Der Bürger schaute immer noch; als er den Handelsmann sehr ängstlich beschäftigt sah, sagte er: »Mein Herr, es scheint, Ihr kauft Rüstungen.«

»Nein, mein Herr,« erwiderte der unglückliche Händler, »das geschieht nur so zufällig, und weil sich mir eine Gelegenheit geboten hat.« »Dann bedient mich der Zufall wunderbar. Denkt Euch, daß ich gerade hier im Bereiche meiner Hand einen Haufen von altem Eisen habe, der mir lästig ist.«

»Ich sage nicht nein; aber für den Augenblick habe ich, wie Ihr seht, alles, was ich tragen kann.«

»Ich will es Euch immerhin zeigen. Es ist seltsam, aber mir scheint, ich kenne Euch!« versetzte der Bürger.

»Mich?« erwiderte der Handelsmann, der vergebens einen Schauer zurückzudrängen suchte.

»Schaut doch diese Sturmhaube an,« sagte der Bürger, indem er mit seinem langen Fuß den bezeichneten Gegenstand vorschob, denn er wollte das Fenster nicht verlassen, aus Furcht, der andere könnte sich wegstehlen. Und er hob die Sturmhaube über den Balkon und in die Hand des Kaufmanns.

»Seid Ihr nicht,« fragte er dabei, »Nicolas?«

Das Gesicht des Handelsmanns zersetzte sich gleichsam, und man sah den Helm in seiner Hand zittern. – »Nicolas?« wiederholte er.

»Nicolas Truchou, Kunsthändler, in der Rue de la Cossonnerie.«

»Nein, nein,« erwiderte der Handelsmann, der nun wieder lächelte und wie ein viermal glücklicher Mensch atmete.

»Gleichviel, Ihr habt ein gutes Gesicht, und es handelt sich darum, mir eine vollständige Rüstung abzukaufen, Panzer, Armschienen und Schwert.«

Trotz seines Drängens kam der Händler von dem verdächtigen Bürger nicht los, der mit ihm spielte, wie die Katze mit der Maus, und nach längerem Verhandeln sagte:

»Doch in der Tat, je mehr ich Euch anschaue, desto sicherer bin ich, daß ich Euch kenne; nein, Ihr seid nicht Nicolas Truchou, aber ich kenne Euch dennoch.« – »Stille!« – »Und wenn Ihr Panzer kauft ....« – »Nun?« – »So geschieht es wahrhaftig, um ein gottgefälliges Werk zu verrichten.« – »Schweigt.« »Ihr entzückt mich,« sagte der Bürger und streckte über den Balkon einen ungeheuren Arm herab, dessen Hand in die Hand des Kaufmanns griff. – »Aber wer zum Teufel seid Ihr denn?« fragte dieser, der seine Hand wie in einem

Schraubstock gepackt fühlte. – »Ich bin Robert Briquet, genannt der Schrecken des Schisma, Freund der Union und wütender Katholik; jetzt erkenne ich Euch ganz genau.«

Der Handelsmann wurde wieder bleich.

»Ihr seid Nicolas... Grimbelot, Gerber zur Kuh ohne Knochen.« – »Nein, nein, Ihr täuscht Euch, Gott befohlen, Meister Robert Briquet; es hat mich ungemein gefreut, Eure Bekanntschaft zu machen.«

Hierauf drehte der Handelsmann dem Balkon den Rücken zu und wollte sich lieber darein ergeben, seine Panzer im Stiche zu lassen und alles zu verlieren, als erkannt zu werden, indem er über Hals und Bein entfloh.

Aber Robert Briquet war nicht der Mann, der sich auf diese Art schlagen ließ; er schwang sich auf das Geländer des Balkons, stieg auf die Straße hinab, beinahe, ohne daß er zu springen brauchte, und erreichte den Kaufmann in vier bis fünf Sätzen.

»Seid Ihr ein Narr, mein Freund,« sagte er, seine breite Hand auf die Schulter des armen Teufels legend; »wenn ich Euer Feind wäre, wenn ich Euch festnehmen lassen wollte, so brauchte ich nur zu schreien; die Wache kommt zu dieser Stunde durch die Rue des Augustins; aber nein, der Teufel soll mich holen, Ihr seid mein Freund, und nun erinnere ich mich ganz bestimmt Eures Namens.«

Diesmal brach der Handelsmann in ein Gelächter aus. Robert Briquet stellte sich ihm gegenüber und sagte: »Ihr heißt Nicolaus Poulain und seid Leutnant der Prevoté (Stadtvogtei) von Paris; ich erinnere mich, daß ein Nicolas dabei war.«

»Ich bin verloren,« stammelte der Händler. »Im Gegenteil, Ihr seid gerettet! Alle Teufel! Ihr werdet nie für die gute Sache tun, was ich zu tun beabsichtige.«

Nicolaus Poulain entschlüpfte ein Seufzer.

»Auf, auf, Mut,« sagte Robert Briquet; »faßt Euch; Ihr habt einen Bruder gefunden, den Bruder Briquet, nehmt einen Panzer, ich nehme die zwei andern, ich mache Euch ein Geschenk mit meinen Armschienen, mit meinen Beinschienen und gebe Euch meine Handschuhe in den Kauf; vorwärts, und es lebe die Union!«

»Ihr begleitet mich?« – »Ich helfe Euch diese Sachen tragen, welche die Philister besiegen müssen; zeigt mir den Weg, ich folge Euch.«

Die Seele des unglücklichen Leutnants der Prevoté durchzuckte ein sehr natürlicher Blitz des Argwohns, aber er verschwand auf der Stelle wieder.

»Hätte er gestanden, daß er mich kenne, wenn er mich verderben wollte?« sagte er leise zu sich selbst. Laut aber sagte er: »Vorwärts also, da Ihr es durchaus so wollt, kommt mit mir.«

»Zum Leben und in den Tod,« rief Robert Briquet und drückte mit einer Hand die Hand seines Verbündeten, während er mit der andern triumphierend seine Eisenlast in die Luft hob.

Nachdem sie zwanzig Minuten gegangen waren, kamen sie in den Marais, wo Poulain nächst dem Hotel Guise stehen blieb.

»Ich vermutete, meine Rüstung würde in diese Gegend kommen,« dachte Briquet.

»Freund,« sagte Nicolas Poulain, sich mit einer tragischen Miene gegen Briquet wendend, »ehe wir in des Löwen Höhle eintreten, lasse ich Euch eine letzte Minute der Überlegung; es ist noch Zeit, zurückzukehren, wenn Ihr nicht stark in Eurem Gewissen seid.«

»Bah!« erwiderte Briquet, »ich habe andere Dinge gesehen.«

»Vorwärts,« sagte Poulain, »so laßt uns eintreten.« Und er führte ihn zu der riesigen Pforte des Hotels Guise, die sich bei dem dritten Schlage des bronzenen Klopfers öffnete.

Der Hof war voll von Wachen und Männern, die, in Mäntel gewickelt, wie Gespenster hin und her liefen. Es war kein einziges Licht im Hotel. Acht gesattelte und gezäumte Pferde warteten in einem Winkel.

Bei dem Lärm des Hammers wandte sich die Mehrzahl dieser Leute um, die eine Art von Spalier bildeten, um die Ankömmlinge zu empfangen.

Nicolas Poulain neigte sich an das Ohr eines Portiers, der die kleine Tür halb geöffnet hielt, und nannte ihm seinen Namen.

»Und ich bringe einen guten Kameraden,« fügte er hinzu.

»Geht vorbei, meine Herren,« sagte der Portier.

»Bringt dies in die Magazine,« sagte Poulain und übergab einer Wache die drei Panzer nebst dem Eisenwerk Briquets. »Doch kommt,« fügte er zu seinem Begleiter hinzu, »daß ich Euch vorstelle.«

»Nehmt Euch in acht,« sagte der Bürger, »ich bin außerordentlich schüchtern. Man dulde mich, mehr will ich nicht; wenn ich meine Proben abgelegt habe, werde ich mich allein durch meine Taten vorstellen.«

»Wie es Euch beliebt,« antwortete der Leutnant, »erwartet mich also hier.« Und er ging und drückte der Mehrzahl der Spaziergänger die Hand.

»Worauf warten wir noch?« fragte eine Stimme. »Auf den Herrn,« antwortete eine andere Stimme.

In diesem Augenblicke trat ein Mann von hoher Gestalt in das Hotel; er hatte die letzten von den geheimnisvollen Spaziergängern ausgetauschten Worte gehört.

»Meine Herren,« sagte er, »ich komme in seinem Namen.«

»Ah! das ist Herr von Mayneville,« rief Poulain. »Ich bin bei Bekannten,« sagte Briquet zu sich selbst, indem er eine Grimasse studierte, die ihn völlig entstellte.

»Meine Herren, wir sind nun vollzählig, beraten wir uns,« sagte die Stimme, die sich zuerst hatte hören lassen.

»Ah! gut!« sagte Briquet zu sich selbst, »nun sind es zwei: dies ist mein Anwalt, Meister Marteau.«

Und er veränderte seine Grimasse mit einer Leichtigkeit, durch die er bewies, wie sehr er mit physiognomischen Studien vertraut war.

»Gehen wir hinauf!« sagte Poulain.

Herr von Mayneville ging voran, Nicolas Poulain folgte; die Männer in den Mänteln kamen nach Nicolas Poulain und Robert Briquet nach den Männern in den Mänteln. Alle stiegen die Stufen einer äußeren, nach einem Gewölbe ausmündenden Treppe hinauf.

Robert Briquet folgte den andern und murmelte dabei: »Doch der Page, wo zum Teufel ist der Page?«

Abermals die Lige.

In dem Augenblick, wo Robert Briquet hinter den andern die Treppe hinaufstieg, wobei er sich eine ziemlich gefährliche Verschwörermiene gab, bemerkte er, daß Nicolas Poulain, nachdem er mit mehreren seiner geheimnisvollen Gefährten gesprochen hatte, an der Tür des Gewölbes wartete.

»Das geschieht meinetwegen,« sagte Briquet zu sich selbst.

Der Leutnant der Stadtvogtei hielt wirklich seinen Freund an, als er eben die furchtbare Schwelle zu überschreiten im Begriff war.

»Ihr werdet es mir nicht verargen,« sagte er zu ihm, »aber die meisten von unseren Freunden kennen Euch nicht und wünschen Auskunft über Euch zu haben, ehe sie Euch zum Rat zulassen.« – »Das ist nur billig, und Ihr wißt, daß meine natürliche Bescheidenheit diese Einwendung schon vorhergesehen hatte!«

»Ich lasse Euch Gerechtigkeit widerfahren, Ihr seid ein ganzer Mann.« – »Ich entferne mich also, sehr glücklich, an einem Abend so viele brave Verteidiger der katholischen Union gesehen zu haben.«

»Soll ich Euch zurückführen?« – »Nein, ich danke, es bedarf dessen nicht.«

»Man könnte Euch Schwierigkeiten machen; doch man erwartet mich anderswo.« – »Habt Ihr nicht ein Losungswort, um hinauszukommen. Gebt es mir.«

»Nun, da Ihr einmal hereingekommen seid ....« – »Und da wir Freunde sind ....«

»Es sei! Ihr braucht nur *Parma* und *Lothringen* zu sagen.« – »Sehr gut, ich danke. Geht zu Euren Geschäften, ich kehre zu den meinigen zurück.«

Nicolas Poulain trennte sich von seinem Gefährten und begab sich wieder zu seinen Kollegen. Briquet machte ein paar Schritte, als ob er in den Hof hinabgehen wollte, blieb aber, sobald er die erste Stufe der Treppe erreicht hatte, stehen, um die Örtlichkeit zu erforschen. Das Resultat seiner Beobachtungen war, daß sich das Gewölbe parallel mit der äußeren Mauer hinzog, die es durch ein großes

Wetterdach beschirmte. Offenbar mündete dieses Gewölbe gegen einen unteren Saal, in dem die geheimnisvolle Versammlung stattfinden sollte.

Was ihn in dieser Annahme bestärkte, war der Umstand, daß er ein Licht an einem vergitterten Fenster erscheinen sah, das in dieser Mauer angebracht und durch eine Art von hölzernem Trichter beschützt war, wie man sie an den Fenstern der Gefängnisse oder der Klöster anwendet, um die Aussicht abzuschneiden und nur das Einströmen der Luft und den Anblick des Himmels zu gewähren.

Briquet dachte, dieses Fenster wäre das des Versammlungssaales, und wenn man bis dahin gelangen könnte, so wäre der Ort günstig zur Beobachtung.

Es handelte sich darum, von den Pagen und Wachen im Hofe nicht gesehen zu werden.

Entschlossen, seinen Trichter zu erreichen, schlüpfte Briquet längs dem Karnies hin, der von der Freitreppe, die er als Ornament fortzusetzen schien, nach diesem Fenster zulief, und folgte der Mauer, wie eine Katze oder ein Affe, indem er sich mit den Händen und den Füßen an dem aus der Mauer selbst ausgehauenen Zierat festhielt.

Hätten die Pagen und die Soldaten in der Dunkelheit die phantastische Silhouette sehen können, wie sie mitten an der Mauer ohne einen scheinbaren Stützpunkt hinglitt, so würden sie sicher über Zauberei geschrien haben, und mehr als einer unter den Bravsten hätte seine Haare sich sträuben gefühlt.

Briquet hatte sich nicht getäuscht; er wurde reichlich für seine Bemühungen und für seine Kühnheit belohnt, als er das Gitter erreicht hatte. Sein Blick umfaßte wirklich einen großen Saal, der durch eine eiserne Lampe mit vier Schnäbeln beleuchtet und mit Rüstungen aller Art gefüllt war. Was da an Piken, Stoßdegen, Hellebarden und Musketen, teils aufgehäuft, teils in Bündeln zusammengestellt, vorhanden war, hätte genügt, um vier starke Regimenter zu bewaffnen.

Briquet schenkte jedoch seine ganze Aufmerksamkeit der Versammlung.

Seine glühenden Augen durchdrangen das dicke und mit einer fetten Lage von Rauch und Staub überzogene Glas, um unter den Visieren oder Kapuzen die Gesichter von Bekannten zu erkennen.

»Oh! oh!« sagte er, »das ist Meister Crucé, unser Empörer ... Hier sehe ich unsern kleinen Brigard, den Gewürzkrämer an der Ecke der Rue des Lombards; dort steht Meister Leclerc, der sich Bussy nennen läßt, es jedoch sicherlich nicht gewagt hätte, zur Zeit, wo der wahre Bussy noch lebte, eine solche Ruchlosigkeit zu begehen. Ich muß ihn einmal fragen, ob er den geheimen Stoß kenne, an dem einer von meinen Bekannten, ein gewisser David, in Lyon, gestorben ist. Pest, das Bürgertum ist großartig vertreten, aber der Adel ... Ah! Herr von Mayneville, Gott verzeihe mir! er drückt Nicolas Poulain die Hand, das ist rührend, man schließt Brüderschaft. Ah! ah! Herr von Mayneville ist also ein Redner. Er nimmt die erforderliche Stellung, um eine Rede zu halten. Seine Gebärde ist angenehm, und er verdreht die Augen sehr überzeugend.«

Briquet sah, doch er konnte, wie gesagt, nicht hören; aber wir, die wir im Geiste den Verhandlungen der stürmischen Versammlung beiwohnen, wollen dem Leser kurz den Gang und Geist der Verhandlungen angeben.

Zuerst beklagten sich Crucé, Marteau und Bussy über die Untätigkeit des Herzogs von Guise, insbesondere wies Marteau als Anwalt der Partei darauf hin, daß die Verschworenen Vermögen und Leben in die höchste Gefahr gebracht hätten und nicht länger warten wollten.

Herr von Mayneville suchte sie vergeblich damit zu beruhigen, daß der Herzog seinen Bruder, den Herrn von Mayenne, nach Paris sende. Erfolgreicher war er in seinem Bemühen, als er erzählte, daß Frau von Montpensier in Paris weile und mit Einsetzung ihres Lebens Salcède abgehalten habe, das Komplott der Ligisten zu enthüllen. Damit gewann Herr von Mayneville das Spiel gegenüber den erbitterten und ungeduldigen Anhängern.

Briquet erriet ihre Freude aus ihren Bewegungen, und diese Freude beunruhigte den würdigen Bürger ungemein, der plötzlich einen Entschluß zu fassen schien.

Er ließ sich oben von seinem Trichter auf das Pflaster des Hofes hinabgleiten und wandte sich nach dem Tore, wo ihm der Pförtner auf die zwei Worte: Lothringen und Parma, den Ausgang freigab.

Sobald Meister Robert Briquet auf der Straße war, atmete er so geräuschvoll, daß man merkte, er habe seit langer Zeit den Atem zurückgehalten.

Die Beratung dauerte aber immer noch fort. Herr von Mayneville überbrachte namens der Guisen den künftigen Insurgenten von Paris den ganzen Plan des Aufstandes.

Es handelte sich um nichts Geringeres, als alle wichtige Personen, von denen man wußte, daß sie beim König in Gunst standen, zu ermorden, mit dem Ausruf: »Es lebe die Messe! Tod den Politikern!« die Straße zu durchziehen und so eine neue Bartholomäusnacht mit den Trümmern der alten zu entflammen; nur sollten diesmal die schlimm denkenden Katholiken mit den Hugenotten aller Art daran glauben.

Indem man so handelte, diente man zwei Göttern: dem, der im Himmel herrscht, und dem, der in Frankreich herrschen sollte. Dem Ewigen und Herrn von Guise.

Das Gemach seiner Majestät Heinrichs III. im Louvre.

In seinem großen Gemach im Louvre, in das wir schon so oft mit unseren Lesern eingetreten sind, finden wir den armen König Heinrich III. nicht mehr als König und Herrn, sondern niedergeschlagen, bleich, unruhig und ganz und gar der Verfolgung aller Schatten preisgegeben, die bei ihm die Erinnerung unablässig unter diesen erhabenen Gewölben hervorruft.

Heinrich III. war grausam heimgesucht worden. Alles, was er liebte, war nach und nach um ihn her gefallen. Nachdem, wie wir in der »Dame v. Monsoreau« erzählt haben, Schomberg, Quelus und Maugiron im Duelle durch Livarot und Antraguet getötet worden, wurde Saint-Megrin durch Herrn von Mayenne ermordet, die Wunden waren offen und blutig geblieben.... Seine Zuneigung für die neuen Günstlinge, Epernon und Joyeuse, glich der, die ein Vater, nachdem er seine besten Kinder verloren, auf die überträgt, die ihm noch bleiben; während er ihre Fehler vollkommen kennt, liebt er, schont er, behütet er sie, um dem Tod keine Gewalt über sie zu geben.

Er hatte Epernon mit Gütern überhäuft, trotzdem hatte er fortwährend unter dessen Habsucht zu leiden, da er beständig die Schwäche des Königs ausbeutete und aus dem Günstlingstum ein Gewerbe machte. Dabei zwang ihn die Notwendigkeit, auf Füllung des königlichen Schatzes bedacht zu sein, damit er selbst daraus schöpfen könne, und so statt eines trägen Höflings ein tätiger Höfling zu sein.

Viel reiner war das Verhältnis Joyeuses zum König. Aber Joyeuse war jung, feurig, verliebt, und wenn er verliebt war, selbstsüchtig; durch den König glücklich zu sein, hatte für ihn wenig Reiz, sonst glücklich zu sein, war alles für ihn.

Brav, schön, reich, glänzte er in diesem dreifachen Schein, der für junge Stirnen eine Liebesglorie bildet; die Natur hatte zu viel für Joyeuse getan, und Heinrich verfluchte zuweilen die Natur, die ihm, dem König, so wenig für seinen Freund zu tun übrig gelassen.

Heinrich kannte die beiden Männer genau und liebte sie vielleicht des Kontrastes willen. Unter seiner skeptischen und abergläubischen Hülle verbarg Heinrich einen Gehalt von Philosophie, der sich, ohne Katharina, sicher stark in einer nützlichen Richtung entwickelt hätte. Oft verraten, wurde Heinrich nie getäuscht.

Mit dem vollkommenen Verständnis des Charakters seiner Freunde, mit der tiefen Kenntnis ihrer Fehler und ihrer guten Eigenschaften, dachte er nun, von ihnen entfernt, einsam, traurig, in diesem düsteren Gemache an sie, an sich, an sein freudenleeres Leben.

Salcèdes Vierteilung hatte ihn eher trübe gestimmt. Allein zwischen den beiden Frauen in einem solchen Augenblick hatte Heinrich seine einsame Lage gefühlt; Luisens Schwäche machte ihn traurig; Katharinas Stärke erschreckte ihn. Heinrich empfand endlich in seinem Innern jene unbestimmte, ewige Angst, die die Könige erfaßt, wenn sie vom Mißgeschick dazu bestimmt sind, daß ein Geschlecht in ihnen und mit ihnen erlösche.

Und dennoch raffte er sich von Zeit zu Zeit zu der Energie seiner lange vor dem Ende seiner Jugend in ihm erloschenen Jugend auf.

»Warum soll ich mich berunruhigen?« sagte er zu sich selbst. »Ich habe keine Kriege mehr durchzukämpfen; Guise ist in Nancy; Heinrich in Pau; der eine muß seinen Ehrgeiz in sich selbst verschließen, der andere hat nie Ehrgeiz gehabt. Die Geister besänftigen sich, kein Franzose hat im Ernste das unmögliche Unternehmen, den König zu entthronen, im Auge behalten; die durch die goldene Schere der Frau von Montpensier versprochene dritte Krone ist nicht mehr als das Wort eines in seiner Eitelkeit verletzten Weibes; meine Mutter allein träumt immer von ihrem Usurpationsgespenst, ohne mir im Ernst den Usurpator zeigen zu können; doch ich, der ich ein Mann bin, der ich trotz meines Kummers ein noch junges Gehirn besitze, ich weiß, woran ich mich hinsichtlich der Prätendenten, die sie fürchtet, zu halten habe.

»Ich werde Heinrich von Navarra lächerlich, Guise verhaßt machen, und mit dem Schwerte in der Hand die fremden Bündnisse sprengen. Bei Gottes Tod! ich war bei Jarnac und Moncontour nicht mehr wert, als ich heute wert bin.

»Ja,« fuhr Heinrich fort, »die Langeweile ist mein einziger, mein wahrer Verschwörer. Ich will doch sehen, ob heute einer zu mir kommt! Joyeuse versprach mir, früh zu erscheinen: er belustigt sich, aber wie macht er das nur? Epernon? oh! der belustigt sich nicht; er schmollt, er hat seine Klauensteuer von fünfundzwanzigtausend Talern noch nicht erhalten; meiner Treue! er mag nach seinem Belieben schmollen.« »Sire,« sagte die Stimme des Huissiers, »der Herr Herzog von Epernon!«

»Ah! guten Abend, Herzog,« sagte der König, als er eintrat, »ich bin entzückt, Euch zu sehen.«

Epernon verbeugte sich ehrfurchtsvoll.

»Warum habt Ihr diesen Schurken von einem Spanier nicht vierteilen sehen? Ihr wußtet wohl, daß Ihr einen Platz in meiner Loge hattet, da ich es Euch sagen ließ.« – »Sire, ich konnte nicht.«

»Ihr konntet nicht?« – »Nein, Sire, ich hatte Geschäfte.«

»Sollte man nicht in der Tat glauben, es wäre mein Minister mit seinem ellenlangen Gesichte und käme, um mir zu melden, eine Steuer sei nicht bezahlt worden,« sagte Heinrich, die Achseln zuckend. – »Wahrhaftig,« sagte Epernon, die Kugel im Sprunge auffassend, »Eure Majestät hat recht, die Steuer ist nicht bezahlt, und ich habe keinen Taler mehr.«

»Gut,« machte Heinrich ärgerlich. – »Doch,« fuhr Epernon fort, »es handelt sich nicht darum, und ich beeile mich, es Eurer Majestät zu sagen, denn sie könnte glauben, dies seien die Angelegenheiten, mit denen ich mich beschäftige.«

»Laßt Eure Angelegenheiten hören, Herzog!« – »Eure Majestät weiß, was bei der Hinrichtung Salcèdes vorgefallen ist?«

»Bei Gott, da ich dabei gewesen bin.« – »Man hat den Verurteilten zu entführen versucht.«

Aber Heinrich wollte nichts von Politik hören, er wollte unterhalten sein und seufzte: »O, hätte ich doch noch jenen anderen demütigen Freund, mit dem ich nie einen einzigen Augenblick der Langeweile durchzumachen hatte.« – »Von wem spricht Eure Majestät?« –

»Du müßtest ihm gleichen, Epernon.« – »Aber ich müßte doch wissen, wen Eure Majestät beklagt?« »Oh! armer Chicot, wo bist du?« – Epernon stand ganz gereizt auf.

»Nun, was machst du?« fragte der König. – »Es scheint, Sire, Eure Majestät ist heute bei Gedächtnis; doch in der Tat, das bringt nicht jedem Glück.«

»Und warum dies?« – »Weil mich Eure Majestät, vielleicht, ohne es zu überlegen, mit Herrn Chicot vergleicht, und weil ich mich durch diesen Vergleich sehr wenig geschmeichelt fühle.«

»Du hast unrecht, Epernon. Ich kann mit Chicot nur einen Menschen vergleichen, den ich liebe, und der mich liebt. Er war ein gediegener und geistreicher Diener.« – »Ich denke, nicht damit ich Meister Chicot gleiche, hat mich Eure Majestät zum Pair und Herzog gemacht.«

»Still, erheben wir keine Gegenbeschuldigung,« sagte der König mit einem so boshaften Lächeln, daß der Gaskogner, so fein und unverschämt er zugleich war, sich unbehaglicher vor diesem schweigenden Sarkasmus fühlte, als er es bei offenem Vorwurf gewesen wäre. »Chicot liebte mich, und er fehlt mir, das ist alles, was ich sagen kann,« fuhr Heinrich fort. »Oh! wenn ich bedenke, daß an demselben Platz, wo du bist, alle diese jungen, schönen, braven und treuen Leute vorübergegangen sind, daß auf dem Lehnstuhl, auf den du deinen Hut gelegt hast, Chicot mehr als hundertmal eingeschlafen ist.« – »Das war vielleicht sehr geistreich, jedenfalls aber sehr wenig ehrfurchtsvoll.«

»Ach! dieser teure Freund hat heute nicht mehr Geist als Körper.« Und der König schüttelte traurig seinen Rosenkranz von Totenköpfen, der ein so düsteres Geklapper hören ließ, als ob er von wirklichen Gebeinen gemacht wäre. – »Was ist denn aus Eurem Chicot geworden?«

»Er ist tot, tot wie alles, was mich geliebt hat.« – »Nun, Sire,« sagte der Herzog, »ich glaube in der Tat, er hat wohl daran getan, daß er gestorben ist; er alterte, viel weniger indessen, als seine Späße, und man hat mir gesagt, die Nüchternheit sei nicht seine Lieblingstugend gewesen. An was ist denn der arme Teufel gestorben, Sire, an der Unverdaulichkeit?«

»Chicot ist vor Kummer gestorben, schlechtes Herz,« erwiderte bitter der König, – »Er hätte Euch zum letzten Male lachen machen sollen.«

»Du täuschest dich; er wollte mich nicht einmal durch die Ankündigung seiner Krankheit betrüben; weil er wußte, wie sehr ich meine Freunde betraure, er, der mich so oft weinen sah.« – »Dann ist sein Schatten zurückgekehrt.«

»Gefiele es Gott, daß ich ihn wiedersehen würde, selbst im Schatten. Nein, sein bester Freund, der würdige Prior Gorenflot, hat mir diese Kunde mitgeteilt.« – »Gorenflot, wer ist dies?«

»Ein frommer Mann, den ich zum Prior der Jakobiner gemacht habe; er bewohnt das schöne Kloster vor der Porte Saint-Antoine, bei Bel-Esbat.« – »Sehr gut! irgendein schlechter Prediger, dem Eure Majestät eine Priorei von dreißigtausend Livres gegeben haben wird, ohne daß sie es wagt, ihm das Empfangene vorzurücken.«

»Willst du nun gottlos werden?« – »Wenn dies Eurer Majestät die Langeweile vertreiben könnte, würde ich es versuchen.«

»Willst du wohl schweigen, Herzog; du beleidigst Gott.« – »Chicot war sehr gottlos, und mir scheint, ihm verzieh man.«

»Chicot kam in einer Zeit, wo ich noch über etwas lachen konnte.« – »Dann hat Eure Majestät unrecht, seinen Verlust zu beklagen.«

»Warum?« – »Wenn sie über nichts mehr lachen kann, so würde ihr Chicot, so heiter er auch war, keine große Unterstützung gewähren.«

»Dieser Mann war zu allem gut, und ich beklage seinen Verlust nicht allein wegen seines Witzes.« – »Und warum sonst? Ich denke, nicht seines Gesichtes wegen, denn er war sehr häßlich, dieser Herr Chicot.« »Er erteilte weise Ratschläge.« – »Ah! ich sehe wohl, wenn er noch lebte, würde Eure Majestät einen Siegelbewahrer aus ihm machen, wie sie aus diesem Kuttenmann einen Prior gemacht hat.«

»Still, Herzog, ich bitte Euch, spottet nicht über die, die mir Zuneigung bewiesen haben, und denen ich zugetan war. Seitdem Chicot gestorben, ist er mir heilig, wie ein ernster Freund, und wenn ich nicht Lust habe zu lachen, soll niemand lachen.« – »Es sei, Sire, ich habe so wenig Lust, zu lachen, als Eure Majestät. Noch soeben beklagtet Ihr den Verlust Chicots wegen seiner guten Laune; soeben verlangtet Ihr von mir, daß ich Euch aufheitere, während Ihr nun wünscht, daß ich Euch traurig mache.... Parfandious! ... Oh! verzeiht, Sire, dieser verdammte Fluch entschlüpft mir immer.«

»Gut, gut, nun bin ich abgekühlt; nun bin ich auf dem Punkte, wo du mich haben wolltest, als du das Gespräch mit so düsteren Redensarten begannst. Sage mir nun deine schlimmen Nachrichten, Epernon; bei dem König findet sich immer die Kraft eines Mannes.« – »Ich bezweifle es nicht, Sire.«

»Und das ist ein Glück, denn schlecht bewacht, wie ich bin, wäre ich, wenn ich mich selbst nicht bewachte, zehnmal des Tages gestorben.« – »Was gewissen Leuten, die ich kenne, nicht mißfallen würde.«

»Gegen diese habe ich die Hellebarden meiner Schweizer, Herzog.« – »Das nützt nicht viel, wenn es gilt, aus der Ferne zu treffen.«

»Gegen die, die man aus der Ferne treffen muß, habe ich die Musketen meiner Schützen.« – »Das ist unbequem, will man von nahem treffen; um eine königliche Brust zu beschützen, taugen mehr als Hellebarden und Musketen gute Brüste.«

»Ach, das hatte ich einst, und in diesen Brüsten edle Herzen; nie hätte man mich erreicht zur Zeit der lebendigen Wälle, wie man Quelus, Schomberg, Saint-Luc, Maugiron und Saint-Megrin nannte.« – »Das ist es also, was Eure Majestät beklagt?«

»Ich beklage die Herzen, die vor allem in der Brust dieser Männer schlugen.« – »Sire, wenn ich es wagte, würde ich Eurer Majestät bemerken, daß ich Gaskogner, das heißt vorsichtig und gewandt bin; daß ich durch den Geist die Eigenschaften zu ersetzen suche, die mir die Natur versagt hat, mit einem Wort, daß ich alles tue, was ich kann, das heißt alles, was ich soll, und daß ich folglich mit Recht sagen kann: Komme, was da will.«

»Ah! so ziehst du dich heraus; du trittst ein und nimmst den Mund sehr voll mit wahren oder falschen Gefahren, denen ich preisgegeben sein soll, und wenn es dir gelungen ist, mich zu erschrecken, so faßt du dich in den Worten zusammen: Komme, was da will. Sehr verbunden, Herzog.« – »Eure Majestät will also ein wenig an diese Gefahren glauben?«

»Es sei. Ich werde daran glauben, wenn du mir beweist, daß du sie bekämpfen kannst.« – »Ich glaube, daß ich es kann.«

»Du kannst es?« – »Ja, Sire.«

»Ich weiß wohl, du hast Mittel – deine kleinen Mittel, – du Fuchs.« – »Nicht so klein.«

»Laß hören.« – »Will Eure Majestät die Gnade haben, aufzustehen?«

»Wozu?« – »Um mit mir zu den alten Gebäuden des Louvre zu kommen.«

»Zu dieser Stunde?« – »Es schlägt soeben zehn Uhr im Glockenturme des Louvre; mir scheint, das ist nicht so spät.«

»Was werde ich in diesen Gebäuden sehen?« – »Ah! bei Gott! wenn ich es Euch sage, so ist dies das Mittel, das Ihr nicht kennt.«

»Das ist sehr fern von hier, Herzog.« – »Durch die Galerien geht man in fünf Minuten dahin, Sire.«

»Epernon, Epernon!« – »Nun, Sire?«

»Wenn das, was du mich sehen lassen willst, nicht sehr interessant ist, so nimm dich in acht.« – »Sire, ich stehe Euch dafür, daß es interessant sein wird.«

»Vorwärts,« sagte der König, indem er sich mit einer gewissen Anstrengung erhob.

Der Herzog nahm seinen Mantel und reichte dem König seinen Degen; dann ergriff er eine Wachsfackel und schritt in der Galerie Seiner Allerchristlichsten Majestät voran, die ihm mit schleppendem Gange folgte.

Das Schlafgemach.

Obgleich es erst zehn Uhr war, herrschte doch schon eine Todesstille im Louvre; kaum hörte man, so wütend wehte der Wind, den schweren Tritt der Schildwachen und das Knarren der Zugbrücken.

Die nächtlichen Wanderer gelangten wirklich in weniger als fünf Minuten zu den gesuchten Räumen. Der Herzog zog einen Schlüssel aus seiner Tasche, stieg einige Stufen hinab, durchschritt einen kleinen Hof und öffnete eine gewölbte Tür, die halb von Brombeerstauden und langem Gras versperrt war. Er folgte ungefähr zehn Schritte einem dunkeln Weg, an dessen Ende er sich in einem inneren Hof befand; hier war in einer Ecke eine steinerne Treppe bemerkbar, die in ein weites Zimmer oder vielmehr in einen ungeheuern Korridor führte. Epernon hatte auch den Schlüssel zu diesem Korridor.

Er öffnete sacht die Tür und machte Heinrich auf die seltsame Einrichtung aufmerksam, die, sobald diese Tür geöffnet war, sogleich ins Auge fiel. Es waren fünfundvierzig Betten aufgereiht. In jedem Bett lag ein Schläfer.

Der König schaute alle diese Betten, alle diese Schläfer an, wandte sich dann mit einer unruhigen Neugierde zum Herzog und fragte: »Nun, wer sind alle diese Leute, welche hier schlafen?« – »Leute, die noch diesen Abend schlafen, morgen aber nicht mehr schlafen werden, als es ihr Dienst erlaubt.«

»Und warum werden sie nicht mehr schlafen?«

»Damit Majestät schlafen kann.«

»Erkläre dich; diese Leute sind also insgesamt Freunde?«

Epernon legte dem König mit aller Weitschweifigkeit und sein Verdienst auf jede Weise hervorhebend dar, daß er aus diesen gaskognischen Edelleuten eine treffliche Leibwache für Heinrich schaffen wolle. Auch dem Einwand, daß die königliche Kasse leer sei und die hohen Kosten nicht erschwingen könne, wußte der schlaue Herzog wohl zu begegnen. Er verlangte für jeden von den Fünfundvierzig für das erste Semester eine Börse mit tausend Talern, hatte aber bei dem Staatsschatzmeister die eben eingelaufene erste Rate der neuen Abgabe von Wildbret und Fischen im Betrage von

65000 Talern für den König mit Beschlag belegt; den überbleibenden Teil erbitte er sich als Abschlagszahlung für seine eigene Steuer.

»Aha. ich wußte das,« sagte der König. »Du gibst mir eine Leibwache, um zu deinem Gelde zu kommen.« – »Sire!«

»Aber warum gerade die Zahl fünfundvierzig?« fragte der König, zu einem andern Gedanken übergehend. – »Hört, Sire. Die Zahl drei ist eine Urzahl und göttlich, mehr noch, sie ist bequem. Wenn z.B. ein Reiter drei Pferde hat, ist er nie zu Fuß; das zweite ersetzt das erste, wenn dieses müde ist, und dann bleibt noch ein drittes, um im Falle einer Verwundung oder Krankheit für das erste einzutreten. Ihr werdet also immer dreimal fünfzehn Edelleute haben. Fünfzehn im Dienst, dreißig, die ausruhen. Jeder Dienst wird zwölf Stunden dauern. Und während dieser zwölf Stunden habt Ihr immer fünf rechts, fünf links, zwei vorn und drei hinten. Bei einer solchen Wache komme man und wage es einmal, Euch anzugreifen.« »Bei Gottes Tod! das ist geschickt kombiniert, Herzog, und ich mache dir mein Kompliment.« – »Schaut sie an, Sire, sie werden wahrhaftig eine gute Wirkung hervorbringen.«

»Ja, gekleidet werden sie nicht übel sein.« – »Glaubt Ihr nun, daß ich das Recht habe, von den Gefahren zu sprechen, die Euch bedrohen?«

»Ich sage nicht nein.« – »Ich hatte also recht.«

»Es mag sein.« – »Herr von Joyeuse hätte diesen Gedanken nicht gehabt!«

»Epernon! Epernon! es ist nicht liebreich, Schlimmes von Abwesenden zu sagen.« – »Parfandious! Ihr sagt viel Schlimmes von den Anwesenden, Sire.«

»Ah! Joyeuse begleitet mich immer. Er war mit mir heute auf der Grève.« – »Nun, ich war hier, Sire, und Eure Majestät sieht, daß ich meine Zeit nicht verloren habe.«

»Ich danke, Lavalette.« – »Ah! Sire,« sagte Epernon, nachdem er einen Augenblick geschwiegen hatte, »ich wollte Eure Majestät um etwas bitten.«

»Es wundert mich in der Tat sehr, Herzog, daß du mich um nichts batst.« – »Eure Majestät ist heute bitter, Sire.«

»Ei! nein, du begreifst nicht, mein Freund,« sagte der König, bei dem der Spott die Rache befriedigt hatte, »oder du begreifst vielmehr schlecht; ich sagte, da du mir einen Dienst geleistet, so habest du das Recht, dir etwas von mir zu erbitten; bitte also.« – »Das ist etwas anderes, Sire. Übrigens ist das, was ich von Eurer Majestät erbitte, eine Stelle.«

»Eine Stelle? Du, der General-Oberst der Infanterie, willst noch eine Stelle? Sie wird dich erdrücken.« – »Ich bin stark wie Simson für den Dienst Eurer Majestät; für Eurer Majestät Dienst würde ich den Himmel und die Erde tragen.«

»Bitte also,« seufzte der König. – »Ich wünsche, daß Eure Majestät mir das Kommando dieser fünfundvierzig Edelleute übertrage.«

»Wie?« erwiderte der König erstaunt, »du willst vor mir, hinter mir marschieren? Du willst dich in diesem Maße aufopfern, du willst Kapitän der Garden sein?« – »Nein, nein, Sire!«

»Nun, was willst du denn?« – Ich will, daß diese Garden, meine Landsleute, mein Kommando besser verstehen, als das jedes andern; will ihnen aber weder voranmarschieren noch folgen. Ich werde einen Adjutanten haben.«

»Darunter steckt wieder etwas,« dachte Heinrich, den Kopf schüttelnd; »dieser verteufelte Mensch gibt immer, um zu erhalten.« Dann sprach er laut: »Gut, du sollst das Kommando haben.« – »Geheim?«

»Ja. Doch wer wird sichtlich der Anführer meiner Fünfundvierzig sein?« – »Der kleine Loignac.«

»Ah! desto besser.« – »Er ist Eurer Majestät genehm?«

»Vollkommen.« – »Ist das nun abgemacht, Sire?«

»Ja, aber...« – »Aber?«

»Welche Rolle spielt er bei dir, dieser Loignac?« – »Er ist mein Epernon, Sire.«

»Er kostet dich also viel?« brummte der König. – »Was sagt Eure Majestät?«

»Ich sage, ich willige ein.« – »Ich gehe zum Staatszahlmeister, um die fünfundvierzig Börsen zu holen.«

»Diesen Abend?« – »Müssen sie nicht unsere Leute morgen auf ihren Stühlen finden?«

»Das ist richtig. Geh'; ich kehre in meine Wohnung zurück.« – »Zufrieden, Sire?«

»Ziemlich.« – »In jedem Fall gut bewacht.«

»Ja, durch Leute, die mit geschlossenen Fäusten schlafen, wie du dort siehst.« – »Sie werden morgen wachen, Sire.«

Epernon führte Heinrich bis zur Tür der Galerie zurück und verließ ihn, indem er zu sich selbst sagte: »Wenn ich nicht König bin, so habe ich wenigstens Leibwachen wie ein König, und diese kosten mich nichts ... Parfandious!«

Chicots Schatten.

Der König täuschte sich, wie gesagt, nie über seine Freunde. Er kannte ihre Fehler und ihre guten Eigenschaften und las scharf in der tiefsten Tiefe ihres Herzens. Er hatte sogleich begriffen, worauf Epernon abzielte, doch da er als Gegengabe nichts erwartet hatte und nun fünfundvierzig Trabanten für fünfundsechzigtausend Taler erhielt, so erschien ihm der Gedanke des Gaskogners als ein Fund.

Allmählich und je mehr er sich dem Zimmer näherte, wo ihn der Huissier erwartete, den dieser nächtliche und ungewöhnliche Ausgang nicht wenig neugierig machte, entwickelte er sich selbst die Vorteile der Einrichtung der Fünfundvierzig. »Diese Leute,« dachte er, »werden ohne Zweifel tapfer und sehr ergeben sein. Einige haben einnehmende Gesichter, andere widerwärtige Physiognomien; es werden, Gott sei Dank! Leute für jeden Geschmack darunter sein... und dann ist es etwas Schönes um ein Gefolge von fünfundvierzig Schwertern, die stets bereit sind, aus der Scheide zu fahren!«

Dieses letzte Kettenglied seines Gedankens, das sich der Erinnerung an die anderen ihm so ergebenen Schwerter anfügte, deren Verlust er so bitter beklagte, brachte Heinrich zu der tiefen Traurigkeit, in die er damals so oft verfiel. Die harten Zeiten, die boshaften Menschen, die auf der Stirn der Könige wankenden Kronen ließen ihn nach dem Tod verlangen oder nach Erheiterung, um sich einen Augenblick der Krankheit zu entziehen, die die Engländer, unsere Meister in der Schwermut, schon damals Spleen getauft hatten. Er fragte daher nach Joyeuse.

»Der Herr Herzog ist noch nicht zurückgekehrt,« sagte der Huissier.

»Es ist gut .... Ruft meinen Kammerdiener und entfernt Euch.«

»Sire, das Gemach Eurer Majestät ist bereit und Ihre Majestät die Königin hat nach den Befehlen des Königs fragen lassen.«

Heinrich spielte den Tauben.

»Soll man Ihrer Majestät melden, sie möge das Kopfkissen legen?« fragte schüchtern der Huissier.

»Nein, nein,« erwiderte Heinrich. »Ich habe meine Andachten, ich habe meine Arbeiten, und dann bin ich leidend und werde allein schlafen.«

Der Huissier verbeugte sich.

»Hört,« sagte Heinrich, ihn zurückrufend, »bringt der Königin dieses orientalische Konfekt, es bereitet Schlaf.« Und er übergab dem Huissier seine Konfektbüchse.

Der König trat in sein Gemach; hier warf er einen gleichgültigen, ja empörten Blick aus all die ausgesuchten Toilettengegenstände, die ihn früher gereizt hatten, und gegen die er jetzt beinahe einen Abscheu fühlte. Parfümierte und gesalbte Handschuhe, Masken von feiner Leinwand, mit Teig überstrichen, chemische Kombinationen, um die Haare zu kräuseln, den Bart zu schwärzen, die Ohren rot und die Augen glänzend zu machen, dies alles vernachlässigte er schon seit längerer Zeit.

»Mein Bett,« sagte er mit einem Seufzer.

Zwei Diener entkleideten ihn, zogen ihm Unterhosen von schöner, friesischer Leinwand an, hoben ihn vorsichtig auf und schoben ihn zwischen seine Laken.

»Den Vorleser Seiner Majestät!« rief eine Stimme.

»Nein, niemand,« sagte Heinrich, »keinen Vorleser, oder er mag in seinem Zimmer für mich Gebete lesen; nur Herrn von Joyeuse, wenn er zurückkommt, führt zu mir.« »Aber, wenn er spät kommt, Sire?«

»Ach! er kommt immer spät nach Hause, doch zu welcher Stunde er auch kommen mag, führt ihn zu mir, hört ihr?«

Die Diener löschten die Kerzen aus und zündeten beim Feuer eine Lampe mit Essenzen an, die blasse und bläuliche Flammen gaben ... eine Art von phantasmagorischer Unterhaltung, die der König seit der Rückkehr seiner Grabgedanken besonders liebte, dann verließen sie auf den Fußspitzen das schweigsame Gemach.

Während Heinrich, der in der Einsamkeit leicht von abergläubischer Furcht heimgesucht wurde, den Reflexen seiner Lampe auf der Wand folgte, während er seinen Blick in die dunkelsten Winkel tauchte, während er das geringste Geräusch aufzufassen suchte, das den geheimnisvollen Eintritt eines Schattens hätte verkündigen können, verschleierten sich seine Augen, und bald entschlummerte der König in dieser Stille und Einsamkeit.

Doch seine Ruhe dauerte nicht lange; von aufgeregten Gedanken im Wachen wie im Schlafe verfolgt, glaubte er Geräusch in seinem Zimmer zu hören und erwachte.

»Joyeuse, bist du es?« fragte er.

Niemand antwortete. Die Flammen der blauen Lampe waren schwächer geworden, sie sandten nach dem Plafond von geschnitztem Eichenholz nur noch einen bleichen Kreis, der die goldenen Zierate grün färbte.

»Allein, abermals allein,« murmelte der König. »Ah! der Prophet hat recht: ›Die Majestät müßte immer seufzen.‹« Dann sagte er nach einer augenblicklichen Pause: »Mein Gott, gib mir die Kraft, stets in meinem Leben allein zu sein, wie ich nach meinem Tode allein sein werde.«

»Ei! ei! allein nach deinem Tode, das ist nicht sicher,« erwiderte eine scharfe Stimme, die mit metallischem Klange einige Schritte vom Bett ertönte, »und für was hältst du die Würmer?«

Erschrocken setzte sich Heinrich auf und schaute ängstlich fragend jedes Gerät des Zimmers an. »Oh! ich kenne diese Stimme,« murmelte er.

»Das ist ein Glück!« versetzte die Stimme.

Ein kalter Schweiß floß über die Stirn des Königs, und er seufzte: »Man sollte glauben, es wäre Chicots Stimme.«

»Du brennst, Heinrich, du brennst,« antwortete die Stimme.

Nun erblickte Heinrich, der mit einem Beine aus dem Bette fuhr, in einiger Entfernung vom Kamin in demselben Lehnstuhl, den er eine Stunde vorher Epernon bezeichnet hatte, einen Kopf, auf den das Feuer jenen rotgelben Schein warf, wie wir ihn auf Rembrandts Bildern sehen.

Dieser Schein stieg auf den Arm des Lehnstuhles herab, worauf der Arm der Person gestützt war, dann auf ihr knochiges, hervorspringendes Knie und endlich auf den Fuß, der einen rechten Winkel mit einem nervigen, magern und übermäßig langen Bein bildete.

»Gott beschütze mich,« rief Heinrich, »es ist Chicots Schatten.« – »Ah! mein armer Henriquet,« sagte die Stimme, »du bist also immer noch so einfältig?«

»Was soll das bedeuten?« – »Die Schatten sprechen nicht, Schwachkopf, denn sie haben keinen Körper und folglich keine Zungen.«

»Dann bist du wirklich Chicot?« – »Ich will in dieser Hinsicht nichts entscheiden; wir werden später sehen, was ich bin, wir werden sehen.«

»Wie, du bist also nicht tot, mein armer Chicot?« – »Gut! nun schreist du wie ein Adler; doch, im Gegenteil, ich bin tot, hundertmal tot.«

»Chicot, mein einziger Freund!« – »Du hast wenigstens den Vorteil vor mir, daß du immer dasselbe sagst. Pest! Du hast dich nicht verändert!«

»Aber du, du,« entgegnete der König traurig, »hast du dich verändert?« – »Ich hoffe wohl.«

»Chicot, mein Freund,« sagte der König, indem er seine beiden Füße auf den Boden setzte, »sprich, warum hast du mich verlassen?« – »Weil ich tot bin.« »Aber du sagtest soeben, du wärest es nicht,« – »Und ich wiederhole es.«

»Was soll dieser Widerspruch heißen?« – »Dieser Widerspruch soll heißen, daß ich für die einen tot und für die andern lebendig bin.«

»Und was bist du für mich?« – »Für dich bin ich tot.«

»Warum für mich tot?« – »Das ist leicht zu begreifen. Höre wohl. Du vermagst nichts für die, die dir dienen.«

»Herr Chicot!« – »Ärgere dich nicht, oder ich ärgere mich.«

»Ja, du hast recht,« sagte der König, zitternd vor Angst, der Schatten könnte verschwinden, »sprich, mein Freund, sprich.« – »Nun wohl! ich hatte ein kleines Geschäft mit Herrn von Mayenne abzumachen, erinnerst du dich?«

»Vollkommen.« – »Ich mache es ab. Gut! Ich prügle diesen Kapitän ohnegleichen, sehr gut. Er läßt mich suchen, um mich zu hängen, und du, auf den ich rechne, um mich gegen diesen Helden zu verteidigen, verläßt mich, statt mich zu beschützen; statt ihm den Garaus zu machen, versöhnst du dich mit ihm. Was habe ich sodann getan? Ich habe mich für tot erklärt und durch die Vermittlung meines Freundes Gorenflot beerdigt, so daß mich seit jener Zeit Herr von Mayenne nicht mehr sucht.«

»Du hast einen greulichen Mut gehabt, Chicot; sprich, wußtest du nicht, welchen Schmerz mir dein Tod verursachen würde?« – »Ja, das ist richtig, aber durchaus nicht greulich. Ich habe noch nie so ruhig gelebt, als seitdem die ganze Welt überzeugt ist, ich lebe nicht mehr.«

»Chicot, Chicot, mein Freund!« rief der König, »du erschreckst mich, mein Kopf gerät in Verwirrung.« – »Ah, bah! das merkst du erst heute?«

»Ich weiß nicht, was ich glauben soll.« – »An etwas mußt du dich, bei Gott! doch halten, was glaubst du, laß hören?« »Nun, ich glaube, daß du gestorben bist und zurückkehrst.« – »Dann lüge ich; du bist artig.«

»Tu verbirgst mir wenigstens einen Teil der Wahrheit; doch sogleich wirst du nur, wie die Gespenster so oft, furchtbare Dinge sagen.«

»Ah! da sage ich nicht nein. Halte dich bereit, armer König.«

»Ja, ja,« sagte Heinrich, »gestehe, daß du ein durch den Herrn auferweckter Schatten bist? Wie wärest du sonst durch diese bewachten Gänge hierher gekommen?«

Und sich ganz dem schwindelartigen Schrecken überlassend, der ihn ergriffen hatte, warf Heinrich sich in sein Bett zurück und wollte sich mit seinen Laken bedecken.

»La! la! la!« sagte Chicot mit einem Tone, der einiges Mitleid und viel Sympathie verbarg, »erhitze dich nicht, du brauchst mich nur zu berühren, um dich zu überzeugen.«

»Du bist also kein Bote der Rache?« – »Alle Wetter! habe ich Hörner, wie Satan, oder ein flammendes Schwert, wie der Erzengel Michael?«

»Wie bist du denn hereingekommen?« – »Du kamst auch soeben zurück.«

»Allerdings.« – »Nun, begreifst du, daß ich immer noch meinen Schlüssel habe, den du mir gegeben hast, und den ich an meinen Hals hing, um deine Kammerherren wütend zu machen, die nur das Recht hatten, sich ihn hinten anzuhängen. Mit diesem Schlüssel kommt man herein, und ich bin hereingekommen.«

»Durch die geheime Tür?« – »Ganz gewiß.«

»Doch warum bist du nicht eher als heute gekommen?« – »Ah! Du sollst es erfahren.«

Heinrich streifte seine Laken zurück und sagte mit dem naiven Tone eines Kindes: »Chicot, ich bitte dich, sage mir nichts Unangenehmes, oh! wenn du wüßtest, welches Vergnügen es mir machte deine Stimme zu hören!« – »Ich werde dir ganz einfach die Wahrheit sagen. Schlimm genug, wenn dir die Wahrheit unangenehm ist.«

»Nicht wahr, deine Furcht vor Herrn von Mayenne ist nicht so ernst?« – »Im Gegenteil, sehr ernst. Du verstehst, Herr von Mayenne hat mir fünfzig Stockprügel geben lassen; ich habe mir Genugtuung genommen und ihm hundert Hiebe mit der Degenscheide aufgemessen, und er glaubt nun, er stehe noch in meiner Schuld. Ich fürchte aber nichts so sehr, wie Schulden dieser Art, und ich wäre auch nicht hierher gekommen, hätte ich nicht gewußt, daß Herr von Mayenne sich in Soissons befindet.«

»Nun wohl! Chicot, da sich die Sache so verhält, so nehme ich dich unter meinen Schutz, und ich will...«– »Was, willst du? Nimm dich in acht, Henriquet, sooft du die Worte: ›Ich will‹, aussprichst, bist du bereit, eine Albernheit zu sagen.«

»Ich will, daß du auferstehst, daß du an den hellen Tag trittst.« – »Ich sagte es wohl.«

»Ich werde dich verteidigen.« – »Gut.«

»Chicot, ich verpfände dir mein königliches Wort.«

– »Basta! ich habe etwas Besseres.«

»Was hast du?« – »Ich habe mein Loch und bleibe darin.«

»Ich werde es dir verbieten,« rief energisch der König, indem er sich auf die Stufe seines Bettes stellte. – »Heinrich, du wirst den Schnupfen bekomme«; ich bitte dich, lege dich wieder nieder.«

»Du hast recht, du bringst mich aber auch in Verzweiflung,« versetzte der König, während er sich wieder in seine Tücher steckte. »Wie! wenn ich, Heinrich von Valois, König von Frankreich, finde, daß ich genug Schweizer, Schotten, französische Leibwachen, Edelleute und meine Fünfundvierzig zu meiner Verteidigung habe, fühlt sich Herr Chicot nicht sicher.« – »Höre ... Was ist das mit den Fünfundvierzig?«

»Ja, fünfundvierzig Edelleute.« – »Wie hast du sie gefunden? Jedenfalls nicht in Paris.« »Nein, doch sie sind heute in Paris angekommen.« – »Alle Wetter!« rief Chicot, von einem raschen Gedanken erleuchtet. »Ich kenne sie, deine Edelleute. Es sind fünfundvierzig, denen nur der Bettelsack fehlte.«

»Ich leugne es nicht.« – »Gesichter, daß man darüber vor Lachen sterben könnte.«

»Chicot, es sind herrliche Männer unter ihnen.« – »Gaskogner, wie der Generaloberst deiner Infanterie.«

»Und wie du, Chicot.« – »Ah! ich, Heinrich, das ist ein großer Unterschied. Ich bin kein Gaskogner mehr, seitdem ich die Gaskogne verlassen habe.«

»Gleichviel. Ich habe fünfundvierzig furchtbare Schwerter.« – »Befehligt von dem sechsundvierzigsten furchtbaren, das man Epernon nennt.«

»Ganz richtig.« – »Und von wem?«

»Von Loignac,« – »Puh! und mit diesen gedenkst du dich zu beschützen?«

»Ja, bei Gottes Tod! ja,« rief Heinrich aufgebracht.

Chicot schlüpfte in seinen Lehnstuhl, wobei er seine Absätze auf die Randleiste des Stuhles stützte, so daß seine Knie die Spitze eines Winkels bildeten, der höher war, als sein Kopf.

»Nun!« sagte er, »ich habe mehr Truppen, als du.«

»Truppen, du hast Truppen?« – »Warum nicht?«

»Und was für Truppen?« – »Du wirst es sehen. Ich habe zuerst die ganze Armee, die sich die Herren von Guise in Lothringen bilden.«

»Bist du ein Narr?« – »Nein, eine wahre Armee, wenigstens sechstausend Mann.«

»Noch aus welchem Grunde willst du, der du vor Herrn von Mayenne Angst hast, dich gerade durch die Soldaten des Herrn von Guise beschützen lassen?« – »Weil ich tot bin.«

»Abermals dieser Scherz.« – »Chicot war es, dem Herr von Mayenne grollte. Ich habe also diesen Tod benützt, um meinen Körper, meinen Namen und meine gesellschaftliche Stellung zu verändern.«

»Du bist also nicht mehr Chicot?« – »Nein.«

»Wer bist du denn?« – »Ich bin Robert Briquet, ehemaliger Handelsmann und Ligist.«

»Du Ligist, Chicot?«

Mit kläglichen, leicht spöttischen Worten gelang es hierauf Chicot, dem König die Gefahren der politischen Lage klarzumachen, wozu ihn vor allem die Kenntnis von der Anwesenheit der Herzogin von Montpensier und der baldigen geheimen Ankunft des Herzogs von Guise befähigte. Er enthüllte dem König die Anschläge seiner Gegner und gab ihm den Rat, seinem Bruder, dem Herzog von Anjou, die versprochene Hilfe zu senden und auch einen Botschafter an seinen Vetter Heinrich von Navarra zu schicken, der sich eben die vorenthaltene Mitgift von Heinrichs Schwester, die Stadt Cahors, selbst nehmen wolle.

Chicot lehnte es aber entschieden ab, selbst für den König nach Flandern zu gehen. Ärgerlich rief der König: »Du weigerst dich?« – »Bei Gott!«

»Du bist ungehorsam gegen mich?« – »Ich dir ungehorsam? Bin ich dir Gehorsam schuldig?«

»Du bist mir keinen Gehorsam schuldig, Unglücklicher?« – »Hast du mir je etwas gegeben, was mich dir verbindet? Das wenige, was ich besitze, ist mir durch Erbschaft zugefallen. Ich bin bettelarm und niederen Standes. Mache mich zum Herzog und Pair, erhebe mein Landgut zum Marquisat. Statte mich mit fünfmalhunderttausend Talern aus, dann wollen wir vom Botschafterdienst sprechen.«

Heinrich wollte antworten und einen von den guten Gründen finden, wie sie die Könige immer finden, wenn man ihnen solche Vorwürfe macht, als man den schweren samtnen Türvorhang rauschen hörte.

»Der Herr Herzog von Joyeuse,« sagte die Stimme des Huissiers. »Ei, alle Wetter! hier hast du, was du brauchst. Ich fordere dich auf, mir einen Botschafter zu finden, der dich besser vertreten würde, als dieser.«

»In der Tat,« murmelte Heinrich, »dieser verteufelte Mensch ist offenbar ein besserer Ratgeber, als es je einer meiner Minister war!«

»Ah! Du gibst es also zu?« sagte Chicot.

Und er versenkte sich in seinen Stuhl und nahm die Form einer Kugel an, so daß ihn der geschickteste Seemann des Königreichs nicht hätte entdecken können. Herr von Joyeuse mochte immerhin Großadmiral von Frankreich sein, er sah nicht mehr als ein anderer.

Der König stieß einen Freudenschrei aus, als er seinen jungen Günstling erblickte, und drückte ihm die Hand.

»Setz dich, Joyeuse, mein Kind,« sagte er zu ihm. »Mein Gott, wie spät kommst du!« – »Sire, Eure Majestät ist sehr gnädig, daß sie es bemerkt.«

Und der Herzog näherte sich der Estrade des Bettes und setzte sich auf die mit Lilien besäten Kissen, die zu diesem Behufe zerstreut auf den Stufen der Estrade umherlagen.

Wie schwierig es für einen König ist, gute Botschafter zu finden.

Chicot blieb unsichtbar in seinem Lehnstuhl; Joyeuse lag bald auf den Kissen, der König hatte sich bequem in sein Bett gewickelt, und das Gespräch begann.

»Nun, Joyeuse,« fragte der König, »seid Ihr viel in der Stadt umhergestrichen?« – »Ja, Sire, sehr viel, ich danke,« antwortete gleichgültig Joyeuse.

»Wie schnell seid Ihr auf der Grève verschwunden!« – »Hört, Sire, offenherzig gestanden, ist es wenig erquicklich, und dann liebe ich es nicht, die Menschen leiden zu sehen.« »Mitleidiges Herz!« – »Nein, selbstsüchtiges Herz. .. die Leiden anderer greifen mir die Nerven an.«

»Nu weißt, was vorgefallen ist?« – »Wo, Sire?«

»Auf der Grève.« – »Wahrhaftig, nein.«

»Salcède hat geleugnet.« – »Ah!«

»Ihr nehmt das sehr gleichgültig auf.« – »Ich gestehe, Sire, daß ich kein großes Gewicht auf das legte, was er sagen konnte; überdies war ich sicher, daß er leugnen würde.«

»Aber, da er gestanden hatte?« – »Ein Grund mehr. Die ersten Geständnisse haben die Guisen behutsam gemacht, sie arbeiteten, während Eure Majestät ruhig blieb.«

»Wie, du siehst solche Dinge vorher und sagst sie mir nicht?« – »Bin ich Minister, um über Politik zu sprechen?«

»Lassen wir das, Joyeuse. Ich bedarf deines Bruders.«

– »Mein Bruder gehört wie ich ganz dem Dienste Eurer Majestät.«

»Ich kann also auf ihn zählen?« – »Ganz gewiß.« »Ich will ihn mit einer kleinen Sendung beauftragen.«

– »Außerhalb Paris?«

»Ja.« – »Dann ist es unmöglich, Sire.«

»Warum?« – »Du Bouchage kann in diesem Augenblick nicht von hier fort.«

Heinrich erhob sich auf seinen Ellenbogen und schaute Joyeuse mit großen Augen an.

»Was soll das bedeuten?« fragte er.

Joyeuse berichtete dem König von dem Liebesleid seines Bruders, das ihn zur Zeit an Paris fessele, und das er, Joyeuse, durch sein Eingreifen in Liebesfreude zu wandeln hoffe.

Er habe seine Operationen damit begonnen, daß er an diesem Abend dreißig Musiker vor dem Hause der Dame spielen lasse.

»Nun,« sagte Heinrich, »ich wünsche deinem Bruder allen Erfolg, aber lassen wir ihn jetzt, da es für ihn in diesem Augenblick zu lästig wäre, sich von Paris zu entfernen; es ist für mich nicht unumgänglich notwendig, daß er diese Sendung erfüllt; doch ich hoffe, daß du, der du so gute Ratschläge gibst, dich nicht, wie er, zum Sklaven irgendeiner Leidenschaft gemacht hast?« – »Ich bin nie in meinem Leben so vollkommen frei gewesen.«

»Das ist vortrefflich; also hast du nichts zu tun?« – »Durchaus nichts, Sire.«

»Ich glaubte, du hättest eine Liebschaft mit einer hübschen Dame.« – »Ja, ja, mit der Geliebten des Herrn von Mayenne, einer Frau, die mich anbetete.«

»Nun?« – »Denkt Euch, heute abend, nachdem ich Du Bouchage eine Lektion gegeben, verlasse ich ihn, um zu ihr zu gehen. Ich komme an, den Kopf erhitzt durch die Theorien, die ich entwickelt hatte; ich schwöre Euch, Sire, ich hielt mich für beinahe ebenso verliebt, wie Henri. Nun finde ich die Frau ganz zitternd und erschrocken; mein erster Gedanke ist, ich störe jemand; ich schaue umher, niemand; ich suche sie zu beruhigen, vergebens; ich frage sie, sie antwortet nicht; ich will sie küssen, sie wendet den Kopf ab, und da ich die Stirn falte, wird sie ärgerlich, steht auf, wir zanken uns, und sie kündigt mir an, sie werde nie mehr zu Hause sein, wenn ich mich bei ihr einfinde.«

»Armer Joyeuse,« versetzte der König lachend, »und was hast du getan?« – »Bei Gott! Sire, ich nahm meinen Degen und meinen Mantel, verbeugte mich artig und ging weg, ohne rückwärts zu schauen.«

»Joyeuse, das ist mutig.« – »Um so mutiger, da es mir vorkam, als hörte ich das arme Mädchen seufzen.«

»Wirst du deinen Stoizismus nicht bereuen?« – »Nein, Sire, wenn ich ihn einen Augenblick bereute, würde ich sogleich hinlaufen .... Ihr begreift, nichts wird mir den Gedanken rauben, das arme Mädchen verlasse mich wider seinen Willen.«

»Und dennoch bist du weggegangen?« – »Wie Ihr seht.«

»Und du wirst nicht zurückkehren?« – »Nie ... wenn ich den Bauch des Herrn von Mayenne hätte, doch ich bin schmächtig und habe das Recht, stolz zu sein.«

»Mein Freund,« sagte der König ernsthaft, »dieser Bruch ist ein Glück für dich.« – »Ich leugne es nicht, Sire; doch einstweilen werde ich mich acht Tage lang grausam langweilen, da ich nichts zu tun habe und nicht weiß, was ich anfangen soll.«

»Das trifft sich gut; ich habe etwas für dich zu tun.« – »Was wollt Ihr mich tun lassen, Sire? Sprecht doch!«

»Du sollst dich stiefeln.« – Joyeuse machte eine Bewegung des Schreckens. »Oh! nein, verlangt das nicht von mir, Sire, das ist wider alle meine Gedanken.«

»Du wirst zu Pferd steigen.« – Joyeuse machte einen Sprung. »Zu Pferde! nein, eine Sänfte ist mir lieber.«

»Joyeuse, genug des Scherzes; verstehst du mich, du wirst dich stiefeln und zu Pferde steigen.« – »Nein, Sire,« erwiderte der Herzog mit dem größten Ernst, »das ist unmöglich.«

»Und warum unmöglich,« fragte zornig der König. – »Weil ... weil ... ich Admiral bin.«

»Wohl! es sei! Herr Admiral von Frankreich, Ihr werdet nicht zu Pferde steigen, Ihr habt recht, es ist nicht die Sache eines Seemanns, zu reiten; aber es ist die Sache eines Seemanns, zu Schiffe zu gehen; Ihr werdet Euch also auf der Stelle zu Schiff nach Rouen begeben; in Rouen findet Ihr Eure Admiralsgalere; Ihr besteigt sie sogleich und laßt nach Antwerpen segeln.«

»Nach Antwerpen,« rief Joyeuse so verzweiflungsvoll, als ob er den Befehl erhalten hätte, nach Kanton oder Valparaiso zu reisen.

»Ich glaube, es gesagt zu haben,« sagte der König mit eisigem Tone, der keine Widerrede zuließ; »ich glaube es gesagt zu haben und will es nicht wiederholen.«

Ohne den geringsten Widerstand zu äußern, häkelte Joyeuse seinen Mantel zu, legte seinen Degen auf seine Schulter und nahm von einem Stuhle sein samtenes Toquet. »Heiliger Gott! wieviel Mühe hat man, um sich Gehorsam zu verschaffen,« brummte Heinrich; »wenn ich selbst zuweilen vergesse, daß ich Gebieter bin, sollten sich wenigstens andere daran erinnern.«

Joyeuse verbeugte sich stumm und eisig und legte der Ordnung gemäß eine Hand an das Stichblatt seines Degens.

»Eure Befehle, Sire,« sagte er mit einer Stimme, die durch den Ton der Unterwürfigkeit sogleich den Willen des Monarchen in schmelzendes Wachs verwandelte.

»Nu wirst dich nach Rouen begeben, wo du dich einschiffen sollst, wenn du es nicht vorziehst, zu Land nach Brüssel zu gehen.«

Heinrich erwartete ein Wort von Joyeuse, doch dieser beschränkte sich auf eine Verbeugung.

»Ziehst du die Reise zu Land vor?« – »Ich kenne leinen Vorzug, wenn es sich darum handelt, einen Befehl zu vollstrecken, Sire.«

»Schmolle, schmolle, abscheulicher Charakter,« rief Heinrich. »Ah! die Könige haben keine Freunde.« – »Wer Befehle gibt, kann nur erwarten, daß er Diener findet,« erwiderte Joyeuse feierlich.

»Mein Herr,« sagte der König verletzt, »Ihr werdet also nach Rouen gehen; Ihr besteigt Eure Galere und sammelt die Garnisonen von Caudebec, Harfleur und Dieppe, die ich ersetzen lassen werde; Ihr beladet damit sechs Schiffe, die Ihr in den Dienst meines Bruders zu bringen habt, der die ihm versprochene Hilfe erwartet.« – »Meinen Auftrag, wenn es Euch beliebt, Sire.«

»Und seit wann handelt Ihr nicht mehr kraft Eurer Admiralsgewalt?« – »Ich habe nur das Recht, zu gehorchen, und vermeide, soviel ich kann, jede Verantwortlichkeit.«

»Es ist gut, Herr Herzog, Ihr werdet den Auftrag in Eurem Hotel im Augenblick der Abreise erhalten.« – »Und wann wird dieser Augenblick sein, Sire?«

»In einer Stunde.« Joyeuse verbeugte sich ehrfurchtsvoll und wandte sich nach der Tür. Dem König brach das Herz beinahe.

»Wie,« sagte er, »nicht einmal die Höflichkeit eines Abschiedes! Herr Admiral, Ihr seid nicht sehr artig, das ist ein Vorwurf, den man gewöhnlich den Seeleuten macht. Vielleicht werde ich mit meinem Generalobersten der Infanterie mehr zufrieden sein.«

»Wollt Ihr mir verzeihen, Sire,« stammelte Joyeuse, »aber ich bin noch ein ebenso schlechter Höfling wie Seemann, und ich begreife, daß Eure Majestät bedauert, was sie für mich getan hat.«

Und er ging, die Tür heftig zumachend, hinaus, während sich der Vorhang vom Winde getrieben schwellte.

»So lieben mich also die, für die ich so viel getan habe!« rief der König, »ah! Joyeuse, undankbarer Joyeuse!« – »Nun, willst du ihn nicht etwa zurückrufen?« sagte Chicot, zum Bett vorschreitend. »Wie! weil du zufällig ein wenig Willen gehabt hast, bereust du es?«

»Höre doch,« erwiderte der König, »du bist herrlich; glaubst du, es sei angenehm, im Monat Oktober Regen und Wind auf der See zu genießen? Ich möchte dich dabei sehen, Selbstsüchtiger.« – »Es steht dir frei, großer König, es steht dir frei.«

»Dich zu Wasser und zu Land zu sehen?« – »Zu Wasser und zu Land, es ist in diesem Augenblick mein lebhaftestes Verlangen, zu reisen.«

»Wenn ich dich also irgendwohin schicken wollte, wie ich Joyeuse abgeschickt habe, so würdest du es annehmen?« – »Ich würde es nicht nur annehmen, sondern ich bitte, ich bewerbe mich darum.«

»Eine Sendung?« – »Eine Sendung.«

»Du gingest nach Navarra?« – »Ich ginge zum Teufel, großer König.«

»Spottest du, Narr?« – »Sire, ich war schon zu meinen Lebzeiten nicht sehr heiter und bin noch viel trauriger seit meinem Tode.« – »Aber du weigertest dich soeben, Paris zu verlassen.« – »Mein huldreicher Fürst, ich hatte unrecht, großes Unrecht, und ich bereue es.«.

»Und du wünschest Paris nun zu verlassen?« – »Sogleich, erhabener König, auf der Stelle, großer Monarch.«

»Das begreife ich nicht.« – »Du hast also die Worte des Großadmirals von Frankreich nicht gehört?«

»Welche?« – »Die, in denen er dir seinen Bruch mit der Geliebten des Herrn von Mayenne mitteilte?«

»Ja, und?« – »Wenn diese Frau, verliebt in einen reizenden Burschen wie der Herzog, ihn seufzend verabschiedet, so hat sie einen Beweggrund.«

»Ohne Zweifel, sonst würde sie ihn nicht verabschieden.« – »Kennst du nun diesen Beweggrund? Nicht? Nun, weil Herr von Mayenne zurückkommen wird.«

»Oh! oh!« machte der König. –»Du begreifst endlich, ich wünsche dir Glück.« – »Ja, ich begreife und fange an zu glauben, daß Mayenne zurückkehren wird; aber du, du, Chicot, du bist keine furchtsame oder verliebte Frau?« – »Ich, Heinrich, bin ein kluger Mann, ein Mann, der eine offene Rechnung, eine eingegangene Partie mit Herrn von Mayenne hat; findet er mich, so wird er wieder anfangen wollen; er ist ein Spieler, der einen zum Schauern bringt, dieser gute Herr von Mayenne.«

»Nun?« – »Nun, er wird so gut spielen, daß ich einige Messerstiche bekomme.«

»Bah! ich kenne meinen Chicot, er empfängt nicht, ohne zurückzugeben.« – »Ich werde ihm zehn zurückgeben, an denen er krepiert.«

»Desto besser, dann ist die Partie zu Ende.« – »Desto schlimmer, alle Wetter! im Gegenteil, desto schlimmer, die Familie wird ein furchtbares Geschrei erheben, du wirst die ganze Lige auf dem Halse haben, und an einem schönen Morgen wirst du mir sagen: ,Chicot, mein Freund, entschuldige mich, aber ich bin genötigt, dich rädern zu lassen'.«

»Ich werde dies sagen?« – »Du wirst dies sagen und sogar tun, was noch schlimmer ist, großer König, Es ist mir also lieber, wenn die Sache eine andere Wendung nimmt, verstehst du? Ich befinde mich so ganz gut und möchte noch eine Weile so bleiben. Ich werde also nach Navarra gehen, wenn du mich dahin schicken willst,«

»Gewiß will ich es.« – »Ich erwarte deine Befehle, huldreicher Fürst.«

Hierbei nahm Chicot dieselbe Stellung ein, die Joyeuse angenommen hatte, und wartete.

»Aber« du weißt nicht, ob die Sendung dir zusagen wird.« – »Sobald ich dich darum bitte...«

»Siehst du, Chicot, ich habe gewisse Pläne wegen einer Entzweiung zwischen Margot und ihrem Gemahl.« – »Trennen, um zu herrschen, das war schon vor hundert Jahren das Abc der Politik.«

»Es widerstrebt dir also nicht?« – »Geht das mich etwas an?« erwiderte Chicot; »du wirst tun, was dir beliebt, großer Fürst. Ich bin nur Botschafter; du hast mir keine Rechenschaft abzulegen, und vorausgesetzt, daß ich unverletzlich bin... Ah! darauf halte ich allerdings.«

»Aber du mußt auch wissen, was du meinem Schwager zu sagen hast.« – »Ich etwas sagen! nein, nein, nein! Wer das Wort führt, hat immer eine Verantwortlichkeit; wer ein Schreiben überreicht, wird stets erst von zweiter Hand angepackt.«

»Gut, es sei, ich werde dir einen Brief geben; aber du sollst doch wenigstens meine Absichten inbetreff Margots und ihres Gemahls wissen,« rief Heinrich. »Tu bist ein Gaskogner, mein Brief wird Lärm am Hof von Navarra machen. Man wird dich befragen, du mußt antworten können. Zum Teufel! Du vertrittst mich. Du sollst nicht aussehen wie ein Dummkopf.« – »Mein Gott!« erwiderte Chicot, die Achseln zuckend, »wie stumpf ist dein Geist, großer König. Wie, du Meinst, ich werde einen Brief in eine Entfernung von zweihundertfünfzig Meilen tragen, ohne zu wissen, was darin steht! Alle Wetter! Sei unbesorgt, an der nächsten Straßenecke, unter dem nächsten Baume, wo ich anhalte, öffne ich deinen Brief. Wie, du schickst seit zehn Jahren Botschafter nach allen Enden der Welt und weißt das nicht besser! Auf, lege deinen Körper und deinen Geist zur Ruhe, ich kehre in meine Einsamkeit zurück.«

»Wo ist sie, deine Einsamkeit?« – »Auf dem Friedhof des Innocens, großer Fürst.«

Heinrich schaute Chicot mit jenem Erstaunen an, das er seit den zwei Stunden, die er ihn wiedergesehen, noch nicht ganz aus seinem Blicke hatte verbannen können.

»Nicht wahr, das hast du nicht alles erwartet?« fragte Chicot, indem er seinen Hut und seinen Mantel nahm. »So ist es aber, wenn man in Verbindung mit Leuten aus der andern Welt steht. Es ist abgemacht, morgen, ich oder mein Bote.«

»Es sei, doch dein Bote muß auch ein Losungswort haben, damit man weiß, daß er von dir kommt und damit man ihm die Türen öffnet.« – »Vortrefflich! Bin ich es, so komme ich von mir; ist es mein Bote, so kommt er vom Schatten.«

Nach diesen Worten verschwand er so leicht, daß der abergläubische Geist Heinrichs im Zweifel war, ob ein Körper oder ein Schatten durch die Tür gegangen sei, ohne daß man sie hörte, und unter dem Vorhang durch, ohne ihn sich bewegen zu sehen.

Was Chicots Verschwinden und vermeintlichen Tod betrifft, so sei zum Verständnis des Lesers berichtet, daß Chicot es in der Tat aus dem angegebenen Beweggrunde für besser gehalten hatte, sich eine Zeitlang völlig den Blicken der Welt, d.h. des Herzogs von Mayenne, zu entziehen. Er flüchtete sich in das Kloster seines Freundes Gorenflot, dem er einen Brief an den König mit der Mitteilung von seinem, Chicots, Tode in die schwere Hand diktierte.

In Antwort auf diesen Brief Gorenflots schrieb der König eigenhändig:

»Mein Herr Prior, Ihr werdet unserem armen Chicot ein frommes und poetisches Begräbnis geben; ich beklage ihn von ganzer Seele, denn er war nicht nur ein treu ergebener Freund, sondern auch ein ziemlich guter Edelmann. Ihr werdet ihn mit Blumen umgeben und es so einrichten, daß er in der Sonne ruht, die er als Sohn des Südens sehr liebte. Was Euch betrifft, dessen Traurigkeit ich in gleichem Maße ehre und teile, so werdet Ihr nach dem Wunsche, den Ihr gegen mich aussprecht, die Priorei Beaune verlassen. Ich bedarf in Paris zu sehr ergebener Männer und guter Geistlicher, um Euch entfernt zu halten. Demzufolge ernenne ich Euch zum Prior der Jakobiner, wonach Ihr vor der Porte Saint-Antoine wohnen werdet, eine Gegend, der unser armer Freund ganz besonders zugetan war.

Euer wohlgewogener Heinrich, der Euch bittet, ihn in Euren Gebeten nicht zu vergessen.«

Man kann sich denken, wie der Prior bei diesem ganz eigenhändig vom König geschriebenen Briefe große Augen machte, die Größe von Chicots Genie bewunderte und sich beeilte, der ehrenvollen Stellung, die ihn erwartete, entgegenzueilen. Denn der Ehrgeiz hatte, wie man sich erinnert, schon früher ein Reis in Gorenflots Herzen getrieben.

Alles ging nach den Wünschen des Königs und Chicots. Ein Bündel Dornen, physisch und allegorisch den Leichnam darstellend, wurde in der Sonne, inmitten von Blumen, unter einer schönen Weinrebe begraben; und sobald Chicot tot und in effigie beerdigt war, half er Gorenflot bei seinem Umzuge.

Dom Modeste Gorenflot nahm mit großem Gepränge Besitz von seiner Priorei der Jakobiner. Ehicot wählte die Nacht, um in Paris einzuschlüpfen. Er kaufte bei der Porte Bussy ein kleines Haus, das ihn dreihundert Taler kostete, und wenn er Gorenflot besuchen wollte, so hatte er drei Wege, den durch die Stadt, der der kürzeste, den am Rande des Wassers, der der poetischste, und den längs der Mauern, der der sicherste war.

Aber Chicot, ein Träumer, wählte fast immer den an der Seine, und da der Fluß in jener Zeit noch nicht zwischen steinerne Mauern eingeschachtet war, so leckte das Wasser, wie der Dichter sagt, seine breiten Ufer, an denen die Bewohner der Cité mehr als einmal die lange Silhouette Chicots bei schönem Mondschein sich hervorheben sehen konnten.

Nachdem Chicot eingezogen war und seinen Namen verändert hatte, war er bemüht, auch sein Gesicht zu verändern; er nannte sich Robert Briquet und ging leicht vorwärts gebeugt; dann hatte ihn die beständige Unruhe und der Verlauf der letzten sechs Jahre beinahe kahl gemacht, so daß sein sonst krauses schwarzes Haar sich, wie das Meer bei der Ebbe, von seiner Stirn gegen sein Genick zurückgezogen. Überdies trieb er mimische Studien, indem er durch geschicktes Zusammenziehen das natürliche Spiel der Muskeln und das gewöhnliche Spiel der Physiognomie zu verändern suchte.

Die Folge war, daß Chicot, am hellen Tage gesehen, wenn er sich Mühe geben wollte, als ein wahrhafter Robert Briquet, das heißt, als ein Mensch erschien, dessen Mund von einem Ohr zum andern ging, dessen Kinn die Nase berührte und dessen Augen schielten, daß einem bange werden konnte.

Nur seine langen Arme und seine ungeheuren Beine konnte Chicot nicht verkürzen; da er aber sehr erfindungsreich war, so bog er, wie gesagt, seinen Rücken, so daß die Arme beinahe so lang waren wie seine Beine.

Mit diesen Übungen verband er die Vorsicht, daß er mit niemand eine Bekanntschaft anknüpfte. So ausgerenkt Chicot auch war, so konnte er doch nicht immer die gleiche Stellung behalten. Er führte also ein Klausnerleben, was übrigens seinem Geschmacke entsprach; seine ganze Zerstreuung bestand darin, daß er Gorenflot besuchte, mit dem er vollends den ausgezeichneten 1550er trank, den der würdige Prior gewissenhaft aus den Kellern von Beaune mitgenommen hatte.

Doch die gemeinen Geister sind Veränderungen unterworfen, wie die großen Geister; Gorenflot veränderte sich, Gott sei Dank! nicht physisch, aber moralisch. Er sah den, der bisher sein Geschick in seinen Händen hatte, in seine Macht und Diskretion gegeben. Chicot, der zum Mittagessen in die Priorei, kam, erschien ihm als ein Chicot-Sklave, und Gorenflot hielt von diesem Augenblick an zu viel von sich und nicht genug von Chicot.

Chicot sah die Veränderung seines Freundes, ohne sich dadurch beleidigt zu fühlen. Er hatte sich durch ähnliche Erfahrungen bei König Heinrich zu einer solchen Philosophie aufgeschwungen. Er hielt sich mehr zurück, das war alles. Statt alle zwei Tage in die Priorei zu gehen, ging er nur noch einmal in der Woche, dann alle vierzehn Tage, dann alle Monate dahin, Gorenflot war so aufgeblasen, daß er es gar nicht bemerkte.

Chicot war zu sehr Philosoph, um empfindlich zu sein; er lachte im Stillen über die Undankbarkeit Gorenflots und kratzte sich nach seiner Gewohnheit an der Nase und am Kinn.

»Das Wasser und die Zeit,« sagte er, »sind die zwei mächtigsten auflösenden Mittel, die ich kenne. Das eine löst den Stein auf und die andere die Eitelkeit. Warten wir.« Und er wartete.

Er war in diesem Warten begriffen, als die von uns erzählten Ereignisse eintraten. Da nun sein König, den er immer noch liebte, obwohl er gestorben war, ihm unter den neuen Verhältnissen einigen Gefahren preisgegeben zu sein schien, so entschloß er sich, ihm als Gespenst zu erscheinen und ihm in dieser Absicht allein die Zukunft vorherzusagen. Wir haben gesehen, wie geschickt sich Chicot dieser Aufgabe entledigte, und wollen ihm nun bei seinem Ausgang aus dem Louvre bis zu seinem kleinen Hause folgen. Die Serenade.

Um vom Louvre nach Hause zu kommen, hatte Chicot keinen weiten Weg zu gehen. Er stieg an dem steilen Ufer hinab und fuhr über den Fluß mit einem kleinen Schiffe, das er selbst lenkte und von der Rive de Nesle an den verlassenen Kai des Louvre gebracht hatte.

Unterwegs dachte er darüber nach, daß der König noch immer derselbe schwache und erhabene, phantastische und poetische Geist sei, ewig die selbstsüchtige Seele, die stets mehr verlange, als man ihr geben könne, ein unglücklicher König, ein armer König, mehr zu bedauern als irgendein Mensch seines Reiches. »Ich glaube,« sagte er bei sich, »nur ich habe diese seltsame Mischung von Üppigkeit und von Reue, von Gottlosigkeit und Aberglauben ergründet, wie nur ich allein den Louvre kenne, durch dessen Gemächer so viele Günstlinge gezogen sind, um in das Grab, in die Verbannung oder in die Vergessenheit zu wandern; wie ich auch nur allein ohne Gefahr mit dieser Krone spiele, die einstweilen den Geist von so vielen Leuten verbrennt, bis sie ihnen auch die Finger verbrennen wird.«

Als Chicot gelandet war und in die nahe Rue des Augustins kam, war er, sehr erstaunt, Stimmen und Instrumente zu hören, die das in so vorgerückter Stunde sonst so friedliche Viertel mit Harmonie erfüllten.

»Es ist also eine Hochzeit hier,« dachte er anfangs; »alle Wetter! Ich habe nur fünf Stunden geschlafen und werde nun wachen müssen, ich, der ich keine Hochzeit halte.«

Während er sich näherte, sah er einen großen Schein auf den Fensterscheiben der wenigen Häuser tanzen, die sich in dieser Straße fanden; der Schein wurde durch ein Dutzend Fackeln hervorgebracht, die Pagen und Lakaien trugen, indes vierundzwanzig Musiker unter den Befehlen eines besessenen Italieners aus Leibeskräften mit ihren Violen, Psaltern, Geigen, Zithern, Trompeten und Trommeln aufspielten.

Dieses Heer von Lärmmachern war in schöner Ordnung zu Chicots Verwunderung vor seinem eigenen Hause aufgestellt. Der unsichtbare General, der das Manöver leitete, hatte Musiker und Pagen so aufgestellt, daß alle gegen die Wohnung Robert Briquets gewendet waren.

Chicot schaute diese Erscheinung einen Augenblick erstaunt an und horchte auf das sonderbare Getöse. Dann schlug er mit seinen knochigen Händen auf seine Schenkel und sagte: »Das ist ein Irrtum, es ist nicht möglich, daß man für mich einen solchen Lärm macht.«

Hierauf trat er näher, mengte sich unter die Neugierigen, die die Serenade herbeigezogen hatte, und versicherte sich, aufmerksam umherschauend, daß alles Licht der Fackeln sich an seinem Hause abspielte, und daß niemand in der Menge sich im geringsten um das Haus gegenüber oder um die benachbarten Häuser kümmerte.

»In der Tat,« sagte Chicot zu sich selbst, »es ist für mich; sollte sich etwa eine unbekannte Prinzessin in mich verliebt haben?«

Diese Annahme, so schmeichelhaft sie auch war, schien indessen Chicot keineswegs zu überzeugen. Er wandte sich nach dem Hause um, das dem seinigen gegenüber stand.

Nur zwei Fenster dieses Hauses, die einzigen, die keine Läden hatten, fingen zuweilen Lichtblitze auf, während das arme Haus selbst alles Lebens beraubt zu sein schien.

»Man muß einen sehr harten Schlaf in diesem Hause haben,« sagte Chicot, »alle Teufel! ein solches Bacchanal müßte Tote erwecken.«

Währenddessen setzte das Orchester seine Symphonie fort, als ob es vor einer Versammlung von Königen und Kaisern gespielt hätte.

»Verzeiht, Freund,« fragte Chicot, sich an einen Fackelträger wendend, »könnt Ihr mir nicht sagen, für wen diese ganze Musik?«

»Für den Bürger, der hier wohnt,« antwortete der Diener, indem er Chicot Robert Briquets Haus bezeichnete.

»Es ist für mich, entschieden für mich,« dachte Chicot.

Chicot drang durch die Menge, um die Erklärung des Rätsels auf dem Ärmel und der Brust des Pagen zu lesen, aber jedes Wappen war sorgfältig unter einer Art von mauerfarbigem Überwurf verborgen.

»Wem gehört Ihr an, mein Freund?« fragte Chicot einen Tamburinschläger, der seine Finger mit dem Atem erwärmte, weil er in diesem Augenblicke gerade nichts zu trommeln hatte.

»Dem Bürger, der hier wohnt,« antwortete der Musiker, indem er mit seinem Stäbchen die Wohnung Robert Briquets bezeichnete.

»Ah! ah!« sagte Chicot, »sie sind nicht nur meinetwegen hier, sondern sie gehören mir sogar. Es kommt immer besser; wir werden ja am Ende sehen.«

Er bewaffnete sein Gesicht mit der schwierigsten Grimasse, die er finden konnte, stieß rechts und links Pagen, Lakaien, Musiker beiseite, um die Tür nicht ohne Schwierigkeit zu erreichen, zog hier, sichtbar und glänzend in dem von den Fackelträgern gebildeten Kreise, den Schlüssel aus der Tasche, öffnete die Tür, trat ein, stieß die Tür wieder zu und schob den Riegel vor. Dann stieg er auf seinen Balkon, stellte auf den Vorsprung einen ledernen Stuhl, setzte sich bequem darauf, stützte das Kinn auf das Geländer und sagte, ohne daß er das Gelächter zu bemerken schien, das seine Person empfing: »Meine Herren, täuscht ihr euch nicht, sind eure Triller, Kadenzen und Rouladen wirklich an mich gerichtet?«

»Ihr seid Meister Robert Briquet?« fragte der Direktor des ganzen Orchesters.

»In Person.«

»Wohl, wir sind ganz zu Euren Diensten, mein Herr,« erwiderte der Italiener mit einer Bewegung seines Stabes, die einen neuen Melodiensturm hervorrief.

»Das ist wahrhaftig nicht zu verstehen,« sagte Chicot zu sich selbst, indem er seine scharfen Augen auf der ganzen Menge und an allen Häusern der Nachbarschaft umherlaufen ließ. Da erblickte er plötzlich unter dem Wetterdach seines Hauses, durch die Spalten des Balkonbodens, einen ganz in einen dunkelfarbigen Mantel gehüllten Mann, der einen schwarzen Hut mit roter Feder und einen langen Degen trug und, da er sich unbeobachtet glaubte, mit seiner ganzen Seele nach dem gegenüberliegenden öden, stummen, toten Haus schaute. Von Zeit zu Zeit verließ der Direktor des Orchesters seinen Posten, um leise mit diesem Mann zu sprechen. Chicot erriet bald, daß das ganze Interesse der Szene hier war, und daß dieser schwarze Hut das Gesicht eines Edelmannes verbarg.

Von diesem Augenblick an war seine ganze Aufmerksamkeit dem Unbekannten zugewendet.

Bald sah er, wie ein Kavalier, dem zwei Stallmeister folgten, an der Ecke der Straße erschien und energisch mit Gertenhieben die Neugierigen Vertrieb.

»Herr Joyeuse,« murmelte Chicot, der in dem Kavalier den auf Befehl des Königs gestiefelten und gespornten Großadmiral von Frankreich erkannte.

Sobald die Neugierigen zerstreut waren, schwieg das Orchester, dem offenbar ein Wink des Gebieters Stillschweigen auferlegte.

Der Kavalier näherte sich dem unter dem Wetterdache verborgenen Edelmann und fragte: »Nun, Henri, was gibt es Neues?« – »Nichts, mein Bruder, nichts.«

»Nichts?« – »Nein, sie ist nicht einmal erschienen.«

»Diese Burschen haben also keinen Lärm gemacht?« – »Sie haben das ganze Quartier betäubt.«

»Sie haben also nicht gerufen, wie es ihnen empfohlen war, sie spielten zu Ehren dieses Bürgers?« – »Sie haben es so laut gerufen, daß er in Person auf seinem Balkon sitzt und der Serenade zuhört.«
»Sie ist nicht erschienen?« – »Weder sie noch sonst jemand.«

»Der Gedanke war doch geistreich,« sagte Joyeuse gereizt, »denn sie könnte es am Ende, ohne sich zu kompromittieren, machen wie alle diese guten Bürger und die ihrem Nachbar gegebene Musik benützen.«

Henri schüttelte den Kopf und sagte: »Ah! man sieht wohl, daß du sie nicht kennst, Bruder.«

»Doch, doch, ich kenne sie; das heißt, ich kenne alle Frauen, und da sie in der Zahl inbegriffen ist, so wollen wir den Mut nicht sinken lassen.« – »Oh! mein Gott! Bruder, du sagst mir das mit einem ganz entmutigten Tone.«

»Durchaus nicht; nur muß der Bürger von heute an jedem Abend seine Serenade bekommen.« – »Sie wird ausziehen.«

»Warum, wenn du nichts sagst, wenn du sie nicht bezeichnest, wenn du stets verborgen bleibst? Hat der Bürger etwas geredet, als man ihm diese Artigkeit erwies?« – »Ja, er hat eine Rede an das Orchester gehalten .... Ah! sieh, Bruder, er will in der Tat noch einmal sprechen.«

Entschlossen, in der Sache ins klare zu kommen, stand Briquet wirklich auf, um zum zweiten Male den Direktor des Orchesters zu befragen.

»Schweigt da oben und geht hinein,« rief Anne in seiner üblen Laune, »zum Teufel, da Euch die Serenade zuteil geworden ist, so habt Ihr nichts zu sagen, haltet Euch also ruhig.« – »Meine Serenade, meine Serenade,« erwiderte Chicot mit der freundlichsten Miene; »ich will wenigstens wissen, an wen meine Serenade gerichtet ist.«

»An Eure Tochter, Dummkopf.« – »Verzeiht, Herr, ich habe keine Tochter.«

»An Eure Frau also.« – »Ich bin, Gott sei Dank, nicht verheiratet.«

»An Euch persönlich, und wenn du nicht hineingehst ....«

Joyeuse verband die Tat mit der Drohung und sprengte sein Pferd gegen den Balkon, und zwar mitten durch die Musiker.

»Alle Wetter!« rief Chicot, »wer wirft hier die Musiker nieder, wenn die Musik für mich ist?«

»Alter Narr,« brummte Joyeuse, das Haupt erhebend, »wenn du dein häßliches Gesicht nicht in deinem Rabennest verbirgst, so werden dir die Musiker alle ihre Instrumente auf dem Genick zerbrechen.«

»Laß diesen armen Menschen,« sagte du Bouchage, »er muß sich in der Tat sehr wundern!«

»Und warum wundert er sich, beim Teufel! ... übrigens siehst du wohl, daß wir, wenn wir einen Streit anfangen, jemand an das Fenster ziehen werden; prügeln wir also den Bürger, stecken wir sein Haus in Brand, wenn es sein muß, aber rühren wir uns, rühren wir uns.«

»Ich bitte, mein Bruder,« entgegnete Henri, »erpressen wir nicht die Aufmerksamkeit dieser Frau; wir sind besiegt, ergeben wir uns!«

Briquet verlor kein Wort von diesem Zwiegespräch, das helles Licht in seine noch verworrenen Ideen brachte; er traf im Geiste seine Anstalten zur Verteidigung, denn er kannte die Laune dessen, der ihn angriff.

Doch Joyeuse ergab sich den Vernunftgründen seines Bruders, ging nicht weiter und entließ Pagen, Diener, Musiker und Maestro.

Er zog sodann seinen Bruder beiseite und teilte ihm mit, daß er auf Befehl des Königs sofort nach Flandern gehen müsse; er bat den Bruder herzlich mitzukommen. Du Bouchage erklärte aber, sich von dem Orte seiner Geliebten nicht trennen zu können, worauf Joyeuse von seiner Bitte abstand und tröstend hinzufügte, er sei überzeugt, er werde bei der Rückkehr den Bruder für seine beharrliche Liebe belohnt finden. Joyeuse hieß darauf die Musiker heimgehen und ritt dem Bruder, der ihn bis zum Tor geleiten wollte, voran zur harrenden Eskorte.

Henri warf einen letzten Blick nach dem öden Hause, sandte ein letztes Gebet nach dessen Fenstern und folgte dann, langsam und beständig sich umwendend, dem Bruder.

Als Robert Briquet die jungen Leute mit den Musikanten sich entfernen sah, dachte er, die Entwicklung dieser Szene werde nun wohl erfolgen. Er zog sich daher geräuschvoll vom Balkon zurück und schloß das Fenster, ging aber innen zum Dach hinauf, das ausgezackt war, wie das der flämischen Häuser; er verbarg sich hinter einer dieser Auszackungen und beobachtete die Fenster gegenüber.

Sobald der Lärm auf der Straße aufgehört hatte und alles in die gewöhnliche Ordnung zurückgekehrt war, öffnete sich leise eines von den oberen Fenstern dieses seltsamen Hauses, und ein Kopf kam vorsichtig hervor.

»Nichts mehr,« murmelte eine Männerstimme, »folglich keine Gefahr mehr; es war eine Mystifikation, die sich an unsern Nachbar richtet; Ihr könnt Euer Versteck verlassen, gnädige Frau, und in Euer Zimmer hinabgehen.«

Bei diesen Worten schloß der Mann das Fenster wieder, ließ das Feuer aus einem Stein springen, zündete eine Lampe an und reichte sie einem Arm, der sich ausstreckte, um sie zu empfangen.

Chicot schaute angespannt. Doch kaum hatte er das bleiche und erhabene Antlitz der Frau erschaut, die die Lampe in Empfang nahm, und den sanften, traurigen Blick aufgefaßt, der zwischen dem Diener und der Gebieterin ausgetauscht wurde, als er selbst erbleichte und fühlte, wie ein eisiger Schauer seine Adern durchlief.

Die junge Frau war kaum vierundzwanzig Jahre alt. Sie stieg nun die Treppe hinab; ihr Diener folgte ihr.

»Ah!« murmelte Chicot, der mit der Hand über die Stirn fuhr, um sich den Schweiß abzuwischen, und als ob er zugleich eine furchtbare Erscheinung hätte verjagen wollen, »ah! Graf du Bouchage, tapferer, schöner junger Mann, wahnsinniger Verliebter, laß alle Hoffnung fahren!«

Dann stieg er ebenfalls in sein Zimmer hinab ... mit düsterer Stirn, wie wenn er in eine furchtbare Vergangenheit, in einen blutigen Abgrund hinabgestiegen wäre, und setzte sich, nun auch selbst von der Schwermut, die von dem düstern Hause ausging, bezwungen, gedankenvoll in den Schatten.

Chicots Börse.

Chicot brachte die ganze Nacht träumend in seinem Lehnstuhl zu. Träumend ist das richtige Wort, denn in der Tat, es waren weniger Gedanken, als Träume, was ihn beschäftigte.

Zur Vergangenheit zurückkehren, mit einem Blicke eine ganze, beinahe im Gedächtnis verwischte Epoche am Feuer eines einzigen Blickes sich erhellen sehen, heißt nicht denken. Chicot wohnte die ganze Nacht in einer Welt, die längst von ihm verlassen und mit erhabenen oder anmutigen Schatten bevölkert war, die der Blick der bleichen Frau, einer treuen Lampe ähnlich, einen nach dem andern mit seinem Gefolge von glücklichen und schrecklichen Erinnerungen an ihm vorüberziehen ließ.

Als die Morgendämmerung die Scheiben seines Fensters versilberte, sagte er: »Die Stunde der Gespenster ist vorüber, wir müssen nun auch an die Lebendigen denken.«

Er stand auf, gürtete sein langes Schwert um, warf über seine Schultern einen Oberrock von weinhefenfarbiger Wolle und einem auch für den stärksten Regen undurchdringlichen Gewebe und prüfte mit der stoischen Festigkeit des Weisen den Grund seiner Börse und die Sohle seiner Schuhe.

Diese erschienen Chicot würdig, einen Feldzug zu beginnen, und jene verdiente eine besondere Aufmerksamkeit.

Chicot, der, wie man weiß, ein Mensch von erfindungsreicher Einbildungskraft war, hatte nämlich den Hauptbalken ausgehöhlt, der sein Haus von einem Ende zum andern durchzog und zugleich zur Zierat und zur Festigkeit diente, denn er war bunt bemalt und hatte wenigstens achtzehn Zoll im Durchmesser.

Aus diesem Balken hatte er sich durch eine Aushöhlung von anderthalb Fuß Länge und sechs Zoll Breite eine Kasse gemacht, in der tausend Goldtaler enthalten waren.

Chicot hatte folgende Berechnung angestellt: »Ich gebe jeden Tag den zwanzigsten Teil eines solchen Talers aus; ich habe also Mittel, zwanzigtausend Tage zu leben. Ich werde sie nie leben, aber ich kann die Hälfte erreichen, und dann vermehren sich, je älter ich werde, meine Bedürfnisse und folglich meine Ausgaben, denn die

Gemächlichkeit muß mit der Abnahme des Lebens zunehmen. Somit habe ich zwanzig bis fünfundzwanzig schöne Jahre zu leben. Das ist, Gott sei Dank, genug.«

Als er diesen Morgen seine Kasse öffnete, um sich seine Rechnung zu machen, sagte er zu sich selbst: »Bei Gott! das Jahrhundert ist hart, und die Zeiten sind nicht für die Großmut geeignet. Ich habe kein Zartgefühl gegen Heinrich zu beobachten. Diese tausend Goldtaler kommen nicht einmal von ihm, sondern von einem Oheim, der mir sechsmal mehr versprochen hatte. Dieser Oheim war allerdings Junggeselle. Wenn es noch Nacht wäre, würde ich hundert Taler aus der Tasche des Königs nehmen, aber es ist Tag und ich habe keine andere Quelle mehr, als bei mir selbst und ... bei Gorenflot:«

Der Gedanke, von Gorenflot Geld zu beziehen, ließ seinen würdigen Freund lächeln.

»Es wäre ja schön,« fuhr er fort, »wenn Meister Gorenflot, der mir sein Glück verdankt, hundert Taler seinem Freunde für den Dienst des Königs abschlüge, der ihn zum Prior der Jakobiner ernannt hat.«

»Ah!« sagte er, »er ist nicht mehr Gorenflot.

»Ja, aber Robert Briquet ist immer noch Chicot. Doch der Brief des Königs, der Brief, der Navarra in Flammen setzen soll, ich sollte ihn vor Tag holen, und der Tag ist gekommen. Ah! dieses Mittel werde ich haben, und es wird sogar einen furchtbaren Schlag auf den Schädel Gorenflots tun, wenn mir sein Gehirn zu schwer zu überzeugen ist. Vorwärts also!«

Chicot fügte das Brett wieder ein, das sein Versteck schloß, befestigte es mit vier Nägeln und bedeckte es mit der Platte, auf die er gehörig Staub streute, um die Fugen zu verstopfen; dann schaute er, zum Aufbruch bereit, zum letzten Male dieses kleine Zimmer an, wo er seit vielen glücklichen Tagen undurchdringlich und bewacht war, wie es das Herz in der Brust ist.

So beruhigt schloß Chicot seine Tür, deren Schlüssel er mit sich nahm; als er sodann hinausging, um das Ufer zu erreichen, sagte er: »Ei! ei! dieser Nicolas Poulin könnte wohl hierher kommen, meine

Abwesenheit verdächtig finden und... Ah! diesen Morgen habe ich nur Hasengedanken. Vorwärts.«

Indes Chicot seine Haustür nicht minder sorgfältig schloß, als er seine Zimmertür geschlossen hatte, bemerkte er an einem Fenster den Diener der unbekannten Dame, der, ohne Zweifel in der Hoffnung, so früh am Morgen nicht bemerkt zu werden, Luft schöpfte.

Dieser Mann war erwähntermaßen ganz entstellt durch eine Wunde an der linken Schläfe, die sich über einen Teil der Wange erstreckte. Durch die Heftigkeit des Schlages von der Stelle gerückt, verbarg eine von seinen Augenbrauen beinahe völlig das linke, in seine Höhle eingesunkene Auge. Dabei hatte er trotz seiner kahlen Stirn und seinem gräulichen Barte einen lebhaften Blick und eine auffallende Jugendfrische auf der Wange, die verschont worden war.

Beim Anblick Robert Briquets, der seine Türschwelle hinabstieg, bedeckte er sich den Kopf mit seiner Kapuze. Er machte eine Bewegung, um zurückzutreten, doch Chicot bedeutete ihm durch eine Bewegung, er möge bleiben.

»Nachbar,« rief ihm Chicot zu, »das Gelärm gestern hat mir mein Haus verleidet; ich will einige Wochen auf meine Meierei gehen; wäret Ihr wohl so gefällig, von Zeit zu Zeit einen Blick nach dieser Seite zu werfen?« – »Ja, gern,« antwortete der Unbekannte.

»Und solltet Ihr Diebe bemerken...« – »Seid unbesorgt, ich habe eine gute Büchse.«

»Ich danke. Indessen hätte ich Euch noch um einen Dienst zu bitten. Doch es ist zu zarter Natur, um es Euch von ferne zuzurufen, Nachbar.« – »Dann werde ich hinabkommen.«

Chicot sah den Unbekannten in der Tat verschwinden, und als er sich während dieses Verschwindens dem Hause näherte, hörte er seine Tritte im Hausflur schallen, dann öffnete sich die Tür, und sie standen einander gegenüber.

Diesmal hatte der Diener sein Gesicht völlig in seine Kapuze gehüllt.

»Es ist heute sehr kalt,« sagte er, um seine geheimnisvolle Vorsicht zu verbergen oder zu entschuldigen.

»Ein eisiger Nordwind, Nachbar,« erwiderte Chicot, der sich stellte, als schaute er den andern nicht an, um es ihm bequemer zu machen.

»Nun?« sagte der Unbekannte. – »Ich verreise.«

»Ihr habt mir schon die Ehre erwiesen, mir dies mitzuteilen.« – »Ich erinnere mich dessen vollkommen; aber indem ich abreise, lasse ich Geld zurück.«

»Desto schlimmer, mein Herr, desto schlimmer, nehmt es mit.« – »Nein, der Mensch ist schwerfälliger und minder entschlossen, wenn er seine Börse zugleich mit seinem Leben zu retten sucht. Ich lasse all mein Geld wohl verborgen hier, so wohl verborgen, daß ich nur das Unglück eines Brandes zu befürchten habe. Wenn mir das begegnete, wollt das Verbrennen eines gewissen dicken Balkens beobachten, von dem Ihr dort rechts das in Gestalt eines Drachenkopfes geschnitzte Ende erblickt... beobachtet, sage ich, und sucht in der Asche.«

»In der Tat,« entgegnete der Unbekannte, sichtbar ärgerlich, »Ihr belästigt mich ungemein. Diese vertrauliche Mitteilung wäre besser bei einem Freunde angebracht, als bei einem Mann, den Ihr gar nicht kennt, den Ihr nicht kennen könnt. Bedenkt, welche Verantwortlichkeit Ihr mir aufbürdet. Kann nicht diese lärmvolle Musik meiner Gebieterin ebenso ärgerlich sein wie Euch, und können wir nicht deshalb die Wohnung verändern?« – »Nun wohl! dann ist alles abgetan, und ich werde mich nicht an Euch halten, Nachbar.«

»Ich danke für das Vertrauen, das Ihr einem armen Unbekannten beweist,« sagte der Diener, sich verbeugend; »ich werde mich seiner würdig zu zeigen suchen.« Und er grüßte Chicot und ging wieder hinein.

Chicot grüßte ihn seinerseits liebevoll und sagte, als er sah, daß die Tür wieder hinter ihm geschlossen war: »Armer, junger Mann, diesmal ist es ein wahres Gespenst, und ich habe ihn doch so heiter, so lebendig, so schön gesehen!«

Die Priorei der Jakobiner.

Die Priorei, die der König Gorenflot geschenkt hatte, um ihn für seine redlichen Dienste und besonders für seine glänzende Beredsamkeit zu belohnen, lag ungefähr zwei Büchsenschüsse jenseits der Porte Saint-Antoine. Es war dies damals ein sehr vornehmer Stadtteil; der König kam häufig nach dem Schlosse von Vincennes, das, man in jener Zeit *Bois de Vincennes* nannte, und infolge der Hin- und Herfahrten des Hofes hatte diese Straße etwa die Wichtigkeit, wie heutzutage die Champs-Elysses.

Die Priorei selbst bestand aus einem Viereck von Gebäuden, das einen ungeheuren, mit Bäumen bepflanzten Hof enthielt, und es gehörten dazu außer dem Gemüsegarten, der hinter dem Viereck lag, eine Menge von Baulichkeiten und Gartenstücken, die der Priorei die Ausdehnung eines Dorfes gaben.

Zweihundert Jakobinermönche bewohnten die Schlafsäle, die im Hintergrunde des Hofes parallel mit der Straße lagen. Auf der Vorderseite verliehen vier Fenster mit einem einzigen eisernen, an diesen Fenstern hinlaufenden Balkon den Gemächern der Priorei Luft, Licht und Leben.

Im Schoße dieser Priorei, einem wahren Paradies der Müßiggänger und der Wohlschmecker, wo Schlachtochsen, Schafe und Schweine und nicht minder ein besonders mit Burgunder reich besetzter Keller für des Leibes Notdurft sorgten, in der kostbaren Wohnung, deren Balkon auf die Straße geht, finden wir Gorenflot wieder, geschmückt mit einem Kinn mehr und mit jenem ehrwürdigen Ernste, den die beständige Gewohnheit der Ruhe und des Wohlbehagens auch den gemeinsten Gesichtern verleiht.

In seinem schneeweißen Gewande, mit dem schwarzen Kragen, der seine breiten Schultern warm hält, hat Gorenflot nicht mehr so viel Freiheit der Bewegung, wie in seinem einfachen grauen Mönchskleide, aber er hat mehr Majestät. Breit wie eine Hammelkeule, stützt sich seine Hand auf einen Quartanten, den sie völlig bedeckt; seine dicken Füße drücken einen Wärmer nieder, und seine Arme sind nicht mehr lang genug, um einen Gürtel für seinen Bauch zu bilden.

Es hat soeben halb acht Uhr geschlagen. Der Prior ist zuletzt aufgestanden; er pflegt die Regel zu benutzen, die dem Obersten eine Stunde Schlaf mehr gestattet, als den Mönchen, doch er setzt seine Nacht ruhig und gemütlich in einem Lehnstuhle mit Eiderdaunenkissen fort.

Die Ausstattung des Zimmers, worin der würdige Abt schläft, ist mehr weltlich als religiös; ein Tisch mit gedrehten Füßen und mit einem reichen Teppich bedeckt, religiöse Gemälde galanter Art, eine seltsame Mischung von Liebe und Devotion, die man nur in jener Zeit in der Kunst findet, kostbare Gefäße für die Kirche oder die Tafel auf Schenktischen, an den Fenstern große Vorhänge von venetianischem Brokat, trotz ihres Alters glänzender, als die teuersten neuen Stoffe, dies find die Reichtümer, deren Besitzer Dom Gorenflot durch die Gnade Gottes, des Königs und besonders Chicots geworden war.

Der Prior schlief also in seinem Lehnstuhl, während ihm der Tag seinen gewöhnlichen Besuch machte und mit seinen silbernen Lichtern die purpurnen und Perlmutterartigen Töne auf dem Gesichte des Schläfers liebkoste.

Die Stubentür öffnet sich sacht, und zwei Mönche treten ein, ohne den Prior aufzuwecken.

Der erste war ein Mann von dreißig bis fünfunddreißig Jahren, mager, bleich und nervös gekrümmt in seinem Jakobinergewand; er trug den Kopf hoch; wie ein Pfeil aus seinem Falkenauge schießend, befahl sein Blick, ehe er gesprochen hatte, und dennoch milderte sich dieser Blick durch das Spiel zweier weißer Augenlider, die beim Lenken den breiten blauen Kreis hervortreten ließen, von dem seine Augen begrenzt waren. Glänzte aber im Gegenteil dieser schwarze Augenstern zwischen diesen Brauen und der falben Umrahmung der Augenhöhle, so hätte man glauben sollen, es springe ein Blitz aus den Falten zweier kupferner Wolken hervor. Dieser Mönch hieß Bruder Borromée; er war seit drei Wochen Säckelmeister des Klosters.

Der andere war ein jünger Mensch von siebzehn bis achtzehn Jahren, mit lebhaften schwarzen Augen, kühner Miene, hervorspringendem Kinn, klein, aber gut gewachsen, der, wenn er seine weiten Ärmel zurückschlug, mit einem gewissen Stolz zwei nervige, behende Arme sehen ließ.

»Der Prior schläft noch, Bruder Borromée,« sagte der jüngere von den beiden Mönchen zu dem anderen, »wecken wir ihn auf?«

»Hüten wir uns wohl, Bruder Jacques,« erwiderte der Säckelmeister.

»Es ist in der Tat schade, daß wir einen Prior haben, der so lange schläft,« versetzte der junge Bruder, »denn man hätte diesen Morgen die Waffen probieren können: habt Ihr gesehen, was für schöne Panzer und Büchsen darunter sind?«

»Still, mein Bruder, man könnte Euch hören.«

»Welch ein Unglück,« sagte der kleine Mönch, indem er mit dem Fuße auf den Boden stampfte, was jedoch durch den dicken Teppich gedämpft wurde; »welch ein Unglück, das Wetter ist heute so schön, der Hof ist so trocken, welch eine schöne Übung hätte man heute vornehmen können, Bruder Borromée!«

»Man muß warten, mein Kind,« entgegnete Bruder Borromée mit einer geheuchelten Unterwürfigkeit, die durch das Feuer seiner Blicke Lügen gestraft wurde.

»Aber warum befehlt Ihr nicht, daß die Waffen ausgeteilt werden?« sagte ungestüm Jacques, während er seine herabgefallenen Ärmel wieder zurückschlug.

»Ich befehle nicht, Ihr wißt es wohl, mein Bruder,« erwiderte Borromée mit Salbung, »ist nicht der Herr da?«

»In diesem Lehnstuhl, ... eingeschlafen, ... während alles wacht,« sagte Jacques mit einem weniger ehrfurchtsvollen, als ungeduldigen Tone, »der Herr?«

Und ein Blick stolzen Verständnisses schien bis in die Tiefe des Herzens von Bruder Borromée dringen zu wollen.

»Achten wir seinen Rang und seinen Schlummer,« sagte dieser, indem er mitten in das Zimmer trat, doch so unglücklich, daß er einen Schemel zu Boden warf.

Obgleich der Teppich das Geräusch dämpfte, fuhr Dom Gorenflot doch bei diesem Lärm auf und erwachte.

»Wer ist da?« rief er mit der bebenden Stimme einer eingeschlafenen Schildwache.

»Ehrwürdiger Herr Prior,« sagte der Bruder Borromée, »verzeiht, wenn wir Eure fromme Meditation stören, aber ich komme, um Eure Befehle einzuholen.«

»Ah! guten Morgen, Bruder Borromée,« sagte Gorenflot mit einem leichten Zeichen des Kopfes und fuhr nach einem Augenblick des Nachdenkens, in dem er offenbar alle Saiten seines Gedächtnisses angestrengt hatte, fort: »Welche Befehle?« – »In Beziehung auf die Waffen und Rüstungen.«

»In Beziehung auf die Waffen und Rüstungen?« – »Allerdings, Eure Herrlichkeit hat befohlen, Waffen und Rüstungen herbeizuschaffen.«

»Wem?« – »Mir.«

»Bei Euch habe ich Waffen bestellt?« – »Ganz gewiß, ehrwürdiger Herr Prior,« antwortete Borromée mit gleichem, festem Tone.

»Ich!« wiederholte Dom Modeste, im höchsten Maße erstaunt, »ich! und wann dies?« – »Vor acht Tagen.«

»Ah! vor acht Tagen... Noch wozu Waffen?« – »Ihr sagtet mir, ehrwürdiger Herr, und ich will Eure eigenen Worte wiederholen. Ihr sagtet mir: ,Bruder Borromée, es wäre gut, wenn man sich Waffen verschaffen würde, um unsere Mönche und Brüder zu bewaffnen; die gymnastischen Übungen entwickeln die Kräfte des Körpers, wie die frommen Ermahnungen die des Geistes entwickeln'.«

»Ich habe das gesagt?« – »Ja, ehrwürdiger Herr Prior, und ich, ein unwürdiger, gehorsamer Bruder, beeilte mich, Eure Befehle zu vollziehen, und verschaffte mir Kriegswaffen.«

»Das ist seltsam,« murmelte Gorenflot, »ich erinnere mich an nichts von dem allen.« – »Ehrwürdiger Herr Prior, Ihr fügtet sogar den lateinischen Text bei: Militat spiritu, militat gladio.«

»Ah!« rief Dom Gorenflot, die Augen übermäßig aufreißend, »ich habe den Text beigefügt?« – »Ich besitze ein treues Gedächtnis, ehrwürdiger Herr Prior« erwiderte Borromée, die Augen niederschlagend.

»Wenn ich es gesagt habe,« versetzte Gorenflot, indem er sacht den Kopf von oben nach unten schüttelte, »so hatte ich meine Gründe, es zu sagen, Bruder Borromée. In der Tat, es war stets meine Ansicht, man müsse den Körper üben, und als ich noch einfacher Mönch war, kämpfte ich mit dem Wort und sogar mit dem Schwert... *Militat... Spiritus...* Sehr gut, Bruder Borromée, das war eine Eingebung des Herrn.« – »Ich will also Eure Befehle vollends ausführen,« sagte Borromée, indem sich mit Jacques zurückzog, der ihn, ganz bebend vor Freude, unten an seinem Rocke zupfte.

»Geht,« sagte Gorenflot majestätisch. – »Ah! ehrwürdiger Herr Prior,« sagte Borromée, der einige Sekunden nach seinem Verschwinden wieder eintrat, »ich vergaß...«

»Was?« – »Im Sprechzimmer ist ein Freund Eurer Herrlichkeit, der mit Euch zu reden wünscht.«

»Wie nennt er sich?« – »Meister Robert Briquet.«

»Meister Robert Briquet,« versetzte Gorenflot, »das ist kein Freund von mir, Bruder Borromée, sondern ein einfacher Bekannter.« – »Eure Ehrwürden wird ihn also nicht empfangen?«

»Doch, doch,« sagte mit gleichgültigem Tone Gorenflot, »dieser Mensch zerstreut mich; laß ihn heraufkommen.«

Bruder Borromée verbeugte sich zum zweiten Male und ging hinaus. Bruder Jacques aber hatte nur einen Sprung von dem Zimmer des Priors bis in die Kammer gemacht, wo die Waffen aufbewahrt wurden.

Fünf Minuten nachher öffnete sich die Tür wieder, und Chicot erschien.

Die beiden Freunde.

Dom Modeste behielt die andächtig vorgebeugte Stellung bei, die er angenommen hatte. Chicot durchschritt das Zimmer und ging auf ihn zu. Der Prior war nur so gnädig, den Kopf ein wenig zu senken, um dem Eintretenden anzudeuten, daß er ihn bemerke.

Chicot schien sich nicht einen Augenblick über die Gleichgültigkeit des Priors zu wundern; er schritt immer weiter vor, grüßte, als er eine ehrfurchtsvoll abgemessene Entfernung erreicht hatte, und sagte: »Guten Morgen, Herr Prior.« – »Ah! Ihr seid hier,« sagte Gorenflot, »Ihr seid wieder auferstanden, wie es scheint?«

»Habt Ihr mich tot geglaubt, Herr Prior?« – »Bei Gott! man sah Euch nicht mehr.«

»Ich hatte Geschäfte.« – »Ah!«

Chicot wußte, daß Gorenflot, wenn er sich nicht durch zwei bis drei Flaschen alten Burgunders erwärmt hatte, wortkarg blieb. Da er aber bei der wenig vorgerückten Stunde aller Wahrscheinlichkeit nach nüchtern war, so nahm er einen guten Lehnstuhl und setzte sich schweigsam an die Ecke des Kamins, wobei er seine Füße auf die Feuerböcke ausstreckte und seine Lenden auf die weiche Lehne stützte.

»Werdet Ihr mit mir frühstücken, Herr Briquet?« fragte Dom Modeste. – »Vielleicht, ehrwürdiger Herr Prior.«

»Ihr dürft mir nicht grollen, Herr Briquet, wenn es mir unmöglich würde, Euch jede Zeit zu schenken, die ich Euch gern schenken möchte.« – »Ei! wer zum Teufel! fordert Eure Zeit von Euch, Herr Prior? Alle Wetter! Ich verlangte nicht einmal Frühstück von Euch, Ihr habt es mir angeboten.«

»Sicher, Herr Briquet,« versetzte Dom Gorenflot mit einer Unruhe, die der feste Ton Chicots rechtfertigte, »ja, allerdings, ich habe es Euch angeboten, doch …« – »Doch Ihr glaubtet, ich würde es nicht annehmen?«

»Oh! nein. Ist es meine Gewohnheit, politisch zu sein, sprecht, Herr Briquet?« – »Man nimmt alle Gewohnheiten an, die man annehmen will, wenn man ein Mann von Eurer Erhabenheit ist, ehrwürdiger Herr Prior,« erwiderte Chicot mit jenem Lächeln, das nur ihm gehörte.

Dom Gorenflot schaute Chicot mit den Augen blinzelnd an. Es war ihm unmöglich, zu erraten, ob Chicot spottete oder im Ernst sprach.

Chicot war aufgestanden.

»Warum steht Ihr auf, Herr Briquet?« – »Weil, ich gehe.«

»Und warum geht Ihr, da Ihr sagtet, Ihr würdet mit mir frühstücken?« – »Ich habe nicht gesagt, ich würde mit Euch frühstücken.«

»Verzeiht, ich habe es Euch angeboten.« – »Und ich erwiderte: vielleicht; vielleicht bedeutet nicht: ja.«

»Ihr ärgert Euch?« – Chicot lachte. »Ich mich ärgern,« sagte er, »und worüber sollte ich mich ärgern? Darüber, daß Ihr unverschämt, unwissend und grob seid? Oh! lieber Herr Prior, ich kenne Euch zu lange, um mich über solche Unvollkommenheiten zu ärgern.«

Durch diesen naiven Ausfall seines Gastes niedergeschmettert, blieb Gorenflot mit offenem Munde und ausgestreckten Armen.

»Gott befohlen, Herr Prior,« fuhr Chicot fort.

»Oh! geht nicht.« – »Meine Reise läßt sich nicht verzögern.«

»Ihr reist?« – »Ich habe eine Sendung.«

»Von wem?« – »Vom König.«

Gorenflot stürzte von Abgrund zu Abgrund. »Eine Sendung,« sagte er, »eine Sendung vom König, Ihr habt ihn also wiedergesehen?« – »Gewiß.«

»Und er hat Euch aufgenommen?« – »Mit Begeisterung; er hat Gedächtnis, obschon er ein König ist,«

»Eine Sendung vom König,« murmelte Gorenflot, »und ich unverschämt, unwissend und grob! Was habt Ihr, Herr Briquet? In der Tat, Ihr verkennt mich.« – »Nichts habe ich, außer daß ich eine Reise mache und zu Euch gekommen bin, um von Euch Abschied zu nehmen. Lebt also wohl, Seigneur Dom Modeste.«

»Ihr verlaßt mich so?« – »Ganz gewiß, bei Gott!«

»Ihr? Ein Freund?« – »In der Größe hat man keine Freunde mehr.«

»Ihr, Chicot?« Und der Prior neigte seinen dicken Kopf, dessen drei Kinne sich in einem einzigen an seinem Stierhals abplatteten.

Chicot beobachtete ihn aus einem Augenwinkel, er sah den Prior leicht erbleichen. Dann sagte er:

»Gott befohlen und ohne Groll wegen der Wahrheiten, die ich Euch gesagt habe.«

Und er machte eine Bewegung, um wegzugehen.

»Sagt mir alles, was Ihr wollt,« sagte Dom Gorenflot; »doch habt keine solchen Blicke mehr für mich.« – »Ah! ah! es ist ein wenig spät.«

»Nie zu spät. Hört doch, man geht nicht so weg, ohne zu essen, das ist nicht gesund; Ihr habt es mir selbst zwanzigmal gesagt. Nun, laßt uns frühstücken.«

Chicot war entschlossen, auf einmal alle seine Vorteile wieder zu gewinnen. Erst nachdem Gorenflot sich in tausend Versicherungen ergangen hatte, er wolle seinem lieben Freunde kein Unrecht tun und die Dame, der er Audienz versprochen, und die ihm Flaschen sizilianischen Weins zu Hunderten schicke, in alle Ewigkeit warten lassen, sagte Chicot:

»Dies alles werdet Ihr tun?« – »Um mit Euch zu frühstücken, teurer Herr Chicot, um mein Unrecht gegen Euch wieder gutzumachen.«

»Euer Unrecht rührt von Eurem unbändigen Stolze her.« – »Ich werde mich demütigen, mein Freund.«

»Von Eurer unverschämten Trägheit.« – »Chicot, Chicot, von morgen an kasteie ich mich, indem ich meine Mönche alle Tage Übungen vornehmen lasse.«

»Eure Mönche Übungen?« versetzte Chicot, die Augen weit aufreißend; »und was für Übungen, mit der Gabel?« – »Nein, mit den Waffen.«

»Waffenübungen?« – »Ja, und das Kommandieren ist ermüdend.«

»Ihr kommandiert die Übungen der Jakobiner?« – »Ich gedenke wenigstens zu kommandieren.«

»Von morgen an?« – »Von heute an, wenn Ihr es verlangt.«

»Und wer hat den Gedanken gehabt, Kuttenträger exerzieren zu lassen?« – »Ich, wie es scheint.«

»Ihr, unmöglich.« – »Noch, ich habe dem Bruder Borromée Befehl gegeben.«

»Wer ist der Bruder Borromée?« – »Ah! es ist wahr, Ihr kennt ihn nicht.«

»Wer ist es?« – »Wer Säckelmeister.«

»Warum, hast du einen Säckelmeister, den ich nicht kenne, Einfaltspinsel?« – »Er ist hier seit Eurem letzten Besuche.«

»Und woher hast du diesen Säckelmeister bekommen?« – »Wer Herr Kardinal von Guise hat ihn mir empfohlen.«

»Sollte es das Hühnergeiergesicht sein, das ich unten gesehen habe?« – »So ist es.«

»Der Mönch, der mich meldete?« – »Ja.«

»Oh! oh!« machte Chicot unwillkürlich; »und welche Eigenschaft hat der vom Herrn Kardinal so warm unterstützte Säckelmeister?« – »Er rechnet wie Pythagoras.«

»Und mit ihm habt Ihr diese Waffenübungen beschlossen?« – »Ja, mein Freund.«

»Nämlich, er hat Euch vorgeschlagen, Eure Mönche zu bewaffnen, nicht wahr?« – »Nein, lieber Herr Ehicot, der Gedanke ist von mir, ganz von mir.«

»Und in welcher Absicht?« – »In der Absicht, sie zu bewaffnen.«

»Keinen Stolz, verhärteter Sünder, der Stolz ist eine Todsünde; dieser Gedanke ist Euch nicht gekommen.« – »Mir oder ihm, ich weiß nicht mehr, ob mir oder ihm der Gedanke gekommen ist. Nein, nein, entschieden mir, es scheint sogar, daß ich bei dieser Gelegenheit ein sehr geistreiches und glänzendes lateinisches Wort gesprochen habe.«

Chicot näherte sich dem Prior.

»Ein lateinisches Wort, Ihr, mein lieber Prior?« sagte er; »und Ihr erinnert Euch dieses lateinischen Worts?« – » *Militat spiritu* ...«

» *Militat spiritu, militat gladio.*« – »So ist es, so ist es!« rief Dom Modeste ganz begeistert.

»Gut, gut, man kann sich unmöglich freundlicher entschuldigen, als Ihr es tut, Dom Modeste; ich verzeihe Euch.« – »Oh!« machte Gorenflot voll Rührung.

»Ihr seid stets mein Freund, mein wahrer Freund,« Gorenflot wischte eine Träne ab. »Aber wir wollen frühstücken, und ich will nachsichtig gegen das Frühstück sein,« – »Hört,« sagte Gorenflot begeistert, »ich werde dem Bruder Küchenmeister sagen, wenn das Essen nicht königlich sei, so lasse ich ihn einstecken.«

»Tut das, Ihr seid der Herr.« – »Und wir wollen einige von den Flaschen der erwarteten Dame entpfropfen.«

»Ich werde Euch mit meiner Erleuchtung unterstützen, mein Freund.« – »Erlaubt, daß ich Euch umarme, Chicot.«

»Erstickt mich nicht, und laßt uns plaudern.«

Die Tischgenossen.

Dom Modeste ließ den Bruder Eusèbe rufen, der nicht vor seinem Oberen, sondern vor seinem Richter erschien. Aus der Art und Weise, wie man ihn vorgefordert, hatte er erraten können, daß etwas Außerordentliches bei dem ehrwürdigen Prior vorging.

»Bruder Eusèbe,« sagte Gorenflot mit strengem Tone, »hört, was Robert Briquet, mein Freund, Euch sagen wird. Ihr werdet nachlässig, wie es scheint. Ich habe über schwere Unpünktlichkeiten bei Eurer letzten Kraftsuppe und über eine unselige Unachtsamkeit in betreff der farcierten Ohren klagen hören. Nehmt Euch in acht, Bruder Eusèbe, ein einziger Schritt auf dem schlimmen Weg zieht den ganzen Körper nach sich.«

Der Mönch errötete und erbleichte abwechselnd und stammelte eine Entschuldigung, die nicht angenommen wurde.

»Genug,« sagte Gorenflot, und Bruder Eusèbe schwieg.

»Was habt Ihr heute zu frühstücken?« fragte der ehrwürdige Prior.

Unter scharfer Kritik des gestrengen und wählerischen Abtes wurde sodann als Frühstücksprogramm aufgestellt: Rühreier mit Hahnenkämmen – gefüllte Champignons – Krebse in Madeira – in Sekt gekochter Schinken mit Pistazien – Aal – Thymiancreme.

Eusèbe verbeugte sich und ging hinaus.

Der Bruder Kellermeister folgte auf den Bruder Eusèbe und erhielt nicht minder pünktliche und nicht minder ins einzelne gehende Befehle.

Zehn Minuten nachher saßen die Freunde vor einem mit einem feinen Tuche bedeckten Tisch, in großen, ganz mit Kissen ausgelegten Lehnstühlen begraben, Messer und Gabel in der Hand, wie zwei Duellanten einander gegenüber.

Obgleich groß genug für sechs Personen, war die Tafel doch vollgestellt; dergestalt hatte der Kellermeister Flaschen von verschiedenen Formen und Etiketten aufgehäuft.

Dem Programm getreu, schickte Eusèbe Rühreier, Krebse und Champignons, die die Luft mit einem milden Dampf von Trüffeln und von Butter durchdufteten, wozu sodann der Geruch des Thymiancreme und des Maduraweins kam.

Chicot griff wie ein Hungriger an, der Prior dagegen wie ein Mensch, der sich selbst, seinem Koch und seinem Tischgenossen mißtraut. Doch nach einigen Minuten fing Gorenflot an zu schlingen, während Chicot beobachtete.

Man begann mit dem Rheinwein, dann ging man zu dem Burgunder von 1550 über, man machte einen Ausflug zu einem Eremitage, dessen Alter man nicht kannte, man nippte am Saint-Peray; endlich kam man zum sizilianischen Wein der Dame, eines Beichtkindes.

»Was sagt Ihr dazu?« fragte Gorenflot, nachdem er dreimal gekostet hatte, ohne daß er sich auszusprechen wagte.

»Mild, aber leicht,« erwiderte Chicot; »und wie heißt die Bußfertige?« – »Ich kenne sie nicht.«

»Alle Wetter, Ihr wißt ihren Namen nicht?« – »Wahrhaftig, nein, wir verhandeln durch Botschafter.«

Chicot machte eine Pause, während deren er sanft die Augen schloß, als wollte er den Geschmack eines Schlucks Wein untersuchen, den er im Mund hielt, ehe er ihn durch die Gurgel laufen ließ, in der Wirklichkeit aber, um nachzudenken.

»Ich habe also die Ehre, einem Armee-General gegegenüber zu speisen?« sagte er nach fünf Minuten. – »Oh! mein Gott, ja!«

»Wie, Ihr seufzt, während Ihr dies sagt?« – »Ah! es ist sehr anstrengend.«

»Allerdings; aber es ist ehrenvoll, es ist schön.« – »Herrlich! nur habe ich keine Stille mehr im Haus... und vorgestern bin ich beinahe genötigt gewesen, einen Gang beim Abendessen zu streichen.«

»Einen Gang streichen... und warum?« – »Weil mehrere von meinen besten Soldaten, ich muß es gestehen, die Vermessenheit hatten, das Weinbeermus von Burgund, das man am Freitag als drittes Gericht gab, ungenügend zu finden.«

»Ah! ungenügend... und welchen Grund gaben sie an?« – »Sie behaupteten, sie hätten noch Hunger, und verlangten noch eine Fastenspeise, wie Kriechente, Hummer oder einen schmackhaften Fisch. Begreift Ihr diese Freßgierigen?«

»Verdammt, wenn sie übermäßige Übungen vornehmen müssen, so darf man nicht staunen, daß sie Hunger haben, diese Mönche.« – »Wo wäre denn das Verdienst?« entgegnete der Prior, »gut essen und gut arbeiten kann jedermann. Was zum Teufel! man muß seine Entbehrungen dem Herrn anzubieten wissen,« fügte der würdige Abt bei, indem er eine riesige Portion in den Mund schob.

»Trinkt, Modeste, trinkt,« sagte Chicot, »Ihr werdet ersticken, Ihr seht schon karmesinrot aus.« – »Vor Entrüstung,« erwiderte der Prior und leerte sein Glas, das eine halbe Pinte enthielt.

Chicot ließ ihn machen, als jedoch Gorenflot sein Glas wieder aus den Tisch gesetzt hatte, sagte er: »Laßt hören, vollendet Eure Geschichte, sie interessiert mich sehr lebhaft, bei meinem Ehrenwort. Ihr habt ihnen also einen Gang entzogen, weil sie fanden, sie hätten nicht genug zu essen?« – »Ganz richtig.«

»Das ist geistreich.« – »Die Strafe hat auch eine gehörige Wirkung hervorgebracht; ich glaubte, man würde sich empören, die Augen glänzten, die Zähne klapperten.«

»Was ist ganz natürlich, sie hatten Hunger.« – »Sie hatten Hunger, nicht wahr?«

»Ganz gewiß« – »Ihr sagt es, Ihr glaubt es?«

»Ich bin dessen sicher.« – »Nun, ich habe an jenem Abend eine seltsame Erscheinung wahrgenommen, die ich der Analyse der Wissenschaft empfehlen werde; ich berief den Bruder Borromée und gab ihm meine Instruktionen in betreff dieser Entziehung einer Platte, zu der ich, als ich die Meuterei sah, noch die Entziehung des Weins fügte.«

»Nun?« – »Um mein Wort zu krönen, befahl ich eine neue Übung, da ich die Hydra des Aufruhrs zu Boden treten wollte; ich glaubte, ich würde meine Burschen geschwächt, bleich und schwitzend sehen, und hatte eine ziemlich hübsche Rede über den Text ›*Wer mein Brot ißt*‹ vorbereitet.«

»Trockenes Brot?« – »Ganz richtig, trockenes Brot,« rief Gorenflot und riß mit einem zyklopischen Gelächter seine mächtigen Kinnladen auseinander. »Ich lachte zum voraus eine Stunde lang ganz allein, als ich mitten im Hofe eine Truppe belebter, nerviger, wie Heuschrecken hüpfender Kerle fand, und dies ist die Illusion, über die ich die Gelehrten befragen will,«

»Eine Illusion!« – »Und nach Wein rochen sie auf eine Meile.«

»Nach Wein? Bruder Borromée hatte Euch also hintergangen?« – »Oh! des Borromée bin ich sicher, das ist der leidende Gehorsam in Person; sagte, ich dem Bruder Borromée, er solle sich am kleinen Feuer rösten, er würde selbst den Rost holen und ein Reisbüschel anzünden.«

»Das heißt ein schlechter Physiognomiker sein,« erwiderte Chicot, indem er sich an der Nase kratzte; »auf mich macht er nicht diesen Eindruck.« – »Es ist möglich, doch ich kenne meinen Borromée, siehst du, wie ich dich kenne, mein lieber Chicot,« sagte Gorenflot, der trunken und. dabei zärtlich wurde.

»Und du sagst, sie haben nach Wein gerochen?« – »Wie die Fässer, abgesehen davon, daß sie rot waren wie gesottene Krebse; ich machte diese Bemerkung gegen Borromée.«

»Bravo!« – »Er antwortete, das sehr lebhafte, natürliche Verlangen bringe dieselben Wirkungen hervor, wie die Befriedigung.«

»Oh! oh!« machte Chicot; »alle Wetter! das ist in der Tat äußerst subtil, wie du sagst. Dein Borromée ist sehr stark, ich wundere mich, daß er eine so schmale Nase und so dünne Lippen hat. Und das überzeugte dich?« – »Ganz und gar, und du wirst selbst überzeugt werden, nähere dich ein wenig, denn ich kann mich nicht mehr ohne einen Schwindel rühren.«

Chicot rückte näher. Gorenflot machte aus seiner Hand einen akustischen Trichter, den er an Chicots Ohr hielt.

»Nun?« fragte Chicot. – »Warte doch, ich will mich kurz fassen. Erinnerst du dich noch der Zeit, wo wir jung waren, Chicot?«

»Ich erinnere mich.« – »Der Zeit, wo das Blut brannte... wo unehrbare Gelüste?...«

»Prior! Prior!« rief der keusche Chicot. – »Borromée spricht, und ich behaupte, er hat recht; brachte ein sehr lebhaftes Verlangen nicht zuweilen die Illusionen der Wirklichkeit hervor?«

Chicot lachte so heftig, daß der Tisch mit den Flaschen zitterte, wie der Boden eines Schiffes.

»Gut, gut,« sagte er, »ich werde in Bruder Borromées Schule gehen, und wenn mich seine Theorien gehörig durchdrungen haben, werde ich Euch um eine Gnade bitten, mein Ehrwürdiger.« – »Und sie soll Euch bewilligt werden, wie alles, was Ihr von Eurem Freunde verlangt. Sprecht nun, was für eine Gnade?«

»Beauftragt mich nur acht Tage lang mit der Ökonomieverwaltung der Priorei.« – »Und was wollt Ihr Während dieser acht Tage tun?«

»Ich werde den Bruder Borromée mit seinen Theorien füttern, ihm eine Schüssel und ein leeres Glas vorsetzen und ihm sagen: verlangt mit der ganzen Macht Eures Hungers und Eures Durstes ein welsches Huhn mit Champignons und eine Flasche Chambertin, aber nehmt Euch in acht, daß Ihr Euch nicht mit diesem Chambertin berauscht, nehmt Euch in acht vor einer Indigestion durch dieses welsche Huhn, lieber Bruder Philosoph.« – »Du glaubst also nicht an das natürliche Verlangen, Heide?«

»Es ist gut! es ist gut! ich glaube, was ich glaube, doch lassen wir die Theorien.«– »Es sei, lassen wir sie und sprechen wir ein wenig von der Wirklichkeit.« versetzte Gorenflot. Und er füllte sich ein Glas. »Auf die gute Zeit, von der du vorhin sprachst, Chicot,« sagte er, »auf unsere Abendmahlzeiten im Füllhorn!«

»Bravo, ich glaubte, du hättest dies alles vergessen, Ehrwürdiger.«

»Profaner, dies alles schläft unter der Majestät meiner Stellung; aber ich bin, bei Gott! immer derselbe.«

Und Gorenflot stimmte, obgleich ihn Chicot wiederholt zum Schweigen ermahnte, sein Lieblingslied an:

»Riecht der Esel nur die Weid',

Spitzt er stracks das lange Ohr;
Ist die Flasch' vom Kork befreit,
Spritzet wilder Wein empor.
Doch nichts ist so ausgelassen.
Als der Mönch vom Wein erhitzt,
Der sich tollt in Schenk' und Gassen,
Wenn die Freiheit ihm geblitzt.«

»Still doch, Unglücklicher,« sagte Chicot, »wenn Bruder Borromée einträte, würde er glauben, Ihr hättet acht Tage lang nichts gegessen und nichts getrunken.« – »Wenn Bruder Borromée einträte, würde er mit uns singen.« »Ich glaube es nicht.« – »Und ich sage es dir.« »Schweige und antworte auf meine Fragen.« – »Sprich also.«

»Du lässest mir keine Zeit, Trunkenbold.« – »Oh! ich ein Trunkenbold.«

»Sage, aus den Waffenübungen geht hervor, daß dein Kloster in eine wahre Kaserne verwandelt ist?« – »Ja, mein Freund, das ist das richtige Wort, eine wahre Kaserne, eine wahre Kaserne; letzten Donnerstag, war es am Donnerstag? ja, am Donnerstag; warte doch, ich weiß nicht mehr, ob es am Donnerstag war.«

»Donnerstag oder Freitag, der Tag tut nichts zur Sache.« – »Das ist richtig, die Sache, nicht wahr? Nun wohl, Donnerstag oder Freitag fand ich im Hausflur zwei Novizen, die sich mit dem Säbel schlugen, nebst zwei Sekundanten, die ebenfalls vom Leder zu ziehen bereit waren.«

»Und was hast du getan?« – »Ich ließ mir eine Peitsche bringen, um die Novizen durchzuwalken, aber sie flüchteten sich; Bruder Borromée...«

»Nun, Borromée?« – »Bruder Borromée holte sie jedoch ein und peitschte sie dergestalt, daß sie noch im Bette liegen, die Unglücklichen!«

»Ich wünschte ihre Schultern zu sehen, um die Kraft des Bruderarmes schätzen zu können.« – »Wir sollten uns stören lassen, um andere Schultern zu sehen, als die von Hammeln? Nie! Eßt doch von diesem Aprikosenteig.«

»Nein, bei Gott! ich würde ersticken.« – »Trinkt also.«

»Nein, ich habe zu marschieren.« – »Glaubst du etwa, ich habe nicht zu marschieren? und dennoch trinke ich.«

»Ah! Ihr, das ist etwas anderes; auch braucht Ihr Eure Lunge, um beim Kommandieren zu schreien.« – »Also ein Glas, nur ein Glas von diesem Verdauungslikör, dessen Bereitung Eusèbes Geheimnis ist.«

»Einverstanden.« – »Er ist so wirksam, daß man, hätte man auch ganz unmäßig gegessen, doch notwendig zwei Stunden nach dem Mittagessen Hunger spüren würde.«

»Welch ein Rezept für die Armen! Wißt Ihr, daß ich, wenn ich König wäre, dem Pater Eusèbe den Kopf abschlagen ließe; sein Likör ist imstande, ein Königreich auszuhungern. Oh! oh! was ist das?« – »Die Übung beginnt.«

Man hörte in der Tat einen gewaltigen Lärm von Stimmen und Waffen, der aus dem Hofe kam.

»Ohne den Anführer? Oh! oh! mir scheint, das sind sehr schlecht disziplinierte Soldaten.« – »Ohne mich, nie, das kann nicht sein, verstehst du? Ich kommandiere, ich bin der Instruktor; halt, da hast du den Beweis, ich höre Bruder Borromée kommen, der meine Befehle einholen will.«

In diesem Augenblick trat in der Tat Borromée ein; er warf auf Chicot einen Blick, schief, und rasch wie der verräterische Pfeil des Parthers.

»Oh! oh!« dachte Chicot, »du hast unrecht gehabt, diesen Blick auf mich zu werfen, er hat dich verraten.«

»Ehrwürdiger Herr Prior,« sagte Borromée, »man wartet nur auf Euch, um mit dem Visitieren der Gewehre und Panzer zu beginnen.«

»Panzer! oh! oh!« sagte leise Chicot zu sich selbst; »ich habe es, ich habe es.« Und er stand hastig auf.

»Ihr werdet meinen Übungen beiwohnen,« sagte Gorenflot, der nun ebenfalls aufstand, wie es ein Marmorblock tun würde, wenn er sich Beine nähme; »Euren Arm, Freund; Ihr sollt eine schöne Instruktion sehen.«

»Es ist wahr, der ehrwürdige Herr Prior ist ein tiefer Taktiker,« sagte Borromée, der fortwährend Chicots unstörbare Physiognomie prüfend anschaute.

»Dom Modeste ist in allen Dingen ein erhabener Mann,« erwiderte Chicot, sich verbeugend. Dann murmelte er ganz leise: »Oh! oh! spielen wir ein geschlossenes Spiel, mein kleiner Adler, oder es ist hier ein Hühnergeier, der dir die Federn ausrupfen würde.«

Bruder Borromée.

Als Chicot, den ehrwürdigen Prior unterstützend, in den Hof der Priorei kam, war der Anblick genau der einer ungeheuren Kaserne in voller Tätigkeit. In zwei Haufen, jede von hundert Mann, geteilt, warteten die Mönche, die Hellebarde, die Pike oder die Muskete bei Fuß, wie Soldaten auf das Erscheinen ihres Kommandanten. Fünfzig ungefähr hatten ihre Köpfe mit Helmen oder Pickelhauben bedeckt; ein Gürtel befestigte an ihren Hüften ein langes Schwert. Andere brüsteten sich stolz in gewölbten Panzern, worauf sie mit Vergnügen einen eisernen Handschuh klirren ließen. Wieder andere übten sich, in Armschienen und Beinschienen eingeschlossen, ihre durch diese teilweise Umschalung der Elastizität beraubten Gelenke zu biegen.

Bruder Borromée nahm einen Helm aus den Händen eines Novizen und setzte ihn sich auf den Kopf, mit einer Bewegung, so rasch und so regelmäßig, als es nur ein Reiter oder ein Lanzknecht hätte tun können.

Während er das Sturmband befestigte, konnte Chicot nicht umhin, den Helm anzuschauen, und während er ihn anschaute, lächelte sein Mund, und während er lächelte, drehte er sich rings um Borromée, als wollte er ihn von allen Seiten bewundern.

Er tat noch mehr, er näherte sich dem Säckelmeister und fuhr mit der Hand über eine von den Ungleichheiten des Helmes.

»Ihr habt da eine schöne Sturmhaube, Bruder Borromée,« sagte er; »wo habt Ihr sie gekauft, mein lieber Prior?«

Gorenflot konnte nicht antworten, weil man ihm in diesem Augenblick einen Panzer umband, der, obwohl geräumig genug, um einen Farnesischen Herkules aufzunehmen, doch die üppigen Wogungen des Priorlichen Fleisches schmerzlich drückte.

»Gottes Tod! bindet nicht so fest,« rief Gorenflot; »preßt nicht so gewaltig, ich würde ersticken, ich hätte keine Stimme mehr. Genug! genug!«

»Ihr fragtet, glaube ich, den ehrwürdigen Prior, wo er meinen Helm gekauft habe?« sagte Borromée.

»Ich fragte den ehrwürdigen Prior danach und nicht Euch,« erwiderte Chicot, »denn ich nehme an, daß in diesem Kloster, wie in den anderen, alles nur auf den Befehl des Superiors geschieht.«

»Allerdings geschieht hier nichts ohne meinen Befehl,« sagte Gorenflot; »was fragt Ihr, lieber Herr Briquet?«

»Ich frage den Bruder Borromée, ob er wisse, woher dieser Helm komme.«

»Er gehörte zu einer Anzahl Rüstungen, die der ehrwürdige Prior gestern kaufte, um das Kloster zu bewaffnen.«

»Ich?« versetzte Gorenflot.

»Eure Herrlichkeit hat befohlen, sie erinnert sich dessen, daß man mehrere Helme und verschiedene Panzer hierher bringe, und man hat die Befehle Eurer Herrlichkeit vollzogen.«

»Es ist wahr, es ist wahr,« rief Gorenflot.

»Alle Wetter!« sagte Chicot, »mein Helm war also sehr anhänglich an seinen Herrn, daß er mich, nachdem er mich in das Hotel Guise geführt, nun wie ein verlorener Hund in der Priorei der Jakobiner aufsucht.«

In diesem Augenblick bildeten sich auf ein Zeichen Bruder Borromées regelmäßige Linien, und es trat Stille in den Reihen ein.

Chicot setzte sich auf seine Bank, um nach seiner Bequemlichkeit den Übungen beizuwohnen.

Gorenflot blieb stehen und hielt das Gleichgewicht auf seinen zwei Beinen wie auf zwei Pfosten.

»Habt acht!« sagte ganz leise Bruder Borromée.

Dom Modeste zog einen riesigen Säbel aus seiner eisernen Scheide, schwang ihn in der Luft und schrie mit seiner Stentorstimme: »Habt acht!«

»Eure Ehrwürden würde sich vielleicht mit dem Kommandieren ermüden,« sagte nun Bruder Borromée mit sanfter Zuvorkommenheit; »Eure Ehrwürden war diesen Morgen leidend; wenn es ihr gefiele, ihre kostbare Gesundheit zu schonen, so würde ich heute bei der Übung kommandieren.«

»Ich will es,« erwiderte Dom Modeste; »in der Tat, ich bin leidend, ich ersticke, geht.«

Borromée verbeugte sich und stellte sich wie ein Mensch, der daran gewöhnt ist, vor die Front der Truppe.

»Welch ein gefälliger Diener,« sagte Chicot; »dieser Bursche ist eine wahre Perle.« – »Er ist entzückend, ich sagte es dir wohl.«

»Ich bin überzeugt, daß er dir alle Tage dasselbe tut.« – »Oh! alle Tage... er ist unterwürfig wie ein Sklave; ich mache ihm nur seine Zuvorkommenheit zum Vorwurf. Die Demut besteht nicht in der Knechterei.«

»So daß du wahrhaftig nichts hier zu tun hast und auf beiden Ohren schlafen kannst; Bruder Borromée wacht für dich!« – »Oh! mein Gott, ja.«

»Das wollte ich wissen,« sagte Chicot, der seine Aufmerksamkeit Borromée allein zuwandte.

Es war, wunderbar anzuschauen, wie der Säckelmeister, einem Schlachtroß ähnlich, sich unter dem Harnisch aufrichtete.

Sein erweitertes Auge schleuderte Flammen, sein kräftiger Arm verlieh dem Schwerte so geschickte Bewegungen, daß man hätte glauben sollen, ein Meister in den Waffen fechte vor einem Zug Soldaten. Sooft Bruder Borromée eine Erläuterung machte, wiederholte sie Gorenflot und fügte hinzu: »Borromée hat recht; aber ich habe es Euch schon gesagt; erinnert Euch doch meiner gestrigen Lektion. Nehmt das Gewehr von einer Hand in die andere... haltet die Pike aufrecht, haltet sie aufrecht, das Eisen in der Höhe des Auges ... Haltung, beim heiligen Georg! mit den Knien nicht gewankt; halb links um ist gerade dasselbe wie halb rechts um, nur ganz das Gegenteil.«

»Alle Wetter!« sagte Chicot, »du bist ein geschickter Demonstrator.«

»Ja, ja,« machte Gorenflot, sein dreifaches Kinn streichelnd, »ich verstehe die Übung ziemlich gut.«

»Und du hast an Borromée einen vortrefflichen Zögling« – »Er begreift mich, er ist äußerst einsichtsvoll.«

Die Mönche führten den militärischen Lauf, eine damals sehr beliebte Übung, die Angriffe mit dem Schwert, mit der Pike und die Übungen im Feuer aus. Als man bei den letzteren war, sagte der Prior zu Chicot: »Du wirst meinen kleinen Jacques sehen.«

»Wer ist dein kleiner Jacques?« – »Ein artiger Junge, den ich mir beigesellen wollte, weil er ein ruhiges Äußeres und eine kräftige Hand besitzt und bei dem allen die Lebhaftigkeit des Salpeters hat.«

»Ah! wahrhaftig? Und wo ist er denn, der reizende Junge?« – »Warte, warte, ich will ihn dir zeigen, dort, siehst du, der eine Muskete in der Hand hält und zuerst zu feuern sich anschickt.«

»Und er schießt gut?« – »Auf hundert Schritte fehlt er einen Rosenobel nicht.«

»Das ist ein Bursche, der vortrefflich bei der Messe dienen muß; doch warte auch du!« – »Was denn?«

»Ja, ja, nein, nein.« – »Du kennst meinen kleinen Jacques?«

»Nicht im geringsten.« – »Aber du glaubtest ihn anfangs zu kennen?«

»Ja, es kam mir vor, als hätte ich ihn in einer gewissen Kirche gesehen, an einem Tage oder vielmehr in einer Nacht, wo ich in einem Beichtstuhl eingeschlossen war... Doch nein, ich täuschte mich, er ist es nicht.«

Diesmal, wir müssen es gestehen, standen die Worte Chicots nicht ganz mit der Wahrheit im Einklang. Chicot war ein zu guter Physiognomiker, als daß er ein Gesicht, das er einmal gesehen, je wieder vergessen hätte.

Während er, ohne es zu vermuten, der Gegenstand der Aufmerksamkeit des Priors und seines Freundes war, lud der kleine Jacques, wie ihn Gorenflot nannte, eine schwere Muskete, die so lang war, als er; nachdem er sie geladen, stellte er sich stolz hundert Schritte vom Ziel auf und schlug an. Der Schuß ging los, und die Kugel traf zum großen Beifall der Mönche mitten ins Ziel.

»Alle Wetter! das ist gut gezielt,« sagte Chicot, »und bei meinem Wort, es ist ein hübscher Junge.«

»Ich danke, mein Herr,« erwiderte Jacques, dessen bleiche Wangen sich mit der Röte des Vergnügens färbten.

»Du handhabst die Waffen geschickt, mein Kind,« versetzte Chicot.

»Ich will's lernen,« sagte Jacques.

Bei diesen Worten legte er seine Muskete beiseite, nahm eine Pike aus den Händen seines Nachbars und machte damit eine Radschwingung, die Chicot vortrefflich ausgeführt fand. Chicot erneuerte seine Komplimente.

»Mit dem Degen zeichnet er sich besonders aus,« sagte Dom Modeste. »Die Kenner halten ihn für sehr stark; es ist wahr, der Junge hat eiserne Kniebeugen, stählerne Faustgelenke und spielt vom Morgen bis zum Abend mit dem Schwerte.«

»Ah! laßt das sehen,« versetzte Chicot.

»Wollt Ihr seine Stärke versuchen?« fragte Borromée.

»Ich möchte Wohl einen Beweis davon haben,« erwiderte Chicot.

»Oh!« sagte Borromée, »außer mir ist vielleicht niemand hier, der mit ihm zu fechten imstande wäre; wie steht's, mit Euch, mein Herr?«

»Ich bin nur ein armer Bürger,« entgegnete Chicot, den Kopf schüttelnd; »früher habe ich meinen Raufdegen geführt, aber heute zittern meine Beine, wackelt mein Arm, und mein Kopf ist nicht mehr sehr gegenwärtig,«

»Doch Ihr übt es immer noch?« sagte Borromée.

»Ein wenig,« antwortete Chicot, indem er Gorenflot, der lächelte, einen Blick zuwarf, der diesem den Namen Nicolas David entriß.

Doch Borromée sah das Lächeln und hörte den Namen nicht und befahl mit einer Miene voll Ruhe, Rapiere und Fechtmasken zu bringen. Funkelnd vor Freude unter seiner kalten, düstern Hülle hob Jacques seinen Rock bis zum Knie auf und stellte seine Sandalen mit einem Appell auf dem Sande fest. Chicot aber sagte: »Da ich weder Mönch noch Soldat bin, so habe ich mich seit langer Zeit nicht mehr in den Waffen geübt; wollt Ihr, ich bitte Euch, Ihr, Bruder Borromée, der Ihr nichts als Muskeln und Sehnen seid, dem Bruder Jacques die Sektion geben? Willigt Ihr ein, lieber Prior?«

»Ich befehle es!« deklamierte der Prior, stets entzückt, dies Wort anzubringen.

Borromée nahm seinen Helm ab; Chicot streckte eiligst feine Hände aus, und der in seine Hände gelegte Helm erlaubte seinem ehemaligen Herrn abermals, seine Identität zu erkennen; während unser Bürger diese Prüfung vornahm, befestigte der Säckelmeister seinen Rock an seinem Gürtel und machte sich bereit.

Sämtliche Mönche bildeten einen Kreis um den Zögling und den Lehrer.

Gorenflot neigte sich an das Ohr seines Freundes und sagte naiv: »Nicht wahr, es ist auch belustigend, Vesper zu singen?«

»Das sagen die Chevaulegers,« antwortete Chicot mit derselben Naivität.

Die Kämpfenden legten sich aus; spröde und nervig, hatte Borromée den Vorteil des Wuchses, er hatte auch den, den Aplomb und Erfahrung verleihen. Das Feuer stieg in lebendigen Lichtern in Jacques' Augen und färbte seine Wangen mit einer fieberhaften Röte.

Man sah, wie Borromée die religiöse Maske fallen ließ und sich in einen Fechtmeister verwandelte; er fügte zu jedem Stoß eine Ermahnung, einen Rat, einen Vorwurf; aber oft siegten die Kraft, die Behendigkeit, das Ungetüm des Zöglings über die guten Eigenschaften seines Lehrers, und Bruder Borromée empfing einen tüchtigen Stoß auf die volle Brust. Chicot verschlang dieses Schauspiel mit den Augen und zählte die treffenden Stöße.

Als der Kampf beendigt war, oder vielmehr als die Fechtenden eine erste Pause machten, hatte Jacques sechsmal, Borromée neunmal getroffen, das ist hübsch für den Schüler, aber nicht genug für den Lehrer.

Ein Blitz, der, mit Ausnahme Chicots für alle unbemerkt blieb, zuckte in Borromées Augen und enthüllte einen neuen Zug seines Charakters.

»Gut,« dachte Chicot, »er ist stolz.«

»Mein Herr,« sagte Borromée mit einer Stimme, die er nur mit großer Mühe süßlich zu machen imstande war, »die Waffenübung ist hart für jeden und besonders für arme Mönche, wie wir sind.« »Gleichviel,« erwiderte Chicot, entschlossen, Bruder Borromée bis in seine letzten Verschanzungen zu treiben, »der Lehrer darf nicht weniger als die Hälfte Vorteil über seinen Zögling haben.«

»Ah! Herr Briquet,« versetzte Borromée, der ganz bleich wurde und sich auf die Lippen biß, »Ihr seid sehr absolut, wie mir scheint.«

»Gut, er ist zornmütig,« dachte Chicot, »zwei Todsünden; man sagt, eine genüge, um einen Menschen ins Verderben zu stürzen; ich habe ein schönes Spiel!«

Dann fuhr er laut fort: »Und hätte Jacques mehr Ruhe, so bin ich sicher, daß die Partie gleichstände.«

»Ich glaube nicht,« entgegnete Borromée.

»Nun, ich bin dessen sicher.«

»Herr Briquet, der das Fechten kennt,« sagte Borromée mit bitterem Tone, »sollte selbst Jacques' Stärke versuchen; er könnte sich dann besser Rechenschaft darüber geben.«

»Oh! ich bin alt,« sagte Chicot.

»Ja, aber Kenner,« entgegnete Borromée.

»Ah! du spottest,« dachte Briquet; »warte, warte. Aber,« fuhr er fort, »es gibt einen Umstand, der meiner Bemerkung ihren Wert benimmt.«

»Welchen Umstand?«

»Daß Bruder Borromée als würdiger Lehrer, davon bin ich überzeugt, Jacques aus Gefälligkeit hat treffen lassen.«

»Ah! ah!« machte Jacques, ebenfalls die Stirn faltend.

»Nein, gewiß nicht,« erwiderte Borromée, an sich haltend, im Grunde aber im höchsten Maße erbost; »ich liebe Jacques sicherlich, aber ich verderbe ihn nicht durch solche Gefälligkeiten.«

»Das ist zum Erstaunen,« versetzte Chicot, »entschuldigt mich, ich hatte es geglaubt.« »Aber Ihr, der Ihr sprecht versucht es doch einmal,« sagte Borromée. »Oh! schüchtert mich nicht ein!«

»Seid unbesorgt, man wird Nachsicht mit Euch haben. Man kennt die Gesetze der Kirche.«

»Heide!« murmelte Chicot.

»Nun, Herr Briquet, nur einen Gang.«

»Versuche es,« sagte Gorenflot, »versuche es.«

»Ich werde Euch nicht wehe tun,« sagte Jacques, der nun ebenfalls die Partie seines Lehrmeisters nahm und seinerseits ein wenig zu beißen wünschte; »ich habe eine sehr sanfte Hand.«

»Ein liebes Kind,« murmelte Chicot, indem er auf den jungen Mönch einen unbeschreiblichen Blick heftete, der in einem stillen Lächeln endigte.

»Nun denn,« sagte er, »da es alle wollen...«

»Ah! bravo!« riefen die Beteiligten, den Triumph vorwegnehmend.

»Nur sage ich Euch zum voraus, daß ich nicht mehr als drei Gänge annehme,« sagte Chicot.

»Wie es Euch beliebt,« erwiderte Jacques.

Langsam erhob sich Chicot von der Bank, auf die er sich wieder niedergesetzt hatte, schloß sein Wams, zog seinen Fechthandschuh an und befestigte seine Maske mit der Schnelligkeit einer Schildkröte, die nach Fliegen schnappt.

»Wenn dieser auf deine geraden Stöße zur Parade kommt,« flüsterte Borromée Jacques zu, »so tue ich keinen Gang mehr mit dir, das sage ich dir.«

Jacques machte ein Zeichen mit dem Kopf, begleitet von einem Lächeln, das bedeutete: »Seid unbesorgt, Meister.«

Chicot nahm stets mit derselben Langsamkeit und Umsicht seine Stellung und streckte seine langen Arme und Beine aus, die er durch ein Wunder von Genauigkeit so richtete, daß er ihre ungeheure Federkraft und unberechenbare Entwicklung verbarg.

Die Lektion.

Chicot stellte sich gerade und fest auf die Beine, mit einem schneidigen und zugleich nervigen Faustgelenke, mit einem Degen, der von der Spitze bis zur Hälfte der Klinge biegsames Rohr zu sein schien und vom Stichblatt bis zur Mitte ein unbiegsamer Stahl war.

Als er diesen ehernen Mann vor sich sah, dessen Faustgelenk allein lebendig zu sein schien, trat bei Jacques eine Ungeduld ein, die auf Chicot keine andere Wirkung hervorbrachte, als daß sie seinen Arm und sein Bein bei der geringsten Blöße abspannte, die er in dem Spiel seines Gegners wahrnahm, und man begreift, daß bei der großen Lebhaftigkeit des Gegners diese Blößen häufig vorkamen. Bei jeder verlängerte sich dieser große Arm um drei Fuß und traf die Mitte der Brust des Bruders mit einem so methodischen Knopfstoße, als ob ein Mechanismus ihn geleitet hätte und nicht ein ungleiches und Ungewisses Organ von Fleisch, und bei jedem von diesen Stößen machte Jacques, rot vor Zorn und Wetteifer, einen Sprung rückwärts.

Zehn Minuten lang entwickelte der junge Mensch alle Mittel seiner wunderbaren Behendigkeit; er stürzte vor wie eine Tigerkatze, er bog sich zurück wie eine Schlange, er schlüpfte unter Chicots Brust, sprang rechts und links; aber dieser erfaßte mit seiner ruhigen Miene und seinem langen Arm die geeignete Zeit, drückte das Rapier seines Gegners auf die Seite und sandte stets den furchtbaren Knopf an seine Adresse.

Bruder Borromée erbleichte beim Zurückströmen aller Leidenschaften, die ihn kurz zuvor übermäßig aufgereizt hatten.

Endlich drang Jacques zum letzten Male auf Chicot ein, der, da er ihn durchaus nicht lotrecht auf seinen Beinen sah, ihm eine Blöße bot, damit er gänzlich ausfiele. Jacques verfehlte nicht, dies zu tun, und Chicot, der steif parierte, brachte den armen Zögling dergestalt von der Linie des Gleichgewichts ab, daß er die Haltung verlor und hinfiel.

Unbeweglich, wie ein Fels, war Chicot auf derselben Stelle geblieben.

Bruder Borromée zernagte sich die Finger bis aufs Blut. »Ihr habt uns nicht gesagt, daß Ihr eine Säule des Fechtsaales wäret,« murrte er.

»Er,« rief Gorenflot verwundert, aber aus einem leicht begreiflichen Gefühle der Freundschaft triumphierend, »er, was denkt Ihr?«

»Ich, ein armer Bürger,« sagte Chicot; »ich, Robert Briquet, eine Säule des Fechtsaals, oh! Herr Säckelmeister!«

»Aber,« rief Bruder Borromée, »um einen Wegen zu handhaben, wie Ihr es tut, muß man ungeheuer geübt sein.«

»Ei! mein Gott, ja,« erwiderte Chicot treuherzig, »ich habe in der Tat hier und da den Degen geführt; doch wenn ich ihn führte, sah ich immer ein Ding.«

»Was?«

»Daß für den, der ihn führt, der Stolz ein schlechter Ratgeber und der Zorn ein schlechter Helfer ist. Nun hört, mein kleiner Jacques,« fügte er hinzu, »Ihr habt ein hübsches Faustgelenk, doch Ihr habt weder Beine noch Kopf; zum Fechten gehören drei wesentliche Dinge: der Kopf zuerst, dann die Hand und endlich die Beine; mit dem ersten kann man sich verteidigen, mit dem ersten und der zweiten kann man siegen, vereinigt man aber alle drei, so siegt man immer.«

»Oh!« sagte Jacques, »fechtet einmal mit Bruder Borromée, das ist gewiß hübsch anzuschauen.«

Chicot wollte den Vorschlag verächtlich zurückweisen, doch er bedachte, daß der stolze Säckelmeister vielleicht einen Vorteil daraus ziehen würde.

»Es sei,« sagte er, »wenn Bruder Borromée einwilligt, bin ich zu Befehl!«

»Nein, mein Herr,« erwiderte der Säckelmeister; »ich würde geschlagen, ich will es lieber anerkennen, als die Probe machen.«

»Oh! wie bescheiden, wie liebenswürdig ist er!« sagte Gorenflot.

»Du täuschest dich,« entgegnete ihm der unbarmherzige Chicot ins Ohr, »er ist verrückt vor Eitelkeit; hätte ich in seinem Alter eine solche Gelegenheit gefunden, ich würde auf den Knien um die Lektion gebeten haben, die Jacques soeben zuteil geworden ist.«

Hiernach nahm Chicot wieder seinen gekrümmten Rücken, seine Zirkumflexbeine und seine ständige Grimasse an und setzte sich auf seine Bank.

Jacques folgte ihm; die Bewunderung trug bei dem jungen Mann den Sieg über die Schmach der Niederlage davon.

»Gebt mir doch Lektionen, Herr Robert,« sagte er, »der ehrwürdige Herr Prior wird es erlauben, nicht wahr?«

»Ja, mein Kind, mit Vergnügen,« antwortete Gorenflot.

»Ich will Eurem Lehrer keinen Vorzug abzugewinnen suchen,« sagte Chicot, – und er verbeugte sich vor Borromée.

»Ich bin nicht Jacques' einziger Lehrer,« entgegnete Borromée; »ich unterrichte nicht allein im Fechten hier, und da ich nicht allein die Ehre habe, so erlaubt mir, auch nicht allein die Niederlage auf mich zu nehmen.«

»Wer ist denn sein anderer Professor?« fragte hastig Chicot, als er bei Borromée die Röte wahrnahm, welche die Furcht, eine Unklugheit begangen zu haben, verriet.

»Niemand, niemand,« erwiderte Borromée.

»Doch, doch,« sagte Chicot, »ich habe vollkommen gut gehört. Wer ist denn Euer anderer Lehrer, Jacques?«

»Ja, ja, ein kurzer, dicker Mann,« rief Gorenflot. »Ihr habt ihn mir vorgestellt, und er kommt zuweilen hierher; ein gutes Gesicht... trinkt auch ganz angenehm.«

»Ich erinnere mich seines Namens nicht mehr,« sagte Borromé.

Bruder Eusèbe, mit seiner glückseligen Miene und seinem Messer im Gürtel, trat einfältig vor und sagte: »Ich weiß es.«

Borromée machte ihm vielfache Zeichen, die er nicht bemerkte.

»Es ist Meister Bussy-Leclerc, der Professor der Fechtkunst in Brüssel war,« fuhr er fort.

»Alle Wetter!« sagte Chicot, »Meister Bussy-Leclerc, wahrhaftig, eine gute Klinge.«

Und während er dies mit aller Naivität, deren er fähig war, sagte, fing er den wütenden Blick auf, den Borromé auf den zur Unzeit Gefälligen schoß.

»Ah! es war mir nicht bekannt, daß er Bussy-Leclerc hieß. Man vergaß, mich davon zu unterrichten,« versetzte Gorenflot.

»Ich wußte nicht, daß der Name Eure Herrlichkeit im geringsten interessierte,« sagte Borromé.

»In der Tat!« rief Chicot, »mag dieser oder jener der Fechtmeister sein, gleichviel, wenn er nur gut ist.«

»In der Tat, gleichviel, wenn er nur gut ist,« wiederholte Gorenflot und schlug, von allgemeiner Bewunderung geleitet, den Weg nach der Treppe seiner Wohnung ein. Die Übung war beendigt.

Um Fuße der Treppe wiederholte Jacques zum größten Mißvergnügen Borromées seine Bitte Chicot gegenüber, dieser aber antwortete: »Ich verstehe nicht zu unterrichten; ich habe mich ganz allein durch Nachdenken und Übung gebildet; macht es wie ich; jedem gesunden Geiste nützt das Gute.«

»Ich hoffe, das ist ein dem Dienste Gottes geweihtes und zu etwas taugliches Haus!« sagte Gorenflot stolz, als er, sich auf Chicot stützend, die Treppe hinaufging. »Pest! ich glaube es wohl,« erwiderte Chicot. »Man sieht schöne Dinge, ehrwürdiger Prior, wenn man zu Euch kommt.« – »Dies alles in einem Monat, in weniger als einem Monat sogar.«

»Und durch Euch?« – »Durch mich, durch mich allein, wie Ihr seht,« antwortete Gorenflot, sich aufrichtend.

»Das ist mehr, als ich erwartete, und wenn ich von meiner Sendung zurückkomme, Freund ...« – »Ah! es ist wahr, lieber Freund; sprechen wir von Eurer Sendung ...«

»Um so lieber, als ich vor meiner Abreise eine Botschaft oder vielmehr einen Boten an den König zu schicken habe.« – »An den König, lieber, Freund? einen Boten? Ihr korrespondiert also mit dem König.? Wollt Ihr einen von unseren Brüdern? Es wäre eine Ehre für das Kloster, wenn einer von unsern Brüdern den König sehen würde.«

»Gewiß!« – »Ich will zwei unserer besten Beine zu Eurer Verfügung stellen; doch erzählt mir, Chicot, wie der König, der Euch für tot hielt ...«

»Ich habe ihm gesagt, es war nur eine Lethargie, und im gegebenen Augenblick bin ich aufgestanden.« – »Um wieder in Gunst zu kommen?«

»Mehr als je.« – »Dann könnt Ihr dem König wohl alles sagen, was wir in seinem Interesse tun?«

»Ich werde es nicht unterlassen, mein Freund, seid unbesorgt.« – »Ah! teurer Chicot,« rief Gorenflot, der sich schon als Bischof sah.

»Zuvor habe ich Euch jedoch um zwei Dinge zu bitten.« – »Sprecht.«

»Zuerst um Geld, das Euch der König zurückgeben wird.« – »Geld?« rief Gorenflot, höflich aufstehend, »meine Kassen sind voll.«

»Ihr seid, meiner Treu! glücklich.« – »Wollt Ihr tausend Taler?«

»Nein, das ist viel zu viel; ich bin bescheiden in meinen Ansprüchen, demütig in meinen Wünschen; mein Titel als Botschafter macht mich nicht stolz, und ich verberge ihn eher, als daß ich mich damit brüste. Hundert Taler genügen mir.« – »Hier sind sie. Und das Zweite?«

»Ein Stallmeister.« – »Ein Stallmeister?«

»Ja, um mich zu begleiten; ich liebe die Gesellschaft.« – »Ah! mein Freund, wenn ich noch frei wäre, wie einst ...« sagte Gorenflot, einen Seufzer ausstoßend.

»Ja, aber Ihr seid es nicht mehr.« – »Die Größe fesselt,«, murmelte Gorenflot.

»Ach! man kann nicht alles zugleich haben,« erwiderte Chicot; »da ich mich nicht Euerer ehrenwerten Gesellschaft erfreuen kann, teuerster Prior, so werde ich mich mit dem kleinen Bruder Jacques begnügen.« – »Mit dem kleinen Bruder Jacques?«

»Ja, er gefällt mir.« – »Und du hast recht, Chicot; es ist ein seltener Mensch, der es weit bringen wird.«

»Ich will ihn zuerst zwei hundert Meilen weit führen, wenn du es erlaubst?« – »Er gehört dir, mein Freund.«

Der Prior schlug auf eine Glocke, bei deren Klang ein Laienbruder herbeilief.

»Man lasse den Bruder Jacques und den mit den Gängen in der Stadt beauftragten Bruder heraufkommen.«

Zehn Minuten nachher erschienen beide auf der Schwelle.

»Jacques,« sagte Gorenflot, »ich gebe Euch eine außerordentliche Sendung.«

»Mir, Herr Prior?« fragte der junge Mensch erstaunt.

»Ja, Ihr werdet Herrn Robert Briquet auf einer großen Reise begleiten.«

»Oh!« rief mit maßloser Begeisterung der junge Bruder, »ich auf die Reise mit Herrn Robert Briquet, ich in frischer Luft, ich in Freiheit! Ah! Herr Robert Briquet, nicht wahr, wir werden jeden Tag fechten?« – »Ja, mein Kind.«

»Und ich darf meine Büchse mitnehmen?« – »Du wirst sie mitnehmen.«

Jacques sprang und stürzte mit einem Freudengeschrei aus dem Zimmer.

»Was den Auftrag betrifft,« sagte Gorenflot, »so bitte ich Euch, Eure Befehle zu geben. Tretet vor, Bruder Panurgos.«

Das Beichtkind.

Der vom Prior unter dem Namen Panurgos angekündigte Mönch erschien bald; er glich mit seinem vorstehenden Kiefer einem Fuchse.

Chicot schaute ihn einen Augenblick an und schien während dieses Augenblicks, so kurz er auch war, den Boten des Klosters zu seinem wahren Werte geschätzt zu haben.

Panurgos blieb demütig bei der Tür stehen.

»Kommt hierher, Herr Eilbote!« sagte Chicot; »kennt Ihr den Louvre?« – »Ja, mein Herr.«

»Und im Louvre kennt Ihr einen gewissen Heinrich von Valois?« – »Den König?«

»Ich weiß in der Tat nicht, ob es der König ist, aber man nennt ihn gewöhnlich so.« – »Mit dem König werde ich zu tun haben?«

»Ganz richtig, kennt Ihr ihn?« – »Genau, Herr Briquet.«

»Wohl! Ihr verlangt mit ihm zu sprechen.« – »Wird man mich zu ihm lassen?«

»Bis zu seinem Kammerdiener, ja; Euer Kleid ist ein Paß; Seine Majestät ist sehr religiös, wie Ihr wißt.« – »Und was soll ich dem Kammerdiener Seiner Majestät sagen?«

»Ihr sagt ihm, Ihr werdet vom Schatten geschickt.« – »Ja.«

»Und Ihr erwartet den Brief.« – »Das ist alles, was ich zu tun habe?«

»Ihr fügt hinzu, der Schatten warte, indem er ganz langsam auf der Straße nach Charenton fortwandere.« – »Auf dieser Straße habe ich Euch nachzufolgen?«

»Allerdings.«

Panurgos schritt auf die Tür zu und hob den Vorhang auf, um hinauszugehen; es kam Chicot vor, als hätte der Bruder Panurgos bei dieser Bewegung einen Horcher sichtbar werden lassen.

Übrigens fiel der Vorhang wieder so rasch, daß Chicot nicht hätte dafür stehen können, ob das, was er für Wirklichkeit nahm, nicht eine Vision gewesen sei.

Aber Chicots Scharfsinn machte es diesem bald zur Gewißheit, daß Bruder Borromée horchte.

»Oh! du horchst,« dachte er; »desto besser, ich werde in diesem Fall für dich sprechen.«

»Ihr seid also mit einer Sendung vom König beehrt, lieber Freund?« sagte Gorenflot. – »Mit einer vertraulichen, ja.«

»Ich denke, sie bezieht sich auf die Politik?« – »Ich denke es auch.«

»Wie, Ihr wißt nicht, mit welcher Sendung Ihr beauftragt seid?« – »Ich weiß nur, daß ich der Träger eines Briefes bin.«

»Ein Staatsgeheimnis ohne Zweifel?« – »Ich glaube es.«

»Und Ihr vermutet nichts?« – »Nicht wahr, wir sind allein, so daß ich Euch meine Gedanken sagen kann?«

»Sprecht; ich bin ein Grab für Geheimnisse.« – »Nun Wohl! der König ist endlich entschlossen, dem Herzog von Anjou beizustehen.«

»In der Tat?« – »Ja, Herr von Joyeuse mußte zu diesem Behuf in der vergangenen Nacht abreisen.«

»Aber Ihr, mein Freund?« – »Ich gehe nach Spanien.«

»Wie reist Ihr?« – »Bei Gott! wie wir es früher machten, zu Fuß, zu Pferd, im Wagen, wie es sich gerade trifft.«

»Jacques wird ein guter Gesellschafter auf der Reise für Euch sein, und Ihr habt wohlgetan, ihn zu wählen.« – »Ich gestehe, mir gefällt er ungemein.«

»Dies wäre ein hinreichender Grund, ihn Euch zu geben; aber ich glaube überdies, er wäre doch für Euch im Falle eines Zusammentreffens eine tüchtige Unterstützung.« – »Ich danke, mein Freund. Und nun habe ich Euch nur noch Lebewohl zu sagen.«

»Gott befohlen!« – »Was macht Ihr?«

»Ich will Euch meinen Segen geben.« – »Bah! unter uns ist das unnötig.«

»Ihr habt recht,« versetzte Gorenflot, »das ist gut für die Fremden.«

Und die Freunde umarmten sich zärtlich.

»Jacques!« rief der Prior, »Jacques!«

Panurgos zeigte sein Mardergesicht zwischen den Türvorhängen.

»Wie! Ihr seid noch nicht abgegangen?« rief Chicot.

»Verzeiht, Herr.«

»Geht geschwinde, Herr Briquet hat Eile,« sagte Gorenflot; »wo ist Jacques?«

Bruder Borromée erschien ebenfalls mit süßlicher Miene und lachendem Mund.

»Bruder Jacques?« wiederholte der Prior.

»Bruder Jacques ist weggegangen,« sagte der Säckelmeister.

»Wie weggegangen!« rief Chicot.

»Habt Ihr nicht verlangt, daß jemand nach dem Louvre gehe, mein Herr?«

»Ja, Bruder Panurgos,« erwiderte Gorenflot.

»Oh! ich Dummkopf, der ich bin! Ich hatte verstanden Jacques,« sagte Borromée, sich vor die Stirn schlagend.

Chicots Gesicht verfinsterte sich, doch Borromées Bedauern war scheinbar so aufrichtig, daß ein Vorwurf grausam gewesen wäre.

»Ich werde also warten, bis Jacques zurückgekommen ist,« sagte Chicot.

Borromée verbeugte sich, die Stirn faltend.

»Ah!« rief er, »obgleich ich deshalb heraufgekommen bin, vergaß ich, dem ehrwürdigen Prior zu melden, daß die unbekannte Dame angekommen ist und sich eine Audienz von Eurer Ehrwürden erbittet.«

Chicot sperrte die Ohren weit auf.

»Allein?« fragte Gorenflot.

»Mit einem Stallmeister.«

»Ist sie jung?«

Borromée schlug schamhaft die Augen nieder.

»Gut, er ist scheinheilig,« dachte Chicot.

»Mein Freund,« sagte Gorenflot, indem er sich an den falschen Robert Briquet wandte, »du begreifst.«

»Ich begreife und lasse Euch allein,« erwiderte Chicot; »ich werde in einem Nebenzimmer oder im Hof warten.«

»Gut, mein lieber Freund.«

»Es ist weit von hier in den Louvre,« bemerkte Borromée, »und Bruder Jacques kann lange ausbleiben, umso mehr, als die Person, an die Ihr schreibt, vielleicht zögern wird, einen so wichtigen Brief einem Kind anzuvertrauen.«

»Ihr bedenkt das etwas spät, Bruder Borromée.«

»Ich wußte es nicht; wenn man mir vertraut hätte ...«

»Gut, gut, ich werde mich mit kurzen Schritten nach Charenton zu begeben; der Bote, wer es auch sein mag, wird mich auf dem Wege einholen.«

Und er wandte sich nach der Treppe.

»Nicht nach dieser Seite, wenn es Euch beliebt, mein Herr,« sagte Borromée rasch, »die unbekannte Dame kommt hier herauf, und sie wünscht niemand zu begegnen!« »Ihr habt recht,« erwiderte Chicot lächelnd, »ich gehe die kleine Treppe hinab.«

Und er ging auf eine Nebentür zu, die in ein kleines Kabinett führte.

»Und ich,« sagte Borromée, »ich werde die Ehre haben, das Beichtkind bei dem ehrwürdigen Herrn Prior einzuführen.«

»Gut,« sagte Gorenflot.

»Ihr wißt den Weg?« fragte Borromée unruhig.

»Sehr genau,« erwiderte Chicot und ging durch das Kabinett.

Nach diesem Kabinett kam ein Zimmer; die Geheimtreppe ging auf den Ruheplatz dieses Zimmers. Chicot hatte wahr gesprochen, er kannte den Weg, aber er kannte das Zimmer nicht mehr.

Es hatte sich in der Tat seit seinem letzten Besuch gewaltig verändert; das friedliche Gemach war in ein kriegerisches verwandelt worden; die Wände waren mit Waffen geziert, der Tisch mit Säbeln, Degen und Pistolen beladen; alle Winkel enthielten Haufen von Musketen und Büchsen.

Chicot verweilte einen Augenblick in diesem Zimmer; er fühlte das Bedürfnis, nachzudenken.

»Man verbirgt Jacques vor mir, man verbirgt die Dame vor mir, man treibt mich die kleinen Stufen hinab, um die große Treppe frei zu lassen; das heißt, man will mich von dem Mönchlein entfernen und die Dame vor mir verbergen, so viel ist klar. Ich muß also eine gute Kriegslist anwenden und gerade das Gegenteil von dem tun, was man will, daß ich tun soll.

»Ich werde Jacques' Rückkehr abwarten und es so einrichten, daß ich die geheimnisvolle Dame sehe. Ho ho! da liegt ein schönes Panzerhemd in der Ecke ... fein, geschmeidig und fest gearbeitet!«

Er hob es auf, um es zu bewundern.

»Ich suche gerade eines, so leicht wie Linnen,« sagte er; »für den Prior ist es zu eng; man sollte in der Tat glauben, es wäre für mich gemacht worden; entlehnen wir dieses Stück von Dom Modeste, bei unserer Rückkehr geben wir es ihm wieder.«

Rasch bog Chicot das Panzerhemd und schob es unter sein Wams.

Er befestigte die letzte Nestel, als Bruder Borromée auf der Schwelle erschien.

»Oh! oh!« murmelte Chicot, »du abermals, doch du kommst zu spät, Freund.«

Und er kreuzte seine langen Arme hinter dem Rücken, legte sich zurück und stellte sich, als bewunderte er die Trophäen.

»Herr Robert Briquet sucht eine Waffe, die ihm taugen würde?« fragte Borromée. – »Ich, lieber Freund? Mein Gott! wozu eine Waffe?«

»Ah! wenn man so gut damit umzugehen weiß!« – »Theorie, lieber Bruder, Theorie, nichts anderes; ein armer Bürger meiner Art kann mit seinen Armen und Beinen geschickt sein; aber was ihm fehlt und immer fehlen wird, ist das Herz eines Soldaten. Das Rapier glänzt ziemlich hübsch in meiner Hand; doch glaubt mir, Jacques würde mich mit der Spitze eines Degens von hier nach Charenton zurücktreiben.«

»Wahrhaftig?« versetzte Borromée, halb überzeugt durch Chicots einfache und gutmütige Miene. – »Und dann fehlt es mir an Atem,« fuhr Chicot fort; »Ihr habt gesehen, daß ich nicht ausfallen kann, die Beine sind abscheulich, da mangelt es mir.«

»Erlaubt mir, Euch zu bemerken, mein Herr, daß dieser Mangel beim Reisen noch größer ist, als beim Fechten.« – »Ah! Ihr wißt, daß ich reise,« versetzte Chicot mit gleichgültigem Tone.

»Panurgos hat es mir gesagt,« erwiderte Borromée errötend. – »Das ist drollig, ich glaubte mit Panurgos hiervon nicht gesprochen zu haben; doch gleichviel, ich habe keinen Grund, es zu verbergen. Ja, mein Freund, ich mache eine kleine Reise, ich gehe in meine Heimat, wo ich etwas Grund und Boden habe.«

»Wißt Ihr, Herr Briquet, daß Ihr dem Bruder Jacques eine große Ehre verschafft?« – »Die, mich zu begleiten?«

»Einmal, sodann die, den König zu sehen.« – »Oder seinen Kammerdiener, denn es ist möglich und sogar wahrscheinlich, daß Bruder Jacques nichts anderes sehen wird.«

»Ihr seid also ein Vertrauter des Louvre?« – »Oh! einer der Vertrautesten, mein Herr; ich liefere dem König und den jungen Herren vom Hofe gewalkte wollene Strümpfe.«

»Dem König?« – »Ich hatte schon seine Kundschaft, als er noch Herzog von Anjou war ... Bei seiner Rückkehr aus Polen erinnerte er sich meiner und machte mich zum Hoflieferanten. Ihr wißt, daß der König eine Pilgerfahrt zu Unserer Lieben Frau von Chartres gemacht hat.«

»Ja, um einen Erben zu bekommen.« – »Ganz richtig, Ihr wißt, daß es ein sicheres Mittel gibt, um das Resultat zu erreichen, das der König verfolgt?«

»Es scheint jedenfalls, daß der König dieses Mittel nicht anwendet.« – »Bruder Borromée!«

»Was?« – »Ihr wißt genau, daß es sich darum handelt, einen Thronerben durch ein Wunder und nicht auf eine andere Weise zu erhalten.«

»Und dieses Wunder verlangt man?« – »Von Unserer Lieben Frau von Chartres.«

»Ah! ja, das Hemd?« – »So ist es. Der König hat dieser guten Lieben Frau ihr Hemd genommen und es der Königin gegeben, so daß er ihr im Austausch für dieses Hemd einen Rock ähnlich dem Unserer Lieben Frau von Toledo schenken will, der, wie man sagt, der schönste und reichste Jungfrauenrock ist, den es auf der Welt gibt.«

»Somit geht Ihr?« – »Nach Toledo, lieber, Bruder Borromée, nach Toledo, um das Maß von dem Rocke zu nehmen und einen ähnlichen machen zu lassen.«

Borromée schien zu zögern, ob er Chicot auf sein Wort glauben oder nicht glauben sollte.

»Ihr könnt Euch also vorstellen,« fuhr Chicot fort, als ob er durchaus nicht wüßte, was im Geiste des Bruder Säckelmeister vorging, »Ihr könnt Euch also vorstellen, daß mir die Gesellschaft von Geistlichen unter solchen Umständen sehr angenehm gewesen wäre. Doch die Zeit geht vorbei, und Bruder Jacques kann nun nicht mehr lange ausbleiben. Übrigens will ich außen warten, etwa bei der Croix-Faubin.«

»Ich glaube, daß dies besser ist.« – »Ihr werdet also die Güte haben, ihn zu benachrichtigen, sobald er zurückkommt.«

»Ja.« – »Und Ihr schickt ihn mir zu?«

»Ich werde es nicht versäumen.« – »Ich danke, lieber Bruder Borromée ... Ich bin entzückt, Eure Bekanntschaft gemacht zu haben.«

Beide verbeugten sich, und Chicot ging die kleine Treppe hinab, hinter ihm schloß Bruder Borromée die Tür mit dem Riegel.

»Oh! oh!« sagte Chicot, »es scheint wichtig zu sein, daß ich die Dame nicht sehe, folglich muß ich sie sehen.«

Und um dieses Vorhaben in Ausführung zu bringen, ging Chicot so auffallend als möglich aus der Priorei der Jakobiner weg, plauderte einen Augenblick mit dem Bruder Pförtner und wanderte, die Mitte der Straße haltend, nach der Croix-Faubin.

Doch als er dahin gekommen war, verschwand er an der Mauerecke eines Pachthofes, und hier, wo er fühlte, daß er allen Argussen des Priors, und hätten sie die Falkenaugen des Bruders Borromée gehabt, Trotz bieten konnte, schlüpfte er längs der Gebäude hin, folgte in einem Graben einer Hecke und erreichte, ohne bemerkt worden zu sein, eine Reihe ziemlich dichter, junger Hagebuchen, die sich dem Kloster gegenüber ausdehnte.

An dieser Stelle, die ihm einen Beobachtungsmittelpunkt bot, wie er sich ihn nur immer wünschen konnte, setzte oder legte er sich vielmehr nieder und wartete, bis Bruder Jacques in das Kloster zurückkam und die Dame herausging.

Der Hinterhalt.

Chicot brauchte, wie man weiß, nicht lange, um einen Entschluß zu fassen. Er faßte den zu warten, und zwar so bequem als möglich. Er machte sich durch das Dickicht der Hagebuchen ein Fenster, um die Kommenden und Gehenden, die ihn interessieren konnten, nicht unbemerkt vorüber zu lassen.

Die Straße war öde. Soweit Chicots Blick reichte, erschienen weder Reiter noch Neugierige noch Bauern. Die ganze Menge vom vorhergehenden Tag war mit dem Schauspiel verschwunden, das sie versammelt hatte. Chicot sah also nichts, als einen ziemlich elend gekleideten Mann, der quer über die Straße ging und mit einem spitzigen Stabe Messungen auf dem Pflaster Seiner Majestät des Königs von Frankreich vornahm. Chicot hatte durchaus nichts zu tun. Er war entzückt, daß er diesen guten Mann fand, der ihm als Betrachtungspunkt dienen sollte.

»Was messen? warum messen?« dies waren zwei Minuten lang die ernsten Fragen, die Robert Briquet an sich richtete.

Er beschloß also, ihn nicht aus dem Gesicht zu verlieren. Im Augenblick aber, wo dieser Mann seine Messung beendigt hatte und den Kopf wieder erheben sollte, nahm leider eine wichtigere Entdeckung seine Aufmerksamkeit in Anspruch und nötigte ihn, die Augen nach einem anderen Punkte zu richten. Es öffneten sich die beiden Flügel des Fensters von Gorenflots Balkon, und man sah die ehrwürdige Rundung des Priors erscheinen, der mit seinen großen, weit aufgesperrten Augen, mit seinem Festtagslächeln und seinen höflichsten Manieren eine Dame führte, die beinahe ganz unter einem mit Pelz verbrämten Samtmantel begraben war.

»Oh! oh!« sagte Chicot zu sich selbst, »das ist das Beichtkind. Der Gang ist jugendlich; sehen wir uns den Kopf an; nun, dreht Euch noch ein wenig auf diese Seite, vortrefflich! Es ist in der Tat sonderbar, daß ich beinahe bei allen Gesichtern, die ich sehe, Ähnlichkeiten finde. Eine ärgerliche Manier von mir! Gut! nun kommt der Stallmeister. Oh! oh! in ihm täusche ich mich nicht, es ist Mayneville. Ja, ja, der aufwärts gedrehte Schnurrbart, der Degen mit dem muschelförmigen Stichblatt, ja, er ist es; doch überlegen und schließen wir ein wenig: wenn ich mich bei Herrn von Mayneville nicht täusche, alle Wetter! warum sollte ich mich in Frau von Montpensier irren? denn diese Frau ist beim Teufel die Herzogin.«

Man wird es glauben, daß Chicot von diesem Augenblick die beiden erhabenen Personen nicht mehr aus dem Gesichte verlor. Nach Verlauf einer Minute sah er hinter ihnen das bleiche Gesicht Borromées erscheinen, den Mayneville wiederholt befragte.

»So ist es,« sagte er, »alles ist dabei; bravo! Konspirieren wir, das ist so Mode; aber warum will die Herzogin bei Dom Modeste Pension nehmen, sie, die schon das Haus von Bel-Esbat hundert Schritte von hier hat?«

In diesem Augenblick erhielt Chicots Aufmerksamkeit eine neue Richtung. Während die Herzogin mit Gorenflot plauderte oder ihn vielmehr zum Plaudern veranlaßte, machte Herr von Mayneville irgend jemand außen ein Zeichen.

Chicot hatte aber niemand gesehen, als den Mann, der die Messungen machte, und an ihn war in der Tat die Gebärde gerichtet; daraus ging hervor, daß der Mann nicht mit Messungen beschäftigt war. Er war vor dem Balkon im Profil und das Gesicht gegen Paris gekehrt stehengeblieben.

Gorenflot setzte seine Liebenswürdigkeiten gegen das Beichtkind fort. Herr von Mayneville sagte Borromée ein paar Worte ins Ohr, und dieser fing auf der Stelle an, sich hinter dem Prior auf eine Weise zu bewegen, die für Chicot unverständlich, aber für den Mann mit den Messungen klar war, denn er entfernte sich und wählte seinen Standpunkt auf einer andern Stelle, wo ihn eine neue Gebärde Borromées wie eine Bildsäule festnagelte.

Nachdem er einige Sekunden unbeweglich geblieben war, nahm er auf ein neues Zeichen von Bruder Borromée eine Übung vor, die Chicot um so mehr beschäftigte, als er unmöglich ihren Zweck erraten konnte. Von dem Orte, wo er stand, lief der Mann bis zur Pforte der Priorei, während Herr von Mayneville seine Uhr in der Hand hielt.

In diesem Augenblick wandte sich der Mann um, und Chicot erkannte in ihm Nicolas Poulain, den Leutnant der Prevoté oder Stadtvogtei, denselben, der ihm am Tage zuvor seine alten Panzer abgekauft hatte.

»Oho! es lebe die Lige!« sagte er. »Ich habe nun genug gesehen, um das übrige mit ein wenig Anstrengung zu erraten.«

Nach einigen Gesprächen zwischen der Herzogin, Gorenflot und Mayneville schloß Borromée das Fenster wieder, und der Balkon blieb öde und leer.

Die Herzogin und ihr Stallmeister verließen die Priorei, um in die Sänfte zu steigen, die ihrer harrte. Dom Modeste, der sie bis zur Pforte begleitet hatte, erschöpfte sich in Bücklingen.

Die Herzogin hielt die Vorhänge ihrer Sänfte noch offen, um die Komplimente des Priors zu erwidern, als ein Jakobinermönch, der durch die Pforte Saint-Antoine aus Paris herauskam, sich zuerst vor die Pferde, die er neugierig anschaute und dann neben die Sänfte stellte, in die er einen Blick tauchte.

Chicot erkannte in diesem Mönch den kleinen Jacques, der mit großen Schritten vom Louvre zurückkehrte und in Entzückung vor Frau von Montpensier stehenblieb.

»Oh! oh!« sagte er, »ich habe Glück. Wäre Jacques früher gekommen, so hätte ich die Herzogin nicht sehen können. Nun, da Frau von Montpensier, nachdem sie ihre kleine Verschwörung gemacht hat, abgegangen ist, kommt die Reihe an Nicolas Poulain. Mit ihm bin ich in zehn Minuten fertig.«

Nachdem die Herzogin an Chicot, ohne ihn zu sehen, vorübergekommen war, fuhr sie in der Tat nach Paris, und Nicolas Poulain schickte sich an, ihr zu folgen. Er mußte wie die Herzogin an Chicots Versteck vorüber.

Chicot sah ihn kommen, wie der Jäger das Wild kommen sieht, indem er sich bereithält, danach zu schießen, sobald es in seinem Bereiche ist.

»He! ehrlicher Mann,« rief er aus seinem Loch, »deinen Blick hierher, bitte.«

Poulain bebte und wandte den Kopf dem Graben zu.

»Ihr habt mich gesehen, sehr gut!« fuhr Chicot fort. »Nehmt nun nicht die Miene an, als ob Ihr nichts bemerktet, Meister Nicolas ... Poulain.«

Der Leutnant der Prevoté sprang wie ein Hirsch beim Schuß.

Indem Chicot dem Geängstigten bewies, daß er die Personen auf dem Balkon der Priorei kenne und wisse, daß der Leutnant an einer Verschwörung gegen den König teilnehme, und indem er ihm als unumgängliche Strafe den Tod am Galgen zeigte, machte er den Armen zum Wachs in seiner Hand. Als einziges Mittel, sein Leben zu retten, zeigte er ihm die Enthüllung des Komplotts gegenüber dem Herzog von Epernon. Willenlos versprach Poulain, diesen Verrat an seinen Genossen auszuführen.

Kaum hatte sich der Profoßleutnant entfernt, so sah Robert Briquet den vom Prior versprochenen Reisegenossen am verabredeten Platz sich einstellen. Er bemerkte aber beim Näherkommen bald, daß es nicht der kleine Mönch war, sondern ein wahrer Philister mit riesigen Armen und Beinen und einer höchst verdächtigen Physiognomie. Dieser überreichte einen Brief von Gorenflot, worin der Würdige erklärte, er könne Jacques, das junge unschuldige Lamm, nicht unter die Wölfe gehen lassen.

Kurz entschlossen schickte Briquet den unwillkommenen und gefährlichen Burschen, der sich nur knurrend abweisen ließ, dem Prior zurück, um lieber allein die Reise anzutreten.

Als unser Reisender den Goliath in der großen Pforte des Klosters verschwinden sah, verbarg er sich hinter einer Hecke, streifte sein Wams ab und zog das uns bekannte feine Panzerhemd unter seinem Linnenhemde an.

Sobald seine Toilette beendigt war, schritt er querfeldein, um wieder auf die Straße nach Charenton zu gelangen.

Die Guisen.

An demselben Abend, an dem Chicot nach Navarra abreiste, finden wir in dem großen Gemache des Hotels Guise den kleinen jungen Mann mit dem lebhaften Auge, den wir auf dem Pferderücken hinter Herrn von Carmainges haben in Paris einreiten sehen, und der, wie wir bereits wissen, niemand anders war, als das schöne Beichtkind Dom Gorenflots.

Jetzt, mit einem zierlichen Kleide angetan, das am Halse weit ausgeschnitten war, die Haare mit Edelsteinen besternt, wie es damals Mode, erwartete Frau von Montpensier, in einer Fenstervertiefung stehend, ungeduldig irgend jemand, der auf sich warten ließ.

Der Schatten fing an sich zu verdichten, die Herzogin unterschied nur mit Mühe die Pforte des Hotels, worauf ihre Augen beständig gerichtet waren. Endlich vernahm man den Hufschlag eines Pferdes, und zehn Minuten nachher meldete die Stimme des Pförtners geheimnisvoll der Herzogin den Herzog von Mayenne.

Frau von Montpensier erhob sich und lief ihrem Bruder mit solcher Hast entgegen, daß sie auf der Spitze des rechten Fußes zu gehen vergaß, wie es ihre Gewohnheit war, wenn sie nicht hinken wollte.

»Allein, mein Bruder,« sagte sie, »seid Ihr allein?« – »Ja, meine Schwester,« antwortete der Herzog, der sich setzte, nachdem er der Herzogin die Hand geküßt hatte.

»Aber Heinrich ... wo ist denn Heinrich? Wißt Ihr, daß ihn alle hier erwarten?« – »Heinrich, meine Schwester, hat hier in Paris noch nichts zu tun, während er dort in Flandern und der Picardie viel zu tun hat. Unser Werk ist langsamer und unterirdischer Natur, doch wir haben dort Arbeit; warum sollten wir diese Arbeit verlassen, um nach Paris zu kommen, wo alles getan ist?«

»Ja, wo jedoch alles wieder rückgängig werden wird, wenn Ihr Euch nicht sputet. Ich sage Euch, daß sich die Bürger nicht mehr mit solchen Gründen begnügen, daß sie ihren Herzog Heinrich sehen wollen, daß dies ihr Hunger, ihre Heißgier ist.« – »Sie werden ihn im geeigneten Augenblicke sehen. Hat ihnen Mayneville nicht alles erklärt?«

»Ganz gewiß; doch Ihr wißt, seine Stimme hat nicht die Macht der Eurigen.« – »Das Dringendste, meine Schwester – und Salcède?«

»Tot!« – »Ohne zu sprechen?«

»Ohne eine Silbe von sich zu geben.« – »Gut. Und die Bewaffnung?« »Vollendet.« – »Und Paris?«

»In sechzehn Viertel abgeteilt. – »Und jedes Viertel hat den von uns bezeichneten Chef?«

»Ja.« – »Gottes Ostern! leben wir also in Ruhe, dies will ich unsern guten Bürgern sagen.«

»Sie werden Euch nicht hören. Ich sage Euch, daß sie vom Teufel besessen sind.« – »Meine Schwester, Ihr habt ein wenig die Gewohnheit, die Hast der andern nach Eurer eigenen Ungeduld zu beurteilen.«

»Werdet Ihr mir das zum Vorwurf machen?« – »Gott behüte mich; aber was mein Bruder Heinrich sagt, muß geschehen. Mein Bruder Heinrich will aber, daß man sich durchaus nicht beeile.«

»Was ist also zu tun?« fragte die Herzogin voll Ungeduld. – »Drängt irgend etwas, meine Schwester?« »Alles, wenn man will.« – »Womit soll man Eurer Ansicht nach anfangen?«

»Damit, daß man den König festnimmt.« – »Das ist Eure fixe Idee. Ich sage nicht, daß sie schlecht wäre, wenn man sie in Ausführung bringen könnte; aber entwerfen und tun ist zweierlei; erinnert Euch, wie oft wir schon gescheitert sind.«

»Die Zeiten haben sich geändert. Der König hat niemand mehr zu seiner Verteidigung.« – »Nein, außer den Schweizern, den Schotten und den französischen Leibwachen.«

»Mein Bruder, wollt Ihr, so zeige ich, die ich mit Euch spreche, Euch den König nur von zwei Lakaien begleitet auf der Landstraße.« – »Man hat mir dies hundertmal gesagt und ich habe ihn nicht ein einziges Mal gesehen.«

»Ihr werdet ihn sehen, wenn Ihr nur drei Tage in Paris bleibt.« – »Abermals ein Entwurf.«

In diesem Augenblick hob der Huissier den Türvorhang und fragte: »Gefällt es Euren Hoheiten, Herrn von Mayneville zu empfangen?«

»Mein Genosse,« erwiderte die Herzogin, »er trete ein.«

Herr von Mayneville trat ein und küßte dem Herzog von Mayenne die Hand.

»Ein einziges Wort, gnädigster Herr,« sagte er, »ich komme vom Louvre.«

»Nun!« riefen gleichzeitig Mayenne und die Herzogin. – »Man vermutet Eure Ankunft.«

»Wie dies?« – »Ich plauderte mit dem Führer des Postens von Saint-Germain-l'Auxerrois, zwei Gaskogner gingen vorüber.«

»Kennt Ihr sie?« – »Nein – sie funkelten ganz in ihren neuen Kleidern. ›Cap de Bious,‹ sagte der eine, ›wir haben da ein herrliches Wams, doch es würde Euch bei Gelegenheit nicht denselben Dienst leisten, wie Euer Panzer von gestern.‹

›Bah! bah!‹ erwiderte der andere, ›so solid auch das Schwert des Herrn Mayenne sein mag, so wetten wir doch, daß es ebensowenig diesen Atlas aufritzen wird, wie es meinen Panzer aufgeritzt hätte.‹

»Und hierauf verbreitete sich der Gaskogner in Prahlereien, die andeuteten, daß man Euch in der Nähe wußte.«

»Und wem gehören diese Gaskogner?« – »Ich weiß es nicht.«

»Und sie entfernten sich?« – »Nicht so rasch; sie schrien laut; der Name Eurer Hoheit wurde gehört, einige Vorübergehende blieben stehen und fragten, ob Ihr wirklich ankämet. Sie wollten eben diese Frage beantworten, als sich plötzlich Herr von Loignac dem Gaskogner näherte und ihm auf die Schulter klopfte. Auf ein paar Worte, die er leise sprach, antwortete der Gaskogner nur mit einer Gebärde der Unterwürfigkeit und folgte seinem Unterbrecher. Sie verschwanden dann in der Richtung des Louvre.

»Ich habe ein äußerst einfaches Gegenmittel,« sagte Mayenne. »Ich gehe diesen Abend zum König, um ihn zu begrüßen.«

»Den König begrüßen?« – »Ganz gewiß; ich komme nach Paris, ich gebe ihm Kunde von seinen guten Städten in der Picardie, dagegen kann er nichts sagen.«

»Das Mittel ist gut,« sagte Mayneville.

»Es ist unklug,« versetzte die Herzogin.

»Schwester, es ist unerläßlich, wenn man wirklich meine Ankunft in Paris vermutet. Es war übrigens die Ansicht meines Bruders, daß ich völlig gestiefelt vor dem Louvre absteige, um dem König die Huldigung der ganzen Familie darzubringen. Ist einmal diese Pflicht erfüllt, so bin ich frei und kann empfangen, wen ich will.«

»Die Mitglieder des Komitees, zum Beispiel, sie erwarten Euch.«

»Ich werde sie im Hotel Saint-Denis bei meiner Rückkehr aus dem Louvre empfangen,« sagte Mayenne. »Mayneville, man gebe mir wieder mein Pferd, so wie es ist, ohne es abzureiben. Ihr kommt mit mir in den Louvre. Ihr, meine Schwester, erwartet mich, wenn es Euch gefällig ist.«

»Hier, mein Bruder?«

»Nein, im Hotel Saint-Denis, wo ich meine Equipagen gelassen. Wir werden in zwei Stunden dort sein.«

Im Louvre. Die Enthüllung.

An demselben an Abenteuern reichen Tag trat der König etwa um Mittag aus seinem Kabinett und ließ Epernon rufen. – Der Herzog beeilte sich zu gehorchen und beim König zu erscheinen. Er fand Seine Majestät in einem ersten Zimmer, wo sie aufmerksam einen Jakobinermönch betrachtete, der errötete und die Augen unter dem durchdringenden Blick des Königs niederschlug.

Der König nahm Epernon beiseite und sagte zu ihm, auf den jungen Mann deutend: »Sieh doch dieses drollige Mönchsgesicht an.«

»Worüber erstaunt Euer Majestät?« versetzte Epernon; »ich finde das Gesicht sehr gewöhnlich.«

»Wirklich?« – Und der König versank wieder in Träume. Nach einer Pause sagte er: »Wie heißest du?« – »Bruder Jacques, Sire.«

»Du hast keinen andern Namen?« – »Mein Familienname? Clement.«

»Bruder Jacques Clement,« wiederholte der König. »Du hast deinen Auftrag gut besorgt,« sagte er zu dem Mönch, den er unablässig anschaute.

»Welchen Auftrag?« fragte der Herzog mit jener Keckheit, die man ihm zum Vorwurf machte, während sie ihn in der täglichen Vertraulichkeit erhielt.

»Nichts,« sagte der König, »ein kleines Geheimnis zwischen mir und einem, den du nicht kennst oder vielmehr nicht mehr kennst.«

»In der Tat, Sire,« sagte Epernon, »Ihr schaut das Kind sonderbar an und bringt es in Verlegenheit.«

»Ja, es ist wahr .... Ich weiß nicht, warum sich meine Blicke nicht von ihm trennen können, es kommt mir vor, als hätte ich diesen jungen Menschen schon einmal gesehen, oder ich würde ihn sehen. Er ist mir, glaube ich, im Traume erschienen. Oh! ich rede unvernünftiges Zeug ... Gehe, kleiner Mönch, deine Sendung ist beendigt. Man wird den verlangten Brief dem schicken, der ihn fordert. Höre, Epernon.«

»Sire.«

»Man gebe ihm zehn Taler.«

»Ich danke,« sagte der Mönch.

»Es ist, als müßtest du dich zwingen zu danken,« versetzte Epernon, der nicht begriff, daß ein Mönch zehn Taler verachten konnte.

»Ich sage gezwungen Dank,« erwiderte der kleine Jacques, »weil mir eines von den schönen spanischen Messern, die dort an der Wand hängen, viel lieber wäre.«

»Gib ihm doch eine von den spanischen Klingen und laß ihn gehen, Lavalette,« sagte der König.

Als sparsamer Mann wählte der Herzog unter den Messern dasjenige, das ihm am wenigsten reich vorkam, und gab es dem Mönch. Es war ein katalonisches Messer mit breiter, scharfer Klinge und einem soliden Hefte von schönem ziseliertem Horn.

Jacques nahm es, ganz freudig, eine so schöne Waffe zu besitzen, und entfernte sich.

»Herzog,« sagte der König, »hast du unter deinen Fünfundvierzig zwei oder drei Männer, die zu reiten verstehen?« – »Wenigstens zwölf, und in einem Monat werden alle Reiter sein.«

»Wähle zwei aus und schicke sie sogleich zu mir, ich will sie sprechen.«

Der Herzog verbeugte sich, ging hinaus und rief Loignac in das Vorzimmer, der seinerseits den Herrn von Carmainges und Herrn von Sainte-Maline auswählte.

Der Herzog führte in ein Paar Minuten die jungen Leute zum König. Auf eine Gebärde Seiner Majestät entfernte sich der Herzog und die zwei jungen Leute blieben. Es war das erste Mal, daß sie sich vor dem König befanden, der ein sehr imposantes Aussehen hatte.

Die Aufregung der Gaskogner prägte sich auf verschiedene Weise aus. Sainte-Maline stand mit glänzendem Auge, gespannter Kniebeuge und emporstehendem Schnurrbart da.

Bleich, doch ebenfalls entschlossen, obgleich minder stolz, wagte es Carmainges nicht, seinen Blick auf dem König ruhen zu lassen.

»Ihr gehört zu meinen Fünfundvierzig?« fragte der König. – »Ich habe diese Ehre, Sire,« erwiderte Sainte-Maline.

»Und Ihr, mein Herr?« – »Ich glaubte, dieser Herr antworte für uns beide, Sire; deshalb hat meine Antwort auf sich warten lassen; doch, wenn es sich darum handelt, im Dienste Eurer Majestät zu sein, so bin ich es so sehr, wie irgend jemand auf der Welt.«

»Gut, ihr werdet zu Pferde steigen uns den Weg nach Tours einschlagen. Kennt ihr ihn?« – »Ich werde danach fragen,« erwiderte Sainte-Maline. – »Ich werde mich orientieren,« antwortete Carmainges.

»Zu größerer Sicherheit reitet ihr zuerst durch Charenton.« – »Sehr wohl, Sire.«

»Ihr reitet fort, bis ihr einen allein reisenden Mann trefft.« – »Will Eure Majestät die Gnade haben, uns sein Signalement zu geben?« fragte Sainte-Maline.

»Ein großes Schwert an der Seite oder auf dem Rücken, lange Arme, lange Beine.«

»Dürfen wir seinen Namen wissen?« fragte Ernauton von Carmainges, den das Beispiel seines Gefährten verlockte, den König, trotz der Etikette, zu befragen.

»Er heißt der Schatten,« sagte Heinrich.

»Wir werden alle Reisende, die wir treffen, nach ihrem Namen fragen, Sire.«

»Und wir durchsuchen alle Gasthöfe.«

»Sobald ihr den Mann getroffen und erkannt habt, übergebt ihr ihm diesen Brief.«

Die jungen Leute streckten zugleich die Hand darnach aus. – Der König blieb einen Augenblick verlegen.

»Wie heißt Ihr?« fragte er den einen. – »Ernauton von Carmainges« – »Und Ihr?« – »René von Sainte-Maline.«

»Herr von Carmainges, Ihr werdet den Brief tragen, und Herr von Sainte-Maline wird ihn übergeben.«

Ernauton nahm das kostbare anvertraute Gut und schickte sich an, es in sein Wams zu schließen.

Sainte-Maline hielt seinen Arm im Augenblick zurück, als der Brief verschwinden sollte, und küßte ehrfurchtsvoll das Siegel. Dann gab er den Brief Ernauton zurück. Der König lächelte üb« diese Schmeichelei.

»Ah! ich sehe, daß ich gut bedient sein werde,« sagte er.

»Ist das alles, Sire?« fragte Ernauton.

»Ja, meine Herren... nur noch eine letzte Ermahnung.«

Die jungen Leute verbeugten sich und warteten.

»Dieser Brief,« sagte Heinrich, »ist kostbarer als das Leben eines Menschen. Bei eurem Kopfe, verliert ihn nicht, übergebt ihn insgeheim dem Schatten, der euch einen Empfangsschein dafür ausstellen wird, den ihr mir einhändigt... und reist als Leute, die ihre eigenen Angelegenheiten besorgen. Geht.«

Die jungen Leute verließen das Kabinett des Königs, Ernauton von Freude erfüllt, Sainte-Maline von Eifersucht geschwollen, der eine die Flamme im Auge, der andere mit einem gierigen Blick, der das Wams seines Gefährten versengte.

Herr von Epernon wartete auf sie. Er wollte sie befragen.

»Herr Herzog,« antwortete Ernauton, »der König hat uns nicht zum Sprechen bevollmächtigt.«

Sie gingen sogleich in die Ställe, wo ihnen der Piqueur des Königs zwei kräftige und gut ausgestattete Reisepferde übergab.

Herr von Epernon wäre ihnen sicher gefolgt, um mehr zu erfahren, hätte man ihm nicht in dem Augenblick, als ihn Carmainges und Sainte-Maline verließen, gemeldet, es wolle ihn ein Mann auf der Stelle und unter jeder Bedingung sprechen.

»Wer ist der Mann?« fragte der Herzog ungeduldig.

»Der Leutnant der Prevoté.«

»Ei! Parfandious!« rief er, »bin ich Schöppe, Prevot oder Hauptmann von der Scharwache?«

»Nein, gnädigster Herr, aber Ihr seid der Freund des Königs,« antwortete demütig eine Stimme zu seiner Linken. »Unter diesem Titel flehe ich Euch an, hört mich.«

Der Herzog wandte sich um.

In seiner Nähe stand, den Hut in der Hand und die Ohren gesenkt, ein armer Bittsteller, der in jeder Sekunde von einer Färbung des Regenbogens zur andern überging.

»Wer seid Ihr?« fragte der Herzog mit barschem Tone. – »Nicolas Poulain, Euch zu dienen, gnädigster Herr.«

»Und Ihr wollt mich sprechen?« – »Ich bitte um diese Gunst.«

»Ich habe keine Zeit.« – »Selbst nicht einmal, um ein Geheimnis zu hören, gnädigster Herr?«

»Ich höre hundert jeden Tag, das Eurige würde hundertundeines machen, das wäre um eins zu viel.« – »Selbst wenn dabei das Leben Seiner Majestät beteiligt wäre?« sagte Nicolas Poulain, sich an Epernons Ohr neigend.

»Oh! oh! ich will Euch anhören. Kommt in mein Zimmer.«

Nicolas Poulain wischte seine von Schweiß triefende Stirn ab und folgte dem Herzog.

Durch sein Vorzimmer schreitend, wandte sich Herr von Epernon an einen von den Edelleuten, die beständig hier verweilten.

»Wie heißt Ihr,« fragte er das ihm unbekannte Gesicht.

»Pertinax von Monterabeau, Monseigneur,« antwortete der Edelmann.

»Wohl! Herr von Monterabeau, stellt Euch an meine Tür und laßt niemand herein.«

Herr Pertinax, der kostbar gekleidet war und in orangefarbigen Strümpfen, mit einem Wams von blauem Atlas, den Schönen spielte, gehorchte dem Befehl Epernons, Er lehnte sich an die Wand und faßte mit gekreuzten Armen am Türvorhang Posto.

Nicolaus Poulain folgte dem Herzog, der in sein Kabinett ging, und fing ernstlich an zu zittern.

»Laßt Eure Verschwörung hören,« sagte der Herzog, »aber wenn ich meine Zeit damit verliere, nehmt Euch in acht.« – »Herr Herzog, es handelt sich ganz einfach um das schrecklichste der Verbrechen, man will den König entführen, Herr Herzog.«

»Oh! abermals diese alte Entführungsgeschichte!« versetzte E-pernon verächtlich. – »Diesmal ist die Sache ziemlich ernst, Herr Herzog, wenn ich dem Anschein glauben darf.«

»An welchem Tage will man Seine Majestät entführen?« – »Gnädigster Herr, das erste Mal, wo sich Seine Majestät in der Sänfte nach Vincennes begeben wird.«

»Wie wird man sie entführen?« – »Indem man ihre beiden Piqueurs tötet.«

»Wer wird den Schlag tun?« – »Frau von Montpensier.«

»Die arme Herzogin,« versetzte Epernon lachend, »wie viele Dinge schreibt man ihr zu.« – »Weniger, als sie ihren Plänen nach zu tun beabsichtigt, gnädigster Herr.«

»Und damit beschäftigt sie sich in Soissons?« – »Die Frau Herzogin ist in Paris.«

»In Paris?« – »Dafür stehe ich.«

»Ihr habt sie gesehen?« – »Ja.«

»Das heißt, Ihr habt sie zu sehen geglaubt?« – »Ich habe die Ehre gehabt, mit ihr zu sprechen.«

»Und wo wird sie sich aufstellen, um diese Entführung zu befehligen?« – »An einem Fenster der Priorei der Jakobiner, die, wie Ihr wißt, an der Straße nach Vincennes liegt.«

»Was zum Teufel erzählt Ihr mir da?« – »Die Wahrheit, Herr Herzog. Es sind alle Maßregeln getroffen, daß die Sänfte in dem Augenblick anhält, wo sie die Fassade des Klosters erreicht.«

»Und wer hat diese Maßregel getroffen?« – »Ach!« »Alle Teufel! vollendet.« – »Ich gnädigster Herr.«

Herr von Epernon machte einen Sprung rückwärts. »Ihr?« sagte er. – Poulain seufzte.

»Ihr, der Ihr die Anzeige macht?« – »Gnädigster Herr, ein guter Diener des Königs muß alles für seinen Dienst wagen.«

»Gottes Tod! Ihr lauft in der Tat Gefahr, gehängt zu werden.« – »Ich ziehe meinen Tod der Erniedrigung oder dem Tod des Königs vor; deshalb bin ich gekommen.«

»Das sind schöne Gefühle, mein Herr, und Ihr müßt gute Ursache haben, sie zu hegen.« – »Gnädigster Herr, ich dachte, Ihr wäret der Freund des Königs, Ihr würdet mich nicht verraten und zum Nutzen aller von meiner Offenbarung Gebrauch machen.«

Der Herzog schaute lange Poulain an und forschte tief in den Linien dieses bleichen Gesichtes.

»Es muß hier noch etwas anderes im Spiele sein,« sagte er; »so entschlossen auch die Herzogin ist, würde sie es doch nicht wagen, ein solches Unternehmen zu versuchen.« – »Sie erwartet als Helfer ihren Bruder, den Herzog von Mayenne.«

»Man muß auf diese schönen Pläne Bedacht haben.« – »Ganz gewiß, gnädigster Herr, und deshalb habe ich mich beeilt.«

»Habt Ihr die Wahrheit gesprochen, Herr Leutnant, so sollt Ihr belohnt werden.« – »Warum sollte ich lügen, gnädigster Herr? Ich sage Euch, ich werde bis zum König gehen, wenn Ihr mir nicht glaubt, und ich will sterben, um zu beweisen, was ich behaupte.«

»Parfandious! nein, Ihr werdet nicht zum König gehen, hört Ihr, Meister Nicolas; mit mir allein habt Ihr zu tun.« – »Wohl, gnädigster Herr; ich sage dies nur, weil Ihr zu zögern scheint.«

»Nein, ich zögere nicht, und ich bin Euch vor allem tausend Taler schuldig.« – »Der gnädigste Herr wünscht also, daß ich ihm allein...?«

»Ja, ich habe Feuereifer und behalte das Geheimnis für mich. Ihr tretet es mir ab, nicht wahr?« – »Ja, gnädigster Herr.«

»Mit der Gewährschaft, daß es ein wirkliches Geheimnis ist?« – »Oh! mit jeder Gewährschaft.«

»Tausend Taler gehören also Euch, ohne die Zukunft zu rechnen.« – »Ich habe eine Familie, gnädigster Herr.«

»Nun wohl! aber tausend Taler! Parfandious!« – »Und wenn man in Lothringen erführe, daß ich eine solche Offenbarung gemacht habe, würde mich jedes Wort, das ich gesprochen, eine Pinte Blut kosten. Deshalb nehme ich die tausend Taler an.«

»Zum Teufel mit dieser Erklärung! Was kümmere ich mich darum, aus welchem Grunde Ihr sie annehmt, sobald Ihr sie nicht ausschlagt. Die tausend Taler gehören also Euch.« – »Ich danke, Herr Herzog.«

Und als er sah, daß sich der Herzog einer Kiste näherte und in diese seine Hand tauchte, ging er ihm nach.

Doch der Herzog begnügte sich, aus der Kiste ein kleines Buch zu ziehen, in das er mit einer riesigen und furchtbaren Handschrift schrieb: »Dreitausend Livres an Herrn Nicolas Poulain,« so daß man nicht wissen konnte, ob er diese dreitausend Livres gegeben hatte, oder ob er sie schuldig war. »Es ist, als ob Ihr sie hättet,« sagte er.

Nicolas Poulain, der die Hand und das Bein vorgestreckt hatte, zog seine Hand und sein Bein zurück, wodurch er eine Verbeugung machte.

»Wir sind also übereingekommen?« sagte der Herzog. – »Worüber?«

»Daß Ihr mich noch fortwährend unterrichtet.« – Nicolas Poulain zögerte; es war das Handwerk eines Spions, was man ihm auferlegte.

»Nun!« fragte der Herzog, »ist die so unendliche Ergebenheit schon verschwunden?« – »Nein, gnädigster Herr.«

»Ich kann also auf Euch zählen?« – »Ihr könnt auf mich zählen,« erwiderte Poulain mit einer gewissen Anstrengung.

»Und ich allein weiß dies alles?« – »Ihr allein, ja, gnädigster Herr.«

»Geht, mein Freund, geht; Parfandious! Herr von Mayenne sehe sich vor!«

Sofort kehrte nun der Herzog zum König zurück, den er beim Bilboquetspiel fand, und fing bei der ersten Gelegenheit an, von den Gefahren, die den König umlauerten, zu sprechen.

»Abermals Gefahren!« rief Heinrich. »Der schwarze Teufel hole dich, Herzog!«

»Ihr wißt also nicht, Sire, was vorgeht?« – »Nein.«

»Eure grausamsten Feinde umgeben Euch in diesem Augenblick.« – »Bah! wer denn?«

»Einmal die Herzogin von Montpensier.« – »Ah! ja, es ist wahr, sie hat gestern Salcède rädern sehen.«

»Ihr wußtet das also?« – »Du siehst wohl, daß ich es wußte, da ich es dir sage.«

»Und daß Herr von Mayenne kommt, wußtet Ihr auch?« – »Seit gestern abend.«

»Wie, dieses Geheimnis! ...« rief der Herzog, in ein unangenehmes Erstaunen versetzt. – »Gibt es Geheimnisse für den König, mein Teurer?«

»Aber wer konnte es Euch mitteilen?« – »Weißt du nicht, daß wir Fürsten Offenbarungen haben?«

»Oder eine Polizei.« – »Wenn du eifrig bist, Lavalette, was eine große Tugend ist, so bist du langsam, was man einen großen Fehler nennen muß. Deine Nachricht wäre gestern um vier Uhr sehr gut gewesen, aber heute ...«

»Nun wohl, Sire, heute?« – »Kommt sie zu spät, das mußt du gestehen.«

»Es ist noch zu früh, Sire, da ich Euch nicht geneigt finde, mich anzuhören.« – »Ich höre dich schon seit einer Stunde.«

»Wie, Ihr werdet bedroht, angegriffen, man legt Euch Hinterhalte und Ihr rührt Euch nicht!« – »Warum dies, da du mir eine Wache gegeben und gestern behauptet hast, meine Unsterblichkeit wäre gesichert? Du runzelst die Stirn. Sprich, sind deine Fünfundvierzig nach Gaskogne zurückgekehrt, oder sind sie etwa nichts wert? Ist es mit diesen Herren wie mit den Maultieren? Am Tage, wo man sie probiert, ist alles Feuer, hat man sie gekauft, so weichen sie zurück.«

»Es ist gut, Eure Majestät wird sehen, was sie sind.« – »Das soll mir nicht unangenehm sein; werde ich es bald sehen, Herzog?«

»Eher, als Ihr denkt, Sire.« – »Du machst mir bange.«

»Ihr werdet sehen, Ihr werdet sehen, Sire. Doch sagt, wann geht Ihr auf das Land, nach Vincennes?« – »Am Sonnabend.«

»In drei Tagen also?« – »In drei Tagen.«

»Das genügt, Sire.«

Epernon verbeugte sich vor dem König und ging hinaus.

Im Vorzimmer bemerkte er, daß er Herrn Pertinax von seiner Wache abzulösen vergessen, doch Herr Pertinax hatte sich selbst abgelöst.

Zwei Freunde.

Wenn es dem Leser gefällt, wollen wir nun den beiden jungen Leuten folgen, die der König, entzückt, seine eigenen kleinen Geheimnisse zu haben, seinem Boten Chicot zusandte.

Kaum zu Pferde, hätten sich Ernauton und Sainte-Maline, als sie durch die Pforte ritten, beinahe erdrückt, damit nicht einer dem andern zuvorkomme. Die beiden Pferde, die nebeneinander gingen, preßten in der Tat die Knie ihrer Reiter zusammen. Das Gesicht Sainte-Malines wurde purpurrot, Ernautons wurde blaß.

»Ihr tut mir wehe, mein Herr,« rief der erstere, als sie außerhalb des Tores waren, »wollt Ihr mich denn zermalmen?« – »Ihr tut mir auch wehe, nur beklage ich mich nicht.«

»Ihr wollt mir, glaube ich, eine Lektion geben.« – »Ich will Euch gar nichts geben.«

»Ho! ho!« versetzte Sainte-Maline, der sein Pferd antrieb, um mehr in der Nähe mit seinem Gefährten sprechen zu können, »wiederholt mir noch einmal dieses Wort!« – »Ihr sucht Streit mit mir, nicht wahr?« sagte Ernauton phlegmatisch. »Schlimm für Euch!«

»Aus welchem Grunde sollte ich Streit mit Euch suchen? Kenne ich Euch?« entgegnete Sainte-Maline verächtlich. – »Ihr kennt mich ganz gut. Einmal, weil dort, woher wir kommen, mein Haus zwei Meilen von dem Eurigen liegt, und ich im Land als Edelmann bekannt bin; sodann, weil Ihr wütend seid, daß Ihr mich in Paris seht, während Ihr allein berufen zu sein glaubtet; und endlich, weil mir der König seinen Brief zu tragen gegeben hat.«

»Wohl! es mag sein,« rief Sainte-Maline, bleich vor Wut, »ich nehme dies alles für wahr an. Doch es geht eines daraus hervor ...« – »Was?«

»Daß ich bei Euch schlimm daran bin.« – »Geht, wenn Ihr wollt, ich halte Euch, bei Gott! nicht zurück.«

»Ihr stellt Euch, als verstündet Ihr nicht.« – »Im Gegenteil, ich verstehe Euch vortrefflich. Es wäre Euch lieb, wenn Ihr mir den Brief nehmen könntet, um ihn selbst zu tragen? Leider müßtet Ihr mich zu diesem Behufe töten.«

»Wer sagt Euch, daß ich nicht Lust dazu habe?« – »Wünschen und tun ist zweierlei.« »Steigt mit mir nur bis zum Rande des Wassers hinab, und Ihr werdet sehen, ob für mich wünschen und tun nicht eines ist.« – »Mein lieber Herr, wenn mir der König einen Brief zu tragen gibt ... so trage ich ihn.«

»Ich werde ihn Euch mit Gewalt entreißen, Ihr Geck.« – »Ihr wollt mich hoffentlich nicht in die Notwendigkeit versetzen, Euch wie einem tollen Hund den Schädel zu zerschmettern?«

»Ihr?« – »Allerdings; ich habe eine große Pistole, und Ihr habt keine.«

»Ah! das wirst du mir bezahlen,« rief Sainte-Maline, der sein Pferd einen Seitensprung machen ließ. – »Ich hoffe es wohl, nachdem ich meinen Auftrag besorgt habe.«

»Schelm.« – »Für den Augenblick nehmt Euch in acht, ich bitte Euch, Herr von Sainte-Maline, denn wir haben die Ehre, dem König zu gehören. Bedenkt, welch ein Triumph für die Feinde Seiner Majestät, wenn sie Uneinigkeit zwischen den Verteidigern des Thrones wahrnähmen.«

Sainte-Maline biß in seine Handschuhe, daß das Blut unter seinem wütenden Zahn hinablief.

»Oh! oh! mein Herr,« sagte Ernauton, »bewahrt Eure Hände, um den Degen zu halten, wenn wir so weit sind.«

»Oh! ich zerberste!« rief Sainte-Maline. – »Dann besorgt Ihr mein Geschäft.«

Man kann nicht wissen, wie weit die wachsende Wut Sainte-Malines gegangen wäre, als plötzlich Ernauton eine Sänfte erblickte, einen Schrei des Erstaunens ausstieß und anhielt, um eine halb verschleierte Dame zu betrachten.

»Mein Page von gestern!« murmelte er.

Die Dame sah nicht aus, als erkennte sie ihn; sie fuhr vorüber, ohne eine Miene zu verziehen, warf sich jedoch in den Hintergrund der Sänfte.

»Cordieu! ich glaube, Ihr laßt mich warten,« sagte Sainte-Maline, »und zwar, um Frauen anzuschauen.« – »Ich bitte Euch um Verzeihung, mein Herr,« versetzte Ernauton und ritt weiter.

Von diesem Augenblick an ritten die jungen Leute in starkem Trab und sprachen nicht einmal mehr, um zu streiten. Sainte-Maline schien äußerlich ziemlich ruhig; in Wirklichkeit bebten aber noch alle Muskeln seines Körpers vor Zorn. Überdies hatte er erkannt, daß er, obgleich ein guter Reiter, im gegebenen Fall Ernauton nicht zu folgen vermöchte, indem sein Pferd weit geringer war, als das seines Gefährten, und schwitzte, ohne nur gelaufen zu sein.

Dies beunruhigte ihn ungemein; um sich zu versichern, was sein Roß zu tun imstande wäre, plagte er es mit der Gerte und mit dem Sporn; das Tier nahm, anders wie Ernauton, den Streit auf, machte einen Seitensprung, bäumte sich sodann, bockte und entledigte sich seines Reiters, nachdem es in das Flüßchen Bièvre gesprungen war.

Man hätte auf eine Stunde die Verwünschungen Sainte-Malines hören können, obgleich sie halb durch das Wasser erstickt wurden. Als es ihm gelungen war, sich wieder auf seine Beine zu stellen, traten ihm die Augen aus den Höhlen, und einige Blutstropfen, die aus seiner geschundenen Stirne flossen, durchfurchten sein Gesicht.

Sainte-Maline schaute umher; sein Pferd war schon wieder die Böschung hinaufgestiegen, und man erblickte nur noch sein Kreuz, woraus hervorging, daß der Kopf dem Louvre zugewendet sein mußte.

Gerädert, mit Kot bedeckt, bis auf die Knochen naß, blutend und gequetscht, begriff Sainte-Maline die Unmöglichkeit, sein Roß wieder einzufangen; nur einen Versuch in dieser Hinsicht zu machen, wäre lächerlich gewesen.

Da erinnerte er sich der Worte, die er zu Ernauton gesagt hatte; als er in der Rue Saint-Antoine nicht eine Minute auf seinen Gefährten warten wollte, warum sollte sein Gefährte die Gefälligkeit haben, ein paar Stunden auf der Straße auf ihn zu warten? Jetzt noch mehr von Verzweiflung, als vorher von Zorn zermartert, zog Sainte-Maline seinen Dolch; einen Augenblick hatte er den Gedanken, sich ihn bis an das Heft in die Brust zu bohren. Was er in diesem Augenblick litt, vermöchte niemand zu sagen, nicht einmal er selbst...

Man stirbt an einer solchen Krise, oder wenn man sie aushält, wird man darüber um zehn Jahre älter.

Während Sainte-Maline, die Böschung hinaufsteigend, in seinem trostlosen Geiste tausend finstere Gedanken gegen die anderen und gegen sich selbst hin und her wälzte, erscholl der Galopp eines Pferdes an sein Ohr, und er sah auf der Straße rechts ein Pferd und einen Reiter herbeikommen. Es war von Carmainges mit dem entlaufenen Renner.

Bei diesem Anblick strömte das Herz Sainte-Malines vor Freude über; er fühlte eine Bewegung der Dankbarkeit, die seinem Blick einen milden Ausdruck verlieh. Doch plötzlich verdüsterte sich sein Gesicht; er begriff, in welchem Grade Ernauton über ihm erhaben war, denn er gestand sich, daß er an der Stelle seines Gefährten nicht einmal den Gedanken gehabt hätte, so zu handeln.

Er stammelte einen Dank, ohne daß Ernauton darauf achtete, ergriff wütend den Zaum seines Pferdes und schwang sich, trotz des Schmerzes, in den Sattel.

»Ich danke,« sagte Sainte-Maline zum zweiten Male zu Ernauton, nachdem er sich hundertmal mit seinem Stolz und dem Wohlanstand beraten hatte. Ernauton verbeugte sich nur und berührte seinen Hut mit der Hand. Der Weg kam Sainte-Maline jetzt sehr lang vor.

Ungefähr gegen halb drei Uhr erblickten sie einen Mann, der mit einem Hunde dahinging; er war groß und hatte einen Degen an seiner Seite, doch war es nicht Chicot, obgleich er dieselben würdigen Arme und Beine hatte.

Noch ganz kotig, konnte Sainte-Maline nicht an sich halten; er sah, daß Ernauton weiter ritt und gar nicht auf diesen Mann achtgab. Der Gedanke, seinen Gefährten auf einem Fehler zu ertappen, durchzuckte wie ein boshafter Blitz den Geist des Gaskogners; er ritt auf den Unbekannten zu und redete ihn an.

»Reisender,« fragte er, »erwartet Ihr etwas?« –

Der Reisende schaute Sainte-Maline an, dessen Aussehen, es ist nicht zu leugnen, in diesem Augenblick nicht sehr lieblich war. Das zornverstörte Gesicht, die kotbedeckten Kleider, die blutigen Wangen, seine dicken zusammengezogenen Augenbrauen, eine fieberhafte, mehr drohend als fragend gegen ihn ausgestreckte Hand, dies alles kam dem Fußgänger Unheil weissagend vor.

»Erwarte ich etwas, so erwarte ich keinen Menschen,« antwortete er, »und erwarte ich einen Menschen, so seid Ihr dieser Mensch sicher nicht.«

»Ihr seid sehr unhöflich,« sagte Sainte-Maline, entzückt, endlich eine Gelegenheit zu finden, seinem Zorn die Zügel schießen lassen zu können, und zugleich wütend, daß er durch seinen Irrtum seinem Gegner einen neuen Triumph verschaffte. Und während er sprach, hob er seine mit einer Gerte bewaffnete Hand auf, um den Reisenden zu schlagen; dieser aber schwang seinen Stock, versetzte Sainte-Maline einen Schlag auf die Schulter und pfiff sodann seinem Hund, der dem Pferde an die Beine und dem Reiter an die Schenkel sprang und hier einen Fetzen Fleisch und da ein Stück Stoff abriß.

Durch den Schmerz gestachelt, lief das Pferd abermals davon, ohne daß es Sainte-Maline, der im Sattel blieb, anhalten konnte. So schoß er an Ernauton vorüber, der ihn vorbeireiten sah, ohne nur über sein Mißgeschick zu lächeln.

Als es ihm gelungen war, sein Pferd wieder zu beruhigen, und als ihn Ernauton wieder eingeholt hatte, fing sein Stolz an, nicht abzunehmen, sondern ganz zu schwinden.

»Nun, nun!« sagte er, indem er zu lächeln suchte, »ich habe heute meinen unglücklichen Tag, wie es scheint. Dieser Mensch glich doch sehr dem Porträt, das uns Seine Majestät von dem entworfen hat, den wir aufsuchen sollen.«

»Der, den uns Seine Majestät bezeichnete, hatte keinen Stock und keinen Hund.«

»Es ist wahr, wenn ich es überlegt hätte, so hätte ich eine Quetschung weniger an den Schultern und einen Biß weniger am Schenkel. Wie ich sehe, ist es besser, weise und ruhig zu sein.«

Ernauton antwortete nicht; doch er erhob sich auf den Steigbügeln, hielt die Hand über die Augen und rief: »Dort ist der, den wir suchen; er wartet auf uns.«

»Pest! mein Herr, Ihr habt ein gutes Gesicht,« sagte mit dumpfem Tone Sainte-Maline, eifersüchtig auf diesen neuen Vorzug seines Gefährten. »Ich unterscheide nur einen Punkt und dies mit Mühe.«

Ernauton ritt, ohne etwas zu erwidern, weiter; bald konnte Sainte-Maline ebenfalls den vom König bezeichneten Mann sehen und erkennen. Es ergriff ihn eine schlimme Bewegung. Er trieb sein Pferd vorwärts, um zuerst anzukommen.

Ernauton war darauf gefaßt; er schaute ihn ohne eine Drohung und ohne eine scheinbare Absicht an. Dieser Blick machte, daß Sainte-Maline in sich ging und sein Pferd wieder in Schritt setzte.

Sainte-Maline.

Ernauton hatte sich nicht getäuscht, der bezeichnete Mann war wirklich Chicot. Chicot besaß seinerseits ein gutes Gesicht und ein gutes Gehör; er hatte die Reiter von fern gesehen und gehört. Er vermutete, sie wollten etwas von ihm, und erwartete sie deshalb.

Als ihm in dieser Hinsicht kein Zweifel mehr blieb und er gesehen hatte, daß die Reiter ihre Richtung gegen ihn nahmen, legte er seine Hand an den Griff seines Degens, um eine edle Haltung anzunehmen. Ernauton und Sainte-Maline schauten sich eine Minute lang, beide stumm, an.

»An Euch ist es,« sagte Ernauton, sich vor seinem Gegner verbeugend.

Sainte-Maline erstickte beinahe; die Überraschung durch diese Höflichkeit schnürte ihm die Gurgel zusammen; er antwortete nur, indem er den Kopf neigte.

Als Ernauton sah, daß er schwieg, nahm er das Wort und sagte zu Chicot: »Mein Herr, wir, dieser Herr und ich, sind Eure Diener.«

Chicot verbeugte sich mit seinem anmutigsten Lächeln.

»Wäre es unbescheiden, Euch um Euren Namen zu fragen?« fuhr der junge Mann fort. – »Ich heiße der Schatten, mein Herr.« »Ihr erwartet etwas?« – »Ja.«

»Nicht wahr, Ihr werdet so gut sein, uns zu sagen, was Ihr erwartet?« – »Ich erwarte einen Brief.«

»Ihr begreift unsere Neugierde, mein Herr, sie hat nichts Beleidigendes für Euch.«

Chicot verbeugte sich beständig und zwar mit einem immer freundlicheren Lächeln.

»Woher erwartet Ihr diesen Brief?« – »Vom Louvre.«

»Mit welchem Siegel?« – »Mit dem königlichen Siegel.«

Ernauton legte die Hand an die Brust und fragte: »Ihr würdet diesen Brief erkennen?« – »Ja, wenn ich ihn sehen würde.«

Ernauton zog den Brief aus der Brust.

»Das ist er,« sagte Chicot, »und nicht wahr, Ihr wißt, daß ich Euch etwas dafür geben muß?« – »Einen Empfangschein.«

»Mein Herr,« sagte Ernauton, »ich war vom König bestellt, Euch diesen Brief zu tragen, doch dieser Herr ist beauftragt, ihn Euch zu übergeben.« Und er reichte den Brief Sainte-Maline, der ihn nahm und Chicot in die Hände legte.

Um jede Eifersucht zu ersticken, schrieb Chicot auf Ernautons Rat für jeden der beiden Boten folgenden Empfangschein:

»Aus den Händen des Herrn René von Sainte-Maline den von Herrn Ernauton von Carmainges getragenen Brief empfangen zu haben, bescheinigt

»Der Schatten.«

»Gott befohlen, mein Herr,« sagte Sainte-Maline, der sich seines Scheins bemächtigte.

»Gott befohlen und glückliche Reise,« fügte Ernauton hinzu; »habt Ihr noch etwas anderes im Louvre zu bestellen?« – »Durchaus nichts, meine Herren, großen Dank.«

Ernauton und Sainte-Maline wandten ihre Pferde Paris zu, und Chicot entfernte sich mit einem Schritt, um den ihn das beste Maultier beneidet hätte.

Als Chicot verschwunden war, hielt Ernauton, der kaum hundert Schritte zurückgelegt hatte, sein Pferd kurz an und sagte zu Sainte-Maline: »Nun, mein Herr, steigt ab, wenn Ihr wollt!«

»Und warum?« fragte Sainte-Maline erstaunt.

»Unsere Aufgabe ist vollbracht, und wir können nun ein Wort miteinander reden. Der Ort scheint mir vortrefflich dafür geeignet.«

»Nach Eurem Belieben,« erwiderte Sainte-Maline, indem er vom Pferde stieg, wie es sein Gefährte schon getan hatte.

Als er auf der Erde war, näherte sich ihm Ernauton und sagte: »Ihr wißt, mein Herr, daß Ihr mich ohne Veranlassung und ohne allen Grund auf dem ganzen Wege schwer beleidigt habt. Mehr noch: Ihr wolltet mich bewegen, in einem ungeeigneten Augenblick den Degen in die Hand zu nehmen, und ich weigerte mich. Doch jetzt ist der Augenblick da, und ich bin Euer Mann.«

Sainte-Maline hörte diese Worte mit düsterer Miene und gefalteter Stirn; aber da er nicht mehr in dem Strome des Zornes war, der ihn über alle Grenzen fortgerissen hatte, wollte er sich seltsamerweise nicht mehr schlagen. Die Überlegung hatte ihm seinen gesunden Verstand wiedergegeben.

»Mein Herr,« antwortete er, nachdem er einen Augenblick geschwiegen hatte, »Ihr habt mir meine Beleidigungen durch Dienste erwidert; ich vermöchte daher nicht mehr die Sprache gegen Euch zu führen, die ich vorhin führte.«

Ernauton faltete die Stirn und entgegnete: »Nein, doch Ihr denkt noch, was Ihr vorhin aussprach.«

»Wer sagt Euch das? Warum?«

»Weil alle Eure Worte vom Haß und Neid diktiert waren, und weil dieser Haß und dieser Neid in den zwei Stunden nicht in Eurem Herzen erloschen sein können.«

Sainte-Maline errötete, antwortete aber nicht.

Ernauton wartete einen Augenblick und fuhr dann fort: »Hat mich der König Euch vorgezogen, so geschah dies, weil ihm mein Gesicht besser gefällt, als das Eurige; bin ich nicht in die Bièvre geraten, so geschah dies, weil ich besser reite, als Ihr; habe ich Eure Herausforderung damals nicht angenommen, so war dies der Fall, weil ich mehr Weisheit besitze, als Ihr; ließ ich mich nicht von dem Hund des Mannes beißen, so war dies die Folge davon, daß ich vorsichtiger bin, als Ihr; fordere ich Euch endlich zu dieser Stunde auf, mir Genugtuung zu geben und den Degen zu ziehen, so ist dies der Fall, weil ich mehr wahre Ehre und, nehmt Euch in acht... wenn Ihr zögert, sage ich, mehr Mut besitze.«

Sainte-Maline bebte, und seine Augen schleuderten Blitze; alle schlimme Leidenschaften hatten nach und nach ihre Brandmale auf sein bleiches Gesicht gedrückt. Bei dem letzten Worte des jungen Mannes zog er seinen Degen wie ein Wütender. Ernauton hatte den seinigen schon in der Hand.

»Hört,« rief Sainte-Maline, »nehmt das letzte Wort, das Ihr gesprochen, zurück, es ist zu viel, Ihr müßt es gestehen, Ihr, der Ihr mich genau kennt, da wir, wie Ihr gesagt, nur zwei Meilen voneinander wohnen; nehmt es zurück, Ihr müßt Euch mit meiner Demütigung begnügen; entehrt mich nicht.«

»Mein Herr, da ich nie in Zorn gerate, so sage ich immer nur, was ich sagen will, folglich werde ich gar nichts zurücknehmen. Ich bin auch empfindlich und neu bei Hofe und will nicht zu erröten haben, sooft ich Euch begegne. Einen Degenstich, wenn's beliebt, das ist ebensowohl zur Genugtuung für mich als für Euch.«

»Oh! mein Herr,« sagte Sainte-Maline, mit düsterm Lächeln, »ich habe mich elfmal geschlagen, und von meinen elf Gegnern sind zwei gestorben. Ich denke. Ihr wißt das noch?«

»Und ich habe mich nie geschlagen, weil sich mir nie eine Gelegenheit geboten hat; ich finde sie nach meinem Wohlgefallen, sie kommt auf mich zu, da ich sie nicht suchte, und ich ergreife sie bei den Haaren. Ich erwarte Euch.«

»Hört,« sagte Sainte-Maline, den Kopf schüttelnd, »wir sind Landsleute, wir sind im Dienste des Königs, zanken wir uns nicht mehr, ich halte Euch für einen wackern Mann; ich würde Euch sogar die Hand bieten, wenn dies nicht beinahe unmöglich wäre. Was wollt Ihr? Ich zeige mich Euch, wie ich bin. Ich bin neidisch, was soll ich machen? Die Natur hat mich an einem schlimmen Tag geschaffen. Herr von Chalabre oder Herr von Montcrabeau oder Herr von Pincorney hätten mich nicht in Zorn gebracht; Euer Verdienst ist es, was meinen Ärger verursacht; tröstet Euch also, da mein Neid nichts gegen Euch vermag und Euch Euer Verdienst zu meinem großen Bedauern bleibt. Wir werden nicht weiter gehen, nicht wahr, ich würde zu sehr leiden, wenn Ihr den Beweggrund unseres Streites sagtet.«

»Niemand wird unseren Streit erfahren, mein Herr.« – »Niemand?« »Nein, denn wenn wir uns schlagen, so werde ich entweder Euch töten oder mich töten lassen. Ich bin keiner von denen, denen wenig am Leben gelegen ist, im Gegenteil, es liegt mir sehr viel daran. Ich zähle dreiundzwanzig Jahre, habe einen schönen Namen, bin nicht ganz arm; ich hoffe auf mich und auf die Zukunft und werde mich, seid unbesorgt, wie ein Löwe verteidigen.« – »Ich zähle schon dreißig Jahre und bin des Lebens ziemlich überdrüssig, denn ich glaube weder an die Zukunft noch an mich; doch obgleich des Lebens überdrüssig, will ich mich lieber nicht mit Euch schlagen.«

»Dann werdet Ihr Euch bei mir entschuldigen?« – »Nein, ich habe genug getan und genug gesagt. Seid Ihr nicht zufrieden, desto besser, dann hört Ihr auf, mir überlegen zu sein.«

»Ich muß Euch daran erinnern, mein Herr, daß man einen Streit nicht so endigt, ohne sich dem Gelächter auszusetzen, wenn beide Gaskogner sind.« – »Das ist es gerade, worauf ich warte.«

»Ihr wartet?« – »Auf einen Lacher!... Oh! das wird ein herrlicher Augenblick für mich sein.«

»Ihr verweigert also den Zweikampf?« – »Ich wünsche mich nicht zu schlagen, versteht sich, mit Euch.«

»Nachdem Ihr mich herausgefordert?« – »Ich gestehe es.«

»Aber wenn mir die Geduld ausgeht, und ich Euch mit dem Degen angreife?« – Sainte-Maline ballte krampfhaft die Fäuste und erwiderte: »Dann desto besser, ich werfe meinen Degen zehn Schritte von mir.«

»Nehmt Euch in acht, mein Herr, denn in diesem Falle bediene ich mich nicht der Spitze.« – »Gut, dann habe ich einen Grund, Euch zu hassen. Und eines Tages, an einem Tage der Schwäche von Eurer Seite, werde ich Euch erwischen, wie Ihr es mit mir getan habt, und Euch in der Verzweiflung töten.«

Ernauton steckte seinen Degen wieder in die Scheide und sagte: »Ihr seid ein seltsamer Mann, und ich beklage Euch aus tiefstem Herzen.« – »Ihr beklagt mich?«

»Ja, denn Ihr müßt furchtbar leiden.« – »Furchtbar.«

»Ihr müßt nie lieben?« – »Nie.«

»Doch Ihr habt wenigstens Leidenschaften?« – »Eine einzige.«

»Die Eifersucht, wie Ihr mir gesagt habt.« – »Ja, und Folge davon ist, daß ich sie alle in einem unsäglichen Grade der Schande und des Unglücks habe, – ich bete eine Frau an, sobald sie einen andern als mich liebt, – ich liebe das Gold, wenn es von einer andern Hand berührt wird, – ich trinke, um den Zorn in mir zu erhitzen, das heißt, um ihn scharf zu machen, wenn er nicht chronisch ist, um ihn ausbrechen und brennen zu lassen, wie Blitz und Donner; – oh! ja, ja, Ihr habt es gesagt, Herr von Ernauton, ich bin unglücklich.«

»Habt Ihr es nie versucht, gut zu werden?« – »Es ist mir nicht gelungen.«

»Was hofft Ihr denn? Was gedenkt Ihr zu tun?« – »Was tut die Giftpflanze? Sie hat Blüten, wie die anderen Pflanzen, und einige Leute wissen Nutzen daraus zu ziehen. Was machen der Bär und der Raubvogel? Sie beißen; doch die Bändiger wissen sie für die Jagd zu dressieren; so bin ich, und so bleibe ich wahrscheinlich in den Händen des Herrn von Epernon und Herrn von Loignac, bis zu dem Tage, wo man sagen wird: diese Pflanze ist schädlich, reißen wir sie aus, dieses Tier ist wütend, töten wir es.«

Ernauton hatte sich allmählich besänftigt. Sainte-Maline war für ihn nicht mehr ein Gegenstand des Zorns, sondern des Studiums; er fühlte beinahe Mitleid mit ihm nach seinem seltsamen Geständnis.

Vergebens suchte Ernauton seinen verzweifelten Partner mit tröstenden Worten aufzurichten.

Dann schlugen beide, stumm und düster, wieder den Weg nach Paris ein. Plötzlich reichte Ernauton Sainte-Maline die Hand und sagte: »Soll ich Euch heilen?« »Kein Wort mehr,« erwiderte Sainte-Maline; »versucht das nicht, Ihr würdet scheitern. Haßt mich im Gegenteil, dies wird das Mittel sein, Euch zu bewundern.«

»Noch einmal, ich beklage Euch,« sagte Ernauton.

Eine Stunde nachher kamen die Reiter in den Louvre zurück und wandten sich nach der Wohnung der Fünfundvierzig. Der König war ausgefahren und sollte erst am Abend zurückkehren.

Zurück in Paris.

Beide jungen Leute stellten sich an das Fenster ihrer kleinen Wohnung, um die Rückkehr des Königs zu erwarten.

Jeder stand hier mit sehr verschiedenen Gedanken. Sainte-Maline ganz von seinem Haß, ganz von seiner Scham, ganz von seinem Ehrgeiz erfüllt, die Stirn gerunzelt, das Herz glühend, Ernauton, das, was vorgefallen, schon wieder vergessend und nur mit einem beschäftigt, nämlich, wer die Frau sein könnte, die er in der Kleidung eines Pagen in Paris eingeführt und nun in einer so reichen Sänfte wiedergefunden hatte.

Hierin lag Stoff genug zum Nachdenken für ein Herz, das mehr zu Liebesabenteuern, als zu ehrgeizigen Plänen geneigt war. Ernauton versenkte sich allmählich in seine Betrachtungen, und zwar so tief, daß er erst, als er den Kopf wieder erhob, bemerkte, daß Sainte-Maline nicht mehr da war.

Ein Blitz durchzuckte seinen Geist. Minder in Anspruch genommen als er, hatte Sainte-Maline auf die Rückkehr des Königs gelauert, der König war zurückgekehrt, und Sainte-Maline befand sich bei ihm.

Er erhob sich rasch, durchschritt die Galerie und kam zu der Tür des Königs gerade in dem Augenblick, wo Sainte-Maline heraustrat.

»Seht,« sagte dieser strahlend, »das hat mir der König gegeben.«

Und er zeigte ihm eine goldene Kette.

»Ich mache Euch mein Kompliment,« erwiderte Ernauton, ohne daß seine Stimme die geringste Aufregung verriet. Und er trat ebenfalls beim König ein.

Sainte-Maline hatte sich auf eine Kundgebung der Eifersucht gefaßt gemacht. Er war daher ganz erstaunt über diese Ruhe und wartete, bis Ernauton wieder herauskam. Die zehn Minuten waren Jahrhunderte für ihn.

Endlich trat Ernauton heraus. Sainte-Maline war noch an derselben Stelle; mit einem raschen Blicke überschaute er seinen Gefährten; dann erweiterte sich sein Herz; Ernauton brachte nichts zurück, wenigstens nichts Sichtbares.

»Und Euch?« fragte Sainte-Maline, seinen Gedanken verfolgend, »was hat Euch der König gegeben?« – »Seine Hand zu küssen,« antwortete Ernauton lächelnd.

Sainte-Maline quetschte seine Kette dergestalt in seinen Händen, daß er einen Ring zerbrach.

Beide gingen schweigend nach der Wohnung der Fünfundvierzig zurück.

In dem Augenblick, wo sie in den Saal eintraten, erscholl die Trompete; bei diesem Signal kamen die Fünfundvierzig, jeder aus seiner Abteilung, hervor, wie die Bienen aus ihren Zellen.

Herr von Loignac versammelte sie, um ein Strafgericht zu halten. Er wies die jetzt stattlich herausgeputzten Gaskogner, die bang seinen scharfen Worten lauschten, auf die Ehre und den Nutzen des königlichen Dienstes hin, aber dieser Dienst erfordere treue Ausführung und Geheimhaltung der erhaltenen Befehle. Nun hatten aber zwei der Fünfundvierzig auf offener Straße den von ihnen insgeheim erfahrenen Namen eines eben angekommenen Feindes Seiner Majestät offen ausgesprochen und bekanntgegeben und damit die Pläne des Königs vereitelt.

Die beiden Schuldigen, Pertinax von Montcrabeau und Perdicas von Pincorney, wurden kreidebleich. Auf ihre gestammelten Entschuldigungen erließ ihnen Herr von Loignac die angekündigte härteste Strafe und legte ihnen nur je eine Buße von hundert Livres auf, die Pincorney in Ermangelung baren Geldes durch Verkauf seiner Kette herbeischaffen sollte. Im übrigen kündigte er für Verrat die Todesstrafe, für geringere Vergehen schwere Gefängnisstrafe an. Schließlich gab Loignac den Fünfundvierzig für den Abend den Befehl, ein Drittel von ihnen sollte am Fuße der Treppe zu den Gemächern Sr. Majestät sich aufstellen, ein Drittel sich draußen unauffällig unter das Gefolge der erscheinenden Personen mengen, der Rest endlich in der Wohnung bleiben. Alle gingen hierauf hinaus, nur Ernauton von Carmainges blieb zurück.

»Ihr wünscht etwas, mein Herr?« fragte Loignac. – »Ja,« antwortete Ernauton, sich verbeugend; »mir scheint, Ihr habt vergessen, genau anzugeben, was wir zu tun haben werden. Im Dienste des

Königs sein, ist allerdings ein glorreiches Wort; aber ich hätte zu erfahren gewünscht, wie weit dieser Dienst führt.«

»Mein Herr,« erwiderte Loignac, »das ist eine Frage zarter Natur, auf die ich nicht ohne weiteres zu antworten wüßte.« – »Dürfte ich wohl von Euch hören, warum?«

Dies alles wurde mit so ausnehmender Höflichkeit gesprochen, daß Herr von Loignac, gegen seine Gewohnheit, vergebens eine strenge Antwort suchte.

»Weil ich selbst zuweilen am Morgen nicht weiß, was ich am Abend zu tun haben werde.« – »Mein Herr, Ihr seid im Verhältnis zu uns so hoch gestellt, daß Ihr viele Dinge wissen müßt, die wir nicht wissen.«

»Macht es wie ich, Herr von Carmainges; lernt diese Dinge, ohne daß man sie Euch sagt; ich hindere Euch nicht.« – »Ich wende mich an Eure Erleuchtung, weil ich, der ich ohne Haß und ohne Freundschaft an den Hof gekommen bin und von keiner Leidenschaft geleitet werde, Euch, ohne mehr wert zu sein, doch nützlicher werden kann, als ein anderer.«

»Ihr habt weder Haß noch Freundschaft?« – »Nein.«

»Ihr liebt aber doch den König, setze ich voraus?« –.

»Ich muß es und will es, Herr von Loignac, als Diener, wie als Untertan und als Edelmann.«

»Nun wohl! Das ist ein Hauptpunkt, nach dem Ihr Euch richten müßt; seid Ihr ein geschickter Mann, so werdet Ihr damit leicht den entgegengesetzten Gesichtspunkt finden.« – »Sehr gut, mein Herr,« sagte Ernauton, sich verbeugend, »ich habe nun meine Richtung. Es bleibt indessen noch ein Punkt, der mich ungemein beunruhigt.«

»Welcher, mein Herr?« – »Der leidende Gehorsam.«

»Das ist die erste Bedingung.« – »Ich habe dies wohl verstanden, Herr von Loignac, doch der leidende Gehorsam ist zuweilen schwierig für Männer, die im Punkte der Ehre zart fühlen.«

»Das geht mich nichts an, Herr von Carmainges.«

»Wenn Euch jedoch ein Befehl mißfällt?« – »Ich lese die Unterschrift des Herrn von Epernon, und das tröstet mich.«

»Und Herr von Epernon?« – »Herr von Epernon liest die Unterschrift Seiner Majestät und tröstet sich wie ich.«

»Ihr habt recht, und ich bin Euer ergebenster Diener,« sagte Ernauton.

Hierauf machte er einen Schritt, um sich zu entfernen; Loignac hielt ihn zurück.

»Ihr habt gewisse Gedanken in mir erweckt,« sagte er, »und ich werde Euch Dinge sagen, die ich anderen nicht sagen würde, weil diese anderen weder den Mut noch den Anstand hatten, mit mir zu reden, wie Ihr es getan.«

Ernauton verbeugte sich.

»Mein Herr,« fuhr Loignac fort, indem er sich dem jungen Mann näherte, »vielleicht wird diesen Abend irgendein Großer kommen. Verliert ihn nicht aus dem Blick und folgt ihm überallhin, wohin er gehen wird, wenn er den Louvre verläßt.«

»Herr von Loignac, erlaubt mir, Euch zu bemerken, mir scheint, das heißt spionieren?«

»Spionieren! Glaubt Ihr?« versetzte Loignac mit kaltem Tone, »es ist möglich, doch seht ...«

Er zog ein Papier aus seiner Brust und reichte es Carmainges; dieser entfaltete es und las: »Laßt diesen Abend Herrn von Mayenne, wenn er es wagt, sich im Louvre einzufinden, jemand folgen.«

»Unterzeichnet?« fragte Loignac. – »Unterzeichnet von Epernon,« las Carmainges.

»Nun, mein Herr?« – »Es ist richtig,« erwiderte Ernauton, sich tief verbeugend, »ich werde Herrn von Mayenne folgen.« Und er entfernte sich.

Zweiter Band

Die Herren Bürger von Paris.

Herr von Mayenne, mit dem man sich so viel im Louvre beschäftigte, ohne daß er es vermutete, entfernte sich aus dem Hotel Guise durch eine Hintertür, gestiefelt und zu Pferd, als ob er gerade von der Reise käme, und begab sich mit drei Edelleuten in den Louvre.

Von seiner Ankunft benachrichtigt, ließ Herr von Epernon seinen Besuch dem König melden, während Herr von Loignac den Fünfundvierzig eine zweite Nachricht zukommen ließ, worauf sich fünfzehn verabredetermaßen in den Vorzimmern, fünfzehn im Hof und vierzehn in ihrer Wohnung aufstellten.

Wir sagen vierzehn, weil Ernauton, der, wie der Leser weiß, einen besonderen Auftrag erhalten hatte, nicht unter seinen Gefährten war. Da jedoch das Gefolge des Herrn von Mayenne durchaus keine Furcht einflößen konnte, so erhielt die zweite Abteilung Erlaubnis, in die Kaserne zurückzukehren.

Bei Seiner Majestät eingeführt, machte Herr von Mayenne ehrfurchtsvoll dem König eine Aufwartung, die dieser liebevoll aufnahm.

»Nun, mein Vetter,« fragte der König, »Ihr besucht Paris wieder einmal?« – »Ja, Sire, ich glaubte in meiner Brüder und in meinem Namen kommen zu müssen, um Eure Majestät daran zu erinnern, daß sie, keine treueren Untertanen hat als uns.« Bei Gott, das ist so bekannt, daß Ihr, abgesehen von dem Vergnügen, das Ihr mir, wie Ihr wißt, durch Euren Besuch macht, Euch in der Tat diese kleine Reise ersparen konntet. Ihr müßt sicherlich noch einen andern Grund gehabt haben.« – »Sire, ich befürchtete, Euer Wohlwollen für das Haus Guise könnte durch die seltsamen Gerüchte leiden, die unsere Feinde seit einiger Zeit in Umlauf bringen.«

»Was für Gerüchte?« fragte der König mit jener Gutmütigkeit, die ihn für die Vertrautesten so gefährlich machte. – »Wie,« fragte Mayenne, etwas aus der Fassung gebracht, »Eure Majestät hätte nichts Ungünstiges über uns reden hören?«

»Mein Vetter, wißt einmal für allemal, daß ich es nicht dulden würde, wenn man hier Schlimmes von den Herren von Guise reden wollte; und da man dies hier besser weiß, als Ihr es zu wissen scheint, so tut man es auch nicht.« – »Dann werde ich nicht bedauern, gekommen zu sein, da ich das Glück habe, meinen König zu sehen und ihn in solcher Stimmung zu finden; nur muß ich gestehen, daß meine Eile unnötig war.«

»Oh! Herzog, Paris ist eine gute Stadt, von der man immer irgendeinen Nutzen zu ziehen hat.« – »Ja, Sire, aber unsere Aufgaben fesseln uns doch an Soissons.«

»Meine, Herzog?« – »Die Eurer Majestät, Sire.«

»Es ist wahr, Mayenne; fahrt also fort, sie zu erfüllen, wie Ihr angefangen habt; ich weiß die Haltung meiner Diener nach Gebühr zu schätzen und anzuerkennen.«

Der Herzog entfernte sich lächelnd, und der König kehrte, sich die Hände reibend, in sein Zimmer zurück.

Loignac machte Ernauton ein Zeichen; dieser sagte seinem Diener ein Wort und schickte sich an, den vier Reitern zu folgen. Der Diener lief in den Stall, und Ernauton folgte zunächst zu Fuß.

Es war keine Gefahr, Herrn von Mayenne zu verlieren; durch Perducas' Schwatzhaftigkeit war die Ankunft eines Prinzen vom Hause Guise in Paris bekannt geworden, und die guten Ligisten fingen an, ihre Häuser zu verlassen und seine Spur aufzusuchen.

Man war ihm bis zum Louvre gefolgt, und hier erwarteten ihn dieselben Leute, um ihn wieder bis zu den Pforten seines Hotels zu begleiten.

Vergebens suchte Mayneville die Eifrigsten zu entfernen, indem er zu ihnen sagte:»Nicht so viel Feuer, meine Freunde, beim wahrhaftigen Gott! Ihr gefährdet uns.«

Trotzdem hatte der Herzog ein Geleite von zwei- bis dreihundert Personen, als er zum Hotel Saint-Denis kam, das er zur Wohnung gewählt hatte.

Es war dadurch Ernauton sehr leicht gemacht, dem Herzog zu folgen, ohne bemerkt zu werden. In dem Augenblick, als der Herzog sich umkehrte, um zu grüßen, glaubte er in einem von den

Edelleuten, die zu gleicher Zeit ihn grüßten, den Reiter zu erkennen, der den Pagen oder den der Page begleitete, den er durch die Porte Sainte-Antoine hereingebracht hatte.

Beinahe in demselben Moment und während Mayenne verschwand, durchschnitt eine Sänfte die Menge. Mayneville ging ihr voran, ein Vorhang wurde auf die Seite geschoben, und bei einem Lichtstrahl glaubte Ernauton sowohl seinen Pagen als die Dame von der Porte Sainte-Antoine zu erkennen.

Mayneville und die Dame wechselten ein paar Worte, und die Sänfte verschwand ebenfalls unter dem Torweg des Hotels;, Mayneville folgte der Sänfte und das Tor wurde wieder geschlossen. Einen Augenblick nachher erschien Mayneville auf dem Balkon, dankte den Parisern im Namen des Herzogs und forderte sie, da es spät war, auf, nach Hause zurückzukehren, damit Böswillige ihrer Ansammlung keine schlimme Deutung geben könnten. Darauf entfernten sich alle, mit Ausnahme von zehn Männern, die im Gefolge des Herzogs eingetreten waren. Ernauton entfernte sich wie die andern oder gab sich vielmehr den Anschein, als entfernte er sich. Die zehn Auserwählten, die blieben, waren die Abgeordneten der Lige, die bei Herrn von Mayenne erschienen, um ihm für seine Ankunft zu danken, zugleich aber, um ihn zu beschwören, er möge seinen Bruder zum Kommen bestimmen.

Diese würdigen Bürger hatten in ihren vorbereitenden Versammlungen eine Menge von Plänen ersonnen, denen nur noch die Zustimmung und Unterstützung eines Hauptes fehlte, auf das man zahlen konnte.

Bussy-Leclerc meldete, er habe drei Klöster in der Handhabung der Waffen eingeübt und fünfhundert Bürger eingereiht, das heißt eine Truppe von tausend Mann zur Verfügung gestellt. Lachapelle hatte die Beamten, die Schreiber und das ganze Volk von Paris bearbeitet. Er konnte zugleich den Rat und die Tat anbieten, den Rat in Gestalt von zweihundert Schwarzröcken, die Tat mit zweihundert Stadtbogenschützen.

Brigard hatte die Kaufleute der Rue des Lombards, die Pfeiler der Hallen und der Rue Saint-Denis gewonnen. Crucé hatte die Anwälte mit Lachapelle-Marteau bearbeitet und verfügte dabei noch über die Universität von Paris. Debar brachte die Schiffer und Hafenarbeiter, eine gefährliche Gattung, die etwa fünfhundert Mann zählte. Louchard verfügte über fünfhundert Roßtäuscher und Pferdehändler, wütende Katholiken. Ein Kannengießer namens Bollard und ein Speckhändler namens Gilbert machten sich für fünfzehnhundert Schlächter und Speckhändler der Stadt und der Vorstädte verbindlich. Meister Nicolas Poulain, Chicots Freund, bot die ganze Bevölkerung auf.

Als der Herzog in der Sicherheit seines verschlossenen Zimmers diese Mitteilungen und Anerbietungen vernommen hatte, sagte er: »Ich bewundere die Kräfte der Lige, aber ich sehe das Ziel nicht, das sie mir ohne Zweifel vorschlagen will.«

Meister Lachapelle-Marteau schickte sich an, eine Rede mit drei Teilen zu halten; er pflegte bekanntermaßen sehr weitschweifig zu sein; Mayenne sagte schaudernd: »Machen wir rasch!«

Bussy-Leclerc schnitt Marteau das Wort ab und sagte: »Gnädigster Herr, es verlangt uns nach einer Veränderung, wir sind die Stärkeren und wollen folglich diese Veränderung; das ist kurz, klar und bestimmt.«

»Aber wie werdet Ihr zu Werke gehen, um diese Veränderung zu erreichen?« – »Mir scheint,« antwortete Bussy-Leclerc freimütig, »da der Gedanke der Union von unseren Häuptern herrührt, so ist es an diesen und nicht an uns, das Ziel zu bezeichnen.«

»Meine Herren,« sagte Mayenne, »ihr habt vollkommen recht, das Ziel muß von denen bezeichnet werden, die die Ehre haben, eure Führer zu sein; aber der General hat auch zu beurteilen, in welchem Augenblick die Schlacht geliefert werden soll, und mag er seine Truppen in Reihe und Glied aufgestellt, bewaffnet und voll Eifer sehen, das Signal zum Angriff wird er nur dann geben, wenn er dies tun zu müssen glaubt.«

»Aber, gnädigster Herr,« erwiderte Crucé, »die Lige hat Eile, wie wir uns schon einmal zu sagen erlaubten.«

»Eile, was zu tun, Herr Crucé?« – »Anzukommen.«

»Wo?« – »Bei unserem Ziele; wir haben auch unsern Plan.« –

»Dann ist es etwas anderes,« versetzte Mayenne; »wenn ihr euren Plan habt, vermag ich nichts mehr zu sagen.« – »Ja, gnädigster Herr; doch können wir auf Eure Unterstützung rechnen?«

»Ganz gewiß, wenn dieser Plan mir und meinem Bruder genehm ist?« – »Das ist wahrscheinlich, Monseigneur.«

»So laßt euren Plan hören!«

Die Ligisten schauten sich an; zwei oder drei bedeuteten Lachapelle-Marteau durch ein Zeichen, er möge sprechen. Lachapelle-Marteau trat vor und schien den Herzog um Erlaubnis zu bitten, sich erklären zu dürfen.

»Sprecht!« sagte der Herzog.

»Hört!« begann Lachapelle-Marteau. »Der Gedanke ist Leclerc, Crucé und mir gekommen. Wir haben unsern Plan wohl überlegt, und es ist wahrscheinlich, daß sein Erfolg gewiß ist.«

»Zur Sache, Herr Marteau, zur Sache!«

»Es gibt mehrere befestigte Knotenpunkte in der Stadt, das kleine und das große Chatelet, den Palast des Temple, das Stadthaus, das Arsenal und den Louvre.« – »Das ist wahr,« sagte der Herzog. – »Alle diese Punkte werden durch stehende Garnisonen verteidigt, die jedoch zu überwinden sind, da sie nicht auf einen Handstreich gefaßt sein können.« – »Ich gebe auch dies zu.«

»Die Stadt wird jedoch überdies vom Hauptmann von der Scharwache mit seinen Bogenschützen verteidigt. Wir haben nun folgendes ersonnen:

»Wir nehmen den Hauptmann von der Scharwache in seiner Wohnung fest. Der Handstreich läßt sich ohne Lärm ausführen, da der Ort öde und abgelegen ist.«

Mayenne schüttelte den Kopf und erwiderte: »So öde und abgelegen er sein mag, so sprengt man doch nicht ein gutes Tor und tut nicht etliche und zwanzig Büchsenschüsse ohne Lärm.«

»Wir haben diesen Einwurf vorhergesehen, gnädigster Herr; einer von den Bogenschützen des Hauptmanns von der Scharwache ist uns ergeben. Mitten in der Nacht klopfen wir nun an das Tor; der Bogenschütze öffnet uns und meldet dem Hauptmann, Seine

Majestät wolle ihn sprechen. Das ist nichts Auffallendes. Ungefähr einmal im Monat wird dieser Offizier zum König berufen, um Meldungen zu machen und Aufträge in Empfang zu nehmen. Ist das Tor offen, so lassen wir zehn Mann von den Schiffsleuten eintreten und den Hauptmann von der Scharwache expedieren.« – »Das heißt erwürgen.« »Ja, gnädigster Herr. So sind die ersten Befehle zur Verteidigung abgeschnitten. Es ist wahr, es können andere Beamte von den zitternden Bürgern oder den Politikern vorgeschoben werden; da ist der Herr Präsident, sodann der Chevalier d'O., Herr von Chiverney, der Herr Staatsanwalt Laguesle; nun wohl! Man wird sich ihrer Häuser zu gleicher Zeit bemächtigen; die Bartholomäusnacht hat uns gelehrt, wie man das macht, und man wird sie behandeln, wie man den Herrn Hauptmann von der Scharwache behandelt hat.«

»Ah! ah!« rief der Herzog, der die Sache ernst fand.

»Das wird eine vortreffliche Gelegenheit sein, gnädigster Herr, über die Politiker herzufallen, die sämtlich in unseren Quartieren bezeichnet sind, um den religiösen wie den politischen Ketzern den Garaus zu machen.«

»Dies alles ist herrlich,« sagte Mayenne, »doch ihr habt mir nicht erklärt, ob ihr auch in einem Augenblick den Louvre, ein wahres befestigtes Schloß, nehmen werdet, wo beständig Garden und Edelleute wachen. Der König, so furchtsam er auch sein mag, wird sich nicht erwürgen lassen, wie der Hauptmann von der Scharwache; er wird das Schwert ergreifen, und, bedenkt Wohl, er ist der König; seine Gegenwart wird eine große Wirkung auf die Bürger hervorbringen, und man wird euch schlagen.«

»Wir haben viertausend Mann zur Expedition nach dem Louvre ausgewählt, und viertausend Mann lieben den Valois nicht hinreichend, daß seine Gegenwart die von Euch bezeichnete Wirkung hervorbringen dürfte.«

»Ihr glaubt, das werde genügen?« – »Gewiß, wir sind zehn gegen einen,« sagte Bussy-Leclerc.

»Und die Schweizer? Es sind ihrer viertausend, meine Herren!« – »Ja, aber sie stehen in Lagny, und Lagny ist acht Meilen von Paris; nehme ich nun an, der König könne ihnen Nachricht senden, so brauchen die Boten zwei Stunden zu dem Ritt, die Schweizer acht Stunden, um den Weg zu Fuß zurückzulegen, das macht zehn Stunden, und sie werden gerade zu rechter Zeit kommen, um an den Barrieren festgenommen zu werden, denn in zehn Stunden sind wir Herren der ganzen Stadt.«

»Wohl! es sei, ich gebe dies alles zu; der Hauptmann von der Scharwache ist erwürgt; die Politiker sind umgebracht, die Behörden der Stadt sind verschwunden; alle diese Hindernisse sind überwunden; ohne Zweifel habt ihr euch entschieden, was ihr dann tun werdet?« – »Wir machen eine Regierung als ehrliche Leute, wie wir sind,« sagte Brigard, »und wenn wir nur in unserem kleinen Gewerbe mit Vorteil arbeiten, wenn uns das Brot für unsere Frauen und Kinder gesichert ist, verlangen wir nicht mehr. Der Ehrgeiz des einen oder des andern von uns wird ihn vielleicht wünschen lassen, Zehner oder Viertelsmeister oder Kommandant einer Kompagnie zu werden; aber höher streben unsere Wünsche nicht; Ihr seht, daß wir nicht anspruchsvoll sind.«

»Herr Brigard, Ihr sprecht goldene Worte,« sagte der Herzog; »ja, ihr seid ehrlich, ich weiß es wohl, und ihr werdet in euren Reihen keine fremde Mischung dulden.«

»Oh! nein, nein,« riefen mehrere Stimmen, »keine Hefe bei dem guten Wein!«

»Vortrefflich!« rief der Herzog, »das heiße ich sprechen. Laßt nun hören, Herr Leutnant von der Prevoté, sagt, gibt es viele Taugenichtse und schlimmes Voll im Bezirk der Hauptstadt?«

Nicolas Poulain, der sich nicht ein einziges Mal vorangestellt hatte, trat nun gleichsam wider seinen Willen vor und antwortete: »Ja, gnädigster Herr; es gibt nur zu viel.«

»Könnt Ihr uns ungefähr die Zahl dieses Pöbels nennen?« – »Ja, ungefähr.«

»Schätzt ihn also, Meister Poulain.«

Poulain rechnete an den Fingern. »Diebe, drei- bis viertausend. Müßiggänger und Bettler, zweitausend bis zweitausendfünfhundert. Gelegentliche Diebe, fünfzehnhundert bis zweitausend. Mörder, vier- bis fünfhundert.« »Gut, gering gerechnet sind dies sechstausend oder sechstausendfünfhundert Galgenvögel. Welcher Religion gehören diese Leute an?« »Wie beliebt, gnädigster Herr?«

»Sind es Hugenotten oder Katholiken?« – Lachend erwiderte Poulain: »Sie sind von allen Religionen, Monseigneur, oder vielmehr von einer einzigen; ihr Gott ist das Geld, und das Blut ist ihr Prophet.«

Gut, und was ist ihr politisches Glaubensbekenntnis? Sind sie Anhänger von Valois, sind sie Ligisten, eifrige Politiker oder Navarresen?« – »Sie sind Räuber und Diebe.«

»Gnädigster Herr,« sagte Crucé, »glaubt nicht, daß wir diese Menschen je zu Verbündeten nehmen werden!«

»Nein, ich denke das nicht, und das ist es gerade, was mich ärgert.«

»Und warum ärgert Euch das?« fragten erstaunt einige Mitglieder der Deputation. – »Ah! begreift Wohl, meine Herren, diese, Leute, die keine Religion, keine Meinung haben, und die also nichts mit euch verbindet, werden, wenn sie sehen, daß es in Paris keine Behörden, keine öffentliche Macht, kein Königtum mehr gibt, eure Buden plündern, während ihr Krieg führt, und eure Häuser ausleeren, indes ihr den Louvre besetzt; bald werden sie sich an die Schweizer gegen euch, bald an euch gegen die Schweizer anschließen, so daß sie stets die Stärkeren sind.«

»Teufel!« riefen die Deputierten, indem sie einander anschauten.

»Ich denke, das ist ernst genug, um es in Erwägung zu ziehen, nicht wahr, meine Herren?« sagte der Herzog. »Ich meinesteils beschäftige mich sehr viel hiermit und werde ein Mittel suchen, diesem Übel zu begegnen; denn vor allem euer Interesse, das ist der Wahlspruch meines Bruders und der meinige.«

Die Deputierten ließen ein Gemurmel des Beifalls vernehmen.

»Meine Herren, erlaubt einem Mann, der vierundzwanzig Meilen Tag und Nacht zu Pferd zurückgelegt hat, einige Stunden zu schlafen; es ist keine Gefahr im Verzug, wenigstens jetzt nicht, während, wenn ihr handeln würdet, Gefahr vorhanden wäre; das ist vielleicht nicht eure Ansicht?« – »Doch, Herr Herzog,« sagte Brigard.

»Sehr gut.« – »Wir nehmen also untertänigst Abschied von Euch, gnädigster Herr,« fuhr Brigard fort, »und wenn Ihr uns eine neue Zusammenkunft bestimmen wolltet ...«

»Seid unbesorgt, so bald als möglich, meine Herren,« sagte Mayenne; »morgen vielleicht, spätestens übermorgen,« Und er entließ sie, während sie noch ganz betäubt über diese weise Vorsicht waren, die eine Gefahr entdeckt hatte, die ihnen nicht entfernt eingefallen war.

Doch kaum war er verschwunden, als sich eine in der Tapete verborgene Tür öffnete und eine Frau hastig in den Saal trat.

»Die Herzogin!« riefen die Abgeordneten.

»Ja, meine Herren, und sie wird euch der Verlegenheit entziehen,« rief die Herzogin.

Die Abgeordneten, die ihre Entschlossenheit kannten, aber auch ihren Enthusiasmus fürchteten, drängten sich um sie.

»Meine Herren,« fuhr die Herzogin lächelnd fort, »was die Hebräer tun konnten, hat Judith allein getan; hofft! Ich habe auch meinen Plan.«

Und sie reichte den Ligisten zwei weiße Hände, die die Artigsten küßten, und entfernte sich sodann durch die Tür, durch die Mayenne weggegangen war.

»Bei Gott!« rief Bussy-Leclerc, der sich den Schnurrbart leckte und der Herzogin folgte, »das ist entschieden der Mann der Familie!«

»Uff!« murmelte Nicolas Poulain, indem er sich den Schweiß abwischte, der ihm auf die Stirn getreten war, »ich wollte, ich wäre aus allem heraus.«

Bruder Borromée.

Es war ungefähr zehn Uhr abends; die Herren Abgeordneten gingen ziemlich zerknirscht fort und bröckelten an jeder Straßenecke ab.

Nicolas Poulain, der am entferntesten wohnte, ging zuletzt allein und dachte über die peinliche Lage nach, in der er sich befand.

Der Tag war in der Tat für alle und besonders für ihn voll furchtbarer Ereignisse gewesen.

Während er in das tiefste Nachdenken versunken war und durch die enge Rue de la Pierre-au-Réal ging, sah Nicolas Poulain in der entgegengesetzten Richtung einen Jakobiner herbeilaufen, der seinen Rock bis an die Knie aufgeschürzt hatte. Einer mußte ausweichen, denn es konnten nicht zwei Christen nebeneinander in dieser Gasse gehen.

Nicolas Poulain dachte, die mönchische Demut würde ihm, dem Manne des Schwertes, die Höhe des Pflasters überlassen, doch dem war nicht so; der Mönch lief wie ein Hirsch, den man aufgetrieben; er lief so, daß er eine Mauer umgeworfen hätte, und Nicolas Poulain trat brummend, um nicht niedergeworfen zu werden, beiseite.

Nun aber begann für sie in diesem Engpaß die peinliche Lage, die zwischen zwei unentschlossenen Menschen stattfindet, die beide gern vorübergehen möchten, sich nicht hindern wollen und stets sich wieder in die Arme geführt sehen.

Poulain schwur, der Mönch fluchte, und der Kuttenmann packte, minder geduldig als der Schwertmann, diesen um den Leib, um ihn an die Wand zu drücken. Dabei und als sie schon auf dem Punkte waren, handgemein zu werden, erkannten sie sich.

»Bruder Borromée!« sagte Poulain.

»Meister Nicolas Poulain!« rief der Mönch.

»Wie geht's Euch?« fragte Poulain mit jener bewundernswürdigen Freundlichkeit und Zahmheit des Pariser Bürgers. »Sehr schlecht,« erwiderte der Mönch, der viel schwerer zu besänftigen war, als der Laie; »denn Ihr haltet mich auf, und ich habe große Eile.«

»Ihr Teufel von einem Menschen!« versetzte Poulain; »stets kriegerisch wie ein Römer! Aber wohin lauft Ihr zu dieser Stunde in solcher Hast? Brennt die Priorei?«

»Nein, aber ich ging zur Frau Herzogin, um mit Mayneville zu sprechen.«

»Zu welcher Herzogin?« – »Es gibt nur eine, wie mir scheint, bei der man mit Mayneville reden kann.«

»Was wolltet Ihr bei Frau von Montpensier machen?« – »Ei! Mein Gott!« erwiderte Borromée auf eine scheinbare Antwort bedacht, »unser ehrwürdiger Prior sollte auf die Bitte der Frau von Montpensier deren Gewissensrat werden; doch es hat ihn ein Skrupel erfaßt, und er weigert sich, dem Gesuch zu entsprechen. Die Zusammenkunft war auf morgen bestimmt, und ich soll nun im Auftrag Dom Modeste Gorenflots der Herzogin sagen, sie könne nicht auf ihn rechnen.«

»Sehr gut, aber, mein lieber Bruder, Ihr seht mir nicht aus, als ginget Ihr nach dem Hotel Guise; ich sage sogar noch mehr, Ihr wendet ihm den Rücken zu.« – »Das ist wahr, denn ich komme davon her.«

»Aber wohin geht Ihr?« – »Man hat mir im Hotel gesagt, die Frau Herzogin mache einen Besuch bei Herrn von Mayenne, der diesen Abend angekommen sei und im Hotel Saint-Denis wohne.«

»Reine Wahrheit... der Herzog ist wirklich im Hotel Saint-Denis, und die Frau Herzogin bei ihm; aber, Gevatter, ich bitte Euch, wozu soll es nützen, daß Ihr den Schlauen gegen mich spielt? Der Säckelmeister ist es gewöhnlich nicht, den man die Kommissionen des Klosters besorgen läßt.« – »Bei einer Prinzessin, warum nicht?«

»Und Ihr, der Vertraute Mayenvilles, glaubt nicht an die Beichten der Frau Herzogin von Montpensier?« – »Woran sollte ich denn glauben?« »Was, zum Teufel, mein Lieber, Ihr wißt wohl, wie weit die Mitte der Straße von der Priorei entfernt ist, da Ihr es mich habt ausmessen lassen; nehmt Euch in acht! Ihr sagt mir so wenig, daß ich vielleicht zu viel glauben werde.«

»Und Ihr habt unrecht, lieber Herr Poulain, ich weiß nichts anderes, haltet mich nicht länger zurück, ich bitte Euch, denn ich würde die Frau Herzogin nicht mehr finden.«

Als Borromée den Weg frei sah, warf er Nicolas Poulain leichthin einen guten Abend zu und enteilte durch die geöffnete Gasse.

»Oh! oh! abermals etwas Neues,« sagte Nicolas Poulain zu sich selbst, während er dem allmählich im Schatten verschwindenden Jakobiner nachschaute; doch welches Bedürfnis habe ich, in des Teufels Namen! alles zu erfahren, was vorgeht? Sollte ich etwa Geschmack an dem Handwerk finden, das ich zu treiben verdammt bin? Pfui doch!«

Und er legte sich zu Bette, nicht mit der Ruhe eines guten Gewissens, sondern mit der Ruhe, die uns in allen Lagen dieser Welt die Unterstützung eines Stärkeren, als wir sind, gewährt.

Mittlerweile setzte Borromée seinen Lauf noch eiliger fort und kam, ganz schwitzend und schnaufend, im Hotel Saint-Denis in dem Augenblick an, als der Herzog, nachdem er mit Frau von Montpensier ihre wichtigen Angelegenheiten besprochen, sich von seiner Schwester verabschiedete, um nun jene Dame der Cité besuchen zu können, über die sich Joyeuse, wie wir wissen, zu beklagen hatte.

Nach mehreren Bemerkungen über den Empfang des Königs und über den Plan der Bürger, kamen Bruder und Schwester dahin überein: der König habe keinen Verdacht und sei immer leichter angreifbar.

Das Wichtigste sei, die Lige in den nördlichen Provinzen zu organisieren, während der König seinen Bruder im Stiche lasse und Heinrich von Navarra vergesse.

Von den beiden letzteren Feinden sei der Herzog von Anjou allein mit seinem dumpfen Ehrgeiz zu fürchten; von Heinrich von Navarra wisse man durch gutunterrichtete Spione, daß er sich nur um seine Liebesangelegenheiten mit seinen drei oder vier Mätressen bekümmere.

»Paris ist vorbereitet,« sagte Mayenne laut; »doch ihre Verbindung mit der königlichen Familie gibt den Politikern und den wahren Royalisten Kraft; man muß einen Bruch zwischen dem König und seinen Verbündeten abwarten; bei dem unbeständigen Charakter Heinrichs kann dieser Bruch nicht lange ausbleiben. Da jedoch nichts drängt, so warten wir.«

»Ich,« sagte die Herzogin ganz leise, »hatte zehn Männer nötig, um Paris zu dem Streiche aufzuwiegeln, auf den ich sinne; ich habe diese zehn Männer gefunden und verlange nichts mehr.«

So weit waren sie, als Mayneville plötzlich eintrat und meldete, Bruder Borromée wolle den Herrn Herzog sprechen.

»Borromée?« sagte der Herzog erstaunt, »wer ist das?« – »Gnädigster Herr,« antwortete Mayneville, »es ist der Mann, den Ihr von Nancy schicktet, als ich Eure Hoheit um einen Mann voll Energie und Geist bat.«

»Ich erinnere mich; ich antwortete Euch, ich hätte beides in einem, und schickte Euch den Kapitän Borroville. Hat er seinen Namen verändert und heißt jetzt Borromée?« – »Ja, gnädigster Herr, den Namen und die Uniform. Er nennt sich Borromée und ist Jakobiner.«

»Borroville Jakobiner?« – »Ja, Herr Herzog.«

»Und warum ist er denn Jakobiner? Der Teufel muß sehr gelacht haben, als er ihn unter der Kutte erkannte.« – »Warum er Jakobiner ist, Ihr sollt es später erfahren, es ist nicht unser Geheimnis, Monseigneur, und mittlerweile hören wir ihn an!«

»Ja, um so mehr, als mich sein Besuch beunruhigt,« sagte Frau von Montpensier.

»Und mich auch, ich gestehe es,« fügte Mayneville bei. »So führt ihn also, ohne einen Augenblick zu verlieren, ein,« rief die Herzogin.

Der Herzog schwebte zwischen dem Verlangen, den Boten zu hören, und der Furcht, das Rendezvous bei der Geliebten zu versäumen. Er schaute nach der Tür und auf die Uhr.

»Ei! Borroville,« rief der Herzog, der sich trotz seiner üblen Laune des Lachens nicht enthalten konnte, »wie seid Ihr verkleidet, mein Freund!«

»Gnädigster Herr,« sagte der Kapitän, »es ist mir in der Tat sehr unbehaglich unter dem verteufelten Rock, aber was sein muß, muß sein, wie Herr von Guise, der Vater, sagte.«

»Ich habe Euch nicht in diesen Rock gesteckt,« erwiderte der Herzog; »und Ihr dürft mir deshalb nicht grollen.«

»Nein, die Frau Herzogin hat es getan, doch ich bin ihr darum nicht böse, weil ich in ihrem Dienste darin stecke.«

»Gut, empfangt meinen Dank, Kapitän; und nun laßt hören, was habt Ihr uns noch so spät zu sagen?«

In Eile berichtete Borromée, der König habe Joyeuse mit dreitausend Mann seinem Bruder Anjou zu Hilfe geschickt und sende zugleich einen Boten mit einem Brief an Heinrich von Navarra. Es sei ein gewisser Briquet, den er seinem sonderbaren Aussehen nach beschrieb.

»Gottes Tod! Den Brief müssen wir haben,« rief der Herzog und fügte hinzu: »Ihr sagt, er sei ein Freund des Priors?« – »Ja, von der Zeit her, wo dieser noch einfacher Mönch war.«

»Oh! ich habe einen Verdacht und werde mir Aufklärung verschaffen,« rief Mayenne.

»Tut das geschwinde, denn weit geschlitzt, wie er ist, muß dieser Bursche tüchtig marschieren.«

»Borroville,« sagte Mayenne, »Ihr werdet nach Soissons abreisen, wo mein Bruder ist.«

»Aber die Priorei, gnädigster Herr?« – »Seid Ihr so verlegen, Dom Gorenflot eine Geschichte zu erzählen? Glaubt er nicht, was Ihr ihn glauben machen wollt? Ihr sagt Herrn von Guise alles, was Ihr von der Sendung des Herrn von Joyeuse wißt.« – »Gut, Monseigneur.«

»Und Navarra, vergeßt Ihr Navarra, Mayenne?« sagte die Herzogin. – »Ich vergesse es so wenig, daß ich dies selbst übernehme,« erwiderte Mayenne. »Man sattle mir ein frisches Pferd, Mayneville.«

Dann fügte er leise hinzu: »Sollte er noch leben?... Oh! ja, er muß leben!«

Chicot der Lateiner.

Man erinnert sich, daß Chicot nach der Entfernung der jungen Leute raschen Schrittes marschiert war. Sobald sie aber an einem Abhange verschwanden, blieb Chicot, der wie ein Argus das Vorrecht, von hinten zu sehen, zu haben schien, auf dem Höhepunkte des Hügels stehen, schaute spähend ringsum, und als er sicher war, daß ihn niemand beobachtete, setzte er sich an den Rand eines Grabens, lehnte den Rücken an einen Baum und fing das an, was er seine Gewissensprüfung nannte.

Er hatte zwei Börsen, denn es war ihm nicht entgangen, daß der ihm von Sainte-Maline übergebene Beutel außer dem königlichen Brief gewisse runde, rollende Gegenstände enthielt, die ungemein Gold oder gemünztem Silber glichen. Der Beutel selbst war eine wahre königliche Börse, mit zwei H bezeichnet, von denen das eine unten, das andere oben aufgestickt.

»Das ist hübsch,« sagte Chicot, indem er die Börse betrachtete, »das ist reizend vom König! Sein Name, sein Wappen! Man kann nicht großmütiger und nicht alberner sein. Sehen wir zuerst, wieviel Geld in der Börse ist, den Brief untersuchen wir hernach... hundert Taler, gerade die Summe, die ich von Gorenflot entlehnt habe... Das ist in der Tat königlich. Ah! ich bitte um Verzeihung, wir wollen nicht verleumden. Hier ist ein kleines Päckchen spanisches Gold... fünf Quadrupel... äußerst delikat; sehr hübsch, Henriquet! Diese Börse belästigt mich; es kommt mir vor, als müßten die Vögel, die über meinem Kopfe hinfliegen, mich für einen königlichen Sendboten halten und verspotten oder, was noch schlimmer ist, mich den Vorübergehenden als solchen angeben.«

Chicot leerte seine Börse in seine hohle Hand, zog aus seiner Tasche den einfachen linnenen Sack Gorenflots, schob das Gold und das Silber hinein und sagte zu den Talern: »Ihr könnt ruhig beisammen bleiben, meine Kinder, denn ihr kommt aus demselben Land.«

»Das ist für mich,« sagte Chicot, »nun wollen wir für Heinrich arbeiten.«

Und er nahm den Brief des Königs, den er auf den Boden gelegt hatte, um den Beutel leichter in das Wasser zu schleudern. Doch es kam des Weges ein mit Holz beladener Esel, den zwei Frauen führten, und der so stolz einherschritt, als ob er statt des Holzes Reliquien trüge.

Chicot verbarg den Brief unter seiner breiten Hand, die er auf den Boden gestützt hatte, und ließ sie vorüberziehen. Sobald er wieder allein war, nahm er den Brief, zerriß den Umschlag und zerbrach das Siegel mit der unstörbarsten Ruhe. Dann nahm er den Umschlag wieder, rollte ihn zusammen, zermalmte das Siegel zwischen zwei Steinen und schleuderte alles dem Beutel nach.

»Nun wollen wir uns einmal den Stil betrachten,« sagte Chicot.

Und er entfaltete den Brief und las: »›Teuerster Bruder, die tiefe Liebe, die unser teuerster Bruder, der selige König Karl IX., für Euch hegte, wohnt noch unter den Gewölben des Louvre und hält beharrlich stand in meinem Herzen.‹

Chicot verbeugte sich.

»Es widerstrebt mir auch, daß ich über traurige, ärgerliche Dinge mit Euch sprechen muß; doch Ihr seid stark im Mißgeschick; ich zögere daher nicht, Euch diese Dinge mitzuteilen, die man nur mutigen und erprobten Freunden sagt.«

Chicot unterbrach sich mit einer abermaligen Verbeugung.

»Überdies habe ich ein königliches Interesse, Euch zu überzeugen; dieses Interesse ist die Ehre meines Namens und des Eurigen, mein Bruder.

»Wir gleichen uns in dem Punkt, daß wir alle von Feinden umgeben sind. Chicot wird Euch das erklären.«

»Chicotus explicabit,« sagte Chicot.

»Euer Diener, der Herr Vicomte von Turenne, gibt täglich Anlaß zu Ärgernis an Eurem Hofe; Gott verhüte es, daß ich in Eure Angelegenheiten schaue, wenn nicht für Euer Bestes und für Eure Ehre, aber Eure Frau, die ich zu meinem großen Bedauern meine Schwester nenne, sollte mehr Rücksicht für Euch haben, was sie nicht tut.«

»Oh! oh!« sagte Chicot, in seinen lateinischen Übersetzungen fortfahrend: »Quaeque omittit facere«. Das ist hart.«

»Ich fordere Euch daher auf, mein Bruder, darüber zu wachen, daß das Verhältnis Margots mit dem Vicomte von Turenne, der mit unseren Feinden in Verbindung steht, dem Hause Bourbon nicht Schmach und Schaden bringe. Statuiert ein gutes Beispiel, sobald Ihr der Sache sicher seid, und versichert Euch der Sache, sobald Ihr Chicot meinen Brief habt erklären hören.«

»Statim atque audiveris chicotum litteras explicantem. Fahren wir fort.«

»Es wäre ärgerlich, wenn der geringste Verdacht über der Legitimität Eurer Nachkommenschaft schwebte, mein Bruder, ein kostbarer Punkt, an den zu denken Gott mir verbietet, denn leider bin ich verurteilt, nicht in Nachkommen wiederaufzuleben. ›Die zwei Schuldigen, die ich Euch als Bruder und als König bezeichne, halten ihre Zusammenkünfte meistens in einem kleinen Schloß, das man Loignac nennt; dieses Schloß ist dabei ein Herd von Intrigen, denen die Herren von Guise nicht fremd find; denn Ihr wißt ohne allen Zweifel, mein lieber Heinrich, mit welch seltsamer Liebe meine Schwester Heinrich von Guise und meinen eigenen Bruder Herrn von Anjou zur Zeit verfolgt hat, wo ich selbst noch diesen Namen führte, und er Herzog von Alençon hieß.‹

»*Quo et quam irregulari amore sit persecuta et Henricum Guisium et germanum meum etc.*«

›Ich umarme Euch und empfehle Euch meinen Rat, bereit, Euch in allem und für alles zu unterstützen. Mittlerweile bedient Euch der Ratschläge Chicots, den ich Euch schicke.‹

» *Age auctore Chicoto.* Gut, nun bin ich Rat des Königreichs Navarra.«

›Euer wohlgewogener usw. usw.‹«

Nachdem er so gelesen, legte Chicot seinen Kopf in seine Hände und sagte: »Oh! mir scheint, das ist ein böser Auftrag, eine schlimmere Gefahr als Mayenne. In der Tat, Mayenne ist mir lieber.

»Und dennoch ist der Brief, abgesehen von seinem gestickten Beutel, den ich ihm beim Teufel nicht verzeihe, das Werk eines geschickten Mannes. Angenommen, daß Henriot von dem Teig geknetet ist, aus dem man gewöhnlich Ehemänner macht, so entzweit ihn dieser Brief mit einem Schlag mit seiner Frau, mit Turenne, Anjou, Guise und sogar mit Spanien. Um im Louvre so gut von dem unterrichtet zu sein, was bei Heinrich von Navarra in Pau vorgeht, muß Heinrich von Valois einen Spion dort haben, und dieser Spion wird Henriot ungemein ärgern.

»Andererseits wird mir dieser Brief viele Unannehmlichkeiten zuziehen, wenn ich einen Spanier, einen Lothringer, einen Bearner oder einen Flamländer treffe, der neugierig genug ist, wissen zu wollen, warum man mich nach Bearn schickt.

»Oh! ich wäre sehr unvorsichtig, wenn ich mich nicht auf das Begegnen mit einem solchen Neugierigen gefaßt machte. Täusche ich mich nicht sehr, so muß besonders Herr Borromée etwas gegen mich im Schilde führen.

»Zweiter Punkt.

»Was hat Chicot gesucht, als er eine Sendung zu König Heinrich verlangte? Die Ruhe war sein Ziel.

»Nun wird Chicot den König von Navarra mit seiner Frau entzweien.

»Das ist nicht Chicots Sache, da er sich, wenn er so mächtige Personen entzweit, Todfeinde machen muß, die ihn hindern werden, das glückliche Alter von achtzig Jahren zu erreichen.

»Meiner Treu, desto besser, man lebt nur gut, solange man jung ist. Aber es wäre ebensoviel wert, den Messerstich des Herrn von Mayenne zu erwarten.

»Nein, denn es muß Gegenseitigkeit in allen Dingen stattfinden, das ist Chicots Wahlspruch.«

So weiter philosophierend, beschloß er, seine Reise fortzusetzen. Zunächst aber übersetzte er den Brief ins Lateinische und prägte ihn seinem Gedächtnisse ein, sodann zerriß er das Papier in unzählige kleine Fetzen, die er sorglich in alle Winde zerstreute. Inzwischen kam er in die Stadt Corbeil, wo er in aller Eile ein Mahl nahm und sodann dem Wirt einen Klepper abkaufte, mit dem er seine Reise fortsetzte.

Wir wollen das Mahl nicht beschreiben, das er zu sich nahm; wir werden es nicht einmal versuchen, das Pferd zu schildern, das er im

Stalle des Gastwirts kaufte; das wäre eine zu harte Aufgabe für uns; wir sagen nur, daß das Mahl lange genug währte, und daß das Pferd mangelhaft genug war, um uns, wenn unser Gewissen minder groß wäre, Stoff zu beinahe einem Bande zu liefern.

Die vier Winde.

Chicot ritt auf seinem kleinen Pferde, das ein sehr starkes Pferd sein mußte, um eine so große Person zu tragen, nach Fontainebleau, wo er über Nacht blieb, und machte am anderen Morgen eine Wendung nach rechts, einem kleinen Dorfe namens Orgeval zu. Er hätte gern an diesem Tage noch einige Meilen zurückgelegt, denn es schien ihn zu drängen, sich von Paris zu entfernen, aber sein Roß fing an, so häufig zu stolpern, daß er glaubte anhalten zu müssen.

Überdies hatten seine sonst so geübten Augen den ganzen Weg entlang nichts bemerkt. Menschen, Wagen, Barrieren waren ihm völlig harmlos vorgekommen.

Doch obgleich scheinbar sicher, lebte Chicot nicht in Sicherheit; niemand, unsere Leser müssen dies wissen, glaubte und traute weniger dem Anschein als Chicot.

Ehe er sich niederlegte und sein Pferd rasten ließ, untersuchte er mit der größten Sorgfalt das ganze Haus. Man zeigte ihm sehr hübsche Zimmer mit drei oder vier Eingängen, doch nach Chicots Ansicht hatten diese Zimmer nicht nur zu viele Türen, sondern die Türen schlossen auch nicht gut genug.

Der Wirt hatte ein großes Kabinett ausbessern lassen, mit einer einzigen Tür, die auf die Treppe ging und im Innern mit furchtbaren Riegeln versehen war.

In diesem Kabinett ließ er sich ein Bett aufschlagen. Er ließ die Riegel in ihren Schließkappen spielen, bestellte das Abendessen in sein Kabinett, speiste, verbot den Tisch wegzunehmen unter dem Vorwand, es befalle ihn oft in der Nacht ein Heißhunger, entkleidete sich sodann, legte seine Kleider auf einen Stuhl und ging zu Bette.

Doch ehe er zu Bette ging, zog er zu größerer Sicherheit seine Börse oder vielmehr den Sack mit Talern aus seinen Kleidern und legte ihn mit seinem guten Schwerte unter sein Kopfkissen. Dann wiederholte er dreimal in seinem Geiste den Brief.

Der Tisch bildete für ihn ein zweites Fort, und dennoch dünkte ihm dieser Wall nicht stark genug; er stand auf, nahm einen Schrank in seine Arme und stellte ihn vor den Ausgang, den er dadurch hermetisch verschloß. Er hatte also zwischen sich und jedem möglichen Angriffe eine Tür, einen Schrank und einen Tisch.

Das Wirtshaus hatte Chicot beinahe unbewohnt geschienen. Der Wirt hatte ein ehrliches Gesicht; es ging an diesem Abend ein Wind, um den Ochsen die Hörner auszureißen, und man hörte in den benachbarten Bäumen das furchtbare Krachen, das ein so süßes, so gastliches Geräusch für den wohlbewahrten, in einem guten Bett ausgestreckten Reisenden ist.

Nachdem Chicot alle seine Verteidigungsanstalten getroffen hatte, versenkte er sich behaglich in sein Lager. Es ist nicht zu leugnen, das Bett war weich und so eingerichtet, daß es einen Mann vor jeder Beunruhigung bewahrte, käme sie von Menschen oder Dingen.

Als Mann von Geist nahm Chicot noch ein neu erschienenes Buch eines Maire von Bordeaux, den man Montagne oder Montaigne, nannte, vor. Es geschah indessen, daß er, während er sein achtes Kapitel las, entschlief. Die Lampe brannte noch; die Tür war, durch den Schrank und den Tisch befestigt, geschlossen; das Schwert lag mit den Talern unter dem Kopfkissen. Der Erzengel Michael würde geschlafen haben wie Chicot, ohne an Satan zu denken, selbst wenn er den brüllenden Löwen jenseits der Tür gehabt hätte...

Während er jedoch schlief, kam es Chicot vor, als ob der Sturm heftiger würde, und besonders, als ob er auf eine ungewöhnliche Weise näherkäme. Plötzlich erschüttert ein Windstoß von unbesiegbarer Kraft die Tür, sprengt Schließkappen und Riegel und schlägt an den Schrank, der sein Gleichgewicht verliert, auf die Lampe fällt, die erlischt, und den Tisch umstürzt.

Es war Chicot gegeben, während er gut schlief, leicht und rasch und mit aller Geistesgegenwart zu erwachen; diese Geistesgegenwart deutete ihm an, lieber in den Gang hinter dem Bett zu schlüpfen, als vorn hinauszusteigen. Während er nun in den Bettgang schlüpfte, fuhren seine raschen, geübten Hände links nach dem Geldsack und rechts nach dem Griffe des Schwertes.

Chicot riß die Augen weit auf. Es war tiefe Nacht. Chicot öffnete die Ohren, und es schien ihm, als ob diese Nacht buchstäblich durch den Kampf der vier Winde zerrissen würde, die sich das ganze Zimmer streitig machten... von dem Schrank, den der Tisch immer mehr zerdrückte, bis zu den Stühlen, die rollten und sich stießen, während sie sich an die anderen Gerätschaften anhingen.

Bei diesem ganzen Lärm kam es Chicot vor, als wären die vier Windgötter in Fleisch und Knochen bei ihm eingetreten, und als hätte er es mit Eurus, Notus, Aquilo und Boreas mit ihren dicken Backen und besonders mit ihren dicken Füßen zu tun.

Chicot fügte sich, weil er begriff, daß er gegen diese Götter nichts zu tun vermochte, und kauerte sich in die Ecke seines Bettganges. Nur hielt er die Spitze seines Schwertes vorgestreckt gegen den Wind oder vielmehr gegen die Winde. Nach einigen Minuten des abscheulichsten Gepolters, das je ein menschliches Ohr zerrissen, benutzte Chicot jedoch einen Augenblick der Rast und schrie: »Zu Hilfe!«

Kurz, Chicot machte ganz allein so viel Lärm, daß die Elemente sich besänftigten, und nach sechs oder acht Minuten, während deren Eurus, Notus, Boreas und Aquilo sich fechtend zurückzugehen schienen, kam der Wirt mit einer Laterne und beleuchtete das Drama.

Die Szene, auf der es gespielt hatte, bot einen kläglichen Anblick und glich sehr einem Schlachtfelde. Der große Schrank entblößte, auf den zermalmten Tisch gestürzt, die angellose Tür, die, nur noch von einem Riegel gehalten, hin und her schwankte wie das Segel eines Schiffes; die drei oder vier Stühle des Kabinetts hatten den Rücken umgedreht und die Füße in der Luft. Das Geschirr, das auf dem Tisch gestanden hatte, lag, in tausend Stücke zerbrochen, auf dem Boden.

»Ist denn hier die Hölle los!« rief Chicot, als er den Wirt beim Scheine der Laterne erkannte.

»Ah! mein Herr,« rief der Wirt, da er den furchtbaren Schaden bemerkte, der angerichtet war; »oh! mein Herr, was ist denn geschehen?«

Und er hob die Hände und folglich auch seine Laterne zum Himmel.

»Sprecht, mein Freund, wieviel Teufel wohnen bei Euch?« brüllte Chicot.

»Oh! Jesus! Welch ein Wetter!« erwiderte der Wirt mit derselben pathetischen Gebärde.

»Eure Riegel halten also nicht?« fuhr Chicot fort, »Euer Haus ist ein Kartenhaus? Ich will lieber von hier weggehen, ich ziehe das freie Feld vor.«

Und Chicot erhob sich aus seinem Bettgange und erschien, das Schwert in der Hand, in dem Raum, der zwischen dem Fuße des Bettes und der Wand freigeblieben war.

»Oh! Meine armen Möbel!« seufzte der Wirt.

»Und meine Kleider!« rief Chicot. »Wo sind sie, meine Kleider, die auf diesem Stuhle lagen?« – »Eure Kleider,« erwiderte der Wirt mit großer Naivität, »wenn sie hier waren, so müssen sie noch hier sein.«

»Wie... wenn sie hier waren, glaubt Ihr denn etwa, ich sei gestern in dem Kostüm gekommen, in dem Ihr mich jetzt seht?« Hierbei suchte sich Chicot vergebens in sein leichtes Hemd zu hüllen. – »Mein Gott!« sagte der Wirt, verlegen, was er auf ein solches Argument antworten sollte, »ich weiß wohl, daß Ihr angekleidet wart.«

»Es ist ein Glück, daß Ihr dies zugesteht.« – »Aber ...«

»Was aber?« – »Der Wind hat alles geöffnet, alles zerstreut.«

»Ah! das ist ein Grund.« – »Ihr seht wohl,« rief der Wirt lebhaft.

»Wenn der Wind irgendwo hereinkommt, so kommt er doch aber von außen.« – »Ganz gewiß.«

»Wohl! der Wind mußte also, da er hier hereinkam, die Kleider von anderen in mein Zimmer bringen, statt die meinigen, ich weiß nicht wohin, fortzutragen.« – »Oh! bei Gott, ja, das scheint mir so. Indessen ist der Beweis vom Gegenteil vorhanden, oder er scheint vorhanden zu sein.«

»Gevatter,« sagte Chicot, der mit seinem forschenden Auge den Boden untersucht hatte, »Gevatter, welchen Weg hat der Wind genommen, um mich hier aufzufinden?« – »Wie beliebt?«

»Ich frage, woher der Wind komme.« – »Von Norden, mein Herr, von Norden.«

»Er ist im Kot marschiert, denn hier sind Eindrücke seiner Schuh« auf dem Boden.« Chicot bezeichnete wirklich auf den Platten die frische Spur einer kotigen Fußbekleidung. – Der Wirt erbleichte.

»Soll ich Euch nun einen guten Rat geben,« sagte Chicot, »so ist es der, daß Ihr solche Winde gut bewacht, die in die Wirtshäuser kommen, die Türen sprengen, in die Zimmer eindringen und, wenn sie sich entfernen, die Kleider der Reisenden stehlen.«

Der Wirt wich zwei Schritte zurück, um sich von all dem umgeworfenen Gerät freizumachen und dem Hausflur nahezukommen. Dann sagte er: »Warum nennt Ihr mich einen Dieb?«

»Ei! was habt Ihr denn mit Eurem ehrlichen, gutmütigen Gesicht gemacht?« fragte Chicot; »ich finde Euch ganz verändert.« – »Ich verändere mich, weil Ihr mich beleidigt.«

»Ich?« – »Allerdings,« versetzte der Wirt mit einem noch stärkeren Tone, der beinahe einer Drohung glich.

»Ich nenne Euch einen Dieb, weil Ihr für meine Sachen verantwortlich seid, wie mir scheint, und weil man mir meine Sachen gestohlen hat; Ihr werdet das nicht leugnen?« Und nun war es Chicot, der eine Gebärde der Drohung machte.

»Holla!« rief der Wirt, »holla! herbei, ihr Leute!«

Auf diesen Ruf erschienen vier mit Stöcken bewaffnete Männer auf der Treppe.

»Alle Wetter! Hier kommen Eurus, Notus, Aquilo und Boreas!« rief Chicot. »Da sich die Gelegenheit bietet, so will ich die Erde des Nordwinds berauben; ich leiste der Menschheit dadurch einen Dienst; es wird ein ewiger Frühling sein.«

Und er führte einen so gewaltigen Streich in der Richtung des nächsten Angreifers, daß dieser, hätte er nicht mit der Leichtigkeit eines wahren Windgottes einen Sprung rückwärts gemacht, tot niedergestreckt worden wäre.

Da er jedoch dabei Chicot anschaute und folglich nicht rückwärts sehen könnte, so fiel er auf den Rand der letzten Stufe der Treppe, die er, unfähig, seinen Schwerpunkt zu behaupten, hinunterrollte. Das war ein Signal für die drei anderen, welche durch die vor ihnen oder vielmehr hinter ihnen geöffnete Mündung mit der Geschwindigkeit von Gespenstern verschwanden, die sich in eine Falltür stürzen.

Der letzte, der verschwand, fand indessen, während seine Gefährten hinabeilten, Zeit, dem Wirte einige Worte ins Ohr zu sagen.

»Es ist gut, es ist gut!« brummte dieser, »man wird Eure Kleider wiederfinden.«

»Das ist alles, was ich verlange.« – »Und man wird sie Euch bringen.«

»Gut, gut! nicht nackt zu gehen, ist, wie mir scheint, ein billiger Wunsch.«

Man brachte wirklich die Kleider.

»Oh! oh!« rief Chicot. »Ich muß Euch eine Ehrenklärung geben! Wie konnte ich Euch im Verdacht haben! Ihr seht so ehrlich aus!«

Der Wirt lächelte gar lieblich und erwiderte: »Und nun werdet Ihr wohl wieder schlafen, denke ich?« – »Nein, ich danke, ich habe genug geschlafen.«

»Was wollt Ihr denn tun?« – »Ihr leiht mir Eure Laterne, wenn's beliebt, und ich lese,« antwortete Chicot mit derselben Freundlichkeit.

Der Wirt sagte nichts, er reichte nur Chicot die Laterne und entfernte sich. Chicot richtete den Schrank wieder an der Tür auf und steckte sich in sein Bett.

Die Nacht war ruhig; der Wind hatte sich gelegt, als wäre Chicots Schwert in den Schlauch gedrungen, der ihn enthielt.

Bei Tagesanbruch verlangte der Gesandte sein Pferd, bezahlte seine Rechnung und sagte, als er wegritt: »Wir werden heute abend sehen.«

Wie Chicot seine Reise fortsetzte, und was ihm dabei begegnete.

Chicot brachte den ganzen Morgen damit zu, daß er sich Beifall zu der Kaltblütigkeit und Geduld spendete, die er in der Nacht erprobt hatte.

»Aber,« dachte er, »man fängt einen alten Wolf nicht zweimal in derselben Falle; es ist also beinahe gewiß, daß man heute eine neue Teufelei gegen mich ersinnen wird; wir wollen daher auf unserer Hut sein.«

Die Folge dieses äußerst klugen Schlusses war, daß Chicot diesen ganzen Tag einen Marsch machte, den Xenophon in seinem Rückzug der Zehntausend zu verewigen nicht für unwürdig gehalten haben würde.

Jeder Baum, jede Veränderung des Terrains, jede Mauer, diente ihm als Beobachtungspunkt oder als natürliches Festungswerk. Sogar Bündnisse schloß er unterwegs.

Vier dicke Pariser Krämer, die in Orleans ihre Konfitüren und in Limoges ihre getrockneten Früchte bestellen wollten, ließen sich herbei, Chicot, der sich für einen Strumpfwirker ausgab, in ihre Gesellschaft aufzunehmen. Der Bund bestand also aus fünf Herren und vier Kommis. Wir wollen nicht behaupten, daß Chicot große Achtung vor der Tapferkeit seiner Gefährten hegte, aber jedenfalls ist das Sprichwort wahr, das sagt, drei Feige haben beisammen weniger Furcht, als ein Braver ganz allein. Chicot hielt es nun nicht mehr für nötig, sich umzudrehen.

So erreichte man, viel politisierend und viel prahlend, die zum Abendessen und Nachtlager gewählte Stadt. Man speiste zu Nacht, man trank tüchtig, und jeder ging in sein Zimmer.

Chicot hatte während des Mahles weder seine spöttische Redseligkeit, die seine Gefährten ergötzte, noch den Muskat und den Burgunder geschont, die ihn in der Begeisterung erhielten. Man hatte unter Handelsleuten, das heißt unter freien Männern, wenig Umstände mit Seiner Majestät dem König von Frankreich und allen übrigen Majestäten gemacht, mochten sie nun von Lothringen, von Navarra, von Flandern oder von anderen Ländern sein.

Chicot legte sich nieder, nachdem er sich mit seinen vier Händlern, die ihn gleichsam im Triumph in sein Zimmer geleiteten, für den anderen Morgen verabredet hatte. Er sah sich wie ein Fürst von den vier Reisenden bewacht, deren vier Zimmer vor dem seinigen kamen, das am Ende des Ganges lag und folglich durch die dazwischenliegenden Außenforts uneinnehmbar war.

Chicot konnte also, ohne sich gegen seine gewöhnliche Klugheit zu verfehlen, zu Bette gehen und einschlafen. Er konnte dies um so eher tun, als er zur Verstärkung der Vorsicht ängstlich das Zimmer untersucht, die Riegel seiner Tür vorgeschoben, und die Laden seines Fensters, des einzigen in seiner Stube, geschlossen hatte.

Aber es trat während seines ersten Schlafes ein Ereignis ein, das auch der Weiseste nicht hätte voraussehen können. Um halb zehn Uhr wurde schüchtern an die Tür der vier Kommis geklopft, die alle vier beisammen in einer Dachstube über ihren Herren wohnten. Der eine öffnete in ziemlich übler Laune und stand dem Wirt gegenüber.

»Meine Herren,« sagte dieser, »ich sehe mit Vergnügen, daß ihr euch ganz angekleidet niedergelegt habt; ich will euch einen großen Dienst erweisen. Eure Patrone haben sich bei Tische an politischen Gesprächen sehr erhitzt. Es scheint, ein Beamter hat sie gehört und ihre Reden dem Maire hinterbracht. Unsere Stadt tut sich etwas darauf zu gut, treu zu sein, der Maire schickte die Wache, die eure Herren festgenommen und nach dem Rathause gebracht hat, wo sie sich erklären müssen. Das Gefängnis ist ganz nahe beim Rathaus; macht euch daher auf die Beine, eure Maultiere erwarten euch, eure Patrone werden euch wohl einholen.«

Die vier Kommis sprangen wie junge Ziegen, stürzten nach der Treppe, bestiegen zitternd ihre Maultiere und schlugen wieder den Weg nach Paris ein, nachdem sie den Wirt beauftragt hatten, die Herren von ihrer Abreise und von der Richtung, die sie genommen, in Kenntnis zu setzen, wenn sie etwa in den Gasthof zurückkämen.

Sobald der Wirt die vier Kommis an der Straßenecke verschwinden sah, klopfte er mit derselben Vorsicht an die erste Tür des Korridors, wo der erste Kaufmann schlief, und sagte ihm leise: »Man hat Euch bei Tisch den König schmähen hören, und der Maire ist davon durch einen Spion unterrichtet worden, worauf er sich hierher begeben. Zum Glück hatte ich den Gedanken, ihm das Zimmer Eurer Kommis zu bezeichnen, so daß er eben beschäftigt ist, diese oben zu verhaften, statt Euch hier festzunehmen.«

»Oh! oh! Was sagt Ihr mir da,« versetzte der Kaufmann.

»Die reine Wahrheit. Flüchtet eiligst, solange die Treppe noch frei ist...«

»Aber meine Gefährten?« – »Ihr werdet keine Zeit haben, sie zu benachrichtigen.«

»Arme Leute!« sagte der Kaufmann und kleidete sich in aller Hast an.

Währenddessen klopfte der Wirt, wie von einer plötzlichen Eingebung berührt, mit dem Finger an den Verschlag, der den ersten Kaufmann vom zweiten schied. Auf dieselben Worte und dieselbe Fabel öffnete der zweite sacht die Tür; erweckt wie der zweite, rief der dritte dem vierten, und leicht, wie ein Flug Schwalben, verschwanden alle vier, die Arme zum Himmel erhebend und auf den Fußspitzen marschierend.

»Der arme Strumpfwirker,« sagten sie, »auf ihn wird alles fallen; es ist nicht zu leugnen, er hat am meisten gesprochen. Meiner Treu! er mag sich Hüten, denn der Wirt hat nicht mehr Zeit gehabt, ihn zu warnen wie uns.«

Meister Chicot war in der Tat, wie man begreift, nicht benachrichtigt worden. In dem Augenblick, als die Kaufleute, ihn Gott empfehlend, entflohen, lag er im tiefsten Schlafe.

Der Wirt versicherte sich dessen, indem er an der Tür horchte; dann ging er in die untere Stube, deren sorgfältig verschlossene Tür sich auf ein Zeichen von ihm öffnete. Er nahm seine Mütze ab und trat ein.

Die Stube war von sechs bewaffneten Männern besetzt, von denen einer der Befehlshaber zu sein schien.

»Nun!« sagte der letztere. – »Herr Offizier, ich habe in allen Punkten gehorcht.«

»Ist Euer Wirtshaus verlassen?« – »Durchaus.«

»Die Person, die wir Euch bezeichnet haben, ist weder geweckt noch benachrichtigt worden?« – »Weder geweckt noch benachrichtigt.«

»Herr Wirt, Ihr wißt, in wessen Namen wir handeln; Ihr wißt, welcher Sache wir dienen, denn Ihr seid selbst ein Verteidiger der heiligen Sache.« – »Ja, gewiß, Herr Offizier; Ihr seht auch, daß ich, um meinem Schwure zu gehorchen, das Geld opferte, das meine Gäste bei mir verzehrt hatten; doch es ist in diesem Schwur gesagt: Ich werde meine Habe zur Verteidigung der heiligen katholischen Religion opfern.«

»Und mein Leben!... Ihr vergeßt dieses Wort,« sagte der Offizier mit stolzem Tone. – »Mein Gott!« rief der Wirt, die Hände faltend, »verlangt man mein Leben von mir? Ich habe Weib und Kinder!«

»Man wird es nur von Euch verlangen, wenn Ihr nicht blindlings dem gehorcht, was man Euch befiehlt.« – »Oh! ich werde gehorchen, seid unbesorgt.«

»Dann legt Euch zu Bette; schließt die Türen, und was Ihr auch hören oder sehen möget, geht nicht heraus, und sollte Euer Haus brennen oder über Eurem Haupte zusammenstürzen. Ihr seht, Eure Rolle ist nicht schwierig.« – »Ach, ach! ich bin zugrunde gerichtet,« murmelte der Wirt.

»Man hat mich beauftragt, Euch zu entschädigen, nehmt diese dreißig Taler.« – »Mein Haus für dreißig Taler!« versetzte der Wirt mit kläglichem Tone.

»Ei! bei Gott! Man wird Euch nicht eine einzige Scheibe zerbrechen, Ihr Flenner... Pfui! Welche gemeinen Streiter der heiligen Lige haben wir da...«

Der Wirt entfernte sich und schloß sich ein.

Nun befahl der Offizier den zwei am besten bewaffneten Leuten, sich unter Chicots Fenster zu stellen. Er selbst stieg mit drei anderen zu seinem Zimmer hinauf.

»Ihr wißt den Befehl?« sagte der Offizier. »Wenn er öffnet, wenn er sich durchsuchen läßt, wenn wir bei ihm finden, was wir haben wollen, soll ihm nicht das geringste Leid getan werden; geschieht das Gegenteil, so bekommt er einen guten Dolchstoß, einen Dolchstoß, versteht Ihr? Nichts von Pistole oder Büchse. Überdies ist es unnötig, da wir zu vier gegen einen sind.«

Man kam zur Tür. Der Offizier klopfte.

»Wer ist da?« fragte Chicot, plötzlich erweckt.

»Bei Gott! wir müssen listig sein,« sagte der Offizier.

»Eure Freunde, die Händler, die Euch etwas Wichtiges mitzuteilen haben,« antwortete er.

»Oh! oh!« rief Chicot, »der Wein von gestern hat Eure Stimmen sehr angeschwellt, meine Freunde.«

Der Offizier milderte seine Stimme und sagte im weichsten Tone: »Öffnet doch, lieber Gefährte und Freund!«

»Alle Wetter, wie Euer Gewürz nach Eisen riecht!«

»Ah! Du willst nicht öffnen!« rief ungeduldig der Offizier; »also drauf, stoßt die Tür ein!«

Chicot lief an das Fenster, öffnete es und sah unten die zwei bloßen Schwerter.

»Ich bin gefangen,« rief er.

»Ah! ah! Gevatter,« sagte der Offizier, der gehört hatte, wie er das Fenster öffnete. »Du fürchtest den gefährlichen Sprung und hast recht. Vorwärts, öffne uns, öffne!«

»Wahrhaftig, nein,« erwiderte Chicot, »die Tür ist fest, und man wird mir zu Hilfe kommen, wenn Ihr Lärm macht.«

Der Offizier brach in ein Gelächter aus und befahl den Soldaten, die Angeln loszubrechen.

Chicot brüllte, um die Kaufleute herbeizurufen.

»Dummkopf!« sagte der Offizier. »Glaubst du, wir hätten dir Hilfe gelassen? Du täuschest dich, du bist ganz allein und folglich verloren. Auf, mache gute Miene zum bösen Spiel... Und ihr, Leute, rührt euch!« Chicot hörte drei Musketenkolben mit der Gewalt und der Regelmäßigkeit von drei Widdern gegen die Tür stoßen.

»Es sind da drei Musketen und ein Offizier,« sagte er, »unten sind nur zwei Degen; fünfzehn Fuß zu springen, ist eine Erbärmlichkeit. Ich ziehe die Degen den Musketen vor.«

Und er band seinen Sack an seinen Gürtel und stieg, ohne zu zögern, sein Schwert in der Hand haltend, auf den Rand des Fensters. Die Männer unten hielten ihre Klinge in die Luft. Aber Chicot hatte richtig gerechnet. Nie wird ein Mensch, und wäre er ein Riese, den Sturz eines anderen erwarten, und wäre dieser ein Zweig, wenn der letztere Mensch ihn töten kann, indem er sich tötet. Die Soldaten veränderten ihre Taktik und wichen zurück, entschlossen, auf Chicot einzuhauen, wenn er gefallen wäre.

Darauf machte sich der Gaskogner gefaßt. Er sprang als gewandter Mann auf die Fußspitzen und blieb gekauert; in demselben Augenblick versetzte ihm einer von den Leuten einen Stich, der eine Mauer durchdrungen hätte.

Aber Chicot gab sich nicht einmal die Mühe zu parieren, er empfing den Stoß mitten auf bei Brust; doch auf dem Panzerhemd Gorenflots zerbrach die Klinge seines Feindes wie Glas.

»Er ist gepanzert,« sagte der Soldat.

»Bei Gott!« erwiderte Chicot, der ihm schon mit einem Hieb mit verkehrter Hand den Kopf gespalten hatte.

Wer andere schrie und war nur noch darauf bedacht zu parieren, denn Chicot griff ihn an. Leider besaß er nicht einmal die Stärke von Jacques Clement. Chicot streckte ihn beim zweiten Ausfall neben seinem Kameraden nieder, so daß der Offizier, als er nach Sprengung der Tür aus dem Fenster schaute, nur noch seine in ihrem Blute schwimmenden Soldaten sah. Fünfzig Schritte von den Sterbenden entfloh Chicot in aller Ruhe.

»Das ist ein Teufel,« rief der Offizier, »er hat die Eisenprobe.«

»Ja, aber nicht die, Bleiprobe,« erwiderte ein Soldat, auf ihn anschlagend.

»Unglücklicher!« rief der Offizier, indem er die Muskete aufhob, »kein Geräusch! Du wirst die ganze Stadt aufwecken; wir finden ihn morgen.«

»Oh!« sagte philosophisch einer von den Soldaten, »man hätte unten vier Mann aufstellen sollen und oben nur zwei.«

»Du bist ein Einfaltspinsel!« erwiderte der Offizier.

»Wir wollen sehen, was der Herzog zu ihm sagt,« brummte der Soldat, um sich zu trösten. Und er setzte den Kolben seiner Muskete auf die Erde.

Dritter Reisetag.

Chicot entfloh so gemächlich, weil er sich in Etampes befand, das heißt mitten unter einer Bevölkerung und unter dem Schutz von Behörden, die auf sein erstes Ersuchen Gerechtigkeit geübt und selbst den Herzog von Guise verhaftet hätten.

Seine Gegner begriffen das sehr wohl; der Offizier verbot auch, wie wir sahen, auf die Gefahr, Chicot entfliehen zu lassen, seinen Soldaten, von Schußwaffen Gebrauch zu machen.

Chicot suchte vergebens seine Kaufleute und ihre Kommis. Dann war er so kühn, als er an der Ecke einer benachbarten Straße die Tritte von Pferden sich hatte entfernen hören, in den Gasthof zurückzukehren.

Er fand den Wirt, der sein Gleichgewicht noch nicht wiedererlangt hatte und ihn sein Pferd im Stall satteln ließ, wobei er ihn mit einem Erstaunen ansah, als ob er ein Gespenst wäre.

Chicot benutzte diese wohlwollende Verwunderung, um seine Zeche nicht zu bezahlen, die der Wirt sich seinerseits wohl hütete, von ihm zu fordern. Dann brachte er die Nacht vollends in dem großen Saale eines andern Wirtshauses mitten unter Trinkern zu, die nicht ahnten, daß der lange Unbekannte mit dem lächelnden Gesicht und der freundlichen Miene soeben zwei Männer erschlagen habe.

Der Tagesanbruch fand ihn auf der Landstraße, von einer Unruhe heimgesucht, die sich von Augenblick zu Augenblick vermehrte. Zwei Versuche waren gescheitert, ein dritter konnte unheilvoll für ihn werden.

Zuerst nahm er sich vor, sobald er in Orleans wäre, dem König einen Eilboten zu schicken und ihn zu bitten, ihm von Stadt zu Stadt ein Geleite zu geben.

Da aber die Straße bis Orleans verlassen und vollkommen sicher war, so dachte Chicot, er würde unnötigerweise feige erscheinen, weshalb er den Schritt unterließ. Doch nach Orleans fühlte Chicot seine Angst sich verdoppeln; es war bald vier Uhr und es kam daher der Abend. Die Straße war von Gebüschen begrenzt, als ob man im Walde ginge, und stieg wie eine Leiter aufwärts; der Reisende war daher wie das Schwarze in der Scheibe für jeden, der ein Verlangen gefühlt hätte, ihm eine Büchsenkugel zuzusenden.

Plötzlich hörte Chicot in der Ferne ein Geräusch, ähnlich dem Gepolter, das galoppierende Pferde auf trockenem Boden machen. Er wandte sich um und sah unten am Abhang, den er zur Hälfte hinter sich hatte, Reiter, die mit verhängten Zügeln heraufsprengten; es waren ihrer sieben, von denen vier Musketen auf der Schulter hatten.

Die Pferde dieser Reiter liefen viel schneller als Chicots Pferd. Dieser wollte sich durchaus nicht in einen Kampf der Geschwindigkeit einlassen, der ihm nur schaden konnte. Er ließ nur sein Pferd im Zickzack gehen, damit die Bogenschützen kein festes Ziel hätten.

In der Tat wurde auch Chicot in dem Augenblick, als die Reiter noch fünfzig Schritte von ihm entfernt waren, mit vier Schüssen begrüßt, von denen drei, der Richtung folgend, in der die Reiter schossen, über seinem Kopfe hingingen.

Chicot erwartete also diese vier Büchsenschüsse und hatte auch zum voraus seinen Plan gemacht. Als er die Kugeln pfeifen hörte, ließ er die Zügel los und glitt von seinem Pferde herab. Er war so vorsichtig gewesen, sein Schwert aus der Scheide zu ziehen, und hielt in der linken Hand einen Dolch so schneidend wie ein Rasiermesser und so spitzig wie eine Nadel.

Er fiel also, und dies so, daß seine Beine wie gebogene Federn waren, bereit, sich sofort wieder zu entspannen. Durch die Stellung, die er im Fallen genommen, war sein Kopf zugleich durch die Brust seines Pferdes geschützt.

Ein Freudenschrei erhob sich aus der Gruppe der Reiter, die Chicot für tot hielten.

»Ich sagte es Euch wohl, Dummkopf,« rief, im Galopp herbeisprengend, ein Verlarvter, »Ihr habt alles verfehlt, weil man nicht buchstäblich meinen Befehlen gehorchte. Diesmal liegt er unten. Man durchsuche ihn, mag er tot oder lebendig sein, und wenn er sich rührt, mache man ihm den Garaus.« – »Sehr Wohl, gnädiger Herr,« sagte ehrfurchtsvoll einer von den Leuten.

Sie stiegen alle ab, mit Ausnahme eines Mannes, der die Zügel zusammenfaßte und die Pferde bewachte. Chicot war nicht gerade ein frommer Mann, doch in solchen Augenblicken dachte er daran, daß es einen Gott gibt, und daß der Sünder vielleicht, ehe fünf Minuten vergingen, vor seinem Richter stände. Er murmelte ein finsteres, glühendes Gebet, das sicher oben gehört wurde.

Zwei Männer näherten sich ihm; beide mit dem Schwert in der Hand.

Aus der Art, wie Chicot seufzte, sah man wohl, daß er nicht tot war. Da er sich aber nicht rührte, so beging der eifrigere von beiden die Unklugheit, sich dem Bereiche der linken Hand zu nähern; wie von einer Feder geschleudert, drang ihm sogleich der Dolch in seine Gurgel, wo sich das Stichblatt wie auf weichem Wachs eindrückte. Zugleich verschwand die Hälfte des Schwertes, das Chicot in der rechten Hand hielt, in den Lenden des zweiten Reiters, der entfliehen wollte.

»Bei Gott!« rief der Anführer, »das ist Verrat. Schlagt an, der Bursche ist noch sehr lebendig.« »Gewiß, ich bin noch sehr lebendig,« rief Chicot, dessen Augen Blitze schleuderten, und rasch wie der Gedanke warf er sich auf den Anführer und setzte ihm die Spitze des Dolches auf die Larve.

Doch schon hielten ihn zwei Soldaten umfangen; er wandte sich um, durchschlug einen Schenkel mit einem gewaltigen Schwertstreich und war frei.

»Kinder! Kinder! Mord und Tod, greift zu den Büchsen,« rief der Anführer.

»Ehe die Büchsen fertig sind,« sagte Chicot, »habe ich dir die Eingeweide geöffnet, Schurke, und die Stricke deiner Maske durchschnitten, daß ich weiß wer du bist?«

»Haltet fest, Herr, haltet fest, und ich werde Euch beschützen,« rief eine Stimme, bei deren Klang Chicot glaubte, sie komme vom Himmel.

Es war die Stimme eines schönen jungen Mannes, der auf einem guten Rappen ritt. Er hatte zwei Pistolen in der Hand und rief Chicot zu: »Bückt Euch, bückt Euch, beim Himmel! bückt Euch doch!«

Chicot gehorchte.

Ein Pistolenschuß krachte, und ein Mann, der seinen Degen fallen ließ, wälzte sich zu den Füßen Chicots.

Indessen schlugen sich die Pferde; die drei überlebenden Reiter wollten die Steigbügel wieder erreichen, aber es gelang ihnen nicht; der junge Mann feuerte einen zweiten Pistolenschuß, der abermals einen Soldaten niederwarf. »Zwei gegen zwei,« sagte Chicot; »edler Retter, nehmt Euren Mann, hier ist der meinige.«

Und er drang auf den verlarvten Reiter ein, der ihm indessen, zitternd vor Wut oder vor Furcht, wie ein in der Handhabung der Waffen geübter Mann standhielt.

Wer junge Mann hatte seinerseits seinen Feind um den Leib gefaßt, niedergeworfen, ohne nur das Schwert in die Hand zu nehmen und knebelte ihn mit seiner Degenkuppel wie ein Lamm auf der Schlachtbank.

Als sich Chicot einem einzigen Feinde gegenübersah, gewann er wieder seine Kaltblütigkeit und folglich seine Überlegenheit.

Er griff seinen Gegner, der ziemlich beleibt war, gewaltig an, drängte ihn an den Graben der Straße zurück und brachte ihm auf eine Sekundfinte einen Degenstich mitten in die Rippen bei. Der Mann fiel. Chicot setzte den Fuß auf das Schwert des Besiegten, daß er es nicht mehr fassen konnte, durchschnitt mit seinem Dolche die Schnüre der Larve und rief: »Herr von Mayenne! ... Alle Wetter! ich vermutete es.«

Der Herzog antwortete nicht; er war halb durch den Blutverlust, halb durch das Gewicht des Sturzes, ohnmächtig geworden.

Chicot kratzte sich an seiner Nase, wie er es bei einer schwierigen Überlegung zu tun pflegte. Nachdem er eine halbe Minute nachgedacht, schlug er seinen Ärmel zurück, nahm seinen breiten Dolch und näherte sich dem Herzog, um ihm den Kopf abzuschneiden.

Da fühlte er aber, wie ein eiserner Arm den seinen preßte, und er hörte eine Stimme sagen: »Alles schön und gut, mein Herr, doch man tötet einen am Boden liegenden Feind nicht.«

»Junger Mann,« erwiderte Chicot, »es ist wahr. Ihr habt mir das, Leben gerettet, und ich danke Euch von ganzem Herzen dafür; doch laßt Euch sagen: Wenn ein Mensch in drei Tagen drei Angriffe ausgehalten hat, wenn er dreimal in Lebensgefahr gewesen, wenn er noch ganz warm ist von dem Blute seiner Feinde, die, ohne irgendeine Herausforderung, vier Büchsenschüsse nach ihm abfeuerten, wie nach einem wütenden Wolf, dann, junger Mann, kann dieser Mutige, erlaubt mir, es zu sagen, kühn tun, was ich tun werde.«

Und Chicot nahm seinen Feind wieder beim Hals, um seine Operation zu vollenden. Doch auch diesmal hielt ihn der junge Mann zurück und sagte: »Ihr werdet das nicht tun, wenigstens nicht, solange ich da bin. Man vergießt nicht so Blut wie das, welches der Wunde entströmt, die Ihr schon gemacht habt.«

»Bah!« sagte Chicot erstaunt, »Ihr kennt diesen Elenden?«

»Dieser Elende ist der Herr Herzog von Mayenne, ein Fürst, an Größe vielen Königen gleich.«

»Ein Grund mehr,« sagte Chicot mit düsterem Tone... »Doch Ihr, wer seid Ihr?«

»Ich bin der, der Euch das Leben gerettet,« antwortete kalt der junge Mann.

»Und der mir, wenn ich mich nicht täusche, vor drei Tagen bei Charenton einen Brief vom König übergeben hat.« – »Ganz richtig.«

»Dann seid Ihr im Dienst des Königs?« – »Ich habe die Ehre.«

»Und während Ihr im Dienst des Königs seid, schont Ihr Herrn von Mayenne? Gottes Tod! Erlaubt mir, Euch zu sagen, daß dies nicht das Benehmen eines guten Dieners ist.« – »Ich glaube im Gegenteil, daß ich in diesem Augenblick der gute Diener des Königs bin.«

»Vielleicht,« erwiderte Chicot traurig; »doch es ist hier nicht der Ort und die Zeit zu philosophieren. Wie heißt Ihr?« – »Ernauton von Carmainges.«

»Nun, Herr Ernauton, was machen wir mit diesem dicken Aas, das an Größe allen Königen der Erde gleich ist? Denn ich suche das weite Feld, das sage ich Euch zum voraus.« – »Ich werde über Herrn von Mayenne wachen.«

»Und was macht Ihr mit dem Gesellen, der dort horcht?« – »Der arme Teufel hört nichts, ich habe ihn, wie mir scheint, zu fest zusammengeschnürt, er ist ohnmächtig.«

»Herr von Carmainges, Ihr habt mir das Leben gerettet, doch Ihr gefährdet es furchtbar für später.« – »Ich tue heute meine Pflicht, Gott wird für die Zukunft sorgen.« – »Es geschehe also, wie Ihr wünscht. Überdies widerstrebt es mir, diesen wehrlosen Menschen zu töten, obgleich er mein grausamster Feind ist. Gott befohlen, mein Herr.« Nach diesen Worten drückte Chicot Ernauton die Hand. »Er hat vielleicht recht,« sagte er, während er sich entfernte, um sein Pferd wieder zu besteigen. Dann kehrte er noch einmal um und sagte: »Ihr habt hier im ganzen sieben gute Pferde; ich glaube vier für meinen Anteil gewonnen zu haben; helft mir eins auswählen... Ihr versteht Euch darauf?« – »Nehmt das meinige,« erwiderte Ernauton, »ich weiß, was es zu leisten vermag.«

»Oh! das ist zu viel Großmut, behaltet es für Euch.« – »Nein, ich brauche nicht so schnell zu marschieren.«

Chicot ließ sich nicht bitten. Er schwang sich auf Ernautons Pferd und verschwand.

Ernauton von Carmainges.

Ernauton blieb auf dem Schlachtfeld, ziemlich verlegen darüber, was er mit den zwei Feinden machen sollte, die voraussichtlich bald ihre Augen wieder in seinen Armen öffneten.

Da indes keine Gefahr war, daß sie sich entfernten, ging der junge Mann weg, um Hilfe zu suchen, und fand auch bald, was er suchte.

Ein Wagen, von zwei Ochsen gezogen und von einem Bauern geführt, erschien oben auf dem Berge, kräftig sich von einem durch das Feuer der untergehenden Sonne geröteten Himmel abhebend.

Ernauton redete den Führer an, er erzählte ihm, es habe ein Kampf zwischen Hugenotten und Katholiken stattgefunden, dieser Kampf sei für vier tödlich gewesen, zwei hatten ihn jedoch überlebt. Obwohl zum Tode erschrocken, half der Bauer dem jungen Mann, zuerst Herrn von Mayenne und sodann den Soldaten, der immer noch die Augen geschlossen hielt, auf seinen Wagen tragen.

Im Stalle dieses Bauern, auf einem guten Strohlager, kam Herr von Mayenne wieder zum Bewußtsein. Er öffnete die Augen und schaute sich mit einem leicht begreiflichen Erstaunen um.

Sofort entließ Ernauton den Bauern.

»Wer seid Ihr, mein Herr?« fragte Mayenne. – Lächelnd erwiderte Ernauton: »Erkennt Ihr mich nicht?«

»Doch wohl,« sagte der Herzog, die Stirn faltend, »Ihr seid, der, der meinem Feind zu Hilfe gekommen ist.« –

»Ja, ich bin aber auch der, der Euren Feind verhindert hat, Euch zu töten.«

»Das muß so sein, da ich lebe, wenn er mich nicht etwa tot glaubte.« – »Er entfernte sich, während er Euch lebend wußte.«

»Er hielt wenigstens meine Wunde für tödlich.« – »Ich weiß es nicht; wenn ich mich aber nicht widersetzt hätte, würde er Euch eine beigebracht haben, die es sicher gewesen wäre.«

»Aber warum habt Ihr denn meine Leute töten helfen, um hernach diesen Menschen zu hindern, daß er mich töte?« –

»Das ist ganz einfach, mein Herr, und ich wundere mich, daß ein Edelmann, – Ihr scheint mir einer zu sein, – mein Benehmen nicht begreift. Der Zufall führte mich auf die Straße, der Ihr folgtet, ich sah mehrere Männer einen einzigen angreifen, ich verteidigte den einzelnen Mann; als dieser Tapfere, dem ich zu Hilfe kam – denn wer er auch sein mag, tapfer ist dieser Mann –, mit Euch allein kämpfend, den Sieg hatte, und ich sah, daß er diesen Sieg mißbrauchen wollte, da trat ich mit meinem Schwerte dazwischen.«

»Ihr kennt mich also? – »Ich brauche Euch nicht zu kennen; ich weiß, daß Ihr ein Verwundeter seid, und das genügt mir.«

»Seid offenherzig, Ihr kennt mich.« – »Es ist seltsam, daß Ihr mich nicht begreifen wollt; ich finde es durchaus nicht edler, einen wehrlosen Menschen zu töten, als zu sechs einen Vorübergehenden anzugreifen.«

»Ihr gesteht aber zu, daß es für jedes Ding Gründe geben kann?« – Ernauton verbeugte sich, antwortete aber nicht.

»Habt Ihr nicht gesehen, daß ich allein den Degen mit diesem Menschen kreuzte?« »Es ist wahr, ich habe es gesehen.«

»Dieser Mensch ist mein Todfeind.« – »Ich glaube es, denn er hat mir dasselbe von Euch gesagt.«

»Und wenn ich meine Wunde überlebe...« – »Das geht mich nichts an, Ihr mögt nach Eurem Belieben handeln, mein Herr.«

»Haltet Ihr mich für sehr gefährlich verwundet?« – »Ich habe Eure Wunde untersucht, mein Herr, und ich glaube, daß sie zwar schwer, aber nicht tödlich ist. Das Eisen ist, wie mir scheint, an den Rippen abgeglitten und nicht in die Brust gedrungen. Atmet, und ich hoffe, Ihr werdet keinen Schmerz in der Gegend der Lunge empfinden.«

Mayenne atmete mühsam, aber ohne ein inneres Leiden.

»Es ist wahr,« sagte er; »doch die Menschen, die bei mir waren?« – »Sind tot, mit Ausnahme eines einzigen.«

»Man hat sie also auf der Straße liegen lassen?« –

»Ja.«

»Hat man sie durchsucht?« – »Der Bauer, den Ihr gesehen habt, und der unser Wirt ist, besorgte das.

»Was hat er bei ihnen gefunden?« – »Etwas Geld.« »Und Papiere?« – »Ich weiß nichts davon.« »Ah!« machte Mayenne mit offenbarer Befriedigung. –

»Übrigens könnt Ihr Euch bei dem, der noch lebt, erkundigen.«

»Wo ist er?« – »In der Scheune, zwei Schritte von hier.«

»Schafft mich zu ihm, oder schafft ihn vielmehr zu mir, und wenn Ihr, ein Ehrenmann seid, schwört mir, keine Frage an ihn zu richten.« – »Ich bin nicht neugierig, mein Herr, und will von dieser Suche nichts weiter wissen.«

Der Herzog schaute Ernauton mit einem Überreste von Unruhe an.

»Mein Herr,« sagte Ernauton, »ich wäre glücklich, wenn Ihr einem andern den Auftrag erteiltet, den Ihr mir geben wollt.«

»Ich habe unrecht, mein Herr, und ich erkenne es,« erwiderte Mayenne; »habt die Gefälligkeit, mir den Dienst zu leisten, um den ich Euch bitte.«

Fünf Minuten nachher trat der Soldat in den Stall. Er stieß einen Schrei aus, als er den Herzog erblickte; dieser aber hatte die Kraft, den Finger auf die Lippen zu legen; der Soldat schwieg sogleich.

»Mein Herr,« sagte Mayenne zu Ernauton, »mein Dank wird ewig währen, und eines Tages werden wir uns unter besseren Umständen wiederfinden; darf ich Euch fragen, mit wem ich zu sprechen die Ehre habe?«

»Ich bin der Vicomte Ernauton von Carmainges.«

»Ihr folgtet dem Wege nach Beaugency.« – »Ja.«

»Dann habe ich Euch gehindert, und Ihr könnt vielleicht diese Nacht nicht weiter reisen?« – »Im Gegenteil, ich gedenke sogleich wieder aufzubrechen.«

»Nach Beaugency?« – Ernauton schaute Mayenne wie ein Mensch an, den dieses Drängen unangenehm berührt. »Nach Paris,« sagte er. Der Herzog schien erstaunt. »Verzeiht,« fuhr er fort, »aber es ist seltsam, daß Ihr, nach Beaugency reitend und durch einen unvorhergesehenen Umstand aufgehalten, das Ziel Eurer Reise verfehlt habt.«

»Nichts kann einfacher sein,« entgegnete Ernauton, »ich begab mich zu einem Stelldichein. Da mich unser Abenteuer hier anhielt, so verfehlte ich die verabredete Zeit und kehre nun zurück.«

Mayenne suchte vergeblich auf Ernautons unempfindlichem Gesicht einen andern Gedanken zu lesen, als den seine Worte ausdrückten.

»Oh!« sagte er endlich, »warum bleibt Ihr nicht einige Tage bei mir! Ich würde meinen Soldaten hier nach Paris schicken, um einen Wundarzt holen zu lassen, denn nicht wahr, Ihr begreift, daß ich nicht allein bei den mir völlig unbekannten Bauern verweilen kann.«

»Und warum,« entgegnete Ernauton, »sollte nicht Euer Soldat bei Euch bleiben und ich Euch einen Wundarzt schicken?«

Mayenne zögerte. »Wißt Ihr den Namen meines Feindes?« fragte er. – »Nein,«

»Wie, Ihr habt ihm das Leben gerettet und er hat Euch nicht einmal seinen Namen gesagt?« – »Ich habe ihn nicht danach gefragt.«

»Ihr habt ihn nicht danach gefragt?« – »Ich rettete Euch auch das Leben, habe ich Euch deshalb nach dem Eurigen gefragt? Dafür wißt Ihr beide den meinigen.«

»Ich sehe, daß nichts von Euch zu erfahren ist, und daß Ihr ebenso verschwiegen wie mutig seid.« – »Und ich sehe, daß Ihr diese Worte mit der Absicht eines Vorwurfs aussprecht, und ich bedaure dies; denn in der Tat, was Euch beunruhigt, sollte Euch gerade beruhigen. Man kann nicht verschwiegen gegen einen sein, ohne es gegen den andern zu sein.«

»Ihr habt recht; Eure Hand, Herr von Carmainges.«

Ernauton gab ihm die Hand, doch ohne daß irgend etwas in seiner Gebärde andeutete, er wisse, daß er einem Prinzen die Hand reiche.

»Ihr habt mein Benehmen getadelt,« sagte Mayenne, »ich kann mich nicht rechtfertigen, ohne große Geheimnisse zu enthüllen. Es ist, glaube ich, besser, wenn wir unsere Bekenntnisse nicht weiter treiben.« – »Ihr verteidigt, während ich nicht anklage. Glaubt mir, es steht Euch vollkommen frei, zu sprechen oder zu schweigen.« »Ich danke und schweige. Wißt nur, daß ich ein Edelmann von gutem Hause und in der Lage bin, Euch jedes Vergnügen zu machen.« – »Lassen wir das ruhen, und glaubt mir, daß ich ebenso diskret in Beziehung auf Euren Kredit sein werde, wie ich es hinsichtlich Eures Namens gewesen bin. Bei dem Herrn, dem ich diene, brauche ich niemand.«

»Welchem Herrn?« fragte Mayenne unruhig, »welchem Herrn, wenn es Euch beliebt?« – »Oh! keine Bekenntnisse mehr! Ihr habt es selbst gesagt.«

»Das ist richtig,« – »Und dann fängt Eure Wunde an, sich zu entzünden; glaubt mir, sprecht weniger!«

»Ihr habt recht. Oh! ich sollte notwendig meinen Wundarzt haben.« – »Ich kehre nach Paris zurück, wie ich Euch zu sagen die Ehre hatte; gebt mir seine Adresse!«

Mayenne machte dem Soldaten ein Zeichen, und dieser näherte sich ihm, dann sprachen sie leise miteinander, wobei sich Ernauton entfernte.

Nach einigen Minuten der Beratung wandte sich der Herzog nach Ernauton um und sagte: »Herr von Carmainges, Euer Ehrenwort, daß Ihr, wenn ich Euch einen Brief an jemand einhändigte, diesen Brief an die betreffende Person überliefern würdet?« – »Ich gebe es Euch.«

»Und ich glaube ihm. Ihr seid ein zu wackerer Mann, als daß ich Euch nicht blindlings vertrauen sollte.« Ernauton verbeugte sich. »Ich will Euch einen Teil meines Geheimnisses anvertrauen, ich gehöre, zu den Leibwachen der Frau Herzogin von Montpensier.« – »Ah!« versetzte Ernauton naiv, »die Frau Herzogin von Montpensier hat Leibwachen, das wußte ich nicht.«

»In diesen unruhigen Zeiten hilft sich jeder, so gut er kann, und da das Haus Guise ein souveränes Haus ist...« – »Ich verlange keine

Erklärung; Ihr gehört zu den Leibwachen der Herzogin von Montpensier, das genügt mir.«

»Nun also, ich hatte den Auftrag, eine Reise nach Umboise zu machen, als ich auf dem Wege meinem Feinde begegnete. Das übrige wißt Ihr.« – »Ja.«

»Durch diese Wunde aufgehalten, bin ich der Herzogin Rechenschaft über die Ursache meines Zögerns schuldig.« – »Das ist richtig.«

»Ihr habt also wohl die Güte, ihr eigenhändig den Brief zu übergeben, den ich ihr zu schreiben die Ehre haben werde.«

Her Herzog ließ sich von seinem Soldaten das zum Schreiben Nötige geben und übergab den geschlossenen Brief Ernauton. »In drei Tagen,« sagte dieser, »ist das Schreiben übergeben.«

»Zu eigenen Händen?« – »An die Frau Herzogin von Montpensier selbst.«

Der Herzog drückte seinem Gefährten die Hände und sank dann ermattet, Schweiß auf der Stirn, auf das frische Stroh zurück.

»Mein Herr,« sagte der Soldat in einer Sprache, die Ernauton sehr wenig mit der Tracht im Einklang zu stehen schien, »Ihr habt mich gebunden wie ein Kalb, das ist wahr; aber, wollt Ihr oder wollt Ihr nicht, ich sehe dieses Band als eine Kette der Freundschaft an und werde es Euch geeigneten Orts und zu geeigneter Zeit beweisen.«

Und er reichte ihm eine Hand, deren Weiße der junge Mann schon wahrgenommen hatte.

»Es sei,« sagte Carmainges lächelnd, »ich habe also nun zwei Freunde mehr.«

»Spottet nicht,« erwiderte der Soldat, »man hat nie zu viel.«

»Es ist wahr, Kamerad,« sagte Ernauton und entfernte sich.

Der Pferdehof.

Gegen die Mitte des dritten Tages kam Ernauton in Paris an. Um drei Uhr nachmittags erschien er im Louvre bei den Fünfundvierzig.

Als ihn die Gaskogner sahen, stießen sie ein Geschrei des Erstaunens aus. Herr von Loignac trat auf dieses Geschrei ein und nahm, als er Ernauton erblickte, das verdrießlichste Gesicht an, was Ernauton nicht abhielt, gerade auf ihn zuzugehen.

Herr von Loignac hieß den jungen Mann durch ein Zeichen in ein Kabinett kommen, das am Ende des Schlafsaales lag.

»Benimmt man sich so, mein Herr?« sagte er sogleich; »Ihr seid nun, wenn ich richtig zähle, fünf Tage und fünf Nächte abwesend, und Ihr, den ich für einen der Vernünftigsten hielt, gebt das Beispiel einer solchen Übertretung?« – »Mein Herr,« entgegnete Ernauton, sich verbeugend, »ich habe getan, was man mich tun hieß.«

»Und was hat man Euch tun heißen?« – »Man hat mir befohlen, Herrn von Mayenne zu folgen, und ich bin ihm gefolgt.«

»Fünf Tage und fünf Nächte hindurch?« – »Fünf Tage und fünf Nächte hindurch.«

»Der Herzog hat also Paris verlassen?« – »An demselben Abend, und das kam mir verdächtig vor.«

»Ihr hattet recht... sodann?«

Ernauton erzählte gedrängt, aber mit der Wärme und Energie eines Mannes von Herz das Abenteuer auf dem Wege und die Folgen, die dieses Abenteuer gehabt hatte. Je weiter er in seiner Erzählung vorrückte, desto mehr strahlte Loignacs bewegliches Gesicht alle Eindrücke wider, die der Redende in seiner Seele hervorbrachte.

Als aber Ernauton auf den Brief zu sprechen kam, den ihm Herr von Mayenne anvertraut hatte, rief Herr von Loignac: »Ihr habt diesen Brief?« – »Ja.«

»Teufel! das verdient einige Aufmerksamkeit,« sagte der Kapitän; »erwartet mich oder vielmehr kommt mit mir, ich bitte Euch.«

Ernauton ließ sich führen und gelangte hinter Loignac in den Pferdehof des Louvre, wo alles zu einer Ausfahrt des Königs vorbereitet war. Herr von Epernon sah zu, wie man zwei neue Pferde probierte, die als Geschenk Elisabeths an Heinrich III. aus England gekommen waren.

Während Ernauton am Eingang des Hofes blieb, näherte sich Loignac Herrn von Epernon und berührte ihn unten an seinem Mantel.

»Neuigkeiten, Herr Herzog,« sagte er, »große Neuigkeiten.«

Der Herzog verließ die Gruppe, bei der er stand, und ging zu der Treppe, auf der der König herabkommen mußte.

»Sprecht, Herr von Loignac, sprecht!« – »Herr von Carmainges kommt von jenseits Orleans; Herr von Mayenne liegt in einem Dorfe gefährlich verwundet.«

Der Herzog ließ einen Ausruf vernehmen und wiederholte: »Verwundet!« – »Mehr noch,« fuhr Loignac fort, »er hat an Frau von Montpensier einen Brief geschrieben, den Herr von Carmainges in seiner Tasche trägt.«

»Oh! oh!« machte Epernon. »Parfandious! Laßt Herrn von Carmainges kommen, damit ich selbst mit ihm sprechen kann.«

Loignac holte Ernauton herbei, »Herr Herzog,« sagte er, »hier ist unser Reisender.«

»Gut, mein Herr, Ihr habt, wie« es scheint, einen Brief vom Herrn Herzog von Mayenne?« fragte Epernon. – »Ja, gnädigster Herr.«

»Geschrieben in einem kleinen Dorfe bei Orleans?« – »Ja, gnädigster Herr.«

»Und adressiert an Frau von Montpensier?« – »Ja, gnädigster Herr.«

»Habt die Güte, mir diesen Brief zu geben.«

Der Herzog streckte die Hand mit der ruhigen Nachlässigkeit eines Mannes aus, der nur seinen Willen ausdrücken zu dürfen glaubt, wie er auch lauten mag, daß diesem Willen entsprochen werde.

»Verzeiht, Monseigneur,« sagte Carmainges, »habt Ihr mir nicht gesagt, ich soll Euch den Brief von Herrn von Mayenne an seine Schwester geben?« – »Allerdings.«

»Der Herr Herzog weiß nicht, daß dieser Brief mir anvertraut worden ist.« – »Was liegt daran?«

»Es liegt viel daran, gnädigster Herr; ich habe dem Herrn Herzog mein Ehrenwort gegeben, daß dieser Brief der Herzogin selbst zugestellt werde.«

»Seid Ihr im Dienste des Königs oder in dem des Herrn von Mayenne?« – »In dem des Königs, Monseigneur.«

»Nun wohl! Der König will diesen Brief sehen.« – »Gnädigster Herr, Ihr seid nicht der König.«

»Ich glaube in der Tat, Ihr vergeßt, mit wem Ihr sprecht, Herr von Carmainges?« sagte Epernon, vor Zorn erbleichend.

Aber Ernauton blieb bei aller Erregung und Empörung des Herzogs völlig kühl, was seinen Vorgesetzten schließlich so in Wut versetzte, daß er brüllte:

»Ins Gefängnis, und man nehme ihm seinen Brief ab!«

»Niemand soll ihn berühren,« rief Ernauton, indem er einen Sprung rückwärts machte und Mayennes Schreiben aus der Brust zog; »ich zerreiße den Brief in Stücke, da ich ihn nur um diesen Preis retten kann. Und wenn ich dies tue, wird Herr von Mayenne mein Benehmen billigen, und Seine Majestät wird mir verzeihen.«

Schon war der junge Mann im Begriff, den kostbaren Brief in zwei Stücke zu zerreißen, als eine Hand sanft seinen Arm zurückhielt.

Wäre der Druck heftig gewesen, so würde Ernauton ohne Zweifel den Brief sofort vernichtet haben; als er aber sah, daß man schonend zu Werke ging, hielt er inne und wandte den Kopf um.

»Der König!« sagte er.

Der König hatte wirklich, die Treppe des Louvre herabsteigend, einen Augenblick stillgestanden, er hatte das Ende des Streites mit angehört, und sein königlicher Arm hielt Carmainges' Arm zurück.

»Was gibt es denn, meine Herren?« fragte er mit jenem Tone, dem er, wenn er wollte, eine so gebieterische Macht zu verleihen wußte.

»Sire,« rief Epernon, ohne daß er sich die Mühe gab, seinen Zorn zu verbergen, »dieser Mensch, einer von Euren Fünfundvierzig, zu denen er übrigens nicht mehr gehören wird, dieser Mensch, den ich in Eurem Namen beauftragte, Herrn von Mayenne während seines Aufenthalts in Paris zu überwachen, ist diesem bis jenseits Orleans gefolgt und hat dort von ihm einen an Frau von Montpensier adressierten Brief erhalten.«

»Ihr habt von Herrn von Mayenne einen an Frau von Montpensier adressierten Brief erhalten?« fragte der König. – »Ja, Sire,« antwortete Ernauton; »doch der Herzog von Epernon sagt Euch nicht, unter welchen Umständen.«

»Nun, wo ist dieser Brief?« – »Das ist gerade die Ursache des Streites, Sire; Herr von Carmainges weigert sich durchaus, ihn mir zu geben, und will ihn an seine Adresse überbringen. Eine Weigerung ist meiner Ansicht nach die Sache eines schlechten Dieners.«

Der König schaute Carmainges an.

Der junge Mann setzte ein Knie auf die Erde und sagte: »Sire, ich bin ein armer Edelmann, ein Mann von Ehre und nichts anderes. Ich habe Eurem Boten, den Herr von Mayenne und fünf von seinen Anhängern ermorden wollten, das Leben gerettet, denn ich kam gerade zu rechter Zeit an, um dem Kampfe eine Wendung zu seinen Gunsten zu geben.« »Und während dieses Kampfes ist Herrn von Mayenne nichts begegnet?« fragte der König. – »Doch, Sire, er wurde verwundet, und zwar schwer verwundet.«

»Gut,« sagte der König, »hernach?«

»Euer Bote, der besondere Gründe des Hasses gegen Herrn von Mayenne zu haben scheint...,« der König lächelte, »wollte seinem Feind den Garaus machen; vielleicht hatte er das Recht dazu; doch ich dachte, in meiner Gegenwart, in Gegenwart eines Mannes, dessen Schwert Eurer Majestät gehört, würde diese Rache ein politischer Mord, und...« Ernauton zögerte.

»Vollendet!« sagte der König.

»Und ich beschützte Herrn von Mayenne vor Eurem Boten, wie ich Euren Boten vor Herrn von Mayenne beschützt hatte.«

Epernon zuckte die Achseln, Loignac biß sich auf seinen langen Schnurrbart, der König blieb kalt.

»Fahrt fort!« sagte er.

»Auf einen einzigen Gefährten angewiesen – die anderen waren getötet –, hat sich Herr von Mayenne, der sich nicht von diesem Gefährten trennen wollte und nicht wußte, daß ich in Euren Diensten stehe, mir anvertraut und mich ersucht, seiner Schwester einen Brief zu überbringen. Ich habe diesen Brief hier; ich biete ihn Eurer Majestät an, damit sie darüber verfüge, wie sie über mich verfügen würde. Meine Ehre ist mir teuer, Sire, doch sobald ich, um meinem Gewissen zu begegnen, die Gewährschaft des königlichen Willens habe, verleugne ich meine Ehre, denn sie ist in guten Händen.«

Immer noch auf den Knien, reichte Ernauton dem König den Brief.

Der König schob ihn sanft mit der Hand zurück und sagte: »Was sagtet Ihr denn, Epernon? Herr von Carmainges ist ein Ehrenmann und ein treuer Diener.«

»Ich, Sire,« versetzte Epernon, »Eure Majestät fragt, was ich sagte?«

»Ja, hörte ich denn nicht, als ich die Treppe herabging, das Wort Gefängnis aussprechen? Gottes Tod! Ganz im Gegenteil. Der Brief gehört immer dem, der ihn trägt, Herzog, oder dem, dem man ihn bringt.«

Epernon verbeugte sich brummend.

»Ihr werdet Euren Brief an die Adresse abgeben, Herr von Carmainges.«

– »Aber, Sire, bedenkt, was er enthalten kann,« sagte Epernon. »Wir wollen nicht den Zarten spielen, wenn es sich um das Leben Eurer Majestät handelt.«

»Ihr werdet Euren Brief abgeben, Herr von Carmainges,« wiederholte der König, ohne seinem Günstling zu antworten.

»Ich danke, Sire,« sagte Carmainges, indem er sich zurückzog.

»Wohin tragt Ihr ihn?«

»Zu der Frau Herzogin von Montpensier. Ich glaubte die Ehre gehabt zu haben, es Eurer Majestät zu sagen.«

»Ich drücke mich schlecht aus. An welche Adresse, wollte ich sagen. In das Hotel Guise, in das Hotel Saint-Denis oder nach Bel...«

Ein Blick Epernons hielt den König zurück.

»Ich habe in dieser Hinsicht keine besondere Instruktion von Herrn von Mayenne, Sire; ich werde den Brief in das Hotel Guise tragen und dort erfahren, wo Frau von Montpensier ist.«

»Ihr sucht also die Herzogin auf?« – »Ja, Sire.«

»Und wenn Ihr sie gefunden habt?« – »Übergebe ich ihr meine Botschaft.«

»Ganz gut. Sagt nun, Herr von Carmainges...« und der König schaute den jungen Mann fest an. – »Sire?«

»Habt Ihr Herrn von Mayenne etwas anderes versprochen, als diesen Brief eigenhändig seiner Schwester zu übergeben?« – »Nein, Sire.«

»Ihr habt nicht etwa Geheimhaltung des Ortes versprochen, wo Ihr die Herzogin treffen könntet?« – »Nein, Sire, ich habe nichts dergleichen versprochen.«

»Ich werde Euch eine einzige Bedingung stellen.« – »Sire, ich bin der Sklave Eurer Majestät.«

»Ihr übergebt diesen Brief an Frau von Montpensier, und sobald er übergeben ist, kommt Ihr zu mir nach Vincennes, wo ich diesen Abend sein werde.« – »Ja, Sire.«

»Und Ihr legt mir sodann getreulich Rechenschaft ab, wo Ihr die Herzogin gefunden habt.« – »Sire, Eure Majestät kann darauf zählen.«

»Ohne eine andere Erklärung oder ein anderes Bekenntnis, versteht Ihr?« – »Sire, ich verspreche es.«

»Welche Unklugheit! oh! Sire!« sagte der Herzog von Epernon.

»Ihr versteht Euch nicht auf die Menschen, Herzog, oder wenigstens nicht auf gewisse Menschen. Dieser ist redlich gegen Mayenne, folglich wird er auch redlich gegen mich sein.«

»Gegen Euch, Sire, werde ich mehr als redlich, ich werde treu ergeben sein,« rief Ernauton.

»Nun, keinen Streit mehr hier, Epernon,« sagte der König, »Ihr werdet auf der Stelle diesem braven Diener vergeben, was Ihr als einen Mangel an Ergebenheit betrachtet, und was ich als, einen Beweis von Rechtschaffenheit ansehe.«

»Sire,« sagte Carmainges, »der Herr Herzog von Epernon ist ein zu erhabener Mann, um nicht bei meinem Ungehorsam gegen seine Befehle, worüber ich ihm mein Bedauern ausdrücke, gesehen zu haben, wie sehr ich ihn achte und liebe; ich habe nur vor allem getan, was ich für eine Pflicht hielt.«

»Parfandious!« rief der Herzog, indem er die Physiognomie mit derselben Schnelligkeit veränderte, wie ein Mensch, der eine Maske aufsetzt oder ablegt, »das ist eine Prüfung, die Euch Ehre macht, und Ihr seid in der Tat ein hübscher Junge, nicht wahr, Loignac? Wir haben ihm schön angst gemacht.« Und der Herzog schlug ein Gelächter auf.

Loignac drehte sich auf den Absätzen, um nicht zu antworten; obgleich Gaskogner, fühlte er sich nicht stark genug, mit derselben Unverschämtheit zu lügen, wie sein erhabener Chef.

»Nun, da alles abgemacht ist, brechen wir auf, meine Herren,« sagte der König.

Epernon verbeugte sich.

»Ihr kommt mit mir, Herzog!«

»Was heißt, ich begleite Eure Majestät zu Pferde; so lautet, glaube ich, der Befehl, den sie gegeben hat?« – »Ja... Wer wird am anderen Kutschenschlag sein?«

»Ein ergebener Diener Eurer Majestät, Herr von Sainte-Maline,« antwortete Epernon und schaute dabei Ernauton an, um zu sehen, welche Wirkung dies bei ihm hervorbrächte.

Ernauton blieb unempfindlich.

»Loignac,« fügte er hinzu, »ruft Herrn von Sainte-Maline!«

»Herr von Carmainges,« sagte der König, der die Absicht des Herzogs von Epernon begriff, »Ihr werdet Euren Auftrag besorgen, nicht wahr, und Ihr kommt dann sogleich nach Vincennes?« – »Ja, Sire.«

Trotz aller Philosophie war Ernauton doch froh, nicht dem Triumphe beizuwohnen, der das ehrgeizige Herz Sainte-Malines so sehr ergötzen mußte.

Magdalenas sieben Sünden.

Wer König warf einen Blick auf seine Pferde, und als er sie so kräftig und so feurig sah, wollte er es nicht wagen, allein im Wagen zu fahren; nachdem er Ernauton, wie wir erzählt, recht gegeben, hieß er den Herzog durch ein Zeichen in der Karosse Platz nehmen. Loignac und Sainte-Maline nahmen ihren Platz am Kutschenschlage; ein einziger Piqueur ritt voraus.

Der Herzog saß allein auf dem Vordersitze des schweren Wagens, und der König setzte sich mit allen seinen Hunden in den Fond.

Unter diesen war ein bevorzugter; er hatte ein besonderes Kissen, auf dem er ganz sanft schlief. Zur Rechten des Königs stand ein Tisch, dessen Füße im Boden der Karosse befestigt waren; dieser Tisch war mit gemalten Zeichnungen bedeckt, die Seine Majestät, trotz der Stöße des Wagens, mit einer wunderbaren Geschicklichkeit ausschnitt.

Es waren meistens heilige Gegenstände, das heißt, nach damaliger Sitte stark mit heidnisch mythologischen Anschauungen versetzt. Stets methodisch, hatte der König im Augenblick eine Auswahl unter diesen Zeichnungen gemacht, und er beschäftigte sich damit, das Leben Magdalenas der Sünderin auszuschneiden. Man sah Magdalena, jung, schön, gefeiert; kostbare Bäder, Bälle, Vergnügungen aller Art reihten sich aneinander. Der Künstler hatte den geistreichen Gedanken gehabt, die Launen seines Grabstichels mit dem gesetzlichen Mantel der kirchlichen Autorität zu bedecken; so war jede Zeichnung, mit dem laufenden Titel der sieben Todsünden, durch eine besondere Legende erklärt. Magdalena unterliegt der Sünde des Zorns, Magdalena unterliegt der Sünde der Schwelgerei, Magdalena unterliegt der Sünde der Hoffart, Magdalena unterliegt der Sünde der Unkeuschheit, und so fort bis zur siebenten und letzten Todsünde.

Das Bild, das der König ausschnitt, als man durch die Porte Sainte-Antoine fuhr, steifte Magdalena dar, wie sie der Sünde des Zornes unterlag.

Halb auf Polstern ruhend und ohne einen anderen Schleier, als ihre prächtigen Haare, mit denen sie später die Füße Christi trocknen sollte, ließ die schöne Sünderin rechts in einen Teich voll Lampreten, deren Köpfe man gierig wie ebensoviele Schlangenmäuler aus dem Wasser hervorstehen sah, einen Sklaven werfen, der ein kostbares Gefäß zerbrochen hatte, während sie links eine Frau, die noch weniger gekleidet war als Madgalena, da sie ihre Haare hinten aufgeflochten trug, peitschen ließ, weil sie ihrer Herrin beim Frisieren einige von jenen herrlichen Haaren ausgerissen hatte, deren Üppigkeit Magdalena hätte nachsichtiger gegen einen Fehler dieser Art machen sollen.

Als man zur Croix-Faubin kam, hatte der König schon alle Figuren dieses Bildes ausgeschnitten und machte sich an das Bild: Magdalena unterliegt der Sünde der Schwelgerei.

Magdalena, die auf purpurnem Pfühl vor einer mit allen denkbaren Leckereien bedeckten Tafel lag, hielt in ihrer Hand, voll von einem topasfarbigen Trunk, ein herrliches Glas von seltener Form.

Ganz mit diesem wichtigen Werk beschäftigt, schlug der König nur die Augen auf, als er an der Priorei der Jakobiner vorüberkam, wo mit allen Glocken Vesper geläutet wurde.

Es waren auch alle Türen und Fenster besagter Priorei so gut geschlossen, daß man sie hätte für unbewohnt halten können, hätte man nicht das Vibrieren der Glocken im Innern des Gebäudes gehört.

Nach diesem Blicke fuhr der König eifrig fort, auszuschneiden. Doch hundert Schritte weiter konnte man ihn einen neugierigen Blick auf ein schönes Haus werfen sehen, das an der Straße links lag und, mitten in einem reizenden Garten gebaut, sein eisernes Gitter mit vergoldeten Spießen gegen die Landstraße öffnete. Dieses Landhaus wurde Bel-Esbat genannt.

Ganz im Gegensatz gegen das Kloster der Jakobiner waren in Bel-Esbat alle Fenster geöffnet, mit Ausnahme eines einzigen, an dem eine Jalousie herabfiel, die in dem Augenblick, wo der König vorüberfuhr, unmerklich zitterte.

Der König wechselte einen Blick und ein Lächeln mit Epernon und griff dann eine neue Todsünde an, die der Unkeuschheit.

Der Künstler hatte sie mit so furchtbaren Farben dargestellt, er hatte diese Sünde mit so viel Mut und Hartnäckigkeit gebrandmarkt, daß wir nur einen Zug anführen können. Der Schutzengel entfloh ganz erschrocken in den Himmel und verbarg dabei seine Augen mit beiden Händen.

Dieses Bild mit seinen vielen kleinen Einzelheiten nahm die Aufmerksamkeit des Königs dergestalt in Anspruch, daß er gar nicht eine gewisse Eitelkeit bemerkte, die sich am linken Schlage seines Wagens brüstete. Das war schade, denn Sainte-Maline saß so glücklich und so stolz auf seinem Pferd.

Er, ein Junker aus der Gaskogne, war Seiner Majestät dem Allerchristlichsten König so nahe, daß er ihn hören konnte, wenn er zu seinem Hunde sagte: »Schön, Master Love, du belagerst mich.«

»Man sieht mich, man schaut mich an,« sagte er, »und man fragt sich: Wer ist der glückliche Edelmann, der den König begleitet?«

Nach der Art, wie man fuhr, eine Art, die keineswegs die Befürchtungen des Königs rechtfertigte, mußte Sainte-Malines Glück lange dauern, denn von schwerem, ganz mit Silber und Posamenten bedecktem Geschirr beladen, rückte der Wagen langsam vor.

Da er sich aber zu sehr aufblähte, trat etwas wie eine Warnung von oben, etwas für ihn überaus Trauriges ein, um seine Freude zu dämpfen, er hörte den König den Namen Ernauton aussprechen. Zwei- oder dreimal sprach er ihn in zwei oder drei Minuten aus.

Er hätte sehen müssen, wie sich Sainte-Maline jedesmal bückte, um im Fluge dieses interessante Rätsel aufzufassen, ohne daß er es doch zu lösen vermochte.

Endlich kam man nach Vincennes. Es blieben dem König noch drei Sünden auszuschneiden. Unter dem Vorwand, sich dieser wichtigen Beschäftigung hinzugeben, schloß sich auch Seine Majestät, als sie kaum aus ihrem Wagen gestiegen, in ihrem Zimmer ein.

Es herrschte der kälteste Nordostwind der Welt; Sainte-Maline fing an, es sich an einem großen Kamin bequem zu machen, wo er sich wieder zu wärmen und zu schlummern hoffte, als Loignac ihm die Hand auf die Schulter legte.

»Ihr habt heute Dienst,« sagte er mit dem kurzem Tone, der nur dem Manne angehört, der viel gehorcht hat und sich nun auch Gehorsam zu verschaffen weiß; »Ihr werdet also an einem anderen Abend schlafen; auf, Herr von Sainte-Maline!«

»Ich wache vierzehn Tage hintereinander, wenn es sein muß,« erwiderte dieser.

»Es ärgert mich, daß ich niemand bei der Hand habe,« sagte Loignac, indem er sich den Anschein gab, als suche er jemand.

»Oh,« unterbrach ihn Sainte-Maline, »es ist unnötig, daß Ihr Euch an einen anderen wendet; wenn es sein muß, schlafe ich einen Monat nicht mehr.«

»Oh! Wir werden nicht so anspruchsvoll sein, beruhigt Euch.«

»Was soll ich tun?« – »Wieder zu Pferde steigen und nach Paris zurückkehren.«

»Ich bin bereit.« – »Es ist gut. Ihr begebt Euch nach der Wohnung der Fünfundvierzig. Ihr weckt dort alle auf, doch so, daß mit Ausnahme der drei Anführer, die ich Euch bezeichne, keiner erfährt, wohin man geht noch was man tun will.«

»Ich werde diese erste Instruktion pünktlich befolgen.«

»Hört weiter! Ihr laßt vierzehn von diesen Herren bei der Porte Saint-Antoine; fünfzehn andere auf halbem Weg und führt die vierzehn übrigen hierher.«

»Betrachtet dies als geschehen, Herr von Loignac; doch zu welcher Stunde soll ich von Paris aufbrechen?« – »Mit Einbruch der Nacht.« »Zu Pferd oder zu Fuß?« – »Zu Pferd.« »Welche Waffen?« – »Alle: Dolch, Degen und Pistolen.«

»Gepanzert?« – »Gepanzert.«

»Sonstige Befehle, gnädiger Herr?« – »Hier sind drei Briefe: einer für Herrn von Chalabre, einer für Herrn von Biran und einer für Euch. Herr von Chalabre befehligt die erste Abteilung, Herr von Biran die zweite, Ihr die dritte.«

»Sehr wohl.« – »Man wird diese Briefe nur an Ort und Stelle öffnen, wenn es sechs Uhr schlägt. Herr von Chalabre öffnet den seinigen bei der Porte Saint-Antoine, Herr von Biran bei der Croix-Faubin, Ihr bei der Porte du Donjon.«

»Sollen wir rasch marschieren?« –

»Mit der ganzen Geschwindigkeit eurer Pferde, jedoch ohne Verdacht zu erregen und ohne euch bemerkbar zu machen. Um Paris zu verlassen, schlägt jeder einen anderen Weg ein; Herr von Chalabre durch die Porte Bourdelle; Herr von Biran durch die Porte du Temple; Ihr, der Ihr den weitesten Weg zu machen habt, wählt die gerade Straße, nämlich durch die Porte Saint-Antoine.«

»Sehr wohl.«

»Die übrigen Instruktionen sind in diesen drei Briefen enthalten. Geht!«

Sainte-Maline verbeugte sich und machte eine Bewegung, um wegzugehen.

»Hört noch!« sprach Loignac, »von hier bis zur Croix Faubin reitet so schnell Ihr wollt, doch von der Croix-Faubin bis zur Barriere reitet im Schritt. Ihr habt noch zwei Stunden, bevor es Nacht wird, das ist mehr Zeit, als Ihr braucht.«

»Sehr wohl, Herr von Loignac,«

»Habt Ihr gut begriffen, oder soll ich Euch den Befehl wiederholen?«

»Es ist unnötig, gnädiger Herr.«

»Glückliche Reise, Herr von Sainte-Maline!«

Hierauf kehrte Loignac, seine Sporen schleppend, in die Gemächer zurück.

»Vierzehn bei der ersten Truppe, fünfzehn bei der zweiten und fünfzehn bei der dritten, offenbar rechnet man nicht auf Ernauton, und er gehört nicht mehr zu den Fünfundvierzig,« sagte Sainte-Maline.

Ganz aufgeblasen vor Stolz, besorgte er seinen Auftrag.

Eine halbe Stunde nach seinem Abgang von Vincennes ritt er, alle Instruktionen Loignacs buchstäblich befolgend, durch die Barriere; eine Viertelstunde nachher war er in der Wohnung der Fünfundvierzig.

Da es erst halb sechs Uhr war, so fand Sainte-Maline alle seine Leute noch auf und in der gastronomischsten Stimmung der Welt. Doch mit einem Worte warf er alle ihre Näpfe um.

»Zu Pferde, meine Herren!«, sagte er.

Und er überließ die ganze Genossenschaft der Märtyrer der Verwirrung dieser Maßregel und erklärte den Herren von Biran und von Chalabre den Befehl.

Die einen schoben, während sie ihre Wehrgehänge befestigten und ihre Panzer umschnallten, einige große Bissen in den Mund und befeuchteten sie mit einem gewaltigen Schluck Wein; andere, deren Abendessen weniger weit vorgerückt war, waffneten sich mit Ergebung.

Herr von Chalabre allein behauptete, während er seine Regenkoppel zuschnallte, er habe schon vor mehr als einer Stunde zu Abend gegessen.

Man schritt zum Verlesen. Sainte-Maline mit inbegriffen, antworteten nur Vierundvierzig.

»Herr Ernauton von Carmainges fehlt,« sagte Herr von Chalabre.

Eine tiefe Freude erfüllte das Herz Sainte-Malines und strömte bis zu seinen Lippen zurück, die eine Grimasse des Lächelns bildeten ... eine seltene Erscheinung bei diesem Mann mit dem düsteren, neidischen Temperament.

Die Fünfundvierzig oder vielmehr Vierundvierzig marschierten also ab, jeder Zug auf dem ihm vorgeschriebenen Wege, nämlich Herr von Chalabre mit dreizehn Mann durch die Porte Bourdelle, Herr von Biran mit vierzehn durch die Porte du Temple und Sainte-Maline endlich mit den übrigen vierzehn durch die Porte Saint-Antoine.

Bel-Esbat.

Es bedarf keiner Erwähnung, daß Ernauton, den Sainte-Maline so ganz verloren glaubte, im Gegenteil den unerwarteten Lauf seines aufsteigenden Glückes verfolgte.

Anfangs dachte er natürlich, die Herzogin von Montpensier müßte, sobald sie in Paris wäre, im Hotel Guise sein. Er wandte sich also zuerst dorthin.

Als er, nachdem er an die große Pforte geklopft, die ihm mit äußerster Vorsicht geöffnet wurde, die Ehre einer Zusammenkunft mit der Frau Herzogin von Montpensier verlangte, lachte man ihm zuerst ins Gesicht; da er aber auf seinem Begehren bestand, antwortete man ihm, er müsse wissen, daß Ihre Hoheit in Soissons und nicht in Paris wohne.

Ernauton war auf diese Antwort gefaßt, sie beunruhigte ihn nicht im geringsten.

Als er dann erklärte, der Brief sei vom Herzog von Mayenne, und das Schreiben vorwies, sagte der Diener hastig: »Ich weiß nicht, ob Ihr die Frau Herzogin von Montpensier in Paris oder in der Umgegend von Paris finden werdet, doch habt die Güte, Euch ohne Verzug in ein Haus des Faubourg Saint-Antoine zu begeben, das man Bel-Esbat nennt, und das der Frau Herzogin gehört; Ihr könnt es daran erkennen, daß es, wenn Ihr nach Vincennes geht, das erste linker Hand nach dem Kloster der Jakobiner ist; sicher findet Ihr dort irgendeine Person im Dienste der Frau Herzogin, die Euch sagen kann, wo sich die Frau Herzogin in diesem Augenblick befindet.«

Ernauton machte ein Zeichen mit dem Kopf und wandte sich nach dem Faubourg Saint-Antoine. Er hatte keine Mühe, das an die Priorei der Jakobiner stoßende Haus Bel-Esbat zu finden, ohne um Auskunft zu fragen.

Aber auch hier verhielt man sich mißtrauisch und abweisend, bis er Näheres von seiner Sendung mitteilte. Dann entfernte sich der Diener, offenbar um bei seiner Herrin Bescheid zu holen. Bald kam er mit einem anderen Diener zurück.

»Übergebt mir Euer Pferd, mein Herr, und folgt meinem Kameraden!«, sagte er; »Ihr werdet jemand finden, der Euch viel besser als ich antworten kann.«

Ernauton folgte dem Bedienten, wartete einen Augenblick in einem Vorzimmer, bis der Diener seine Meldung gemacht hatte, und wurde in ein kleines, anstoßendes Gemach eingeführt, wo eine ohne Prunk, wenn auch mit einer gewissen Eleganz gekleidete Dame an einer Stickerei arbeitete, die Ernauton den Rücken zuwandte.

»Das ist der Herr, der im Auftrage des Herrn von Mayenne hier erscheint, gnädige Frau,« sagte der Lakai.

Sie machte eine Bewegung. Ernauton stieß einen Schrei aus.

»Ihr, Madame,« rief er, da er zugleich seinen Pagen und seine Unbekannte von der Sänfte in dieser dritten Gestalt erkannte.

»Ihr!« rief ebenfalls die Dame, indem sie ihre Arbeit fallen ließ und Ernauton anschaute.

Dann machte sie dem Lakaien ein Zeichen und hieß ihn weggehen.

»Ihr seid vom Hause der Frau Herzogin von Montpensier?« fragte Ernauton ganz erstaunt. »Ja,« erwiderte die Unbekannte; »doch wie kommt es, daß Ihr eine Botschaft von Herrn von Mayenne hierherbringt?« – »Durch eine Reihenfolge von Umständen, die ich nicht vorhersehen konnte, und deren Erzählung für Euch zu lange währen würde,« erwiderte Ernauton mit großer Vorsicht.

»Oh! Ihr seid diskret,« sagte lächelnd die Dame. – »Sooft es sein muß, ja, Madame.«

»Ich sehe hier keinen Anlaß zu großer Diskretion, denn wenn Ihr wirklich eine Botschaft bringt von der Person, die Ihr nennt...«

Ernauton machte eine Bewegung.

»Oh! keine Aufregung! Wenn Ihr wirklich eine Botschaft von der Person bringt, die Ihr nennt, so ist die Sache interessant genug, daß Ihr in Erinnerung an unsere Bekanntschaft sagt, wie die Botschaft lautet.« – »Madame, Ihr werdet mich nicht veranlassen zu sagen, was ich nicht weiß. Auch habe ich keine mündliche Mitteilung zu machen, Madame, meine ganze Sendung besteht darin, daß ich Ihrer Hoheit einen Brief übergeben soll.«

»Nun also diesen Brief!«, sagte die unbekannte Dame, die Hand ausstreckend. – »Madame, ich glaube die Ehre gehabt zu haben, Euch mitzuteilen, daß dieser Brief an die Frau Herzogin von Montpensier adressiert ist.«

»In Abwesenheit der Frau Herzogin vertrete ich sie hier,« sagte die Dame ungeduldig, »Ihr könnt also...« – »Ich kann nicht.«

»Ihr mißtraut mir, mein Herr!« – »Ich müßte es, Madame,« sagte der junge Mann mit einem Blick, in dessen Ausdruck man sich nicht täuschen konnte; »doch trotz der Heimlichkeit Eures Benehmens habt Ihr mir, ich gestehe es, andere Gefühle eingeflößt, als die, von denen Ihr sprecht.«

»Wahrhaftig!« rief die Dame, unter Ernautons entflammtem Blick ein wenig errötend. – Ernanton verbeugte sich. »Seht an!«, sagte sie lächelnd, »Ihr macht mir eine Liebeserklärung, Herr Bote,« – »Jawohl, Madame,« erwiderte Ernauton, »ich weiß nicht, ob ich Euch wiedersehen werde, und die Gelegenheit ist in der Tat zu kostbar, als daß ich sie entschlüpfen lassen sollte.«

»Dann, mein Herr, begreife ich.« – »Ihr begreift, daß ich Euch liebe, Madame, das ist wahrlich leicht zu begreifen.«

»Nein, ich begreife, warum Ihr hierhergekommen seid.« – »Ah! verzeiht, Madame, nun begreife ich nicht.«

»Ja, ich begreife, daß Ihr, begierig, mich wiederzusehen, einen Vorwand genommen habt, um Euch hier einzuführen.« – »Ich, Madame, einen Vorwand! Ah! Ihr beurteilt mich schlecht; ich wußte nicht, daß ich Euch je wiedersehen sollte, und erwartete alles vom Zufall, der mich schon zweimal auf Euren Weg geworfen hat; doch einen Vorwand nehmen, ich, niemals.«

»Hoho! Ihr seid verliebt, sagt Ihr, und Ihr habt Bedenklichkeiten über die Art und Weise, die Person wiederzusehen, die Ihr liebt? Das ist sehr schön, mein Herr,« sagte die Name mit einem gewissen spöttischen Stolz; »nun, ich vermutete schon, Ihr hättet Bedenklichkeiten.« – »Warum, Madame, bitte?«

»Ihr begegnetet mir neulich; ich saß in einer Sänfte; Ihr erkanntet mich, und dennoch seid Ihr mir nicht gefolgt.« – »Nehmt Euch in acht, Madame, Ihr gesteht, daß Ihr auf mich aufmerksam gewesen seid.«

»Ah! wahrhaftig, ein schönes Geständnis! Haben wir uns nicht unter Umständen gesehen, die mir den Kopf aus dem Schlage zu beugen gestatten, wenn Ihr vorüberreitet. Doch nein; der Herr entfernte sich im Galopp, nachdem er ein Ach! ausgestoßen, das mich im Grunde meiner Sänfte beben ließ.« – »Ich war gezwungen, mich zu entfernen.«

»Durch Eure Bedenklichkeiten?« – »Nein, Madame, durch meine Pflicht.«

»Ah! ah!« sagte lächelnd die Dame, »ich sehe, daß Ihr ein vernünftiger, umsichtiger Verliebter seid, und daß Ihr vor allem fürchtet, Euch zu kompromittieren.« – »Dürfte man sich wundern, wenn Ihr mir einiges Bedenken eingeflößt hättet? Ist es üblich, daß sich eine Frau als Mann kleidet und mit Gewalt durch die Tore dringt, um auf der Grève einen Unglücklichen vierteilen zu sehen, und zwar mit mehr als unbegreiflichen Handbewegungen?«

Die Dame erbleichte leicht und verbarg ihre Betroffenheit unter einem Lächeln.

Ernauton fuhr fort: »Ist es natürlich, daß die Dame, nachdem sie sich dieses Vergnügen gemacht hat, festgenommen zu werden fürchtet und wie eine Diebin entflieht, sie, die im Dienste von Frau von Montpensier steht, dieser mächtigen wenn auch bei Hofe übel gelittenen Fürstin?« – Diesmal lächelte die Dame aufs neue, doch mit stärker hervortretender Ironie.

»Ihr habt wenig Scharfsinn, mein Herr, obgleich Ihr ein Beobachter zu sein glaubt. War es nicht sehr natürlich, daß sich die Herzogin von Montpensier für das Schicksal Salcèdes und seine das Haus Lothringen leicht kompromittierenden Geständnisse interessierte, und daß sie eine Vertraute zur Hinrichtung entsandte? Diese Vertraute war ich. Glaubt Ihr, ich hätte nach Paris hineinkommen können, während alle Tore verschlossen waren. Glaubt Ihr, ich hätte in Frauenkleidern auf die Grève gelangen können? Glaubt Ihr endlich, ich hätte gleichgültig bei den Leiden des Verurteilten und bei den von ihm beabsichtigten Geständnissen bleiben können?« – »Ihr habt vollkommen recht, Madame, und ich schwöre Euch, ich bewundere nun ebensosehr Euren Geist und Eure Logik, wie ich vorher schon Eure Schönheit bewunderte.«

»Großen Dank, mein Herr. Doch da wir einander nun kennen, und die Dinge unter uns erklärt sind, gebt mir nun den Brief.« – »Unmöglich, Madame.«

Die Unbekannte strengte sich an, nicht in Zorn zu geraten. »Unmöglich?« wiederholte sie. – »Ja, unmöglich, denn ich habe dem Herrn Herzog von Mayenne geschworen, diesen Brief nur der Frau Herzogin von Montpensier selbst zu übergeben.«

Als die Dame darauf wieder der Ansicht Ausdruck gab, es handle sich nur um eine Finte Ernautons, und hinzufügte, nun habe er seinen Zweck erreicht, und sie seien beide quitt, reichte er der Dame den Brief, doch ohne ihn loszulassen.

Die Unbekannte schaute das Schreiben an und rief: »Seine Handschrift! Blut!«

Ohne etwas zu erwidern, steckte Ernauton seinen Brief wieder in die Tasche, verbeugte sich zum letztenmal mit seiner gewöhnlichen Höflichkeit und kehrte, bleich, den Tod im Herzen, zum Eingang des Zimmers zurück. Diesmal lief man ihm nach und faßte ihn, wie Josef, am Mantel.

»Was beliebt, Madame?« sagte er. – »habt Mitleid, mein Herr, verzeiht!«, rief die Dame, »verzeiht, sollte dem Herzog ein Unfall begegnet sein?« – »Ob ich verzeihe oder nicht verzeihe, das ist ganz einerlei,« sagte Ernauton; »was aber diesen Brief betrifft, da Ihr nun um Verzeihung bittet, um ihn zu lesen, und da Frau von Montpensier allein ihn lesen wird...«

»Ei! du Unglücklicher, du Wahnsinniger,« rief die Herzogin mit einer Wut voll Majestät, »erkennst du mich nicht, oder vielmehr errätst du in mir nicht deine Gebieterin, und siehst du hier die Augen einer Magd glänzen? Ich bin die Herzogin von Montpensier, übergib mir den Brief!«– »Ihr seid die Herzogin?« rief Ernauton, erschrocken zurückweichend.

»Allerdings. Vorwärts, gib, gib! Siehst du nicht, daß es mich drängt zu erfahren, was meinem Bruder begegnet ist?« – Doch statt zu gehorchen, wie es die Herzogin erwartete, kreuzte der junge Mann, der sich von seinem Erstaunen erholte, die Arme und sagte: »Wie soll ich Euren Worten glauben, da Euer Mund mir schon zweimal gelogen hat.«

Die Augen der Herzogin schleuderten zwei tödliche Blitze; doch Ernauton hielt die Flamme mutig aus.

»Ihr zweifelt noch, Ihr braucht Beweise, wenn ich versichere,« rief sie gebieterisch, indem sie ihre Spitzenmanschetten mit den Nägeln zerriß.

»Ja, Madame,« antwortete Ernauton kalt.

Die Unbekannte stürzte nach einem Glöckchen, das sie beinahe zerbrach, so heftig war der Schlag, den sie darauf tat.

Der Klang ertönte scharf durch alle Gemächer, und ehe das Schwingen aufgehört hatte, fragte der Diener: »Was will Madame?«.

Die Unbekannte stampfte wütend mit dem Fuß und rief: »Mayneville, ich will Mayneville. Ist er denn nicht hier?« – »Doch, gnädige Frau.«

»Er komme also!«

Der Bediente eilte aus dem Zimmer; eine Minute nachher trat Mayneville hastig ein.

»Zu Euren Befehlen, Madame,« sagte Mayneville.

»Madame, seit wann nennt man mich schlechtweg Madame, Herr von Mayneville?« rief die Herzogin außer sich.

»Eurer Hoheit zu Befehl!« sagte Mayneville und verbeugte sich, im höchsten Maße erstaunt.

»Es ist gut!« sagte Ernauton, »denn ich habe mir gegenüber einen Edelmann, und wenn er mich belügt, so werde ich, beim Himmel! wenigstens wissen, an wen ich mich zu halten habe.«

»Ihr glaubt also endlich?« versetzte die Herzogin.

»Ja, gnädige Frau, ich glaube, und zum Beweis übergebe ich Euch hiermit den Brief.«

Und der junge Mann verbeugte sich und überreichte Frau von Montpensier den so lange streitig gemachten Brief.

Der Brief des Herrn von Mayenne.

Die Herzogin bemächtigte sich des Briefes, öffnete ihn und las gierig, ohne daß sie nur die Eindrücke zu verbergen suchte, die sich auf ihrem Antlitz wie Wolken auf dem Grunde eines stürmischen Himmels folgten.

Als sie geendigt hatte, reichte sie Mayneville, der ebenso unruhig war wie sie, den Brief; und er las folgendes:

»Meine Schwester, ich wollte selbst das Geschäft eines Leutnants oder eines Fechtmeisters besorgen und bin dafür bestraft worden.

»Ich habe einen guten Degenstich von dem bewußten Burschen bekommen, mit dem ich schon so lange in Rechnung stehe. Das schlimmste ist, daß er mir fünf von meinen Leuten getötet hat, worunter Boularon und Desnoises, d. h. zwei von meinen Besten; wonach er entflohen ist.

»Ich muß sagen, daß er bei diesem Siege bedeutend von dem Überbringer des Gegenwärtigen unterstützt worden ist, einem reizenden jungen Mann, wie Ihr sehen könnt; ich empfehle ihn Euch; er ist die Diskretion selbst.

»Ein Verdienst, das er, wie ich annehme, bei Euch, meiner vielgeliebten Schwester, haben wird, besteht darin, daß er den Sieger abgehalten, mir den Kopf abzuschneiden; dieser hatte große Lust dazu, da er mir, während ich in Ohnmacht lag, die Larve abriß und mich erkannte.

»Meine Schwester, ich ersuche Euch, den Namen und die Stellung des so diskreten Kavaliers zu entdecken; er ist mir verdächtig, während er mich zugleich interessiert. Auf alle meine Dienstanerbietungen begnügte er sich zu erwidern, der Herr, dem er diene, lasse es ihm an nichts fehlen.

»Ich kann Euch nicht mehr über ihn sagen, denn ich sage Euch alles, was ich weiß; er behauptet, er kenne mich nicht. Beachtet dies wohl!

»Ich leide sehr, doch ich glaube ohne Lebensgefahr. Schickt mir schnell einen Wundarzt; ich liege wie ein Pferd auf Stroh. Der Überbringer wird Euch den Ort nennen.

Euer wohlgewogener Mayenne.«

Sobald die Herzogin und Mayneville diesen Brief gelesen hatten, schauten sie einander gleich erstaunt an.

Die Herzogin brach zuerst das Schweigen, das am Ende von Ernauton übelgedeutet worden wäre.

»Wem haben wir den ausgezeichneten Dienst zu verdanken, den Ihr uns geleistet, mein Herr?« fragte die Herzogin. – »Einem Manne, der, sooft er kann, dem Schwächeren gegen den Stärkeren beisteht, Madame.«

»Wollt Ihr mir Näheres erzählen?«

Ernauton erzählte alles, was er wußte, und bezeichnete den Ort, wo sich der Herzog aufhielt. Frau von Montpensier und Mayneville hörten ihm mit leicht begreiflichem Interesse zu.

Als er geendigt hatte, fragte die Prinzessin: »Darf ich hoffen, mein Herr, daß Ihr das so gut Begonnene fortsetzen und Euch unserem Hause anschließen werdet?«

Mit dem anmutreichen Tone ausgesprochen, dessen sich die Herzogin bei Gelegenheit so gut zu bedienen wußte, enthielten die Worte nach dem Geständnis, das Ernauton der Ehrendame der Herzogin getan hatte, einen sehr schmeichelhaften Sinn; doch der junge Mann ließ alle Eitelkeit beiseite und führte die Worte auf ihre Bedeutung als den Ausdruck reiner Neugierde zurück.

»Madame,« sagte Ernauton endlich nach einem schweren Kampfe zwischen Liebe und Ehre, »ich habe schon die Ehre gehabt, Herrn von Mayenne zu sagen, mein Herr sei ein guter Herr und überhebe mich durch die Art, wie er mich behandle, der Mühe, einen bessern zu suchen.«

»Mein Bruder sagt mir in seinem Briefe, Ihr hättet ihn nicht zu erkennen geschienen. Warum habt Ihr Euch, da Ihr ihn dort nicht gekannt, hier seines Namens bedient, ihn zu mir zu bringen?« – »Herr von Mayenne schien unerkannt sein zu wollen, Madame, und es wäre auch wirklich nicht angezeigt, daß die Bauern, bei denen er wohnt, wüßten, wem sie Gastfreundschaft gewährten. Hier aber lag dieser Grund nicht mehr vor; der Name des Herrn von Mayenne konnte mir einen Weg zu Euch öffnen, und ich bediente mich seiner; in beiden Fällen glaube ich recht gehandelt zu haben.«

Mayneville schaute die Herzogin an, als wollte er sagen: »Das ist ein kecker Geist, Madame.«

Die Herzogin aber sagte lächelnd zu Ernauton: »Niemand wüßte sich besser mit einer schlimmen Frage abzufinden, und Ihr seid, ich muß es gestehen, ein Mann von Geist.« – »Ich sehe keinen Geist in dem, was ich Euch zu sagen die Ehre gehabt hatte, Madame,« erwiderte Ernauton.

»Nun,« sagte die Herzogin ungeduldig, »was ich am klarsten hierbei sehe, ist, daß Ihr nichts sagen wollt. Ihr überlegt vielleicht nicht genug, daß die Dankbarkeit eine schwere Bürde für jeden ist, der meinen Namen führt, daß ich eine Frau bin, daß Ihr mir zweimal einen Dienst geleistet habt, daß ich, wenn ich Euren Namen oder vielmehr, was Ihr seid, erfahren wollte...« – »Sehr wohl, Madame, ich weiß, daß Ihr dies leicht erfahren werdet, doch Ihr werdet es von einem anderen als von mir erfahren, und ich habe dann nichts gesagt.«

»Er hat immer recht,« sagte die Herzogin, indem sie auf Ernauton einen Blick heftete, der, wenn er in seinem ganzen Ausdruck aufgefaßt wurde, dem jungen Mann mehr Vergnügen machen mußte, als ihm je ein Blick gemacht hatte.

Ernauton verlangte auch nicht mehr und, dem Weinkenner ähnlich, der vom Tische aufsteht, sobald er den besten Wein des Mahles getrunken zu haben glaubt, verbeugte er sich und bat um seine Entlassung.

»Das ist alles, was Ihr mir zu sagen habt?« fragte die Herzogin. – »Ich habe meinen Auftrag erfüllt,« sagte der junge Mann; »es bleibt mir nun nichts mehr zu tun, als Eurer Hoheit meine untertänigste Huldigung darzubringen.«

Die Herzogin folgte ihm mit den Augen, ohne seinen Gruß zu erwidern, dann rief sie, als sich die Tür hinter ihm geschlossen, mit dem Fuße stampfend: »Mayneville, laßt diesem Jungen folgen!« – »Unmöglich, Hoheit, alle unsere Leute sind auf den Beinen; ich selbst erwarte das Ereignis; das ist ein schlimmer Tag, um etwas anderes zu tun, als was wir beschlossen haben.«

»Ihr habt recht, Mayneville, in der Tat, ich bin toll; doch später ...« – »Oh! später, das ist etwas anderes; nach Eurem Gefallen, Madame.«

»Ja, denn er ist mir verdächtig, wie meinem Bruder.« – »Verdächtig oder nicht, es ist ein tapferer Bursche, und die tapferen Leute sind in diesem Augenblick selten. Man muß gestehen, wir haben Glück; ein Unbekannter, ein Fremder, fällt uns vom Himmel zu, um uns einen solchen Dienst zu leisten.«

»Gleichviel, gleichviel, Mayneville, wenn wir ihn auch im Augenblick sich selbst überlassen müssen, so überwacht ihn wenigstens später.« – »Ei, Madame, später werden wir hoffentlich nicht mehr nötig haben, irgend jemand zu bewachen.«

»Dann weiß ich offenbar heute nicht, was ich sage; Ihr habt recht, Mayneville, ich verliere den Kopf.« – »Es ist einem General, wie Ihr seid, Madame, erlaubt, am Vorabend eines entscheidenden Treffens für nichts anderes Sinn zu haben.«

»Das ist wahr. Nun ist es Nacht, Mayneville, und der Valois kehrt in der Nacht von Vincennes zurück.« – »Oh! wir haben noch Zeit vor uns; es ist nicht acht Uhr, Madame, und unsere Leute sind überdies noch nicht eingetroffen.«

»Nicht wahr, sie haben das Losungswort?« – »Alle.« »Es sind sichere Leute?« – »Erprobte, Madame.«

»Wie kommen sie?« – »Einzeln als Spaziergänger.«

»Wieviel erwartet Ihr?« – »Fünfzig; das sind mehr als Ihr braucht; bedenkt auch, daß wir außer diesen Fünfzig zweihundert Mönche haben, die mindestens so viel wert sind, wie eine gleiche Anzahl Soldaten.«

»Sobald unsere Leute angekommen sind, laßt Eure Mönche sich auf der Straße aufstellen!« – »Sie sind schon benachrichtigt, Madame, sie werden den Weg absperren, die Unsrigen treiben den Wagen gegen sie, die Pforte des Klosters wird geöffnet und braucht sich nur noch hinter dem Wagen zu schließen.«

»Wir wollen zu Abend essen, Mayneville, das wird uns die Zeit vertreiben. Ich bin so ungeduldig, daß ich gern den Zeiger der Pendeluhr vorwärts treiben möchte.« – »Seid unbesorgt, die Stunde wird kommen.«

»Doch unsere Leute, unsere Leute?« – »Sie werden zur geeigneten Stunde hier sein; es hat kaum acht Uhr geschlagen und es ist noch keine Zeit verloren.«

»Mayneville, Mayneville, mein armer Bruder verlangt von mir seinen Wundarzt; der beste Wundarzt, das beste Heilmittel für die Wunde Mayennes wäre ein Schopf von den Haaren des römisch geschorenen Valois. Noch ein Wort, Mayneville,« sagte die Herzogin, indem sie auf der Türschwelle stehen blieb: »Sind unsere Freunde in Paris benachrichtigt?« – »Welche Freunde?«

»Unsere Ligisten?« – »Gott behüte mich, Madame, einen Bürger benachrichtigen, heißt die große Glocke von Notre-Dame läuten. Bedenkt, daß wir, wenn der Schlag getan ist, ehe jemand etwas erfährt, fünfzig Eilboten abzufertigen haben, und dann wird der Gefangene im Kloster in Sicherheit sein; hernach können wir uns gegen eine Armee verteidigen. Wir werden nichts mehr wagen und können von den Dächern des Klosters herabschreien: Der Valois ist in unserer Gewalt!«

»Gut, gut, Ihr seid ein geschickter und kluger Mann, Mayneville, und der Bearner hat recht, wenn er Euch den Ligenführer nennt ... Wißt Ihr, daß meine Verantwortlichkeit groß ist, Mayneville, und daß nie und in keiner Zeit eine Frau ein Werk, dem ähnlich, das ich träume, unternommen und vollbracht hat?« – »Ich weiß es wohl, Madame, und rate Euch auch nur zitternd.«

»Laßt zuerst die großen Einfaltspinsel töten,« fuhr die Herzogin fort, »die wir an den Wagenschlägen haben reiten sehen; wir können sodann das Ereignis so erzählen, wie es für unsere Interessen vorteilhafter sein wird.« – »Diese armen Teufel töten,« sagte Mayneville, »Ihr glaubt, es sei nötig, sie zu töten, Madame?«

»Loignac? Das ist ein schöner Verlust!« – »Er ist ein braver Soldat.«

»Ein abscheulicher Glücksritter, gerade wie der andere Gaudieb, der rechts am Wagen ritt, mit seinen Glutaugen und seiner schwarzen Haut.«

»Uh! bei diesem würde es mir nicht widerstreben, ich kenne ihn nicht; überdies bin ich Eurer Meinung, Madame, er besitzt eine abscheuliche Miene.«

»Ihr überlaßt ihn mir also?« sagte die Herzogin lachend. – »Oh! von ganzem Herzen, Madame.«

»In der Tat, großen Dank. Ihr werdet übrigens bei dieser ganzen Angelegenheit keine Schuld haben; sie verteidigten den Valois und sind bei dieser Verteidigung getötet worden. Was ich Euch empfehle, ist der junge Mann, der eben hier war. Seht, ob er wirklich weggegangen, und ob es nicht ein von unseren Feinden abgesandter Spion ist.«

»Madame, ich bin zu Euren Befehlen.« Mayneville ging auf den Balkon, öffnete die Läden, streckte den Kopf hinaus und suchte zu sehen. »Oh! wie finster ist die Nacht!« sagte er.

»Eine gute, vortreffliche Nacht,« versetzte die Herzogin; »je finsterer, desto besser; Mut gefaßt also, mein Kapitän.« – »Ja, aber wir werden nichts sehen, Madame, und es ist für Euch doch wichtig zu sehen.«

»Gott, dessen Interessen wir verteidigen, sieht für uns, Mayneville. Seht Ihr Leute vorübergehen?« fragte die Herzogin sodann, indem sie aus Vorsicht die Lichter auslöschte. – »Nein, aber ich höre Pferdegetrappel.«

»Vorwärts, vorwärts! Sie sind es, Mayneville. Alles geht gut.«

Und die Herzogin schaute, ob sie an ihrem Gürtel die berühmte goldene Scheere noch habe, die eine so große Rolle in der Geschichte spielen sollte.

Wie Dom Modeste Gorenflot den König segnete.

Kaum war Ernauton, mit dem Erfolg seiner Sendung nach jeder Richtung zufrieden, vor der Tür von Bel-Esbat, als er sein Pferd in Galopp setzte; kaum hatte er aber hundert Schritte im Galopp gemacht, als er plötzlich durch ein Hindernis aufgehalten wurde, das seine durch das Licht von Bel-Esbat geblendeten und noch nicht an die Finsternis gewöhnten Augen nicht hatten wahrnehmen können.

Es war eine Truppe von Reitern, die sich von beiden Seiten der Straße gegen die Mitte zusammenzogen, ihn umgaben und ihm ein halbes Dutzend Degen und ebensoviel Pistolen und Dolche auf die Brust setzten.

Das war viel für einen einzigen Menschen.

»Oh! oh!« rief Ernauton, »man raubt auf der Landstraße, eine Stunde von Paris! Pest über dieses Land! Der König hat einen schlechten Profos, ich werde ihm raten, einen andern zu nehmen.«

»Still! wenn's beliebt,« sagte eine Stimme, die Ernauton zu erkennen glaubte, »Euren Degen, Eure Waffen, und zwar geschwind.«

Ein Mann faßte das Pferd beim Zügel, zwei andere nahmen ihm seine Waffen ab.

»Pest! was für geschickte Leute!« murmelte Ernauton.

Dann wandte er sich an die Angreifer mit den Worten: »Meine Herren, ihr werdet wenigstens die Güte haben, mir zu sagen …«

»Ah! es ist Herr von Carmainges,« sagte der Hauptangreifer, der den Degen des jungen Mannes genommen hatte und noch in der Hand hielt.

»Herr von Pincorney!« lief Ernauton. »Oh! pfui! was für ein gemeines Gewerbe treibt Ihr da?«

»Ich habe ›Still!‹ gesagt,« wiederholte die in einer Entfernung von ein paar Schritten klingende Stimme des Anführers; »man führe diesen Menschen zur Station!«

»Aber Herr von Sainte-Maline,« sagte Perducas von Pincorney, »es ist ja unser Kamerad, Herr Ernauton von Carmainges.«

»Ernauton hier!« rief Sainte-Maline, vor Zorn erbleichend; »er, was macht er hier?«

»Guten Abend, meine Herren,« sagte Carmainges ruhig, »ich gestehe, ich glaubte mich nicht in so guter Gesellschaft zu befinden.«

Sainte-Maline blieb stumm.

»Es scheint, man verhaftet mich,« fuhr Ernauton fort, »denn ich nehme nicht, an, daß Ihr mich plündern wolltet,«

»Teufel! Teufel!« brummte Sainte-Maline, »ein solcher Fall war von mir nicht vorhergesehen.« – »Von meiner Seite auch nicht, dies schwöre ich Euch,« sagte Carmainges lachend.

Trotz seiner Versicherung, er habe im Auftrag des Königs gehandelt, wollte Sainte-Maline seinen Nebenbuhler nicht loslassen und nach Vincennes senden.

»Nach Vincennes, vortrefflich, dahin wollte ich,« versetzte Ernauton. »Ich bin glücklich, mein Herr, daß diese kleine Reise so gut mit Euren Absichten übereinstimmt.«

Zwei Mann bemächtigten sich, die Pistole in der Faust, sogleich des Reisenden, den sie zu zwei anderen führten, die fünfhundert Schritte von den ersten aufgestellt waren. Diese zwei anderen taten dasselbe, und Ernauton hatte somit bis in den Hof des Schlosses die Gesellschaft seiner Kameraden.

In diesem Hof erblickte Carmainges fünfzig entwaffnete Reiter, die mit gesenktem Ohr und bleicher Stirn, umgeben von hundertundfünfzig Chevaulegers, ihr schlimmes Schicksal beklagten.

Es waren unsere Fünfundvierzig, die diese Gefangenen gemacht hatten, die einen durch List, die andern mit Gewalt, bald indem sie sich zu zehn gegen zwei oder drei vereinigten, bald indem sie freundlich auf die Reiter, die sie für furchtbar hielten, zutraten und ihnen die Pistole auf die Brust setzten, während die andern Kameraden zu begegnen glaubten. So kam es, daß nicht ein Kampf stattgefunden, daß nicht ein Schrei ausgestoßen worden war.

Als Ernauton die Gefangenen erkannt hatte, denen man ihn zugesellte, sagte er zu Sainte-Maline: »Mein Herr, ich sehe, daß Ihr von der Wichtigkeit meiner Sendung in Kenntnis gesetzt wart, und daß Ihr als ein artiger Kamerad ein schlimmes Zusammentreffen für mich befürchtetet, was Euch bestimmte, mich eskortieren zu lassen; nun kann ich Euch sagen, daß Ihr recht hattet; der König erwartet mich, und ich habe ihm Wichtiges mitzuteilen. Ich werde mir sogar die Ehre geben, dem König zu melden, was Ihr für seinen Dienst getan habt.«

Sainte-Maline erbleichte, wie er errötet war; doch er begriff, daß Ernauton die Wahrheit sprach, und daß er erwartet wurde. Man trieb keinen Spaß mit den Herren von Loignac und von Epernon; er begnügte sich daher zu erwidern: »Ihr seid frei, Herr Ernauton, es entzückt mich, daß ich Euch angenehm sein konnte.«

Ernauton eilte aus den Reihen und stieg die Stufen hinauf, die zu dem Gemach des Königs führten. Sainte-Maline folgte ihm mit den Augen und konnte sehen, wie Loignac Herrn von Carmainges auf der Treppe empfing und ihn durch ein Zeichen vorwärts gehen hieß.

Als Loignac seinem Chef meldete, die Wege seien frei, erwiderte ihm Epernon: »Es ist gut. Der König befiehlt, daß die Fünfundvierzig drei Züge bilden, einen voraus und einen auf jeder Seite der Schläge; jeder Zug muß hinreichend geschlossen sein, daß das Feuer der Feinde die Karosse nicht erreicht.«

»Sehr wohl,« antwortete Loignac mit der Unempfindlichkeit des Soldaten; »doch was das Feuer betrifft, da ich keine Musketen sehe, so kann ich mir nicht denken, wie ein Musketenfeuer stattfinden soll.«

»Bei den Jakobinern werdet Ihr die Reihen schließen lassen,« sagte Epernon.

Dieses Gespräch wurde durch eine Bewegung unterbrochen, die auf der Treppe entstand.

Es war der König, der, zum Aufbruch bereit, herabkam, es folgten ihm einige Edelleute, unter denen Sainte-Maline mit einem leicht begreiflichen Zusammenschnüren des Herzens Ernauton erblickte.

»Meine Herren,« fragte der König, »sind meine braven Fünfundvierzig versammelt?« – »Ja, Sire,« antwortete Epernon, indem er auf eine Gruppe von Reitern deutete, die unter den Gewölben sichtbar war.

»Sind die Befehle gegeben?« – »Man wird sie befolgen, Sire.«

»Vorwärts also,« sagte Seine Majestät.

Epernon ließ zum Aufsitzen blasen. Als es am Schloßturm elf schlug, brach man auf.

Eine Stunde nach Ernautons Entfernung war Mayneville immer noch an dem Fenster, von wo aus er, wie wir gesehen, vergebens dem jungen Mann auf der Straße zu folgen versuchte; als diese Stunde abgelaufen, war er viel weniger ruhig. Nicht einer von den Soldaten war erschienen; schweigsam und schwarz, erscholl die Straße nur in entfernten Zwischenräumen von dem Hufschlag einiger Pferde, deren Reiter mit verhängten Zügeln nach Vincennes jagten. Dieses fortwährende Hin- und Hereiten flößte Mayneville endlich eine solche Unruhe ein, daß er einen von den Leuten der Herzogin zu Pferde steigen ließ, mit dem Befehl, sich bei dem ersten Reiterzuge, dem er begegnen würde, zu erkundigen. Der Bote kehrte nicht zurück.

Als die ungeduldige Herzogin dies sah, schickte sie einen andern ab, der ebensowenig zurückkam wie der erste.

»Unser Offizier,« sagte nun die stets optimistische Herzogin, »befürchtete wohl, zu schwach an Leuten zu sein, und so wird er unsere Boten als Verstärkung behalten haben; das ist klug, aber beunruhigend.« – »Beunruhigend, ja, sehr beunruhigend,« erwiderte Mayneville, dessen Augen den tiefen, düsteren Horizont nicht verließen.

»Mayneville, was kann denn geschehen sein?« – »Ich will selbst zu Pferde steigen, und wir werden es erfahren.« Hierbei machte er eine Bewegung, um wegzugehen, doch die Herzogin hielt ihn zurück.

»Ich verbiete es Euch,« rief die Herzogin, »wer würde denn bei mir bleiben? Wer würde alle unsere Offiziere, unsere Freunde erkennen? Nein, nein, bleibt, Mayneville, man macht sich ganz natürlich Befürchtungen, wenn es sich um ein so wichtiges Geheimnis handelt; aber in der Tat, der Plan war zu gut kombiniert und besonders zu sehr geheim gehalten als daß er uns nicht gelingen sollte.«

»Neun Uhr,« sagte Mayneville, mehr auf seine eigene Ungeduld, als die Worte der Herzogin erwidernd; »ah! nun verlassen die Jakobiner ihr Kloster und stellen sich längs den Mauern des Hofes auf.«

»Still!« rief die Herzogin, die Hand gegen den Horizont ausstreckend. – »Was?« »Still! horcht!« Man fing an in der Ferne ein Rollen, ähnlich dem des Donners, zu haben. »Das ist die Kavallerie,« rief die Herzogin, »sie bringen ihn uns, sie bringen ihn.«

Und, ihrem brausenden Charakter gemäß, von der grausamsten Angst zu der tollsten Freude übergehend, klatschte sie in die Hände und rief: »Ich habe ihn! Ich habe ihn!«

Mayneville horchte immer noch.

»Ja,« sagte er, »es ist ein rollender Wagen, begleitet von galoppierenden Pferden.«

Und er befahl mit voller Stimme: »Aus den Mauern, meine Väter, aus den Mauern!«

Sogleich öffnete sich das große Gitter der Priorei, und in schöner Ordnung kamen die zweihundert bewaffneten Mönche heraus, an deren Spitze Borromée marschierte.

Sie nahmen ihre Stellung quer über die Straße.

Man hörte Gorenflot rufen: »Wartet auf mich, wartet doch auf mich! Es ist wichtig, daß ich an der Spitze des Kapitels stehe, um Seine Majestät würdig zu empfangen.«

»Auf den Balkon, Sire Prior, auf den Balkon!« rief Borromée; »Ihr wißt wohl, daß Ihr uns alle beherrschen müßt; die Schrift sagt: Du wirst sie beherrschen, wie die Zeder den Ysop!«

»Das ist wahr,« sagte Gorenflot, »das ist wahr; ich vergaß, daß ich diesen Posten gewählt hatte, zum Glück seid Ihr da, um mich daran zu erinnern, Bruder Borromée.«

Borromée gab leise einen Befehl, und vier Brüder stellten sich auf den Balkon neben den würdigen Prior.

Bald fand sich die Straße, die in einiger Entfernung von der Priorei eine Biegung bildete, von einer Anzahl von Fackeln beleuchtet, mit deren Hilfe die Herzogin und Mayneville Panzer schimmern und Schwerter glänzen sehen konnten.

Unfähig, sich zu beherrschen, rief sie: »Geht hinab, Mayneville, und bringt ihn mir ganz gebunden, ganz von Wachen eskortiert.« – »Ja, ja,« sagte Mayneville zerstreut; »doch eines beunruhigt mich.«

»Was?« – »Ich höre das verabredete Zeichen nicht.«

»Wozu das Zeichen, da man ihn hat?« – »Aber man hätte ihn, wie mir scheint, erst hier der Priorei gegenüber festnehmen sollen.«

»Sie werden früher eine bessere Gelegenheit gefunden haben.« – »Ich sehe unsern Offizier nicht.«

»Ich sehe ihn.« – »Wo?«

»Jene rote Feder.« – »Alle Teufel, Madame!«

»Was?« – »Jene rote Feder ist Herr von Epernon! Herr von Epernon, den Degen in der Hand!«

»Man hat ihm seinen Degen gelassen.« – »Beim Tod! er befiehlt.«

»Unseren Leuten. Es ist also Verrat?« – »Ei! Madame, es sind nicht unsere Leute.«

»Ihr seid verrückt, Mayneville.«

In diesem Augenblick schwang Loignac an der Spitze des ersten Zuges ein großes Schwert und rief: »Es lebe der König!«

»Es lebe der König!« wiederholten in voller Begeisterung mit ihrem gaskognischen Akzent die Fünfundvierzig.

Die Herzogin erbleichte und sank wie ohnmächtig auf das Fenstersims.

Düster und entschlossen nahm Mayneville das Schwert in die Hand; er wußte nicht, ob man das Haus stürmen würde. Der Zug rückte immer weiter, wie ein Lärm- und Lichtwirbel. Er hatte Bel-Esbat erreicht und war der Priorei nahegekommen.

Borromée machte drei Schritte vorwärts. Loignac trieb sein Pferd gerade gegen den Mönch an, der ihm unter seiner wollenen Robe den Kampf anzubieten schien. Doch als Mann von Kopf sah Borromée, daß alles verloren war, und faßte sogleich seinen Entschluß.

»Platz! Platz!« rief Loignac mit gewaltiger Stimme, »Platz dem König!«

Borromée, der seinen Degen unter der Robe gezogen hatte, steckte ihn auch unter der Robe wieder in die Scheide.

Von dem Geschrei und dem Geräusch der Waffen elektrisiert, von den Flammen der Fackeln geblendet, streckte Gorenflot seine mächtige Rechte aus und segnete den König mit dem Zeigefinger und dem Mittelfinger vom Balkon herab. Heinrich, der sich aus dem Schlage neigte, sah ihn und begrüßte ihn lächelnd.

Dieses Lächeln, ein authentischer Beweis für die Gunst, in der der würdige Prior der Jakobiner bei Hofe stand, begeisterte Gorenflot dergestalt, daß er ebenfalls: Es lebe der König! mit einer Lunge anstimmte, welche die Gewölbbogen einer Kathedrale zu heben imstande gewesen wäre. Borromée rief fast ebenso laut: »Es lebe der König!«, und dann brüllte das ganze Kloster: »Es lebe der König!« und schwang seine Waffen.

»Ich danke, meine ehrwürdigen Väter, ich danke!« rief Heinrichs III. scharfe Stimme.

Heinrich zog an dem Kloster, welches das Ziel seiner Fahrt sein sollte, wie ein Wirbel von Feuer, Lärm und Glorie vorüber und ließ Bel-Esbat in der Finsternis.

Von dem Balkon herab, durch den vergoldeten Wappenschild verborgen, hinter dem sie auf die Knie gesunken war, verschlang die Herzogin jedes Gesicht, auf das die Fackeln ihr flammendes Licht warfen.

»Ah!« machte sie einen Schrei, indem sie auf einen Reiter der Eskorte hinwies. »Seht! seht, Mayneville!« – »Der junge Mann, der Bote des Herrn Herzogs von Mayenne, im Dienste des Königs!«

»Wir sind verloren!« murmelte die Herzogin. – »Wir müssen fliehen, und zwar rasch, Madame,« sagte Mayneville; »heute Sieger, wird der Valois morgen seinen Sieg mißbrauchen.«

»Wir sind verraten worden!« rief die Herzogin. »Dieser junge Mann hat uns verraten! Er wußte alles!«

Der König war schon fern; er war mit seinem ganzen Gefolge unter der Porte Saint-Antoine verschwunden, die sich vor ihm geöffnet und hinter ihm geschlossen hatte.

Chicot segnet Ludwig XI. für die Erfindung der Post.

Chicot, zu dem wir zurückkehren, war nach der Erkennung des Herrn von Mayenne so schnell als möglich geflüchtet. Zwischen dem Herzog und ihm bestand nun wieder ein Kampf auf Leben und Tod.

»Auf! auf!« rief der brave Gaskogner, seinen Ritt in der Richtung nach Beaugency beschleunigend, »hier oder nie ist die Gelegenheit, durch Postpferde das vereinigte Geld von drei erhabenen Personen, die man Heinrich von Valois, Tom Modeste Gorenflot und Sebastian Chicot nennt, laufen zu lassen.«

Gewandt, nicht nur alle Gefühle, sondern auch alle Lebenslagen nachzuahmen, nahm Chicot sogleich die Miene eines vornehmen Herrn an. Nie war ein Fürst mit größerem Eifer bedient worden, als Chicot, nachdem er sein Pferd verkauft und eine Viertelstunde mit dem Postmeister gesprochen hatte.

Sobald er im Sattel saß, beschloß er, nicht eher anzuhalten, als bis er sich an sicherem Orte befände; er galoppierte daher so rasch, als es ihm die Pferde bei dreißigmaligem Wechsel gestatteten. Er selbst war wie aus Stahl gemacht und schien nach sechzig Meilen, die er in zwanzig Stunden zurückgelegt, nicht im geringsten ermüdet. Erst nachdem er in drei Tagen Bordeaux erreicht hatte, erlaubte er sich, ein wenig Atem zu schöpfen.

Er dachte nunmehr mit Ernst an die schwierige Mission, die er übernommen. Chicot wußte, daß Heinrich von Navarra das nicht war, was er zu sein schien, und daß es gelte, ihm mit großer Vorsicht und Verstellung entgegenzutreten.

Sobald er sich innerhalb der Grenze des kleinen Fürstentums Navarra, eines Landes, dessen Armut in Frankreich sprichwörtlich geworden, befand, sah Chicot zu seinem großen Erstaunen nicht mehr auf jedem Gesicht, an jedem Hause, an jedem Stein den Zahn des gräßlichen Elends eingedrückt, der die schönsten Provinzen des herrlichen Frankreich, die er verlassen, zernagte.

Der Holzhauer, der, den Arm auf das Joch seines Lieblingsochsen stützend, vorüberzog, das Mädchen mit dem kurzen Rock und dem behenden Gang, das Wasser auf dem Kopfe trug; der Greis, der, sein, weißes Haupt wiegend, ein Lied aus seiner Jugendzeit trällerte; das gebräunte Kind, mit den mageren, aber nervigen Gliedern, das auf Haufen von Maisblättern spielte; alles redete zu Chicot eine lebendige, klare, verständliche Sprache; alles rief ihm auf jedem Schritt, den er vorwärts tat, zu: »Sieh, hier ist man glücklich!«

Von einem Bauern erfuhr er unterwegs, daß der König in Nerac war. Auf der Straße dorthin fand er viele Leute, die vom Markte von Condom kamen.

Man teilte ihm mit, daß der König von Navarra ein sehr lustiges Leben führe, und daß er ohne Ruh und Rast von einer Liebschaft zur anderen übergehe.

Chicot war so glücklich gewesen, auf dem Wege mit einem jungen katholischen Priester, einem Schafhändler und einem Offizier zusammenzutreffen, die sich von Mont-de-Marsan an Gesellschaft leisteten und, wo man anhielt, bei schwelgerischen Mahlen vertrauliche Gespräche pflogen.

Diese Leute schienen ihm vortrefflich das gelehrte, das handeltreibende und das kriegführende Navarra zu vertreten. Der Geistliche erzählte ihm von den Sonetten, die man auf die Liebschaft des Königs mit der schönen Fosseuse, einer Tochter René Montmorencys, Barons von Fosseur, machte.

»Sprecht!« sagte Chicot, »man glaubt in Paris, Seine Majestät der König von Navarra sei wahnsinnig in Fräulein Le Rebours verliebt.«

»Oh!« erwiderte der Offizier, »das war in Pau.«

»Ja, ja,« bestätigte der Geistliche, »das war in Pau.«

»Ah! das war in Pau,« versetzte der Handelsmann, der als einfacher Bürger am wenigsten gut von den dreien unterrichtet zu sein schien.

»Wie!« fragte Chicot, »der König hat also in jeder Stadt eine Geliebte?«

»Das könnte wohl sein,« antwortete der Offizier, »denn soviel mir bewußt ist, war er der Liebhaber von Fräulein Dayelle, während ich in Castelnaudary in Garnison lag.«

»Wartet!« sagte Chicot, »Fräulein Dayelle, eine Griechin?«

»So ist es,« sagte der Geistliche, »eine Cypriotin.«

»Verzeiht!« sagte der Handelsmann, höchlich erfreut, sein Wort anbringen zu können, »ich bin von Agen.«

»Nun?«

»Ich kann dafür stehen, daß der König Fräulein Tignonville in Agen gekannt hat.«

»Alle Wetter!« rief Chicot, »was für ein rüstiger Liebhaber! Doch um auf Fräulein Dayelle zurückzukommen, deren Familie ich kannte ...«

»Fräulein Dayelle war eifersüchtig und drohte unablässig; sie hatte einen hübschen, kleinen, gebogenen Dolch, den sie auf den Arbeitstisch legte, und eines Tages reiste der König ab, nahm den Dolch mit und sagte, er wolle nicht, daß seinem Nachfolger Unglück widerfahre.«

»So daß zu dieser Stunde Seine Majestät ganz Fräulein Le Rebours gehört?« fragte Chicot.

»Im Gegenteil,« erwiderte der Priester, »sie sind entzweit; sie war eines Präsidenten Tochter und als solche ein wenig zu stark im Prozessieren. Sie hat infolge der Eingebungen der Königin-Mutter so viel gegen die Königin plädiert, daß die Arme darüber krank wurde. Die Königin Margot, die nicht dumm ist, benutzte das zu ihrem Vorteil und bestimmte den König, Pau mit Nerac zu vertauschen, wodurch eine Liebschaft abgeschnitten wurde.«

»Also ist die neue Leidenschaft des Königs für die Fosseuse?« fragte Chicot.

»Oh! mein Gott, ja, um so mehr, als sie in anderen Umständen ist... ein wahrer Wahnsinn!«

»Die Königin legt ihre Schmerzen zu den Füßen des Kruzifixes nieder,« sagte der Geistliche.

»Überdies weiß die Königin dies alles nicht,« bemerkte der Offizier.

»Bah!« entgegnete Chicot, »das ist nicht möglich.«

»Warum?« fragte der Offizier.

»Weil Nerac keine so große Stadt ist, daß nicht alles darin durchsichtig sein muß.«

»Ah! was das betrifft,« sagte der Geistliche, »es ist dort ein Park, und in dem Part sind Alleen von mehr als dreitausend Schritten, ganz mit Zypressen, Platanen und herrlichen Sykomoren bepflanzt; das gibt einen Schatten, daß man am hellen Tag keine zehn Schritte weit sieht. Bedenkt ein wenig, ob man da bei Nacht etwas sehen kann.«

»Und dann ist die Königin beschäftigt!«

»Und womit, wenn ich fragen darf?«

»Mit Gott, mein Herr,« antwortete der Priester voll Stolz.

»Mit Gott!« rief Chicot. »Die Königin ist fromm?«

»Sehr fromm.«

»Doch ich denke, es gibt keine Messe im Palast,« sagte Chicot.

»Da habt Ihr ganz unrecht. Keine Messe! haltet Ihr uns denn für Heiden? Erfahrt, mein Herr, daß, wenn der König mit seinen Edelleuten in die Predigt geht, die Königin sich in einer Privatkapelle Messe lesen läßt.«

»Die Königin Margarete?«

»Die Königin Margarete, so daß ich, ein unwürdiger Priester, zwei Taler erhalten habe, weil ich zweimal in dieser Kapelle amtete.«

Chicot hatte mehr Auskunft erhalten, als er brauchte, um einen ganzen Plan zu bauen. Er kannte Margarete, denn er hatte sie in Paris Hof halten sehen, und er wußte, daß sie, wenn sie in Liebesangelegenheiten wenig hellsehend war, irgendeinen Grund haben mußte, sich eine Binde um die Augen zu befestigen.

Gegen Abend kam Chicot nach Nerac, gerade zur Stunde der Promenaden, die den König von Frankreich und seinen Botschafter so sehr beschäftigten.

Chicot konnte sich übrigens von, der Leichtigkeit der königlichen Sitten durch die Art und Weise überzeugen, wie er zur Audienz zugelassen wurde. Ein einfacher Bedienter öffnete ihm die Tür des

Salons, dessen Zugänge mit Blumen besetzt waren; über diesem Salon lagen das Vorzimmer des Königs und das Zimmer, das er bei Tag bewohnte, um die Audienzen zu erteilen, mit denen er so verschwenderisch war.

Ein Offizier, sogar nur ein Page, meldete ihm, wenn ein Besuch kam. Dieser Offizier oder dieser Page lief dem König nach, bis er ihn an irgendeinem Orte, wo er gerade war, fand. Der König kam auf die einfache Aufforderung und empfing den Bittsteller.

Chicot war ganz gerührt über diese anmutige Leichtigkeit. Er hielt den König für gut, lauter und sehr verliebt.

Dies war noch viel mehr seine Ansicht, als er am Ende einer langen, von blühenden Oleandern besetzten Allee den König von Navarra mit einem schlechten Filzhut, braungelben Wams und grauen Stiefeln ganz heiter, ein Bilboquet in der Hand, kommen sah.

Heinrich hatte eine glatte Stirn, als ob ihn keine Sorge mit ihrem Flügel zu berühren wagte, einen lachenden Mund, ein von Sorglosigkeit und Gesundheit glänzendes Auge. Während er sich näherte, riß er mit der linken Hand Blumen von der Einfassung ab.

»Wer will mich sprechen?« fragte er seinen Pagen.

»Sire, ein Mann, der halb das Aussehen eines vornehmen Herrn, halb das eines Kriegers hat.«

Chicot hörte diese Worte, ging freundlich auf ihn zu und sagte: »Ich, Sire.«

»Ah!« rief der König, seine Arme zum Himmel erhebend, »Herr Chicot in Navarra, Herr Chicot bei uns, Ventre-saint-gris! seid willkommen, mein lieber Herr Chicot.« – »Tausend Dank, Sire.«

»Gott sei Dank, ganz lebendig?« – »Ich hoffe es wenigstens, teurer Sire,« sagte Chicot, entzückt über diesen Empfang.

»Ah! parbleu, wir trinken miteinander ein Gläschen Limourwein, über den Ihr mir Euer Urteil sagen möget. Ihr gewährt mir in der Tat eine große Freude, Herr Chicot, setzt Euch hierher.« Und er deutete auf eine Rasenbank. – »Nie, Sire,« erwiderte Chicot, sich sträubend.

»Habt Ihr denn zweihundert Meilen gemacht, um mich zu besuchen, damit ich Euch stehen lasse? Nein, Herr Chicot, setzt Euch, setzt Euch, man plaudert nur sitzend gut.« – »Aber, Sire, die Ehrfurcht ...«

»Ehrfurcht bei uns, in Navarra? Du bist ein Narr, mein armer Chicot, wer denkt denn daran?« – »Nein, Sire,« entgegnete Chicot, »ich bin kein Narr, ich bin Botschafter.«

Eine leichte Falte bildete sich auf der Stirn des Königs; doch sie verschwand so rasch, daß Chicot keine Spur davon erkannte.

»Botschafter,« sagte Heinrich mit einem Erstaunen, das er naiv zu machen suchte, »Botschafter, von wem?« – »Botschafter von König Heinrich III. Ich komme von Paris und vom Louvre, Sire.«

»Ah! das ist etwas anderes,« versetzte der König, indem er mit einem Seufzer von der Rasenbank aufstand. »Geht, Page, laßt uns allein. Bringt Wein in den ersten Stock in mein Zimmer, nein, in mein Kabinett. Kommt mit mir, Chicot, daß ich Euch führe.«

Chicot folgte dem König von Navarra. Heinrich ging rascher, als da er durch seine Oleanderallee zurückkam.

»Welch ein Elend!« dachte Chicot. »Ich soll diesen ehrlichen Mann in seinem Frieden und in seiner Unwissenheit stören. Basta! er wird Philosoph sein.«

Wie der König von Navarra lateinisch versteht.

Das Kabinett des Königs von Navarra war, wie man sich denken kann, nicht sehr kostbar. Seine Bearnsche Majestät war nicht reich und hielt mit dem wenigen, was sie besaß, Haus. Dieses Kabinett nahm mit dem Prunkschlafgemach den ganzen rechten Flügel des Schlosses ein, ein Korridor lief an dem Vorzimmer oder dem Zimmer der Wachen und am Schlafzimmer hin und führte zu dem Kabinett, aus dem sich eine herrliche Aussicht bot.

Es ist nicht zu leugnen, diese natürlichen Schönheiten nahmen Chicot weniger in Anspruch, als die Einrichtung des Kabinetts, Heinrichs gewöhnlicher Wohnung. In jedem Gerät schien der verständige Gesandte einen Buchstaben zu suchen und aus ihnen allen den Schlüssel zu dem Rätsel zu gewinnen, nach dessen Lösung er schon so lange und auf seinem ganzen Wege geforscht hatte.

Der König setzte sich mit seiner gewöhnlichen Leutseligkeit und mit seinem ewigen Lächeln in einen großen Lehnstuhl von Hirschleder mit vergoldeten Nägeln, aber wollenen Fransen; ihm gegenüber stellte Chicot ein Taburett, das ebenso überzogen und mit ähnlicher Zier versehen war.

»Ihr werdet mich für sehr neugierig halten, mein lieber Herr Chicot,« begann der König, »daß ich Euch so anschaue, aber ich kann nicht anders; ich glaubte so lange, Ihr wäret tot, daß ich mich trotz der großen Freude, die mir Eure Auferstehung bereitet, nicht in den Gedanken, Ihr lebt, finden kann. Warum seid Ihr denn plötzlich aus dieser Welt verschwunden?« – »Ei! Sire,« erwiderte Chicot mit seiner gewöhnlichen Freimütigkeit, »Ihr seid wohl auch aus Vincennes verschwunden. Jeder macht sich nach Maßgabe seiner Mittel und besonders seines Bedürfnisses unsichtbar.« – »Ihr habt immer mehr Witz als jeder andere, mein lieber Herr Chicot,« sagte Heinrich, »und daran erkenne ich hauptsächlich, daß ich nicht mit Eurem Schatten spreche.«

Dann nahm er eine ernste Miene an und fügte hinzu: »Noch wollen wir nicht den Witz beiseite lassen und von unseren Angelegenheiten sprechen?« – »Wenn es Eure Majestät nicht zu sehr ermüdet, so bin ich zu Befehl.«

Das Auge des Königs funkelte. »Ich müde? Es ist wahr, ich roste hier ein, doch ich bin nicht müde, solange ich nichts getan habe.«

»Sire, das ist mir sehr erfreulich; Botschafter eines Königs, Eures Verwandten und Freundes, habe ich Aufträge von sehr zarter Natur bei Eurer Majestät zu vollziehen.« – »Sprecht geschwind, denn Ihr reizt meine Neugierde.«

»Sire...«

»Zuerst Euer Beglaubigungsschreiben; ich weiß, dies ist eine unnötige Förmlichkeit; da Ihr bei mir erscheint; doch ich will Euch beweisen, daß wir, obgleich ein Bearner Bauer, unsere Pflichten als König kennen.«

Chicot teilte hierauf dem König kurz mit, daß und warum er das Beglaubigungsschreiben vernichtet, vorher aber auswendig gelernt habe. Das Schreiben sei Lateinisch abgefaßt gewesen. Heinrich erklärte, er verstehe diese Sprache nicht, während Chicot mit gleicher Ehrlichkeit seine Unkenntnis dieser Sprache behauptete. Chicot begann:

»*Frater carissime*«,

»*Sincerus amor, quo te prosecquebatur germanus noster Carolus nonus, functus nuper, colet usque regiam nostram et pectori meo pertinaciter adheret.*«

Heinrich verzog keine Miene, doch bei dem letzten Worte unterbrach er Chicot mit einer Gebärde und sagte:

»Wenn ich mich nicht sehr täusche, ist in diesem Satz von Liebe, von Hartnäckigkeit und von meinem Schwager Karl IX. die Rede?« – »Ich möchte nicht nein sagen, das Lateinische ist eine so schöne Sprache, daß dies alles in einem einzigen Satze enthalten sein könnte.«

»Fahrt fort!« sagte der König.

Chicot fuhr fort.

Der Bearner hörte mit demselben Phlegma alle Stellen an, wo von seiner Frau und von dem Vicomte von Turenne die Rede war; bei dem letzten Worte aber fragte er: » *Turennius*, bedeutet das nicht Turenne?« – »Ich denke wohl, Sire.«

»Und *Margota*, wäre das nicht der freundschaftliche Name, den meine Schwäger Karl IX. und Heinrich III. ihrer Schwester, meiner vielgeliebten Gemahlin Margarete, gaben?« – »Ich kann das nicht als unmöglich ansehen,« erwiderte Chicot. Und er fuhr in seiner Übertragung bis zum letzten Ende des Satzes fort, ohne daß ein einziges Mal das Gesicht des Königs seinen Ausdruck veränderte.

Endlich hielt er an, nachdem er die Schlußworte mit einem ganz sonderbaren Schnarren gesprochen hatte.

»Seid Ihr zu Ende?« fragte Heinrich. – »Ja, Sire.«

»Das muß herrlich sein.« – »Nicht wahr, Sire?«

»Welch ein Unglück, daß ich nur die beiden Worte: *Turennius* und *Margota*, verstanden habe.« – »Ein unwiederbringliches Unglück, Sire, wenn sich Eure Majestät nicht entschließt, den Brief durch irgendeinen Geistlichen übersetzen zu lassen.«

»Oh! nein,« rief Heinrich lebhaft. »Und Ihr selbst, Herr Chicot, der Ihr bei Eurer Botschaft mit so viel Diskretion zu Werke gegangen seid, daß Ihr das Original der Schrift habt verschwinden lassen, werdet mir nicht raten, diesen Brief irgendwie der Öffentlichkeit zu übergeben?« – »Ich sage das nicht, Sire.«

»Aber Ihr denkt es?« – »Ich denke, da Eure Majestät mich fragt, daß der Brief des Königs, Eures Schwagers, der mir so sehr empfohlen und an Eure Majestät durch einen besonderen Abgesandten übergeben ist, vielleicht da und dort etwas Gutes enthält, wovon Eure Majestät Gebrauch machen könnte.«

»Ja, doch um das Gute jemand anzuvertrauen, müßte ich zu irgend jemand volles Zutrauen haben.« – »Gewiß.«

»Nun, so tut eines,« sagte Heinrich, wie von einem Gedanken erleuchtet. – »Was?« »Sucht meine Frau Margota auf; sie ist gelehrt; tragt ihr den Brief vor, und sie wird ihn verstehen... Und dann wird sie mir ihn ganz natürlich erklären.« – »Ah! das ist bewunderungswürdig!« rief Chicot. »Eure Majestät spricht goldene Worte.«

»Nicht wahr? Geht also!« – »Ich eile, Sire.«

»Verändert nicht ein Wort an dem Briefe.« – »Das wäre mir unmöglich. Ich müßte das Lateinische verstehen, und ich verstehe davon höchstens hier und da einen barbarischen Ausdruck.«

»Geht, mein Freund, geht!«

Chicot erbat sich die nötige Auskunft, wie er die Königin finden könne, und verließ Heinrich, mehr als je überzeugt, Heinrich sei ein Rätsel.

Die Allee von dreitausend Schritten.

Die Königin bewohnte den anderen Flügel des Schlosses, wo man fast immer Musik hörte und einen Federbusch umherschweifen sah.

Die berühmte Allee von dreitausend Schritten fing unter den Fenstern Margarethes an, und ihr Blick verweilte nur auf angenehmen Gegenständen, wie blühenden Gesträuchen und grünenden Lauben. Es war, als wollte die arme Fürstin durch den Anblick anmutiger Dinge die düsteren Gedanken verjagen, die im Grunde ihres Geistes wohnten.

Am Fuße des Throns geboren, Tochter, Schwester, Frau eines Königs, hatte Margarethe viel gelitten, und obwohl sie Philosophin war oder vielmehr sein wollte, hatte doch schon die Zeit und der Kummer ihre ausdrucksvollen Furchen auf ihrem Antlitz ziehen dürfen. Nichtsdestoweniger war sie noch von einer merkwürdigen, feinen Schönheit, die gerade den Erhabensten gefällt, und der man stets den Vorrang vor der physischen Schönheit einzuräumen geneigt ist. Margarethe hatte das freundliche, gute Lächeln, das feuchte, glänzende Auge, die geschmeidige, liebkosende Gebärde, sie war, wie gesagt, immer ein anbetungswürdiges Geschöpf.

Sie wurde auch in Nerac, wohin sie Eleganz, Freude und Leben brachte, vergöttert. Ihr Hof war nicht allein ein Hof von Edelleuten und Damen, alles Volk liebte sie zugleich als Königin und als Frau, die Harmonie ihrer Flöten und Geigen und auch ihre Mahlzeiten waren für jedermann. Sie wußte auch von der Zeit einen nützlichen Gebrauch zu machen, daß jeder ihrer Tage ihr etwas brachte, und daß keiner für ihre Umgebung verloren war.

Klug wußte sie ihren Kummer über Heinrichs Entgleisungen zu verbergen und hatte sich daran gewöhnt, mit der Liebe oder wenigstens mit dem Anschein der Liebe zu leben und durch Poesie und Wohlleben Familie, Gatten, Freunde und alles übrige zu ersetzen.

Niemand außer Katharina von Medici, Chicot und einigen wenigen hatte sagen können, warum Margarethes Wangen so bleich waren. Margarethe hatte keine Vertraute, sie wollte keine mehr, seitdem die Leute ihre Ehre und ihr Vertrauen für Geld verkauft hatten.

Der Bearner schonte übrigens in ihr eine Tochter Frankreichs; er sprach mit ihr nur mit botmäßiger Höflichkeit oder freundlichem Sichgehenlassen; er beobachtete gegen sie bei jeder Gelegenheit und bei allen Dingen das Benehmen eines Gatten und eines Freundes.

Von Heinrich belehrt, begab Chicot sich in die Gemächer der Königin, doch er fand niemand. Margarethe war, wie man ihm sagte, am Ende der schönen Allee am Fluß, und er ging in diese berühmte Oleanderallee von dreitausend Schlitten.

Als er zwei Drittel durchwandert hatte, erblickte er unter einem Boskett von spanischem Jasmin und Reben eine buntscheckige Gruppe von Federn, Bändern und Samtdegen. Es ging Chicot ein Page voran; die Königin, deren Augen mit der ewigen Unruhe schwermütiger Herzen umherschweiften, erkannte die Farben von Navarra und rief dem Pagen.

»Was willst du, d'Aubiac?« fragte sie.

Der junge Mensch oder vielmehr das Kind, denn er war kaum zwölf Jahre alt, errötete und beugte ein Knie vor Margarethe.

»Madame,« sagte er französisch, denn die Königin verbot die Anwendung des Dialekts bei allen dienstlichen Meldungen und allen Geschäftssachen, »ein Herr aus Paris, vom Louvre an Seine Majestät den König von Navarra abgesandt und von Seiner Majestät dem König von Navarra an Euch geschickt, wünscht Eure Majestät zu sprechen.«

Ein plötzliches Feuer färbte das schöne Antlitz Margarethes. Sie wandte sich rasch und mit dem peinlichen Gefühle um, das bei jeder Veranlassung lange Zeit bedrückte Herzen durchdringt. Chicot stand unbeweglich zwanzig Schritte von ihr.

Ihre scharfen Augen erkannten an der Haltung und dem Profil bekannte Formen; sie verließ den Kreis, statt den Ankömmling nähertreten zu lassen.

Während sie sich indessen umwandte, um die Gesellschaft zu verabschieden, machte sie mit der Spitze der Finger einem der reichstgekleideten und schönsten Edelleute ein Zeichen. Der Abschied für alle war in Wirklichkeit nur ein Abschied für einen einzigen.

Da jedoch der bevorzugte Kavalier trotz des Grußes nicht ohne Unruhe zu sein schien, und da ein Frauenauge alles sieht, so sagte Margarethe: »Herr von Turenne, wollt diesen Damen sagen, daß ich im Augenblick zurückkomme.«

Der hübsche Edelmann mit dem weißblauen Wams verbeugte sich mit mehr Leichtigkeit, als es ein gleichgültiger Höfling getan hätte.

Die Königin trat rasch auf Chicot zu, der die Szene, die so sehr mit den Ausdrücken des Briefes, den er brachte, im Einklang stand, mit prüfendem Auge betrachtet hatte, ohne sich einen Zoll von der Stelle zu rühren.

»Herr Chicot!« rief Margarethe erstaunt. – »Zu den Füßen Eurer Majestät,« sagte Chicot, »die stets gut und stets schön und immer Königin ist, wie im Louvre so in Nerac.«

»Es ist ein Wunder, Euch so fern von Paris zu sehen.« – »Verzeiht, Madame, nicht der arme Chicot hat den Gedanken gehabt, dieses Wunder zu tun.«

»Ich glaube das wohl, Ihr waret tot, wie man sagte.« – »Ich spielte den Toten.«

»Was wollt Ihr von uns, Herr Chicot, sollte ich so glücklich sein, daß man sich in Frankreich der Königin von Navarra erinnerte?« – »Oh! Madame,« erwiderte Chicot lächelnd, »seid unbesorgt, man vergißt die Königinnen bei uns nicht, wenn sie Euer Alter und besonders Eure Schönheit haben.«

»Man ist also immer noch artig in Paris?« – »Der König von Frankreich,« sagte Chicot, ohne die letzte Frage zu beantworten, »schreibt sogar an den König von Navarra über diesen Gegenstand.«

Margarethe errötete. »Er schreibt?« fragte sie. – »Ja, Madame.«

»Habt Ihr den Brief gebracht?« – »Gebracht, nein, aus Gründen, die Euch der König von Navarra erklären wird, aber auswendig gelernt und aus dem Gedächtnis wiederholt.«

»Ich begreife; der Brief war wichtig, und Ihr befürchtetet, er könnte, verloren gehen oder Euch gestohlen werden.« – »So ist es,

Madame; Eure Majestät entschuldige mich; aber der Brief war lateinisch geschrieben.«

»Oh! sehr gut! Ihr wißt, daß ich das Lateinische verstehe.« – »Und der König von Navarra versteht es auch?«

»Mein lieber Herr Chicot, es ist sehr schwer zu wissen, was der König von Navarra weiß oder nicht weiß.« – »Ah! ah!« machte Chicot, glücklich, zu sehen, daß er nicht allein den Schlüssel des Rätsels suchte.

»Wenn man dem Anschein glauben darf, versteht er es sehr schlecht, denn nie begreift er oder scheint wenigstens nie zu begreifen, wenn ich mit einem vom Hofe in dieser Sprache rede.« – »Ah! Teufel!« macht Chicot und biß sich auf die Lippen.

»Habt Ihr ihm den Brief vorgesagt?« – »Er war an ihn gerichtet.«

»Und er schien ihn zu verstehen?« – »Nur zwei Worte.«

»Welche?« – »Turennius und Margota.«

»Was hat er sodann getan?« – »Er hat mich zu Euch geschickt.«

»Zu mir?« – »Ja, indem er sagte, dieser Brief scheine zu wichtige Dinge zu enthalten, als daß man ihn durch einen Fremden übersetzen lassen könnte, und es wäre besser, wenn Ihr es tätet, Ihr die Schönste der Gelehrtinnen und die Gelehrteste unter den Schönen.«

»Ich werde Euch anhören, Herr Chicot, da es der Befehl des Königs ist, daß ich Euch höre.« – .»Ich danke, Madame; wo beliebt es Eurer Majestät, daß ich spreche?«

»Hier; nein, nein, bei mir vielmehr; ich bitte, kommt in mein Kabinett!«

Margarethe schaute mit einem tief forschenden Blicke Chicot an, der sie, wohl aus Mitleid mit ihr, eine Ecke der Wahrheit hatte erschauen lassen.

Die arme Frau fühlte das Bedürfnis einer Unterstützung, einer Rückkehr zur Liebe vielleicht, um die Prüfung auszuhalten, die sie bedrohte.

»Vicomte,« sagte sie zu Herrn von Turenne, »Euren Arm bis zum Schloß! Habt die Güte, uns voranzugehen, Herr Chicot.«

Das Kabinett Margarethes.

Im Kabinett der Königin wurde Chicot eingeladen, sich in einen schönen, guten Lehnstuhl zu setzen, dessen Stickerei einen Amor darstellte, der eine Wolke von Blumen ausstreute; ein Page, der nicht d'Aubiac, aber viel schöner und viel reicher gekleidet war als dieser, bot dem Gesandten neue Erfrischungen an.

Chicot nahm nichts an und begann, sobald der Vicomte von Turenne den Platz verlassen hatte, mit treuem Gedächtnis den Brief des Königs von Frankreich und Polen herzusagen.

Chicot sprach, um sich möglichst die Verlegenheit zu sparen, das Lateinische so verkehrt wie möglich aus und hielt den Kopf gesenkt. Margarethe aber verstand sofort alles Boshafte und Stechende des Briefes.

Man darf auch nicht glauben, daß Chicot seine Nase ewig gesenkt hielt, er schlug bald ein Auge, bald das andere auf und beruhigte sich dann, als er sah, daß die Königin unter ihren bald zusammengezogenen Brauen einen Entschluß faßte. Er vollendete also mit ziemlicher Ruhe die Grüße des königlichen Briefes.

»Beim heiligen Abendmahl,« sagte die Königin, als Chicot geendigt hatte, »mein Bruder schreibt hübsch Lateinisch; welche Lebhaftigkeit, welcher Stil! Ich hätte nie geglaubt, daß er so stark darin sei.«

Chicot machte eine Bewegung mit dem Auge und öffnete die Hände wie ein Mensch, der sich das Ansehen gibt, als billige er aus Höflichkeit, während er nichts versteht.

»Ihr versteht es nicht?« sagte die Königin, die mit allen Sprachen und auch mit der Mimik vertraut war. »Ich glaubte, Ihr wäret ein starker Lateiner.«

»Madame, ich habe es vergessen; alles, was ich heute weiß, alles, was ich von meiner alten Wissenschaft noch übrig habe, ist, daß das Lateinische keinen Artikel, daß es einen Vokativ hat, und daß der Kopf in dieser Sprache sächlichen Geschlechtes ist.«

»Ah! wahrhaftig!« rief eintretend eine heitere und laute Stimme.

Chicot und die Königin wandten sich rasch um.

»Wie?« sagte Heinrich hinzutretend, »der Kopf ist im Lateinischen sächlichen Geschlechts, Herr Chicot ... und warum ist er denn nicht männlichen Geschlechts?« – »Ah! Sire, ich weiß es nicht und wundere mich darüber wie Eure Majestät.«

»Ich wundere mich auch darüber,« sagte Margarethe träumerisch.

»Das muß so sein,« sagte der König, »weil bald der Mann, bald die Frau die Herren sind, und zwar je nach dem Temperament des Mannes oder der Frau.«

Sich verbeugend, sagte Chicot: »Das ist offenbar der beste Grund, den ich kenne.«

»Desto besser, es freut mich unendlich, daß ich ein tieferer Philosoph bin, als ich glaubte. Doch kommen wir nun auf den Brief zurück; wißt, Madame, daß ich vor Verlangen brenne, die Neuigkeiten vom französischen Hofe zu erfahren, und nun bringt sie mir dieser brave Herr Chicot gerade in lateinischer Sprache; sonst ...«

»Sonst?« wiederholte Margarethe.

»Sonst würde ich mich daran ergötzen, Ventre-saint-gris! Ihr wißt, wie sehr ich die Neuigkeiten liebe, und besonders die skandalösen Neuigkeiten, – wie sie mein Schwager Heinrich von Valois so gut zu erzählen weiß,«

Bei diesen Worten setzte sich Heinrich von Navarra und rieb sich die Hände.

»Sprecht, Herr Chicot,« fuhr der König mit der Miene eines Mannes fort, der sich recht zu werden anschickt; »Ihr habt den Brief meiner Frau vorgesagt, nicht wahr?« – »Ja, Sire.«

»Nun, mein Herzchen, erzählt mir ein wenig, was dieser Brief enthält.«

»Es ist ein hinterlistiger Brief, Sire.«

»Bah!«

»Oh, ja! er enthält mehr Verleumdungen, als nötig sind, um nicht nur einen Mann mit seiner Frau, sondern auch einen Freund mit allen seinen Freunden zu entzweien.«

»Hoho!« machte Heinrich, indem er sich aufrichtete und sein von Natur so offenes, so treuherziges Gesicht mit einem geheuchelten Mißtrauen bewaffnete, »einen Mann und eine Frau entzweien, Euch und mich also?« – »Euch und mich, Sire.«

»Und worin, mein Herzchen?«

Chicot fühlte sich auf Dornen und würde, obgleich er hungrig war, viel gegeben haben, wenn er hätte ohne Abendessen schlafen gehen können.

»Die Wolke wird platzen,« murmelte er in sich, »die Wolke wird platzen.«

»Sire,« sagte die Königin, »ich bedaure, daß Eure Majestät das Lateinische vergessen hat, das man sie doch hat lehren müssen.«

»Madame, ich erinnere mich nur noch eines Satzes von all dem Lateinischen, das ich gelernt habe, dies ist der Satz: *Deus et virtus aeterna.*« (Gott und die Tugend sind ewig).«

»Sire,« fuhr die Königin fort, »wenn Ihr es verstündet, würdet Ihr in dem Briefe viele Komplimente von allerlei Art für mich sehen.«

»Oh! sehr gut!« sagte der König.

» *Optime!*« murmelte Chicot.

»Aber inwiefern,« fragte Heinrich, »können uns Komplimente entzweien, Madame, denn solange Euch mein Schwager Heinrich Komplimente machte bin ich seiner Ansicht; würde man Schlimmes von Euch in diesem Briefe sagen, ah! das wäre etwas anderes, Madame, und ich würde die Politik meines Schwagers begreifen.«

»Ah! wenn man Schlimmes von mir sagte, würdet Ihr Heinrichs Politik begreifen?«

»Ja, er hat Beweggründe, uns zu entzweien, die ich kenne.«

»Geduld, Sire, denn die Komplimente sind nur ein höflicher Eingang, um zu Verleumdungen gegen Eure Freunde und die meinigen zu kommen.«

Und nach diesen kühn hingeworfenen Worten wartete Margarethe, ob man sie widerlegen würde.

Chicot senkte die Nase, Heinrich zuckte die Achseln.

»Seht, mein Herzchen,« sagte er, »ob Ihr nicht doch das Lateinische nicht wohl verstanden habt, und ob wirklich diese schlimme Absicht in dem Briefe meines Schwagers enthalten ist.«

So sanft und salbungsreich Heinrich diese Worte sprach, schleuderte ihm die Königin von Navarra doch einen Blick voll Mißtrauen zu.

»Versteht mich ganz und gar, Sire,« sagte sie.

»Gott ist mein Zeuge, ich wünsche nichts anderes, Madame.«

»Sprecht, bedürft Ihr Eurer Diener oder nicht?«

»Ob ich ihrer bedarf, mein Herzchen? Eine schöne Frage! Mein Gott! was sollte ich ohne sie tun?«

»Nun Wohl, Sire! Der König will Euch Eure besten Diener abspenstig machen.«

»Ich fordere ihn auf, das zu tun.«

»Bravo, Sire,« murmelte Chicot.

»Ei! allerdings!« sagte Heinrich mit jener erstaunlichen Gutmütigkeit, die ihm so eigentümlich war, daß sich bis an seines Lebens Ende jeder dadurch hintergehen ließ, »denn meine Diener sind mir durch Zuneigung und nicht durch Interesse zugetan. Ich habe ihnen nichts zu geben.«

»Ihr gebt ihnen Euer Herz, Eure Treue, Sire, und das ist die beste Wiedervergeltung eines Königs für seine Freunde.«

»Nun! Sire, traut ihnen nicht mehr!«

»Ventre-saint-gris! das wird nur geschehen, wenn sie mich dazu zwingen, nämlich wenn sie es verschulden.«

»Gut, Sire, dann wird man Euch beweisen, daß sie es verschulden.«

»Ah! ah!« machte der König, »aber wodurch?«

Chicot senkte abermals den Kopf, wie er es immer in peinlichen Augenblicken tat.

»Ohne zu kompromittieren, kann ich Euch das nicht erzählen, Sire...« erwiderte Margarethe.

Und sie schaute umher.

Chicot begriff, daß er überflüssig war, und wich zurück.

»Lieber Bote,« sagte der König, »wollt mich in meinem Kabinett erwarten; die Königin hat mir etwas Besonderes, etwas für meinen Dienst Nützliches, wie ich sehe, zu sagen.«

Margarethe blieb unbeweglich, abgesehen von einem kleinen Zeichen mit dem Kopf, das Chicot allein aufgefaßt zu haben glaubte.

Als Heinrich mit seiner Frau unter vier Augen war, teilte er ihr zunächst mit, daß er am nächsten Tage auf eine große Jagd gehe. Sodann bat er sie, der Fosseuse, deren »Krankheit« ihn mit Unruhe erfülle, durch einen Besuch ihre Teilnahme zu beweisen. Die Königin wies die Zumutung zunächst weit von sich. Heinrich ließ aber durchblicken oder wenigstens ahnen, daß er von dem Inhalt des Pariser Briefes mehr wisse, als ihr lieb sein konnte. So brachte er sie dahin, daß sie, halb von Besorgnis, halb vom Bewußtsein eigenen Fehls getrieben, in den schweren Gang zum Krankenbett ihrer Nebenbuhlerin willigte. Erfreut umarmte sie Heinrich fast liebevoll und ließ sie verwirrt und erstaunt über alles, was sie gehört hatte, in ihrem Kabinett zurück.

Der spanische Botschafter.

Der König suchte hierauf Chicot in seinem Zimmer wieder auf.

»Nun! Chicot?« fragte Heinrich. – »Nun! Sire.«

»Du weißt nicht, was die Königin behauptet?« – »Nein.«

»Sie behauptet, dein verfluchtes Lateinisch werde unsere ganze Ehe in Verwirrung bringen.« – »Ei! Sire, vergessen wir um Gotteswillen dieses Lateinische, und alles ist gut.«

»Der Teufel soll mich holen, ich denke nicht mehr daran.« – »Das ist recht.«

»Wahrhaftig, ich habe etwas ganz anderes zu tun, als hieran zu denken.« – »Eure Majestät zieht es vor, sich zu vergnügen?«

»Ja, mein Sohn,« erwiderte Heinrich, ziemlich unzufrieden mit dem Tone, in dem Chicot diese wenigen Worte ausgesprochen hatte, »ja, meine Majestät liebt es mehr, sich zu Vergnügen.« – »Verzeiht, ich belästige vielleicht Eure Majestät?«

»Ei! mein Sohn,« sagte Heinrich, die Achseln zuckend, »ich habe dir schon gesagt, es sei hier nicht wie im Louvre. Hier treibt man am hellen Tage jede Liebe, jeden Krieg, jede Politik.«

Der Blick des Königs war so sanft, sein Lächeln so wohlwollend, daß Chicot dadurch ganz kühn gemacht wurde.

»Krieg und Politik weniger als Liebe, nicht wahr, Sire?«

»Wahrhaftig, ja, mein lieber Freund, ich gestehe es; dieses Land ist so schön, die Weine des Languedoc sind so schmackhaft, die Frauen von Navaria sind so hübsch!« – »Ah! Sire,« entgegnete Chicot, »mir scheint, Ihr vergeßt die Königin; sind die Navarresinnen etwa schöner und gefälliger? Dann mache ich ihnen mein Kompliment.«

»Ventre-saint-gris! Nu hast recht, Chicot, ich vergaß, daß du Botschafter bist, daß du Heinrich III. vertrittst, daß König Heinrich III. der Bruder von Margarethe ist, und daß ich folglich in deiner Gegenwart Frau Margarethe über alle Frauen stellen muß! Noch du wirst meine Unvorsichtigkeit entschuldigen, ich bin nicht mehr an Gesandte gewöhnt, mein Sohn.«

In diesem Augenblick öffnete sich die Tür, und d'Aubiac meldete mit lauter Stimme: »Der Herr Botschafter von Spanien.«

Chicot machte von seinem Lehnstuhl einen Sprung, der dem König ein Lächeln entriß.

»Wahrhaftig,« sagte Heinrich, »ich werde hier auf eine Weise Lügen gestraft, wie ich es nicht erwartet hatte. Der Botschafter von Spanien! Was will er hier?« – »Ja,« wiederholte Chicot, »was will er hier?«

»Wir werden es erfahren, vielleicht hat unser Nachbar, der Spanier, eine Grenzstreitigkeit mit uns zu verhandeln.«

»Ich entferne mich,« sagte Chicot demütig. »Es ist ohne Zweifel ein wahrer Botschafter, den Euch Seine Majestät König Philipp II. schickt, während ich...«

»Der Botschafter von Frankreich dem Spanier das Terrain abtreten, und zwar in Navarra, Ventre-saint-gris! Das wird nicht geschehen; öffne dieses Bücherzimmer, Chicot, und gehe hinein!« – »Aber ich werde dort alles hören, Sire.«

»Ah! Du wirst alles hören, alle Teufel! Was liegt mir daran? Ich habe nichts zu verbergen.«

Dann fügte er hinzu: »Sage meinem Kapitän der Leibwachen, er möge den Herrn Botschafter von Spanien einführen.« Als Chicot diesen Befehl hörte, trat er eiligst in das Bücherzimmer, dessen Türvorhang er sorgfältig schloß.

Ein langsamer und abgemessener Schritt erscholl, es war der des Botschafters Seiner Majestät König Philipps II.

Nach den feierlichen Einleitungen gemäß den Vorschriften der Etikette, wobei sich Chicot aus seinem Versteck überzeugt hatte, daß Heinrich sehr gut Audienz zu geben wußte, fragte der Gesandte in spanischer Sprache, die jeder Gaskogner oder Bearner so gut wie die seiner Heimat versteht: »Kann ich frei zu Eurer Majestät sprechen?«

»Ihr könnt es.«

Chicot öffnete zwei weite Ohren. Das Interesse war groß für ihn.

»Sire,« sagte der Botschafter, »ich bringe die Antwort Seiner katholischen Majestät.«

»Gut!« dachte Chicot, »wenn er die Antwort bringt, so ist eine Frage erfolgt.«

»Worauf?« fragte Heinrich. – »Auf Eure Eröffnungen vom vorigen Monat.«

»Ah! ich bin sehr vergeßlich,« sagte Heinrich. »Wollt mir ins Gedächtnis rufen, was für Eröffnungen das waren, Herr Botschafter.« – »Die Einfälle der lothringischen Prinzen in Frankreich.«

»Ja, und besonders die meines Vetters von Guise. Sehr gut, ich erinnere mich nun; fahrt fort, mein Herr, fahrt fort!« – »Sire, der König, mein Herr, hat, obgleich man ihm anliegt, einen Allianzvertrag mit Lothringen zu unterzeichnen, ein Bündnis mit Navarra für loyaler und, sagen wir es gerade heraus, für vorteilhafter gehalten.«

»Ja, sagen wir es gerade heraus.« – »Ich werde offenherzig gegen Eure Majestät sein, Sire, denn ich kenne die Gesinnung des Königs meines Herrn gegen Eure Majestät.«

»Und ich, darf ich sie auch erfahren?« – »Sire, der König, mein Herr, hat Navarra nichts zu verweigern.«

Chicot drückte sein Ohr an den Türvorhang, während er sich in den Finger biß, um sich zu versichern, daß er nicht schlief.

»Wenn man mir nichts zu verweigern hat, so wollen wir einmal sehen, was ich verlangen kann.« – »Alles, was Eurer Majestät beliebt, Sire.«

»Teufel!« – »Eure Majestät spreche also offenherzig und unumwunden.«

»Ventre-saint-gris! das setzt mich in Verlegenheit!« – »Seine Majestät, der König von Spanien will es seinem neuen Verbündeten bequem machen, der Vorschlag, den ich Eurer Majestät tun werde, soll dies beweisen.«

»Ich höre.« – »Der König von Frankreich behandelt die Königin von Navarra als geschworene Feindin; er verstößt sie, denn er überhäuft sie mit Schmach, das unterliegt keinem Zweifel ... Die Beleidigungen des Königs von Frankreich... ich bitte Eure Majestät um Verzeihung, daß ich diesen so zarten Gegenstand berühre...«

»Berührt ihn immerhin!« – »Die Beleidigungen des Königs von Frankreich sind öffentlich.«

Heinrich machte eine Bewegung des Leugnens.

»Sind öffentlich und bekannt; wir sind davon unterrichtet,« fuhr der Spanier fort; »ich wiederhole also, Sire; der König von Frankreich verstößt Frau Margarethe als seine Schwester, da er sie zu entbehren trachtet, indem er öffentlich ihre Sänfte anhalten und sie durch einen Kapitän seiner Garden durchsuchen läßt.«

»Nun wohl! mein Herr Botschafter, worauf zielt Ihr damit ab?« – »Es gibt also nichts Leichteres für Eure Majestät, als die als Frau zu verstoßen, die ihr Bruder als Schwester verstößt.«

Heinrich schaute nach dem Türvorhang, hinter dem Chicot mit bestürztem Auge den Erfolg dieses hochtrabenden Eingangs erwartete.

»Ist die Königin verstoßen,« fuhr der Botschafter fort, »so ist das Bündnis zwischen dem König von Navarra und dem König von Spanien ...«

Heinrich verbeugte sich.

»Ist dieses Bündnis völlig abgeschlossen, und zwar folgendermaßen: Der König von Spanien gibt die Infantin, seine Tochter, dem König von Navarra, und Seine Majestät selbst heiratet Frau Catharine von Navarra, Eurer Majestät Schwester.«

Ein Schauer des Stolzes durchlief den Bearner, ein Schauer des Schreckens Chicot. Der eine sah am Horizont sein Glück strahlend wie eine aufgehende Sonne sich erheben, der andere sah das Zepter und das Glück Frankreichs hinabsinken und sterben.

Unempfindlich und eiskalt sah der Spanier nichts als die Weisungen seines Herrn.

Einen Augenblick herrschte tiefe Stille; danach erwiderte der Bearner: »Der Vorschlag ist herrlich und ehrt mich im höchsten Grade.« – »Seine Majestät,« sagte hastig der stolze Unterhändler, der auf eine Einwilligung im Augenblick des Enthusiasmus zählte,

»Seine Majestät der König von Spanien gedenkt Eurer Majestät nur eine Bedingung zu stellen.«

»Ah! eine Bedingung! Das ist nur zu billig; lasst die Bedingung hören!« – »Indem mein Gebieter Eure Majestät gegen die lothringischen Prinzen unterstützt, das heißt, Euch den Weg zum Tore öffnet, wünschte er sich durch ein Bündnis mit Euch den Erwerb von Flandern zu sichern, wonach Monseigneur der Herzog von Anjou zu dieser Stunde mit allen seinen Zähnen schnappt. Eure Majestät begreift, daß mein Herr ihr hierdurch jeden Vorzug vor den lothringischen Prinzen gibt, da die Herren von Guise, seine natürlichen Verbündeten als katholische Fürsten, für sich allein eine Partei gegen den Herzog von Anjou in Flandern bilden. Folgendes ist nun die einzige Bedingung; sie ist vernünftig und mild: Seine Majestät der König von Spanien wird sich mit Euch durch eine doppelte Heirat verbinden, er wird Euch dem König von Frankreich ...« der Botschafter suchte einen Augenblick das geeignete Wort »... sukzedieren helfen, und Ihr garantiert ihm Flandern. Ich kann nun, da ich die Weisheit Eurer Majestät kenne, meine Unterhandlung als glücklich zum Abschluß gebracht betrachten.«

Ein Stillschweigen, noch tiefer als das erste, folgte auf diese Worte, ohne Zweifel, um die Antwort, die der Würgengel erwartete, um auf Frankreich oder Spanien zu schlagen, noch eindrucksvoller zu machen.

Heinrich von Navarra machte drei oder vier Schritte in seinem Kabinett und sagte: »Das ist also die Antwort, die Ihr mir zu überbringen beauftragt seid?« – »Ja, Sire.«

»Nichts anderes dabei?« – »Nichts anderes.«

»Nun wohl! Ich schlage das Anerbieten Seiner Majestät des Königs von Spanien aus.« – »Ihr schlagt die Hand der Infantin aus!« rief der Spanier mit einer Bestürzung, der ähnlich, die der Schmerz einer Wunde verursacht, auf den man nicht gefaßt ist.

»Die Ehre ist sehr groß, mein Herr,« sagte Heinrich, das Haupt erhebend, »doch kann ich sie nicht für höher erachten, als die Ehre, eine Tochter Frankreichs geheiratet zu haben.« – »Ja, doch diese erste Verbindung brachte Euch dem Grabe nahe, die zweite bringt Euch dem Throne nahe, Sire.«

»Ein kostbares, unvergleichliches Glück, mein Herr, ich weiß es wohl, das ich jedoch nie mit dem Blute und der Ehre meiner zukünftigen Untertanen erkaufen würde. Wie! mein Herr, ich sollte den Degen ziehen gegen den König von Frankreich, meinen Schwager, für den Spanier, einen Fremden; wie! ich sollte die Fahne Frankreichs auf dem Wege des Ruhmes aufhalten, um das begonnene Werk durch die Türme von Kastilien und den Löwen von Leon vollenden zu lassen; wie! ich sollte Brüder durch Brüder töten lassen; ich sollte den Fremden in mein Vaterland führen! Hört mich wohl, mein Herr: Ich habe meinen Nachbar, den König von Spanien, um Hilfe gegen die Herren von Guise, die nach meinem Erbe gierigen Meuterer, gebeten, aber nicht gegen den Herzog von Anjou, meinen Schwager; nicht gegen Heinrich III., meinen Freund, nicht gegen meine Frau, die Schwester meines Königs. Ihr werdet die Guisen unterstützen, sagt Ihr, Ihr werdet ihnen Hilfe leisten. Tut es; ich schleudere alle Protestanten Deutschlands und Frankreichs auf sie und Euch. Der König von Spanien will Flandern wiedererobern, er tue, was sein Vater Karl V. getan hat. Ich wolle den Thron von Frankreich, sagt Seine katholische Majestät, das ist möglich; doch sie braucht ihn mir nicht erobern zu helfen; ich werde ihn wohl allein nehmen, wenn er erledigt ist; und dies – trotz aller Majestäten der Welt ... Gott befohlen also, mein Herr. Sagt meinem Bruder Philipp, ich sei ihm sehr dankbar für seine Anerbietungen. Doch ich würde ihn auf den Tod hassen, wenn er mich auch nur einen Augenblick für fähig hielte, sie anzunehmen, Gott befohlen, mein Herr!«

Ganz erstaunt und bestürzt stammelte der Botschafter: »Nehmt Euch in acht, Sire, das gute Einverständnis zweier Nachbarn hängt von einem schlimmen Worte ab.«

»Mein Herr Botschafter,« sagte Heinrich, »wißt wohl: König von Navarra oder König von nichts, das ist mir einerlei. Meine Krone ist so leicht, daß ich ihren Fall nicht einmal fühlen würde, wenn sie mir von der Stirn glitte; übrigens seid unbesorgt, ich würde sie in diesem Augenblick zu halten wissen. Noch einmal, Gott befohlen, mein Herr; sagt dem König, Eurem Gebieter, mein Ehrgeiz strebe nach einem höheren Ziele als nach dem, das er mich in der Ferne habe erblicken lassen. Lebt wohl!«

Und der Bearner, der – man kann nicht sagen – nicht wieder er selbst, sondern der Mann wurde, als den man ihn kannte, geleitete lächelnd und voll Höflichkeit den spanischen Botschafter bis zur Schwelle seines Kabinetts zurück.

Die Armen des Königs von Navarra.

Chicot war in so tiefes Erstaunen versunken, daß er, als Heinrich allein war, nicht daran dachte, sein Kabinett zu verlassen. Der Bearner hob den Türvorhang auf und klopfte ihm auf die Schulter.

»Nun, Meister Chicot,« sagte er, »wie habe ich mich Eurer Ansicht nach aus der Sache gezogen?« – »Vortrefflich, Sire,« antwortete Chicot, noch ganz betäubt. »In der Tat, für einen König, der nicht oft Botschafter empfängt, empfangt Ihr sie, wie es scheint, gut.«

»Meinem Schwager Heinrich habe ich diesen Botschafter zu verdanken.« – »Wieso, Sire?«

»Wenn er nicht unablässig seine arme Schwester verfolgte, so würden die anderen nicht daran denken, sie zu verfolgen. Glaubst du, wenn der König von Spanien nicht die öffentliche Beleidigung erfahren hätte, die man der Königin von Navarra dadurch zufügte, daß ein Kapitän der Garden ihre Sänfte durchsuchte, man würde mir den Vorschlag machen, sie zu verstoßen?« – »Ich fühle mich glücklich zu glauben, daß alles vergeblich sein wird, und nichts die zwischen Euch und der Königin bestehende Eintracht stören kann.«

»Ei! mein Freund, das Interesse, das man hat, uns zu entzweien, ist zu klar.« – »Ich gestehe Euch, Sire, daß ich nicht so scharfsichtig bin, als Ihr glaubt.«

»Gewiß, mein Schwager Heinrich wünscht nichts anderes, als daß ich seine Schwester verstoße.« – »Wieso? Ich bitte, erklärt mir die Sache. Pest! ich glaubte nicht, in eine so gute Schule zu kommen.«

»Du weißt, daß man mir die Mitgift meiner Frau zu bezahlen vergessen hat?« – »Nein, Sire, ich wußte es nicht, ich vermutete es nur.«

»Daß diese Mitgift aus dreimalhunderttausend Goldtalern bestand.« – »Ein hübscher Pfennig.«

»Und aus mehreren Städten, worunter Cahors.« – »Alle Wetter! Eine hübsche Stadt.«

»Und diese, nicht die Taler, reklamierte ich.« – »Ah! Ihr habt Cahors gefordert. Daran habt Ihr, bei Gott, wohl getan, und an Eurer Stelle hätte ich es gemacht wie Ihr.«

»Und deshalb,« sagte der Bearner mit seinem feinen Lächeln, »und deshalb... Verstehst du nun?« – »Der Teufel soll mich holen, nein!«

»Deshalb möchte man mich gern mit meiner Frau dergestalt entzweien, daß ich sie verstoße. Keine Frau mehr, verstehst du, Chicot, keine Mitgift mehr, folglich keine Goldtaler mehr, keine Städte und besonders kein Cahors mehr. Aber ohne diese Stadt ist Navarra ein armes, kleines Fürstentum; und Cahors wäre mein Bollwerk, die Schutzwache der Anhänger meiner Religion.« – »Nun wohl! mein teurer Sire, betrauert Cahors, denn ob Ihr mit Frau Margarethe entzweit seid oder nicht, der König von Frankreich wird es Euch nie herausgeben, und wenn Ihr es nicht erobert...«

»Oh! ich würde es wohl erobern, wenn es nicht so stark befestigt wäre, und besonders wenn ich den Krieg nicht haßte.« – »Cahors ist uneinnehmbar, Sire.«

Heinrich bewaffnete sein Gesicht mit einer undurchdringlichen Naivität und erwiderte: »Oh! uneinnehmbar, uneinnehmbar; wenn ich auch eine Armee hätte, die ich nicht habe.« – »Hört, Sire,« sagte Chicot, »wir sind nicht hier, um uns Süßigkeiten zu sagen. Ihr wißt, unter Gaskognern geht man offenherzig zu Werk. Um Cahors zu nehmen, wo Herr von Vesin ist, müßte man ein Hannibal, ein Cäsar oder Eure Majestät sein.«

»Nun! Meine Majestät?« fragte Heinrich mit seinem spöttischen Lächeln.

»Eure Majestät hat gesagt, sie liebe den Krieg nicht.«

Heinrich seufzte, eine jähe Flamme erleuchtete sein schwermutvolles Auge; doch rasch diese unwillkürliche Bewegung unterdrückend, glättete er mit seiner von der Sommerhitze verbrannten Hand seinen rauhen, braunen Bart und sagte: »Es ist wahr, ich habe nie den Degen gezogen, ich werde ihn nie ziehen; ich bin ein Strohkönig und ein Friedensmann. Ich habe Cahors nicht; nun, ich werde es entbehren können.« – »Das ist hart, mein König.«

»Was willst du? Du glaubst selbst, Heinrich werde mir diese Stadt nie herausgeben.« – »Ich glaube es, Sire, ich bin dessen sicher, und zwar aus drei Gründen.«

»Nenne sie mir!« – »Erstens ist Cahors eine Stadt von gutem Ertrag, und der König wird sie lieber behalten, als irgend jemand geben wollen.«

»Das ist nicht ganz redlich, Chicot.« – »Es ist königlich, Sire.«

»Ah! es ist königlich zu nehmen, was einem gefällt?« – »Ja, das heißt, wie ein Löwe teilen, und der Löwe ist der König der Tiere.« – »Ich werde mich dessen erinnern, wenn ich mich je zum König mache. Dein zweiter Grund, mein Sohn?« – »Frau Catharina würde lieber ihre Tochter in Paris, als in Nerac, lieber bei sich, als bei Euch sehen.«

»Du glaubst? Sie liebt aber doch ihre Tochter nicht so wahnsinnig.« – »Nein; aber Frau Margarethe dient Euch als Geisel.«

»Du bist von einer vollendeten Feinheit. Der Teufel soll mich holen, wenn ich je daran gedacht hätte: doch du kannst recht haben; ja, eine Tochter Frankreichs ist am Ende eine Geisel. Nun?« – »Nun! Sire, wenn man die Mittel vermindert, vermindert man das Vergnügen des Aufenthalts. Nerac ist eine sehr angenehme Stadt, die einen reizenden Park und Alleen, wie es nirgends gibt, besitzt; doch der Mittel beraubt, wird sich Frau Margarethe in Nerac langweilen und sich nach dem Louvre sehnen,«

»Dein erster Grund gefällt mir besser, Chicot,« sagte Heinrich, den Kopf schüttelnd. – »Dann will ich Euch den dritten sagen. »Zwischen dem Herzog von Anjou, der sich einen Thron zu machen sucht und Flandern aufwiegelt, zwischen den Herren von Guise, die sich gern eine Krone schmieden möchten und Frankreich aufwiegeln, zwischen dem König von Spanien, der nach einer Universalmonarchie trachtet und die Welt aufwiegelt, haltet Ihr, der Fürst von Navarra, die Wage und behauptet ein gewisses Gleichgewicht.«

»In der Tat, ich, ohne Gewicht!« – »Ganz richtig. Seht die Schweizer Republik an! Werdet mächtig, das heißt gewichtig, und Ihr zieht die Schale hinab. Ihr seid nicht mehr ein Gegengewicht, sondern ein Gewicht.«

»Oh! dieser Grund gefällt mir ungemein, Chicot, und er ist vollkommen nachgewiesen. Du bist ein wahrer Rechtsgelehrter.« – »Wahrhaftig, Sire, ich bin, was ich sein kann,« erwiderte Chicot, der sich, geschmeichelt durch das Kompliment, von der ungewohnten königlichen Treuherzigkeit verführen ließ.

»Das ist also die Erklärung meiner Lage?« – »Vollständig, Sire.«

»Und ich sah nichts von dem allem, Chicot, ich hoffte stets, begreifst du das?« – »Sire, darf ich Euch einen Rat geben, so ist es der: Hört auf zu hoffen.«

»Ich will also mit dieser Schuldforderung an den König von Frankreich verfahren, wie mit denen meiner Meier, die mir den Pachtschilling nicht bezahlen können; ich setze ein B. neben ihren Namen.« – »Was Bezahlt heißen soll?«

»Ganz richtig.« – »Setzt zwei B. und stoßt einen Seufzer aus!«

Heinrich seufzte. »So werde ich es machen,« sagte er. »Du siehst übrigens, mein Freund, daß man in Bearn leben kann, und daß ich Cahors nicht durchaus notwendig habe.« – »Ich sehe das, und Ihr seid, wie ich vermutete, ein weiser Fürst, ein philosophischer Fürst ... Doch was für ein Lärm ist das?«

»Ein Lärm? Wo dies?« – »Im Hofe, wie mir scheint.«

»Schau aus dem Fenster, mein Freund, schau!« – Chicot näherte sich dem Fenster und sagte: »Sire, es ist unten ein Dutzend ziemlich schlecht gekleideter Leute.«

»Ah! das sind meine Armen,« versetzte der König aufstehend. – »Eure Majestät hat ihre Armen?«

»Ganz gewiß, empfiehlt Gott nicht die Mildtätigkeit? Wenn ich auch nicht Katholik bin, so bin ich darum doch nicht minder Christ.« – »Bravo, Sire.«

»Komm, Chicot, laß uns hinabgehen; wir geben miteinander das Almosen und speisen dann zu Nacht.« – »Sire, ich folge Euch,«

»Nimm die Börse, die dort auf dem Tischchen neben meinem Degen liegt, siehst du?« – »Ich habe sie.«

»Vortrefflich.«

Sie gingen hinab. Es war Nacht geworden. Der König schien, während er vorwärts schritt, von Sorgen und innerer Unruhe heimgesucht zu sein. Chicot schaute ihn an und betrübte sich über diesen Kummer.

»Wie zum Teufel kam mir der Gedanke, mit diesem Fürsten über Politik zu sprechen?« sagte er zu sich selbst. »Ich habe ihm den Tod ins Herz gebracht! Ich einfältiger Tölpel!«

Im Hofe näherte er sich der Gruppe von Bettlern, auf die Chicot hingewiesen hatte.

Es war in der Tat ein Dutzend Männer von verschiedener Statur, Physiognomie und Tracht, Leute, die ein ungeschickter Beobachter nach ihrem Gang, nach ihrer Stimme, nach ihren Gebärden für Zigeuner gehalten hätte, in denen aber ein geschickter Beobachter verkleidete Edelleute erkannt haben würde.

Heinrich nahm die Börse aus den Händen Chicots und machte ein Zeichen. Alle Bettler schienen das Zeichen zu verstehen. Sie begrüßten ihn jeder einzeln mit einer demütigen Miene, zugleich aber mit einem Blick voll des Einverständnisses und der Kühnheit, der zu sagen schien: »Unter der Hülle brennt das Herz.«

Heinrich antwortete durch ein Zeichen mit dem Kopf, steckte dann den Zeigefinger und den Daumen in die Börse, die Chicot offen hielt, und nahm ein Stück heraus.

»Ei! wißt Ihr, daß das Gold ist?« fragte Chicot.

»Ja, mein Freund, ich weiß es.« – »Teufel, Ihr seid reich?«

»Bemerkst du nicht, mein Freund,« entgegnete Heinrich mit einem Lächeln, »daß alle diese Goldstücke mir, zu je zwei Almosen dienen? Ich bin im Gegenteil arm, Chicot, und sehe mich genötigt, meine Pistolen entzwei zu schneiden, um nicht alles auf einmal zu vertun.« – »Es ist wahr,« sagte Chicot mit wachsendem Erstaunen, »die Stücke sind Hälften von Stücken, die man in willkürlichen Formen ausgeschnitten hat.«

»Oh! ich bin wie mein Bruder in Frankreich, der zu seiner Belustigung Bilder ausschneidet, ich habe auch meine eigentümliche Unterhaltung; es belustigt mich in meinen verlorenen Augenblicken, Dukaten zu beschneiden. Ein armer, ehrlicher Bearner ist findig wie ein Jude.« – »Gleichviel, Sire,« sagte Chicot, den Kopf schüttelnd, denn er erriet ein verborgenes Geheimnis, »das ist eine seltsame Art, Almosen zu geben.«

»Du würdest es anders machen?« – »Ja; statt mir die Mühe zu nehmen, jedes Stück zu trennen, würde ich es ganz geben und sagen: Das ist für zwei!«

»Sie würden sich schlagen, mein Lieber, und ich würde ein Ärgernis herbeiführen, während ich Gutes tun wollte.« – »Nun wohl!« murmelte Chicot, da er nichts weiter zu sagen wußte.

Heinrich nahm also ein halbes Goldstück aus der Börse, stellte sich vor den ersten Bettler mit jener ruhigen, sanften Miene, die sein gewöhnliches Wesen bildete, und schaute diesen Mann an, ohne zu sprechen, doch nicht, ohne ihn mit dem Blick zu befragen. »Agen,« sagte dieser, sich verbeugend.

»Wieviel?« fragte der König. – »Fünfhundert.«

»Cahors –,« und er gab ihm das Stück und nahm ein anderes aus der Börse.

Der Bettler verbeugte sich noch tiefer als das erstemal und entfernte sich.

Es folgte ihm ein anderer, der ebenfalls ehrfurchtsvoll grüßte.

»Auch,« sagte er sich verbeugend.

»Wieviel?«

»Dreihundertundfünfzig.«

»Cahors –,« und er übergab ihm das zweite Stück und nahm ein anderes aus der Börse. »Montauban,« sagte ein dritter.

»Wieviel?«

»Sechshundert.«

»Cahors.«

So näherten sich endlich alle, verbeugten sich , sprachen ein Wort aus, erhielten das seltsame Almosen und nannten eine Zahl, wobei sich der Gesamtbetrag auf, achttausend belief.

Jedem antwortete Heinrich: Cahors, ohne daß ein einziges Mal der Ton seiner Stimme bei der Aussprache des Wortes wechselte.

Als die Verteilung geschehen war, fand sich kein Halbstück mehr in der Börse, kein Bettler mehr im Hof.

»Gut,« sagte Heinrich.

»Ist das alles, Sire?« – »Ja, ich bin fertig.«. Chicot zog den König am Ärmel.

»Sire?« sagte er. – »Nun!«

»Ist es mir erlaubt, neugierig zu sein?« – »Warum nicht? Die Neugierde ist etwas Natürliches.«

»Was sagten Euch diese Bettler, und was zum Teufel antwortet Ihr?« – Heinrich lächelte.

»Es ist wahrhaftig hier alles geheimnisvoll.« – »Findest du?«

»Ja; ich habe nie auf diese Art Almosen geben sehen.«

– »Das ist Gewohnheit in Nerac, mein lieber Chicot. Du kennst das Sprichwort: Jede Stadt hat ihren Gebrauch.«

»Ein seltsamer Gebrauch, Sire.« – »Der Teufel soll mich holen, nein, nichts kann einfacher sein. Alle diese Leute, die du gesehen hast, laufen im Lande umher, um Almosen zu sammeln; doch jeder ist aus einer andern Stadt. Damit ich nun nicht immer demselben gebe, sagen Sie mir den Namen ihrer Stadt; du begreifst, mein lieber Chicot, auf diese Art kann ich meine Wohltaten gleichmäßig austeilen und allen unglücklichen Städten meines Staates nützlich sein.«

»Das ist gut, Sire, soweit es den Namen der Stadt betrifft, den sie Euch nennen; doch warum antwortet Ihr allen Cahors?« – »Ah!« versetzte Heinrich mit vortrefflich gespieltem Erstaunen, »ich habe ihnen Cahors geantwortet?«

»Ich bin dessen sicher.« – »Siehst du, seitdem wir von Cahors gesprochen, habe ich dieses Wort immer im Munde. Es geht hierbei wie bei allen Dingen, die man nicht hat und nach denen man ein sehnsüchtiges Verlangen hegt; man träumt davon und nennt sie, während man träumt.«

»Hm!« machte Chicot, indem er mißtrauisch nach der Seite schaute, wo die Bettler verschwunden waren; »das ist viel weniger klar, als ich es wünschte; Sire, es ist außer diesem noch ...« – »Wie! es ist noch etwas?«

»Es ist die Zahl, die jeder aussprach, und die eine Gesamtsumme von achttausend bildet,« – »Ah! was die Zahl betrifft, Chicot, da geht es mir wie dir, ich habe es auch nicht verstanden, wenn sie nicht etwa, da die Bettler, wie du weißt, in Körperschaften abgeteilt sind, wenn sie nicht etwa die Zahl der Mitglieder ihrer Körperschaften angegeben haben, was mir sehr wahrscheinlich vorkommt.«

»Sire! Sire!« – »Komm zum Abendessen, mein Freund; nichts öffnet meiner Ansicht nach den Geist so sehr wie Essen und Trinken. Wir suchen bei Tische, und du wirst sehen, daß, wenn meine Pistolen beschnitten, meine Flaschen wenigstens voll sind.«

Der König pfiff einem Pagen und verlangte sein Abendessen. Dann schlang er vertraulich seinen Arm um Chicots und stieg wieder in sein Kabinett hinauf, wo das Abendessen aufgetragen war.

Als er an den Gemächern der Königin vorüberkam, schaute er nach den Fenstern und sah kein Licht.

»Page,« sagte er, »ist Ihre Majestät die Königin nicht zu Hause?« – »Ihre Majestät besucht das Fräulein von Montmorency, das sehr krank sein soll.«

»Ah! arme Fosseuse,« sagte Heinrich; »es ist wahr, die Königin ist ein gutes Herz. Komm' zum Abendessen, Chicot, komm'!«

Die wahre Geliebte des Königs von Navarra.

Das Mahl war äußerst heiter. Heinrich schien nichts mehr im Kopfe und auf dem Herzen zu haben, und in dieser Stimmung des Geistes war der Bearner ein vortrefflicher Tischgenosse. Chicot verbarg, so gut er konnte, die leichte Unruhe, die ihn beim Anblick des spanischen Botschafters erfaßt, die ihn in den Hof verfolgt, die sich bei der Verteilung des Goldes an die Bettler vermehrt, und die ihn seitdem nicht mehr verlassen hatte.

Heinrich wollte, daß sein Freund Chicot mit ihm allein speise. Am Hofe König Heinrichs hatte er stets eine große Zuneigung zu Chicot gefühlt, und Chicot seinerseits hegte eine große Sympathie für den König von Navarra. Er beschloß, da sein Argwohn erregt war, auf Heinrichs Worte, wenn ihm der Wein die Zunge gelöst habe, zu achten. Heinrich trank in der Tat tüchtig, und er hatte eine Art, seine Gäste mit sich fortzureißen, die Chicot kaum gestattete, bei drei Gläsern um eines zurückzubleiben. Doch Chicots Kopf war, wie man weiß, ein eiserner Kopf.

Für Heinrich von Navarra waren alle diese Weine, wie er sagte, Landweine, und er trank sie wie Molken. Dabei tauschten sie viele Artigkeiten untereinander.

»Wie beneide ich Euch,« sagte Chicot zum König, »wie ist Euer Hof so liebenswürdig und Euer Dasein so blütenreich; wie viele gute Gesichter sehe ich in diesem guten Hause, und wie viele Reichtümer in dem schönen Lande Gaskogne.«

»Wenn meine Frau hier wäre, mein lieber Chicot, so würde ich dir nicht sagen, was ich dir nun sagen will; doch in ihrer Abwesenheit kann ich dir wohl gestehen, daß der schönste Teil meines Lebens der ist, den du nicht siehst.«

»Ah! Sire, man sagt in der Tat schöne Dinge über Eure Majestät.«

Heinrich warf sich in seinem Lehnstuhl zurück und streichelte sich lachend den Bart.

»Ja, ja, nicht wahr?« erwiderte er, »man behauptet, ich regiere viel mehr über meine Untertaninnen, als über meine Untertanen.«

»Es ist wahr, Sire, und dennoch setzt es mich in Erstaunen.«

»Wieso, Gevatter?«

»Sire, Ihr habt viel von dem bewegsamen Geist, der die großen Könige macht.«

»Ah! Chicot, du täuschst dich, ich bin viel mehr träge als regsam, und der Beweis davon ist mein ganzes Leben; soll ich eine Liebschaft anfangen, so ist es stets die, die mir am nächsten liegt; soll ich Wein wählen, so wähle ich immer den der Flasche, die am nächsten bei mir steht. Auf deine Gesundheit, Chicot!«

»Sire, Ihr erweist mir große Ehre,« erwiderte Chicot, indem er sein Glas bis auf den letzten Tropfen leerte, denn der König schaute ihn mit dem feinen Blicke an, der bis in die tiefsten Tiefen seiner Gedanken zu dringen schien.

»Wieviel Streit gibt es auch in meinem Hause, Gevatter!« fuhr der König, die Augen zum Himmel aufschlagend, fort.

»Ja, ich begreife; alle die Ehrenfräulein der Königin beten Euch an, Sire!«

»Sie sind meine Nachbarinnen, Chicot.«

»Ei! ei! aus diesem Grundsatz ergibt sich, daß, wenn Ihr in Saint-Denis wohntet, statt in Nerac zu wohnen, der König nicht so ruhig leben könnte, wie er es tut.«

Heinrich wurde finster. »Der König! was sagt Ihr mir da, Chicot!« versetzte Heinrich von Navarra, »der König! bildet Ihr Euch ein, ich sei ein Guise? Es ist wahr, ich wünsche Cahors zu haben, weil Cahors vor meiner Tür liegt; ich habe Ehrgeiz, Chicot, doch nur, wenn ich sitze; bin ich einmal aufgestanden, so habe ich keinen Wunsch mehr nach irgend etwas.« – »Alle Wetter, Sire, dieses Verlangen nach den nächstliegenden Dingen gleicht sehr dem Cesare Borgias, der sein Reich Stadt für Stadt zusammenpflückte und dabei sagte, Italien gleiche einer Artischocke, die man Blatt für Blatt essen müsse.«

»Dieser Cesare Borgia war kein so schlechter Politiker, wie mir scheint, Gevatter Chicot.« – »Nein, aber es war ein sehr gefährlicher Nachbar und ein sehr bösartiger Bruder.«

»Ah! Ihr vergleicht mich doch nicht mit einem Sohne des Papstes, mich, das Haupt der Hugenotten? Da muß ich bitten, Herr Botschafter.« – »Sire, ich vergleiche Euch mit niemand.«

»Aus welchem Grunde?« – »Weil ich glaube, daß sich jeder täuscht, der Euch mit einem andern vergleicht, als mit Euch selbst. Ihr seid ehrgeizig, Sire.« »Wie seltsam!« rief der Bearner; »dieser Mensch will mich mit aller Gewalt zwingen, etwas zu wünschen.« – »Gott behüte mich, Sire; ich wünsche ganz im Gegenteil, daß Eure Majestät nichts wünschen möge.«

»Hört, Chicot,« sagte der König, »nicht wahr, es ruft Euch nichts nach Paris zurück?« – »Nichts, Sire.«

»Ihr werdet also einige Tage bei mir zubringen?« – »Wenn Eure Majestät mir die Ehre erweist, meine Gesellschaft zu wünschen, so gewährt es mir große Freude, acht Tage zu bleiben.«

»Acht Tage ... gut, es sei, Gevatter; in acht Tagen werdet Ihr mich kennen wie einen Bruder. Trinken wir, Chicot.« – »Sire, ich habe keinen Durst mehr,« erwiderte Chicot, der auf seinen Versuch, den König berauscht zu machen, allmählich Verzicht leistete.

Dann verlasse ich Euch, Gevatter,« sagte Heinrich; »der Mensch muß nicht bei Tische bleiben, wenn er nichts mehr dabei tut. Trinken wir, sage ich Euch.« – »Warum?«

»Um besser zu schlafen. Dieser leichte Landwein verleiht einen äußerst sanften Schlaf. Liebt Ihr die Jagd, Chicot?« – »Nicht sehr, Sire; und Ihr?«

»Ich bin ein leidenschaftlicher Jäger, seit meinem Aufenthalt am Hofe König Karls IX.« – »Warum erwies mir Eure Majestät die Ehre, sich zu erkundigen, ob ich die Jagd liebe?«

»Weil ich morgen jage und Euch mitzunehmen gedenke.« – »Sire, es wird eine große Ehre für mich sein, doch ....«

»Oh! Gevatter, seid unbesorgt, diese Jagd ist ganz gemacht, um die Augen und das Herz jedes Kriegers zu ergötzen. Ich bin ein guter Jäger, Chicot, und es ist mir daran gelegen, daß ich mich Euch vorteilhaft zeige. Ihr wollt mich kennen lernen, sagt Ihr?« – »Alle Wetter, Sire, es gehört zu meinen größten Wünschen, ich muß es gestehen.«

»Nun, das ist eine Seite, unter der Ihr mich noch nicht studiert habt.« – »Sire, ich werde alles tun, was Eurer Majestät beliebt.«

»Gut! abgemacht also! Ah! da kommt ein Page; man stört uns.« – »Irgendeine wichtige Angelegenheit, Sire.«

»Eine Angelegenheit! bei mir! wenn ich bei Tische bin! Es ist erstaunlich, daß dieser liebe Chicot immer glaubt, er sei am französischen Hofe. Chicot, mein Freund, laß dir eins sagen: in Nerac legt man sich zu Bette, wenn man gut zu Nacht gespeist hat.« – »Doch dieser Page?«

»Kann dieser Page nicht aus einem andern Grunde als in Geschäften eine Meldung zu machen haben?« – »Ah! ich begreife, Sire, und will mich zu Bette legen.«

Chicot stand auf, der König tat dasselbe und nahm seinen Gast beim Arm.

Die Hast, mit der er ihn wegzuschicken schien, kam Chicot verdächtig vor, dem übrigens seit der Ankündigung des spanischen Botschafters alles verdächtig vorzukommen anfing. Er beschloß, das Kabinett nur so spät wie möglich zu verlassen. – »Oh! oh!« machte er wankend, »es ist erstaunlich, Sire.«

Der Bearner lächelte.

»Was ist erstaunlich?« – »Alle Wetter! mein Kopf dreht sich. Solange ich saß, ging das vortrefflich; doch nun, da ich aufgestanden bin, brrr!«

»Bah!« versetzte Heinrich, »wir haben den Wein kaum gekostet.« – »Gekostet, Sire! Ihr nennt das kosten? Bravo, Sire. Ah! Ihr seid ein tüchtiger Trinker, und ich bringe Euch meine Huldigung dar als meinem Souverän und Herrn. Gut! Ihr nennt das kosten?«

»Chicot, mein Freund,« sagte der Bearner, der durch einen der scharfen Blicke, die nur ihm gehörten, sich zu versichern suchte, ob Chicot wirklich betrunken war, oder ob er sich nur stellte, als wäre er es; »Chicot, mein Freund, ich glaube, das beste, was du tun kannst, ist, daß du dich zu Bette legst.« – »Ja, Sire, gute Nacht, Sire.«

»Gute Nacht, Chicot, und morgen?« – »Ja, Sire, morgen, und Eure Majestät hat recht, das beste, was Chicot tun kann, ist, sich zu Bette zu legen. Gute Nacht, Sire!«

Damit legte sich Chicot auf den Boden.

Als Heinrich dies sah, warf er einen raschen Blick nach der Tür. Aber so rasch dieser Blick auch gewesen war, so hatte ihn doch Chicot im Fluge aufgefangen.

Heinrich näherte sich Chicot.

»Du bist dergestalt trunken, mein armer Chicot, daß du eines nicht bemerkst.« – »Was?«

»Daß du die Matten meines Kabinetts für dein Bett hältst.« – »Chicot ist ein Kriegsmann! Chicot kümmert sich nicht um eine solche Kleinigkeit.«

»Dann bemerkst du ein Zweites nicht.« – »Ah! ah! .... Und was ist das?«

»Daß ich jemand erwarte.« – »Zum Abendessen? Gut, laß uns speisen!« Hier strengte er sich vergeblich an aufzustehen.

»Ventre-saint-gris! rief Heinrich, »wie schnell wirst du betrunken, Gevatter. Alle Teufel! Du siehst wohl, daß sie ungeduldig wird.« – »Sie,« machte Chicot, »welche sie?«

»Ei! beim Teufel! die Frau, die ich erwarte ... sie steht dort vor der Tür Schildwache.« – »Eine Frau! ... Ei! warum sagst du das nicht, Henriquet ... Ah! verzeiht mir, ich glaubte ... ich glaubte mit dem König von Frankreich zu sprechen. Seht Ihr, er hat mich verdorben, dieser gute Henriquet. Warum sagtet Ihr das nicht, Sire? Ich gehe schon.«

»So gefällst du mir, du bist ein wahrer Edelmann. Schön, stehe auf und gehe ... denn ich habe eine gute Nacht zuzubringen, hörst du? eine ganze Nacht.« – Chicot stand auf und erreichte stolpernd die Tür. »Gott befohlen, Sire, und gute Nacht ... gute Nacht.«

»Gute Nacht, teurer Freund, schlafe wohl!« Er öffnete die Tür. »Du wirst den Pagen in der Galerie finden, und er wird dir den Weg zeigen, gehe!«

Chicot ging hinaus, nachdem er sich so tief verbeugt hatte, wie es ein trunkener Mann tun kann.

Doch sobald er die Tür hinter sich geschlossen, verschwand jede Spur von Trunkenheit; er machte drei Schritte vorwärts, kehrte aber sogleich wieder zurück und drückte ein Auge an das breite Schloß.

Heinrich öffnete schon der Unbekannten die Tür, die Chicot, neugierig wie ein Gesandter, mit aller Gewalt kennen lernen wollte. Statt einer Frau trat aber ein Mann ein. Und als dieser Mann seinen Hut abgenommen hatte, erkannte Chicot das edle und ernste Gesicht Duplessis-Mornays, des strengen und wachsamen Rats.

»Ah! Teufel!« sagte Chicot, »der überfällt unseren Verliebten und wird ihn noch viel mehr belästigen, als ich ihn belästigte.«

Doch Heinrichs Antlitz drückte bei dieser Erscheinung nur Freude aus. Er reichte dem Eintretenden die Hand, stieß verächtlich die Tafel zurück und ließ Mornay mit dem Eifer neben sich setzen, mit dem sich ein Liebender seiner Geliebten nähert. Er schien begierig, die ersten Worte zu hören, die der Rat aussprechen würde; doch plötzlich, und ehe Mornay gesprochen hatte, stand er auf, hieß ihn durch ein Zeichen warten, ging zur Tür und schob die Riegel mit einer Behutsamkeit vor, die Chicot viel zu denken gab.

Dann heftete er seinen glühenden Blick auf Karten, Pläne, Briefe, die ihm sein Minister nach und nach vorlegte.

In diesem Augenblick hörte Chicot hinter sich gehen; es war der Page, der in der Galerie wachte und auf Befehl des Königs wartete. Aus Furcht, ertappt zu werden, wenn er länger horchen würde, richtete Chicot seine lange Gestalt hoch auf und verlangte von dem Knaben, in sein Zimmer geführt zu werden.

Für Chicot gab es jetzt keinen Zweifel mehr; er kannte die Hälfte der Buchstaben, die das Rätsel bildeten, das man den König von Navarra nannte. Statt einzuschlafen, setzte er sich nachdenkend auf sein Bett, während der Mond, an den spitzen Ecken des Daches niedersteigend, wie aus einer silbernen Gießkanne herab sein Licht auf den Fluß und auf die Wiesengründe ausströmte.

»Oh! oh!« sagte Chicot trübe, »Heinrich ist ein wahrer König, Heinrich konspiriert; dieser ganze Palast, sein Park, die Stadt, die ihn umgibt, die Provinz, die ihn umgibt, alles ist ein Herd der Verschwörung.

»Heinrich ist schlau, sein Verstand kommt dem Genie nahe; er hat Verbindungen mit Spanien – dem Lande der Betrügereien. Wer weiß, ob seine edle Antwort an den Botschafter nicht das Gegenteil von dem ist, was er denkt, und ob er nicht den Gesandten durch ein Blinzeln mit den Augen oder durch ein anderes verabredetes Zeichen, das ich nicht bemerken konnte, aufmerksam gemacht hat?

»Heinrich unterhält Spione, er besoldet sie oder läßt sie durch irgendeinen Agenten besolden. Diese Bettler waren nicht mehr, nicht weniger als verkleidete Edelleute. Ihre so kunstreich beschnittenen Goldstücke sind Erkennungszeichen, materielle und greifbare Losungsworte. Heinrich stellt sich, als wäre er wahnsinnig verliebt, und während man ihn mit Liebesgeschichten beschäftigt glaubt, bringt er seine Nächte damit hin, daß er mit Mornay arbeitet, der nie schläft und die Liebe nicht kennt. Dies hatte ich zu sehen, dies habe ich gesehen. Die Königin Margarethe hat Liebhaber, der König weiß es; er kennt sie und duldet sie, weil er dieser Liebhaber oder seiner Frau oder vielleicht aller zugleich bedarf. Da er kein Kriegsmann ist, so muß er sich wohl Kapitäne unterhalten, und da er nicht viel Geld hat, so muß er sie die Münze wählen lassen, die ihnen am besten zusteht.«

»Ich allein habe den schlauen Bearner durchschaut.«

Chicot rieb sich die Hände und fuhr dann fort: »Nun, da ich ihn durchschaut, habe ich nichts mehr hier zu tun. Während er arbeitet oder schläft, werde ich sogleich ruhig und sacht die Stadt verlassen. Es gibt, glaube ich, wenige Botschafter, die sich, wie ich rühmen können, an einem einzigen Tage ihre ganze Sendung vollbracht zu haben.

»Ich werde also Nerac verlassen, und sobald ich außerhalb Nerac bin, bis Frankreich galoppieren.«

Er sprach es und fing an, seine Sporen wieder anzuschnallen, die er in dem Augenblick, wo er vor dem König erschien, abgelegt hatte.

Wie Chicot sich darüber wunderte, daß er in der Stadt Nerac so bekannt war.

Als Chicot seinen Entschluß, inkognito den Hof von Navarra zu verlassen, gefaßt hatte, machte er sich sofort auf.

Er überlegte sich, daß er in zwei Tagen Cahors erreichen könnte. Dann könnte er sich mehr Zeit nehmen und doch seinem König noch zu rechter Zeit von dem gefährlichen Stand der Dinge Mitteilung machen.

Darauf löschte Chicot sein Licht aus, öffnete sacht die Tür und ging tappend hinaus.

Doch kaum hatte er vier Schritte im Vorzimmer gemacht, als er auf etwas stieß, was sich sogleich aufrichtete. Es war ein Page, der auf der Matte vor dem Zimmer lag; sobald er erwacht war, sagte er: »Ei! guten Abend, Herr Chicot, guten Abend!«

Chicot erkannte d'Aubiac und erwiderte: »Ei! guten Abend, Herr d'Aubiac; wollt ein wenig auf die Seite treten, ich habe Lust, spazierenzugehen.«

»Ah! es ist verboten, in der Nacht im Schloß spazierenzugehen, Herr Chicot.«

»Warum, bitte, Herr d'Aubiac?«

»Weil der König die Diebe und die Königin die Verliebten fürchtet.« »Mein lieber Herr d'Aubiac,« erwiderte Chicot mit seinem freundlichsten Lächeln, »ich bin weder das eine noch das andere, ich bin Botschafter, und zwar ein sehr müder Botschafter, weil ich mit der Königin lateinisch gesprochen und mit dem König zu Nacht gespeist habe, denn die Königin ist eine tüchtige Lateinerin und der König ein tüchtiger Trinker; laßt mich also hinaus, mein Freund, denn ich habe ein großes Verlangen, spazierenzugehen.«

»In der Stadt, Herr Chicot?«

»Oh! nein, in den Gärten.«

»Pest, in den Gärten ist es noch viel mehr verboten, als in der Stadt.«

»Mein kleiner Freund,« versetzte Chicot, »ich muß Euch das Kompliment machen, Ihr seid für Euer Alter außerordentlich wachsam.«

Dabei drückte er dem Pagen zehn Pistolen in die Hand, die nicht beschnitten waren wie die des Bearners.

»Ah! Herr Chicot,« sagte der Page, »man sieht wohl, daß Ihr vom französischen Hofe kommt, Ihr habt Manieren, denen man nicht zu widerstehen vermöchte; geht also aus Eurem Zimmer; macht aber ja kein Geräusch!«

Chicot ließ sich das nicht zweimal sagen; er schlüpfte wie ein Schatten in den Korridor und vom Korridor auf die Treppe; doch als er unter an den Säulengang kam, fand er einen Palastbeamten, der auf einem Stuhle schlief.

Dieser Mensch schloß die Tür schon mit seinem Körper; ein Versuch vorüberzugehen, wäre Wahnsinn gewesen.

»Ah! kleiner Schuft von einem Pagen,« murmelte Chicot, »du wußtest das und sagtest es mir nicht.«

Um das Maß des Unglücks vollzumachen, schien der Beamte einen sehr leichten Schlaf zu haben; er regte bald einen Arm, bald ein Bein; einmal streckte er sogar die Arme aus wie ein Mensch, der aufzuwachen droht.

Chicot suchte um sich her, ob nicht irgendwo ein Ausgang wäre, durch den er mit Hilfe seiner langen Beine schlüpfen könnte, ohne durch die Tür zu gehen. Er erblickte endlich, was er wünschte; es war eins von den Bogenfenstern, das offen geblieben war.

Chicot betastete die Mauer mit seinen Fingern; er berechnete tastend jeden Raum zwischen den Vorsprüngen, und bediente sich dieser, um den Fuß darauf zu setzen wie auf Leitersprossen. Endlich hißte er sich mit seiner bekannten Geschicklichkeit und Leichtigkeit, ohne mehr Geräusch, als ein dürres Blatt, das unter dem Herbstwinde an der Wand hinstreift.

Aber das Fenster war von so eigentümlicher Wölbung, daß Chicot trotz seiner Geschmeidigkeit, als er den Kopf und die Schultern durchgestreckt und den Fuß vom Mauervorsprung gehoben hatte, zwischen Himmel und Erde hing, ohne rückwärts oder vorwärts zu können.

Er strengte sich krampfhaft an, mit dem Erfolge, daß er sein Wams zerriß und sich die Haut aufritzte. Was seine Lage noch schwieriger machte, war der Degen, dessen Griff nicht durch wollte und Chicot an der Einfassung festhielt. Endlich gelang es ihm, mit Aufbietung aller Kräfte sich hindurchzuzwängen; er fiel auf den Boden, wobei er die Heftigkeit des Falles durch Aufstützen mit den Händen milderte. Dieses Ringen war jedoch nicht geräuschlos vorübergegangen, Chicot sah sich auch, als er wieder aufstand, einem Soldaten gegenüber.«

»Ah! mein Gott! solltet Ihr Euch weh getan haben?« fragte ihn dieser.

»Abermals!« murmelte Chicot.

Dann gedachte er der Teilnahme, die dieser brave Mann gegen ihn an den Tag legte, und erwiderte: »Nein, nein, mein Freund, durchaus nicht.«

»Das ist ein Glück,« sagte der Soldat, »ich fordere jeden heraus, ein solches Stück auszuführen, ohne den Hals zu brechen; in der Tat, nur Herr Chicot konnte dies tun.«

»Woher, zum Teufel, weißt du meinen Namen?« fragte Chicot erstaunt, während er vorbeizugehen suchte.

»Ich weiß ihn, weil ich Euch heute im Palast gesehen und gefragt habe: »Wer ist dieser Edelmann mit der vornehmen Miene, der mit dem König plaudert?« »Es ist Herr Ehicot« antwortete man mir.«

»Was ist äußerst artig,« sagte Chicot; »doch da ich große Eile habe, mein Freund, so wirst du mir erlauben, daß ich jetzt meinen Geschäften nachgehe.«

Aber der Soldat widersetzte sich mit derselben Hartnäckigkeit Chicots Entfernung wie der Page, indem er sich auf einen Befehl berief, bis Chicot auch bei ihm zu demselben Mittel griff; er holte aus seiner Tasche zehn Pistolen und drückte sie dem Soldaten in die Hand.

»Geht schnell, Herr Chicot, geht schnell, sagte hierauf der Soldat und steckte das Geld ein.

Chicot war auf der Straße; er orientierte sich; er hatte die Stadt durchlaufen, um nach dem Palast zu kommen, und mußte dem entgegengesetzten Wege folgen, um durch das Tor, dem entgegengesetzt, durch das er eingeritten war, hinauszugelangen.

Die helle, wolkenlose Nacht war nicht günstig für eine Entweichung; Chicot ersehnte die nebeligen Nächte Frankreichs, mit deren Hilfe man in Paris zu dieser Stunde auf vier Schritte,, ohne sich zu sehen, aneinander vorübergehen konnte; auf dem spitzigen Pflaster der Stadt schollen überdies seine beschlagenen Schuhe wie Hufeisen. Der unglückliche Botschafter hatte sich auch kaum um die Straßenecke gewendet, als er auf eine Patrouille stieß.

Er blieb stehen, indem er sich sagte, daß es verdächtig aussehen würde, wenn er versuchen wollte, sich zu verbergen oder den Durchgang zu erzwingen.

»Ei! guten Abend, Herr Chicot,« sagte der Anführer der Patrouille, indem er ihn mit dem Degen grüßte, »soll ich Euch zum Palast zurückführen? Ihr seht mir ganz aus, als hättet Ihr Euch verirrt und als suchtet Ihr Euren Weg.«

»Ah! es kennt mich also die ganze Welt hier?« murmelte Chicot. »Bei Gott! das ist seltsam!«

Dann sagte er laut und mit der unbefangenen Miene, die er annehmen konnte: »Nein, Kornett, Ihr täuscht Euch, ich gehe nicht in den Palast.«

»Ihr habt unrecht, Herr Chicot,« erwiderte der Offizier mit ernstem Tone.

»Warum?«

»Weil ein sehr strenges Edikt den Einwohnern von Nerac, außer in Fällen dringender Notwendigkeit verbietet, bei Nacht ohne Erlaubnis und ohne Laterne auszugehen.«

»Entschuldigt mich, mein Herr,« entgegnete Chicot, »das Edikt geht mich nichts an.«

»Warum?«

»Ich bin nicht von Nerac,«

»Ja, aber Ihr seid in Nerac ... Einwohner heißt nicht, wer von einem Orte, sondern wer an einem Orte ist ... Ihr werdet aber nicht leugnen, daß Ihr Euch in Nerak aufhaltet, da ich Euch in den Straßen von Nerac begegne.«

»Ihr seid ein Logiker, mein Herr, leider habe ich aber große Eile; geht also von Eurem Befehle, ab und laßt mich vorüber, ich bitte Euch.«

»Ihr könntet ein Unglück haben, Herr Chicot; Nerac ist eine Stadt mit vielen Krümmungen; Ihr werdet in ein Loch fallen, und müßt Führer haben; erlaubt, daß drei von meinen Leuten Euch in den Palast zurückgeleiten.«

»Ich gehe nicht in den Palast, sage ich Euch.«

»Wohin geht Ihr dann?«

»Ich kann bei Nacht nicht schlafen und gehe dann spazieren. Nerac ist eine reizende, wechselreiche Stadt, wie mir scheint; ich will sie sehen, kennen lernen.«

»Man wird Euch überallhin führen, wohin Ihr zu gehen wünscht, Herr Chicot. Holla! drei Mann!«

»Ich flehe Euch an, mein Herr, nehmt mir nicht das Romantische meines Spazierganges; ich liebe es, allein zu gehen.«

»Ihr werdet von Räubern ermordet werden.

»Ich habe meinen Degen.« »Ah! es ist wahr, ich hatte das nicht gesehen; dann wird Euch der Profoß als bewaffnet festnehmen.«

Chicot sah, daß er sich so nicht herauswinden konnte, nahm den Offizier beiseite und sagte, die Liebe treibe ihn, eine gewisse Dame zu besuchen. Dahin könne er doch nicht in Begleitung gehen. Dies schien den Offizier zu erweichen, und er sagte: »Nun, dann geht, Herr Chicot, geht!«

»Ihr seid ein galanter Mann, Kornett.«

»Mein Herr!«

»Nein, so wahr ich lebe! Das ist ein schöner Zug. Doch sprecht, woher kennt Ihr mich?«

»Ich habe Euch im Palast beim König gesehen.«

»So sind die kleinen Städte!« dachte Chicot; »wie oft hätte man mir, wenn ich in Paris auf diese Weise bekannt wäre, die Haut statt des Wamses durchlöchert!«

Und er drückte dem jungen Offizier die Hand.

Nachdem er dem Offizier auf seine Frage noch geantwortet hatte, er gehe in der Richtung der Porte d'Agen, entfernte sich Chicot leichter und freudiger als je. Doch er hatte nicht hundert Schritte gemacht, als er gleichsam mit der Nase auf die Scharwache stieß.

»Alle Teufel! diese Stadt ist gut bewacht!« dachte Chicot.

»Man geht nicht vorbei!« rief der Profoß mit Donnerstimme.

»Aber, mein Herr,« entgegnete Chicot, »ich wünsche ....«

»Ah! Herr Chicot! Ihr seid es; wie kommt es, daß Ihr bei so kaltem Wetter in den Straßen umhergeht?«

»Oh! hier ist offenbar sehr schwer durchzukommen,« dachte Chicot voll Unruhe.

Und er grüßte und machte eine Bewegung, um seinen Weg fortzusetzen.

»Herr Chicot, habt acht,« sagte der Profoß.

»Worauf, mein Herr?«

»Ihr irrt Euch im Wege; Ihr geht den Toren zu.«

»Ganz richtig.« »Dann werde ich Euch verhaften, Herr Chicot.«

»Nein, nein, Herr Profoß, alle Wetter! Ihr würdet da einen schönen Streich machen.«

»Aber...«

»Nähert Euch, Herr Profoß, und macht, daß Eure Soldaten nicht hören, was wir sprechen.«

Der Profoß näherte sich.

»Ich höre,« sagte er.

»Der König hat mir einen Auftrag für den Leutnant der Porte d'Agen gegeben.« – »Ah! ah!«

»Ihr wundert Euch darüber?« – »Ja.«

»Ihr müßt Euch nicht wundern, da Ihr mich kennt.« – »Ich kenne Euch, weil ich Euch im Palaste beim König gesehen habe.«

Chicot stampfte mit dem Fuß; er fing an, ungeduldig zu werden. »Das muß genügen, um Euch zu beweisen, daß ich das Vertrauen Seiner Majestät besitze.« – »Allerdings; geht also und besorgt den Auftrag des Königs, Herr Chicot, ich halte Euch nicht mehr auf.«

»Das ist drollig, aber es ist reizend,« dachte Chicot; »ich bleibe überall auf der Straße hängen, rolle aber immer wieder fort. Ah! ah! dort ist ein Tor, es muß das nach Agen sein... in fünf Minuten bin ich draußen.«

Er kam wirklich an dieses Tor, wo eine Schildwache, die Muskete auf der Schulter, auf und ab ging.

»Verzeiht, mein Freund,« sagte Chicot, »wollt Ihr befehlen, daß man mir das Tor öffnet?« – »Ich befehle nicht, Herr Chicot,« erwiderte freundlich die Schildwache, »ich bin ein einfacher Soldat.«

»Du kennst mich auch?« rief Chicot außer sich. – »Ich habe die Ehre, Herr Chicot, ich war diesen Morgen im Palast auf der Wache und sah Euch mit dem König sprechen.«

»Nun wohl, mein Freund, wenn du mich kennst, so laß dir sagen, der König hat mich mit einer sehr dringenden Sendung nach Agen beauftragt, öffne mir also nur die Seitenpforte!« »Dies würde ich mit dem größten Vergnügen tun, Herr Chicot, doch ich habe die Schlüssel nicht.«

»Wer hat sie denn?«

»Der Offizier vom Dienste.«

Seufzend fragte Chicot: »Und wo ist der Offizier vom Dienst?«

»Oh! bemüht Euch deshalb nicht.«

Der Soldat zog an einer Klingel, die den in der Wachtstube eingeschlafenen Offizier aufweckte.

»Was gibt es?« fragte der letztere, den Kopf herausstreckend.

»Herr Leutnant, es ist ein Herr hier; er verlangt, daß man ihm das Tor öffne, um hinauszukönnen.«

»Ah! Herr Chicot,« rief der Offizier, »verzeiht, daß ich Euch warten lasse; ich bin trostlos, entschuldigt mich, ich komme sogleich hinab und gehöre ganz Euch.«

Chicot nagte sich mit einem Anfang von Wut an den Nägeln. »Sollte ich denn niemand finden, der mich nicht kennt; dieses Nerac ist also eine Laterne, und ich bin das Licht!«.

Der Offizier erschien auf der Schwelle. »Entschuldigt, Herr Chicot,« sagte er, mit großer Hast heraustretend, »ich schlief.«

»Wie, mein Herr,« versetzte Chicot, »die Nacht ist hierzu gemacht; wäret Ihr wohl so gut, mir das Tor öffnen zu lassen? Ich schlafe leider nicht, der König, Ihr wißt es ohne Zweifel auch, der König kennt mich.« – »Ich habe Euch heute mit Seiner Majestät im Palast sprechen sehen.«

»So ist es,« brummte Chicot. »Nun wohl, es mag sein, habt Ihr mich mit dem König sprechen sehen, so habt Ihr mich wenigstens nicht mit ihm sprechen hören.« – »Nein, Herr Chicot, ich sage nur, wie es sich verhält.«

»Ich auch; der König bat mich, als er mit mir sprach, ihm heute nacht einen Auftrag in Agen zu besorgen, dieses Tor ist aber das von Agen, nicht wahr?« – »Ja, Herr Chicot.«

»Es ist geschlossen?« – »Wie Ihr seht.«

»Ich bitte, laßt es mir öffnen!« – »Sehr wohl, Herr Chicot; Anthenas, Anthenas, öffnet Herrn Chicot das Tor!«

Chicot machte große Augen und atmete wie ein Taucher, der fünf Minuten unter den Wellen gewesen ist und wieder auf die Oberfläche kommt.

Das Tor ächzte in seinen Angeln, ein Tor des Paradieses für Chicot, der dahinter die ganze Wonne der Freiheit erblickte.

Er grüßte herzlich den Offizier und ging auf das Gewölbe zu.

»Gott befohlen,« sagte er, »ich danke.« – »Gott befohlen,« Herr Chicot, »glückliche Reise!«

Chicot machte noch ein paar Schritte nach dem Tor.

»Halt! halt!« rief der Offizier, indem er Chicot nachlief und ihn am Ärmel zurückhielt, »ich Unbesonnener! mein lieber Herr Chicot, ich vergaß, Eure Auslaßkarte von Euch zu verlangen.«

»Wie! meine Auslaßkarte?« – »Gewiß, Ihr seid ein Kriegsmann, Herr Chicot, und wißt, was eine Auslaßkarte ist, nicht wahr? Ihr begreift Wohl, man geht aus einer Stadt wie Nerac nicht hinaus, ohne eine Auslaßkarte des Königs, besonders wenn der König dort wohnt.«

»Und von wem muß diese Karte unterzeichnet sein?« – »Vom König selbst. Da Euch nun der König hinausschickt, so wird er nicht vergessen haben, Euch eine Auslaßkarte zu geben.«

»Ah! ah! bezweifelt Ihr, daß mich der König schickt?« sagte Chicot, das Auge in Flammen, denn er sah sich auf dem Punkt zu scheitern, und der Zorn gab ihm den schlimmen Gedanken ein, den Offizier und den Torwart zu töten und durch das offene Tor zu entfliehen, als er, sich umwendend, bemerkte, daß das Tor durch eine äußere Runde versperrt war, die sich gerade hier fand, um Chicot die Flucht abzuschneiden, wenn er auch den Leutnant, die Schildwache und den Torwart getötet hätte.

»Ah!« sagte Chicot seufzend zu sich selbst, »das ist gut gespielt; ich bin ein Dummkopf, ich bin verloren.«

Und er drehte sich auf den Absätzen um.

»Soll man Euch zurückgeleiten?« fragte der Offizier.

»Es ist unnötig, ich danke,« erwiderte Chicot.

Chicot kehrte auf dem Wege zurück, auf dem er gekommen war, doch er hatte das Ende seines Märtyrertums noch nicht erreicht. Unterwegs begegnete er nacheinander dem Profosen, dem Kornett und der Schildwache, jeder hatte eine hänselnde Frage für ihn, und beschämt und gedemütigt kehrte Chicot in den Palast zurück.

Seine verlegene Miene rührte den Pagen, der immer noch auf seinem Posten war.

»Lieber Herr Chicot,« sagte er, »soll ich Euch den Schlüssel zu dem allem geben?«

»Gib, Schlange, gib,« murmelte Chicot.

»Nun wohl! der König liebt Euch so sehr, daß ihm viel daran gelegen ist, Euch zu behalten.«

»Und du hast das gewußt, kleiner Schurke, und mich nicht davon in Kenntnis gesetzt!«

»Oh! Herr Chicot, unmöglich, es war ein Staatsgeheimnis.«

»Aber ich habe dich bezahlt, Verruchter!«

»Oh! das Geheimnis war mehr wert als zehn Pistolen; Ihr werdet das zugeben, lieber Herr Chicot.«

Chicot kehrte in sein Zimmer zurück und entschlief vor Zorn.

Der Oberjägermeister des Königs von Navarra.

Als Margarethe den König verließ, begab sie sich sogleich in das Gemach der Ehrenfräulein. Im Vorübergehen nahm sie ihren Arzt Chirac mit, der im Schlosse wohnte, und sie trat bei der armen Fosseuse ein, die, bleich und von neugierigen Blicken umgeben, sich über Magenschmerzen beklagte, ohne, so groß war ihr Leiden, irgendeine Frage beantworten oder eine Erleichterung annehmen zu wollen.

Fosseuse war damals zwanzig bis einundzwanzig Jahre alt; es war eine schöne, große Person, mit blauen Augen, blonden Haaren und einem geschmeidigen Körper voll Weichheit und Anmut. Nur ging sie seit beinahe drei Monaten nicht mehr aus und beklagte sich über Mattigkeit, die sie hinderte aufzustehen; anfangs lag sie auf einer Chaiselongue und dann in ihrem Bett.

Chirac fing damit an, daß er die Anwesenden entfernte; dann setzte er sich zu den Häupten der Kranken und blieb mit ihr und der Königin allein.

Erschrocken über diese Vorbereitungen, denen die empfindliche und die eisige Miene Chiracs und der Königin eine gewisse Feierlichkeit verliehen, erhob sich Fosseuse von ihrem Kopfkissen und stammelte einen Dank für die Ehre, die ihr die Königin, ihre Gebieterin, erweise.

Margarethe war bleicher als Fosseuse; der verwundete Stolz ist schmerzlicher als die Grausamkeit oder die Krankheit.

Chirac fühlte der Fosseuse den Puls, doch dies geschah beinahe gegen ihren Willen.

»Was empfindet Ihr?« fragte er nach einer kurzen Prüfung.

»Magenschmerzen, mein Herr,« antwortete das arme Kind; »doch das wird nichts sein, ich versichere Euch, und wenn ich nur Ruhe hätte ....«

»Welche Ruhe, mein Fräulein?« fragte die Königin.

Fosseuse zerfloß in Tränen.

»Betrübt Euch nicht, mein Fräulein,« fuhr Margarethe fort, »Seine Majestät hat mich gebeten, Euch zu besuchen, um Euch wieder zu ermutigen.«

»Oh! wieviel Güte, Madame!«

Chirac ließ die Hand der Fosseuse los. »Und ich,« sagte er, »ich weiß nun, worin Euer Übel besteht.«

»Ihr wißt es?« murmelte Fosseuse zitternd.

»Ja, wir wissen, daß Ihr viel leiden müßt,« fügte Margarethe hinzu.

Fosseuse erschrak immer mehr, als sie sich der unempfindlichen Wissenschaft und der unempfindlichen Eifersucht preisgegeben sah.

Margarethe machte Chirac ein Zeichen, und dieser verließ das Zimmer. Fosseuse bebte aus Angst und war einer Ohnmacht nahe.

»Mein Fräulein,« sagte Margarethe, »obgleich Ihr seit einiger Zeit gegen mich wie gegen eine Fremde handeltet, obgleich man mich jeden Tag von den schlechten Diensten unterrichtete, die Ihr mir bei meinem Gemahl leistet...«

»Ich, Madame?«

»Unterbrecht mich nicht, ich bitte Euch. Obgleich Ihr endlich nach einem Gute trachtet, das hoch über Eurem Ehrgeize steht, bewegt mich doch die Freundschaft, die ich für Euch hegte und die, die ich ehrenhaften Personen gewidmet habe, denen Ihr angehört, Euch in dem Unglück beizustehen, worin man Euch in diesem Augenblick sieht.«

»Madame, ich schwöre Euch. . .«

»Leugnet nicht, ich habe schon zu viel Ärger; bringt Euch nicht um die Ehre, Euch zuerst und mich hernach, mich, die ich bei Eurer Ehre beinahe ebensoviel beteiligt bin, wie Ihr selbst, da Ihr mir angehört. Mein Fräulein, sagt mir alles, und ich werde Euch unterstützen wie eine Mutter.«

»Oh! Madame, Madame, glaubt Ihr denn? was man spricht?«

»Hütet Euch, mich zu unterbrechen, mein Fräulein, denn die Zeit drängt, scheint mir. Ich wollte Euch sagen, daß in diesem Augenblick Herr Chirac im Vorzimmer allen verkündigt, die ansteckende Krankheit, von der im Lande die Rede ist, sei im Palast, und Ihr seiet davon bedroht. Doch ich führe Euch, wenn es noch Zeit ist, nach dem Mas-d'Agenois, einem weit von dem König, meinem Gemahl, entfernten Hause; wir werden dort allein oder beinahe allein sein; der König geht seinerseits mit seinem Gefolge zu einer Jagd, die ihn, wie er sagt, mehrere Tage auswärts halten wird; wir verlassen den Mas-d'Agenois erst nach Eurer Entbindung.«

»Madame! Madame! wenn Ihr allem, was man über mich spricht, Glauben schenkt, so laßt mich elendiglich sterben!« rief die Fosseuse, purpurrot zugleich vor Scham und vor Schmerz.

»Ihr erwidert meine Großmut schlecht, mein Fräulein, und Ihr rechnet auch zu viel auf die Freundschaft des Königs, der mich gebeten hat, Euch nicht zu verlassen.«

»Der König? ... Der König hätte gesagt ....«

»Zweifelt Ihr, da ich spreche, mein Fräulein? Wenn ich nicht die Symptome Eures wahren Übels sähe, wenn ich nicht aus Eurem Leiden erriete, daß die Krise naht, so würde ich vielleicht Eurem Leugnen Glauben schenken.«

Als wollte sie der Königin völlig recht geben, fiel die arme Fosseuse, von wütenden Schmerzen niedergeworfen, leichenbleich und zuckend auf ihr Bett zurück.

Margarethe schaute sie einige Zeit ohne Zorn, aber auch ohne Mitleid an.

»Muß ich immer noch an Euer Leugnen glauben, mein Fräulein?« sagte sie zu der Armen, als diese sich wieder erhob und dabei ein so verstörtes und in Tränen gebadetes Gesicht zeigte, daß es selbst Katharina gerührt haben müßte.

Doch als wollte der Himmel der Unglücklichen Hilfe senden, öffnete sich in dieser Sekunde die Türe, und Heinrich von Navarra trat hastig ein.

Heinrich hatte nicht geschlafen. Nachdem er eine Stunde mit Mornay gearbeitet und alle Maßregeln für die Chicot angekündigte Jagd getroffen hatte, lief er eiligst in den Pavillon der Ehrenfräulein.

»Nun! was sagt man?« bemerkte er eintretend, »meine Tochter Fosseuse soll immer noch leidend sein!«

»Seht Ihr, Madame,« rief das Mädchen, gestärkt durch den Anblick seines Geliebten und durch die Hilfe, die ihm zukam, »seht Ihr, der König hat nichts gesagt, und ich tue wohl daran zu leugnen?«

»Mein Herr,« sagte die Königin, sich gegen Heinrich umwendend, »macht, daß dieser demütigende Streit aufhört; ich glaube Euch begriffen zu haben, als Ihr mich vorhin mit Eurem Vertrauen beehrtet und mir den Zustand des Fräuleins aufdecktet. Sagt ihr also, daß ich mit allem auf dem laufenden bin, damit sie sich nicht mehr zu zweifeln erlaubt, wenn ich versichere.«

»Meine Tochter,« fragte Heinrich mit einer Zärtlichkeit, die er nicht einmal zu verschleiern suchte, »Ihr leugnet also beharrlich?«

»Das Geheimnis gehört nicht mir, Sire,« antwortete das mutige Kind, »und solange ich nicht von Eurem Munde die Erlaubnis erhalten habe, alles zu sagen ....«

»Meine Tochter Fosseuse ist ein tapferes Herz, Madame,« sagte Heinrich; »verzeiht Ihr, ich beschwöre Euch; und Ihr, meine Tochter, habt Vertrauen zu der Güte Eurer Königin; die Dankbarkeit ist meine Sache, und ich übernehme sie.«

Und er faßte Margarethes Hand und drückte sie herzlich.

In diesem Augenblicke strömte abermals eine bittere Woge des Schmerzes über die arme Fosseuse; sie wich zum zweiten Male unter dem Sturm, und gebogen wie eine Lilie neigte sie das Haupt mit einem dumpfen Seufzer.

Heinrich war gerührt bis in die Tiefen seines Herzens, als er diese bleiche Stirn, diese in Tränen gebadeten Augen, diese feuchten, zerstreuten Haare erblickte, als er endlich an den Schläfen und auf den Lippen der Armen den Angstschweiß perlen sah.

Er stürzte ganz verwirrt auf sie zu, öffnete die Arme, fiel vor ihrem Bett auf die Knie und flüsterte: »Fosseuse! teure Fosseuse!«

Düster und schweigsam lehnte Margarethe ihre glühende Stirn an die Fensterscheiben.

Fosseuse hatte die Kraft, ihre Arme zu erheben und um den Hals ihres Geliebten zu schlingen; sie drückte ihre Lippen auf die seinigen, im Glauben, sie würde sterben, und in diesem letzten, in diesem äußersten Kuß warf sie Heinrich ihre Seele und ihr Lebewohl zu.

Dann sank sie ohne Bewußtsein zurück.

Ebenso bleich als sie, träge und ohne Stimme wie sie, ließ Heinrich sein Haupt auf ihr Bettuch sinken, das bald ihr Leichentuch zu werden schien.

Margarethe näherte sich dieser Gruppe, in der körperlicher und moralischer Schmerz vereinigt waren, und sagte mit einer energischen Majestät: »Steht auf, mein Herr, und laßt mich die Pflicht erfüllen, die Ihr mir auferlegt habt.«

Und als Heinrich über diese Kundgebung unruhig zu sein schien und sich halb auf ein Knie aufrichtete, fügte sie hinzu: »Oh! fürchtet nichts, mein Herr, sobald mein Stolz allein verwundet ist, bin ich stark; gegen mein Herz hätte ich nicht für mich gestanden, doch zum Glück hat mein Herz nichts mit dieser ganzen Sache zu schaffen.«

Heinrich erhob das Haupt.

»Madame?« sagte er.

»Sprecht kein Wort mehr, mein Herr,« versetzte Margarethe, die Hand ausstreckend, »oder ich würde glauben, Eure Nachsicht sei Berechnung gewesen. Wir sind Bruder und Schwester und werden uns verstehen.«

Heinrich führte sie zur Fosseuse, deren eisige Hand er in Margarethes fieberhafte Hand legte.

»Geht, Sire, geht,« sagte die Königin, »brecht zur Jagd auf. Je mehr Ihr zu dieser Stunde Leute mit Euch nehmt, desto mehr werdet Ihr neugierige Blicke von ihrem Bette entfernen.«

»Aber ich habe niemand in den Vorzimmern gesehen,« entgegnete Heinrich.

»Nein, Sire,« versetzte Margarethe lächelnd, »man glaubt, die Pest sei hier; beeilt Euch also, Euer Vergnügen anderswo zu suchen.«

»Madame,« sagte Heinrich, »ich gehe und werde für uns beide jagen.«

Und er heftete einen letzten zärtlichen Blick auf die noch ohnmächtige Fosseuse und eilte aus dem Zimmer.

Sobald er in den Vorzimmern war, schüttelte er den Kopf, als wollte er von seiner Stirn einen Rest von Unruhe abwerfen; dann ging er mit dem ihm eigentümlich spöttisch lächelnden Gesicht zu Chicot hinauf, der mit geschlossenen Fäusten schlief.

Der König ließ sich die Tür öffnen, rüttelte an dem Schläfer und sagte: »He! he! Gevatter, munter, munter, es ist zwei Uhr morgens,«

»Ah! Teufel,« versetzt Chicot, »Ihr nennt mich Gevatter, Sire. Solltet Ihr mich etwa für den Herzog von Guise halten?«

Heinrich hatte wirklich, wenn er vom Herzog von Guise sprach, die Gewohnheit, ihn seinen Gevatter zu nennen.

»Ich halte Euch für meinen Freund,« erwiderte er.

»Und Ihr nehmt mich gefangen, mich, einen Botschafter! Sire, Ihr verletzt das Völkerrecht.«

Heinrich lachte. Chicot, vor allem ein Mensch von Geist, konnte nicht umhin, ihm Gesellschaft zu leisten.

»Das ist närrisch. Warum, zum Teufel, wolltest du denn von hier weggehen, wirst du nicht gut behandelt?«

»Zu gut, alle Wetter, zu gut; ich komme mir hier vor wie eine Gans die man in einem Geflügelhofe mästet. Alle Welt sagt zu mir: ›Kleiner, kleiner Chicot, wie niedlich er ist!‹ Doch man rupft mir die Flügel aus und verschließt mir die Tür.«

»Chicot, mein Freund,« entgegnete Heinrich, den Kopf schüttelnd, »beruhige dich, du bist nicht fett genug für meine Tafel.«

»Aber, Sire,« sagte Chicot, während er sich erhob, »Ihr seid diesen Morgen ganz munter; was für Nachrichten habt Ihr?«

»Ah! ich will es dir sagen; siehst du, ich gehe auf die Jagd, und ich bin immer sehr heiter, wenn ich auf die Jagd gehe. Vorwärts, aus dem Bett, Gevatter, aus dem Bett!«

»Wie, Ihr nehmt mich mit, Sire?«

»Du sollst mein Geschichtschreiber sein, Chicot.«

»Soll ich die Schüsse aufschreiben?«

»Ganz richtig.«

Chicot schüttelte den Kopf.

»Nun, was hast du?« fragte der König.

»Ich habe nie ohne Unruhe eine solche Heiterkeit gesehen,« antwortete Chicot.

»Bah!«

»Ja, es ist wie die Sonne, wenn sie...«

»Nun?«

»Nun! Sire, Regen, Blitz und Donner sind nicht fern.«

Heinrich strich sich lächelnd den Bart und erwiderte: »Wenn ein Sturm kommt, Chicot, so ist mein Mantel groß, und du sollst bedeckt sein.«

Während sich Chicot beständig murrend ankleidete, ging der König zum Vorzimmer und rief: »Mein Pferd! und man sage Herrn von Mornay, ich sei bereit.«

»Ah! Herr von Mornay ist Oberjägermeister bei dieser Jagd?« fragte Chicot.

»Herr von Mornay ist alles hier,« antwortete Heinrich, »der König von Navarra ist so arm, daß er keine Mittel hat, seine Ämter zu verteilen. Ich habe nur einen Mann.«

»Ja, doch er ist gut,« seufzte Chicot.

Wie man den Wolf in Navarra jagte.

Als Chicot die Vorbereitungen zum Aufbruch sah, konnte er sich nicht erwehren, mit halber Stimme zu bemerken, die Jagden des Königs von Navarra seien minder kostbar, als die des Königs Heinrich von Frankreich. Nur zwölf bis fünfzehn Edelleute, darunter der Vicomte von Turenne, bildeten das Gefolge Seiner Majestät. Dabei trugen beinahe alle, statt der damals üblichen Jagdanzüge, Helm und Panzer, was Chicot zu der Frage veranlaßte, ob die Gaskogner Wölfe Musketen und schweres Geschütz hätten.

Heinrich hörte die Frage, obgleich sie nicht unmittelbar an ihn gerichtet war; er näherte sich Chicot, berührte seine Schulter und sagte zu ihm: »Nein, mein Sohn, Gaskogner Wölfe haben weder Musketen noch schweres Geschütz; aber es sind wilde Bestien mit Klauen und Zähnen, und sie locken die Jäger in das Gestrüpp, wo man Gefahr läuft, seine Kleider an den Dornen zu zerreißen; einen Panzer zerreißt man aber nicht.« – »Das ist ein Grund,« brummte Chicot, »doch er ist nicht vortrefflich.«

»Ah, du machst Glossen?« – »Ist das verboten?«

»Nein, mein Freund, nein, das Glossenmachen ist in Gaskogne gangbare Münze.« – »Alle Wetter! Ihr begreift, Sire, ich bin kein Jäger und muß mich mit etwas beschäftigen, während ihr die Schnurrbärte nach dem Geruche der guten Wölfe leckt, die ihr, zwölf oder fünfzehn Mann stark, wie ihr seid, schon zur Strecke bringen werdet.«

»Ah! ja,« sagte der König, über den Spötter lächelnd; »zuerst die Kleidung, dann die Zahl; spotte, mein lieber Chicot, spotte!« – »Oh! Sire.«

»Doch, wenn ich auch nicht mit zweihundert Jägern ausziehe, sondern nur mit zwölf, so kommt es doch zuweilen vor, daß Landedelleute, die erfahren, ich jage, ihre Schlösser verlassen und sich mir anschließen, wodurch ich manchmal ein ziemlich hübsches Gefolge bekomme.« – »Ihr werdet sehen, Sire, daß ich nicht das Glück habe, einer solchen Jagd beizuwohnen,« sagte Chicot; »in der Tat, Sire, ich habe Unglück.«

»Wer weiß?« erwiderte Heinrich mit seinem spöttischen Lachen.

Als sie dann eine halbe Stunde auf dem freien Felde marschierten, sagte Heinrich zu Chicot, indem er seine Hand über die Augen hielt: »Halt, sieh doch, ich glaube, ich täusche mich nicht.« – »Was gibt es?«

»Schau doch, dort bei den Toren des Fleckens Moiras; sind das nicht Reiter, was ich erblicke?« – Chicot erhob sich auf den Steigbügeln und erwiderte: »Reiter, ja, Sire, doch Jäger, nein.«

»Warum keine Jäger?« – »Weil sie bewaffnet sind wie Roland.«

»Ei! was liegt am Kleide, du hast das schon an uns erfahren, das Kleid macht den Jäger nicht.« – »Aber ich sehe wenigstens zweihundert Mann dort.«

»Nun wohl! was beweist das, mein Sohn? Daß Moiras ein guter Flecken ist.«

Chicot fühlte seine Neugierde immer mehr gestachelt.

Die Truppe, die aus zweihundertundfünfzig Reitern bestand, schloß sich in der Stille an die Eskorte an; jeder von den Männern war gut beritten, gut equipiert, und an der Spitze stand ein Mann von stattlichem Aussehen, der Heinrich höflich und untertänig die Hand küßte.

Man ritt durch den Gers; zwischen dem Gers und der Garonne, auf einer Erhöhung des Terrains, fand man eine zweite Truppe von etwa hundert Mann; der Anführer näherte sich Heinrich und schien sich zu entschuldigen, daß er keine größere Anzahl von Jägern bringe. Heinrich empfing seine Entschuldigungen, indem er ihm die Hand reichte.

Man marschierte weiter bis zur Garonne, durch die man zog, wie durch den Gers; nur, da die Garonne viel tiefer ist als der Gers, verlor man nach einiger Zeit den Boden und war genötigt, dreißig bis vierzig Schritte zu schwimmen; doch gegen alles Erwarten erreichte man das andere Ufer ohne Unfall.

»Alle Wetter!« sagte Chicot, »welche Übungen nehmt Ihr da vor, Sire? Wahrend Ihr oberhalb und unterhalb Agen Brücken habt, taucht Ihr so Eure Panzer ins Wasser?«

»Mein lieber Chicot,« erwiderte Heinrich, »wir sind Wilde, und du mußt uns verzeihen; du weißt wohl, daß mein seliger Schwager

Karl mich seinen Eber nannte, der Eber aber kümmert sich um nichts, er geht stets gerade aus, und ich als Eber mache es ebenso. Zeigt sich ein Fluß auf meinem Weg, so durchschneide ich ihn; erhebt sich eine Stadt vor mir, Ventre-saint-gris! ich verspeise sie wie eine Pastete.«

Dieser Scherz des Bearners rief ein gewaltiges Gelächter in seiner Umgebung hervor.

Herr von Mornay allein, der stets an der Seite des Königs blieb, lachte nicht laut; er kniff sich nur die Lippen, was bei ihm ein Merkmal außerordentlicher Heiterkeit war.

»Mornay ist heute sehr guter Laune,« sagte der Bearner ganz freudig Chicot ins Ohr; »er hat über meinen Scherz gelacht.«

Chicot fragte sich, über welchen von beiden er lachen sollte, über den Herrn, der so glücklich war, daß er seinen Wiener zum Lachen gebracht, oder über den Wiener, der so schwer zu erheitern war.

Jenseits der Garonne, ungefähr eine halbe Meile vom Fluß, erschienen dreihundert in einem Tannenwalde verborgene Reiter vor Chicots Augen.

»Oh! oh! gnädigster Herr,« sagte er leise zu Heinrich, »sollten das nicht Eifersüchtige sein, die von Eurer Jagd gehört haben und sich ihr zu widersetzen beabsichtigen?«

»Nein,« sagte Heinrich, »du täuschst dich abermals, mein Sohn, diese Leute sind Freunde, die von Puymirol zu mir kommen, wahre Freunde.« – »Ei! ei! Sire, Ihr werdet mehr Menschen in Eurem Gefolge haben, als Ihr Bäume im Walde findet.«

»Chicot, mein Sohn, Gott vergebe mir, ich glaube, das Gerücht von deiner Ankunft hat sich schon in der Gegend verbreitet, und diese Leute eilen von allen vier Ecken der Provinz herbei, um dem König von Frankreich, dessen Botschafter du bist, die Ehre zu erweisen.«

Chicot hatte zu viel Geist, um nicht zu bemerken, daß man schon seit einiger Zeit seiner spotte. Das machte ihn mißtrauisch, ohne ihn in üble Laune zu versetzen.

Der Tag endigte in Monroy, wo die Edelleute der Gegend, die sich versammelt hatten, als wären sie zum voraus benachrichtigt gewesen, der König von Navarra müsse durchkommen, diesem ein schönes Abendessen boten.

»Wann werden wir denn unsere Jagd beginnen?« fragte Chicot Heinrich, als dieser sich zur Ruhe begeben wollte.

»Wir sind noch nicht im Gebiete der Wölfe, mein lieber Chicot.« – »Und wann werden wir dort sein, Sire?«

»Neugieriger!« – »Nein, Sire; doch Ihr begreift, man möchte wissen, wohin man geht.«

»Du wirst es morgen erfahren, mein Sohn, mittlerweile lege dich nieder auf die Kissen zu meiner Linken; sieh, Mornay schnarcht schon zu meiner Rechten.« – »Pest! er macht im Schlafe mehr Geräusch als im Wachen.«

»Ja, es ist wahr, er ist kein Schwätzer; doch du mußt ihn bei der Jagd sehen, und du wirst ihn sehen.«

Der Tag fing kaum an zu grauen, als ein gewaltiges Getrappel von Pferden den König von Navarra und Chicot erweckte. Sobald man den Imbiß genommen hatte, wurde zum Aufsitzen geblasen.

»Auf, auf,« sagte Heinrich, »wir haben heute einen guten Tagesmarsch zu machen; zu Pferde, meine Herren, zu Pferde!«

Chicot sah mit Erstaunen, daß fünfhundert Reiter, die während der Nacht eingetroffen waren, die Eskorte verstärkt hatten.

»Ah! ah!« sagte er, »das ist kein Gefolge mehr, was Ihr da habt, Sire, es ist eine Armee.«

Heinrich antwortete nur die drei Worte: »Warte noch, warte!«

In Lauzerte schlossen sich sechshundert Mann zu Fuß der Reitertruppe hinten an.

»Infanteristen!« rief Chicot, »Fußvolk!«

»Treiber,« erwiderte der König, »nichts anderes als Treiber.«

Chicot faltete die Stirn und sprach von diesem Augenblick an nichts mehr. Zwanzigmal wandten sich seine Augen dem Felde zu, zwanzigmal durchzuckte seinen Geist der Gedanke zu entfliehen. Doch er hatte seine Ehrenwache, ohne Zweifel als Vertreter des Königs von Frankreich.

Jetzt zog man durch die Stadt Montcuq, und vier kleine Feldstücke reihten sich dem Heere an.

»Ich komme auf meinen ersten Gedanken zurück, Sire,« sagte Chicot, »die Wölfe in diesem Lande sind Hauptwölfe, und man behandelt sie mit mehr Rücksichten als andere Wölfe, schweres Geschütz für sie, Sire!«

»Ah! du hast es bemerkt,« versetzte Heinrich; »das liegt an den Leuten von Montcuq; seitdem ich ihnen für ihre Übungen diese vier Feldstücke geschenkt habe, schleppen sie sie überallhin.«

»Werden wir heute ankommen, Sire?« – »Nein, morgen.«

»Morgen früh oder morgen abend?« – »Morgen früh.«

»Dann jagen wir in Cahors, nicht wahr, Sire?« – »In dieser Gegend.«

»Doch wie kommt es, Sire, daß Ihr nicht auch die königliche Standarte mitgenommen habt? Die Ehre wäre für die Wölfe dann vollständig gewesen.«

»Man hat es nicht vergessen, Chicot, Ventre-saintgris! Man läßt sie nur im Überzug, um sie nicht zu beschmutzen. Doch da du eine Standarte haben willst, mein Kind, um zu wissen, unter welchem Banner du marschierst, so wird man dir eine schöne zeigen. Zieht die Standarte aus ihrem Futteral! Herr Chicot wünscht zu wissen, wie das Wappen von Navarra aussieht.«

»Nein, nein, es ist unnötig,« rief Chicot, »laßt sie, wo sie ist.«

Man brachte die zweite Nacht in Catus ungefähr ebenso zu wie die erste; seitdem Chicot sein Ehrenwort gegeben, daß er nicht entfliehen werde, achtete man nicht mehr auf ihn.

Er machte einen Gang durch die Stadt und bis zu den Vorposten. Von allen Seiten trafen Truppen von hundert, hundertundfünfzig, zweihundert Mann beim Heer ein. In dieser Nacht versammelten sich die Infanteristen.

»Es ist ein Glück, daß wir nicht bis Paris marschieren,« sagte Chicot, »wir würden dort mit hunderttausend Mann ankommen.«

Am andern Morgen um acht Uhr war man vor Cahors, mit tausend Mann zu Fuß und zweitausend Pferden.

Man fand die Stadt im Belagerungszustand; die äußersten Posten hatten Alarmzeichen gegeben, und Herr von Vesins hatte seine Vorsichtsmaßregeln getroffen.

»Ah! ah!« sagte der König, dem Mornay diese Kunde mitteilte, »man ist uns zuvorgekommen, das ist ärgerlich.«

»Wir werden eine regelmäßige Belagerung vornehmen müssen, Sire,« sagte Mornay; »wir erwarten noch ungefähr zweitausend Mann, und so viel brauchen wir wenigstens, um die Chancen ins Gleichgewicht zu stellen.«

»Versammeln wir den Rat und beginnen wir die Laufgräben,« sagte Herr von Turenne.

Chicot hörte dies alles mit erstaunter Miene.

Das nachdenkliche und beinahe klägliche Aussehen des Königs von Navarra bestärkte ihn in dem Verdacht, Heinrich sei ein armseliger Kriegsmann, und diese Überzeugung allein vermochte ihn ein wenig zu beruhigen.

Heinrich hatte alle stumm angehört; plötzlich erwachte er aus seiner Träumerei, hob den Kopf empor und sagte im Tone des Befehls: »Meine Herren; hört, was zu tun ist. Wir haben dreitausend Mann und zwei erwartet Ihr, Mornay? Das macht fünftausend Mann. Bei einer regelmäßigen Belagerung wird man uns in zwei Monaten an fünfzehnhundert töten; dies wird die anderen entmutigen, und wir werden die Belagerung aufheben und uns fechtend zurückziehen müssen; auf unserem Rückzug werden wir abermals tausend Mann verlieren, was die Hälfte unserer Streitkräfte ist. Opfern wir sogleich fünfhundert Mann und nehmen Cahors.«

»Wie ist das zu verstehen?« fragte Mornay.

»Mein lieber Freund, wir marschieren gerade auf das Tor zu, das uns am nächsten liegt. Wir werden einen Graben auf unserem Wege finden; wir füllen ihn mit Faschinen; wir lassen zweihundert Mann auf dem Platz, – doch wir erreichen das Tor.«

»Dann, Sire?«

»Dann sprengen wir das Tor mit Petarden und stellen uns fest... das ist nicht sehr schwierig.«

Chicot schaute Heinrich ganz erschrocken an.

»Ja,« brummte er, »Prahler und Großsprecher, so ist mein Gaskogner; wirst du die Petarde unter das Tor legen?«

In diesem Augenblick fügte der König hinzu, als ob er Chicots leise Bemerkung gehört hätte: »Verlieren wir keine Zeit, meine Herren, das Mahl würde kalt werden, vorwärts, und wer mich liebt, folgt mir!«

König Heinrich von Navarra im Feuer.

Die kleine Armee rückte bis auf zwei Büchsenschüsse zur Stadt vor; hier frühstückte man. Dann wurden den Offizieren und Soldaten zwei Stunden Rast bewilligt. Es war bereits drei Uhr nachmittags, als der König die Offiziere unter sein Zelt rufen ließ.

Heinrich war sehr bleich, und während er eine Ansprache hielt, zitterten seine Hände sichtbar.

»Meine Herren,« sagte er, »wir sind gekommen, um Cahors zu nehmen; wir müssen also Cahors nehmen, da wir zu diesem Behufe gekommen sind; doch wir müssen es mit Gewalt nehmen, mit Gewalt, versteht ihr wohl, indem wir mit Fleisch durch Eisen und Holz brechen. Der Herr Marschall von Biron, der geschworen hat, alle Hugenotten bis auf den letzten henken zu lassen, liegt fünfundvierzig Meilen von hier im Feld. Aller Wahrscheinlichkeit nach ist zu dieser Stunde schon ein Bote von Herrn von Besins an ihn abgeschickt worden; in vier bis fünf Tagen wird er uns auf dem Rücken sein; er hat zehntausend Mann bei sich, und wir sind dann zwischen der Stadt und ihm eingeschlossen. Nehmen wir also Cahors, ehe er ankommt, und wir werden ihn sodann empfangen, wie Herr von Besins sich anschickt, uns zu empfangen, doch hoffentlich mit besserem Glück; andernfalls wird er wenigstens gute katholische Balken haben, um die Hugenotten daran zu hängen, und wir sind ihm diese Genugtuung schuldig; vorwärts, drauf, drauf, meine Herren; ich will mich an eure Spitze stellen, und Streiche, Ventresaint-gris, als ob es hagelte!«

Dies war die ganze königliche Anrede; doch sie genügte, wie es scheint, denn die Soldaten antworteten darauf mit enthusiastischem Gemurmel und die Offiziere mit wütenden Bravos.

Die kleine Armee brach unter Mornays Kommando auf, um ihre Stellung zu nehmen. In dem Augenblick, als sie sich in Marsch setzte, kam der König auf Chicot zu und sagte zu ihm: »Verzeih', Freund Chicot, ich habe dich getäuscht, als ich von der Jagd, von Wölfen und von anderen Possen sprach; aber ich mußte dies tun, und es ist auch deine Ansicht, da du es mir rundheraus sagtest; König Heinrich will mir offenbar die Mitgift seiner Schwester Margot nicht bezahlen, und Margot heult, Margot weint, um ihr liebes

Cahors zu bekommen; man muß tun, was die Frau will, um den Frieden in der Ehe zu haben.«

»Warum hat sie nicht den Mond von Euch verlangt, da Ihr ein so guter Gatte seid?« versetzte Chicot, durch die königlichen Scherze gereizt.

»Ich hätte es auch versucht, Chicot,« erwiderte der Bearner, »ich liebe sie so sehr, die teure Margot.« – »Oh! Ihr habt schon genug mit Cahors, und wir werden sehen, wie Ihr das angreift.«

»Ah! das ist es gerade, worauf ich kommen wollte; höre mich, Freund Chicot, der Augenblick ist entscheidend und besonders unangenehm. Ja, ich bilde mir nicht viel auf mein Schwert ein; ich bin nicht tapfer, und die Natur empört sich in mir bei jedem Büchsenschuß; Chicot, mein Freund, spotte nicht zu sehr über den armen Bearner, deinen Landsmann und deinen Freund; wenn ich Furcht habe, und du bemerkst es, sage es nicht!«

Heinrich bestieg sein Pferd, doch zweimal war es, als ob er wieder absteigen wollte.

»Auf, Chicot,« sagte er, »steige auch zu Pferde; nicht wahr, du bist auch kein Kriegsmann?« – »Nein, Sire.«

»Nun so komm', Chicot, wir werden miteinander Angst haben, komm' und laß uns das Feuern sehen; ein gutes Pferd für Herrn Chicot!«

Chicot zuckte die Achseln und bestieg, ohne eine Miene zu verziehen, ein schönes spanisches Roß, das man ihm auf Befehl des Königs brachte.

Heinrich setzte sein Pferd in Galopp, Chicot folgte ihm.

Als Heinrich vor die Front seiner kleinen Armee kam, schlug er sein Helmvisier auf.

»Heraus die Fahne! die neue Fahne heraus!« rief er mit einer meckernden Stimme.

Man nahm den Überzug von der Fahne ab, und diese entrollte das doppelte Wappenschild von Navarra und Bourbon majestätisch in der Luft; sie war weiß und trug auf der einen Seite auf Azur die goldenen Ketten und auf der andern Seite die goldenen Lilien mit dem Turnierkranze in Herzform.

»Ich fürchte,« sagte Chicot beiseite, »das ist eine Fahne, die ein schlechtes Handgeld bekommen wird.«

»In diesem Augenblick, und als wollten sie Chicots Gedanken entsprechen, donnerten die Kanonen der Festung und rissen die Infanterie, zehn Schritte vom König, nieder.

»Ventre-saint-gris! hast du gesehen, Chicot, das kommt mir hübsch vor!«

Und seine Zähne klapperten.

»Es wird ihm übel werden,« sagte Chicot.

»Ah!« murmelte Heinrich, »ah! du hast Furcht, verfluchtes Gerippe, du zitterst und bebst; warte, ich will dir etwas zu zittern geben.«

Und er drückte die Sporen seinem Schimmel in den Leib, ritt allen voran und kam auf hundert Schritte zu dem Platz, der von dem Feuer der Batterien so rot war, daß sich die Blitze auf seiner Rüstung wie die Strahlen einer untergehenden Sonne widerspiegelten.

Hier hielt er sein Pferd zehn Minuten lang unbeweglich, das Gesicht dem Tore der Stadt zugewendet, und schrie: »Die Faschinen! Ventre-saint-gris! die Faschinen!«

Mornay war ihm mit aufgeschlagenem Visier und das Schwert in der Faust gefolgt. Chicot machte es wie Mornay, er hatte sich panzern lassen, aber nicht den Degen gezogen.

Hinter diesen drei Männern sprengten begeistert durch ihr Beispiel die jungen hugenottischen Edelleute und schrien: »Es lebe Navarra!«

Der Vicomte von Turenne marschierte, eine Faschine auf dem Halse seines Pferdes, an ihrer Spitze.

Jeder kam und warf seine Faschine hinab; in einem Augenblick war der Graben unter der Zugbrücke ausgefüllt.

Die Artilleristen rückten vor, und mit einem Verlust von dreißig Mann bei vierzig gelang es ihnen, ihre Petarden unter das Tor zu bringen.

Die Kartätschen und Musketenkugeln pfiffen um Heinrich wie ein Feuerorkan; zwanzig Mann fielen ganz in seiner Nähe.

»Vorwärts! vorwärts!« sagte er und sprengte mitten unter die Artilleristen.

Er kam an den Rand des Grabens gerade in dem Augenblick, als die erste Petarde spielte. Das Tor spaltete sich an zwei Stellen. Die Artilleristen zündeten die zweite Petarde an; sogleich kamen durch die dreifache Öffnung zwanzig Büchsen hervor und spien ihre Kugeln auf Offiziere und Soldaten.

Die Leute fielen um den König her, als ob man Ähren mähte.

»Sire,« sagte Chicot, ohne an sich selbst zu denken, »in des Himmels Namen, zieht Euch zurück!«

Mornay sagte nichts, aber er war stolz auf seinen Zögling und suchte sich von Zeit zu Zeit vor ihn zu stellen; Heinrich aber schob ihn mit der Hand auf die Seite.

Plötzliche fühlte Heinrich, daß ihm der Schweiß auf der Stirn perlte, und daß ein Nebel vor seinen Augen hinzog.

»Ah! verfluchte Natur,« rief er, »man soll nicht sagen, du habest mich besiegt.«

Dann sprang er von seinem Pferde und schrie: »Eine Axt! eine Axt!«

Und mit kräftigem Arm schlug er Büchsenläufe, Stücke Eichenholz und eherne Nägel ab.

Endlich fiel ein Balken, ein Türflügel, ein Mauerflügel, und hundert Mann stürzten durch die Bresche und riefen: »Navarra! Navarra! Cahors gehört uns. Es lebe Navarra!«

Chicot hatte den König nicht verlassen; er befand sich mit ihm unter dem Torgewölbe, wo Heinrich einer der ersten eingedrungen war; doch bei jedem Büchsenschuß sah er ihn beben und den Kopf bücken.

»Ventre-saint-gris!« sagte Heinrich wütend, »hast du je eine solche Feigherzigkeit gesehen, Chicot?« – »Nein, Sire,« erwiderte dieser, »ich habe nie einen Feigling gesehen wie Ihr; das ist furchtbar.«

In diesem Augenblick suchten die Soldaten des Herrn von Besins Heinrich und seine Vorhut aus der Stellung zu vertreiben, die sie unter dem Tor und in den benachbarten Häusern eingenommen hatten.

Heinrich empfing sie mit dem Schwerte in der Hand.

Doch die Belagerten waren die Stärkeren; es gelang ihnen, Heinrich und die Seinigen bis jenseits des Grabens zurückzutreiben.

»Ventre-saint-gris!« rief der König; »ich glaube, meine Fahne weicht zurück; wenn es so ist, werde ich sie selbst tragen.«

Und mit großartiger Anstrengung entriß er seine Standarte dem Träger, hob sie hoch in die Luft und drang zuerst wieder, halb umwickelt von ihren flatternden Falten, in den Platz ein.

»Habe doch Angst,« sagte er, »zittre doch nun, Feigling!«

Die Kugeln pfiffen und platteten sich mit scharfem Klatschen auf seiner Rüstung ab und durchlöcherten die Fahne mit dumpfem Ton. Herr von Turenne, Mornay und tausend andere stürzten dem König nach durch das offene Tor. Die Kanonen schwiegen außen, es galt nun, Leib gegen Leib zu kämpfen. Trotz des Klirrens der Waffen, trotz des Musketenfeuers, trotz des Zusammenschlagens der Schwerter hörte man Herrn von Besins rufen: »Verrammelt die Straßen, macht Gräben, feuert von den Zinnen der Häuser!«

»Oh!« sagte Herr von Turenne, der nahe genug war, um ihn zu hören, »die Belagerung der Stadt ist aus, mein armer Besins.«

Und gleichsam, um diese Worte zu begleiten, feuerte er eine Pistole auf ihn ab und verwundete ihn am Arm.

»Du täuschest dich, Turenne, du täuschest dich,« erwiderte Herr von Vesins; »es gilt zwanzig Belagerungen in Cahors; ist eine abgetan, so bleiben noch neunzehn.«

Herr von Vesins verteidigte sich fünf Tage und fünf Nächte, von Straße zu Straße, von Haus zu Haus. Fünf Tage und fünf Nächte hindurch befehligte Heinrich wie ein Feldherr, schlug sich wie ein

Soldat, fünf Tage und fünf Nächte schlief er, den Kopf auf einem Stein, erwachte er, die Axt in der Faust.

Endlich in der Nacht des fünften Tages schien der entkräftete Feind der protestantischen Armee einige Ruhe geben zu müssen. Nun war Heinrich der Angreifende; man überwältigte einen verschanzten Posten, der siebenhundert Mann kostete; beinahe alle guten Offiziere wurden hierbei verwundet; Herr von Turenne wurde von einer Büchsenkugel in die Schulter getroffen, Mornay bekam einen Stein auf den Kopf und wäre beinahe getötet worden.

Der König allein ward nicht verwundet; auf die Furcht, die er anfangs empfunden und so heldenmütig besiegt hatte, war eine fieberhafte Aufregung, eine beinahe wahnsinnige Kühnheit gefolgt; alle Riemen und Haken seiner Rüstung waren sowohl durch seine eigene Anstrengung als durch die Streiche der Feinde zerbrochen; er schlug so mächtig, daß jeder Streich seinen Mann tötete.

Als dieser letzte Posten erobert war, drang der König vollends durch die Ringmauer ein, hinter sich Chicot, der, schweigsam und düster, seit fünf Tagen an seiner Seite das furchtbare Gespenst einer Monarchie emporwachsen sah, die bestimmt war, die Monarchie der Valois zu ersticken.

»Nun, was denkst du, Chicot?« sagte der König, sein Helmvisier aufschlagend, und als ob er in der Seele des armen Botschafters lesen könnte.

»Sire,« brummte Chicot voll Traurigkeit, »ich denke, daß Ihr ein wahrer König seid.«

»Und ich, Sire,« rief Mornay, »ich denke, Ihr seid ein Unvorsichtiger; wie! Ihr habt die Panzerhandschuhe herab und das Visier hoch, während man von allen Seiten auf Euch schießt; seht, seht, abermals eine Kugel!«

In diesem Augenblick schnitt in der Tat eine Kugel pfeifend eine Feder von Heinrichs Helmstutz ab.

In demselben Moment und als sollte Mornay vollkommen recht gegeben werden, ward der König von einem Dutzend feindlicher Büchsenschützen umzingelt, die Herr von Besins hier in Hinterhalt gelegt hatte; sie schossen tief und richtig.

Das Pferd des Königs wurde getötet, Mornays Bein zerschmettert. Der König fiel; zehn Schwerter erhoben sich über ihm. Chicot allein war aufrecht geblieben, er sprang vom Pferde und schlug mit seinem Raufdegen ein so schnelles Rad, daß er die Vordersten zurücktrieb.

Dann hob er den König auf, der im Zeug seines Pferdes verwickelt war, führte ihm sein eigenes Pferd zu und sagte: »Sire, Ihr werdet dem König von Frankreich bezeugen, daß ich, wenn auch den Degen gegen ihn gezogen, doch niemand berührt habe.«

Heinrich zog Chicot an sich, umarmte ihn, Tränen in den Augen und sagte: »Ventre-saint-gris! du sollst mir gehören, Chicot; du sollst mit mir leben, mit mir sterben, mein Sohn. Mein Dienst ist gut wie mein Herz.«

»Sire,« erwiderte Chicot, »ich habe nur einen Dienst in dieser Welt, den meines Fürsten. Ach! sein Glanz ist im Abnehmen, doch ich werde dem Mißgeschick treu sein, nachdem ich das Glück geringgeschätzt habe. Laßt mich also meinem König dienen und ihn lieben, solange er lebt; ich werde bald allein mit ihm sein, beneidet ihn nicht um seinen letzten Diener!«

»Chicot,« sagte Heinrich, »ich nehme Euch das Versprechen ab, hört Ihr! Ihr seid mir teuer und heilig, und nach Heinrich von Frankreich werdet Ihr Heinrich von Navarra zum Freund haben.«

»Ja, Sire,« antwortete Chicot ganz einfach, indem er dem König ehrerbietig die Hand küßte.

»Ihr seht nun, mein Freund,« sagte der König, »Cahors gehört uns. Herr von Besins wird alle seine Leute hier töten lassen, doch ich werde alle meine Leute eher töten lassen, als daß ich zurückweiche.«

Die Drohung war unnötig, und Heinrich brauchte nicht länger auszuharren; seine Truppen hatten unter Turenne die Garnison überwältigt, Herr von Besins war gefangengenommen. Die Stadt ergab sich.

Heinrich nahm Chicot bei der Hand und führte ihn in ein völlig brennendes und von Kugeln durchlöchertes Haus, das ihm als

Hauptquartier diente, und hier diktierte er Herrn von Mornay einen Brief, den Chicot dem König von Frankreich überbringen sollte.

Dieser Brief war in schlechtem Lateinisch abgefaßt und endigte mit Worten, die etwa besagten: »Was Ihr mir gesagt habt, ist mir sehr nützlich gewesen. Ich kenne meine Getreuen, lernt die Eurigen kennen. Chicot wird Euch das übrige sagen.«

»Und nun, Freund Chicot,« fuhr Heinrich fort, »umarmt mich, beschmutzt Euch aber nicht, denn, Gott verzeihe mir, ich bin blutig wie ein Schlächter. Ich würde Euch einen Teil von meinem Wildbret bieten, wenn ich wüßte, daß Ihr es annähmet, aber ich sehe in Euren Augen eine Weigerung. Doch hier ist mein Ring, nehmt ihn, ich will es; und dann Gott befohlen, ich halte Euch nicht mehr zurück; reitet eilig gen Frankreich, Ihr werdet bei Hofe Glück machen, wenn Ihr erzählt, was Ihr gesehen habt.«

Chicot nahm den Ring an sich und brach auf. Er brauchte drei Tage, um sich zu überzeugen, daß er nicht geträumt habe und nicht in Paris vor den Fenstern seines Hauses erwachen werde, wo Herr von Joyeuse Serenaden gebe.

Im Louvre.

Nachdem König Heinrich bei Vincennes so mutig der Gefahr getrotzt hatte, kehrte er in den Louvre zurück, ohne ein Wort zu sagen, betete ein wenig länger als gewöhnlich und vergaß, einmal Gott hingegeben, so groß war seine Inbrunst, den wachsamen Offizieren und den ergebenen Garden, mit deren Hilfe er der Gefahr entgangen war, zu danken. Dann legte er sich zu Bette, wobei er seine Kammerdiener durch die Schnelligkeit, mit der er seine Toilette machte, in Erstaunen setzte; es war, als hätte er Eile, einzuschlafen, um am andern Morgen seine Gedanken frischer und klarer wiederzufinden.

Epernon, der letzte von allen im Zimmer des Königs, ging in sehr übler Laune weg, da er sah, daß kein Dank kam.

Und Loignac, der vor dem Samtvorhang der Tür stand, wandte sich, als Herr von Epernon, ohne ein Wörtchen zu sprechen, vorüberging, ungestüm gegen die Fünfundvierzig um und sagte: »Der König bedarf euer nicht mehr, meine Herren, geht zu Bette!«

Um zwei Uhr morgens schliefen alle im Louvre.

Das Geheimnis des Abenteuers war getreulich bewahrt und nirgends ruchbar geworden. Die guten Bürger von Paris schnarchten also gewissenhaft, ohne zu vermuten, Wie nahe sie der Thronbesteigung einer neuen Dynastie gewesen waren.

Heinrich, dessen Erwachen viele Leute ungeduldig erwarteten, um zu wissen, was sie hoffen durften, nahm am andern Morgen vier Tassen Bouillon in seinem Bett, statt der zwei, die er gewöhnlich trank, und ließ die Herren von O und von Villequier wissen, sie hätten in seinem Zimmer an der Abfassung eines neuen Finanzediktes zu arbeiten.

Der König hatte zu unterzeichnen, er unterzeichnete; er hatte Vorträge zu hören, er hörte, wobei er die Augen auf eine so natürliche Weise schloß, daß man unmöglich wissen konnte, ob er hörte oder schlief. Endlich schlug es drei Uhr nachmittags.

Der König ließ Herrn von Epernon rufen. Man antwortete ihm, der Herzog lasse die Chevaulegers Revue passieren.

Er verlangte nach Loignac. Man antwortete ihm, Loignac probiere limousinische Pferde.

Man erwartete, den König infolgedessen ärgerlich zu sehen; keineswegs, gegen die allgemeine Erwartung fing er an, mit der allerungezwungensten Miene eine Jagdfanfare zu pfeifen, eine Zerstreuung, der er sich nur überließ, wenn er vollkommen mit sich selbst zufrieden war.

Offenbar verwandelte sich die Lust zu schweigen, die der König vom Morgen an hatte, in eine wachsende Begierde zu sprechen.

Diese Begierde wurde am Ende ein unwiderstehliches Bedürfnis; doch da der König niemand hatte, so mußte er allein sprechen.

Er verlangte zu essen, und während er aß, ließ er sich ein erbauliches Buch vorlesen.

Dann legte er große Toilette an und ging in sein Kabinett, wo ihn sein Hof erwartete.

Besonders bei Hofe fühlt man, wenn Stürme herannahen und wann sie enden; ohne daß irgend jemand gesprochen, ohne daß irgendjemand den König erblickt hatte, war jedermann gefaßt, sich nach dem zu richten, was kommen würde.

Die beiden Königinnen waren sichtbar beunruhigt.

Bleich und ängstlich grüßte Katharina und redete in kurzen, abgestoßenen Worten.

Luise von Vaudemont schaute niemand an und hörte nichts. Es gab Augenblicke, wo die arme junge Frau nahe daran war, den Verstand zu verlieren.

Der König trat ein. Er hatte ein lebhaftes Auge und eine rosenfarbige Haut; man konnte aus seinem Gesichte einen Ausdruck guter Laune lesen, der auf allen diesen düstern Gesichtern die Wirkung hervorbrachte, die ein Sonnenstrahl auf die vergilbten Gebüsche hervorbringt. Auf der Stelle war alles mit Gold, mit Purpur übergossen, in einer Sekunde erstrahlte alles.

Heinrich küßte seiner Mutter und seiner Frau mit derselben Galanterie die Hand, wie wenn er noch Herzog von Anjou gewesen wäre. Er richtete tausend Schmeicheleien an die Damen, die nicht mehr an diese Art gewohnt waren, und ging sogar so weit, daß er ihnen Zuckerwerk anbot.

»Man war unruhig über Eure Gesundheit, mein Sohn,« sagte Catharina, indem sie den König mit einer besonderen Aufmerksamkeit anschaute, als wollte sie sich versichern, daß diese Gesichtsfarbe nicht Schminke, diese schöne Laune keine Maske sei.

»Man hatte unrecht, Madame,« erwiderte der König, »ich habe mich nie besser befunden.« Und er begleitete diese Worte mit einem Lächeln, das über den Mund aller Anwesenden hinschwebte.

»Welchem glücklichen Einfluß habt Ihr diese Besserung Eurer Gesundheit zu danken, mein Sohn?« fragte Catharina mit einer schlecht verhehlten Unruhe.

»Dem, daß ich viel gelacht habe,« antwortete der König.

Alle schauten sich mit so tiefem Erstaunen an, daß es schien, als hätte der König etwas Ungeheuerliches gejagt.

»Viel gelacht? Ihr könnt viel lachen?« versetzte Katharina mit ihrer herben Miene, »dann seid Ihr glücklich.«

»So ist es, Madame.«

»Und was hat bei Euch eine solche Heiterkeit hervorgerufen?« – »Ich muß Euch sagen, Madame, daß ich gestern in Vincennes gewesen bin.«

»Ich habe es erfahren.« – »Ah! Ihr habt es erfahren?«

»Ja, mein Sohn, alles, was Euch berührt, ist mir wichtig; damit lehre ich Euch nichts Neues.« – »Nein, gewiß nicht; ich war also in Vincennes, als mir mein Vortrab bei der Rücklehr eine feindliche Armee signalisierte, deren Musketen auf der Straße glänzten.«

»Eine feindliche Armee auf der Straße von Vincennes?« – »Ja, meine Mutter.«

»Und wo dies?« – »Dem Fischteiche der Jakobiner gegenüber, bei dem Hause unserer guten Base.«

»Bei dem Hause der Frau von Montpensier?« rief Luise von Vaudemont. – »Ganz richtig, Madame, bei Bel-Esbat; ich näherte mich mutig, um die Schlacht zu liefern, und bemerkte...«

»Mein Gott! fahrt fort, Sire,« sagte die Königin wirklich unruhig. – »Oh! beruhigt Euch, Madame!«

Katharina wartete voll Angst, doch weder ein Wort noch eine Gebärde verriet ihre Unruhe.

»Ich bemerkte,« fuhr der König fort, »eine ganze Priorei von Mönchen, die unter Kriegsgeschrei die Gewehre vor mir präsentierten.«

Der Kardinal von Joyeuse lachte, der ganze Hof stimmte ein.

»Oh!« sagte der König, »lacht, lacht, Ihr habt recht, man wird lange Zeit davon sprechen.«

Während dieses Gesprächs standen nach der Etikette der Zeit alle Damen auf und entfernten sich, eine nach der andern, nachdem sie sich vor dem König verbeugt hatten; die Königin folgte ihnen mit ihren Ehrendamen.

Die Königinmutter allein blieb; es lag in der ungewöhnlichen Heiterkeit des Königs ein Geheimnis, das sie ergründen wollte.

»Ah! Kardinal,« sagte plötzlich der König zu dem Prälaten, der weggehen wollte, denn er sah, daß die Königinmutter blieb und mit ihrem Sohne zu reden wünschte, »sagt, wie geht es Eurem Bruder du Bouchage?«

»Sire, ich weiß es nicht.«

»Wie, Ihr wißt es nicht?«

»Nein, ich sehe ihn selten, oder vielmehr gar nicht,« erwiderte der Kardinal.

Eine ernste, traurige Stimme erscholl im Hintergrunde des Gemachs.

»Hier bin ich, Sire,« sagte diese Stimme.

»Ah! er ist es,« rief Heinrich; »nähert Euch, Graf, nähert Euch!«

Der junge Mann gehorchte.

»Ei, bei Gott!« sagte der König, indem er ihn voll Erstaunen anschaute, »bei meinem adligen Wort, das ist kein Körper mehr, sondern ein wandernder Schatten.«

»Sire,« erwiderte der Kardinal, selbst erstaunt über die Veränderung, die in der Haltung und dem Gesichte seines Bruders vorgegangen war, »Sire, er arbeitet viel.«

Der Kardinal erriet aus der Haltung des Königs, daß er mit du Bouchage allein zu sein wünschte, und schlich sich sacht weg.

Der König sah ihn aus einem Augenwinkel weggehen und blickte dann nach seiner Mutter, die unbeweglich blieb. Es waren im Salon nur noch die Königinmutter, Herr von Epernon, der ihr tausend Artigkeiten sagte, und du Bouchage. An der Tür stand Loignac, der, halb Höfling, halb Soldat, mehr seinen Dienst als irgend etwas anderes tat.

Der König setzte sich und hieß du Bouchage durch ein Zeichen näher hinzutreten.

»Graf,« sagte er, »warum verbergt Ihr Euch so hinter den Namen, wißt Ihr nicht, daß es mir Vergnügen macht, Euch zu sehen?«

»Dieses Wort ist eine große Ehre für mich, Sire,« erwiderte der junge Mann, indem er sich achtungsvoll verbeugte. »Woher kommt es denn, daß man Euch nicht mehr im Louvre sieht?«

»Man sieht mich nicht mehr?«

»In der Tat, nein, und ich beklagte mich darüber bei Eurem Bruder, dem Kardinal, der noch gelehrter ist, als ich glaubte. Henri, dein Bruder hat dich bei seiner Abreise mir wie einen Freund empfohlen; ich will für dich ein älterer Bruder sein; sei offenherzig, unterrichte mich; ich versichere dir, du Bouchage, daß für alles, mit Ausnahme des Todes, meine Macht und meine Zuneigung für dich ein Mittel finden werden.«

»Sire,« erwiderte der junge Mann, indem er dem König zu Füßen sank, »macht mich nicht verwirrt durch den Ausdruck einer Güte, die ich nicht zu erwidern weiß; für mein Unglück gibt es kein Mittel, denn mein Unglück ist meine einzige Freude.«

»Du Bouchage, du bist ein Narr und tötest dich durch Einbildungen, das sage ich dir.«

»Ich weiß es wohl,« antwortete der junge Mann.

»Aber sprich doch,« rief der König etwas ungeduldig, »wünschest du eine Heirat zu machen, willst du einen Einfluß ausüben?«

»Sire, es handelt sich darum, Liebe einzuflößen, und Ihr seht, daß die ganze Welt nicht die Macht besitzt, mir diese Gunst zu verschaffen. Ich allein kann sie erlangen und für mich allein erlangen.«

»Warum dann verzweifeln?«

»Weil ich fühle, daß ich sie nie erreichen werde.«

»Versuche es, mein Kind; du bist reich, du bist jung, du bist schön; wer ist die Frau, die dem dreifachen Einfluß der Schönheit, der Jugend und der Liebe zu widerstehen vermag? Es gibt keine, du Bouchage, es gibt keine.«

»Wie viele Menschen würden Eure Majestät an meiner Stelle für ihre übermäßige Nachsicht und Gnade segnen! Von einem König, wie Eure Majestät, geliebt zu sein, ist beinahe so viel, wie von Gott geliebt zu sein.«

»Du nimmst also an; gut! Sage nichts, wenn du verschwiegen sein willst; ich werde Erkundigungen einziehen; ich werde Schritte tun lassen; du weißt, was ich für deinen Bruder getan habe, ebensoviel werde ich für dich tun. Hunderttausend Taler sollen mich nicht aufhalten.«

Du Bouchage ergriff die Hand des Königs, drückte sie an seine Lippen und sagte: »Eure Majestät verlange eines Tages mein Blut, und ich werde es bis zum letzten Tropfen vergießen, um ihr zu beweisen, wie dankbar ich für die Gunst bin, die ich ausschlage.«

Heinrich III. wandte sich ärgerlich auf den Absätzen um.

»In der Tat,« sagte er, »diese Joyeuse sind halsstarriger als die Valois; da ist einer, der mir alle Tage sein langes Gesicht und seine schwarz umkreisten Augen bringen wird; das wird erfreulich sein; es sind ohnehin schon so viele heitere Gesichter bei Hofe!«

»Oh! Sire, dem soll nicht so sein,« rief der junge Mann, »ich werde das Fieber meiner Wangen wie eine lästige Schminke abwischen, und jeder soll, wenn er mich lächeln sieht, glauben, ich sei der glücklichste Mensch.«

»Ja, aber ich, ich werde das Gegenteil wissen, du Starrkopf; und diese Gewißheit wird mich traurig machen.«

»Erlaubt mir Eure Majestät, daß ich mich entferne?« – »Ja, ja, mein Sohn, gehe und suche ein Mann zu sein!«

Der junge Mann küßte dem König die Hand, verbeugte sich vor der Königinmutter, ging stolz an Epernon vorüber, der ihn nicht grüßte, und verließ das Zimmer.

Sobald er die Türschwelle überschritten hatte, rief der König: »Schließt, Nambu!«

Der Huissier, an den dieser Befehl gerichtet war, verkündigte sogleich im Vorzimmer, der König empfange niemand mehr.

Heinrich näherte sich nun Epernon, klopfte ihm auf die Schulter und sagte zu ihm: »Lavalette, du wirst heute abend unter deine Fünfundvierzig Geld austeilen und ihnen Urlaub für eine Nacht und einen Tag geben. Sie sollen sich vergnügen. Bei der Messe! sie haben mich gerettet, gerettet wie das weiße Roß Sullas.«

»Gerettet?« rief Catharina erstaunt.

»Ja, meine Mutter.«

»Gerettet, wovor?«

»Ah! da fragt Epernon!«

»Ich frage Euch, das ist noch besser, wie mir scheint.«

»Nun wohl! Madame, unsere vielgeliebte Base, die Schwester Eures Freundes, des Herrn von Guise... Ah! verteidigt Euch nicht, es ist Euer guter Freund.«

Catharina lächelte wie eine Frau, die sagen will: »Er wird nie begreifen.«

Der König sah dieses Lächeln, preßte die Lippen zusammen und fuhr dann fort: »Die Schwester Eures guten Freundes von Guise hat mir gestern einen Hinterhalt legen lassen.«

»Einen Hinterhalt?«

»Ja, Madame, gestern wäre ich beinahe festgenommen. vielleicht ermordet worden.«

»Durch Herrn von Guise?« rief Katharina.

»Ihr glaubt es nicht?«

»Nein, ich muß es gestehen.«

»Epernon, mein Freund, um der Liebe Gottes willen, erzählt der Frau Königinmutter das Erlebnis: wenn ich selbst spräche, und sie fortwährend so die Achseln zuckte, so würde ich in Zorn geraten, und ich habe wahrhaftig nichts zuzusetzen.«

Dann fuhr Heinrich, sich an Katharina wendend, fort: »Gott befohlen, Madame, Gott befohlen, liebt Herrn von Guise, solange Ihr wollt; ich habe schon Herrn von Salcède vierteilen lassen, wie Ihr Euch erinnern werdet?«

»Gewiß.«

»Nun! die Herren von Guise mögen es machen wie Ihr, sie mögen es nicht vergessen.«

Nachdem er so gesprochen, zuckte er die Achseln noch höher, als seine Mutter sie gezuckt hatte, und kehrte in seine Gemächer zurück.

Rote Feder und weiße Feder.

Es war acht Uhr abends, und traurig hob Briquets Haus seinen dreieckigen Umriß an einem von Lämmerwolken bedeckten Himmel hervor, der offenbar mehr zum Regen als zum Mondschein geneigt war.

Dieses arme Haus, von dem man fühlte, daß seine Seele abwesend war, bildete ein würdiges Gegenstück zu jenem geheimnisvollen Hause, das unsere Leser schon kennen. Es war, als ständen sich die Häuser gähnend gegenüber.

Unfern davon hörte man ein gewaltiges Geräusch von klirrendem Eisen, vermischt mit verworrenen Stimmen, unbestimmtes Gemurmel und Gequieke, als feierten Korybanten in einer Höhle die Mysterien der guten Göttin. Es war ohne Zweifel dieses Geräusch, was einen jungen Mann, der ein veilchenblaues Toquet mit roter Feder und einen grauen Mantel trug, einen hübschen Kavalier, anzog und bewog, einige Minuten stehenzubleiben, wonach er langsam, nachdenkend, den Kopf gesenkt, zu Robert Briquets Hause zurückkehrte.

Diese Symphonie von zusammengestoßenem Eisen rührte von Kasserollen her; das unbestimmte Gemurmel kam von Fleischtöpfen, die auf dem Feuer kochten, und von sich drehenden Spießen; das Geschrei rührte von Meister Fournichon, dem Wirt »Zum kühnen Ritter«, her, der mit der Sorge für seine Öfen beschäftigt war, und das Gequieke von Frau Fournichon, die die Boudoirs der Türmchen zurichten ließ.

Als der junge Mann mit dem veilchenblauen Toquet das Feuer beschaut, den Geruch des Geflügels eingeatmet und die Vorhänge der Fenster geprüft hatte, kehrte er zurück und fing sodann seinen Gang wieder an, der ihn bis zu dem Bach brachte, der die Straße vor Robert Briquets Hause durchschnitt und nach dem geheimnisvollen Gegenüber lief.

Doch, es ist zu bemerken, daß der Spaziergänger, sooft er dahin kam, immer, wie eine pünktliche Schildwache, einen andern jungen Mann ungefähr von demselben Alter fand, der ein schwarzes Toquet mit weißer Feder und einen veilchenblauen Mantel trug und, die Stirn gefaltet, das Auge starr, die Hand am Degen, zu sagen schien: »Du wirst nicht weiter gehen, ohne auf Sturm zu stoßen.«

Der Spaziergänger mit der roten Feder machte zwanzig Gänge, ohne etwas von all dem zu bemerken, so sehr war er mit sich selbst beschäftigt.

Der andere aber wurde durch das Erscheinen seines Gegenübers so schwer gereizt, daß dieser es beim Aufblicken endlich bemerken mußte. Er las auf dessen Gesicht den größten Unwillen.

Dies brachte ihn natürlich auf den Gedanken, er sei dem jungen Mann lästig; diesem Gedanken entsprang sodann das Verlangen, sich zu erkundigen, in welcher Hinsicht er ihm lästig sei. Er schaute demzufolge Robert Briquets Haus aufmerksam an. Dann ging er von diesem Hause zu dem über, das dessen Gegenstück bildete.

Als er endlich beide angeschaut hatte, wandte er seinem Gegenüber den Rücken und kehrte zu den blitzenden Öfen Meister Fournichons zurück.

Glücklich, seinen Gegner in die Flucht geschlagen zu haben, denn er hielt die Umkehr, die er ihn machen sah, für eine Flucht, schritt der Mann mit der weißen Feder in seiner Richtung, nämlich von Osten nach Westen, fort, während der andere von Westen nach Osten ging. Bald aber standen sie sich, da beide umkehrten, gegenüber wie zuvor.

Der Mann mit der weißen Feder zerrte mit einer Bewegung sichtbarer Ungeduld an seinem kleinen Schnurrbart. Der mit der roten Feder nahm eine erstaunte Miene an und warf dann einen Blick auf das geheimnisvolle Haus.

Das nächstemal aber schritt der Ungeduldige mit der weißen Feder, statt jenseits des Baches zu bleiben, über diesen und ließ seinen Gegner zurückweichen, so daß dieser, der einen solchen Angriff nicht vermutete und seine beiden Arme unter den Mantel gewickelt hatte, beinahe das Gleichgewicht verlor.

»Ah! mein Herr,« sagte der letztere, »seid Ihr ein Narr oder habt Ihr die Absicht, mich zu beleidigen?« – »Mein Herr, ich habe die Absicht, Euch begreiflich zu machen, daß Ihr mich sehr belästigt; es schien mir sogar, als hättet Ihr es bemerkt, ohne daß ich es Euch zu sagen brauchte.«

»Durchaus nicht, denn es ist mein System, nie etwas zu sehen, was ich nicht sehen will.« – »Es gibt jedoch, wie ich hoffe, gewisse Dinge, die Eure Blicke auf sich ziehen würden, wenn man sie vor Euren Augen glänzen ließe.«

Dabei schlug die weiße Feder den Mantel zurück und zog den Degen.

Der Mann mit der roten Feder blieb unbeweglich. »Mein Herr,« sagte er, die Achseln zuckend, »man sollte glauben, Ihr hättet nie eine Klinge aus der Scheide gezogen, mit solcher Eile zieht Ihr sie gegen einen, der sich nicht verteidigt.«

»Nein, aber der sich hoffentlich verteidigen wird.«

Die rote Feder lächelte mit einer Ruhe, die den Zorn ihres Gegners verdoppelte.

»Warum dies? und welches Recht habt Ihr, mich zu hindern, auf der Straße spazierenzugehen?« – »Warum geht Ihr in dieser Straße spazieren?«

»Bei Gott! eine schöne Frage! weil es mir beliebt.« – »Ah! es beliebt Euch!«

»Allerdings, Ihr geht wohl auch hier! Habt Ihr eine Erlaubnis vom König, allein das Pflaster der Rue de Bussy zu treten?« – »Was ist daran gelegen, ob ich Erlaubnis habe oder nicht habe!«

»Ihr täuscht Euch, es ist viel daran gelegen; ich bin ein getreuer Untertan Seiner Majestät und möchte ihren Befehlen nicht gern ungehorsam sein.« – »Ah! Ihr spottet, glaube ich!«

»Wenn dem so wäre? Ihr droht wohl!« – »Himmel und Erde! Ich sage Euch, daß Ihr mir lästig seid, mein Herr, und daß ich Euch, wenn Ihr nicht freiwillig vom Platze geht, wohl zu entfernen wissen werde.«

»Oh! oh! mein Herr, das müßte man sehen.« – »Ei! beim Teufel, ich sage Euch schon seit einer Stunde: sehen wir!«

»Mein Herr, ich habe hier ein besonderes Geschäft, das wißt Ihr nun. Ist es durchaus Euer Wunsch, so will ich wohl einen Gang mit

Euch machen, doch ich entferne mich nicht.« – »Mein Herr,« sagte der Mann mit der weißen Feder, indem er seinen Degen pfeifen ließ und seine beiden Füße zusammenzog, wie ein Mensch, der sich auszulegen im Begriff ist, »ich heiße Graf Henri du Bouchage und bin der Bruder des Herzogs von Joyeuse; ich frage Euch zum letzten Male, beliebt es Euch, mir den Platz abzutreten und Euch zu entfernen?«

»Mein Herr,« erwiderte die rote Feder, »ich bin der Vicomte Ernauton von Carmainges; Ihr seid mir keineswegs lästig, und ich finde es durchaus nicht schlimm, wenn Ihr bleibt.« – Du Bouchage dachte einen Augenblick nach und steckte seinen Degen wieder in die Scheide.

»Entschuldigt mich, ich bin halb verrückt, denn ich bin verliebt.« – »Und ich auch, ich bin auch verliebt, doch ich halte mich deshalb nicht für verrückt.«

Henri erbleichte.

»Ihr seid verliebt?« – »Ja.«

»Und Ihr gesteht es?« – »Seit wann ist das ein Verbrechen?«

»Aber verliebt in dieser Straße?« – »Für den Augenblick, ja.«

»In des Himmels Namen, sagt mir, wen Ihr liebt.« – »Ah! Herr du Bouchage, Ihr habt nicht bedacht, was Ihr sagt. Ihr wißt wohl, daß ein Edelmann ein Geheimnis nicht enthüllen darf, das ihm nur zur Hälfte gehört.«

»Es ist wahr, es ist wahr, verzeiht, Herr von Carmainges; doch in der Tat, es ist niemand unter dem Himmel so unglücklich wie ich.«

In den wenigen Worten lag so viel wahrer Schmerz, so viel beredte Verzweiflung, daß Ernauton tief gerührt war. »Oh! mein Gott,« sagte er, »ich verstehe, Ihr befürchtet, wir seien Nebenbuhler.«

»Ich befürchte es.« – »Hm! Nun, ich will offenherzig sein.«

Joyeuse erbleichte und fuhr mit der Hand über die Stirn.

»Ich habe eine Einladung zum Rendezvous,« fuhr Ernauton fort.

»Ihr habt ein Rendezvous?« – »Ja, in der besten Form.«

»In dieser Straße?« – »In dieser Straße.«

»Geschrieben?« – »Ja, mit einer sehr hübschen Handschrift.«

»Von einer Frau?« – »Nein, von einem Mann.«

»Von einem Mann? Was wollt Ihr damit sagen?« – »Nichts anderes, als was ich sage. Ich habe ein Rendezvous mit einer Frau von einer sehr hübschen Männerhandschrift; das ist nicht so geheimnisvoll, doch es ist eleganter; man hat einen Sekretär, wie es scheint.«

»Ah!« sagte Henri, »vollendet, mein Herr, in des Himmels Namen, vollendet!« – »Ihr fragt mich auf eine Weise, daß ich die Antwort nicht zu verweigern wüßte. Ich will also den Inhalt sagen.«

»Ich höre.« – »Ihr werdet sehen, ob es dasselbe ist, wie bei Euch.«

»Genug, mein Herr, ich bitte; mir hat man kein Rendezvous gegeben, und ich habe kein Billett erhalten.« – Ernauton zog ein kleines Papier aus seiner Börse. »Hier ist das Billett, es wäre schwierig für mich, es Euch bei dieser finstern Nacht vorzulesen; doch es ist kurz, und ich weiß es auswendig; Ihr werdet Euch darauf verlassen, daß ich Euch nicht täusche.«

»Oh! ganz und gar.« – »Vernehmt also die Ausdrücke, in denen es abgefaßt ist: ›Herr Ernauton, mein Sekretär ist von mir beauftragt, Euch zu sagen, daß ich ein großes Verlangen habe, eine Stunde mit Euch zu plaudern; Euer Verdienst hat mich gerührt.‹«

»Das steht darin?« – »Meiner Treu, ja, der Satz ist sogar unterstrichen. Ich übergehe einen andern Satz, der etwas zu schmeichelhaft für mich ist.«

»Und man erwartet Euch?« – »Das heißt, ich erwarte, wie Ihr seht.«

»Dann muß man Euch die Türen öffnen?« – »Nein, man muß dreimal aus dem Fenster pfeifen.«

Ganz bebend legte Henri eine Hand auf Ernautons Arm, deutete mit der andern auf das geheimnisvolle Haus und fragte: »Von dort?« – »Keineswegs,« antwortete Ernauton, den Zeigefinger nach den Türmchen des »*Kühnen Ritters*« ausstreckend, »von dort.«

Heinrich stieß einen Freudenschrei aus.

»Ihr geht also nicht hierher?« – »Nein, das Billett sagt ganz genau. ›Gasthof zum *Kühnen Ritter*‹.«

»Ah! seid gesegnet,« sagte der junge Mann, indem er ihm die Hand drückte; »oh! verzeiht mir meine Unhöflichkeit, meine Torheit! Ach! Ihr wißt, für den Mann, der wahrhaft liebt, gibt es nur *eine* Frau, und als ich Euch immer wieder auf dieses Haus zukommen sah, glaubte ich, Ihr würdet von dieser Frau erwartet.«

»Ihr irrt Euch, doch wartet!«

»Was?« – »Hat man nicht gepfiffen?«

»In der Tat, mir scheint, ich habe pfeifen hören.«

Die jungen Männer horchten; ein zweiter Pfiff machte sich in der Richtung des » *Kühnen Ritters*« hörbar.

»Herr Graf!« sagte Ernauton, »Ihr werdet mich entschuldigen, wenn ich Euch nicht länger Gesellschaft leiste, doch ich glaube, das ist mein Signal.« – Ein dritter Pfiff wurde vernommen.

»Geht, mein Herr, geht,« sagte Henri, »und viel Glück!«

Ernauton entfernte sich raschen Schrittes, und der andere sah ihn im Schatten der Straße verschwinden, um im Lichte wieder zu erscheinen, das aus den Fenstern des » *Kühnen Ritters*« herabfiel, und dann abermals zu verschwinden.

Noch düsterer als zuvor sagte Henri zu sich selbst: »Auf! machen wir's wie gewöhnlich, klopfen wir an die verfluchte Tür, die sich nie öffnet.«

Als er dies gesprochen, schritt er wankend auf die Tür des geheimnisvollen Hauses zu.

Die Tür öffnet sich.

Als aber der arme Henri an die Tür des geheimnisvollen Hauses kam, erfaßte ihn wieder sein gewöhnliches Zögern. Und er machte noch einen Schritt.

Dann klopfte er zögernd in langen Pausen dreimal hintereinander; als alles still war, murmelte er: »Gott befohlen, grausames Haus; Gott befohlen bis morgen!«

Und er bückte sich, bis seine Stirn die steinerne Treppe berührte, und drückte darauf aus der Tiefe seiner Seele einen Kuß, daß der harte Granit erbebte, der aber noch minder hart war, als das Herz der Bewohner dieses Hauses.

Dann zog er sich zurück. Doch kaum hatte er zwei Schritte gemacht, als zu seinem tiefen Erstaunen der Riegel klirrte. Die Tür öffnete sich, und der Diener verbeugte sich tief.

Es war derselbe, dessen Porträt wir bei seinem Zusammentreffen mit Robert Briquet entworfen haben.

»Guten Abend, mein Herr,« sagte er mit heiserer Stimme, deren Ton jedoch du Bouchage süßer vorkam, als die süßesten Konzerte der Cherubim.

Henri näherte sich zitternd, verwirrt, faltete die Hände und wankte so sichtbar, daß ihn der Diener hielt, damit er nicht auf die Schwelle fiel, was übrigens mit dem offenbaren Ausdruck eines ehrfurchtsvollen Mitleids geschah.

»Hier bin ich, ich bitte Euch, erklärt mir, was Ihr wünscht.«

»Ich habe so sehr geliebt,« erwiderte der junge Mann, »daß ich nicht weiß, ob ich noch liebe. Mein Herz hat so gewaltig geschlagen, daß ich nicht sagen kann, ob es noch schlägt.«

»Wäre es Euch nicht gefällig, mein Herr, hier sich neben mich zu setzen und mit mir zu plaudern?« fragte der Diener achtungsvoll.

»Oh! ja.«

»Sprecht,« fügte der Diener, als sie nebeneinandersaßen, »nennt mir Euer Verlangen!«

»Mein Freund,« erwiderte du Bouchage, »es ist heute nicht das erstemal, daß wir einander sprechen. Oft habe ich Euch, wie Ihr wißt, an einer Straßenecke erwartet und Euch Gold angeboten; zuweilen versuchte ich auch, Euch einzuschüchtern, doch nie hörtet Ihr mich, stets saht Ihr mich leiden, ohne ein sichtbares Mitgefühl mit meinen Schmerzen. Heute heißt Ihr mich sprechen, Ihr fordert mich auf, Euch meinen Wunsch auszudrücken; mein Gott, was ist denn vorgefallen, welches neue Unglück verbirgt mir diese Fügsamkeit von Eurer Seite?«

Nachdem du Bouchage seinem Schmerze Ausdruck verliehen und auch erwähnt hatte, daß der König ihm seine Beihilfe zugesagt, er sie aber abgewiesen habe, erwiderte der Diener, nachdem er mit ängstlicher Aufmerksamkeit alles, was der junge Mann sprach, angehört hatte: »Herr Graf, glaubt mir, die Dame, die Ihr anklagt, hat kein so unempfindliches und besonders kein so grausames Herz, wie Ihr meint, denn sie hat Euch zuweilen gesehen, sie hat begriffen, was Ihr leidet, und fühlt eine lebhafte Sympathie für Euch.«

»Oh! Mitleid, Mitleid,« rief der junge Mann, indem er sich den kalten Schweiß abwischte, der von seinen Schläfen lief; »oh! es komme der Tag, wo ihr Herz, das Ihr rühmt, die Liebe fühlt, so wie ich sie fühle!«

»Herr Graf, diese Frau hat vielleicht eine stärkere Leidenschaft gekannt, als Ihr sie je kennen werdet; diese Frau hat vielleicht geliebt, wie Ihr nie lieben werdet.«

Henri hob die Hände zum Himmel empor und rief: »Wenn man so liebt, liebt man immer.«

»Habe ich Euch etwa gesagt, sie liebe nicht mehr?«

Henri stieß einen Seufzer aus und sank zusammen, als ob er vom Tode getroffen worden wäre. »Sie liebt!« rief er, »sie liebt! oh! mein Gott! mein Gott!«

»Ja, sie liebt; doch seid nicht eifersüchtig auf den Mann, den sie liebt, Herr Graf; dieser Mann gehört nicht mehr der Erde an; meine Gebieterin ist Witwe,« fügte der mitleidige Wiener in der Hoffnung hinzu, durch diese Worte den Schmerz des jungen Mannes zu beschwichtigen.

Und in der Tat, wie durch einen Zauber gaben ihm diese Worte wieder Atem, Leben, Hoffnung.

»Im Namen des Himmels,« sagte er, »verlaßt mich nicht; sie ist Witwe, sagt Ihr; dann ist sie es seit kurzem, sie wird die Quelle ihrer Tränen vertrocknen sehen, sie ist Witwe, ah! mein Freund, dann liebt sie niemand, da sie einen Leichnam, einen Schatten, einen Namen liebt; der Tod ist weniger als die Abwesenheit; mir sagen, sie liebe einen Toten, heißt mir sagen, sie werde mich lieben.«

Der Diener schüttelte den Kopf und erwiderte: »Diese Dame, Herr Graf, hat dem Toten ewige Treue geschworen; und ich kenne sie, sie wird ihr Wort halten.«

»Ich werde warten, ich werde zehn Jahre warten, wenn es sein muß,« rief Henri;,»Gott gestattete nicht, daß sie vor Kummer starb oder mit Gewalt ihre Tage abkürzte, wie Ihr seht; da sie nicht tot ist, kann sie leben, und da sie lebt, darf ich hoffen«

»Oh! junger Mann!« sagte der Diener mit düsterem Tone, »rechnet nicht so mit den Forderungen der Toten; sie hat gelebt! sagt Ihr; ja, sie hat gelebt! nicht einen Tag, nicht einen Monat, nicht ein Jahr; sie hat sieben Jahre gelebt! (Joyeuse bebte.) Noch wißt Ihr warum, in welcher Absicht, mit welchem Entschluß sie gelebt hat? Sie werde sich trösten, hofft Ihr? Nie, nie, Herr Graf! das sage ich Euch, das schwöre ich Euch, ich, der ich nur der untertänige Diener des Toten war, ich, der ich, solange er lebte, ein frommes, glühendes, hoffnungsvolles Gemüt war und, seitdem er tot ist, ein verhärtetes Herz geworden bin; ich, der ich nur ihr Diener bin, wiederhole Euch, sie wird sich nie trösten.«

»Dieser so sehr beklagte Mann,« unterbrach ihn Henri, »dieser glückliche Tote, dieser Gatte ...«

»Es war nicht der Gatte; es war der Geliebte, Herr Graf, und eine Frau wie die, die Ihr unglücklicherweise liebt, hat nur *einen* Geliebten in ihrem ganzen Leben.«

»Mein Freund!« rief der junge Mann, erschrocken über die majestätische Art dieses einfachen Menschen, »ich beschwöre Euch, vermittelt für mich!«

»Ich!« rief er, »ich! Hört, Herr Graf, wenn ich Euch für fähig gehalten hätte, gegen meine Gebieterin Gewalt zu gebrauchen, so hätte ich Euch mit dieser Hand getötet.«

Und er zog unter seinem Mantel einen nervigen Arm hervor, der einem Mann von kaum fünfundzwanzig Jahren zu gehören schien, während ihm seine weißen Haare und seine gebückte Gestalt das Ansehen eines Sechzigers gaben.

»Und hätte ich glauben können, meine Gebieterin liebe Euch,« fuhr er fort, »so wäre sie gestorben ... Nun, Herr Graf, habe ich Euch gesagt, was ich Euch zu sagen hatte, versucht es nicht, mich zu einem weiteren Geständnis zu bewegen; denn bei meiner Ehre, und, obgleich ich kein Edelmann bin, glaubt mir, meine Ehre ist etwas wert ..., denn bei meiner Ehre, ich habe alles gesagt, was ich sagen konnte.«

Henri stand, den Tod im Herzen, auf und sagte: »Ich danke Euch, daß Ihr dieses Mitleid mit meinem Unglück gehabt habt; nun bin ich entschieden.«

»Ihr werdet also in Zukunft ruhiger sein, Herr Graf, Ihr werdet Euch von uns entfernen, Ihr werdet uns einem Geschick überlassen, das, glaubt mir, schlimmer ist, als das Eurige.«

»Ja, ich werde mich in der Tat entfernen, seid unbesorgt, und zwar für immer,« sagte der junge Mann.

»Ich verstehe Euch, Ihr wollt sterben.«

»Warum sollte ich es verbergen? Ich kann ohne sie nicht leben und so muß ich wohl sterben, wenn ich sie nicht besitze.«

»Herr Graf, ich habe sehr oft mit meiner Gebieterin über den Tod gesprochen; glaubt mir, es ist ein schlimmer Tod, der Tod, den man sich mit eigener Hand gibt.«

»Ich werde auch diesen nicht, wählen; es gibt für einen jungen Mann von meinem Namen, meinem Alter und meinem Vermögen einen Tod, der jederzeit ein schöner Tod gewesen ist, es ist dies der, den man in Verteidigung seines Königs und seines Vaterlandes empfangt.«

»Wenn Ihr über Eure Kräfte leidet, wenn Ihr denen, die Euch überleben, nichts schuldig seid, wenn Euch der Tod aus dem

Schlachtfelde geboten ist, sterbt, Herr Graf, sterbt; ich wäre längst tot, wenn ich nicht zum Leben verurteilt wäre.«

»Gott befohlen und Dank,« sagte Joyeuse, indem er dem unbekannten Diener die Hand reichte. »Auf Wiedersehen in einer andern Welt!«

Und er warf zu den Füßen des durch diesen tiefen Schmerz gerührten Dieners eine schwere Goldbörse und entfernte sich rasch.

Es schlug Mitternacht im Glockenturm von Saint-Germain des Pres.

Wie eine vornehme Dame im Jahre der Gnade 1586 liebte.

Das dreimalige Pfeifen, das in gleichmäßigen Zwischenräumen die Luft durchdrungen hatte, sollte wohl dem glückseligen Ernauton als Signal dienen.

Als der junge Mann dem Hause nahekam, fand er Frau Fournichon unter der Tür, wo sie die Kunden mit einem Lächeln erwartete, das sie einer flämischen Göttin ähnlich machte.

Sie hielt noch in ihren fetten, weißen Händen einen Goldtaler, den eine andere Hand ebenso weiß, aber zarter als die ihrige im Vorübergehen dareingelegt hatte. Sie schaute Ernauton an, füllte, ihre Hände auf die Hüften legend, den Raum der Tür so aus, daß jeder Durchgang unmöglich war, und ließ ihn erst durch, nachdem der Gaskogner sein Ehrenwort gegeben hatte, das Pfeifen habe ihm gegolten.

Freudig erregt, endlich eine Kundschaft zu haben, wie sie sie sich schon lange glühend für den unglücklichen *Rosenstock Amors* wünschte, der durch den » *Kühnen Ritter*« entthront worden war, ließ die Wirtin Ernauton auf der Schneckentreppe hinaufsteigen, die zu dem geschmücktesten und diskretesten der Türmchen führte.

Frau Fournichon folgte dem jungen Manne Schritt für Schritt, sie trieb ihn von der Treppe ins Vorzimmer und vom Vorzimmer in das Türmchen, mit Augen, die durch verliebtes Blinzeln ganz klein wurden; dann zog sie sich zurück.

Ernauton blieb, die rechte Hand am Türvorhang, die linke auf der Klinke und zum Gruß halb gebückt, stehen.

Er hatte in dem wollüstigen Dämmerlicht des nur durch eine einzige Kerze von rosenfarbenem Wachs erleuchteten Türmchens eine zierliche, weibliche Gestalt erblickt, die stets, wenn nicht Liebe, doch wenigstens Aufmerksamkeit oder gar Verlangen heischt. Auf Kissen zurückgelehnt, ganz in Samt und Seide gehüllt, war diese Dame, deren kleiner Fuß über das Ende des Ruhebettes heranging, beschäftigt, an der Kerze den Rest eines kleinen Aloezweiges zu verbrennen, dessen Rauch sie zuweilen, um ihn einzuatmen, ihrem Gesichte näher brachte, wobei sie auch mit diesem Rauch die Falten ihres Kapuchon und ihre Haare füllte, als wollte sie sich ganz von dem berauschendem Dampfe durchdringen lassen.

An der Art und Weise, wie sie den Rest des Zweiges ins Feuer warf, wie sie ihr Kleid auf ihren Fuß hinabzog und ihre Kopfbedeckung auf ihr verlarvtes Gesicht fallen ließ, erkannte Ernauton, daß sie ihn hatte eintreten hören und in ihrer Nähe wußte. Sie hatte sich jedoch nicht umgewendet.

Ernauton wartete einen Augenblick; sie wandte sich nicht um.

»Madame,« sagte der junge Mann mit weicher Stimme. »Madame, Ihr habt Euren untertänigen Diener rufen lassen, hier ist er.«

»Ah! sehr gut, ich bitte, setzt Euch, Herr Ernauton!« – »Verzeiht, Madame, ich muß Euch vor allem für die Ehre danken, die Ihr mir erweist.«

»Ah! das ist artig, Ihr habt recht, Herr von Carmainges, und ich denke, Ihr wißt doch noch nicht, wem Ihr dankt?« – »Madame, Ihr habt das Gesicht unter einer Larve, die Hand unter Handschuhen verborgen und mir im Moment meines Eintritts den Anblick eines Fußes entzogen, der mich sicher wahnsinnig verliebt in Euch gemacht hätte,« sagte Ernauton, allmählich näherkommend, »ich sehe nichts, was mir eine Erkennung gestattet, und ich kann nur erraten.«

»Und Ihr erratet, wer ich bin?« – »Die, nach der sich mein Herz sehnt, die meine Einbildungskraft jung, schön, mächtig und reich macht, zu reich und zu mächtig sogar, als daß ich glauben könnte, was mir begegnet, sei eine Wirklichkeit, und ich träumte nicht in diesem Augenblick.«

»Habt Ihr viel Mühe gehabt, hier hereinzukommen?« – »Nein, Madame, der Zugang ist mir sogar viel leichter geworden, als ich gedacht hätte.«

»Es ist wahr, für einen Mann ist alles leicht, nur für eine Frau ist das anders.« – »Ich bedaure sehr,« Madame, daß Ihr Euch so viele Mühe gemacht habt, und kann Euch nur meinen untertänigsten Dank dafür darbringen.«

Doch die Dame schien schon zu einem andern Gedanken übergegangen zu sein.

»Was sagtet Ihr, mein Herr?« versetzte sie nachlässig, während sie einen Handschuh auszog, um eine bewunderungswürdige runde Hand mit zart zugespitzten Fingern zu zeigen. – »Ich sagte, Madame, ohne Eure Züge gesehen zu haben, wisse ich, wer Ihr seid, und ohne eine Täuschung zu befürchten, könnte ich Euch sagen, daß ich Euch liebe.«

»Ihr glaubt also dafür stehen zu können, daß ich wirklich die bin, die Ihr hier zu finden erwartetet?« – »In Ermangelung des Augenscheins sagt es mir mein Herz.«

»Ihr kennt mich also?« – »Ich kenne Euch, ja.«

»In der Tat, Ihr, ein Mann, der kaum aus der Provinz hier gelandet ist, Ihr kennt schon die Frauen von Paris?« – »Von allen Frauen von Paris, Madame, kenne ich bis jetzt nur eine einzige.«

»Und diese bin ich?« – »Ich glaube es.«

»Und woran erkennt Ihr mich?« – »An Eurer Stimme, an Eurer Anmut, an Eurer Schönheit.«

»An meiner Stimme, ich begreife das, denn ich kann sie nicht verstellen; an meiner Anmut, ich will dieses Wort als Kompliment nehmen; doch an meiner Schönheit, diese Antwort kann ich nur als Hypothese zulassen.« – »Warum dies, Madame?«

»Ganz gewiß: Ihr kennt mich an meiner Schönheit, die ist aber verschleiert.« – »Sie war es weniger, Madame, an dem Tag, als ich Euch, um Euch nach Paris zu bringen. so nahe bei mir hielt, daß Eure Brust meine Schultern streifte, und Euer Atem an meinem Halse brannte.«

»Bei Empfang meines Briefes habt Ihr auch erraten, es handle sich um mich?« – »Oh! nein, nein, Madame, glaubt das nicht! Ich hatte nicht einen Augenblick einen solchen Gedanken, ich dachte im Gegenteil, ich wäre das Spielzeug, irgendeines Scherzes, das Opfer eines Irrtums; ich glaubte, ich wäre mit einer Katastrophe bedroht, die man Glück bei Frauen nennt, und erst seit einigen Minuten, da ich Euch sehe, Euch berühre...«

Hier machte Ernauton eine Gebärde, um eine Hand zu nehmen, die sich vor der seinigen zurückzog.

»Genug, es unterliegt keinem Zweifel, daß ich eine ausnehmende Torheit begangen habe.« – »Und worin, Madame, wenn ich bitten darf?«

»Worin! Ihr sagt, Ihr kennt mich und fragt mich, wieso ich eine Torheit begangen habe?« – »Oh! es ist wahr, Madame, ich bin sehr klein, sehr niedrig gegen Eure Hoheit.«

»Aber, um Gottes willen! Macht mir doch das Vergnügen zu schweigen, mein Herr; habt Ihr denn gar keinen Verstand?« – »In des Himmels Namen, was habe ich denn getan, Madame?«

»Wie! Ihr seht mich in einer Maske.« – »Nun!«

»Wenn ich eine Maske trage, so geschieht es ohne Zweifel, um mich zu verkleiden, und Ihr nennt mich Hoheit? Warum öffnet Ihr nicht das Fenster und ruft meinen Namen aus die Straße!« – »Oh! verzeiht, verzeiht,« sagte Ernauton, auf die Knie fallend, »ich glaubte an die Verschwiegenheit dieser Wände.«

»Mir scheint, Ihr seid leichtgläubig.« – »Ach! Madame, ich bin verliebt.«

»Und Ihr seid überzeugt, ich werde sofort diese Liebe erwidern?« – Ernauton stand gereizt auf. »Nein, Madame.«

»Und was glaubt Ihr?« – »Ich glaube, daß Ihr mir etwas Wichtiges zu sagen habt; daß Ihr mich nicht im Hotel Guise oder in Eurem Hause in Bel-Esbat empfangen wolltet, und daß Ihr eine geheime Unterredung an einem einsamen Orte vorzöget.«

»Ihr glaubt dies?« – »Ja.«

»Und was denkt Ihr, daß ich Euch zu sagen gehabt habe, sprecht; es wäre mir nicht unangenehm, Euren Scharfsinn schätzen zu können.« Und unter einer scheinbaren Sorglosigkeit ließ die Dame unwillkürlich eine gewisse Unruhe durchdringen. – »Was weiß ich? Etwas zum Beispiel, was auf Herrn von Mayenne Bezug hätte.«

»Habe ich nicht meine Eilboten, die mir morgen abend mehr sagen werden, als Ihr mir sagen könnt, da Ihr mir gestern alles gesagt habt, was Ihr wußtet.« – »Vielleicht habt Ihr auch eine Frage über das Ereignis der vergangenen Nacht an mich zu richten.«

»Ah! welches Ereignis, wovon sprecht Ihr?« fragte die Dame, deren Busen sichtbar bebte, – »Ich meine den panischen Schrecken des Herrn von Epernon, die Verhaftung der lothringischen Edelleute...«

»Man hat lothringische Edelleute verhaftet?« – »Ungefähr zwanzig, die sich zur unrechten Zeit auf der Straße nach Vincennes befanden.«

»Was auch die Straße nach Soissons ist, wo Herr von Guise, wie mir scheint, Garnison hält. Ah! es ist wahr, Herr Ernauton, Ihr, der Ihr vom Hofe seid, könntet mir sagen, warum man diese Edelleute verhaftet hat.« – »Ich vom Hofe?«

»Allerdings.« – »Ihr wißt das, Madame?«

»Bei Gott! um Eure Adresse zu bekommen, mußte ich Erkundigungen einziehen. Noch ich bitte Euch um alles in der Welt, macht ein Ende mit Euren Redensarten, Ihr habt die bedauerliche Gewohnheit, das Gespräch zu durchkreuzen; ...nun, was war das Resultat dieser Unbesonnenheit?« – »«Durchaus nichts, Madame, wenigstens soweit ich weiß.« »Warum dachtet Ihr dann, ich würde von einer Sache sprechen, die kein Resultat gehabt hat?« – »Ich hatte diesmal wie die anderen Male unrecht, Madame, und ich gestehe mein Unrecht.«

»Wie, mein Herr! aus welcher Gegend seid Ihr denn?« – »Aus Agen.«

»Ah! mein Herr, Ihr seid Gaskogner, denn Agen liegt, wie ich glaube, in der Gaskogne,« – »Ungefähr.«

»Ihr seid Gaskogner und wart nicht eitel genug, anzunehmen, ich hätte, als ich Euch bei der Hinrichtung Salcèdes an der Porte Saint-Antoine sah, gefunden, Ihr seiet ein artiger Mann.«

Ernauton errötete und fing an unruhig zu werden. Die Dame fuhr fort: »Ich wäre Euch auf der Straße begegnet und hätte Euch schön gefunden.« – Ernauton wurde purpurrot. »Madame, Madame, Gott behüte mich, ich denke das nicht.«

»Und Ihr habt unrecht,« versetzte die Dame, indem sie sich zum erstenmal gegen Ernauton umwandte und auf seine Augen ihre unter der Maske flammenden Augen heftete und dabei vor dem entzündeten Blicke des jungen Mannes eine wunderbar verführerische Taille entwickelte, die sich in runden, wollüstigen Linien auf dem Samt des Ruhebettes hervorhob. – Ernauton faltete die Hände und rief: »Madame! Madame! Ihr spottet meiner.«

»Wahrhaftig, nein,« erwiderte sie mit demselben freien, ungebundenen Ton, »ich sage, daß Ihr mir gefallen habt, und das ist die Wahrheit.« – »Mein Gott!«

»Habt Ihr denn nicht selbst gewagt, mir zu erklären, daß Ihr mich liebt?« –'»Als ich Euch dies erklärte, wußte ich nicht, wer Ihr wart, Madame, und nun, da ich es weiß, bitte ich Euch demütig um Verzeihung.«

»Ah! nun fängt er an zu faseln,« murmelte die Name voll Ungeduld. »Bleibt doch, was Ihr seid, sagt doch, was Ihr denkt, oder Ihr werdet machen, daß ich bedaure, hierher gekommen zu sein.« – Ernauton fiel aus die Knie. »Sprecht, Madame, damit ich mich überzeuge, daß dies alles nicht ein Spiel ist, und vielleicht werde ich dann wagen, zu antworten.«

»Es sei; vernehmt, welche Pläne ich mit Euch habe,« erwiderte die Dame, indem sie mit der einen Hand Ernauton zurückschob, während sie mit der andern die Falten ihres Kleides symmetrisch ordnete. »Ich finde Geschmack an Euch, doch ich kenne Euch noch nicht. Ich habe nicht die Gewohnheit, meinen Neigungen zu widerstehen, bin aber auch nicht so albern, Irrtümer zu begehen. Wären wir von gleichem Stande gewesen, so hätte ich Euch bei mir empfangen und nach meiner Bequemlichkeit studiert, ehe Ihr meine Absichten geahnt haben würdet. Bei Euch war dies unmöglich; man mußte das anders einrichten und aufs Geratewohl diese Zusammenkunft herbeiführen. Ihr wißt nun, woran Ihr Euch in Beziehung aus mich zu halten habt. Werdet meiner würdig, das ist alles, was ich Euch empfehle.« – Ernauton verwickelte sich in Beteuerungen. »Oh! ich bitte, weniger Hitze, Herr von Carmainges,« sagte die Dame mit nachlässigem Tone, »es ist nicht der Mühe wert; vielleicht ist es nur Euer Name, was mir, als wir uns zum ersten Male trafen, aufgefallen ist und mich angesprochen hat. Im ganzen glaube ich entschieden, daß ich nur eine Laune für Euch habe, und daß dies vorübergehen wird. Glaubt indessen nicht, zu fern von der Vollendung zu sein, und verzweifelt nicht! Ich kann die vollkommenen Menschen nicht leiden, Oh! ich bete dagegen die ergebenen Leute an. Beachtet dies wohl, schöner Kavalier.«

Ernauton war außer sich; diese hochmütige Sprache, diese Gebärden voll Wollust und Weichheit, diese stolze Überlegenheit, dieses Hingeben ihm gegenüber von einer so vornehmen Person bereiteten ihm zugleich die höchste Wonne und den tiefsten Schrecken.

Er setzte sich zu der schönen, stolzen Gebieterin seines Herzens, die ihn gewähren ließ, und suchte seinen Arm hinter die Kissen zu schieben, auf die sie sich lehnte.

»Mein Herr,« sagte sie, »es scheint, Ihr habt mich gehört, aber Ihr habt mich nicht verstanden. Ich bitte, keine Vertraulichkeiten, bleiben wir jeder an seinem Platz. Es ist sicher, daß ich Euch eines Tages das Recht verleihen werde, mich die Eurige zu nennen, doch Ihr habt dieses Recht noch nicht.«

Ernauton stand bleich und unwillig aus und erwiderte: »Entschuldigt mich, Madame, ich mache nichts als Albernheiten, denn die Gewohnheiten von Paris sind mir noch fremd. Wenn bei uns in der Provinz eine Frau sagt: ›Ich liebe, so liebt sie und sträubt sich nicht. Sie nimmt ihre Worte nicht zum Vorwand, um einen Mann zu ihren Füßen zu demütigen. Das ist Pariser Sitte, das ist Euer Recht als Prinzessin. Ich füge mich in dies alles. Es fehlte mir nur die Gewohnheit, doch die Gewohnheit wird kommen.«

Die Dame hörte ihn stillschweigend an; es war sichtbar, daß sie Ernauton aufmerksam beobachtete, um zu wissen, ob sein Unwille am Ende in wirklichen Zorn überginge.

»Ah! ah! Ihr ärgert Euch, glaube ich,« sagte sie mit stolzer Miene.

»Ich ärgere mich in der Tat, Madame, doch über mich selbst; denn ich empfinde für Euch, Madame, keine vorübergehende Laune, sondern Liebe, eine sehr wahre und sehr reine Liebe. Ich suche nicht Eure Person, denn ich würde sie begehren, wenn dem so wäre, sondern ich suche Euer Herz zu gewinnen. Ich werde mir auch nie verzeihen, Madame, daß ich heute durch Freiheiten die Ehrfurcht verletzt habe, die ich Euch schuldig bin, eine Ehrfurcht, die ich nur in Liebe verwandeln werde, wenn Ihr es mir befehlt. Billigt also, daß ich von diesem Augenblick Eure Befehle erwarte.«

»Still, still, übertreiben wir nicht, Herr von Carmainges, Ihr seid nun eiskalt, nachdem Ihr zuvor ganz Flamme gewesen.« – »Es scheint mir jedoch, Madame ...«

»Ei! mein Herr, sagt nie einer Dame, Ihr würdet sie lieben, wie Ihr wollt; das ist ungeschickt, zeigt ihr, daß Ihr sie lieben werdet, wie sie will, das ist vernünftiger.« – »Das habe ich gesagt, Madame.«

»Ja, aber das denkt Ihr nicht.« – »Ich beuge mich vor Eurer Überlegenheit.«

»Laßt die Artigkeiten, es würde mir widerstreben, hier die Königin zu spielen. Hier ist meine Hand, nehmt sie, es ist die einer einfachen Frau; nur ist sie etwas brennender und belebter als die Eurige.« – Ernauton nahm ehrfurchtvoll diese schöne Hand.

»Nun!« sagte die Herzogin. – »Nun?«

»Ihr küßt sie nicht? Seid Ihr verrückt? Habt Ihr geschworen, mich in Wut zu bringen?« – »Aber soeben ...«

»Soeben entzog ich sie Euch, während ich sie Euch nun gebe.« – Ernauton küßte die Hand mit so viel Gehorsam, daß man sie ihm sogleich entzog.

»Ihr seht wohl,« sagte der junge Mann, »abermals eine Lektion.«

»Ich habe also unrecht gehabt?« – »Sicher, Ihr laßt mich von einem Gefühl zum andern springen, die Furcht wird am Ende die Leidenschaft töten. Wohl werde ich fortfahren, Euch auf den Knien anzubeten, doch ich werde weder Liebe noch Vertrauen zu Euch haben.«

»Oh! ich will das nicht, denn Ihr wärt ein trauriger Liebhaber, und so mag ich sie nicht, das sage ich Euch zum voraus. Nein, bleibt natürlich, bleibt Ihr selbst, seid Herr Ernauton von Carmainges und nichts anderes! Ich habe meine Eigenheiten. Ei! mein Gott, habt Ihr nicht gesagt, ich sei schön? Jede schöne Frau hat ihre Eigenheiten; achtet manche, widersetzt Euch einigen, fürchtet mich vor allem nicht, und wenn ich zu dem stürmischen Ernauton sage: ›Seid ruhig!‹ so befrage er meine Augen und nie meine Stimme.«

Nach diesen Worten stand sie auf.

Es war Zeit; wieder von seinem Delirium ergriffen, hatte sie der junge Mann in seine Arme genommen, und die Maske der Herzogin streifte einen Augenblick die Lippen Ernautons; da aber fühlte er die tiefe Wahrheit dessen, was sie gesagt; denn durch ihre Maske schleuderten ihre Augen einen Blitz, kalt und weiß wie der finstere Vorläufer der Stürme.

Dieser Blick machte einen solchen Eindruck auf Carmainges, daß er seine Arme sinken ließ, und daß sein ganzes Feuer erlosch.

»Es ist gut,« sagte die Herzogin, »wir werden uns wiedersehen. Ihr gefallt mir entschieden, Herr von Carmainges.« – Ernauton verbeugte sich.

»Wann seid Ihr frei?« – »Leider ziemlich selten.«

»Ah! ja, ich begreife, nicht wahr, dieser Dienst ist anstrengend?« – »Welcher Dienst?«

»Der Dienst, den Ihr beim König tut. Seid Ihr nicht bei irgendeiner Garde Seiner Majestät?« – »Das heißt, Madame, ich gehöre zu einem Korps von Edelleuten.«

»Das wollte ich sagen, und diese Edelleute sind, glaube ich, Gaskogner.« – »Ja, alle, Madame.«

»Wieviel sind es? Man hat es mir gesagt, doch ich habe es vergessen.« – »Fünfundvierzig.«

»Was für eine sonderbare Zahl.« – »Es hat sich so gefunden.«

»Und diese fünfundvierzig Edelleute verlassen den König nicht, sagt Ihr?« – »Ich habe nicht gesagt, wir verlassen Seine Majestät nicht, Madame.«

»Ah! verzeiht, ich glaubte, ich hätte Euch dies sagen hören. Ihr sagtet wenigstens, Ihr hättet wenig Freiheit.« – »Es ist wahr, ich habe wenig Freiheit, Madame, weil wir am Tage für die Ausfahrten des Königs oder für die Jagden im Dienste sind, und weil wir am Abend im Louvre weilen müssen.«

»Jeden Abend?« – »Beinahe.«

»Seht, was geschehen wäre, wenn Euch z. B. diesen Abend der Befehl im Louvre zurückgehalten hätte! Hätte ich nicht glauben müssen, mein Entgegenkommen treffe auf Verachtung?« – »Ah!

Madame, um Euch zu sehen, werde ich nun alles wagen, das schwöre ich Euch.«

»Es ist dies unnötig, und es wäre albern, ... ich will es nicht.« – »Aber dann ...?«

»Tut Euren Dienst; es ist an mir, mich danach zu richten, an mir, die ich stets frei und Herrin meines Lebens bin.« – »Ah! wieviel Güte, Madame!«

»Doch dies alles erklärt mir nicht,« fuhr die Herzogin mit ihrem einschmeichelnden Lächeln fort, »warum Ihr diesen Abend frei gewesen seid und wie Ihr habt kommen können.«–»Ich hatte diesen Abend schon die Absicht, Herrn von Loignac, unsern Kapitän, der mir wohlwill, um einen Urlaub zu bitten, als der Befehl kam, allen Fünfundvierzig die Nacht freizugeben.«

»Aus welchem Anlaß wurde Euch diese Annehmlichkeit zuteil?« – »Ich glaube als Belohnung, für einen ziemlich anstrengenden Dienst, den wir gestern in Vincennes getan haben.«

»Ah! sehr gut.« – »Diesem Umstand habe ich also das Glück zu danken, Euch heute abend ohne Schwierigkeit sehen zu können.«

»Wohl! so hört, Carmainges,« sagte die Herzogin mit einer süßen Vertraulichkeit, die das Herz des jungen Mannes mit Freude erfüllt, »sooft Ihr frei zu sein glaubt, benachrichtigt die Wirtin durch ein Billett; jeden Tag wird einer von meinen Leuten zu ihr kommen.« – »Oh! mein Gott! das ist zu viel Güte, Madame.«

»Wartet doch,« sagte die Herzogin und legte ihre Hand auf Ernautons Arm. – »Was ist das für ein Geräusch?«

Es drang in der Tat ein Geräusch von Sporen, von Stimmen, von zugeworfenen Türen, von Freudenrufen aus dem untern Saal herauf.

Ernauton streckte seinen Kopf durch die Tür, die ins Vorzimmer ging, und antwortete: »Es sind meine Kameraden, die hier den Urlaub feiern, den ihnen Herr von Loignac gegeben hat.«

»Aus welchem Zufall gerade in dem Wirtshaus, wo wir uns befinden?« – »Weil wir bei unserer Ankunft in Paris gerade in den ›Kühnen Ritter‹ beschieden worden waren, weil meine Kameraden seit dem glückseligen Tage ihres Eintritts in die Hauptstadt eine

Vorliebe für den Wein und die Pasteten des Meisters Fournichon und zum Teil auch für seine Türmchen gefaßt haben.«

»Oh!« versetzte die Name mit einem boshaften Lächeln, »Ihr sprecht sehr erfahren von diesen Türmchen, mein Herr.« – »Bei meiner. Ehre, es ist das erstemal, daß ich in eines komme, Madame.«

»Aber mein Gott, wie geräuschvoll sind Eure Kameraden?«

Der Lärm unten wurde inzwischen zu einem höllischen Orkan; die Prahlereien über die Taten am vorhergehenden Tage, das Klingen der Goldtaler und das Klirren der Gläser weissagten einen vollständigen Sturm. Plötzlich hörte man ein Geräusch von Tritten auf der kleinen Treppe, die nach dem Türmchen führte, und Frau Fournichons Stimme rief von unten: »Herr von Sainte-Maline! Herr von Sainte-Maline!«

»Nun, was soll's,« erwiderte die Stimme des jungen Mannes.

»Geht nicht da hinauf, Herr von Sainte-Maline, ich bitte Euch.«

»Gut! und warum nicht, liebe Frau Fournichon, gehört nicht das ganze Haus diesen Abend uns?«

»Das ganze Haus, ja; aber nicht die Türmchen.«

»Bah! die Türmchen gehören zum Haus,« riefen fünf bis sechs andere Stimmen, unter denen Ernauton die von Perducas von Pincorney und von Eustache von Miradoux erkannte.

»Nein, die Türmchen machen eine Ausnahme, die Türmchen gehören mir, belästigt also meine Mietsleute nicht!«

»Madame Fournichon,« erwiderte Sainte-Maline, »ich bin auch Euer Mietsmann, belästigt mich also nicht!«

»Sainte-Maline!« murmelte Ernauton unruhig, denn er kannte die schlimmen Neigungen und die Keckheit dieses Menschen.

»Aber ich bitte Euch!« wiederholte Madame Fournichon.

»Madame Fournichon,« sagte Sainte-Maline, »es ist Mitternacht; um neun Uhr müssen alle Feuer ausgelöscht sein, und ich sehe ein Feuer in Eurem Türmchen; nur die schlechten Diener des Königs überschreiten seine Verfügungen; ich will wissen, wer diese schlechten Diener sind.«

Sainte-Maline ging mit mehreren Gaskognern weiter.

»Mein Gott!« rief die Herzogin, »mein Gott! sollten diese Leute wagen, hier hereinzukommen?«

»In jedem Fall, Madame, bin ich hier, wenn sie es wagen, und ich kann Euch zum voraus sagen, habt keine Furcht!«

»Oh! sie sprengen die Türen.«

Sainte-Maline, der zu weit vorgerückt war, um zurückzuweichen, stieß wirklich so heftig an die Tür, daß sie entzweibrach.

Sainte-Malines Eindringen und dessen Folgen.

Es war Ernautons erste Sorge, als er die Tür des Vorzimmers unter Streichen Sainte-Malines sich spalten sah, daß er die Kerze ausblies, die das Türmchen erhellte.

Diese Vorsicht diente jedoch nur für den Augenblick und beruhigte keineswegs die Herzogin, als plötzlich die Wirtin, die alle Quellen ihres Geistes erschöpft hatte, zu einem letzten Mittel Zuflucht nahm und dem Gaskogner zurief: »Herr von Sainte-Maline, ich sage Euch, daß die Personen, die Ihr beunruhigt, zu Euren Freunden gehören; die Notwendigkeit zwingt mich, es Euch zu gestehen.«

»Das ist ein Grund mehr, daß wir ihnen unser Kompliment machen,« sagte Perducas von Pincorney mit einer weingrünen Stimme und hinter Sainte-Maline auf der letzten Stufe der Treppe stolpernd.

»Und wer sind diese Freunde, sprecht?«

»Ja, wir wollen sie sehen,« rief Eustache von Miradoux.

In der Hoffnung, einem Streite zuvorzukommen, trat die gute Wirtin mitten unter die gedrängten Reihen der Edelleute und flüsterte dem Angreifer ganz leise den Namen Ernauton ins Ohr.

»Ernauton!« wiederholte mit lauter Stimme Sainte-Maline, bei dem diese Offenbarung Öl statt Wasser ins Feuer goß; »Ernauton! das ist nicht möglich.«

»Und warum?«

»Ja, warum?« wiederholten mehrere Stimmen.

»Ei! bei Gott, weil Ernauton ein Muster der Keuschheit, ein Beispiel der Enthaltsamkeit, eine Sammlung aller Tugenden ist. Nein, nein, Ihr täuscht Euch, Frau Fournichon, Herr von Carmainges ist nicht hier drin.«

Und er näherte sich der zweiten Tür, um hier dasselbe zu tun, was er bei der ersten getan hatte; da öffnete sich plötzlich diese Tür, und Ernauton erschien auf der Schwelle mit einem Gesicht, das keineswegs verkündigte, die Geduld sei eine von seinen Tugenden.

»Mit welchem Rechte hat Herr von Sainte-Maline diese erste Tür zerschmettert?« fragte er, »und mit welchem Rechte will er nun auch die zweite zerschmettern?«

»Ei! er ist es wirklich, es ist Herr Ernauton!« rief Sainte-Maline; »ich erkenne seine Stimme, denn was seine Person betrifft, so soll mich der Teufel holen, wenn ich in der Dunkelheit zu sagen vermöchte, von welcher Farbe sie ist.« »Ihr antwortet nicht auf meine Frage,« sagte Ernauton.

Sainte-Maline brach in ein geräuschvolles Gelächter aus, was die von den Fünfundvierzig tröstete, die bei Ernautons drohender Stimme es für klug erachtet hatten, auf jeden Fall zwei Stufen hinabzusteigen.

»Mit Euch spreche ich, Herr von Sainte-Maline, hört Ihr mich?« rief Ernauton. – »Ja, mein Herr, vollkommen.«

»Was habt Ihr dann zu sagen?« – »Ich habe zu sagen, mein teurer Kamerad, daß wir wissen wollten, ob Ihr diesen Gasthof der Liebschaften aufsucht?«

»Wohl, mein Herr; doch nun, da Ihr Euch versichern konntet, daß ich es bin, da ich mit Euch spreche und Euch zur Not berühren könnte, laßt mich in Ruhe!« – »Cap de Biou, Ihr seid doch nicht Eremit geworden und seid hier nicht allein?«

»Was das betrifft, mein Herr, erlaubt mir, Euch im Zweifel zu lassen.« – »Ah! bah!« fuhr Sainte-Maline fort, während er in das Türmchen zu dringen trachtete, »solltet Ihr wirklich allein sein? Ah! Ihr seid ohne Licht, bravo!«

»Hört, meine Herren,« sagte Ernauton stolz, »ich will glauben, daß Ihr trunken seid, und ich verzeihe Euch; doch es gibt auch ein Ziel für die Geduld, die man Menschen schuldig ist, die ihrer Sinne beraubt sind; es war Spaßes genug, nicht wahr? Macht mir also das Vergnügen, Euch zu entfernen.«

Zum Unglück hatte Sainte-Maline gerade einen von seinen Anfällen neidischer Bosheit.

»Oh! oh! uns entfernen,« rief er, »wie Ihr uns das sagt, Herr Ernauton!«

»Ich sage Euch das so, daß Ihr Euch nicht in meinem Wunsche täuscht, Herr von Sainte-Maline, und ich wiederhole, wenn es sein muß: Entfernt Euch, meine Herren, ich bitte Euch.« – »Oh! nicht eher, als bis Ihr uns die Ehre gegönnt habt, die Person zu begrüßen, der zu Liebe Ihr unsere Gesellschaft flieht.« Bei dieser Beharrlichkeit Sainte-Malines bildete sich der Kreis wieder um ihn, der sich eben zu lösen im Begriffe war.

»Herr von Montcrabeau,« sagte Sainte-Maline, »geht hinab und kommt mit einer Kerze herauf!«

»Herr von Montcrabeau,« rief Ernauton, »wenn Ihr das tut, so erinnert Euch, daß Ihr mich persönlich beleidigt.«

Montcrabeau zögerte, so viel Drohung lag in der Stimme des jungen Mannes.

»Gut,« versetzte Sainte-Maline, »wir haben unsern Schwur, und Herr von Carmainges ist so gewissenhaft in der Mannszucht, daß er ihn nicht wird verletzen wollen; wir dürfen den Degen nicht gegeneinander ziehen; leuchtet, Montcrabeau, leuchtet!«

Montcrabeau ging hinab und kam fünf Minuten nachher mit einer Kerze zurück, die er Sainte-Maline übergeben wollte.

»Nein, nein,« sagte dieser, »behaltet sie, ich werde vielleicht meine Hände nötig haben.«

Und er machte einen Schritt vorwärts, um in das Türmchen zu dringen.

»Ich nehme Euch alle zum Zeugen,« sagte Ernauton, »daß man mich unwürdig beleidigt und mir ohne Grund Gewalt antut, und daß ich folglich (er zog rasch seinen Degen) diesen Degen dem ersten in die Brust stoße, der noch einen Schritt vorwärts tut.«

Wütend wollte Sainte-Maline auch den Degen in die Hand nehmen, doch er hatte noch nicht zur Hälfte vom Leder gezogen, als er auf seiner Brust die Degenspitze Ernautons glänzen sah.

Da nun Sainte-Maline in diesem Augenblick einen Schritt vorwärts machte, so fühlte er, ohne daß Herr von Carmainges ausgefallen war oder mit dem Arm zu stoßen nötig gehabt hätte, die Kälte des Eisens aus der Brust und wich wahnsinnig wie ein verwundeter Stier zurück. Ernauton machte denselben Schritt vorwärts, den Sainte-Maline rückwärts gemacht hatte, und der Degen fand sich abermals drohend auf der Brust des letzteren. Sainte-Maline erbleichte; wenn Ernauton ausgefallen wäre, hätte er ihn an die Wand gespießt. Er schob langsam seinen Degen in die Scheide.

»Ihr verdientet tausend Tode für Eure Unverschämtheit,« sagte Ernauton; »doch der Schwur, von dem Ihr spracht, bindet mich, und ich werde Euch nicht mehr berühren; laßt mir den Weg frei!«

Er machte einen Schritt rückwärts, um zu sehen, ob man ihm gehorchte, und sagte dann mit majestätischer Gebärde: »Gebt Raum, meine Herren; kommt, Madame, ich stehe für alles.«

Man sah sodann auf der Schwelle des Türmchens eine Frau erscheinen, deren Kopf mit einem Kapuchon bedeckt, deren Gesicht mit einem Schleier verhüllt war, und die ganz zitternd Ernautons Arm nahm. Dann steckte der junge Mann seinen Degen in die Scheide, und als wäre er sicher, daß er nichts mehr zu fürchten habe, durchschritt er stolz das von seinen unruhigen und doch neugierigen Kameraden erfüllte Vorzimmer.

Sainte-Maline, dessen Brust das Eisen leicht gestreift hatte, war, beinahe erstickend an der Schmach, die er vor seinen Kameraden und vor der unbekannten Dame erlitten hatte, bis auf den Ruheplatz der Treppe zurückgewichen. Er begriff, daß er alles gegen sich hatte, Lacher und ernsthafte Menschen, wenn die Dinge blieben, wie sie waren, und diese Überzeugung trieb ihn zum Äußersten an.

Er zog seinen Dolch in dem Augenblick, als Carmainges an ihm vorüberging. Hatte er die Absicht, ihm einen Stoß zu versetzen, oder beabsichtigte er nur zu tun, was er tat? Das ließe sich unmöglich aufklären, ohne in dem finstern Geiste dieses Menschen gelesen zu haben, worin er selbst vielleicht in seinen Augenblicken des Zornes nicht lesen konnte.

So viel ist gewiß, daß sein Arm auf das Paar niedersank und, statt Ernautons Brust zu verletzen, die seidene Haube der Herzogin schlitzte und eine von den Schnüren der Maske durchschnitt, so daß diese zu Boden fiel.

Die Bewegung Sainte-Malines war so rasch gewesen, daß im Schatten niemand sich davon hatte Rechenschaft geben oder widersetzen können. Die Herzogin stieß einen Schrei aus. Ihre Maske fiel, und sie hatte ihren Hals entlang den runden Rücken der Klinge gleiten gefühlt, doch ohne daß sie verwundet worden war.

Sainte-Maline hatte also, während sich Ernauton über den von der Herzogin ausgestoßenen Schrei beunruhigte, Zeit, die Maske aufzuheben und sie ihr zurückzugeben, so daß er bei dem Scheine der Kerze Montcrabeaus das unbedeckte Gesicht der jungen Frau sehen konnte.

»Ah! ah!« sagte er mit seinem höhnischen, frechen Tone, »es ist die schöne Dame der Sänfte; ich mache Euch mein Kompliment, Ernauton, Ihr seid rasch vorwärts gekommen.«

Ernauton blieb stehen und hatte schon seinen Degen wieder halb aus seiner Scheide gezogen, als die Herzogin ihn die Stufen hinabzog und ihm zuflüsterte: »Kommt, kommt, ich bitte Euch, Herr von Carmainges.«

»Ich werde Euch wiedersehen, Herr von Sainte-Maline,« sagte Ernauton, sich entfernend, »und seid unbesorgt, Ihr sollt mir diese Feigheit mit anderen bezahlen.«

»Gut, gut!« erwiderte Sainte-Maline, »haltet Eure Rechnung, ich halte die meinige; wir werden sie eines Tages ordnen.«

Carmainges hörte, wandte sich aber nicht um, denn er konnte die Herzogin nicht im Stich lassen. Als er unten an die Treppe kam, stellte sich ihm niemand in den Weg; die von den Fünfundvierzig, die nicht mit die Treppe hinaufgestiegen waren, tadelten ohne Zweifel im Innern die Gewalttat ihrer Kameraden.

Ernauton führte die Herzogin an ihre von zwei Dienern bewachte Sänfte. Sobald sie sich hier befand und sich in Sicherheit fühlte, drückte sie Carmainges die Hand und sagte: »Herr Ernauton, nach dem, was vorgefallen ist, nach der Beleidigung, vor der Ihr mich trotz Eures Mutes nicht beschützen konntet, und die sich unfehlbar erneuern würde, können wir nicht mehr hierherkommen; ich bitte Euch, sucht in der Umgegend ein Haus, das zu verkaufen oder ganz zu mieten ist; seid unbesorgt, binnen kurzem werdet Ihr Nachricht von mir erhalten.«

»Muß ich von Euch Abschied nehmen, Madame?« sagte Ernauton, indem er sich zum Zeichen des Gehorsams gegen die für seine Eitelkeit so schmeichelhaften Befehle verbeugte.

Die Herzogin reichte Ernauton ihre Hand zum Kuß und entfernte sich sodann.

»Das ist in der Tat seltsam,« sagte der junge Mann, als er wieder zurückkehrte, »diese Frau findet Geschmack an mir, daran kann ich nicht zweifeln, und sie fragt nicht im geringsten danach, ob ich von diesem Strauchdieb Sainte-Maline getötet werde.«

Eine leichte Bewegung seiner Schultern bewies, daß der junge Mann diese Gleichgültigkeit zu ihrem wahren Werte anschlug. Dann kam er auf jenes erste Gefühl zurück, das für seine Eitelkeit durchaus nichts Schmeichelhaftes hatte, und fuhr fort: »Oh! sie war sehr beunruhigt, die arme Frau, und die Furcht kompromittiert zu werden, ist bei Prinzessinnen das stärkste von allen Gefühlen.«

»Denn,« fügte er, sich selbst zulächelnd, hinzu, »sie ist Prinzessin.«

Und da dieses letzte Gefühl für ihn das schmeichelhafteste war, so trug es auch den Sieg davon.

Noch es konnte die Erinnerung an die Beleidigung nicht verwischen, die ihm angetan worden war; er kehrte daher geradenwegs in das Wirtshaus zurück, damit niemand das Recht hätte zu vermuten, er habe Furcht vor den Folgen, gehabt, die diese Sache nach sich ziehen könnte.

Er war natürlich entschlossen, alle Befehle und alle Eide zu übertreten und mit Sainte-Maline bei dem ersten Worte, das er sagen, oder bei der ersten Gebärde, die er sich erlauben würde, zu Ende zu kommen.

Durch einen Schlag verletzt, verliehen ihm die Liebe und die Eitelkeit wütenden Mut, der ihm sicher in dem Zustande der Erregung, in dem er sich befand, mit zehn Männern zu kämpfen erlaubt hätte. Dieser Entschluß funkelte in seinen Augen, als er die Schwelle des Gasthofes »Zum kühnen Ritter« berührte.

Frau Fournichon stand ganz zitternd auf der Schwelle.

Bei Ernautons Anblick trocknete sie sich die Tränen ab, als ob sie reichlich geweint hätte, schlang ihre Arme um den Hals des jungen Mannes und bat ihn um Verzeihung, trotz aller Einwendungen ihres Gatten, der behauptete, da sie kein Unrecht getan, so brauche seine Frau auch nicht um Verzeihung zu bitten.

Währenddessen saßen alle wieder bei Tische, und man sprach sehr warm von dem Ereignis, das ohne Widerspruch den Höhepunkt des Abends bildete.

Bei Ernautons Anblick, der wie eine Erscheinung wirkte, fühlte jeder einen Schauer durch seinen ganzen Körper laufen, Ernauton ging gerade auf Sainte-Maline zu, ohne eine, wirkliche Herausforderung, aber mit einer Festigkeit, die mehr als ein Herz zittern ließ.

Als man dies sah, rief man von allen Seiten Herrn von Carmainges zu: »Kommt hierher, Carmainges; kommt daher, Ernauton, es ist ein Platz bei mir.«

»Ich danke,« antwortete der junge Mann, »ich will mich zu Herrn von Sainte-Maline setzen.«

Sainte-Maline stand auf; aller Augen waren auf ihn gerichtet. Noch während er aufstand, veränderte sich der Ausdruck seines Gesichtes völlig, und er sagte ohne Zorn: »Ich will Euch den Platz einräumen, den Ihr zu haben wünscht, und indem ich Euch Platz mache, spreche ich meine offenherzige und aufrichtige Entschuldigung wegen des albernen Angriffs aus, den ich mir vorhin gegen Euch habe zuschulden kommen lassen; ich war trunken, Ihr habt es selbst gesagt, verzeiht mir!«

Diese unter dem tiefsten Stillschweigen vorgebrachte Erklärung befriedigte Ernauton durchaus nicht, obgleich offenbar nicht eine Silbe für die dreiundvierzig Gäste verloren gegangen war, die voll Angst warteten, wie diese Szene endigen wurde.

Doch bei Sainte-Malines letzten Worten zeigten Ernauton die Freudenrufe seiner Kameraden, daß er befriedigt sein müsse, und daß er vollkommen gerächt sei. Sein gesunder Verstand nötigte ihn also zu schweigen. Zugleich zeigte ihm aber ein Blick, den er auf Sainte-Maline warf, daß er ihm mehr als je mißtrauen müsse.

»Der Elende hat doch Mut,« sagte Ernauton zu sich selbst, »und wenn er in diesem Augenblick nachgibt, so geschieht es infolge einer abscheulichen Absicht, die ihm mehr einleuchtet.«

Sainte-Malines Glas war voll, er füllte Ernautons.

»Ruhe, Friede, Friede!« riefen alle Stimmen, »auf die Versöhnung von Carmainges und Sainte-Maline!«

Carmainges benutzte das Zusammenstoßen der Gläser, und den Lärm aller Stimmen, neigte sich gegen Sainte-Maline und sagte zu ihm, ein Lächeln auf den Lippen, damit niemand den Sinn der Worte, die er an ihn richtete, erraten könnte: »Herr von Sainte-Maline, das ist das zweitemal, daß Ihr mich beleidigt, ohne mir Genugtuung zu geben, nehmt Euch in acht, bei der dritten Beleidigung schlage ich Euch tot wie einen Hund.«

»Tut das, wenn Ihr es recht findet,« erwiderte Sainte-Maline, »denn so wahr ich ein Edelmann bin, ich würde dasselbe tun.«

Und die beiden Todfeinde stießen die Gläser zusammen, wie es nur die besten Freunde hätten tun können.

Was in dem geheimnisvollen Haufe vorfiel.

Während dieser Ereignisse im »*Kühnen Ritter*« fand eine ungewöhnliche Bewegung in dem geheimnisvollen Hause statt, das unsern Lesern bisher nur von außen bekannt ist.

Der Diener mit der kahlen Stirn ging von einem Zimmer in das andere und holte gepackte Gegenstände, die er in eine Reisekiste verschloß. Sodann lud er eine Pistole und ließ einen breiten Dolch in seiner Scheide spielen, worauf er ihn mittels eines Ringes an die Kette, die ihm als Gürtel diente, hing, und an der er noch seine Pistole, einen Bund Schlüssel und ein Gebetbuch in schwarzem Thagrin befestigte.

Während er hiermit beschäftigt war, streifte ein Tritt, so leicht wie der eines Schatten, den Boden des zweiten Stockes und glitt die Treppe hinab. Plötzlich erschien eine Frau, bleich und einem Gespenste ähnlich unter den Falten ihres weißen Schleiers, auf der Türschwelle, und eine Stimme, so sanft und traurig wie der Gesang eines Vogels in der Tiefe des Waldes, machte sich hörbar.

»Remy,« sagte diese Stimme, »seid Ihr bereit?« – »Ja, gnädige Frau, und ich erwarte zu dieser Stunde nur noch Eure Kassette.«

»Glaubt Ihr, diese Kassetten werden sich leicht unseren Pferden aufladen lassen?« – »Ich stehe dafür, gnädige Frau. Wenn Euch dies übrigens nur im geringsten beunruhigt, so können wir die meinige hier lassen; habe ich denn dort nicht alles, was ich brauche?«

»Nein, Remy, nein, unter keiner Bedingung darf Euch das Nötigste auf der Reise fehlen, und dann, wenn wir auch dort sind, werden alle Bedienten, da der arme Greis krank ist, um diesen beschäftigt sein. Oh! Remy, es drängt mich, zu meinem Vater zu kommen; ich habe traurige Ahnungen, und es ist mir, als hätte ich ihn seit einem Jahrhundert nicht gesehen.« – »Ihr habt ihn doch erst vor drei Monaten verlassen, und der Zwischenraum zwischen dieser Reise und der letzten ist nicht größer als der zwischen den andern.«

»Remy, habt Ihr, der Ihr Arzt seid, nicht selbst zugestanden, als wir ihn das letzte Mal verließen, mein Vater habe nicht mehr lange zu leben?« – »Ja, allerdings, doch dies war keine Weissagung, sondern ich drückte damit nur eine Furcht aus; Gott vergißt zuweilen die Greise, und sie leben – es klingt seltsam – durch die Gewohnheit zu leben; mehr noch, zuweilen ist der Greis wie ein Kind heute krank, morgen wieder völlig munter.«

»Ach! Remy, und wie das Kind ist auch der Greis heute munter und morgen tot.« –

Remy erwiderte nichts, denn es konnte keine beruhigende Antwort aus seinem Munde kommen, und ein düsteres Schweigen folgte einige Minuten lang auf das mitgeteilte Gespräch.

»Auf welche Stunde habt Ihr die Pferde bestellt, Remy?« fragte nach einer Weile die geheimnisvolle Dame. – »Auf zwei Uhr nach Mitternacht.«

»Ein Uhr hat geschlagen?« – »Ja, gnädige Frau.«

»Niemand lauert draußen, Remy?« – »Niemand.«

»Nicht einmal der unglückliche junge Mann?« – »Nicht einmal er.«

»Ihr sagt mir das so seltsam, Remy?« – »Weil er auch einen Entschluß gefaßt hat.«

»Welchen?« fragte die Name bebend. – »Den, Euch nicht mehr zu sehen oder es wenigstens nicht mehr zu versuchen, Euch zu sehen.«

»Und wohin geht er?« – »Wohin wir alle gehen, zur Ruhe.«

»Gott verleihe ihm die ewige Ruhe,« erwiderte die Name mit einer Stimme, so ernst und kalt wie eine Totenglocke, »und dennoch ...« sie hielt inne. – »Dennoch?« versetzte Remy. »hat er nichts auf dieser Welt zu tun?« – »Er hätte zu lieben, wenn man ihn geliebt hätte.«

»Ein Mann von seinem Namen, von seinem Rang und seinem Alter müßte auf die Zukunft rechnen.«–»Zählt Ihr darauf, die Ihr ihn Eurem Alter, Eurem Rang und Eurem Namen nach um nichts zu beneiden habt?«

Die Augen der Dame gaben einen düstern Schimmer von sich. »Ja, Remy, ich zähle darauf, da ich lebe; doch wartet ...«

Sie horchte.

»Ist es nicht der Trab eines Pferdes, was ich höre?« – »Es scheint mir.«

»Sollte es unser Führer sein?« – »Es ist möglich; doch in diesem Fall käme er beinahe eine Stunde früher, als verabredet ist.«

»Man hält vor der Tür, Remy.« – »In der Tat.«

Remy ging rasch hinab und kam unten an die Treppe in dem Augenblick, als sich drei hastige Schläge hörbar machten.

»Wer ist da?« – »Ich,« antwortete eine schwache, gebrochene Stimme; »ich, Grandchamp, der Kammerdiener des Barons.«

»Ah! mein Gott! Ihr, Grandchamp, in Paris; wartet, ich will Euch öffnen; doch sprecht leise!«

Und er öffnete die Tür.

»Woher kommt Ihr denn?« fragte Remy mit leiser Stimme. – »Von Meridor. Ach!«

»Tretet rasch ein! Oh! mein Gott!«

»Nun, Remy?« rief die Stimme der Dame oben von der Treppe herab; »sind es unsere Pferde?« – »Nein, nein, gnädige Frau, sie sind es nicht.«

»Remy, Remy,« rief die Stimme, »Ihr sprecht mit jemand, wie mir scheint.« – »Ja, gnädige Frau, ja.«

Da erschien auch schon die Dame am Ende des Ganges.

»Wer ist da?« fragte sie, »es scheint fast, als wäre es Grandchamp.« »Ja, gnädige Frau, ich bin es,« erwiderte ehrfurchtsvoll und traurig der Greis, indem er sein weißes Haupt entblößte.

»Grandchamp, du, oh! mein Gott! meine Ahnungen haben mich nicht getäuscht, mein Vater ist tot.« – »In der Tat, gnädige Frau, Meridor hat keinen Herrn mehr.«

Bleich, in Eis verwandelt, aber unbeweglich und fest, ertrug die Dame den Schlag, ohne sich zu beugen. Als Remy sie so ergeben und so düster sah, ging er auf sie zu und nahm sacht ihre Hand.

»Wie ist er gestorben?« fragte die Name; »sprecht, mein Freund!« – »Gnädige Frau, der Herr Baron, der seinen Lehnstuhl nicht mehr verließ, ist vor acht Tagen von einem dritten Schlage getroffen worden. Er konnte ein letztes Mal Euren Namen stammeln, dann hörte er auf zu sprechen und starb in der Nacht.«

Die Name machte dem alten Diener eine Gebärde des Dankes und ging dann, ohne ein einziges Wort zu äußern, wieder in ihr Zimmer hinauf.

»Endlich ist sie frei,« murmelte Remy, der bleicher und düsterer war als sie; »kommt, Grandchamp, kommt!«

Das Zimmer der Dame lag im ersten Stock, hinter einem Kabinett, das die Aussicht auf die Straße hatte, wahrend dieses Zimmer selbst sein Licht nur von einem kleinen Fenster erhielt, das nach einem Hofe ging. Die Ausstattung dieses Zimmers war düster, aber reich; Tapeten aus den Webereien von Arras stellten die verschiedenen Augenblicke der Leidensgeschichte dar. Ein Betpult von geschnitztem Eichenholz, ein Lehnstuhl von demselben Stoff und derselben Arbeit, ein Bett mit gewundenen Säulen und Vorhängen, den Tapeten der Wände ähnlich, ein Teppich von Brügge, dies war die ganze Ausschmückung des Zimmers.

Keine Blume, kein Juwel, keine Vergoldung; Holz und poliertes Eisen ersetzten überall das Silber und Gold; ein Rahmen von schwarzem Holz umschloß das Porträt eines Mannes, worauf das Licht des Fensters fiel, das man offenbar zur Beleuchtung ausgebrochen hatte.

Vor diesem Porträt kniete die Dame mit wundem Herzen, aber trockenen Augen nieder.

Sie heftete auf dieses leblose Antlitz einen langen, unbeschreiblichen Liebesblick, als ob das edle Bild sich beleben sollte, um ihr zu antworten.

Die Dame streckte den Arm nach dem Bilde aus und sprach zu ihm wie zu Gott: »Ich hatte dich gebeten zu warten, obgleich deine gereizte Seele nach Rache dürsten mußte,« sagte sie; »und da die Toten alles sehen, mein Geliebter, so hast du gesehen, daß ich das Leben nur ertrug, um nicht eine Vatermörderin zu werden; als du tot warst, hätte ich sterben müssen, doch indem ich starb, tötete ich meinen Vater.

»Und dann hatte ich, wie du weißt, auf deinen blutigen Leichnam ein Gelübde getan, ich hatte geschworen, den Tod durch Tod, das Blut durch Blut zu sühnen; doch dann lud ich ein Verbrechen auf das weiße Haupt des ehrwürdigen Greises, der mich sein unschuldiges Kind nannte.

»Du hast gewartet, ich danke dir, mein Vielgeliebter, du hast gewartet, und nun bin ich frei, das letzte Band, das mich an die Erde fesselte, ist durch den Herrn zerrissen worden, – Dank sei dem Herrn ... Ich gehöre dir; kein Schleier, kein Verstecken mehr, ich kann am hellen Tage handeln, denn nun werde ich niemand mehr auf der Erde zurücklassen, und ich habe das Recht, von ihr zu scheiden.«

Sie erhob sich auf ein Knie und küßte die Hand, die aus dem Rahmen herabzuhängen schien.

»Du verzeihst mir, Freund, daß ich trockene Augen habe,« sagte sie; »indem ich auf deinem Grabe weinte, sind meine Augen vertrocknet, diese Augen, die du so sehr liebtest. In wenigen Monaten werde ich zu dir kommen, und du wirst mir endlich antworten, teurer Schatten, mit dem ich so viel gesprochen, ohne je eine Antwort zu erhalten.« Hierauf erhob sich Diana ehrfurchtsvoll und setzte sich auf ihren eichenen Stuhl.

»Armer Vater,« flüsterte sie mit einem kalten Tone und mit einem Ausdruck, der keinem menschlichen Geschöpf anzugehören schien. Dann versank sie in eine tiefe Träumerei, die sie scheinbar das gegenwärtige Unglück und die vergangenen Leiden vergessen ließ.

Plötzlich richtete sie sich auf, stützte die Hand auf einen Arm des Lehnstuhls und sagte: »Das ist es, und so wird alles besser gehen, Remy!«

Der treue Diener horchte ohne Zweifel an der Tür, denn er erschien sogleich und erwiderte: »Hier bin ich, gnädige Frau.«

»Mein würdiger Freund, mein Bruder, Ihr, das einzige Geschöpf, das mich auf dieser Welt kennt, nehmt von mir Abschied!« – »Warum dies, gnädige Frau?«

»Weil die Stunde, uns zu trennen, gekommen ist, Remy.«–»Uns trennen!« rief der junge Mann mit einem Ausdruck, der seine Gefährtin beben ließ; »was sagt Ihr, gnädige Frau?«

»Ja, Remy. Dieser Racheplan schien mir edel und rein, solange noch ein Hindernis zwischen ihm und mir lag, solange ich ihn nur am Horizont erblickte. Nun, da ich der Ausführung nahestehe, nun da das Hindernis verschwunden ist, weiche ich nicht zurück, Remy, aber ich will nicht eine edle, fleckenlose Seele hinter mir auf den Weg des Verbrechens ziehen; somit werdet Ihr mich verlassen, mein Freund.«

Remy hatte die Worte der Frau von Monforeau mit einer finsteren, beinahe stolzen Miene angehört.

»Gnädige Frau,« erwiderte er, »glaubt Ihr denn mit einem zitternden, durch den Gebrauch des Lebens abgenutzten Greis zu sprechen? Gnädige Frau, ich bin sechsundzwanzig Jahre alt und stehe im vollen Saft der Jugend, der in mir vertrocknet zu sein scheint, in mir, einem dem Grabe entrissenen Leichnam; wenn ich noch lebe, so ist es, um eine furchtbare Handlung zu vollbringen, um eine tätige Rolle in dem Werke der Vorsehung zu spielen; trennt also meinen Geist nicht von dem Eurigen, da diese beiden finsteren Geister so lange unter demselben Dache gewohnt haben; wohin Ihr geht, werde ich auch gehen; was Ihr tun möget, ich werde Euch dabei unterstützen, und wenn Ihr trotz meiner Bitten auf Eurem Entschluß, mich fortzujagen, beharrt...«

»Oh! Euch fortjagen! Welches Wort habt Ihr da gesagt, Remy?« – »Wenn Ihr auf Eurem Entschluß beharrt,« fuhr der junge Mann fort, als ob sie nicht gesprochen hätte, »so weiß ich, was ich zu tun habe, und alle unsere unnütz gewordenen Studien werden für mich auf zwei Dolchstiche auslaufen; der eine trifft das Herz dessen, den Ihr kennt, der andere das meinige.«

»Remy! Remy!« rief Diana, indem sie einen Schritt gegen den jungen Mann tat und gebieterisch ihre Hand über seinem Haupte ausstreckte, »Remy, sagt das nicht; das Leben dessen, den Ihr bedroht, gehört mir, mir, die ich es teuer genug bezahlt habe, um es ihm selbst zu nehmen, sobald der Augenblick, wo er es verlieren soll, gekommen sein wird; Ihr wißt, was geschehen ist, Remy, und das ist kein Traum, ich schwöre es Euch; an dem Tage, an dem ich zu dem kalten Leibe von diesem niederkniete...«

Und sie deutete auf das Porträt.

»An diesem Tage, sage ich, näherte ich meine Lippen dieser Wunde, die Ihr offen seht, und diese Wunde zitterte und sprach zu mir: 'Räche mich, Diana, räche mich!'« – »Gnädige Frau.«

»Remy, ich wiederhole dir, es war keine Einbildung, es war kein Lallen meines Fieberwahnsinns: die Wunde hat gesprochen, sie hat gesprochen, sage ich dir, und ich höre sie noch murmeln: 'Räche mich, Diana, räche mich!'«

Der Diener neigte das Haupt.

»Mir also und nicht Euch kommt die Rache zu,« fuhr Diana fort; »überdies für wen und durch wen ist er gestorben? Für mich und durch mich.« – »Ich muß Euch gehorchen, gnädige Frau, denn ich war auch tot wie er. Wer hat mich aus der Mitte dieser Toten, mit denen der Boden bedeckt war, wegbringen lassen? Ihr. Wer hat meine Wunden geheilt? Ihr. Wer hat mich verborgen? Ihr, Ihr, die Hälfte der Seele dessen, für den ich so freudig gestorben war; befehlt also, und ich werde gehorchen, wenn Ihr mir nur nicht befehlt, daß ich Euch verlassen soll.«

»Es sei, Remy, folgt also meinem Schicksal, Ihr habt recht, nichts soll uns mehr trennen.« – Remy deutete auf das Porträt und sagte voll Tatkraft: »Wohl, er ist durch Verrat getötet worden, durch Verrat muß er auch gerächt werden. Ah! Ihr wißt eines nicht, Ihr habt recht,, die Hand Gottes ist mit uns; Ihr wißt nicht, daß ich in dieser Nacht das Geheimnis der Aqua tolana, dieses Giftes der Medici, dieses Giftes von René, dem Florentiner, gefunden habe.«

»Oh! sprichst du wahr?« – »Kommt und seht, edle Frau!«

»Aber Grandchamp, der wartet, was wird er sagen, wenn er uns nicht zurückkommen sieht, wenn er uns nicht mehr hört, denn nicht wahr, du willst mich hinunterführen?« – »Der arme Greis hat sechzig Meilen zu Pferd zurückgelegt; er ist ganz gelähmt durch die Müdigkeit und schon auf meinem Bette entschlummert. Kommt!«

Dritter Band

Das Laboratorium.

Remy führte die Dame in ein anstoßendes Zimmer, drückte an einer unter einem Brette des Bodens verborgenen Feder und ließ eine Falltür spielen, die sich im Zimmer bis an die Wand erhob. Indem sie sich öffnete, ließ diese Falltür eine finstere, steile, schmale Treppe erblicken; Remy trat zuerst darauf und reichte seinen Arm Diana, die sich darauf stützte und hinter ihm hinabstieg.

Zwanzig Stufen dieser Treppe oder, besser gesagt, dieser Leiter führten in ein kreisförmiges, schwarzes, feuchtes Gewölbe, das nichts anderes enthielt, als einen Ofen mit einem ungeheuren Herd, einem viereckigen Tisch, zwei Strohstühle, eine große Menge von Phiolen und blechernen Büchsen und als einzige Bewohner eine Ziege, die nicht meckerte, und Vögel ohne Stimmen, die an diesem dunklen, unterirdischen Orte die Gespenster der Tiere, mit denen sie Ähnlichkeit hatten, und nicht mehr die Tiere selbst zu sein schienen. In dem Ofen erstarb ein Rest von Feuer, während ein dicker, schwarzer Rauch schweigsam durch eine in der Mauer angebrachte Röhre entfloh. Ein auf den Herd gesetzter Destillierkolben ließ langsam und Tropfen für Tropfen eine goldgelbe Flüssigkeit filtrieren. Diese Tropfen fielen in eine zwei Finger dicke, aber zugleich vollkommen durchsichtige Phiole von weißem Glas, die durch die Röhre des Destillierkolbens, die mit ihr in Verbindung stand, geschlossen war. Diana stieg hinab und blieb mitten unter diesen seltsamen Gegenständen und seltsamen Formen ohne Erstaunen und ohne Schrecken stehen; man hätte glauben sollen, die gewöhnlichen Eindrücke des Lebens könnten keinen Einfluß mehr auf die Frau üben, die schon außerhalb des Lebens lebte.

Remy hieß sie durch ein Zeichen am Fuße der Treppe stehenbleiben. Der junge Mann zündete eine Lampe an, die ein bleiches Licht auf alle von uns genannten Gegenstände warf, die bis jetzt in der Finsternis schliefen oder sich bewegten. Dann näherte er sich einem in dem Gewölbe an einer Wand gegrabenen Brunnen, der weder eine Brüstung noch einen Randstein hatte, befestigte einen Eimer an einen langen Strick und ließ diesen Strick in das Wasser hinab, das düster im Grunde dieses Trichters lag und ein dumpfes Platschen hören ließ; endlich zog er den Eimer voll eiskalten und kristallhellen Wassers wieder herauf.

»Nähert Euch, gnädige Frau,« sagte Remy. Diana näherte sich.

In diese ungeheure Menge Wasser ließ er einen einzigen Tropfen von der in der gläsernen Phiole enthaltenen Flüssigkeit fallen, und die ganze Wassermasse erhielt sogleich eine gelbe Farbe; die Farbe verdunstete sodann, und nach Verlauf von zehn Minuten war das Wasser wieder so durchsichtig wie zuvor.

Nur die starren Augen Dianas verrieten die tiefe Aufmerksamkeit, die sie dieser Operation schenkte.

Remy schaute sie an.

»Nun?« fragte sie. – »Taucht nun,« antwortete Remy, »in dieses Wasser, das weder einen Geschmack noch eine Farbe hat, eine Blume, einen Handschuh, ein Taschentuch, knetet mit diesem Wasser wohlriechende Seife, gießt davon in die Wasserkanne, aus der man schöpft, um sich die Zähne, das Gesicht und die Hände zu reinigen, und Ihr werdet, wie man es vor kurzem am Hofe Karls IX. gesehen hat, die Blume durch ihren Wohlgeruch ersticken, den Handschuh durch seine Berührung vergiften, die Seife durch ihr Eindringen in die Poren töten sehen. Gießt einen einzigen Tropfen von diesem reinen Öl auf den Docht einer Kerze oder einer Lampe, und die Baumwolle wird sich bis aus ungefähr einen Zoll damit schwängern, und eine Stunde lang wird die Kerze oder die Lampe den Tod ausströmen, um hernach so unschuldig zu brennen, wie eine andere Lampe oder eine andere Kerze.«

»Ihr seid dessen, was Ihr sagt, sicher, Remy?« – »Ich habe alle diese Experimente gemacht, gnädige Frau; seht diese Vögel, die nicht mehr schlafen können und nicht fressen wollen,, sie haben Wasser, diesem ähnlich, getrunken. Seht diese Ziege, die mit demselben Wasser besprengtes Gras gefressen hat, sie haart sich, und ihre Augen irren in den Höhlen.«

»Kann man diese Phiole sehen, Remy?« – »Ja, Madame, denn die ganze Flüssigkeit hat sich zu dieser Stunde zu Boden gesetzt; doch wartet!«

Remy trennte sie mit unendlicher Vorsicht von dem Destillierkolben; dann verstopfte er sie sogleich mit einem Pfropfen von weichem Wachs, den er auf der Oberfläche ihrer Mündung abplattete, und reichte, nachdem er diese Mündung noch mit einem Stück Wolle umwickelt hatte, das Fläschchen seiner Gefährtin.

Diana nahm es ohne die geringste Bewegung, hob es in die Höhe der Lampe und sagte, nachdem sie die dichte Flüssigkeit eine Zeitlang betrachtet hatte: »Das genügt; wir wählen, wenn es Zeit sein wird, einen Strauß, Handschuhe, eine Lampe, Seife oder eine Wasserkanne. Hält sich die Flüssigkeit im Metall?« – »Sie zernagt es.«

»Aber dann wird dieses Fläschchen vielleicht zerbrechen?« – »Ich glaube nicht; seht, wie dick der Kristall ist; überdies können wir es in ein goldenes Gefäß einschließen oder vielmehr einschachteln.«

»Ihr seid also zufrieden, nicht wahr, Remy?«

Und etwas wie ein bleiches Lächeln schwebte über die Lippen der Dame und gab ihr jenen Lebensschimmer, den ein Mondstrahl erstarrten Gegenständen verleiht.

»Mehr als je, gnädige Frau, die Bösen bestrafen, heißt das heiligste Vorrecht Gottes üben.«

»Hört, Remy, hört! Es ist der Hufschlag von Pferden auf der Straße, wie mir scheint; Remy, unsere Pferde sind angekommen.«

»Das ist wahrscheinlich, gnädige Frau, und es ist ungefähr die Stunde, wo sie kommen sollen. Noch nun will ich sie wegschicken.«

»Warum?« – »Sind sie nicht unnötig?«

»Statt nach Meridor zu gehen, Remy, gehen wir nach Flandern, behalte die Pferde!« – »Ah! ich verstehe.«

Und nun zuckte in den Augen des Dieners ebenfalls ein Blitz der Freude, der sich nur mit dem Lächeln Dianas vergleichen ließ.

»Aber, Grandchamp,« fügte er hinzu, »was machen wir mit ihm?«

»Grandchamp bedarf der Ruhe, sage ich Euch. Er wird in Paris bleiben und dieses Haus verkaufen, das wir nicht mehr brauchen.« – »Noch alle diese Öfen, diese Retorten, diese Destillierkolben?«

»Was liegt daran, wenn sie andere nach uns finden, da sie hier wären, als wir das Haus kauften?« – »Aber diese Pulver, diese Säuren, diese Essenzen?«

»Ins Feuer damit, ins Feuer.« – »So entfernt Euch!«

»Ich!« – »Ja, oder nehmt wenigstens diese gläserne Maske!«

Remy reichte der Dame eine Maske, die sie vor ihr Gesicht band.

Er selbst drückte sich auf seinen Mund und auf seine Nase einen großen wollenen Pfropfen, setzte den Blasebalg in Bewegung, belebte die Flamme der Kohlen und schüttete, als das Feuer gehörig brannte, die Pulver daraus, die ein lustiges Geknister von sich gaben und teils in grünen Feuern aufzuckten, teils sich in schwefelblassen Funken verflüchtigten; dann goß er die Essenzen darauf, und statt die Flammen auszulöschen, stiegen diese wie Feuerschlangen mit einem Geräusch, dem eines entfernten Donners ähnlich, in die Röhre auf.

Als alles verzehrt war, sagte Remy: »Ihr habt recht, Madame, wenn nun einer das Geheimnis dieses Kellers entdeckt, wird er glauben, ein Alchimist habe ihn bewohnt; heute verbrennt man noch die Zauberer, aber man achtet die Alchimisten.«

»Ei! wenn man uns verbrennen würde, so wäre dies, wie mir scheint, nur Gerechtigkeit, sind wir nicht Giftmischer? .... und wenn ich an dem Tage, an dem ich den Scheiterhaufen besteige, nur meine Aufgabe erfüllt habe, so widerstrebt mir diese Todesart nicht mehr, als irgendeine andere; die Mehrzahl der alten Märtyrer ist so gestorben.«

Remy machte eine Gebärde der Zustimmung, nahm sodann seine Phiole aus den Händen seiner Gebieterin und packte sie sorgfältig wieder ein.

In diesem Augenblick klopfte man an die Haustür.

»Es sind Eure Leute, Madame, Ihr habt Euch nicht getäuscht. Steigt rasch wieder hinauf und antwortet, während ich die Falltür schließe.«

Die Dame gehorchte. Ein und derselbe Gedanke lebte so sehr in diesen beiden Körpern, daß es schwer gewesen wäre zu sagen, wer von beiden den andern beherrschte. Remy stieg hinter ihr hinauf, drückte an der Feder, und das Gewölbe schloß sich wieder.

Diana fand Grandchamp an der Tür; durch das Geräusch aufgeweckt, war er hinabgegangen, um zu öffnen. Der Greis war nicht wenig erstaunt, als er die nahe bevorstehende Abreise seiner Gebieterin erfuhr, die sie ihm mitteilte, ohne ihm zu sagen, wohin sie ging.

»Grandchamp, mein Freund,« sagte sie, »Remy und ich gehen, um eine Pilgerfahrt zu vollbringen, die wir längst gelobt; Ihr werdet mit Niemand von dieser Reise sprechen und meinen Namen keinem Menschen offenbaren.«

»Oh! ich schwöre es Euch, gnädige Frau,« sagte der alte Diener; »aber man wird Euch doch wiedersehen?«

»Gewiß, Grandchamp, gewiß; sieht man sich nicht immer wieder, wo nicht in dieser Welt, doch wenigstens in jener? Doch, Grandchamp, dieses Haus wird für uns unnütz.«

Diana zog aus einem Schranke ein Bündel Papiere.

»Hier sind die Urkunden, die das Eigentum begründen. Ihr werdet das Haus vermieten oder verkaufen. Habt Ihr in einem Monat weder einen Mietsmann noch einen Käufer gefunden, so verlaßt Ihr es einfach und lehrt nach Meridor zurück.«

»Und wenn ich einen Käufer finde, gnädige Frau, um wieviel soll ich es verkaufen?« – »Macht den Preis, wie Ihr wollt.«

»Dann bringe ich das Geld nach Meridor.« – »Ihr behaltet es für Euch, mein alter Diener.«

»Wie, gnädige Frau, eine solche Summe!« – »Allerdings. Bin ich Euch das nicht für Eure guten Dienste schuldig, Grandchamp? Und dann, habe ich nicht außer meiner Schuld gegen Euch die meines Vaters zu bezahlen?« – »Doch ohne einen Vertrag, ohne eine Vollmacht kann ich nichts tun, gnädige Frau.«

»Er hat recht,« sagte Remy.

»Findet ein Mittel,« sagte Diana.

»Nichts kann einfacher sein. Dieses Haus ist auf meinen Namen gekauft worden, ich verkaufe es an Grandchamp, der es auf diese Art, an wen er will, wiederverkaufen kann.«

»Tut das!«

Remy nahm eine Feder und schrieb unten an den Kaufvertrag den Wiederverkauf.

»Nun lebt wohl,« sagte die Dame von Monsoreau zu Grandchamp, »laßt die Pferde vorführen, wahrend ich die Vorbereitungen beendige.«

Diana ging wieder in ihr Zimmer hinaus, schnitt mit einem Dolche die Leinwand des Porträts aus, rollte es zusammen, hüllte es in ein Stück Seide und legte die Rolle in die Reiseliste.

Der leere, gähnende Rahmen schien noch beredter als zuvor alle Schmerzen zu erzählen, die er gehört hatte.

Der Herzog von Anjou in Flandern.

Achtzig Meilen nördlich von Paris schwebten der Lärm französischer Stimmen und die Lilienfahne über einem französischen Lager am Ufer der Schelde.

Es war Nacht; in einem ungeheuern Kreis liefen regelmäßige Feuer an der breiten Scheibe um Antwerpen und spiegelten sich in dem tiefen Wasser.

Die gewöhnliche Einsamkeit der Polder mit dem düsteren Grün belebte sich durch das Wiehern der französischen Pferde. Von den Wällen der Stadt herab sahen die Schildwachen im Feuer der Biwaks die Musketen der französischen Schildwachen wie einen flüchtigen, fernen Blitz glänzen, den die Breite des zwischen das Heer und die Stadt geworfenen Flusses ebenso harmlos machte, wie das Wetterleuchten an einem schönen Sommerabend.

Dieses Heer war das des Herzogs von Anjou, der sich nach einigen glücklichen Erfolgen vor Antwerpen gelagert hatte, um diese Stadt zu bezwingen, die der Herzog von Alba, Requesens, Don Juan und der Herzog von Parma nach und nach unter ihr Joch gebeugt, ohne sie je zu erschöpfen, ohne sie einen Augenblick zur Sklavin zu machen.

Antwerpen hatte den Herzog von Anjou gegen Alexander Farnese zu Hilfe gerufen; als der Herzog von Anjou seinerseits in Antwerpen einziehen wollte, drehte Antwerpen seine Kanonen gegen ihn.

Das Lager des Herzogs von Anjou und Brabant war auf beiden Ufern der Scheide; trotz guter Mannszucht herrschte aber in der Armee ein leichtbegreiflicher Geist der Unentschiedenheit.

Es unterstützten in der Tat viele Kalvinisten den Herzog von Anjou, nicht aus Sympathie für ihn, sondern um Spanien und den Katholiken in Frankreich und England so unangenehm wie möglich zu sein; sie schlugen sich also mehr aus Eitelkeit als aus Überzeugung und aus Ergebenheit, und man fühlte wohl, daß sie nach Beendigung des Feldzuges den Chef verlassen oder ihm Bedingungen auferlegen würden.

Was übrigens diese Bedingungen betrifft, so ließ der Herzog glauben, wenn die Stunde gekommen wäre, würde er sie von selbst zugestehen. Sein Lieblingswort war: »Heinrich von Navarra ist wohl Katholik geworden, warum sollte Franz von Frankreich nicht Hugenott werden?«

Auf der andern Seite bestanden dagegen entschiedene und einheitliche Grundsätze. Antwerpen hatte sich anfangs ergeben wollen, doch unter bestimmten Bedingungen und zu bestimmter Stunde; es behielt sich vor zu warten, stark durch seine Lage, durch den Mut und die Kriegserfahrenheit seiner Einwohner. Es wußte überdies, daß es, wenn es den Arm ausstreckte, außer dem Herzog von Guise, der beobachtend in Lothringen lag, Alexander Farnese in Luxemburg fand; warum sollte es nicht im Falle der Not die Hilfe Spaniens gegen Anjou annehmen, wie es die Hilfe Anjous gegen Spanien angenommen hatte... entschlossen, Spanien später wieder zurückzustoßen?

Diese langweiligen Republikaner hatten die eherne Kraft des gefunden Verstandes für sich. Plötzlich sahen sie eine Flotte an der Mündung der Scheide erscheinen und erfuhren, diese Flotte komme mit dem Großadmiral von Frankreich, und dieser Großadmiral bringe ihrem Feinde Hilfe, denn, seitdem er Antwerpen belagerte, war der Herzog von Anjou natürlich der Feind der Antwerpner geworden.

Als die Kalvinisten des Herzogs von Anjou die Flotte erblickten und von Joyeuses Ankunft erfuhren, wurden sie fast so unwillig wie die Flamländer. Die Kalvinisten waren nämlich sehr eifersüchtig; sie gingen leicht über Geldfragen weg, liebten es aber nicht, daß man ihre Lorbeerkränze beschnitt, besonders nicht mit Schwertern, die dazu gedient hatten, in der Bartholomäusnacht so viele Hugenotten bluten zu lassen.

Hieraus entwickelten sich viele Streitigkeiten, die am Abend von Joyeuses Ankunft begannen und am andern und am zweiten Tage fortgesetzt wurden.

Von ihren Wällen herab hatten die Antwerpener jeden Tag das Schauspiel von zehn bis zwölf Duellen zwischen Katholiken und Hugenotten. Die Polder dienten als Schranken, und man warf in den Fluß mehr Tote, als die Franzosen ein Treffen im freien Felde gekostet hätte. Hätte die Belagerung von Antwerpen, wie die von Troja, neun Jahre gedauert, so würden die Belagerten zur Not nichts anderes zu tun gehabt haben, als den Belagerern zuzuschauen, denn diese hätten sich sicher selbst aufgerieben.

Bei all diesen Streitigkeiten versah Franz das Geschäft eines Vermittlers, doch nicht ohne ungeheure Schwierigkeiten; man hätte sich gegen die französischen Hugenotten verbindlich gemacht; diese verletzen, hieß sich die moralische Unterstützung der flämischen Hugenotten entziehen, die in Antwerpen Hilfe leisten konnten.

Den Katholiken schlimm begegnen, die vom König abgesandt waren, um sich in seinem Dienste töten zu lassen, war für den Herzog von Anjou eine nicht nur unpolitische, sondern auch gefährliche Sache. Die Ankunft dieser Verstärkung, auf die er selbst nicht rechnete, stürzte die Hoffnungen der Spanier nieder, und die Lothringer waren darüber außer sich vor Wut.

Joyeuse fühlte sich sehr unbehaglich inmitten dieser Massen von so verschiedenartiger Denkungsart. Er fand auch im Ernste und sprach es laut aus, der Herzog von Anjou habe unrecht gehabt, Antwerpen zu belagern; der Prinz von Oranien, der ihm diesen hinterlistigen Rat gegeben, war seitdem verschwunden, und man wußte nicht, was aus ihm geworden; sein Heer lag in dieser Stadt in Garnison, und er hatte dem Herzog von Anjou die Unterstützung dieses Heeres versprochen: doch man vernahm durchaus nichts davon, daß eine Spaltung zwischen den Soldaten und den Antwerpenern stattfinde, und es hatte von keinem einzigen Duell zwischen den Belagerten verlautet.

Während unter seinen Kapitänen Rat gepflogen wurde, saß oder lag vielmehr der Herzog auf einem langen Lehnstuhle, der zur Not als Ruhebett dienen konnte, und hörte nicht auf die Ansichten des Großadmirals von Frankreich, der von der Belagerung abriet, sondern aus das Geflüster, seines Lautenspielers Aurilly.

Durch seine Gefälligkeiten, seine niedrigen Schmeicheleien und sein beständiges Anschmiegen hatte Aurilly die Gunst des Prinzen gefesselt; nie hatte er ihm gedient, wie es die andern Freunde getan, indem sie sich dem König oder sonstigen mächtigen Personen entgegengestellt, und so war es ihm gelungen, die Klippe zu vermeiden, an der La Mole Coconnas, Bussy und so viele andere zerschellten.

Mit seiner Laute, seinen Liebesbotschaften, der genauen Kenntnis aller Intrigen und Personen des Hofes, seinen geschickten Maßnahmen, um die Beute in hie Netze des Herzogs zu treiben, nach der er begehrte, hatte sich Aurilly unter der Hand ein großes Vermögen ergattert, das geschickt untergebracht war, so daß er immer nur der arme Musiker Aurillri zu sein schien. Sein Einfluß war ungeheuer, weil er geheim war.

Als ihn Joyeuse in seine strategischen Auseinandersetzungen eingreifen und die Aufmerksamkeit des Herzogs ablenken sah, brach er den Faden seiner Rede kurz ab. Franz sah aus, als hörte er nicht; doch er hörte recht gut; es entging ihm auch Joyeuses Ungeduld nicht, und er fragte auf der Stelle:»Was habt Ihr, Herr Admiral?«

»Nichts, Monseigneur; ich warte nur, bis Eure Hoheit Muße hat, mich zu hören.« »Ich höre wohl, Herr von Joyeuse, ich höre,« erwiderte rasch der Herzog. »Ah! Ihr Pariser glaubt, der Krieg in Flandern habe mich stumpf gemacht, da ihr denkt, ich könne nicht zwei Personen zu gleicher Zeit sprechen hören, wahrend Cäsar sieben zugleich Briefe diktierte!«

»Monseigneur!« entgegnete Joyeuse, indem er dem armen Musiker einen Blick« zuwarf, unter dem sich dieser mit seiner gewöhnlichen Demut bückte, »ich bin kein Sänger, daß man mich zu begleiten braucht, wenn ich spreche.«

»Gut, gut, Herzog; schweigt, Aurilly!«

Aurilly verbeugte sich.

»Ihr billigt also meinen Handstreich auf Antwerpen nicht, Herr von Joyeuse?« fuhr Franz fort. – »Nein, Monseigneur.«

»Ich habe diesen Plan im Rate angenommen.«

»Ich ergreife auch nur mit großer Zurückhaltung das Wort nach so erfahrenen Kapitänen,« sagte Joyeuse.

Mehrere Stimmen erhoben sich, um dem Großadmiral zu bestätigen, seine Meinung sei auch, die ihrige. Andere machten, ohne zu sprechen, Zeichen, des Beifalls.

»Wie, Saint-Aignan, Ihr seid nicht der Ansicht Joyeuses, nicht wahr?« sagte der Prinz zu einem seiner ersten Obersten.

»Noch, Monseigneur,« antwortete Herr von Saint-Aignan.

»Ah! deshalb verzogt Ihr das Gesicht.«

Alle lachten. Joyeuse erbleichte, der Graf errötete.

»Wenn der Herr Graf von Saint-Aignan seine Ansicht aus diese Art zu geben pflegt, so ist er kein sehr höflicher Rat,« sagte Joyeuse.

»Herr von Joyeuse,« erwiderte Saint-Aignan lebhaft, »Seine Hoheit hat unrecht gehabt, mir ein Gebrechen vorzuwerfen, das ich in ihrem Dienste bekommen habe; bei der Belagerung von Chateau-Cambrésis erhielt ich einen Lanzenstich in den Kopf, und seit jener Zeit habe ich Nervenzuckungen, die mich das Gesicht verziehen lassen ... Dies ist indessen keine Entschuldigung, Herr von Joyeuse, sondern eine Erklärung,« sagte stolz der Graf, indem er sich umwandte.

»Nein, mein Herr,« sagte Joyeuse, ihm die Hand reichend, »das ist ein Vorwurf, den Ihr macht, und Ihr habt recht.«

Dem Herzog Franz stieg das Blut ins Gesicht.

»Und wem dieser Vorwurf?« fragte er.

»Mir wahrscheinlich, Monseigneur.«

»Warum sollte Saint-Aignan Euch einen Vorwurf machen, Herr von Joyeuse, Euch, den er nicht kennt?«

»Weil ich einen Augenblick glauben konnte, Herr von Saint-Aignan liebe Eure Hoheit so wenig, daß er ihr Antwerpen zu nehmen riete.«

»Aber meine Stellung muß sich doch endlich im Lande hervorheben,« rief der Prinz. »Ich bin Herzog von Brabant und Graf von Flandern dem Namen nach. Ich muß es auch der Sache nach sein. Dieser Schweigsame, der sich, ich weiß nicht wo, verbirgt, hat mir von einem Königreich gesprochen. Wo ist es, dieses Königreich? In Antwerpen. Wo ist er? Auch in Antwerpen wahrscheinlich. Nun wohl, ich muß Antwerpen nehmen, und ist es genommen, so werden wir wissen, woran wir uns zu halten haben.«

Trotz aller triftigen Gegengründe des Admirals, und obwohl dieser ihn, nachdem die andern das Zimmer verlassen hatten, unter vier Augen darauf hinwies, daß Franz bei einer Niederlage nicht nur den Spaniern und Flamländern zum Triumph verhelfen würde, sondern auch seinem Vetter Guise, der sich anschicke, im trüben zu fischen, trotz alledem blieb der Herzog bei seiner Meinung und sagte zu den übrigen Anwesenden, als diese sich wieder eingefunden hatten:

»Meine Herren, es bleibt beim Sturm; der Regen hat aufgehört, das Terrain ist gut, wir greifen diese Nacht an.« Joyeuse verbeugte sich und fragte: »Wird Monseigneur die Gnade haben, uns seine Befehle auseinanderzusetzen? Wir erwarten sie.«

»Ihr habt acht Schiffe, die Admiralsgaleere nicht gerechnet, Herr von Joyeuse?« – »Ja, Hoheit.«

»Ihr brecht die Linie, und das wird leicht sein, da die Antwerpener nur Handelsschiffe im Hafen haben; dann legt Ihr vor dem Kai an. Wird der Kai verteidigt, so beschießt Ihr die Stadt und versucht zugleich eine Landung von fünfzehnhundert Mann.

»Aus dem Rest der Armee mache ich zwei Säulen, die eine kommandiert der Herr Graf von Saint-Aignan, die andere ich selbst. Beide werden mit Sturmleitern vorgehen, sobald die ersten Kanonen donnern.

»Die Kavallerie bleibt in Reserve, um den Rückzug zu decken.

»Von diesen drei Angriffen wird sicher einer gelingen. Das erste Korps, das sich auf dem Walle festgestellt hat, brennt eine Rakete ab, um die anderen an sich zu ziehen.«

»Doch man muß alles vorhersehen, Monseigneur,« sagte Joyeuse. »Nehmen wir an, was Ihr nicht für annehmbar haltet, daß jeder von den drei Angriffen zurückgeschlagen wird.«

»Dann erreichen wir die Schiffe unter dem Feuer unserer Batterien, und wir breiten uns auf den Poldern aus, wo die Antwerpener nicht wagen werden uns aufzusuchen.«

Man verbeugte sich zum Zeichen der Beistimmung.

»Nun, meine Herren, hauptsächlich Stille,« sagte der Herzog. »Man wecke die schlafenden Truppen und schiffe sich in Ordnung ein; nicht ein Feuer, nicht ein Musketenschuß offenbare unsern Platz! Ihr werdet im Hafen sein, Admiral, ehe die Antwerpener Eure Abfahrt vermuten. Wir, die wir hinüberfahren und dem linken Ufer folgen, kommen zugleich mit Euch an.

»Geht, meine Herren, und guten Mut! Das Glück, das uns bis jetzt gefolgt ist, wird uns sicher über die Scheide begleiten.«

Die Kapitäne verließen das Zelt des Prinzen und gaben ihre Befehle. Bald ließ der ganze menschliche Ameisenhaufen ein Gemurmel vernehmen; doch man konnte glauben, es wäre das des Windes, der in den riesigen Rohren und im dichten Grase der Polder spielte. Der Admiral hatte sich an Bord begeben.

Monseigneur.

Die Antwerpener schauten indessen den feindlichen Vorkehrungen des Herzogs von Anjou nicht ruhig zu, und Joyeuse täuschte sich nicht, wenn er ihnen allen möglichen schlimmen Willen zuschrieb. Antwerpen war wie ein Bienenkorb, wenn der Abend kommt: ruhig, und verlassen außen, Gesumm und Bewegung im Innern.

Die bewaffneten Flamländer patrouillierten in den Straßen, verrammelten ihre Häuser, verdoppelten die Ketten und schlossen Brüderschaft mit den Bataillonen des Prinzen von Oranien, von denen schon ein Teil in Antwerpen in Garnison lag, während ein anderer Teil in Gruppen zurückkehrte, die, sobald sie herein waren, sich in der Stadt zerstreuten.

Als alles zu einem kräftigen Widerstand bereit war, kam der Prinz von Oranien an einem finsteren, mondlosen Abend, ohne alles Gepränge, aber mit der Ruhe und Entschiedenheit in die Stadt, die stets bei Ausführung seiner Entschlüsse, wenn diese einmal gefaßt waren, herrschten.

Er stieg im Stadthause ab, wo seine Vertrauten alles zu seiner Aufnahme bereithielten.

Hier empfing er alle Viertelsherren und Hauptleute der Stadt, ließ die besoldeten Truppen die Revue passieren und versammelte sodann die vornehmsten Offiziere um sich, um ihnen seine Pläne mitzuteilen. Unter seinen Plänen stand obenan, das Unternehmen des Herzogs von Anjou gegen die Stadt zu benützen, um mit ihm zu brechen. Der Herzog von Anjou tat, was der Schweigsame gewünscht hatte, und dieser sah zu seiner großen Freude den neuen Bewerber um die souveräne Gewalt im Lande sich wie die anderen zugrunde richten.

An demselben Abend, an dem der Herzog von Anjou sich, wie wir gesehen, zum Angriff anschickte, hielt der Prinz von Oranien, der seit zwei Tagen in der Stadt war, eine Beratung mit dem Kommandanten des Platzes.

Bei jedem Einwurf, den der Gouverneur gegen den Offensivplan des Herzogs von Oranien machte, schüttelte der Prinz den Kopf wie ein Mensch, der über eine solche Unsicherheit erstaunt ist.

Doch bei jedem Kopfschütteln erwiderte der Kommandant des Platzes: »Prinz, Ihr wißt, daß es ausgemacht ist, daß Monseigneur kommen muß; erwarten wir ihn also.«

Dieses magische Wort machte, daß der Schweigsame die Stirn faltete; doch während er die Stirn faltete und vor Ungeduld an den Nägeln kaute, wartete er. Dann heftete jeder seinen Blick auf eine Uhr mit schweren Schlägen und schien das Werk zu bitten, die Ankunft der so ungeduldig erwarteten Person zu beschleunigen.

Es schlug neun Uhr; die Ungewißheit war zu wirklicher Angst geworden; einige Wachen behaupteten, eine Bewegung im französischen Lager bemerkt zu haben.

Eine kleine Barke war auf der Scheide abgeschickt worden; unruhiger über das, was auf der Seeseite, als über das, was auf dem Lande vorging, wünschten die Antwerpener genaue Nachricht über die französische Flotte zu erhalten, aber die kleine Barke war nicht zurückgekehrt.

Der Prinz von Oranien stand auf, biß vor Zorn auf seine büffelledernen Handschuhe und sagte zu den Antwerpenern: »Monseigneur wird euch so lange warten lassen, meine Herren, daß Antwerpen genommen und verbrannt ist, wenn er ankommt; die Stadt wird dann darüber urteilen können, welcher Unterschied in dieser Hinsicht zwischen den Spaniern und den Franzosen stattfindet.«

Diese Worte waren nicht geeignet, die Herren bürgerlichen Offiziere zu beruhigen; sie schauten sich auch mit großer Bewegung an.

In diesem Augenblick kam ein Spion, den man auf die Straße nach Mecheln geschickt hatte, und der bis Saint-Nicolas geritten war, zurück und meldete, er habe weder etwas gesehen noch gehört, was die Ankunft der erwarteten Person verkündigt hätte.

»Meine Herren,« rief der Schweigsame bei dieser Nachricht, »ihr seht, wir würden vergebens warten; gehen wir selbst vorwärts, die Zeit drängt. Es ist gut, Vertrauen auf höhere Talente zu haben, aber ihr seht, daß man sich vor allem auf sich selbst verlassen muß. Beraten wir also.«

Er hatte noch nicht vollendet, als der Türvorhang aufgehoben wurde; ein Diener der Stadt trat ein und sprach das einzige Wort, das in diesem Augenblick tausend andere wert zu sein schien: »Monseigneur!«

In dem Tone dieses Mannes, in der Freude, die er bei Erfüllung seiner Pflicht als Huissier offenbarte, vermochte man die Begeisterung des Volkes und sein ganzes Vertrauen auf den zu lesen, den man mit dem unbestimmten und ehrfurchtsvollen Namen: Monseigneur! nannte.

Kaum war der Ton der bebenden Stimme erloschen, als ein Mann von hoher, gebieterischer Gestalt, der mit der höchsten Anmut den Mantel trug, der ihn ganz umhüllte, in den Saal trat und die Anwesenden höflich grüßte.

Doch mit dem ersten Blick fand sein stolzes, durchdringendes Auge den Prinzen mitten unter den Offizieren heraus. Er ging gerade auf ihn zu und reichte ihm die Hand.

Der Prinz drückte diese Hand herzlich und beinahe ehrfurchtsvoll. Beide nannten einander Monseigneur.

Nach diesem kurzen Austausch von Höflichkeiten legte der Unbekannte seinen Mantel ab. Er trug ein Wams von Büffelleder, tuchene Beinkleider und lange lederne Stiefel. Bewaffnet war er mit einem langen Degen, der einen Teil nicht seines Kostüms, sondern seiner Glieder zu bilden schien, so leicht spielte er an seiner Seite; ein kleiner Dolch stak in seinem Gürtel, neben dem eine mit Papieren gefüllte Ledertasche hing.

In dem Augenblick, als er seinen Mantel abwarf, konnte man seine langen Stiefel ganz von Staub und Kot befleckt und seine Sporen blutgerötet sehen.

Er nahm an der Ratstafel Platz und fragte: »Nun, wie weit sind wir, Monseigneur?« – »Monseigneur,« antwortete der Schweigsame, »Ihr mußtet, als Ihr hierherkamt, sehen, daß die Straßen verrammelt sind.«

»Ich habe das bemerkt.« – »Und die Häuser mit Schießscharten versehen,« sagte ein Offizier.

»Was konnte ich nicht sehen, doch es ist eine gute Vorsichtsmaßregel.« – »Und die Ketten verdoppelt,« sagte ein anderer.

»Vortrefflich,« – »Monseigneur billigt diese Vorkehrungen zur Verteidigung nicht?« fragte eine Stimme, der Unruhe und Verdruß leicht anzumerken waren.

»Doch, doch,« sagte der Unbekannte; »aber ich glaube nicht, daß sie zur Zeit sehr nützlich sind; sie ermüden die Soldaten und beunruhigen die Bürger. Ich denke, Ihr habt einen Angriffs- und Verteidigungsplan?« – »Wir erwarteten Monseigneur, um ihn mitzuteilen,« antwortete der Bürgermeister.

»Sprecht, meine Herren, sprecht!« – »Monseigneur ist ein wenig spät gekommen, und mittlerweile mußte ich handeln lassen,« fügte der Prinz hinzu.

»Und Ihr habt wohlgetan, Monseigneur; man weiß überdies, daß Ihr, wenn Ihr handelt, gut handelt. Glaubt mir, ich habe meine Zeit auf dem Wege auch nicht verloren.«

Dann wandte er sich zu den Bürgern.

»Wir wissen, daß sich eine Bewegung im Lager der Franzosen vorbereitet,« sagte der Bürgermeister; »sie treffen Anstalten zu einem Angriff; doch da wir nicht wissen, von welcher Seite der Angriff stattfinden wird, so haben wir unsere Kanonen so aufgepflanzt, daß sie gleichmäßig auf der ganzen Ausdehnung des Walles verteilt sind.«

»Das ist weise,« erwiderte der Unbekannte mit leichtem Lächeln, wobei er verstohlen den Schweigsamen anschaute, der, obgleich ein Kriegsmann, schwieg und die Bürger reden ließ.

»Dasselbe ist mit unsern bürgerlichen Truppen geschehen,« fuhr der Bürgermeister fort; »sie sind in doppelten Posten auf der ganzen Ausdehnung der Mauern verteilt und haben Befehl, auf der Stelle zum Angriffspunkte zu eilen. Übrigens handelt es sich sicher nur um eine Finte, um uns zu einem Vergleich geneigt zu machen.«

»Ei! meine Herren,« entgegnete der Unbekannte, »ihr seid in einem völligen Irrtum; es ist keine Finte, was bevorsteht, sondern ein regelrechter Angriff, den ihr auszuhalten habt.« – »Wahrhaftig?«

»Eure Pläne sind unvollständig.« – »Aber, Monseigneur...« erwiderten die Bürger.

»Unvollständig, insofern, als ihr einen Angriff erwartet und alle eure Maßregeln dafür genommen habt.« – »Allerdings.«

»Nun! diesen Angriff werdet ihr nach meinem Dafürhalten nicht abwarten, sondern machen.« – »Das gefällt mir,« rief der Prinz von Oranien, »das heiße ich sprechen.«

»In diesem Augenblick,« fuhr der Unbekannte fort, froh, beim Prinzen von Oranien eine Unterstützung zu finden, »in diesem Augenblick machen sich die Schiffe des Herzogs von Joyeuse segelfertig.« – »Woher wißt Ihr das?« riefen gleichzeitig der Bürgermeister und die andern Mitglieder des Rates.

»Ich weiß es,« erwiderte der Unbekannte. – Ein Murmeln des Zweifels durchzog wie ein Hauch die Versammlung; aber so leicht es auch war, streifte es doch die Ohren des geheimnisvollen Kriegsmannes. »Zweifelt ihr daran?« fragte er mit der größten Ruhe. – »Wir zweifeln nicht daran, da Ihr es sagt, Monseigneur. Doch Eure Hoheit erlaube uns, zu bemerken...«

»Nun?« – »Daß, wenn dem so wäre...«

»Nun?« – »Wir Nachricht darüber hätten.«

»Durch wen?« – »Durch unsern Seespion.«

In diesem Augenblick trat ein Mensch, vom Huissier geschoben, schwerfällig in den Saal, machte ehrfurchtsvoll ein paar Schritte auf den geglätteten Platten und ging halb auf den Bürgermeister, halb auf den Prinzen von Oranien zu.

Es war der vom Bürgermeister ausgesandte Späher. Dieser berichtete, er sei mit seinem Boot die Schelde hinabgefahren, dort habe er plötzlich hinter sich rufen hören: »Admiralsbarke!« Gleich darauf habe er einen furchtbaren Stoß erhalten und sei im Strom versunken; aber die Schelde habe ihren alten Freund erkannt und wiedergegeben.

»Nun!« fragte der Unbekannte den Bürgermeister, »was sagt Ihr zu diesem Berichte? Zweifelt Ihr noch, daß sich die Franzosen segelfertig machen, und glaubt Ihr, Herr von Loyeuse begebe sich aus dem Lager auf die Admiralsgaleere, um die Nacht an Bord zuzubringen?« – »Ihr seid also ein Seher, Monseigneur?« riefen die Bürger.

»Nicht mehr als Monseigneur der Prinz von Oranien, der, wie ich fest überzeugt bin, in allen Dingen meiner Ansicht ist. Doch wie Seine Hoheit bin ich gut unterrichtet und kenne auch die Leute dort.«

Und er wies mit der Hand nach den Poldern.

»Ich wäre somit,« fuhr er fort, »sehr erstaunt gewesen, wenn ich sie nicht in dieser Nacht hätte angreifen sehen ... Haltet euch also bereit, meine Herren, denn wenn ihr ihnen die Zeit gönnt, werden sie euch ernstlich angreifen.«

»Diese Herren werden mir die Gerechtigkeit widerfahren lassen, daß ich vor Eurer Ankunft, Monseigneur, gerade so zu ihnen sprach, wie Ihr nun sprecht.«

»Aber wie glaubt Monseigneur, daß die Franzosen angreifen werden?« fragte der Bürgermeister.

»Folgendes ist wahrscheinlich: Die Infanterie ist katholisch, sie wird sich allein schlagen, das heißt sie wird auf einer Seite angreifen. Die Kavallerie ist kalvinistisch und wird sich auch allein schlagen. Zwei Seiten. Die Marine gehört Herrn von Joyeuse; er wird seinen Anteil am Kampf und am Ruhm haben wollen. Drei Seiten.«

»Machen wir also drei Korps,« sagte der Bürgermeister.

»Macht eins, meine Herren, macht eins mit allem, was ihr an besten Soldaten habt, und laßt die minder Verläßlichen zur Bewachung der Mauern zurück! Mit diesem Korps unternehmt sodann einen kräftigen Ausfall in dem Augenblick, in dem es die Franzosen am wenigsten erwarten. Sie glauben anzugreifen, man muß ihnen zuvorkommen und sie angreifen; wenn ihr sie beim Sturm erwartet, so seid ihr verloren, da die Franzosen beim Sturm nicht ihresgleichen haben, wie ihr, meine Herren, nicht euresgleichen habt, wenn ihr im freien Feld die Zugänge eurer Stadt verteidigt.«

Die Stirn der Flamländer strahlte.

»Was sagte ich, meine Herren?« fragte der Schweigsame.

»Es ist eine große Ehre für mich,« sagt? der Unbekannte, »wenn ich, ohne es zu wissen, derselben Ansicht gewesen bin, wie der erste Feldherr seines Jahrhunderts.«

Beide verbeugten sich höflich.

»Das ist also abgemacht,« fuhr der Unbekannte fort, »ihr macht einen wütenden Ausfall auf die Infanterie und die Kavallerie. Ich hoffe, eure Offiziere werden diesen Ausfall so führen, daß ihr die Belagernden zurückwerft.«

»Aber ihre Schiffe, ihre Schiffe,« sagte der Bürgermeister, »sie werden unsere Sperrung bezwingen und, da der Wind Nordwest ist, in zwei Stunden in der Stadt sein.«

»Ihr habt selbst sechs alte Schiffe und dreißig Barken in Sainte-Marine, eine Stunde von hier, nicht wahr? Das ist Eure Seebarrikade, das ist Eure Kette, die die Schelde schließt.« – »Ja, Monseigneur, so ist es. Woher wißt Ihr dies alles?«

Der Unbekannte lächelte.

»Ich weiß es, wie Ihr seht,« sagte er, »dort ruht das Schicksal der Schlacht.«

»Nanu muß man unsern braven Seeleuten Verstärkung schicken,« sagte der Bürgermeister.

»Im Gegenteil, Ihr könnt noch über vierhundert Mann verfügen, die dort waren; zwanzig verständige, brave, ergebene Leute werden genügen.«

Die Antwerpener rissen die Augen weit auf.

»Wollt ihr die ganze französische Flotte auf Kosten eurer sechs alten Schiffe und eurer dreißig alten Barken zerstören?« fragte der Unbekannte. – »Hm!« machten die Antwerpener, indem sie einander anschauten, »unsere Schiffe und Barken sind nicht so gar alt.«

»Nun, so schätzt sie, man wird euch ihren Wert bezahlen.«

»Seht,« sagte ganz leise der Schweigsame zum Unbekannten, »das sind die Menschen, mit denen ich jeden Tag zu kämpfen habe. Oh! wären es nur die Ereignisse, die hätte ich längst überwunden.«

»Sprecht, meine Herren,« sagte der Unbekannte, indem er seine Hand an seine strotzende lederne Tasche legte, »schätzt rasch! Ihr sollt in Wechseln auf euch selbst bezahlt werden, die ihr hoffentlich gut finden werdet.« – »Monseigneur,« sagte der Bürgermeister, nachdem er sich einen Augenblick mit den hochmögenden Herren beraten hatte, »wir sind Kaufleute und keine Männer vom hohen Adel, Ihr müßt uns also ein gewisses Zögern vergeben, denn seht Ihr, unsere Seele ist nicht in unserem Körper, sondern in unsern Kontoren. Doch es gibt gewisse Umstände, wo wir für das allgemeine Beste Opfer zu bringen wissen. Verfügt also über unsere Schiffe, wie es Euch gut dünkt.«

»Wahrhaftig, Monseigneur,« sagte der Schweigsame, »Ihr wißt das gut zu machen; ich hätte sechs Monate gebraucht, um von ihnen zu erlangen, was Ihr in zehn Minuten erreicht habt.«

»Ich verfüge also über eure Sperrung, doch hört, wie ich darüber verfüge: Die Franzosen werden den Durchgang zu erzwingen suchen. Ich verdopple die Ketten der Sperrung, indem ich ihnen genug Länge lasse, daß die Flotte mitten zwischen eure Barken und eure Schiffe einfährt. Dann schleudern von euren Barken und euren Schiffen die zwanzig Tapfern, die ich zurückgelassen, Schiffshaken, und wenn sie diese Schiffshaken geworfen haben, entfliehen sie, nachdem sie zuvor eure mit entzündbaren Stoffen beladene Sperrung in Brand gesteckt.«

»Und ihr versteht,« rief der Schweigsame, »die ganze französische Flotte verbrennt.«

»Ja, die ganze,« sagte der Unbekannte; »dann kein Rückzug mehr zur See, dann kein Rückzug mehr durch die Polder, denn ihr laßt die Schleusen von Mecheln, von Berchem, von Lier, von Düffel und von Antwerpen los. Zuerst von euch zurückgetrieben, dann von euren durchbrochenen Dämmen verfolgt, von allen Seiten eingeschlossen, von der unerwarteten, stets wachsenden Flut, von dem Meer, das nur eine Strömung und keine Gegenströmung hat, werden die Franzosen ertränkt, vernichtet sein.«

Die Offiziere stießen einen Freudenschrei aus.

»Es ist nur eine Schwierigkeit hierbei,« sagte der Prinz.

»Welche, Monseigneur?« fragte der Unbekannte.

»Man hätte einen ganzen Tag nötig, um die Befehle an die verschiedenen Städte gelangen zu lassen, und wir haben nur eine Stunde.« – »Eine Stunde genügt.« »Aber wer wird die Flotille benachrichtigen?« – »Sie ist benachrichtigt.«

»Durch wen?« – »Durch mich. Hätten sich diese Herren geweigert, mir sie zu geben, so würde ich sie ihnen abgekauft haben.«

»Aber Mecheln, Lier, Düffel?« – »Ich bin durch Mecheln und Lier gekommen und habe einen sichern Agenten nach Düffel geschickt. Um elf Uhr sind die Franzosen geschlagen, um Mitternacht ist die Flotte verbrannt, um ein Uhr sind die Franzosen in vollem Rückzug begriffen, um zwei Uhr durchbricht Mecheln seine Dämme, öffnet Lier seine Schleusen, schleudert Düffel seine Kanäle aus ihrem Bett; dann wird die Ebene ein wütender Ozean werden, der Häuser, Felder, Waldungen, Dörfer ersäuft, zugleich aber auch, ich wiederhole es, die Franzosen ersäufen wird, und zwar so, daß nicht einer von ihnen nach Frankreich zurückkehrt.«

Diese Worte wurden mit Bewunderung, beinahe mit Schrecken aufgenommen; dann brachen die Flamländer in einen Beifallssturm aus.

Der Prinz von Oranien machte zwei Schritte gegen den Unbekannten, reichte ihm die Hand und sagte: »So ist also alles von uns aus bereit, Monseigneur?« – »Alles. Und seht, auf seiten der Franzosen ist, glaube ich, auch alles bereit.«

Dabei deutete der Unbekannte mit dem Finger auf einen Offizier, der eben den Türvorhang aufhob.

»Eure Hoheiten und meine Herren,« sagte der Offizier, »man meldet uns soeben, daß die Franzosen auf dem Marsch sind und gegen die Stadt vorrücken.«

»Zu den Waffen!« rief der Bürgermeister.

»Zu den Waffen!« wiederholten die Anwesenden.

»Wartet einen Augenblick, meine Herren,« unterbrach sie der Unbekannte mit seiner männlichen und gebieterischen Stimme; »Ihr vergeßt, mich euch eine letzte Ermahnung geben zu lassen, die noch wichtiger ist, als alle anderen.«

»Tut das! Tut das!« riefen alle Stimmen.

»Die Franzosen sollen überfallen werden, es wird also kein Kampf, es wird ein Rückzug, eine Flucht werden; um sie zu verfolgen, müßt ihr leicht sein. Die Panzer herab, alle Wetter! Eure Panzer sind es, in denen ihr euch nicht rühren könnt, durch die ihr alle Schlachten, in denen ihr unterlegen seid, verloren habt. Eure Panzer herab, meine Herren!«

Und der Unbekannte zeigte seine breite Brust, die nur durch ein Koller von Büffelleder beschützt war.

»Wir werden uns bei den Streichen wiedersehen, meine Herren Kapitäne,« fuhr der Unbekannte fort; »mittlerweile begebt euch auf den Rathausplatz, wo ihr alle eure Leute aufgestellt findet. Wir folgen euch dahin.«

»Ich danke Euch, Monseigneur,« sagte der Prinz zu dem Unbekannten, »Ihr habt zugleich Belgien und Holland gerettet.«

»Prinz, Ihr seid zu gütig,« erwiderte dieser.

»Wird sich Eure Hoheit herbeilassen, das Schwert gegen die Franzosen zu ziehen?« fragte der Prinz.

»Ich werde es so einrichten, daß ich den Hugenotten gegenüber kämpfe,« erwiderte der Unbekannte, indem er sich mit einem Lächeln verbeugte, um das ihn sein düsterer Gefährte beneidet hätte, und das Gott allein verstand.

Franzosen und Flamländer.

Im Augenblick, als der ganze Rat das Stadthaus verließ, und die Offiziere sich an die Spitze ihrer Mannschaft stellten, um die Befehle des unbekannten Führers zu vollziehen, der von der Vorsehung selbst den Flamländern zugeschickt zu sein schien, erscholl in weitem Kreise ein Geräusch, das die ganze Stadt einzuschließen schien und in einem einzigen gewaltigen Schrei zusammenklang.

Zugleich begann aber die Artillerie zu donnern, die die Franzosen mitten auf ihrem nächtlichen Marsch und während sie selbst zu überrumpeln glaubten, überfiel. Doch statt ihren Marsch zu unterbrechen, beschleunigte sie ihn nur.

Konnte man die Stadt nicht durch Überrumplung und mit Sturmleitern nehmen, so konnte man doch, wie wir es den König von Navarra in Lahors machen sahen, den Graben mit Faschinen füllen und die Tore durch Petarden sprengen.

Die Kanonen auf den Wällen setzten ihr Feuer ununterbrochen fort, doch in der Nacht war ihre Wirkung fast gleich Null. Nachdem sie das Geschrei ihrer Gegner erwidert hatten, rückten die Franzosen in der Stille mit der ihnen beim Angriff eigenen Unerschrockenheit vor.

Doch plötzlich öffneten sich die Tore und Schlupfpforten, und von allen Seiten stürzten Bewaffnete hervor; es waren die Flamländer, die in geschlossenen Bataillonen, in gedrängten Gruppen vorrückten, über denen eine mehr geräuschvolle als furchtbare Artillerie fortwährend donnerte.

Nun entspinnt sich der Kampf Fuß an Fuß, Schwert und Messer schlagen aneinander, Pike und Degenklinge streifen sich, Pistolenschuß und Büchsenfeuer erleuchten die von Blut geröteten Gesichter.

Kein Schrei, kein Murren, keine Klage; der Flamländer schlägt sich mit Grimm, der Franzose mit Trotz. Der Flamländer ist wütend, daß er sich zu schlagen hat, denn er schlägt sich weder, weil es sein Gewerbe ist, noch zu seinem Vergnügen. Der Franzose ist wütend, weil man ihn angegriffen hat, während er angreifen wollte.

In dem Augenblick, als man mit der Erbitterung, die wir vergebens zu schildern versuchen würden, handgemein wird, vernimmt man hastig aufeinanderfolgende Schüsse von Sainte-Marie her, und es erhebt sich über der Stadt ein Schein, wie ein Flammenbusch. Es ist Joyeuse, der, die Scheldensperre erzwingend, mit seiner Flotte bis in das Herz von Antwerpen eindringen wird. So hoffen wenigstens die Franzosen.

Doch dem ist nicht so. Von einem Westwinde, das heißt von dem bei einem solchen Unternehmen günstigsten Wind getrieben, hatte Joyeuse die Anker gelichtet und sich, die Admiralsgaleere an der Spitze, dieser Brise überlassen, die ihn trotz der Strömung fortführte. Alles war zum Kampf bereit; seine mit ihren Entersäbeln bewaffneten Soldaten standen auf dem Hinterteil. Seine Kanoniere waren mit angezündeten Lunten bei ihren Stücken, seine Mastwächter mit Granaten in den Mastkörben; die Elitematrosen endlich hielten sich, mit Äxten bewaffnet, bereit, auf die feindlichen Schiffe und Barken zu springen und Ketten und Seile zu durchhauen, um eine Öffnung für die Flotte zu machen.

Man rückte in der Stille vor. In Form eines Keils, dessen spitzigsten Winkel die Admiralsgaleere bildete, schienen Joyeuses sieben Schiffe über das Wasser hingleitende riesige Gespenster zu sein. Der junge Mann, dessen Posten die Kommandostelle war, hatte nicht hier bleiben können. Mit einer prächtigen Rüstung angetan, hatte er auf der Galeere den Platz des ersten Leutnants eingenommen; er beugte sich über das Bugspriet, und sein Auge schien die Nebel des Flusses und die Tiefe der Nacht durchdringen zu wollen.

Bald sah er durch diese doppelte Dunkelheit den Damm erscheinen, der sich düster quer durch den Fluß erstreckte. Er schien öde und verlassen, nur lag in diesem Lande der Hinterhalte etwas Furchtbares in dieser Einsamkeit und Verlassenheit. Man rückte indessen immer vor; man war etwa noch zehn Kabellängen von der Sperrung, und in jeder Sekunde kam man ihr näher, ohne daß ein einziges »Wer da!« die Ohren der Franzosen getroffen hätte.

Die Matrosen sahen in dieser Stille nur eine Nachlässigkeit, über die sie sich freuten; vorsichtiger als die andern, vermutete der junge Admiral eine List, über die er erschrak.

Endlich drang die Admiralsgaleere mitten in das Takelwerk der beiden Schiffe, die den Mittelpunkt der Sperrung bildeten, trieb sie vor sich her und schob diesen ganzen biegsamen Damm zurück, dessen Abteilungen durch Ketten miteinander verbunden waren, und der, indem er nachgab, ohne zu brechen, sich an die Flanken der französischen Schiffe anlegend, dieselbe Form annahm, die diese Schiffe selbst boten.

Plötzlich und in dem Augenblick, als die Axtträger, Befehl erhielten, hinabzusteigen, um die Sperrung zu durchbrechen, klammerte sich, von unsichtbaren Händen geworfen, eine Menge von Schiffshaken an dem Takelwerk der französischen Schiffe an.

Die Flamländer kamen den Franzosen zuvor, indem sie das taten, was diese tun wollten. Joyeuse glaubte, seine Feinde böten ihm einen heftigen Kampf, und er nahm ihn an. Die von seiner Seite geworfenen Haken banden die feindlichen Schiffe durch eiserne Knoten an die seinigen. Er riß eine Axt aus den Händen eines Matrosen, sprang zuerst auf das Schiff, das er mit einer sichern Fessel festhielt, und rief:»Entert! entert!«

Seine ganze Mannschaft folgte ihm, und Offiziere und Matrosen stießen denselben Schrei aus; doch kein Schrei erwiderte den seinigen, keine Macht widersetzte sich seinem Angriff. Man sah nur drei mit Menschen beladene Barken schweigsam, wie drei verspätete Seevögel, über den Fluß hingleiten.

Diese Barken entflohen mit kräftigem Ruderschlag, während die Angreifenden unbeweglich auf den Schiffen blieben, die sie ohne Kampf erobert hatten.

So war es auf der ganzen Linie.

Plötzlich hörte Joyeuse unter sich ein dumpfes Knistern, und ein Schwefelgeruch verbreitete sich in der Luft. Ein Gedanke durchzuckte seinen Geist; er hob eine Luke auf; die Eingeweide des Schiffes brannten. Im Augenblick erscholl der Ruf: »Auf die Schiffe! auf die Schiffe!« auf der ganzen Linie. Jeder stieg hastiger hinauf, als er herabgestiegen war; Joyeuse, der zuerst herabgesprungen, stieg zuletzt hinauf. In der Sekunde, als er die Wand seiner Galeere erreichte, sprengte die Flamme das Verdeck des Schiffes, das er verließ.

Dann wirbelten wie aus zwanzig Vulkanen Flammen empor; jede Barke, jede Schaluppe, jedes Boot war ein Krater; die französische Flotte schien von einem Feuerschlund beherrscht.

Es wurde Befehl gegeben, das Takelwerk abzuhauen, die Ketten zu durchbrechen, die Haken zu zerschmettern; die Matrosen stürzten in die Taue mit der Geschwindigkeit von Menschen, die überzeugt sind, daß ihre Rettung von der Eile abhängt.

Aber die Arbeit war ungeheuer; vielleicht hätte man die von den Feinden auf die französische Flotte geworfenen Haken losgemacht; doch es blieben noch die von der französischen Flotte auf die feindlichen Schiffe geworfenen.

Plötzlich hörte man ein zwanzigfaches Donnern; die französischen Schiffe zitterten in ihrem Gebälk, ächzten in ihrer Tiefe. Es waren die Kanonen, die den Damm verteidigten und, bis an die Mündung geladen und von den Antwerpenern verlassen, von selbst losgingen, wie sie das Feuer erreichte, und alles, was sich in ihrer Richtung fand, zertrümmerten. Die Flammen stiegen wie riesige Schlangen an den Masten hinauf, umschlangen die Rahen und leckten dann mit ihren spitzigen Zungen an den kupfernen Flanken der französischen Schiffe.

Joyeuse, mit seiner herrlichen mit Gold damaszierten Rüstung, glich, wie er ruhig und mit gebieterischer Stimme seine Befehle mitten unter diesen Flammen erteilte, einem fabelhaften Seeungeheuer mit Millionen von Schuppen, die bei jeder Bewegung einen Funkenstaub abschüttelten. Doch bald wurde das Gekrach heftiger, niederschmetternder; es donnerten nicht mehr die Kanonen, sondern die Pulverkammern fingen Feuer, die Schiffe selbst flogen in Trümmer.

Solange er die tödlichen Bande, die ihn mit seinen Feinden verknüpften, zu sprengen hoffte, kämpfte Joyeuse, doch er hatte keine Hoffnung mehr, daß es ihm gelingen würde; die Flamme hatte die französischen Schiffe erreicht, und bei jedem Schiffe fiel ein Feuerregen, dem Bukett eines Kunstfeuerwerks ähnlich, auf das Verdeck herab.

Nur war dieses Feuer das griechische, das unversöhnliche Feuer, das von dem, was die andern Feuer auslöscht, noch mehr entfacht wird und seine Beute bis in die Tiefe des Wassers verzehrt. Die Antwerpener Schiffe hatten beim Zerspringen die Dämme durchbrochen; aber die französischen Schiffe fielen, statt ihren Weg fortzusetzen, selbst ganz in Flammen ab und rissen einige Trümmer des zerfressenden Brandes nach, der sie mit seinen Flammenarmen gepackt hatte.

Joyeuse begriff, daß kein Kampf mehr möglich war; er befahl, alle Boote auszusetzen und am linken Ufer zu landen. Der Befehl wurde den andern Schiffen mit Hilfe eines Sprachrohres mitgeteilt; die ihn nicht hörten, hatten instinktartig denselben Gedanken. Die ganze Mannschaft wurde bis auf den letzten Matrosen eingeschifft, ehe Joyeuse das Verdeck seiner Galeere verließ. Seine Kaltblütigkeit schien jedem einzelnen Kaltblütigkeit zu verleihen; jeder von seinen Seeleuten hatte seine Axt oder seinen Entersäbel in der Faust.

Ehe Joyeuse das Ufer des Flusses erreicht hatte, sprang die Admiralsgaleere in die Luft und beleuchtete auf der einen Seite den Umriß der Stadt und aus der andern den ungeheuren Horizont des Flusses, der sich, immer weiter werdend, am Meer verlor.

Die kalvinistische Kavallerie hatte inzwischen, Wunder verrichtend, angegriffen; mit dem Schwerte ihrer Reiter öffnet sie die Haufen, unter den Hufen ihrer Pferde zermalmt sie sie; aber die verwundeten Flamländer schlitzen den Pferden mit ihren breiten Messern den Bauch auf. Trotz dieses glänzenden Kavallerieangriffs geraten die französischen Reihen etwas in Unordnung, und sie behaupten sich nur noch, statt vorzurücken, während aus den Toren der Stadt unablässig frische Bataillone hervorkommen, die sich auf die Armee des Herzogs von Anjou werfen.

Plötzlich vernimmt man ein gewaltiges Geschrei fast unter den Mauern der Stadt; der Ruf: »Anjou! Anjou! Frankreich! Frankreich!« erschallt aus den Flanken der Antwerpener, und ein furchtbarer Stoß erschüttert die ganze enggeschlossene Masse.

Joyeuse ist es, der diese Bewegung verursacht; seine Matrosen sind es, die diese Schreie ausstoßen; fünfzehnhundert mit Äxten und kurzen Säbeln bewaffnete Leute fallen, von Joyeuse angeführt. Plötzlich über die Flamländer her; sie haben ihre in Flammen stehende Flotte und zweihundert verbrannte oder ertränkte Kameraden zu rächen. Sie stellten sich nicht in Schlachtordnung, sondern stürzten auf die erste Gruppe los, die sie an ihrer Sprache und ihrer Tracht als feindlich erkannten, und niemand handhabt besser als Joyeuse sein langes Schlachtschwert; sein Faustgelenk dreht sich wie ein stählernes Rad, und jeder Hieb spaltet einen Schädel, jeder Stoß durchbohrt einen Mann.

Die flämische Gruppe, über die Joyeuse herfiel, wurde verzehrt wie ein Getreidekorn von einer Legion von Ameisen, und trunken durch diesen ersten Sieg, drangen die Matrosen vorwärts.

Während sie aber Boden gewannen, verlor ihn die kalvinistische Kavallerie allmählich; doch die Infanterie kämpfte fortwährend Leib an Leib mit den Flamländern.

Der Herzog von Anjou hatte den Brand der Flotte wie einen entfernten Schein erschaut, er hatte den Donner der Kanonen und das Krachen der zerspringenden Schiffe gehört, ohne etwas anderes zu ahnen als einen erbitterten Kampf, der auf dieser Seite natürlich durch den Sieg Joyeuses enden müsse. Er erwartete daher jeden Augenblick eine Abziehung des Feindes durch Joyeuse, als man ihm plötzlich meldete, die Flotte sei zerstört, und Joyeuse und seine Matrosen griffen mitten unter den Flamländern an.

Nun erfaßte den Prinzen eine große Unruhe; die Flotte bedeutete den Rückzug und folglich die Sicherheit der Armee. Er schickte an die kalvinistische Reiterei den Befehl ab, einen neuen Angriff zu versuchen, und die erschöpften Reiter und Pferde sammelten sich, um sich abermals auf die Antwerpener zu stürzen.

Mitten unter dem Gemenge hörte man die Stimme des Herrn von Joyeuse rufen: »Haltet fest, Herr von Saint-Aignan, Frankreich! Frankreich!«

Und wie ein Mäher, der ein Kornfeld angreift, schwang er sein Schwert in der Luft, ließ es niedersinken und legte seine Menschenernte zu seinen Füßen; der schwache Günstling, der zarte Sybarit schien mit seinem Panzer die fabelhafte Stärke des Herkules angelegt zu haben. Und die Infanterie faßte wieder Mut und kehrte mit neuer Anstrengung, wie die Reiterei, in den Kampf zurück.

Da aber ritt der Mann, den man Monseigneur nannte, auf einem schönen Rappen aus der Stadt. Er trug eine schwarze Rüstung, nämlich Helm, Armschienen, Panzer und Beinschienen von poliertem Stahl, und es folgten ihm fünfhundert Reiter auf vortrefflichen Pferden, die der Prinz von Oranien zu seiner Verfügung gestellt hatte. Er eilte dahin, wo das größte Gedränge stattfand; dahin, wo Joyeuse mit seinen Matrosen kämpfte. Die Flamländer erkannten ihn, traten vor ihm auf die Seite und riefen freudig: »Monseigneur! Monseigneur!« Joyeuse und seine Matrosen fühlten, wie der Feind auf die Seite wich, sie hörten dieses Geschrei und fanden sich plötzlich dieser neuen Truppe gegenüber, die unversehens und wie durch einen Zauber vor ihnen erschien.

Joyeuse trieb sein Pferd gegen den schwarzen Reiter, und beide trafen mit finsterer Erbitterung aufeinander. Bei dem ersten Zusammenschlagen ihrer Schwerter entwickelte sich eine Garbe von Funken. Auf die Festigkeit seiner Rüstung und auf seine Gewandtheit in der Fechtkunst vertrauend, führte Joyeuse mächtige Streiche, die geschickt pariert wurden. Zugleich traf ihn das Schwert seines Gegners auf die volle Brust, glitt auf dem Panzer hin, drang durch den Zwischenraum der Rüstung ein; und es spritzten ein paar Tropfen Blut aus seiner Schulter.

»Ah!« rief der junge Admiral, als er die Spitze des Schwertes fühlte, »dieser Mann ist ein Franzose, mehr noch, er hat das Fechten unter demselben Meister gelernt wie ich.«

Bei diesen Worten sah man, wie der Unbekannte sich abwandte und sich auf einen andern Punkt zu werfen suchte.

»Wenn du ein Franzose bist, so bist du ein Verräter,« rief ihm Joyeuse zu, »denn du kämpfst gegen deinen König, gegen dein Vaterland, gegen deine Fahne.«

Der Unbekannte antwortete nur, indem er sich umwandte und Joyeuse wütend angriff. Aber diesmal war Joyeuse gewarnt und wußte, mit welchem geschickten Degen er es zu tun hatte. Er parierte hintereinander drei bis vier Streiche, die mit ebensoviel Geschicklichkeit wie Wut, mit ebensoviel Kraft wie Nachdruck geführt wurden.

Der Unbekannte machte nun eine Bewegung des Rückzugs.

»Halt!« rief ihm der junge Mann zu, »seht, was man tut, wenn man sich für sein Vaterland schlägt; ein reines Herz und ein redlicher Arm genügen, um einen Kopf ohne Helm, eine Stirn ohne Visier zu beschützen.« Und er riß die Agraffen seines Helmes auf, schleuderte ihn weit von sich und entblößte seinen edlen, schönen Kopf, dessen Augen von Kraft, Stolz und Jugend glänzten.

Statt das gegebene Beispiel zu befolgen, stieß der Reiter mit der schwarzen Rüstung ein dumpfes Gebrüll aus und erhob sein Schwert über diesem entblößten Haupt.

»Ah!« rief Joyeuse, während er parierte, »ich sagte es wohl, du bist ein Verräter und sollst als Verräter sterben.«

Und ihn hart bedrängend, versetzte er ihm hintereinander zwei bis drei Stöße mit der Schwertspitze, von denen einer durch eine Öffnung des Helmvisiers eindrang.

»Oh! ich werde dich töten,« sagte der junge Mann, »und dir den Helm entreißen, der dich beschützt und so gut verbirgt, und dann am ersten Baum aufhängen, den ich an der Straße finde.«

Der Unbekannte wollte einen Gegenstoß tun, als ein Kavalier, der eben zu ihm herangeritten war, sich an sein Ohr neigte und zu ihm sagte: »Monseigneur, kein Scharmützel mehr, Eure Gegenwart ist dort ersprießlicher.«

Der Unbekannte folgte mit den Augen der von der Hand des andern angegebenen Richtung und sah die Flamländer vor der kalvinistischen Kavallerie zögern.

»In der Tat,« sagte er mit düsterem Tone, »dort sind, die ich suchte.«

In diesem Augenblick fiel eine Welle von Reitern über Joyeuses Matrosen her, die, müde, ohne Unterlaß mit ihren Riesenwaffen zu schlagen, den ersten Schritt rückwärts machten. Der schwarze Reiter benutzte diese Bewegung, um im Gemenge und in der Dunkelheit zu verschwinden. ....

Eine Viertelstunde nachher wichen die Franzosen auf allen Punkten und suchten sich zurückzuziehen, ohne zu fliehen. Herr von Saint-Aignan ergriff alle Maßregeln für einen Rückzug in guter Ordnung. Doch eine neue Truppe von fünfhundert Pferden und zweitausend Mann Fußvolk rückte ganz frisch aus der Stadt hervor und fiel über die schon ermattete Armee her. Es waren die alten Banden des Prinzen von Oranien, die nach und nach gegen den

Herzog von Alba, gegen Don Juan, gegen Requesens und gegen Alexander Farnese gestritten hatten.

Da mußte man sich entschließen, das Schlachtfeld zu verlassen und seinen Rückzug zu Land zu nehmen, da die Flotte, auf die man eintretendenfalls rechnete, zerstört war. Trotz der Kaltblütigkeit der Führer, trotz der Tapferkeit der Mehrzahl begann eine Flucht in gräßlicher Unordnung.

In diesem Augenblick fiel der Unbekannte mit seiner Reiterei über die Flüchtlinge her und traf abermals bei der Nachhut Joyeuse mit seinen Matrosen, von denen er zwei Drittel auf dem Schlachtfelde zurückgelassen hatte.

Der junge Admiral ritt sein drittes Pferd, da ihm die andern getötet worden waren. Sein Schwert war zerbrochen, und er hatte aus den Händen eines verwundeten Matrosen eine von den gewichtigen Enteräxten genommen, die er mit derselben Leichtigkeit um sein Haupt schwang, mit der ein Schleuderer seine Schleuder schwingt. Von Zeit zu Zeit wandte er sich um und machte Front, wie ein Keiler, der sich nicht zur Flucht entschließen kann und in Verzweiflung gegen den Jäger umkehrt.

Die Flamländer, die gemäß der Ermahnung dessen, den sie Monseigneur nannten, ohne Panzer kämpften, waren leicht und behend in der Verfolgung, und gaben der französischen Armee nicht eine Sekunde Rast. Etwas wie ein Gewissensvorwurf oder wenigstens wie ein Zweifel erfaßte das Herz des Unbekannten diesem großen Unglück gegenüber.

»Genug, meine Herren, genug,« sagte er in französischer Sprache zu seinen Leuten; »sie sind diesen Abend von Antwerpen vertrieben und werden in acht Tagen aus Flandern vertrieben sein; verlangen wir nicht mehr vom Gott der Heere.«

»Ah! es war ein Franzose, es war ein Franzose,« rief Joyeuse, »ah! ich hatte es vermutet, Verräter, ah! sei verflucht, und möchtest du den Tod der Verräter sterben!«

Diese wütende Verwünschung schien den Mann zu entmutigen, den tausend gegen ihn erhobene Schwerter nicht hatten einschüchtern können; er wandte sein Pferd, und der Sieger floh beinahe ebensoschnell, wie die Besiegten. Doch dieser Rückzug eines einzigen änderte nichts an der Lage der Dinge; die Furcht ist ansteckend, sie hatte die ganze Armee ergriffen, und unter dem Gewichte eines wahnsinnigen Schreckens fingen die Soldaten an, in Verzweiflung zu fliehen.

Die Pferde belebten sich trotz der Müdigkeit, denn auch sie schienen unter dem Einfluß der Angst zu stehen; die Mannschaft zerstreute sich, um Zufluchtsorte zu suchen; in einigen Stunden war die Armee als Armee nicht mehr vorhanden.

Dies war der Augenblick, in dem nach dem Befehle Monseigneurs die Dämme sich öffneten, und die Schleusen aufgezogen wurden. Von Lier bis Termond, von Haesdonk bis Mecheln schickte jeder kleine Fluß, vergrößert durch seine Beiflüsse, jeder überströmende Kanal sein Teil an wütendem Wasser auf das Flachland.

Als die flüchtigen Franzosen, nachdem sie ihre Feinde ermüdet, haltzumachen anfingen, als sie endlich die Antwerpener nebst den Soldaten des Prinzen von Oranien nach ihrer Stadt zurückkehren sahen, als die unversehrt dem Blutbade in der Nacht Entgangenen sich gerettet glaubten und einen Augenblick atmeten, diese unter Gebeten, jene unter Gotteslästerungen, da entfesselte sich zur selben Stunde ein neuer, blinder, unbarmherziger Feind gegen sie, mit der Schnelligkeit des Windes, mit dem Ungestüm des Meeres; doch so nahe über ihrem Haupte die Gefahr schwebte, hatten die Flüchtlinge doch noch keine Ahnung von dem neuen Ungewitter, das sie zu umhüllen anfing.

Joyeuse hatte seinen auf achthundert Mann zusammengeschmolzenen Matrosen, den einzigen, die noch eine gewisse Ordnung behaupteten, Halt befohlen. Keuchend, ohne Stimme, nur noch durch drohende Gebärden sprechend, versuchte der Graf von Saint-Aignan, sein zerstreutes Fußvolk wieder zu sammeln.

An der Spitze der Flüchtlinge, auf einem vortrefflichen Pferde reitend und von einem Bedienten begleitet, der ein anderes an der Hand hielt, jagte der Herzog von Anjou fort und fort, ohne an irgend etwas zu denken.

»Der Elende hat kein Herz,« sagten die einen.

»Der Tapfere ist herrlich in seiner Kaltblütigkeit,« sagten die anderen.

Einige Stunden der Ruhe von zwei bis sechs Uhr sollten dem Fußvolk wieder die erforderliche Kraft geben, um die Flucht fortzusetzen. Nun fehlte es aber an Lebensmitteln.

Die Pferde schienen noch mehr abgemattet als die Menschen, sie schleppten sich nur mit Mühe fort, denn sie hatten seit dem vorhergehenden Tage nichts mehr gefressen; sie bewegten sich auch am Schweif der Armee.

Man hoffte Brüssel zu erreichen, das dem Herzog gehörte, und wo man zahlreiche Parteigänger zählte; doch war man nicht ohne Unruhe über den guten Willen der Stadt; auch auf Antwerpen hatte man einen Augenblick rechnen zu können geglaubt. In Brüssel, nämlich kaum acht französische Meilen von dem Orte, wo man sich befand, wollte man die Truppen verproviantieren und ein vorteilhaftes Lager beziehen, um den unterbrochenen Feldzug wiederzubeginnen, sobald man den Augenblick für geeignet hielte. Die Trümmer, die man zurückbrachte, sollten als Kern für eine neue Armee dienen.

Noch zu dieser Stunde sah niemand den furchtbaren Augenblick vorher, in dem der Boden unter den Füßen der unglücklichen Soldaten sinken, Wasserberge niederstürzen und über ihren Häuptern hinrollen, die Überreste so vieler Tapferen, von dem schlammigen Gewässer fortgetragen, bis ins Meer gewälzt oder auf dem Wege niedergeworfen werden sollten, um die Felder Brabants zu düngen ...

Der Herzog von Anjou ließ sich in der Hütte eines Bauern zwischen Heboken und Heckhout Frühstück bringen. Die Hütte war leer, die Bewohner hatten sich schon am vorhergehenden Abend geflüchtet; das von ihnen am Tag zuvor angezündete Feuer brannte noch im Kamin. Die Soldaten und Offiziere wollten ihrem Führer nachahmen und zerstreuten sich in den genannten zwei Flecken; aber sie sahen mit einem Erstaunen, in das sich Schrecken mischte, daß alle Häuser verlassen waren, und daß die Einwohner ihre Mundvorräte fast gänzlich mitgenommen hatten.

Der Graf von Saint-Aignan suchte auf gut Glück wie die andern; die Sorglosigkeit des Herzogs von Anjou in der Stunde, in der so viele Brave für ihn starben, widerstrebte seinem Geiste, und er entfernte sich vom Prinzen. Er gehörte zu denen, die sagten: »Der Elende hat kein Herz.«

Er durchsuchte zwei bis drei Häuser, die er leer fand; er klopfte an die Tür des vierten, als man ihm sagte, aus zwei Meilen in der Runde, das heißt in dem Umkreise des Landes, den man innehatte, seien alle Häuser so. Bei dieser Nachricht runzelte Saint-Aignan die Stirn und machte seine gewöhnliche Grimasse.

»Vorwärts, meine Herren, vorwärts,« sagte er zu den Offizieren.

»Aber wir sind zu müde, wir sterben vor Hunger, General,« entgegneten sie.

»Ja, aber ihr lebt, und wenn ihr eine Stunde länger hier bleibt, seid ihr tot; vielleicht ist es jetzt schon zu spät.«

Herr von Saint-Aignan konnte nichts Sicheres angeben, aber er ahnte eine große, verborgene Gefahr. Man brach auf. Der Herzog stellte sich an die Spitze, Herr von Saint-Aignan behielt das Zentrum, und Joyeuse übernahm die Nachhut.

Doch es trennten sich von der Gruppe noch zwei- bis dreitausend Mann, entweder durch ihre Wunden geschwächt oder durch die Anstrengungen zu sehr ermattet, und legten sich verlassen, trostlos, von finsterer Ahnung ergriffen, im Grase oder am Fuße der Bäume nieder. Bei ihnen blieben auch die demontierten Reiter, deren Pferde sich nicht fortschleppen konnten oder auf dem Marsche verwundet worden waren. Es waren um den Herzog von Anjou kaum noch dreitausend hinreichend kräftige und kampffähige Soldaten versammelt.

Die Reisenden.

Während dieses Unglück, der Vorläufer eines noch viel größeren, in Erfüllung ging, kamen zwei Reisende auf vortrefflichen Pferden in einer kühlen Nacht aus dem Tore Brüssels und ritten in der Richtung von Mecheln vorwärts. Sie bewegten sich nebeneinander; sie hatten ihre Mäntel eingebunden und scheinbar keine Waffen, abgesehen von einem flämischen Messer, dessen messingenen Griff man am Gürtel des einen glänzen sah.

Diese Reisenden ritten ihres Weges, jeder seinem Gedanken folgend, ohne ein Wort auszutauschen.

Wer sie auf der vom Monde beleuchteten Landstraße so friedlich hätte traben sehen, würde sie für gute Leute gehalten haben, die es drängte, nach einer guten Tagereise ein gutes Bett zu finden.

Doch man hätte nur einige durch den Wind von ihrem Gespräche abgelöste Sätze zu hören brauchen, um diese irrige Meinung aufzugeben.

Und das seltsamste von allen Worten, die sie austauschten, war auch ihr erstes, als sie ungefähr eine halbe Meile von Brüssel entfernt sein mochten.

»Madame,« sagte der stärkere zu dem schlankeren Gefährten, »Ihr habt in der Tat recht gehabt, diese Nacht aufzubrechen; wir gewinnen sieben Meilen durch unsern Marsch und kommen nach Mecheln gerade in dem Augenblick, in dem aller Wahrscheinlichkeit nach das Resultat des Handstreichs auf Antwerpen bekannt sein wird. Man wird sie dort in der ganzen Trunkenheit des Triumphes finden. In zwei kurzen Tagemärschen erreichen wir Antwerpen, und zwar ohne Zweifel zur Stunde, wo der Prinz sich von seiner Freude erholt und die Gnade haben wird, auf den Boden zu schauen, nachdem er sich bis in den siebenten Himmel erhoben.«

Der Gefährte, der von dem andern Madame genannt wurde, erwiderte mit einer zugleich ruhigen, ernsten und sanften Stimme: »Mein Freund, glaubt mir, Gott wird müde sein, diesen elenden Prinzen zu beschützen, und ihn grausam schlagen; beeilen wir uns also, unsere Pläne in Ausführung zu bringen, denn ich gehöre nicht zu denen, die an das Schicksal glauben, und ich denke, die Menschen haben frei über ihren Willen und über ihre Handlungen zu gebieten. Wenn wir nicht handeln und Gott handeln lassen, so war es nicht der Mühe wert, so schmerzlich bis auf diesen Tag zu leben.«

In diesem Augenblick pfiff ein eisiger Nordwest vorüber.

»Ihr schauert, Madame,« sagte der ältere von den Reisenden; »nehmt Euren Mantel!«

»Nein, Remy, ich danke; du weißt, ich fühle weder mehr die Schmerzen des Körpers noch die Qualen des Geistes.«

Remy schlug die Augen zum Himmel auf und blieb in ein düsteres Nachdenken versunken. Zuweilen hielt er sein Pferd an und wandte sich auf seinen Steigbügeln um, während ihm seine Gefährtin stumm wie eine Reiterstatue voranritt.

Nach einem von diesen Halten, und als ihr Gefährte sie wieder eingeholt hatte, sagte sie: »Nu siehst niemand mehr hinter uns?« – »Nein, Madame, niemand.«

»Der Reiter, der uns in der Nacht in Valenciennes einholte und sich nach uns erkundigte, nachdem er uns so lange beobachtet hatte?« – »Ich sehe ihn nicht mehr.« »Aber mir scheint, ich habe ihn gesehen, ehe wir Mons erreichten.« – »Und ich, Madame, weiß sicher, daß ich ihn gesehen habe, ehe wir nach Brüssel kamen.«

»Nach Brüssel, sagst du?« – »Ja; doch er wird in dieser Stadt angehalten haben.«

»Remy,« sagte die Dame, indem sie sich ihrem Gefährten näherte, als fürchtete sie, man könnte sie auf dieser öden Straße hören, »kam es dir nicht vor, als gliche er ...« »Wem?«

»Seiner Haltung nach wenigstens, denn ich habe sein Gesicht nicht gesehen, dem unglücklichen jungen Mann.« – »Oh! nein, nein, Madame,« erwiderte Remy hastig, »nicht im geringsten; wie hätte er überdies vermuten sollen, daß wir Paris verlassen haben und uns auf dieser Straße befinden?«

»Woher wußte er, Remy, daß wir unsere Wohnung in Paris veränderten?« – »Nein, nein, Madame, er ist uns nicht gefolgt und hat uns nicht folgen lassen, und ich habe, wie ich Euch dort sagte, starke Gründe zu glauben, daß er einen verzweifelten Entschluß gefaßt hat.«

»Ach! Remy, jeder trägt seinen Teil Leiden auf dieser Erde; Gott erleichtere die dieses armen Jünglings.«

Remy antwortete mit einem Seufzer auf den Seufzer seiner Gebieterin, und sie setzten ihre Reise fort, ohne ein anderes Geräusch, als das der Tritte ihrer Pferde auf der schallenden Straße.

So vergingen zwei Stunden. In dem Augenblick, als unsere Reisenden in Vilvorde einritten, drehte Remy lebhaft den Kopf um. Er hatte den Galopp eines Pferdes bei der Biegung der Straße gehört. Er hielt an, horchte, sah aber nichts. Seine Augen suchten vergebens die Tiefe der Nacht zu durchdringen, doch da kein anderes Geräusch die feierliche Stille unterbrach, ritt er mit seiner Gefährtin in den Flecken ein.

»Madame,« sagte er, »es wird bald Tag werden; wenn Ihr meinem Rate folgen wollt, halten wir hier an; die Pferde sind müde, und Ihr bedürft der Ruhe.«

»Remy,« entgegnete die Dame, »vergebens wollt Ihr mir verbergen, was Ihr empfindet, Remy, Ihr seid unruhig....« – »Ja, über Eure Gesundheit, Madame; glaubt mir, eine Frau vermag solche Drangsale nicht zu ertragen, und ich bin kaum selbst....«

»Tut, was Euch beliebt, Remy.« – »Nun, so reitet in dieses Gäßchen, an dessen Ende ich die erlöschende Laterne eines Wirtshauses erblicke; es ist das Zeichen, woran man die Wirtshäuser erkennt; ich bitte, beeilt Euch!«

»Ihr habt also etwas gehört?« – »Ja, etwas wie den Hufschlug eines Pferdes. Wohl glaube ich, daß ich mich getäuscht habe; aber jedenfalls bleibe ich einen Augenblick zurück, um mich zu versichern, ob ich richtig oder falsch gehört.«

Remy ließ die Dame an sich vorbeireiten, stieg ab und warf seinem Pferde den Zügel auf den Hals; es folgte natürlich dem seiner Gefährtin. Er selbst wartete gebückt hinter einem riesigen Weichstein.

Während die Dame zum Wirtshaus ritt und dort eintrat, lauerte Remy aus seinem Versteck auf den Reisenden, dessen Pferd er hatte galoppieren hören. Er sah ihn, aufmerksam horchend, in den Flecken reiten; bei dem Gäßchen angelangt, erblickte der Reisende die Laterne, und er schien zu zögern, ob er weiter reiten oder sich nach dieser Seite wenden sollte. Zwei Schritte von Remy, der auf seiner Schulter den Atem des Pferdes fühlte, hielt er an.

Remy legte die Hand an sein Messer. »Er ist es,« brummte er, »er folgt uns abermals... Was will er von uns?«

Der Reisende kreuzte seine Arme über seiner Brust, während sein Roß, den Hals ausgestreckt, angestrengt schnaufte.

»Sie sind weiter geritten, folgen wir ihnen,« sagte er nach einer Weile gespannten Horchens mit halber Stimme. Und er ließ seinem Pferde wieder die Zügel und setzte seinen Weg fort.

»Morgen schlagen wir eine andere Straße ein,« sagte Remy zu sich selbst. Und er eilte seiner Gefährtin nach, die ihn ungeduldig erwartete.

»Nun,« fragte sie ganz leise, »folgt man uns?« – »Niemand; ich täuschte mich; nur wir sind auf der Straße, und Ihr könnt in vollkommener Sicherheit schlafen.«

»Oh! ich habe keinen Schlaf, Remy, – Ihr wißt es wohl.« – »Aber Ihr werdet wenigstens zu Nacht essen, denn Ihr habt schon gestern nichts gegessen.«

»Gern, Remy.«

Man weckte zum zweiten Male die Magd, die ihnen kaltes Fleisch, eingemachte Früchte und Löwener Bier brachte. Die Magd blieb, weiterer Befehle gewärtig, stehen und sah staunend, wie mäßig die Reisenden den Speisen zusprachen, wie sie es bei ihren flämischen Landsleuten noch nie gesehen hatte.

»Sage mir, mein Kind,« fragte sie Remy, »gibt es einen Seitenweg von hier nach Mecheln?« – »Ja, mein Herr, aber er ist sehr schlecht; während es eine vortreffliche Landstraße gibt.«

»Ich weiß es; doch ich muß auf dem andern Wege reisen.« – »Mein Herr, ich muß Euch warnen; da Eure Gefährtin eine Frau ist, so wird für sie besonders der Weg doppelt schlecht sein.«

»Warum?« – »Weil in dieser Nacht viele Landleute durch die Gegend kommen, um nach Brüssel zu ziehen.«

»Nach Brüssel?« – »Ja, sie wandern für den Augenblick aus.«

»Warum wandern sie aus?« – »Ich weiß es nicht, es ist so der Befehl.«

»Der Befehl von wem? vom Prinzen von Oranien?« – Mein, von Monseigneur.«

»Wer ist dieser Monseigneur?« – »Ah! bei Gott! Ihr fragt mich zu viel, mein Herr, ich weiß es nicht; es ist nur so viel gewiß, daß man auswandert.«

»Und wer sind die Auswandernden?« – »Die Bewohner des Landes, der Dörfer, der Flecken, die weder Dämme noch Wälle haben.«

»Das ist seltsam,« sagte Remy. »Doch nicht wahr, wir können weiter reisen, da wir nach Mecheln gehen?«

»Ich glaube wohl, wenn Ihr es nicht lieber wie alle machen und nach Brüssel ziehen wollt.« Remy schaute seine Gefährtin abermals an.

»Nein, nein, wir brechen auf der Stelle nach Mecheln auf,« rief die Dame, indem sie rasch aufstand, »habt die Güte und öffnet den Stall, meine Liebe!«

Remy stand wie seine Gefährtin auf und sagte leise: »Gefahr für Gefahr; ich ziehe die vor, die ich kenne; überdies ist uns der junge Mann voran ... und sollte er etwa auf uns warten, nun so werden wir ja sehen.«

Da die Pferde nicht einmal abgesattelt worden waren, so fand sie der junge Tag an den Ufern der Dyle.

Erklärung.

Die Gefahr, der Remy so trotzte, war eine wirkliche Gefahr, denn der nächtliche Reisende sah bald, nachdem er das Dorf hinter sich hatte und noch eine Viertelmeile weiter geritten war, daß die, denen er folgte, in dem Dorfe angehalten hatten.

Er wollte nicht mehr auf seinem Wege umkehren, ohne Zweifel um seine Verfolgung so wenig wie möglich absichtlich erscheinen zu lassen; doch er legte sich in einen Kleeacker nieder, wobei er zuvor sein Pferd in einen tiefen Graben hinabsteigen ließ, wie sie in Flandern als Gehege für die Grundstücke dienen.

Infolgedessen war der junge Mann, in dem der Leser so gut wie Remy sicher schon du Bouchage erkannt hat, imstande, alles zu sehen, ohne gesehen zu werden.

Nach seiner Unterredung mit Remy auf der Schwelle des geheimnisvollen Hauses, nach dem Verluste aller seiner Hoffnungen, war Henri in das Hotel Joyeuse zurückgekehrt, entschlossen, ein Leben zu verlassen, das sich ihm so elend zeigte, und als Edelmann von Herz wie als guter Sohn, denn er hatte den Namen seines Vaters rein zu erhalten, entschied er sich zu dem glorreichen Tod auf dem Schlachtfeld. Er eilte also nach Flandern, wo sein Bruder die Ehre der französischen Waffen aufrechthielt.

Im Augenblick, als er, ganz in seine Todesträume versunken, den spitzigen Glockenturm von Valenciennes erblickte, und es acht Uhr in der Stadt schlug, gewahrte er, daß man im Begriffe war, die Tore zu schließen; er gab seinem Pferde beide Sporen und hätte, über die Zugbrücke reitend, beinahe einen Reiter niedergeworfen, der den Gurt des seinigen festzog.

Henri war keiner von den unverschämten Adligen, die alles, was kein Wappenschild hat, mit den Füßen niedertraten. Er entschuldigte sich bei dem Mann, der sich bei dem Tone seiner Stimme umkehrte und dann rasch wieder abwandte.

Von seinem eifrigen Pferde, das er vergebens anzuhalten suchte, fortgetragen, bebte Henri, als hätte er gesehen, was er nicht zu sehen erwartet.

»Oh! ich bin wahnsinnig,« dachte er, »Remy in Valenciennes, Remy, den ich vor vier Tagen in der Rue de Bussy gelassen habe; Remy ohne seine Gebieterin, denn er hatte einen jungen Menschen bei sich, wie mir scheint. In der Tat, der Schmerz bringt mein Gehirn in Verwirrung, greift mein Gesicht an, so daß sich alles, was mich umgibt, in die Form meiner starren Gedanken kleidet.« Und er ritt weiter und gelangte in die Stadt, ohne daß der Verdacht, der seinen Geist berührt hatte, darin nur einen einzigen Augenblick Wurzel faßte.

Bei dem ersten Stall, den er auf seinem Wege fand, hielt er an, warf den Zügel den Händen eines Stallknechtes zu und setzte sich auf eine Bank vor der Tür, indes man sein Zimmer und sein Abendessen bereitete. Während er aber nachdenkend auf dieser Bank saß, sah er die zwei Reisenden, die nebeneinander ritten, herbeikommen, und er bemerkte, daß der, den er für Remy gehalten hatte, häufig den Kopf umwandte. Der andere hatte das Gesicht unter dem Schatten eines breitkrempigen Hutes verborgen. Remy erblickte, als er vor dem Wirtshause vorüberkam, Henri auf der Bank und wandte abermals den Kopf ab; aber gerade diese Vorsichtsmaßregel trug dazu bei, daß er erkannt wurde.

»Oh! diesmal täusche ich mich nicht,« murmelte Henri, »mein Blut ist kalt, mein Auge klar, meine Gedanken sind frisch, und ich glaube abermals in einem der Reisenden Remy zu erkennen. Nein, ich kann nicht in solcher Ungewißheit verharren und muß ohne Verzug Aufklärung erhalten,«

Sofort stand Henri auf und ging auf der Straße der Spur der beiden Reisenden nach; aber erst nach langem Suchen fand er ihre Spur; er erfuhr nämlich, man habe zwei Reisende sich nach einem unscheinbaren Wirtshause in der Rue du Beffroi wenden sehen. Dort gelang es ihm, Remy zu sehen, als er eben die Treppe zu seinem Zimmer hinaufstieg. Als er ihn diesmal bestimmt erkannte, gab der Graf einen Ausruf von sich, und beim Tone der Stimme des Grafen wandte sich Remy um. Zu sehr erschüttert, um sogleich einen Entschluß zu fassen, entfernte sich du Bouchage, indem er sich mit furchtbar beklommenem Herzen fragte, warum Remy seine Gebieterin verlassen, und warum er sich auf derselben Straße wie er befinde.

Seine Gedanken rollten von Abgrund zu Abgrund. Am andern Morgen, zur Stunde der Öffnung der Tore, war er sehr erstaunt, als er erfuhr, die zwei Unbekannten hätten in der Nacht vom Gouverneur die Erlaubnis erhalten, die Stadt zu verlassen, und man habe für sie, gegen alle Gewohnheit, die Tore geöffnet.

Auf diese Art und da sie gegen ein Uhr morgens aufgebrochen waren, hatten sie sechs Stunden vor Henri voraus. Diese sechs Stunden mußte er einbringen. Henri setzte sein Pferd in Galopp und erreichte und überholte die Reisenden in Mons.

Er sah abermals Remy, der seinerseits ihn nicht erkennen konnte, Henri hatte eine Soldatenkasacke angezogen und ein anderes Pferd gekauft. Das mißtrauische Auge des guten Dieners hätte aber beinahe auch diese List vereitelt, und jedenfalls hatte Remys Gefährte Zeit, sein Gesicht abzuwenden, so daß es Henri auch diesmal nicht gewahren konnte.

Doch der junge Mann verlor den Mut nicht; er fragte im ersten Wirtshaus, das den Reisenden ein Asyl gab, und da er seine Fragen mit einer unwiderstehlichen Hilfsmacht begleitete, so erfuhr er endlich, Remys Gefährte sei ein schöner, aber sehr trauriger, in sich gekehrter, nüchterner junger Mann, der nie von Müdigkeit spreche.

Henri bebte, ein Blitz erleuchtete seinen Geist.

»Sollte es nicht eine Frau sein?« fragte er.

»Es ist möglich,« erwiderte der Wirt; »gegenwärtig kommen viele junge Frauen so verkleidet hier durch, um sich zu ihren Liebhabern bei der Armee in Flandern zu begeben.«

Diese Erklärung brach Henri das Herz. War es nicht wahrscheinlich, daß Remy seine als Reiter verkleidete Gebieterin begleitete? Verhielt es sich so, so sah Henri nur Ärgerliches in diesem Abenteuer.

Remy log also, wenn er von ihrer ewigen Trauer sprach; die Fabel von einer vergangenen unsterblichen Liebe hatte er also erfunden, um einen überlästigen Wächter zu entfernen.

»Desto besser,« sagte Henri zu sich selbst, mehr niedergebeugt durch diese Hoffnung, als er es je durch seine Verzweiflung gewesen war, »dann wird ein Augenblick kommen, in dem ich mich dieser Frau nähern und ihr alle diese Ausflüchte vorwerfen kann, die sie, die ich in meinem Geiste und in meinem Herzen so hoch gestellt, zur gemeinen Alltäglichkeit erniedrigen; ich werde mich sodann vielleicht selbst von dem Gipfel meiner Illusionen, von der Höhe meiner Liebe herabstürzen.«

Und der junge Mann raufte sich die Haare aus und zerriß sich die Brust bei dem Gedanken, er würde vielleicht eines Tages diese Liebe und diese Illusionen, die ihn töteten, verlieren; so wahr ist es, daß ein totes Herz mehr Wert hat als ein leeres Herz.

In Brüssel zog Henri ernste Erkundigungen über den Feldzugsplan des Herzogs von Anjou ein. Was er hörte, machte ihn ernstlich besorgt um diesen Feldzug, an dem sein Bruder so großen Anteil hatte, und er beschloß demzufolge, seinen Marsch nach Antwerpen zu beschleunigen.

Es war für ihn eine unsägliche Überraschung, als er Remy und seine Gefährtin hartnäckig dieselbe Straße verfolgen sah, der er folgte. Es war ein Beweis, daß beide nach demselben Ziele strebten.

Beim Ausgange des Fleckens war Henri, im Klee verborgen, wo wir ihn gelassen, diesmal gewiß, dem jungen Mann, der Remy begleitete, ins Gesicht schauen zu können. Damit wollte er seiner letzten Ungewißheit ein Ende machen.

Als die Reisenden an dem jungen Mann vorüberritten, den sie nicht entfernt hier verborgen wähnten, war die Dame beschäftigt, ihre Haare zu glätten, die sie nicht gewagt hatte, im Wirtshaus aufzuknüpfen.

Henri sah sie, erkannte sie und fiel beinahe ohnmächtig in den Graben, wo sein Roß friedlich weidete. Die Reisenden ritten vorüber.

Oh! da bemächtigte sich der Zorn des Grafen, der so gut, so geduldig war, solange er bei den Bewohnern des geheimnisvollen Hauses die Rechtschaffenheit zu sehen geglaubt hatte, die er selbst übte. Jetzt aber fühlte er sich verraten. Nachdem er den ersten Schmerz verwunden hatte, schüttelte der junge Mann seine schönen blonden Haare, wischte sich seine mit Schweiß bedeckte Stirn ab und stieg wieder zu Pferde, entschlossen, keine von den Vorsichtsmaßregeln mehr zu nehmen, die ihm ein Überrest von Ehrfurcht geraten hatte, und er begann, den Reisenden sichtbar und mit entblößtem Antlitz zu folgen. Er war entschlossen, weder mit Remy noch mit dessen Gefährtin zu reden, sondern sich nur von ihnen erkennen zu lassen. »Oh! ja, ja!« sagte er zu sich selbst, »wenn ihnen nur noch ein wenig Herz bleibt, so wird meine Gegenwart ein blutiger Vorwurf für diese Leute ohne Treu und Glauben sein, die mir das Herz mutwillig zerreißen.«

Er hatte nicht fünfhundert Schritte hinter den zwei Reisenden gemacht, da gewahrte ihn Remy, und dessen Unruhe machte auch die Dame aufmerksam. Sie wandte sich um und glaubte Henri zu erkennen. Auch sie konnte sich nicht eines Gefühls der Bangigkeit enthalten.

»Wir sind nun in Mecheln,« sagte sie, »wechseln wir die Pferde, wenn es sein muß, um rascher zu marschieren, aber eilen wir, nach Antwerpen zu kommen.«

»Dann sage ich im Gegenteil,« versetzte Remy, »gehen wir nicht nach Mecheln hinein, unsere Pferde sind von guter Rasse, reiten wir bis zu jenem Flecken, den man dort links erblickt; er heißt, glaube ich, Villebrock; so vermeiden wir die Stadt, das Gasthaus, die Fragen, die Neugierigen und sind weniger verlegen, die Pferde und die Kleider zu wechseln, wenn es notwendig sein sollte.«

»Vorwärts, Remy, also gerade auf den Flecken zu!«

Sie wandten sich nach links und kamen auf einen kaum gebahnten Pfad, der jedoch sichtbar nach Villebrock führte. Henri verließ die Landstraße auf derselben Stelle wie sie, schlug denselben Pfad ein wie sie und folgte ihnen stets in gleicher Entfernung.

Sie kamen bald nach Villebrock. Von den zweihundert Häusern, aus denen der Flecken bestand, war nicht eines bewohnt; nur einige vergessene Hunde und Katzen liefen scheu in dieser Einsamkeit umher. Remy klopfte an zwanzig Stellen an; er sah keinen Menschen und wurde von niemand gehört.

Henri, der die Reisenden wie ihr Schatten begleitete, hielt vor dem ersten Hause des Fleckens an, klopfte an die Tür dieses Hauses, aber ebenso fruchtlos wie Remy, und da er nun vermutete, der Krieg sei die Ursache dieser Landflucht, so wartete er, um sich wieder auf den Marsch zu begeben, sobald die Reisenden aufgebrochen wären.

Dies taten sie, nachdem ihre Pferde das Korn gefressen hatten, das Remy in der Kiste eines verlassenen Wirtshauses fand.

»Madame,« sagte Remy, »wir sind weder mehr in einem ruhigen Land noch in einer gewöhnlichen Lage; wir dürfen uns nicht wie Kinder der Gefahr preisgeben. Wir werden sicher auf Franzosen oder Flamländer stoßen, abgesehen von den spanischen Parteigängern, denn in der seltsamen Lage, in der sich Flandern befindet, müssen hier Straßenläufer aller Art, Abenteurer von allen Ländern hausen; wäret Ihr ein Mann, so würde ich anders mit Euch sprechen; doch Ihr seid eine Frau, Ihr seid jung, Ihr seid schön, Ihr lauft eine doppelte Gefahr für Euer Leben und für Eure Ehre.«

»Nun! was schlagt Ihr vor? Denkt und handelt für mich; Remy, Ihr wißt, daß mein Geist nicht auf dieser Erde ist.«

»Dann bleiben wir hier, wenn Ihr mir folgen wollt, ich sehe viele Häuser, die ein sicheres Obdach bieten können; ich habe Waffen, wir werden uns verteidigen oder uns verbergen, je nachdem ich uns für stark genug oder für zu schwach halten muß.«

»Nein, Remy, nein, ich muß weiter gehen, nichts soll mich aufhalten,« erwiderte die Dame, den Kopf schüttelnd; »ich würde nur für Euch Furcht bekommen, wenn ich mich überhaupt fürchten könnte.«

»Vorwärts, also,« sagte Remy.

Und er ritt weiter, ohne ein Wort hinzuzufügen.

Die unbekannte Dame folgte ihm, und Henri du Bouchage, der zugleich angehalten hatte, setzte sich mit ihnen wieder in Marsch.

Das Wasser.

Je weiter die Reisenden kamen, desto seltsamer war der Anblick des Landes. Es sah aus, als wären die Felder und Triften verlassen wie die Flecken und die Dörfer.

In der Tat, nirgends weideten mehr Kühe auf den Wiesen, nirgends sprangen Ziegen an den Seiten des Berges oder erhoben sich an den Hecken, um die grünen Knospen der Brombeerstauden zu erreichen, nirgends waren Herde und Hirt zu sehen, nirgends der Pflug und der Pflüger, kein Handelsmann mehr, mit dem Ballen auf dem Rücken, von einer Gegend in die andere ziehend, kein Kärrner mehr, der rauhe Lieder sang und, eine geräuschvolle Peitsche in der Faust, neben seinem plumpen Karren einherschlenderte.

Soweit sich der Blick über diese herrlichen Ebenen, an den kleinen Abhängen hin, im hohen Grase, am Saume der Wälder erstreckte, keine menschliche Gestalt, keine Stimme. Man hätte glauben sollen, die Natur stehe am Vorabend des Tages, wo Menschen und Tiere geschaffen wurden.

Als die Dämmerung eintrat, suchte Henri überall, in der Luft, in den Bäumen, ja in den Wolken die Erklärung der unheilkündenden Erscheinung.

Die einzigen Personen, die diese düstere Einsamkeit belebten, waren, sich von dem Purpur der untergehenden Sonne abhebend, Remy und seine Gefährtin, die sich neigte, um zu horchen, ob nicht ein Geräusch zu ihnen käme; dann hundert Schritte dahinter Henris Gestalt, der beständig dieselbe Entfernung und dieselbe Haltung behauptete.

Die Nacht senkte sich finster und kalt herab, der Nordostwind pfiff durch die Luft und erfüllte die Öde mit einem Geräusch, das drohender schien als das Stillschweigen.

Remy hielt seine Gefährtin zurück, indem er die Hand an die Zügel ihres Pferdes legte.

»Gnädige Frau,« sagte er, »Ihr wißt, ob ich unzugänglich für die Furcht bin, Ihr wißt, ob ich einen Schritt rückwärts täte, um mein Leben zu retten; diesen Abend aber geht etwas Seltsames in mir vor, eine unbekannte Betäubung fesselt meine Sinne, lähmt mich und verbietet mir weiterzugehen. Nennt es Furcht, Verzagtheit, Schrecken, ich gestehe, zum erstenmal in meinem Leben habe ich ... Angst.«

Die Dame wandte sich um; vielleicht waren ihr alle diese drückenden Vorzeichen entgangen, vielleicht hatte sie nichts gesehen.

»Ist er immer noch da?« fragte sie.

»Oh! von ihm ist nicht mehr die Rede,« entgegnete Remy; »ich bitte Euch, denkt nicht mehr an ihn; er ist allein, und ich bin einem einzelnen Menschen gewachsen. Nein, die Gefahr, die ich fürchte, oder die ich vielmehr fühle, die ich ahne, mehr instinktartig als mit Hilfe meiner Vernunft, diese Gefahr, die herannaht, uns bedroht, uns vielleicht umgibt, diese Gefahr ist eine andere; sie ist unbekannt und deshalb um so bedrohlicher.«

Die Dame schüttelte den Kopf.

»Hört,« sagte Remy, »seht Ihr dort die Weidenbäume, die ihre schwarzen Gipfel beugen?« – »Ja.«

»Neben diesen Bäumen erblicke ich ein kleines Haus; ich bitte, laßt uns dahin gehen; ist es bewohnt, so können wir leicht Gastfreundschaft verlangen; ist es nicht bewohnt, so nehmen wir es einfach in Besitz; oh! macht keine Einwendung, ich flehe Euch an!«

Remys Bewegtheit, seine zitternde Stimme, das Überredende seiner Worte bestimmten seine Gefährtin nachzugeben. Sie wandte ihr Pferd in der von Remy angegebenen Richtung.

Einige Minuten nachher klopften die Reisenden an die Tür des unter einer Gruppe von Weidenbäumen erbauten Hauses. Ein Bach zwischen Schilfrohr und grünem Rasen bespülte mit seinem murmelnden Wasser den Fuß der Weiden; hinter dem aus Backstein gebauten und mit Ziegeln bedeckten Haus lag ein kleiner Garten, von einer lebendigen Hecke umfriedet. Dies alles war öde, leer, verlassen. Niemand antwortete auf das verdoppelte Klopfen der Reisenden.

Remy drückte unschwer die schlecht verwahrte Tür auf, führte seine Gefährtin hastig in das Haus, schlug die Tür hinter ihr zu, schob einen schweren Riegel vor und atmete nun, als ob er das Leben gewonnen hätte. Dann quartierte er seine Gebieterin in der einzigen Stube des ersten Stockes ein, wo er tappend und tastend ein Bett, einen Stuhl und einen Tisch fand. Hierauf stieg er wieder in das Erdgeschoß hinab und beobachtete durch einen etwas geöffneten Laden und durch das vergitterte Fenster die Bewegungen des Grafen, der sich dem Hause näherte.

Henris Betrachtungen waren finsterer Natur und standen mit Remys im Einklang.

»Sicher,« sagte er zu sich selbst, »schwebt eine uns unbekannte, aber, den Bewohnern bekannte Gefahr über dem Lande; der Krieg verheert die Gegend, die Franzosen haben Antwerpen genommen oder werden es nehmen; vom Schrecken ergriffen, haben die Bauern eine Zuflucht in den Städten gesucht.«

»Was machen Remy und seine Herrin hier?« fragte er sich weiter. »Welche Notwendigkeit treibt sie dieser Gefahr entgegen? Oh! ich werde es erfahren, denn der Augenblick, zu sprechen und allen meinen Zweifeln ein Ende zu machen, ist nun gekommen. Nirgends hat sich noch eine so schöne Gelegenheit gezeigt.«

Und er ging auf das Haus zu.

Doch plötzlich blieb er stehen, mit jenem Zögern, das die Herzen der Liebenden so häufig ergreift. Nachdem er sich noch einmal in wollüstigem Schmerz in die Pein seiner hoffnungslosen Liebe versenkt hatte, legte er sich endlich unter die Weiden, deren Zweige das Haus bedeckten, und horchte mit unbeschreiblich schwermütigem Gefühl auf das Gemurmel des Wassers, das an seiner Seite hinfloß.

Plötzlich bebte er, der Lärm der Kanonen erscholl auf der Nordseite und zog, vom Winde getragen, vorüber.

»Ah!« sagte er zu sich selbst, »ich werde zu spät kommen, man greift Antwerpen an.«

Der erste Entschluß Henris war, aufzustehen, wieder zu Pferde zu steigen und, vom Lärm geleitet, dahin zu eilen, wo man sich schlug; aber dann mußte er ja die unbekannte Dame verlassen und im Zweifel über sie vom Leben scheiden.

Er blieb also. Zwei Stunden lang lag er auf der Erde, horchte auf das donnerähnliche Krachen, das sein Ohr erreichte, und fragte sich, was für ein unregelmäßiges, stärkeres Krachen es wäre, das von Zeit zu Zeit das andere verstärkte.

Er hatte keine Ahnung, daß dieses Krachen von den in die Luft springenden Schiffen seines Bruders verursacht wurde.

Endlich, gegen zwei Uhr, wurde alles ruhig.

»Zu dieser Stunde,« sagte Henri zu sich selbst, »ist Antwerpen genommen, und mein Bruder ist Sieger; aber nach Antwerpen wird Gent kommen; nach Gent Brügge, und es wird mir nicht an Gelegenheit fehlen, glorreich zu sterben. Doch bevor ich sterbe, will ich wissen, was diese Frau im Lager der Franzosen sucht.«

Und als nach dem Schlachtlärm die Natur zu ihrer Ruhe zurückgekehrt war, kehrte auch Joyeuse, in seinen Mantel gehüllt, zu seiner Unbeweglichkeit zurück.

Er war in jene Art von Schlaftrunkenheit versunken, der gegen Ende der Nacht der Wille des Menschen nicht widerstehen kann, als sein Pferd, das einige Schritte von ihm weidete, die Ohren spitzte und traurig wieherte.

Henri öffnete die Augen. Aufrecht, den Kopf in einer andern Richtung als den Körper haltend, atmete das Tier den Wind ein, der von Südost kam.

»Was gibt es, mein gutes Roß?« sagte der junge Mann, indem er aufstand und seinem Pferde den Hals streichelte, »hast du eine Otter vorüberkommen sehen, die dich erschreckt, oder sehnst du dich nach dem Obdach eines guten Stalles?«

Als hätte es die Frage verstanden und wollte darauf antworten, machte das Tier eine freie, lebhafte Bewegung in der Richtung von Lier und horchte, das Auge starr und die Nüstern weit geöffnet.

»Ah! ah!« murmelte Henri, »es ist ernster, wie es scheint; ein Trupp Wölfe, der dem Heere folgt, um die Leichname zu verzehren.«

Das Pferd wieherte, senkte den Kopf und ergriff dann mit einer Bewegung, rasch wie der Blitz, die Flucht nach Westen. Doch dabei kam es in den Bereich der Hand seines Herrn, der es beim Zaume packte und aufhielt. Ohne die Zügel zusammenzunehmen, faßte es

Henri bei der Mähne und schwang sich in den Sattel; hier machte er sich als guter Reiter zum Herrn seines Pferdes und hielt es fest.

Aber was das Pferd gehört hatte, fing Henri nach einem Augenblick auch an zu hören, und der Mensch erschrak, wie vorher das rohe Tier.

Ein langes Murmeln, dem eines scharfen und schweren Windes ähnlich, erhob sich von den verschiedenen Punkten eines Halbkreises, der sich von Süden nach Norden auszudehnen schien; Stöße einer frischen und mit Wasserdunst beladenen Brise unterbrachen von Zeit zu Zeit dieses Gemurmel, das dem Geräusche steigender Fluten auf den mit Kieselsteinen bedeckten, sandigen Ufern ähnlich wurde.

»Was ist denn das?« fragte Henri, »sollte es der Wind sein? Nein, das kann nicht sein. Ist es das Prasseln eines Brandes? Ebenfalls nicht; denn man sieht keinen Schimmer am Horizont, und der Himmel scheint sich sogar zu verdüstern.«

Das Geräusch verdoppelte sich und wurde deutlich; es war das unablässige, dumpfe Rollen, wie es tausend in der Ferne auf tönendem Pflaster polternde Kanonen hervorbringen würden.

Henri glaubte einen Augenblick den Grund dieses Geräusches gefunden zu haben, indem er es der von uns erwähnten Ursache zuschrieb. Bald aber sagte er: »Unmöglich, es gibt keine gepflasterte Chaussee in dieser Gegend, es gibt keine tausend Kanonen bei der Armee.«

Das Tosen kam immer näher. Henri setzte sein Pferd in Galopp und sprengte einer Anhöhe zu.

»Was sehe ich?« rief er, als er den Gipfel erreichte.

Was er sah, hatte sein Pferd vor ihm gesehen, denn er hatte es nicht in dieser Richtung vorwärts bringen können, ohne ihm die Flanken mit seinen Sporen zu zerreißen, und als es den Gipfel des Hügels erreicht hatte, bäumte es sich, daß es seinen Reiter beinahe abwarf.

Was Roß und Reiter sahen, war am Horizont ein blasses, ungeheures, endloses Band, das auf der Ebene vorrückte, einen unermeßlichen Kreis bildete und nach dem Meere zu ging. Und dieses Band erweiterte sich Schritt für Schritt vor Henris Augen.

Der junge Mann schaute unsicher die seltsame Erscheinung an, als er, nach dem Platze, den er verlassen, zurückblickend, bemerkte, daß der Wiesgrund sich mit Wasser schwängerte, und der kleine Fluß überströmte. Das Wasser rückte ganz sacht gegen das Haus heran.

»Ich unselig Wahnsinniger, der ich bin!« rief Henri, »ich erriet es nicht, es ist das Wasser! Es ist das Wasser! Die Flamländer haben ihre Dämme durchbrochen!«

Henri sprengte sogleich nach dem Hause fort, klopfte wütend an die Tür und rief:

»Öffnet, öffnet!«

Niemand antwortete.

»Öffnet, Remy!« schrie der junge Mann, wahnsinnig vor Schrecken, »ich bin es, Henri du Bouchage, öffnet!«

»Oh! Ihr braucht Euch nicht zu nennen, Herr Graf,« erwiderte Remy aus dem Innern des Hauses, »ich habe Euch längst erkannt, doch ich sage Euch nur, wenn Ihr diese Tür sprengt, so findet Ihr mich dahinter, in jeder Hand eine Pistole!«

»Du verstehst mich also nicht, Unglücklicher!« rief Henri im Tone der Verzweiflung, »das Wasser! das Wasser! es ist das Wasser!«

»Keine Fabeln, keine Vorwände, keine schmähliche List, Herr Graf. Ich sage Euch, daß Ihr über meinen Leichnam schreiten müßt, um hereinzukommen.«

»Dann werde ich darüber schreiten, aber hineinkommen,« rief Henri. »Im Namen des Himmels, im Namen Gottes, – im Namen deines Heils und des Heils deiner Gebieterin, willst du öffnen?« – »Nein!«

Der junge Mann schaute umher und erblickte einen mächtigen Stein; er hob ihn in seine Arme, von da auf seinen Kopf, lief gegen das Haus und schleuderte ihn gegen die Tür, die in tausend Stücke zersprang. Zugleich pfiff eine Kugel an Henris Ohr vorüber, jedoch ohne ihn zu berühren.

Henri stürzte auf Remy los. Dieser drückte seine zweite Pistole ab, doch nur das Zündkraut fing Feuer.

»Du siehst wohl, daß ich keine Waffen habe,« rief Henri; »wehre dich nicht mehr gegen einen Mann, der dich nicht angreift; schau' nur, schau'!«

Und er zog ihn nach dem Fenster, das er mit einem Faustschlag zerschmetterte.

»Nun,« sagte er, »siehst du nun?«

Und er deutete auf die ungeheure Wassermasse, die weiß am Horizont erschien und, während sie wie die Front eines riesigen Heeres vorrückte, ein dumpfes Murmeln und Brausen vernehmen ließ.

»Das Wasser!« murmelte Remy.

»Ja, das Wasser! das Wasser!« rief Henri; »es rückt heran; sieh zu unseren Füßen; der Fluß tritt aus, er steigt, in fünf Minuten kann man nicht mehr von hier weg.«

»Madame!« rief Remy, »Madame!«

»Kein Geschrei, keine Angst, Remy, halte die Pferde bereit, rasch, rasch!«

»Er liebt sie,« dachte Remy, »er wird sie retten.«

Remy lief in den Stall. Henri stürzte nach der Treppe.

Bei Remys Ruf hatte die Dame ihre Tür geöffnet. Der junge Mann hob sie in seine Arme, als wäre sie ein Kind. Aber sie glaubte, es sei Verrat, oder man wolle Gewalt brauchen, und sträubte sich aus Leibeskräften und klammerte sich an den Wänden an.

»Sage ihr doch,« rief Henri, »daß ich sie rette!«

Remy hörte den Ruf des jungen Mannes in dem Augenblick, wo er mit den beiden Pferden zurückkehrte.

»Ja! ja!« rief er, »ja, Madame, er rettet Euch, oder vielmehr, er wird Euch retten; kommt! kommt!«

Die Flucht.

Ohne mit Erklärungen Zeit zu verlieren, trug Henri die Dame aus dem Hause und wollte sie mit sich auf sein Pferd setzen. Doch mit einer Bewegung unüberwindlichen Widerstrebens schlüpfte sie aus dem lebendigen Ring und wurde von Remy aufgefangen, der sie auf das Pferd hob, das für sie bereitstand.

»Oh! was macht Ihr, Madame,« sagte Henri, »und wie versteht Ihr mein Herz? Es gilt für mich nicht das Vergnügen, Euch in meine Arme zu schließen, obgleich ich bereit wäre, für diese Gunst mein Leben zu opfern; es handelt sich darum, so schnell wie der Vogel zu fliehen. Seht Ihr, wie die Vögel fliehen?«

In der eben entstehenden Dämmerung sah man wirklich Scharen von Tauben die Luft mit raschem, scheuem Fluge durchschneiden.

Die Dame antwortete nichts; als sie aber im Sattel war, trieb sie ihr Pferd vorwärts, ohne den Kopf umzuwenden. Doch infolge des zweitägigen Gewalttrittes waren ihr Pferd und Remys abgemattet. Jeden Augenblick wandte sich Henri um, und als er sah, daß sie ihm nicht folgen konnte, rief er: »Seht, Madame, wie mein Pferd dem Eurigen voraneilt, und ich halte es doch mit beiden Händen zurück; laßt Euch bitten, Madame, während es noch Zeit ist; ich verlange nicht mehr, Euch in meinen Armen zu halten, aber nehmt mein Pferd und laßt mir das Eurige!«

»Ich danke, mein Herr,« erwiderte die Reisende mit ruhiger Stimme, und ohne daß sich die geringste Gemütsbewegung in ihrem Tone verriet.

»Aber, Madame,« rief Henri, indem er verzweifelte Blicke rückwärts warf, »das Wasser erreicht uns, hört Ihr, hört Ihr?«

Man vernahm in der Tat in diesem Augenblick ein furchtbares Krachen; es war der Damm eines Dorfes, den die Überschwemmung durchbrochen hatte. Bohlen, Stützen, Terrasse hatten nachgegeben, eine doppelte Reihe von Grundpfählen war mit einem donnerähnlichen Lärm zerschmettert worden, und über all diese Trümmer hinrollend, fing das Wasser an, einen Eichenwald zu stürmen, dessen Gipfel man beben sah, dessen Äste man krachen hörte, als ob eine Schar von Dämonen über das Blätterwerk hinzöge.

Die entwurzelten Bäume schlugen an den Pfählen aneinander, die eingestürzten hölzernen Häuser schwammen an der Oberfläche des Wassers; das Gewieher und das entfernte Geschrei von Menschen und Pferden, die von der Überschwemmung fortgerissen wurden, bildeten ein Konzert von so seltsamen, so traurigen Tönen, daß der Schauer, der Henri ergriffen, bis an das unempfindliche, unbezähmbare Herz der Unbekannten stieg. Sie stachelte ihr Pferd, und dieses verdoppelte seine Anstrengungen, als fühlte es selbst die drohende Gefahr.

Doch das Wasser rückte immer weiter und weiter vor, und es mußte offenbar, ehe zehn Minuten vergingen, die Reisenden erreichen. Jeden Augenblick hielt Henri an, um auf seine Gefährtin zu warten, und er rief ihr zu: »Schneller, Madame, schneller, schneller, das Wasser kommt herbei, es läuft, hier ist es!«

Es kam in der Tat, schäumend, wirbelnd, brausend; es trug wie eine Feder das Haus fort, in dem Remy seine Gebieterin untergebracht hatte; es hob wie einen Strohhalm die am Ufer des kleinen Flusses angebundene Barke auf, und majestätisch, ungeheuer, seine Ringe wie die einer Schlange rollend, rückte es, einer Mauer ähnlich, hinter den Pferden Remys und der Unbekannten heran.

Henri stieß einen Schrei des Schreckens aus und kehrte sich gegen das Wasser um, als wollte er es bekämpfen.

»Ihr seht doch, daß Ihr verloren seid,« brüllte er in Verzweiflung. »Vorwärts, Madame, vielleicht ist es noch Zeit; steigt ab, kommt mit mir, kommt!«

»Nein, mein Herr,« sagte sie.

»In einer Minute wird es zu spät sein, schaut, schaut doch!«

Die Dame wandte den Kopf um, das Wasser war ihr bis auf fünfzig Schritte nahe gekommen.

»Mein Schicksal geht in Erfüllung,« sagte sie; »Ihr aber flieht!«

Erschöpft sank das Pferd auf seine Vorderbeine und konnte sich trotz der Ansporung seines Reiters nicht mehr erheben.

»Rettet! rettet sie! und geschehe es wider ihren Willen,« rief Remy.

Und während sich der treue Diener von den Steigbügeln losmachte, stürzte das Wasser auf sein Haupt.

Bei diesem Anblick stieß seine Gebieterin einen gräßlichen Schrei aus und sprang von ihrem Rosse, entschlossen, mit Remy zu sterben. Henri aber sprang, als er ihre Absicht wahrnahm, zugleich zu Boden, umschlang ihren Leib mit seinem rechten Arm, stieg wieder auf sein Pferd und schoß wie ein Pfeil fort.

»Remy! Remy!« rief die Dame, ihre Arme nach diesem ausstreckend, »Remy!«

Ein Schrei antwortete ihr; Remy war wieder an die Oberfläche des Wassers gekommen, und mit der unbezähmbaren Hoffnung, die den Sterbenden bis an das Ende seines Todeskampfes begleitet, schwamm er, sich an einem Balken haltend.

Neben ihm war sein Pferd, das voll Verzweiflung mit seinen Vorderfüßen das Wasser schlug, während die Woge das Roß seiner Gebieterin erreichte, und kaum zwanzig Schritte vor der Woge Henri und seine Gefährtin auf dem dritten vor Angst wahnsinnigen Pferde nicht ritten, sondern flogen.

Remy beklagte nicht mehr den Verlust des Lebens, da er sterbend hoffte, die, die er allein liebte, sei gerettet.

»Gott befohlen, edle Frau, Gott befohlen!« rief er; »ich gehe zuerst und werde dem, der uns erwartet, sagen, daß Ihr lebt, um ....«

Remy vollendete nicht, ein Wasserberg schoß über ihn hin und stürzte unter den Füßen von Henris Pferde nieder.

»Remy, Remy,« rief die Dame; »ich will mit dir sterben. Mein Herr, ich will ihn erwarten. Ich will zu Boden steigen; ich will es, im Namen des lebendigen Gottes!«

Sie sprach diese Worte mit so viel Energie, mit einer solchen Macht, daß der junge Mann seine Arme löste und sie zu Boden gleiten ließ.

»Gut, Madame, dann werden wir alle drei hier sterben, und ich danke Euch, daß Ihr mir diese Freude gewährt, auf die ich nicht gehofft hatte.«

Und während er diese Worte sprach, erreichte ihn das springende Wasser, wie es Remy erreicht hatte; doch durch eine letzte Bewegung der Liebe hielt er am Arm die junge Frau zurück, die den Fuß auf die Erde gesetzt hatte. Das Wasser überwältigte sie, die wütende Woge wälzte sie einige Sekunden lang durcheinander mit anderen Trümmern fort.

Es war ein erhabenes Schauspiel, das die Kaltblütigkeit dieses jungen und ergebenen Mannes bot, der mit seiner Brust aus den Wellen ragte, während er seine Gefährtin mit der Hand unterstützte, und seine Knie, das verscheidende Pferd lenkend, dessen letzte Kräfte zu benutzen suchten.

Die Dame, von Henris rechter Hand gehalten, suchte beständig mit dem Kopf das Wasser zu überragen, während er mit der linken Hand die schwimmenden Balken und die Leichname, deren Stoß sein Pferd unter das Wasser getaucht oder zerschmettert hätte, auf die Seite schob.

Einer von diesen schwimmenden Körpern rief oder seufzte vielmehr, als er an ihnen vorüberkam: »Gott befohlen, edle Frau, Gott befohlen!«

»Beim Himmel!« rief der junge Mann, »es ist Remy! Auch dich werde ich retten.«

Und ohne die erhöhte Gefahr zu achten, ergriff er Remy am Ärmel, zog ihn auf seinen linken Schenkel und ließ ihn frei atmen. Doch durch die dreifache Last erschöpft, sank zugleich das Pferd bis an den Hals, dann bis an die Augen unter, seine gelähmten Knie bogen sich unter ihm, und es verschwand gänzlich.

»Wir müssen sterben!« sagte Henri. »Mein Gott! nimm mein Leben, es war rein.«

»Ihr, edle Frau, empfangt meine Seele, sie gehörte Euch!« fügte er hinzu.

In diesem Augenblick fühlte Henri, daß ihm Remy entschlüpfte; er leistete keinen Widerstand, um ihn zurückzuhalten; jeder Widerstand wurde nun vergeblich.

Es war seine einzige Sorge, die Dame über dem Wasser zu halten, damit sie wenigstens zuletzt stürbe, und er sich in seinem letzten Augenblick sagen könnte, er habe alles getan, was ihm möglich gewesen, um sie dem Tode streitig zu machen. Plötzlich hörte er einen Schrei an seiner Seite. Er wandte sich um und sah Remy, der eine Barke erreicht hatte.

Es war die des kleinen Hauses. Das Wasser hatte sie fortgerissen, und Remy hatte sich, als er sie in seinem Bereiche vorüberkommen sah, keuchend von Henri losgerissen und war schwimmend zur rettenden Barke gelangt.

Zwei Ruder waren an ihrem Bord angebunden, und ein Bootshaken rollte auf dem Boden.

Er reichte den Haken Henri, der ihn ergriff und die Dame nach sich zog, die er sodann über seine Schultern erhob, wo sie Remy aus seinen Händen nahm. Dann packte er selbst die Randleiste der Barke und stieg zu ihnen ein.

Als die ersten Strahlen des Tages am Himmel hervorbrachen, zeigten sie die überschwemmten Ebenen und die Barke, die sich wie ein Atom auf diesem ganz mit Trümmern bedeckten Ozean schaukelte.

Ungefähr zweihundert Schritte von ihnen erhob sich links ein kleiner Hügel, der, ganz von Wasser umgeben, eine Insel inmitten des Meeres zu sein schien. Henri ergriff die Ruder und steuerte auf den Hügel zu, gegen den sie auch die Strömung des Wassers trieb.

Remy faßte den Bootshaken und war, auf dem Vorderteile stehend, bemüht, die Ballen wegzuschieben, an denen sich die Barke stoßen konnte.

So gelang es ihnen, den Hügel zu erreichen. Remy sprang zu Boden und faßte die Kette der Barke, die er nach sich zog. Henri schritt vor, um die Dame in seine Arme zu nehmen, aber sie streckte ihre Hand aus, stand allein auf und sprang ebenfalls zu Boden.

Henri stieß einen Seufzer aus; einen Augenblick hatte er den Gedanken, sich wieder in den Abgrund zu werfen und vor ihren Augen zu sterben; doch ein unwiderstehliches Gefühl fesselte ihn an das Leben, solange er diese Frau sah, nach deren Gegenwart er sich so viele Tage vergebens gesehnt hatte. Er zog die Barke ans Land und setzte sich zehn Schritte von der Dame und von Remy. Sie waren von der dringendsten Gefahr, das heißt vom Wasser, errettet.

Henri sah dieses rasche, brausende Wasser vorüberkommen, das Haufen von französischen Leichnamen, ihre Waffen, ihre Pferde an ihnen vorüberführte. Er fühlte einen heftigen Schmerz an seiner Schulter; ein schwimmender Balken hatte ihn in dem Augenblick, wo sein Pferd unter ihm versank, getroffen. Seine Gefährtin dagegen hatte keine Wunde, sie wurde nur von der Kälte geschüttelt; Henri hatte sie vor allem bewahrt, was er von ihr abzuwenden imstande gewesen war. Henri war sehr erstaunt, als er sah, daß die beiden, so wunderbar dem Tode entgangenen Wesen nur ihm dankten und keinen Ausdruck des Dankes für Gott, den ersten Urheber ihrer Rettung, hatten.

Die junge Frau stand zuerst auf; sie bemerkte, daß man am Hintergrunde des Horizontes im Westen etwas wie Feuer durch den Nebel wahrnahm. Es versteht sich, daß diese Feuer auf einem erhobenen Punkte brannten, den die Überschwemmung nicht hatte erreichen können. Soviel man bei der kalten Morgendämmerung, die der Nacht folgte, beurteilen konnte, waren sie ungefähr eine Meile entfernt.

Remy schritt nach dem Punkte des Hügels vor, der sich in der Richtung der Feuer ausstreckte, kam dann zurück und sagte, er glaube, etwa tausend Schritte von der Stelle, wo man Fuß gefaßt, beginne eine Art Steindamm, der in gerader Linie auf die Feuer zulaufe. Was Remy an einen Damm oder wenigstens an einen Weg glauben ließ, war eine doppelte, gerade und regelmäßige Linie von Bäumen.

Bald kam der Tag, aber wolkig und ganz voll Nebel; bei hellem Wetter, bei einem reinen Himmel hätte man den Glockenturm von Mecheln gesehen, von wo man nur noch zwei Meilen entfernt sein konnte.

Henri meinte, die Feuer seien bedrohlich. Offenbar sei ein großes Unglück über die Franzosen hereingebrochen, da lauter französische und keine flämische Leiche umherschwimme, die Feuer sollten wohl nur Leichtgläubige herbeilocken.

»Doch wir können nicht hier bleiben,« entgegnete Remy; »die Kälte und der Hunger würden meine Gebieterin töten.«

»Ihr habt recht, Remy,« sagte der Graf; »bleibt hier bei ihr, ich werde den Hafendamm zu erreichen suchen und Euch Nachricht bringen.«

»Nein, Herr,« sagte die Dame, »Ihr sollt Euch nicht allein der Gefahr aussetzen; wir haben uns miteinander gerettet und werden miteinander sterben. Remy, Euren Arm, ich bin bereit!«

Henri verbeugte sich ohne Widerspruch und ging voran.

Eine Viertelstunde nachher landeten sie an dem Damm. Sie befestigten die Kette des Fahrzeugs am Fuße eines Baumes, stiegen abermals ans Land, folgten dem Damme ungefähr eine Stunde lang und kamen zu einer Gruppe flämischer Hütten, in deren Mitte, auf einem mit Linden bepflanzten Platz, um ein großes Feuer zwei- bis dreihundert Soldaten versammelt waren, über denen die Falten eines französischen Banners flatterten.

Plötzlich entfachte die Schildwache, die etwa hundert Schritte vom Biwak stand, die Lunte ihrer Muskete und rief: »Wer da?«

»Frankreich,« antwortete du Bouchage.

Dann wandte er sich gegen Diana um und sagte: »Nun, Madame, seid Ihr gerettet; ich erkenne die Standarte der Gendarmen von Aunis, eines Korps von Edelleuten, bei denen ich Freunde habe.«

In der Tat eilten einige Gendarmen den Flüchtlingen entgegen, die als Landsleute und Schicksalsgenossen mit doppelter Herzlichkeit aufgenommen wurden. Man erzählte ihnen von der furchtbaren Katastrophe der französischen Armee, der die Gendarmen nur durch ein Wunder entgangen waren. Als sich du Bouchage mit erstickter Stimme nach dem Schicksal seines Bruders erkundigte, antwortete man ihm:

»Ach! Herr Graf, wir können Euch keine sichere Nachricht von ihm geben; er hat sich geschlagen wie ein Löwe, dreimal haben wir ihn aus dem Feuer gerissen. Es ist gewiß, daß er die Schlacht überlebt hat, doch ob er auch die Überschwemmung überlebte, können wir Euch nicht sagen.«

Henri neigte das Haupt und versank in bittere Betrachtungen.

»Und der Herzog!« fragte er plötzlich.

Der Fähnrich trat näher zu Henri und erwiderte mit leiser Stimme: »Graf, der Herzog war einer der ersten, die sich flüchteten. Er ritt ein weißes Pferd, nur mit einem schwarzen Stern auf der Stirn. Nun haben wir soeben das Pferd unter einem Haufen von Trümmern vorüberkommen sehen; das Bein eines Reiters wurde im Steigbügel festgehalten und schwamm in der Höhe des Sattels.«

»Großer Gott!« rief Henri.

»Großer Gott!« murmelte Remy, der bei den Worten des Grafen »und der Herzog!« aufgestanden war, die Erzählung gehört hatte und rasch nach seiner bleichen Gefährtin blickte.

»Und dann?« fragte der Graf.

»Ja, dann?« stammelte Remy.

»Nun! bei dem Wirbel, den das Wasser an der Ecke dieses Dammes bildete, wagte sich einer von meinen Leuten vor, um die schwimmenden Zügel des Pferdes zu ergreifen; er erreichte es und hob das tote Tier in die Höhe. Wir sahen nun den weißen Stiefel und den goldenen Sporn, den der Herzog trug, erscheinen. Noch in demselben Augenblick schwoll das Wasser an, als wäre es entrüstet, sich seine Beute entreißen zu sehen. Mein Gendarm ließ das Pferd los, um nicht fortgerissen zu werden; alles verschwand. Wir werden nicht einmal den Trost haben, unserem Prinzen ein christliches Begräbnis zu geben.«

»Tot! er ist auch tot! der Erbe der Krone, welch ein Unglück!«

Remy wandte sich gegen seine Gefährtin um und sagte mit einem unbeschreiblichen Ausdruck: »Ihr seht, Madame, er ist tot.«

»Der Herr sei gelobt, daß er mir ein Verbrechen erspart,« erwiderte sie, indem sie zum Zeichen des Dankes die Augen und die Hände zum Himmel erhob.

»Ja, doch er entzieht uns die Rache,« erwiderte Remy.

»Gott hat stets das Recht, sich zu erinnern. Die Rache gehört nur dann dem Menschen, wenn Gott vergißt.«

Der Graf sah mit Schrecken die Aufregung dieser seltsamen Menschen, die er vom Tode errettet hatte; er beobachtete sie und suchte sich vergebens, um sich eine Idee von ihren Wünschen und Befürchtungen zu machen, ihre Gebärden und den Ausdruck ihrer Miene zu erklären.

Die Stimme des Fähnrichs entriß ihn seiner Betrachtung.

»Doch Ihr selbst, Graf,« fragte dieser, »was gedenkt Ihr zu machen?«

Der Graf bebte.

»Ich?« sagte er.

»Ja, Ihr?«

»Ich werde hier warten, bis der Körper meines Bruders an mir vorüberkommt,« erwiderte der junge Mann im Tone düsterer Verzweiflung; »dann werde ich ihn auch an das Land zu ziehen suchen, um ihm ein christliches Begräbnis zu geben, und, glaubt mir, wenn ich ihn einmal habe, verlasse ich ihn nicht mehr.«

Diese finsteren Worte wurden von Remy gehört, und er richtete an den jungen Mann einen Blick voll liebevoller Vorwürfe. Die Dame aber hörte nicht mehr, seitdem der Fähnrich den Tod des Herzogs von Anjou verkündigt hatte, sie betete.

Verklärung.

Nachdem sie gebetet, erhob sich Remys Gefährtin so schön und strahlend, daß dem Grafen ein Ausruf des Erstaunens und der Bewunderung entschlüpfte. Sie schien aus einem langen Schlafe zu erwachen, dessen Träume ihr Gehirn ermüdet und die Heiterkeit ihrer Züge gestört hatten, aus einem bleiernen Schlaf, der der feuchten Stirn des Schläfers die eingebildeten Qualen seines Traumes aufprägt.

Aus dieser Erstarrung sich lösend, ließ die junge Frau einen so sanften, so milden Blick, einen Blick voll so engelhafter Güte erstrahlen, daß sich Henri, leichtgläubig wie alle Liebende, einbildete, er sehe, wie sie endlich von seinen Leiden erweicht werde und einem Gefühle, wenn nicht des Wohlwollens, doch wenigstens der Dankbarkeit und des Mitleids nachgebe. Er trat zu der jungen Frau und sprach mit einer so tiefen und so sanften Stimme, daß es das Gemurmel des Windes zu sein schien: »Edle Frau, Ihr lebt! Oh! laßt mich Euch die Freude aussprechen, die aus meinem Herzen überströmt, da ich Euch hier in Sicherheit sehe, nachdem ich Euch dort auf der Schwelle des Grabes gesehen.«

»Es ist wahr, mein Herr,« erwiderte die Dame, »ich lebe durch Euch; und,« fügte sie mit einem traurigen Lächeln hinzu, »und ich möchte Euch sagen können, ich sei dankbar.«

»Nun, Madame,« sagte Henri mit einer erhabenen Anstrengung der Liebe und der Selbstverleugnung, »wenn es mir nur gelungen wäre, Euch zu retten, um Euch denen zurückzugeben, die Euch lieben.«

»Was sagt Ihr?« fragte die Dame.

»Denen, zu denen Ihr Euch durch so viele Gefahren begeben wolltet.«

»Mein Herr, die Menschen, die ich liebte, sind tot; die, zu denen ich mich begeben wollte, sind es auch.« »Oh! Madame,« flüsterte der junge Mann, indem er sacht auf seine Knie sank, »werft Eure Augen auf mich, der ich so viel gelitten, auf mich, der ich Euch so sehr geliebt. Oh! wendet Euch nicht ab, Ihr seid jung, Ihr seid schön wie ein Engel des Himmels. Lest in meinem Herzen, das ich Euch öffne, und Ihr werdet sehen, daß es nicht ein Atom der Liebe enthält, wie sie die anderen Menschen verstehen. Ihr glaubt mir nicht! Prüft die vergangenen Stunden, wägt sie ab, eine nach der andern: welche hat mir die Freude gegeben? welche die Hoffnung? und dennoch habe ich ausgeharrt. Ihr habt mich weinen lassen, ich habe meine Tränen getrunken; Ihr habt mich leiden lassen, ich habe meine Schmerzen verschlungen; Ihr habt mich zum Tode getrieben, ich ging auf ihn zu, ohne mich zu beklagen. Selbst in diesem Augenblick, wo Ihr den Kopf abwendet, wo jedes meiner Worte, so glühend es auch sein mag, wie ein Tropfen eiskalten Wassers auf Euer Herz zu fallen scheint, ist meine Seele von Euch erfüllt, und ich lebe nur, weil Ihr lebt. War ich nicht soeben nahe daran, neben Euch zu sterben? Was habe ich verlangt? Nichts. Habe ich Eure Hand berührt? Nie anders, als um Euch einer Todesgefahr zu entreißen. Ich hielt Euch in meinen Armen, um Euch den Wellen abzuringen, habt Ihr den Druck meiner Brust gefühlt? Nein. Ich bin nur noch eine Seele, und alles andere ist in dem verzehrenden Feuer meiner Seele geläutert worden.«

»Oh! Herr, habt Mitleid, sprecht nicht so!«

»Auch aus Mitleid verdammt mich nicht. Man hat mir gesagt, Ihr liebtet niemand; oh, wiederholt mir diese Versicherung; es ist eine seltsame Gunst, wenn ein Mensch, der liebt, sagen hören möchte, er werde nicht geliebt; doch ich ziehe das vor, da Ihr mir damit auch sagt, Ihr seid für alle unempfindlich. Oh, antwortet mir, Ihr, die Ihr die einzige Anbetung meines Lebens seid.«

Trotz Henris Drängen war ein Seufzer die einzige Antwort der jungen Frau. »Ihr sagt mir nichts,« fuhr der Graf fort. »Remy hatte wenigstens mehr Mitleid mit mir, als Ihr; er suchte mich wenigstens zu trösten! Ah! ich sehe, Ihr antwortet mir nicht, weil Ihr mir nicht sagen wollt, Ihr habet in Flandern einen aufgesucht, der glücklicher ist als ich.«

»Herr Graf,« erwiderte die junge Frau mit majestätischer Feierlichkeit, »sagt mir nicht dergleichen, wie man es einer Frau sagt; ich bin ein Wesen einer andern Welt und lebe nicht in dieser; hätte ich nicht für Euch im Grunde meines Herzens das zärtliche, süße Lächeln einer Schwester für ihren Bruder, so würde ich zu Euch sprechen: ›Steht auf, Herr Graf, und belästigt nicht mehr Ohren, die einen Abscheu vor jedem Liebeswort haben.‹ Doch ich werde nicht so zu Euch sprechen, denn es schmerzt mich, Euch leiden zu sehen. Mehr noch: nun, da ich Euch kenne, nehme ich Eure Hand, lege sie auf mein Herz und sage Euch freiwillig: ›Seht, mein Herz schlägt nicht mehr; lebt bei mir, wenn Ihr wollt, und wohnt Tag für Tag, wenn es Euch Freude macht, der schmerzlichen Zerstörung eines durch die Martern der Seele getöteten Körpers bei.‹ Doch dieses Opfer, das Ihr als ein Glück hinnehmen würdet, ich bin davon fest überzeugt...«

»Oh! ja,« rief Henri.

»Wohl! dieses Opfer muß ich zurückweisen; es hat sich heute etwas in meinem Leben verändert, und ich habe nicht mehr das Recht, mich auf irgendeinen Arm der Welt zu stützen, nicht einmal auf den dieses edlen Geschöpfes, dieses hochherzigen Freundes, der dort ruht und sich einen Augenblick des Glückes der Vergessenheit erfreut. Ach! armer Remy,« fuhr sie fort, indem sie ihrer Stimme den ersten Anklang von Gefühl gab, den Henri bei ihr wahrgenommen hatte, »armer Remy, dein Erwachen wird auch traurig sein; du folgst nicht den Fortschritten meines Gedankens, du liest nicht in meinen Augen, du weißt nicht, daß du, aus deinem Schlummer erwachend, dich allein auf Erden finden wirst, denn allein muß ich zu Gott aufsteigen.« »Was sagt Ihr?« rief Henri, »denkt Ihr denn auch daran zu sterben?«

Durch den schmerzlichen Schrei des jungen Grafen aufgeweckt, erhob Remy den Kopf und horchte.

»Ihr habt mich beten sehen?« fuhr die junge Frau fort.

Henri machte ein bejahendes Zeichen.

»Dieses Gebet war mein Abschied von der Erde; die Freude, die Ihr auf meinem Antlitz wahrgenommen, die Freude, die mich in diesem Augenblick überströmt, ist dieselbe, die Ihr an mir wahrnehmen würdet, wenn der Engel des Todes zu mir spräche: Erhebe dich, Diana, und folge mir zu den Füßen Gottes!«

»Diana! Diana!« flüsterte Henri, »ich weiß nun, wie Ihr heißt ... Diana, ein teurer, ein angebeteter Name!...«

Und der Unglückliche legte sich zu den Füßen der jungen Frau nieder und wiederholte diesen Namen mit der Trunkenheit eines unsäglichen Glückes.

»Oh! still,« sagte die junge Frau mit ihrem feierlichen Tone, »vergesst diesen Namen, der mir entschlüpft ist; kein Lebendiger hat das Recht, mir, indem er ihn ausspricht, das Herz zu durchbohren.«

»Oh! Madame,« rief Henri? »nun, da ich Euren Namen weiß, sagt mir nicht, daß Ihr sterben wollt.«

»Ich sage das nicht,« erwiderte die junge Frau; »ich sage, daß ich diese Welt der Tränen, des Hasses, finsterer Leidenschaften, gemeiner Interessen und namenloser Begierden verlassen werde, ich sage, daß ich nichts mehr zu tun habe unter den Geschöpfen, die Gott als meinesgleichen geschaffen hatte; ich habe keine Tränen mehr in den Augen, das Blut läßt mein Herz nicht mehr schlagen, mein Kopf erzeugt nicht einen einzigen Gedanken mehr, seitdem der Gedanke, der ihn ganz und gar erfüllte, tot ist; ich bin nur noch ein wertloses Opfer, da ich nichts mehr opfere, weder Wünsche noch Hoffnungen, indem ich auf diese Welt verzichte; doch so, wie ich bin, biete ich mich dem Herrn; er wird mich barmherzig aufnehmen, er, der mich so viel hat leiden lassen, und der nicht wollte, daß ich meinem Leiden unterliege.«

Remy, der diese Worte gehört hatte, stand auf, ging gerade auf seine Gebieterin zu und fragte mit düsterem Tone: »Ihr verlaßt mich?«

»Um zu Gott zu gehen,« erwiderte Diana und hob ihre Hand, so bleich und abgemagert wie die der Magdalena, zum Himmel empor.

»Es ist wahr,« sagte Remy und ließ sein Haupt auf seine Brust fallen, »es ist wahr.«

Und als Diana ihre Hand senkte, nahm er sie in seine Arme und drückte sie an seine Brust, wie er es mit der Reliquie einer Heiligen getan hätte.

»Oh! was bin ich gegen diese beiden Herzen,« seufzte der junge Mann mit dem Schauer der Angst.

»Ihr seid,« erwiderte Diana, »das einzige menschliche Geschöpf, auf das ich zweimal meine Augen geheftet, seitdem sie sich für immer hatten schließen sollen.«

Henri kniete nieder und sagte: »Ich danke, edle Frau, Ihr habt Euch mir ganz und gar geoffenbart; ich danke, ich sehe klar meine Bestimmung; von dieser Stunde an soll kein Wort mehr von meinem Munde, kein Atemzug meines Herzens in mir den verraten, der Euch liebte. Ihr gehört dem Herrn, edle Frau, und auf Gott bin ich nicht eifersüchtig.«

Er sprach es und erhob sich, durchdrungen von dem verklärenden Zauber, der jeden großen und unerschütterlichen Entschluß begleitet, als auf der noch mit Dünsten bedeckten Ebene der Lärm entfernter Trompeten erscholl.

Die Gendarmen sprangen nach ihren Waffen und waren zu Pferde, ehe man den Befehl gegeben.

Henri horchte.

»Meine Herren,« rief er, »es sind die Trompeten des Admirals, mein Gott und Herr! Möchten sie meinen Bruder verkünden.«

»Ihr seht wohl, daß Ihr noch etwas wünscht,« sagte Diana zum Grafen, »und daß Ihr noch einen liebt; warum solltet Ihr denn die Verzweiflung wünschen, wie die, die nichts mehr wünschen und verlangen, wie die, die niemand mehr lieben.«

»Ein Pferd!« rief Henri, »man leihe mir ein Pferd!«

»Aber wo wollt Ihr denn hinaus, da uns das Wasser von allen Seiten umgibt?« fragte der Fähnrich.

»Ihr seht wohl, daß die Ebene zugänglich ist; Ihr seht, daß sie marschieren, da ihre Trompeten erschallen.«

»Steigt oben auf die Chaussee, Herr Graf,« sagte der Fähnrich, »das Wetter hellt sich auf, und Ihr könnt vielleicht sehen.«

»Ich gehe,« sagte der junge Mann.

Henri begab sich wirklich nach der von dem Fähnrich bezeichneten Anhöhe; die Trompeten erschollen immer noch in Zwischenräumen, ohne sich zu nähern oder zu entfernen. Remy hatte wieder seinen Platz bei Diana eingenommen.

Die beiden Brüder.

Nach einer Viertelstunde kam Henri zurück; er hatte auf einem Hügel, den man vorher im Dunkel nicht hatte sehen können, eine beträchtliche Abteilung französischer Truppen verschanzt gesehen.

Mit Ausnahme eines breiten Wassergrabens, der den von den Gendarmen von Aunis besetzten Flecken umgab, fing die Ebene an, sich wie ein Teich, den man leert, freizumachen, da die Gewässer sich wieder zum Meer hinzogen, und mehrere Punkte des Terrains, die höher lagen als die anderen, erschienen allmählich wieder wie nach einer Sintflut.

Kot und Schlamm bedeckten die ganze Landschaft, und es bot ein trauriges Schauspiel, als man etwa fünfzig Reiter sich vergebens abarbeiten sah, durch den Morast den Flecken oder den Hügel zu erreichen. Man hatte von dort aus ihre Notschreie gehört, und deshalb erschollen die Trompeten unablässig.

Sobald der Wind den Nebel vollends vertrieben hatte, erblickte Henri auf dem Hügel die französische Fahne, die sich stolz am Himmel entrollte. Die Gendarmen hoben ihre Standarte in die Höhe, und man hörte von beiden Seiten Musketenschüsse als Freudenzeichen. Gegen elf Uhr schien die Sonne auf diese Szene der Verwüstung; sie trocknete einige Teile der Ebene und machte den Kamm eines Verbindungsweges gangbar.

Henri, der zuerst diesen Pfad versuchte, nahm an dem Klang der Hufeisen seines Pferdes wahr, daß eine gepflasterte Straße von dem Flecken nach dem Hügel führte; er schloß daraus, die Pferde würden bis über die Hufe, bis an das halbe Bein, vielleicht bis an die Brust in den Morast einsinken, aber, durch den soliden Grund des Bodens unterstützt, sich über Wasser halten.

Er forderte auf, den Versuch zu machen, und wagte sich, da niemand sonst den Mut dazu besaß, hinaus auf den gefahrvollen Weg. In demselben Augenblick, wo er den Flecken verließ, sah man einen Reiter vom Hügel herabkommen und es, wie Henri, versuchen, den Weg nach dem Flecken zu gewinnen.

Der ganze Abhang des Hügels war mit zuschauenden Soldaten besetzt, die ihre Arme zum Himmel erhoben und den unvorsichtigen Reiter durch ihr Flehen zurückhalten zu wollen schienen.

Die beiden Trümmer des großen französischen Armeekorps verfolgten mutig ihren Weg und gewahrten bald, daß ihre Aufgabe minder schwierig war, als es den Anschein hatte.

Schon waren die Reiter nur noch zweihundert Schritte voneinander entfernt.

»Frankreich!« rief der Reiter, der vom Hügel herabkam. Und er lupfte sein von einer weißen Feder beschattetes Toquet.

»Ah! Ihr seid es, Monseigneur,« rief Henri mit einem Freudenschrei.

»Du, Henri, du, mein Bruder,« rief der andere Reiter.

Und auf die Gefahr, rechts oder links vom Wege abzukommen, sprengten sie aufeinander zu, und unter dem wütenden Beifallgeschrei der Zuschauer im Flecken und auf dem Hügel umarmten sich bald die beiden Reiter lange und zärtlich.

Sogleich entblößten sich der Flecken und der Hügel; Gendarmen und Cheveaulegers, hugenottische und katholische Edelleute stürzten auf den durch die beiden Brüder geöffneten Weg.

Bald waren die beiden Lager vereinigt; die Arme öffneten sich, und auf dem Wege, wo alle den Tod zu finden geglaubt hatten, hörte man dreitausend Franzosen »Dank dem Himmel!« und »Es lebe Frankreich!« rufen.

»Meine Herren!« rief plötzlich die Stimme eines hugenottischen Offiziers. »Es lebe der Herr Admiral! müssen wir rufen, denn dem Herrn Herzog von Joyeuse und keinem andern verdanken wir das Leben in dieser Nacht und dieses Glück, unsere Landsleute zu umarmen.«

Ein ungeheurer Beifallsruf begleitete diese Worte.

Die Brüder wechselten ein paar von Tränen fast erstickte Worte; dann fragte Joyeuse Henri: »Und der Herzog?«

»Er ist tot,« antwortete dieser.

»Ist die Nachricht sicher?«

»Die Gendarmen von Aunis haben sein ertrunkenes Pferd gesehen und an einem Zeichen erkannt. Dieses Pferd zog an seinem Steigbügel einen Reiter nach, dessen Kopf in das Wasser getaucht war.«

»Das ist ein trauriger Tag für Frankreich,« sagte der Admiral.

Dann fügte er, sich gegen seine Leute umwendend, hinzu: »Auf, meine Herren, verlieren wir keine Zeit. Sind einmal die Wasser abgelaufen, so werden wir aller Wahrscheinlichkeit nach angegriffen; verschanzen wir uns, bis uns Nachrichten und Lebensmittel zugekommen sind.«

»Aber, Monseigneur,« erwiderte eine Stimme, »die Kavallerie wird nicht marschieren können! Die Pferde haben seit gestern um vier Uhr nichts gefressen, die armen Tiere sterben vor Hunger.«

»Es ist Korn auf unserem Lagerungsplatz,« sagte der Fähnrich; »doch wie machen wir es mit der Mannschaft?«

»Ei!« versetzte der Admiral, »wenn es Korn gibt, braucht man nicht mehr; die Menschen werden wie die Pferde leben.«

»Mein Bruder,« sagte Henri, »seht zu, daß ich Euch einen Augenblick sprechen kann.«

»Ich will den Flecken besetzen,« erwiderte Joyeuse, »wähle eine Wohnung für mich und erwarte mich dort!«

Henri suchte seine beiden Gefährten wieder auf.

»Ihr seid inmitten einer Armee,« sagte er zu Remy; »ich rate Euch, verbergt Euch in der Wohnung, die ich nehmen werde; es geziemt sich nicht, daß jeder die edle Frau sieht. Diesen Abend, wenn alles schläft, werde ich darauf bedacht sein, Euch freier zu machen.«

Remy quartierte sich mit Diana in der Wohnung ein, die ihnen der Fähnrich der Gendarmen überließ. Gegen zehn Uhr kam der Herzog von Joyeuse mit schmetternden Trompeten in den Flecken, ließ seine Leute einquartieren und gab strenge Befehle zur Vermeidung jeder Unordnung.

Dann ließ er Gerste an die Mannschaft, Hafer an die Pferde und Wasser an alle austeilen, wies den Verwundeten einige Fässer Bier und Wein an, die man in den Kellern fand, und verzehrte selbst im Angesicht aller ein Stück schwarzes Brot mit einem Glas Wasser. Und als er hierauf die Posten visitierte, wurde er überall wie ein Retter mit Ausrufen der Liebe und Dankbarkeit empfangen. »Nun gut,« sagte er, als er sich mit seinem Bruder allein befand, »nun mögen die Flamländer kommen, und ich werde sie schlagen.«

Dann schlang er seinen Arm um den Hals seines Bruders und sagte: »Laß uns nun plaudern, Freund, und sage mir, wie du nach Flandern kommst, während ich dich in Paris glaubte.«

»Mein Bruder,« erwiderte Henri, »das Leben wurde mir unerträglich, und ich reiste ab, um dich in Flandern aufzusuchen.«

»Immer aus Liebe?« fragte Joyeuse.

»Nein, aus Verzweiflung. Ich schwöre dir jetzt, Anne, ich bin nicht mehr verliebt; meine Leidenschaft ist die Traurigkeit.«

Erschüttert hörte der Admiral, wie verzweifelt der seelische Zustand seines Bruders war, und versuchte vergebens, ihn von seinen Nachtgedanken abzubringen.

»Doch, wenn es Euch gefällt, Herr Admiral,« sagte er endlich, »lassen wir meine tolle Liebe und sprechen von Dingen des Kriegs.«

»Auch gut; wenn wir länger von deiner Tollheit sprächen, würdest du mich vielleicht auch toll machen.«

»Ihr seht, daß es uns an Proviant fehlt.«

»Ich weiß es und habe schon an ein Mittel gedacht, ihn uns zu verschaffen.«

»Und habt Ihr eins gefunden?« – »Ich denke ja.«

»Welches?« – »Ich kann mich hier nicht vom Platze rühren, ehe ich Nachrichten von der Armee erhalten habe, da meine Stellung gut ist, und ich sie gegen fünffache Kräfte verteidigen würde; doch ich kann eine Abteilung von meinen Leuten ausschicken, die uns Kunde und Lebensmittel bringen sollen.«

»Gebt mir das Kommando über die Leute, die Ihr abschicken wollt.«

»Nein, das ist zu gefahrvoll, Henri; ich würde Euch dies vor Fremden nicht sagen, doch Ihr sollt nicht eines lichtlosen, unbekannten und häßlichen Todes sterben. Die Leute können auf ein Korps jener gemeinen Flamländer stoßen, die mit Dreschflegeln und Sensen fechten; Ihr tötet tausend, es bleibt einer übrig, dieser schneidet Euch entzwei oder entstellt Euch.«

»Mein Bruder, bewillige mir das, worum ich dich bitte; ich werde alle Vorsichtsmaßregeln nehmen und verspreche dir, hierher zurückzukommen.«

»Ah! ich begreife.«

»Was begreifst du?«

»Du willst den Versuch machen, ob nicht der Ruhm einer glänzenden Tat das Herz der Spröden zu erweichen vermag. Gestehe, das ist es, was dich so hartnäckig macht.«

»Ich gestehe es, wenn du es willst, mein Bruder.«

»Es sei, du hast recht; Frauen, die einer großen Liebe widerstehen, ergeben sich zuweilen einer großen Tat.«

»Ich hoffe das nicht.«

»Dann bist du ein dreifacher Narr, wenn du es ohne Hoffnung tust. Höre, Henri, suche keinen anderen Grund für die Weigerung dieser Frau, als den, daß sie launenhaft ist und weder Herz noch Augen hat.«

»Du gibst mir das Kommando, nicht wahr, Bruder?« – »Es muß sein, da du es willst.«

»Ich kann noch diesen Abend aufbrechen?« – »Das ist notwendig; du begreifst, daß wir nicht länger warten können.«

»Wieviel Mann stellst du zu meiner Verfügung?« – »Hundert, nicht mehr. Ich kann meine Stellung nicht zu sehr schwächen, das begreifst du wohl, Henri.«

»Weniger, wenn du willst, Bruder.« – »Nein, denn ich möchte dir gern das Doppelte geben können. Nur verpfände mir dein Ehrenwort, daß du, wenn du es mit mehr als dreihundert Mann zu tun hast, deinen Rückzug nimmst, statt dich töten zu lassen.«

»Bruder,« erwiderte Henri lächelnd, »du verkaufst sehr teuer einen Ruhm, den du mir nicht überlässest.« – »Oh! Henri, ich verkaufe ihn dir weder, noch werde ich ihn dir schenken; ein anderer Offizier wird die Rekognoszierung kommandieren.«

»Gib deine Befehle, und ich werde sie vollziehen!« – »Du wirst dich also nur mit gleichen, doppelten oder dreifachen Kräften in einen Kampf einlassen, nicht aber mit noch stärkeren.«

»Ich schwöre es dir.« – »Sehr gut; welches Korps willst du nun haben?«

»Laß mich hundert Mann von den Gendarmen von Aunis nehmen; ich habe viele Freunde in diesem Regiment, und wenn ich mir meine Leute auswähle, kann ich tun, was ich will.« – »Es sei, Gendarmen von Aunis.«

»Wann soll ich aufbrechen?« – »Auf der Stelle. Nur läßt du der Mannschaft eine Ration, den Pferden zwei Tagesrationen geben. Erinnere dich, daß ich schnelle und sichere Nachrichten zu haben wünsche.«

»Ich gehe, mein Bruder, hast du noch einen geheimen Befehl?«

»Laß nichts vom Tod des Herzogs verlauten. Übertreibe meine Streitkräfte, und wenn du den Körper des Prinzen findest, laß ihn, obgleich er ein böser Mensch und schlechter General war, da er zum Hause Frankreich gehörte, in eine eichene Kiste legen und durch deine Gendarmen zurücktragen, damit man ihn in Saint-Denis beerdigen kann.«

Henri nahm die Hand seines älteren Bruders, um sie zu küssen, doch dieser schloß ihn in seine Arme.

»Du versprichst mir noch einmal,« sagte Joyeuse, »daß dies keine List ist, die du anwendest, um dich im Kampfe töten zu lassen?« – »Mein Bruder, ich hatte diesen Gedanken, als ich zu dir kam; doch ich schwöre dir, dieser Gedanke ist nicht mehr in mir.«

»Und seit wann hat er dich verlassen?« – »Seit zwei Stunden.«

»Bei welcher Gelegenheit?« – »Mein Bruder, entschuldige mich.« »Gehe, Henri, gehe, deine Geheimnisse gehören dir.« – »Oh! wie gut bist du, mein Bruder.«

Und die jungen Leute umarmten sich zum zweiten Male und trennten sich dann – nicht ohne noch den Kopf umzudrehen und sich mit einem Lächeln und mit der Hand zu grüßen.

Die Expedition.

Ganz entzückt vor Freude, kehrte Henri eiligst zu Diana und Remy zurück.

»Haltet euch in einer Viertelstunde bereit, wir brechen auf,« sagte er zu ihnen. »Ihr werdet zwei gesattelte Pferde vor der Tür der kleinen hölzernen Treppe finden, die auf diesen Gang zuführt; mischt euch unter unser Gefolge und sprecht kein Wort.«

Dann auf den Balkon tretend, der um das ganze Haus lief, rief er: »Trompeter der Gendarmen, blase zum Aufsitzen.«

Sogleich erscholl der Appell im Flecken, und der Fähnrich und seine Mannschaft stellten sich vor dem Hause auf.

Ihre Leute kamen hinter ihnen mit einigen Maultieren und zwei Wagen. Remy und seine Gefährtin mischten sich unter die Leute.

Da auf Henris Aufforderung sich alle dreihundert Gendarmen zur Teilnahme drängten, mußte das Los entscheiden. Indes gab Joyeuse seinem Bruder seine letzten Instruktionen:

»Die Felder trocknen auf; es muß, wie die Leute aus der Gegend versichern, eine Verbindung zwischen Conticq und Rupelmonde bestehen; du marschierst zwischen einem Bach und einem Fluß, dem Rupel und der Schelde; für die Schelde findest du vor Rupelmonde von Antwerpen dahingeführte Schiffe; es ist nicht unerläßlich, daß du den Rupel passierst. Ich hoffe, du wirst nicht einmal nötig haben, bis Rupelmonde zu marschieren, um Proviantmagazine oder Mühlen zu finden. Warte doch,« fügte er hinzu, »du vergißt die Hauptsache, meine Leute haben drei Bauern genommen, ich gebe dir einen, der dir als Führer dienen soll. Kein falsches Mitleid; bei dem ersten Anschein von Verrat einen Pistolenschuß oder einen Dolchstoß.«

Hierauf setzten sich die durch das Los vom Fähnrich gezogenen hundert Mann, mit du Bouchage an der Spitze, sogleich in Marsch.

Henri stellte den Führer zwischen zwei Gendarmen, die beständig die Pistole in der Hand hielten.

Der Marsch der Truppe, in deren Mitte sich unbemerkt Remy und seine Gefährtin befanden, war langsam, der Weg fehlte zuweilen unter den Füßen der Pferde, und die ganze Abteilung sah sich in den Kot versunken.

Henri zeigte sich bei den mannigfachen Fährlichkeiten des Marsches als würdiger Kapitän und als wahrer Freund seiner Leute; er marschierte voran, nötigte seine ganze Truppe, seiner Spur zu folgen, und vertraute weniger auf seinen eigenen Scharfsinn als auf den Instinkt des Pferdes, das ihm sein Bruder gegeben hatte, so daß er auf diese Art jeden zum Heile führte, während er allein den Tod wagte.

Endlich kam man an das Ufer der Schelde; die Nacht war finster; die Gendarmen fanden hier zwei Männer, die in schlechtem Flämisch den Bootsmann zu bewegen suchten, sie auf das andere Ufer überzusetzen.

Dieser weigerte sich unter Drohungen. Der Fähnrich sprach Holländisch. Er rückte leise an der Spitze der Truppe vor, und während diese haltmachte, hörte er die Worte: »Ihr seid Franzosen, ihr müßt hier sterben; ihr kommt nicht hinüber.«

Der eine von den beiden Männern setzte dem Bootsmann einen Dolch an die Kehle und sagte, ohne daß er sich Mühe gab, in seiner Sprache zu reden, in vortrefflichem Französisch zu ihm: »Du wirst hier sterben, obgleich du ein Flamländer bist, wenn du uns nicht auf der Stelle hinüberfährst.«

»Haltet fest, meine Herren, haltet fest,« rief der Fähnrich, »in fünf Minuten sind wir bei euch.«

Aber während sich die Franzosen auf den Zuruf umwandten, band der Schiffer den Knoten los, der seine Barke am Ufer festhielt, stieß rasch ab und ließ sie auf dem Ufer. Doch einer von den Gendarmen ritt mit seinem Pferde in den Fluß und streckte den Bootsmann mit einem Pistolenschuß nieder. Ohne Führer drehte sich das Schiff um sich selbst, und der Wirbel trieb es zum Ufer zurück.

Die Männer bemächtigten sich des Bootes, sobald es am Rande war, und setzten sich sogleich darin fest. Der Fähnrich wunderte sich über den Eifer, mit dem sie sich abzusondern suchten, und fragte: »Ei! meine Herren, wer seid ihr denn, bitte?« – »Mein Herr, wir sind Offiziere vom Regiment der Marine und ihr Gendarmen von Aunis, wie es scheint.«

»Ja, meine Herren, und wir fühlen uns sehr glücklich, euch nützlich sein zu können; werdet ihr uns nicht begleiten?« – »Gern, meine Herren.«

»So steigt auf die Wagen, wenn ihr zu müde seid, uns zu Fuß zu folgen.«

»Darf ich euch fragen, wohin ihr geht?« sagte der von den Marineoffizieren, der noch nicht gesprochen hatte.

»Mein Herr, wir haben Befehl, bis Rupelmonde vorzurücken.«

Hierauf teilte der Offizier mit, sie seien auf einen Trupp von etwa fünfzig Spaniern gestoßen, die noch nicht weit sein könnten. Henri stellte fest, daß sich an der Mündung der Rupel in die Schelde ein Dorf befinde, wo sich wahrscheinlich die Spanier aufhielten. Er beschloß sofort, sich dorthin zu wenden.

Eine Stunde nachher fand man das Dorf, das in der Tat von den Spaniern besetzt war, von denen der Offizier gesprochen hatte; im Augenblick, wo sie es am wenigsten erwarteten, überfallen, leisteten sie kaum Widerstand.

Henri ließ die Gefangenen entwaffnen, schloß sie in das stärkste Haus des Dorfes ein und stellte einen Posten von zehn Mann davor, um sie bewachen zu lassen. Ein anderer Posten von zehn Mann wurde zur Bewachung des Bootes abgeschickt. Zehn weitere Leute wurden als Schildwachen auf verschiedenen Posten zerstreut, mit dem Versprechen, nach Verlauf einer Stunde abgelöst zu werden.

Henri bestimmte nun, man könnte je zu zwanzig Mann zu Abend essen, in dem Hause dem gegenüber, wo die spanischen Gefangenen eingeschlossen waren. Für Diana und Remy, die er nicht mit den andern wollte zu Nacht speisen lassen, wählte Henri ein Zimmer im ersten Stock.

Er ließ den Fähnrich und siebzehn Mann Platz nehmen, die beiden Marineoffiziere dazu holen und machte sich dann selbst auf, alle Posten genau zu kontrollieren. Als Henri zurückkehrte, sah er, daß man mit dem Mahl trotz des größten Hungers auf ihn gewartet hatte.

Man bezeichnete Henri den Ehrenplatz. Er setzte sich und sagte: »Esset, meine Herren!«

Sobald diese Erlaubnis gegeben war, bewies der Lärm der Messer und Gabeln, daß sie mit einer gewissen Ungeduld erwartet und mit äußerster Zufriedenheit aufgenommen wurde.

»Ah!« fragte Henri den Fähnrich, »hat man unsere beiden Marineoffiziere wiedergefunden?« – »Ja, Herr.«

»Wo sind sie?« – »Dort am Ende der Tafel.«

Sie saßen nicht nur am Ende der Tafel, sondern am dunkelsten Orte des Zimmers.

»Meine Herren,« rief Henri, »ihr habt einen schlechten Platz und eßt nicht, wie mir scheint.«

»Wir danken, Herr Graf,« erwiderte einer von ihnen, »wir sind sehr müde und bedürfen mehr des Schlafes als der Speise; wir sagten das schon Euren Herren Offizieren, aber sie entgegneten beharrlich, es sei Euer Befehl, daß wir mit Euch zu Nacht speisten. Das ist eine große Ehre für uns, wofür wir Euch sehr dankbar sind. Doch wenn Ihr nichtsdestoweniger, statt uns länger zu behalten, die Güte haben wolltet, uns ein Zimmer zu geben ....«

Henri hatte mit tiefer Aufmerksamkeit zugehört, doch offenbar mehr auf die Stimme als auf die Worte.

»Und das ist auch die Ansicht Eures Gefährten?« sagte Henri, als der Marineoffizier nicht mehr sprach. Und er schaute diesen Gefährten, der seinen Hut über die Augen niedergeschlagen hielt und hartnäckig kein Wort sprach, mit so tiefer Aufmerksamkeit an, daß mehrere Tischgenossen seinen Blicken zu folgen anfingen.

Genötigt, die Frage des Grafen zu beantworten, quetschte der Unbekannte die fast unverständlichen Worte hervor: »Ja, Graf.«

Bei diesen zwei Worten bebte der junge Mann. Er stand auf und ging auf das untere Ende des Tisches zu, während alle Anwesenden seinen Bewegungen folgten.

Henri blieb bei den beiden Offizieren stehen und sagte zu dem, der zuerst gesprochen hatte: »Mein Herr, gewährt mir eine Bitte.«

»Welche, Herr Graf?« – »Versichert mir, daß Ihr nicht der Bruder des Herrn Aurilly oder Herr Aurilly selbst seid.«

»Aurilly!« riefen alle Anwesenden.

»Und,« fuhr Henri fort, »und Euer Gefährte wolle seinen Hut, der sein Gesicht bedeckt, ein wenig lupfen, sonst werde ich ihn Monseigneur nennen und mich vor ihm verbeugen.«

Und den Hut in der Hand, verbeugte sich Henri zugleich ehrfurchtsvoll vor dem Unbekannten.

Dieser erhob das Haupt.

»Monseigneur, der Herzog von Anjou!« riefen die Offiziere.

»Der Herzog am Leben!«

»Wahrhaftig, meine Herren,« sagte der Offizier, »da ihr euren besiegten und flüchtigen Prinzen anerkennen wollt, so werde ich nicht länger dieser Kundgebung widerstehen, für die ich euch dankbar bin; ihr täuschtet euch nicht, meine Herren, ich bin der Herzog von Anjou.«

»Es lebe Monseigneur!« riefen die Offiziere.

Der Herzog von Anjou.

Obgleich aufrichtig, ärgerten doch all diese Ausrufungen den Prinzen.

»Oh! still, still, meine Herren,« sagte er, »ich bitte, seid nicht zufriedener als ich mit dem Glück, das mir widerfährt. Glaubt mir, es freut mich, daß ich nicht tot bin, und dennoch, wenn ihr mich nicht erkannt hättet, würde ich mich nicht zuerst gerühmt haben, daß ich lebe. Wieviel Mann habt Ihr unter Euren Befehlen, du Bouchage?«

»Hundert, Monseigneur.«

»Ah! ah! hundert von zwölftausend, welch ein Verhältnis! Und dein Bruder ist doch auch tot, nicht wahr, du Bouchage?«

Henri fühlte, wie ihm diese kalte Frage das Herz zerriß.

»Nein, Monseigneur, er lebt,« erwiderte er.

»Ah! desto besser,« sagte der Herzog mit seinem eisigen Lächeln; »wie! unser braver Joyeuse ist am Leben geblieben! Wo ist er, daß ich ihn umarme?« – »Er ist nicht hier, Monseigneur.«

»Ah! ja, verwundet?« – »Nein, gesund und wohlbehalten.«

»Doch flüchtig, wie ich, umherirrend, ausgehungert, ein armer, sich schämender Krieger; ah! das Sprichwort hat recht; für den Ruhm das Schwert, nach dem Schwert das Blut, nach dem Blut die Tränen.« »Monseigneur, ich kannte das Sprichwort nicht und bin trotz des Sprichworts erfreut, Eurer Hoheit mitzuteilen, daß mein Bruder das Glück gehabt hat, dreitausend Mann zu retten, mit denen er einen großen Flecken, sieben Meilen von hier, besetzt hält, und ich selbst bin nur Kundschafter seiner Armee.«

Der Herzog erbleichte.

»Dreitausend Mann,« sagte er, »und Joyeuse hat diese dreitausend Mann gerettet. Weißt du, daß dein Bruder ein Xenophon ist; es ist bei Gott ein großes Glück, daß mein Bruder mir den *deinigen* geschickt hat, sonst käme ich allein nach Frankreich zurück. Es lebe Joyeuse! pfui, über das Haus Valois!«

»Monseigneur, oh, Monseigneur!« sagte du Bouchage, vom Schmerz zusammengeschnürt, als er sah, welche düstere Eifersucht sich unter den Worten des Prinzen verbarg.

»Nein, bei meiner Seele, ich spreche die Wahrheit, nicht wahr, Aurilly? Wir kehren nach Frankreich zurück, wie Franz I. nach der Schlacht von Pavia. Alles ist verloren, nur nicht die Ehre! Ah! ah! ah! ich habe den Wahlspruch des Hauses Frankreich wiedergefunden.«

Ein düsteres Stillschweigen empfing sein Gelächter, das so schmerzlich klang, als wäre es ein Schluchzen gewesen.

»Monseigneur,« sagte Henri, »erzählt uns, wie der Schutzgott Frankreichs Eure Hoheit gerettet hat.«

»Ei, lieber Graf, das ist ganz einfach; der Schutzgott Frankreichs war in diesem Augenblick mit etwas anderem, mit etwas Wichtigerem ohne Zweifel beschäftigt, so daß ich mich ganz allein geflüchtet habe.«

»Und wie dies, Monseigneur?«

»Über Hals und Bein.«

Nicht ein Lächeln wurde diesem Scherze zuteil, den der Herzog sicher mit dem Tode bestraft hätte, wenn ihn ein anderer als er gemacht haben würde. »Ja, ja, das ist das richtige Wort,« fuhr er fort, »wie wir liefen, nicht wahr, mein braver Aurilly?«

»Jeder kennt den kalten Mut und das militärische Genie Eurer Hoheit,« sagte Henri; »wir bitten sie also, uns nicht das Herz dadurch zu zerreißen, daß sie sich Fehler zuschreibt, die ihr nicht zur Last fallen. Der beste General ist nicht unüberwindlich, und selbst Hannibal ist bei Zama besiegt worden.«

»Ja,« erwiderte der Herzog, »aber Hannibal hatte vorher vier Schlachten gewonnen, und ich nur eine.«

»Aber Monseigneur scherzt, wenn er sagt, er sei geflohen.«

»Nein, bei Gott! ich scherze nicht; findest du übrigens, daß dies ein Stoff zum Scherzen ist, du Bouchage?«

»Konnte man etwas anderes tun, Herr Graf?« sagte Aurilly, der glaubte, es sei nötig, daß er seinem Herrn zu Hilfe komme.

»Schweige, Aurilly,« sagte der Herzog; »frage den Schatten Saint-Aignans, ob man nicht fliehen konnte?«

Aurilly neigte den Kopf. »Ah! Ihr kennt Saint-Aignans Geschichte nicht; es ist wahr; ich will sie euch erzählen; sie läßt sich in drei Grimassen teilen.«

Bei diesem gehässigen Scherze falteten die Offiziere die Stirn, ohne sich darum zu kümmern, ob sie ihrem Herrn mißfielen oder nicht.

»Denkt euch also, meine Herren,« sagte der Prinz, der dieses Zeichen der Mißbilligung gar nicht bemerkt zu haben schien, »denkt euch, daß er, als ich die Schlacht für verloren erklärte, fünfhundert Pferde sammelte und, statt wie alle zu fliehen, auf mich zukam und zu mir sagte: ›Man muß angreifen, Monseigneur.‹

›Wie angreifen?‹ erwiderte ich; ›Ihr seid ein Narr, Saint-Aignan, sie sind hundert gegen einen.‹

›Und wären es tausend,‹ entgegnete er mit einer abscheulichen Grimasse, ›ich werde angreifen.‹

›Greift an, mein Lieber, greift an,‹ rief ich, ›ich greife nicht an; im Gegenteil.‹

›Ihr werdet mir aber Euer Pferd geben, das nicht mehr laufen kann, und das meinige nehmen, das noch frisch ist; da ich nicht fliehen will, so ist jedes Pferd gut für mich.‹ »Und er nahm in der Tat meinen Schimmel, gab mir seinen Rappen und sagte zu mir:

›Prinz, das ist ein Läufer, der zwanzig Meilen in vier Stunden zurücklegt, wenn Ihr wollt.‹

»Dann wandte er sich gegen seine Leute um und rief: ›Auf, meine Herren, folgt mir; vorwärts, wer nicht Fersengeld geben will!‹

»Und er jagte mit einer zweiten Grimasse, die noch abscheulicher war als die erste, auf den Feind zu.

»Er glaubte, Menschen zu finden, und fand Wasser; ich hatte dies vorhergesehen: Saint-Aignan und seine Paladine sind dort geblieben.

»Hätte er auf mich gehört, statt die unnütze Heldentat zu unternehmen, so säße er mit uns an diesem Tische und würde zu dieser

Stunde nicht eine dritte Grimasse machen, die wahrscheinlich noch häßlicher ist als die beiden ersten.«

Ein Schauer des Abscheus durchlief den Kreis der Anwesenden.

»Dieser Elende hat kein Herz,« dachte Henri. »Oh! warum beschützen ihn sein Unglück, seine Schmach und besonders seine Geburt gegen die Herausforderung, die man so gern an ihn richten würde?«

»Meine Herren,« sagte mit leiser Stimme Aurilly, da er fühlte, welche Wirkung in dieser Versammlung von Leuten von Herz die Worte des Prinzen hervorgebracht hatten, »Ihr seht, wie Monseigneur angegriffen ist, merkt nicht auf das, was er spricht; seitdem ihm das große Unglück widerfahren ist, glaube ich, daß er wirklich in gewissen Augenblicken irreredet.«

»So also,« sagte der Prinz, sein Glas leerend, »ist Saint-Aignan gestorben, und so lebe ich; übrigens hat er mir sterbend einen Dienst geleistet, indem er dadurch, daß er mein Pferd ritt, glauben ließ, ich wäre tot; und dieses Gerücht hat sich nicht nur bei der französischen Armee, sondern auch bei der flämischen verbreitet, die infolgedessen langsamer bei meiner Verfolgung zu Werke ging; doch seid unbesorgt, meine Herren, unsere guten Flamländer sollen das nicht ins Paradies mitnehmen; wir werden eine Genugtuung bekommen, und zwar eine blutige, und ich bilde mir seit gestern, im Geiste wenigstens, die furchtbarste Armee, die je bestanden hat.«

»Mittlerweile, Monseigneur,« sagte Henri, »wird Eure Hoheit das Kommando über meine Leute übernehmen; es geziemt sich für mich, einen einfachen Edelmann, nicht, da, wo ein Sohn von Frankreich ist, auch nur einen einzigen Befehl zu geben.«

»Es sei,« sagte der Prinz, »und ich fange damit an, daß ich allen befehle, zu Nacht zu speisen, Euch besonders, Herr du Bouchage, denn Ihr habt Euren Teller nicht einmal berührt.«

»Monseigneur, ich habe keinen Hunger.«

»Dann, mein Freund du Bouchage, kehrt zur Kontrolle der Posten zurück. Sagt den Führern, daß ich lebe, doch bittet sie, sich nicht zu laut darüber zu freuen, ehe wir eine bessere Zitadelle erreicht oder mit dem Armeekorps unseres unbesiegbaren Joyeuse zusammengetroffen sind, denn ich gestehe Euch, ich möchte weniger als je gefangen werden, nun, da ich dem Feuer und dem Wasser entgangen bin.«

»Monseigneur, man wird Eurer Hoheit streng gehorchen, und niemand, mit Ausnahme dieser Herren, soll erfahren, daß sie uns die Ehre erweist, unter uns zu verweilen.«

Während du Bouchage den Befehl der Postenkontrolle mit um so größerer Pünktlichkeit vollzog, als er nicht den Anschein haben wollte, es ärgere ihn, gehorchen zu müssen, suchten Franz und Aurilly ihre Neugierde zu befriedigen.

Der Herzog fand es sonderbar, daß ein Mann von dem Namen und Rang von du Bouchage das Kommando über eine Handvoll Leute und eine so gefahrvolle Expedition übernommen hatte. Er war aber stets voll Verdacht, und jeder Verdacht bedurfte der Aufklärung. Er horchte also und erfuhr, daß der Großadmiral, als er seinen Bruder an die Spitze des Unternehmens gestellt, nur dessen dringenden Bitten nachgegeben habe. Es wurde dem Herzog dies von dem Fähnrich der Gendarmen von Aunis mitgeteilt, der du Bouchage aufgenommen hatte. Der Prinz hatte eine leichte Regung des Ärgers im Herzen des Fähnrichs gegen du Bouchage wahrzunehmen geglaubt, und deshalb befragte er ihn.

»Was war denn aber die Absicht des Grafen,« sagte der Prinz, »als er so dringend um ein so armseliges Kommando bat?«

»Einmal wollte er der Armee einen Dienst leisten,« erwiderte der Fähnrich, »und an diesem Gefühle zweifle ich nicht.«

»Einmal? habt Ihr gesagt, und was ist das *sodann*?«

»Ah! Monseigneur, ich weiß es nicht.«

Erst auf wiederholtes Drängen des Herzogs bemerkte der Fähnrich, du Bouchage wolle vielleicht einen Verwandten zugleich geleiten. Da fuhr auch schon Aurilly, der sich anderwärts Auskunft geholt hatte, mit der Bemerkung dazwischen:

»Die Sache ist um so interessanter, als sich unter dem Verwandten eine Verwandtin in Männerkleidern birgt.«

»Oh! Monseigneur,« sagte der Fähnrich, »ich bitte Euch; Herr Henri schien große Achtung vor dieser Dame zu haben und würde aller Wahrscheinlichkeit nach dem Indiskreten schwer grollen.«

»Ohne Zweifel, Herr Fähnrich; wir werden stumm sein wie die Gräber, seid unbesorgt, stumm wie der arme Saint-Aignan. Ah! Henri hat eine Verwandtin bei sich, mitten unter Gendarmen? Und wo ist sie, Aurilly, diese Verwandtin?« – »Dort oben.«

»Wie, dort oben, in jenem Hause?« – »Ja, Monseigneur; doch still! hier kommt Herr du Bouchage.«

»Still!« wiederholte der Prinz mit einem schallenden Gelächter.

Eine Erinnerung des Herzogs von Anjou.

Der junge Mann konnte bei seiner Rücklehr das unheimliche Gelächter des Herzogs von Anjou hören, doch er hatte nicht genug bei seiner Hoheit gelebt, um zu wissen, welche Drohung in solcher Kundgebung des Prinzen lag.

Er hätte auch an der Unruhe einiger Gesichter wahrnehmen können, daß man über ihn gesprochen hatte.

Doch Henri war nicht mißtrauisch genug, um dergleichen zu erraten. Überdies wachte Aurilly gut, und der Herzog, der seinen Plan ohne allen Zweifel schon gemacht hatte, hielt Henri bei sich zurück, bis sich alle bei dem Gespräch gegenwärtigen Offiziere entfernt hatten.

Der Herzog hatte einige Abänderungen bei der Verteilung der Posten getroffen. Er nahm selbst das Hauptquartier in Dianas Hause ein und schickte den Fähnrich an den nächstwichtigen Posten am Flusse.

Henri wunderte sich nicht darüber. Der Prinz hatte bemerkt, daß dieser Punkt der wichtigste war, und er überließ ihm diesen; das war ganz natürlich, so natürlich, daß jeder und Henri zuerst sich in seiner Absicht täuschte.

Nur glaubte er, dem Fähnrich der Gendarmen die beiden Personen, über die er wachte und die er für den Augenblick wenigstens verlassen mußte, empfehlen zu sollen. Doch bei den ersten Worten, die Henri mit dem Fähnrich zu reden versuchte, trat der Herzog dazwischen.

»Geheimnisse!« sagte er mit seinem Lächeln.

Der Gendarm hatte begriffen, welche Indiskretion er begangen, aber es war zu spät. Er bereute es, wollte dem Grafen zu Hilfe kommen und erwiderte: »Nein, Monseigneur, der Herr Graf fragt mich nur, wieviel Pfund trockenes Pulver mir bleiben.«

»Ah! das ist etwas anderes,« rief der Herzog.

Während sich dann aber der Herzog gegen die Tür umwandte, die man gerade öffnete, flüsterte der Fähnrich Henri zu: »Seine Hoheit weiß, daß Ihr jemand begleitet.«

Du Bouchage bebte; doch es war zu spät. Nicht einmal dieses Beben war dem Herzog entgangen, und, als wollte er sich selbst versichern, daß man überall seine Befehle vollzogen, schlug er dem Grafen vor, ihn bis zu seinem Posten zu führen, ein Vorschlag, den Henri wohl annehmen mußte.

Henri hätte Remy gern wissen lassen, er möge auf seiner Hut sein und zum voraus eine Antwort bereithalten, doch dies war nicht möglich; alles, was er tun konnte, war, daß er den Fähnrich mit den Worten verabschiedete: »Wacht wohl über dem Pulver, nicht wahr? Wacht darüber, als ob ich selbst es täte.«

»Ja, Herr Graf,« erwiderte der junge Mann.

Auf dem Wege fragte der Herzog den Grafen du Bouchage: »Wo ist das Pulver, das Ihr unserem jungen Offizier empfehlt, Graf?«

»In dem Hause, das ich zum Hauptquartier gewählt hatte, Hoheit.«

»Seid unbesorgt,« erwiderte der Herzog, »ich kenne zu gut die Wichtigkeit eines solchen Vorrats in der Lage, in der wir uns befinden, um nicht jede Aufmerksamkeit darauf zu richten. Nicht unser junger Fähnrich wird darüber wachen, sondern ich.«

Man kam, ohne weiter zu reden, zu dem Zusammenlauf des Flusses und des Baches; der Herzog empfahl du Bouchage auf das strengste, seinen Posten nicht zu verlassen, und kehrte zurück.

Aurilly war aus dem Speisezimmer nicht weggegangen und schlief, auf einer Bank liegend, in dem Mantel eines Offiziers. Der Herzog klopfte ihm auf die Schulter und weckte ihn auf. Aurilly rieb sich die Augen und schaute den Prinzen an.

»Hast du gehört?« fragte ihn dieser. – »Ja, gnädigster Herr.« »Weißt du denn auch, wovon ich spreche?« – »Bei Gott! von der unbekannten Dame, von der Verwandtin des Grafen du Bouchage.«

»Gut, ich sehe, daß das Brüsseler Faro und das Löwener Bier dein Gehirn noch nicht ganz abgestumpft haben,« – »Immerzu, Monseigneur, sprecht oder macht nur ein Zeichen, und Eure Hoheit wird sehen, daß ich erfindungsreicher bin als je.«

»Wir wollen sehen? Rufe deine ganze Einbildungskraft zu Hilfe und errate« – »Wohl, gnädigster Herr, ich errate, daß Eure Hoheit neugierig ist.«

»Ah! bei Gott! das ist Temperamentssache, du brauchst mir nur zu sagen, was meine Neugierde zu dieser Stunde reizt.« – »Ihr wollt wissen, wer das brave Geschöpf ist, das den beiden Herren von Joyeuse durch Wasser und Feuer folgt?«

»Übrigens hast du schon den aufgetragenen Brief an meine Schwester Margot geschrieben?«

»Womit soll ich schreiben, Hoheit? Ich habe hier weder Tinte noch Feder noch Papier.«

»Wohl! so suche!« – »Wie soll ich das in der Hütte eines Bauern finden, der, es ist tausend gegen eines zu wetten, gar nicht schreiben kann?«

»Suche immerhin, Dummkopf, und wenn du das nicht findest, nun wohl, so wirst du etwas anderes finden.«

– »Oh! ich Einfaltspinsel, der ich bin,« rief Aurilly, sich vor die Stirn schlagend; »wahrhaftig, ja, Eure Hoheit hat recht, mein Kopf wird schwerfällig, aber ich bin gar so schläfrig.«

»Gut, gut, ich will dir wohl glauben, und da du nicht geschrieben hast, so werde ich schreiben, suche mir nur alles, was ich zum Schreiben brauche; suche, Aurilly, suche und kehre nicht eher zurück, als bis du gefunden hast; ich bleibe hier.« – »Ich gehe, Monseigneur.«

»Und wenn du bei deinem Nachsuchen bemerkst, daß das Haus malerisch ist ... Du weißt, wie ich den flämischen Stil liebe, Aurilly!« – »Ja, Monseigneur.« »Nun, so rufst du mich.« – »Auf der Stelle, Monseigneur, Ihr könnt ruhig sein ...«

Aurilly stand auf und wandte sich leicht wie ein Vogel nach der anstoßenden Stube, wo sich der Fuß der Treppe fand.

Nach fünf Minuten kam er zu seinem Herrn zurück, der es sich in dem großen Saal bequem gemacht hatte.

»Nun?« fragte dieser. – »Gnädigster Herr, wenn ich dem Anschein glauben darf, muß das Haus teufelsmäßig malerisch sein.«

»Warum?« – »Weil man nicht hinein kann, wie man will.«

»Was sagst du?« – »Ich sage, daß es von einem Drachen bewacht wird.«

»Was soll dieser alberne Scherz!« – »Ei! Monseigneur, es ist leider kein alberner Scherz, sondern eine traurige Wahrheit. Der Schatz ist im ersten Stock in einer Stube, hinter deren Tür man ein Licht glänzen sieht, und vor dieser Tür findet man einen Menschen, der in einem großen grauen Mantel auf der Schwelle liegt.«

»Ho! ho! sollte es sich Herr du Bouchage erlauben, einen Gendarmen vor die Tür seiner Geliebten zu legen?«

– »Es ist kein Gendarm, sondern ein Diener der Dame und des Grafen selbst.«

»Und was für eine Art von Diener?« – »Gnädigster Herr, es ist nicht möglich, sein Gesicht zu sehen, doch was man sieht, ist ein breites flämisches Messer, das in seinem Gürtel steckt, und worauf er eine kräftige Hand stützt.«

»Das ist anziehend, wecke mir diesen Burschen ein wenig.« – »Ah! nein, Hoheit.«

»Was sagst du?« – »Ich sage, daß ich mir, abgesehen von dem flämischen Messer, nicht aus den Herren von Joyeuse, die bei Hofe sehr wohlgelitten sind, Todfeinde machen will. Wären wir Könige der Niederlande gewesen, dann ginge es wohl an; doch wir haben nur die Freundlichen zu spielen, Monseigneur, besonders gegen die, die uns gerettet; denn die Joyeuse haben uns gerettet. Nehmt Euch in acht, Hoheit, wenn Ihr es nicht sagt, werden sie es sagen.«

»Du hast recht, Aurilly,« sagte der Herzog, mit dem Fuße stampfend, »du hast recht, und dennoch ...« –

»Ja, ich begreife; und dennoch hat Eure Hoheit nicht ein einziges Frauengesicht seit vierzehn tödlichen Tagen gesehen. Ich spreche nicht von jenen Tieren, die die Polder bewohnen.«

»Ich will diese Geliebte von du Bouchage sehen, Aurilly, ich will sie sehen, hörst du?« – »Ja, Monseigneur, ich höre.«

»Nun, so antworte.« – »Wohl, Hoheit, ich antworte, daß Ihr sie vielleicht sehen werdet, aber nicht durch die Tür.«

»Es sei; wenn ich sie aber nicht durch die Tür sehen kann, so werde ich sie wenigstens durch das Fenster sehen.«

– »Ah! das ist ein Gedanke, Monseigneur, und zum Beweis, daß ich ihn vortrefflich finde, will ich Euch eine Leiter holen ...«

Aurilly schlüpfte in den Hof des Hauses und fand nach einigem Suchen eine Leiter.

Er trug sie vorsichtig auf die Straße und legte sie dort an die äußere Mauer an.

Aurilly machte aber den Prinzen auf eine Schildwache aufmerksam, die, da sie nicht wußte, wer die beiden Männer waren, eben »Wer da!« rufen wollte.

Franz zuckte die Achseln und ging gerade auf den Soldaten zu. Aurilly folgte ihm.

»Mein Freund,« sagte der Prinz, »nicht wahr, dieser Punkt ist der höchste Punkt des Fleckens?«

»Ja, Monseigneur,« antwortete die Schildwache, die, Franz erkennend, grüßte, »und wären nicht diese Linden, so könnte man beim Mondschein einen Teil der Landschaft überschauen.«

»Ich vermutete es,« sagte der Prinz; »ich habe auch diese Leiter bringen lassen, um darüber hinaus zu schauen. Steige also hinauf, Aurilly, oder nein, laß mich hinaufsteigen, ein Fürst muß alles selbst sehen.«

»Wo soll ich die Leiter anlegen, gnädigster Herr?« fragte der gleisnerische Diener.

»Irgendwohin, meinetwegen an diese Wand.«

Sobald die Leiter angelegt war, stieg der Prinz hinauf. Mochte er nun das Vorhaben des Prinzen vermuten, oder war es natürliche Diskretion, der Soldat wandte den Kopf auf die entgegengesetzte Seite.

Der Prinz erreichte die Höhe der Leiter; Aurilly blieb am Fuß.

Das Zimmer, in dem Henri Diana eingeschlossen hatte, war mit Matten belegt, und die Ausstattung bestand aus einem großen Bett von Eichenholz mit Vorhängen von Sarsche, einem Tisch und einigen Stühlen.

Die junge Frau, deren Herz seit der falschen Nachricht vom Tode des Prinzen, die sie im Lager der Gendarmen von Aunis erfahren, von einer ungeheuren Last erleichtert zu sein schien, hatte von Remy etwas Speise verlangt, was ihr dieser mit dem Eifer einer unsäglichen Freude herbeigeschafft.

Zum ersten Male hatte Diana nun seit der Stunde, wo sie den Tod ihres Vaters erfahren, ein etwas kräftigeres Gericht als Brot gekostet, zum ersten Male hatte sie ein paar Tropfen von einem Rheinwein getrunken, der von den Gendarmen in einem Keller gefunden und du Bouchage überbracht worden war.

Nach diesem Mahl, so leicht es auch war, floß Dianas Blut, von so vielen heftigen Gemütsbewegungen und unerhörten Strapazen gepeitscht, stürmischer ihrem Herzen zu, zu dem es den Weg vergessen zu haben schien; Remy sah, wie ihr die Augen schwer wurden, und wie ihr Kopf sich auf ihre Schulter neigte.

Er zog sich bescheiden zurück und legte sich auf die Türschwelle. Diana schlief ihrerseits, den Ellenbogen auf den Tisch, ihren Kopf auf ihre Hand gestützt. Ihr geschmeidiger, zarter Leib war auf ihrem Stuhle mit der langen Lehne seitwärts geneigt; eine kleine, eiserne Lampe, die neben einem halb geleerten Teller auf dem Tische stand, beleuchtete ihr Antlitz, das beim ersten Anblick so ruhig zu sein schien, während soeben ein Sturm darin erloschen war, der sich bald wieder entzünden sollte.

Die Augen geschlossen, diese Augen mit den azurgeaderten Lidern, den Mund sanft und leicht geöffnet, die Haare über den Capuchon der groben Männerkleidung, die sie trug, zurückgeworfen, musste Diana wie eine erhabene Vision den Blicken erscheinen, die das Heiligtum ihres Asyls verletzen wollten.

Als sie der Herzog erblickte, konnte er sich einer Bewegung der Bewunderung nicht erwehren; er stützte sich auf den Rand des Fensters und verschlang mit den Augen diese ideale Schönheit bis auf die kleinsten Einzelheiten.

Doch plötzlich, mitten unter dieser Betrachtung, faltete sich seine Stirn; er stieg wieder zwei Sprossen mit einer Art nervöser Hast herab, lehnte sich an die Wand, kreuzte seine Arme über seiner Brust und träumte.

Aurilly, der ihn nicht aus den Augen verlor, konnte sehen, wie seine Blicke unbestimmt im Raume umherschweiften, wie die eines Menschen, der seine ältesten Erinnerungen zurückruft.

Nachdem er so zehn Minuten unbeweglich verharrt war, stieg der Herzog wieder zum Fenster hinauf, schaute abermals, behielt aber dieselbe Ungewißheit in seinem Blicke. Na näherte sich Aurilly plötzlich der Leiter und flüsterte ihm zu: »Rasch, rasch, Hoheit, steigt herab, ich höre Tritte am Ende der nächsten Straße.«

Doch der Herzog stieg, immer noch in Gedanken versunken, sacht herab.

»Es war Zeit,« sagte Aurilly.

»Von welcher Seite kommt das Geräusch?« fragte der Herzog. – »Von dieser Seite,« antwortete Auritly; und er streckte die Hand in der Richtung eines düsteren Gäßchens aus.

Der Prinz horchte.

»Ich höre nichts,« sagte er.

»Die Person wird stillstehen; man belauscht uns.«

»Nimm die Leiter weg!« sagte der Prinz.

Aurilly gehorchte; der Prinz setzte sich mittlerweile auf die steinerne Bank, die auf jeder Seite die Tür des Hauses begrenzte. Das Geräusch hatte sich nicht wiederholt, und niemand schien am Ende des Gäßchens zu sein. Aurilly kam zurück.

»Nun! Monseigneur,« fragte er, »ist sie schön?« – »Sehr schön,« antwortete der Prinz mit düsterer Miene.

»Was macht Euch denn so traurig, gnädigster Herr? sollte sie Euch gesehen haben?« – »Sie schläft.«

»Was beunruhigt Euch dann?« – Wer Prinz antwortete nicht.

»Braun? ... blond?« – »Es ist seltsam, Aurilly,« murmelte der Prinz, »ich habe diese Frau irgendwo gesehen.«

»Ihr habt sie also erkannt?« – »Nein, denn ich vermag den Namen nicht zu finden; nur hat mir ihr Anblick einen heftigen Schlag im

Herzen versetzt. Ja, in der Tat,« fuhr der Prinz auf einen spöttischen Blick Aurillys fort, »ich weiß nicht, was ich empfinde; doch,« fügte er mit düsterer Miene hinzu, »ich glaube, ich habe unrecht gehabt, zu schauen.«

»Doch gerade wegen der Wirkung, die ihr Anblick auf Euch hervorgebracht hat, muß man wissen, wer diese Frau ist, Monseigneur.« – »Allerdings.«

»Sucht wohl in Euren Erinnerungen, gnädigster Herr; habt Ihr sie bei Hofe gesehen?« – »Nein, ich glaube nicht.«

»In Frankreich, in Navarra, in Flandern?« – »Nein.«

»Ist es vielleicht eine Spanierin?« – »Ich glaube nicht.«

»Eine Engländerin? Eine Dame der Königin Elisabeth? – »Nein, nein; sie muß mit meinem Leben auf eine engere Weise verknüpft sein; ich glaube, daß sie mir unter furchtbaren Umständen erschienen ist.«

»Dann werdet Ihr sie leicht erkennen, denn, Gott sei Dank! im Leben Monseigneurs hat es nicht viele furchtbare Umstände gegeben.«

»Findest du?« sagte Franz mit düsterem Lächeln.

Aurilly verbeugte sich und sagte: »Wenn Eure Hoheit erlaubt, so schaue ich auch und grabe in meinen Erinnerungen nach.«

»Meiner Treu, du hast recht, Aurilly, hole die Leiter, lege sie an und steige hinauf. Was liegt dir an dem Späher? Schau! Aurilly, schau!«

Aurilly hatte schon einige Schritte gemacht, um seinem Herrn zu gehorchen, als man plötzlich jemand hastig herbeieilen hörte, und Henri dem Herzog zurief: »Zu den Waffen! Monseigneur! Zu den Waffen!«

Mit einem einzigen Sprung war Aurilly wieder beim Herzog.

»Ihr,« sagte der Prinz, »Ihr hier, Graf? Unter welchem Vorwand habt Ihr Euren Posten verlassen?«

»Monseigneur,« antwortete Henri voll Festigkeit, »wenn mich Eure Hoheit bestrafen zu müssen glaubt, so wird sie dies tun. Aber es war meine Pflicht, hierher zu gehen, und ich bin gegangen.«

Der Herzog warf mit einem bezeichnenden Lächeln einen Blick nach dem Fenster und erwiderte: »Eure Pflicht, Graf? Erklärt mir das.«

»Monseigneur, es sind Reiter bei der Schelde erschienen; man weiß nicht, ob es Freunde oder Feinde sind.«

»In großer Anzahl?« fragte der Herzog unruhig.

»Sehr zahlreich.«

»Nun wohl! Graf, keinen falschen Mut, Ihr habt wohl daran getan, daß Ihr zurückgekommen seid. Laßt Eure Gendarmen wecken. Ziehen wir an dem Flusse hin, der minder breit ist, und verlassen wir unser Lager hier, das wird das Klügste sein.« »Allerdings, allerdings, Monseigneur; doch ich glaube, es ist dringend, meinen Bruder zu benachrichtigen.«

»Zwei Männer werden hierzu genügen,«

»Wenn zwei Männer genügen, Monseigneur, so werde ich mit einem Gendarmen gehen.«

»Nein, bei Gott! du Bouchage,« rief Franz lebhaft, »nein, Ihr werdet mit uns gehen. In solchen Augenblicken trennt man sich nicht von einem Verteidiger, wie Ihr seid.«

»Eure Hoheit nimmt die ganze Eskorte mit?« »Die ganze.«

»Es ist gut, Monseigneur,« sagte Henri, sich verbeugend; »wann bricht Eure Hoheit auf?« – »Sogleich!«

»Holla! wer in der Nähe ist, herbei!« rief Henri.

Der junge Fähnrich kam aus dem Gäßchen hervor, als ob er nur diesen Ruf erwartet hatte.

Henri gab ihm seine Befehle, und beinahe in demselben Augenblick sah man die Gendarmen von allen Teilen und Enden des Fleckens auf den Platz eilen und Vorkehrungen zum Abmarsch treffen.

In ihrer Mitte sprach der Herzog mit seinen Offizieren und teilte ihnen mit, er wolle in ihrer sicheren Begleitung nach Brüssel zurückweichen.

Zu Aurilly gewendet, trug er diesem auf, bei der schönen Unbekannten zu bleiben und sie nach Chateau-Thierre, dem Schlosse des Prinzen, wohin dieser sich wenden wolle, zu führen.

»Aber, Monseigneur, sie wird sich vielleicht nicht mitnehmen lassen.« – »Bist du ein Narr? ... Da du Bouchage mich nach Chateau-Thierry begleitet, und sie du Bouchage folgt, wird es sich im Gegenteil von selbst machen.«

»Aber sie kann anderswohin gehen wollen, wenn sie sieht, daß ich willens bin, sie zu Euch zu führen.« – »Nicht zu mir wirst du sie führen, sondern, ich wiederhole es dir, zum Grafen. Auf also! Doch bei meinem Ehrenwort, man sollte glauben, du helfest mir zum ersten Male bei einer solchen Veranlassung. Hast du Geld?«

»Ich habe die zwei Rollen Gold, die mir Eure Hoheit gegeben hat, als wir aus dem Lager auf den Poldern auszogen.« – »Vorwärts also! Und durch alle nur immer möglichen Mittel, hörst du? Durch alle, bringe mir meine schöne Unbekannte nach Chateau-Thierry; wenn ich sie näher anschaue, werde ich sie vielleicht erkennen.«

»Und den Diener auch?« – »Ja, wenn er dir nicht lästig ist.«

»Doch, wenn er mir lästig ist?« – »Mache mit ihm, was du mit einem Stein machst, den du auf deinem Wege triffst; wirf ihn in einen Graben.«

»Gut, Monseigneur.«

Während die lichtscheuen Verschwörer ihre Pläne in der Finsternis entwarfen, stieg Henri in den ersten Stock hinauf und weckte Remy.

Von dem, was vorging, in Kenntnis gesetzt, klopfte Remy auf eine gewisse Weise an die Tür, und sogleich öffnete die junge Frau.

Hinter Remy erschien du Bouchage.

»Guten Abend, mein Herr,« sagte sie mit einem Lächeln, das ihr Gesicht verlernt hatte.

»Oh! verzeiht, Madame, ich komme nicht, um Euch zu belästigen, ich komme, um von Euch Abschied zu nehmen.«

»Abschied! Ihr reist, Herr Graf?« – »Nach Frankreich, ja, Madame.«

»Und Ihr verlaßt uns?« – »Ich bin dazu genötigt, Madame; es ist meine erste Pflicht, dem Prinzen zu gehorchen.«

»Dem Prinzen, es ist ein Prinz hier?« sagte Remy.

»Welcher Prinz?« fragte Diana erbleichend. – »Der Herzog von Anjou, den man für tot hielt, ist, auf eine wunderbare Weise gerettet, zu uns gekommen.«

Diana stieß einen furchtbaren Schrei aus, und Remy wurde so bleich, als hätte ihn plötzlich der Tod getroffen. »Wiederholt mir, daß der Herzog von Anjou lebt, daß der Herzog von Anjou hier ist,« stammelte Diana.

»Wenn er nicht hier wäre, und wenn er mir nicht befehlen würde, ihm zu folgen, Madame, so hätte ich Euch bis in das Kloster begleitet, in das Ihr Euch, wie Ihr mir gesagt, zurückzuziehen gedenkt.«

»Ja, ja,« sagte Remy, »das Kloster, Madame, das Kloster.«

Und er legte einen Finger auf seine Lippen.

Durch ein Zeichen mit dem Kopfe zeigte ihm Diana, daß sie ihn verstanden hatte.

»Ich hätte Euch um so lieber begleitet, Madame,« fuhr Henri fort, »als Ihr durch die Leute des Herzogs beunruhigt werden könntet.«

»Wieso?« – »Ja, alles läßt mich glauben, er wisse, daß eine Frau in diesem Hause wohnt.«

»Und woher kommt dieser Glauben?« – »Unser junger Fähnrich hat ihn eine Leiter an die Mauer legen und durch das Fenster schauen sehen.«

»Oh! mein Gott! mein Gott!« rief Diana.

»Beruhigt Euch, Madame, er hat ihn auch zu seinem Gefährten sagen hören, er kenne Euch nicht.«

»Gleichviel, gleichviel!« sagte die junge Frau, Remy anschauend.

»Alles, was Ihr wollt, Madame, alles!« sagte Remy, seine Züge mit erhabener Entschlossenheit bewaffnend.

»Seid unbesorgt, Madame,« sagte Henri, »der Herzog wird auf der Stelle aufbrechen; noch eine Viertelstunde, und Ihr seid allein und frei. Erlaubt mir also, daß ich mich ehrerbietig von Euch verabschiede und Euch noch einmal sage, daß bis zu meinem Todesseufzer mein Herz für Euch und durch Euch schlagen wird. Gott befohlen, Madame, Gott befohlen!«

Und der Graf verbeugte sich mit einer Ehrfurcht wie vor einem Altar und machte zwei Schritte rückwärts.

»Nein, nein,« rief Diana, wie im Fieberwahn, »nein, Gott hat es nicht gewollt; nein, Gott hat diesen Menschen getötet, und er kann ihn nicht wiedererweckt haben; nein, nein, mein Herr, Ihr täuscht Euch, er ist tot.«

In diesem Augenblick erscholl die Stimme des Prinzen auf der Straße: »Graf, Ihr laßt uns warten!«

»Ihr hört ihn, Madame,« sagte Henri. »Zum letzten Male, Gott befohlen.«

Und er drückte Remy die Hand und eilte nach der Treppe.

Diana näherte sich dem Fenster, zitternd und krampfhaft wie der Vogel, den das Auge der Schlange bannt.

Sie erblickte den Herzog zu Pferd; sein Gesicht war gerötet vom Schimmer der Fackeln, die zwei Gendarmen trugen.

»Oh! er lebt, der Dämon, er lebt!« flüsterte Diana Remy mit einem so furchtbaren Ausdruck zu, daß der würdige Diener selbst darüber erschrak; »er lebt, leben wir auch; er reist nach Frankreich ab. Es sei, Remy, wir gehen auch nach Frankreich!«

Die Reise.

Mit seiner gewöhnlichen Gewissenlosigkeit des gleisnerischen Unterhändlers suchte Aurilly Remy zum Verrat an seiner Herrin zu bewegen, bald durch Gold und bald durch Drohung. Er ahnte nicht, daß hier seiner Arglist mit noch größerer List entgegengetreten wurde. Als Remy sicher war, daß Aurilly ihn selbst nicht wiedererkannt habe, beschloß seine Herrin, selbst mit einer Maske versehen, mit ihm die Reise nach dem Schloß des Herzogs zu wagen, in der Hoffnung, so am besten ihr einziges Lebensziel zu erreichen. Als Diana und Remy zum Aufbruch aus ihrem Zimmer herunterkamen, wartete Aurilly unten an der Treppe mit einer Laterne in der Hand und murmelte, gierig, wie er war, das Gesicht der Unbekannten zu sehen: »Teufel, sie hat eine Maske. Oh! doch von hier bis Chateau-Thierry werden die seidenen Schnüre abgenutzt ... oder abgeschnitten sein.«

Man brach auf. Aurilly nahm gegen Remy den Ton völliger Gleichheit an und gegen Diana den Ausdruck der tiefsten Ehrfurcht. Doch vermochte Remy leicht zu erkennen, daß dieses ehrfurchtsvolle Wesen berechnet war. In der Tat, einer Frau den Steigbügel halten, wenn sie ein Pferd besteigt oder absteigt, über jeder ihrer Bewegungen voll Fürsorge wachen und nie eine Gelegenheit vorübergehen lassen, um ihr den Handschuh aufzuheben oder den Mantel einzuhakeln, ist die Tätigkeit eines Liebhabers, eines Dieners oder eines Neugierigen.

Wenn er den Handschuh berührte, sah Aurilly die Hand; wenn er den Mantel einhakelte, schaute er unter die Maske, wenn er den Steigbügel hielt, suchte er einen Zufall herbeizuführen, um das Gesicht zu erblicken, das der Prinz in seinen verworrenen Erinnerungen nicht erkannt hatte, das er, Aurilly, aber mit seinem guten Gedächtnis wohl zu erkennen hoffte.

Doch er hatte es mit einem starken Gegner zu tun, Remy forderte seinen Dienst bei seiner Gefährtin und zeigte sich eifersüchtig auf Aurillys Zuvorkommenheit und wurde dabei von Diana selbst unterstützt.

Aurilly war darauf angewiesen, während langer Märsche auf Schatten und Regen zu hoffen und während des Haltens die Mahlzeit herbeizuwünschen. Doch er wurde in seiner Erwartung getäuscht. Regen oder Sonne, das war ganz gleichgültig, die Maske blieb auf dem Gesicht, und die Mahlzeiten wurden von der jungen Frau in einem abgesonderten Zimmer eingenommen.

Aurilly sah ein, daß, wenn er nicht erkannte, man dagegen ihn erkannt hatte; er suchte durch die Schlösser zu sehen, doch die Dame wandte beständig der Tür den Rücken zu; er suchte durch die Fenster zu schauen, doch er fand an den Fenstern dichte Vorhänge oder doch die Mäntel der Reisenden. Weder Fragen noch Bestechungsversuche hatten bei Remy Erfolg; der Diener erwiderte beständig, dies sei der Wille der Gebieterin und folglich auch sein Wille.

»Aber werden diese Vorsichtsmaßregeln nur meinetwegen allein genommen?« fragte Aurilly.

»Nein, gegen jeden.«

»Aber der Herzog von Anjou hat sie gesehen; damals verbarg sie sich also nicht,«

»Zufall, reiner Zufall,« sagte Remy, »und gerade weil meine Gebieterin gegen ihren Willen vom Herrn Herzog von Anjou gesehen worden ist, trifft sie ihre Maßregeln, um von niemand mehr gesehen zu werden.«

Die Tage vergingen indessen, man näherte sich dem Ziele, und durch Remys und seiner Gebieterin Vorsicht waren die Bemühungen des neugierigen Aurilly vereitelt worden.

Schon war das Ende der Reise nicht ferne. Aurilly, der seit drei bis vier Tagen alles versuchte, Freundlichkeit, Schmollen, kleine Aufmerksamkeiten und beinahe Gewalt, fing an, die Geduld zu verlieren, und die schlimmen Instinkte seiner Natur gewannen allmählich die Oberhand. Es war, als erkenne er, unter dem Schleier dieser Frau sei ein tödliches Geheimnis verborgen.

Eines Tages blieb er mit Remy ein wenig zurück und erneuerte bei diesem seine Bestechungsversuche, die Remy wie gewöhnlich zurückwies.

»Früher oder später muß ich doch deine Gebieterin einmal sehen,« sagte Aurilly. – »Ohne Zweifel, doch das wird geschehen, wann sie will, und nicht, wann Ihr wollt.«

»Wenn ich aber Gewalt anwendete?« – »Versucht es,« versetzte Remy, und ein Blitz, den er nicht zu unterdrücken vermochte, sprang aus seinen Augen hervor.

Aurilly sah diesen Blitz; er begriff, welche Energie in dem lebte, den er für einen Greis hielt.

»Welch ein Narr bin ich!« sagte er lachend, »was liegt mir daran, wer sie ist? Nicht wahr, es ist dieselbe, die der Herr Herzog von Anjou gesehen hat?« – »Gewiß.«

»Und die er mir befahl, nach Chateau-Thierry zu bringen?« – »Ja.«

»Wohl! mehr brauche ich nicht; ich bin nicht in sie verliebt, sondern der Herr Herzog, und wenn Ihr nicht versucht zu fliehen, mir zu entkommen ...« – »Sehen wir danach aus?«

»Nein.« – »Wir sehen so wenig danach aus, und es ist so wenig unsere Absicht, daß wir, wenn Ihr auch nicht dabei wäret, unsere Reise nach Chateau-Thierry fortsetzen würden; wünscht der Herzog uns zu sehen, so wünschen wir ihn auch zu sehen.«

»Das trifft vortrefflich zusammen.« Dann fragte er, als wollte er sich versichern, daß Remy und seine Gefährtin wirklich nicht einen andern Weg einzuschlagen wünschten, auf ein Wirtshaus an der Landstraße deutend: »Will Eure Gebieterin hier einen Augenblick anhalten?« – »Ihr wißt, daß meine Gebieterin nur in Städten anhält.«

»Ich habe nicht darauf achtgegeben.« – »Es ist so.«

»Ich will aber einen Augenblick anhalten; reitet weiter, ich hole Euch ein.«

Aurilly deutete Remy den Weg an, stieg ab und näherte sich dem Wirt, der ihm mit großer Ehrerbietung und als ob er ihn kennte, entgegenkam. Remy ritt Diana nach.

»Was sagte er Euch?« fragte die junge Frau. – »Er drückte seinen gewöhnlichen Wunsch aus.«

»Den, mich zu sehen?« – »Ja.«

Diana lächelte unter ihrer Maske.

»Nehmt Euch in acht,« sagte Remy, »er ist wütend.«

»Er wird mich nicht sehen. Ich will es nicht, und damit sage ich dir, daß er nichts in dieser Hinsicht zu tun imstande sein wird.«

»Muß er Euch aber nicht, wenn Ihr einmal in Chateau-Thierry seid, mit entblößtem Gesicht sehen?« »Was ist daran gelegen, wenn die Entdeckung zu spät kommt? Übrigens hat mich der Herr nicht erkannt.«

In diesem Augenblick wurden sie von Aurilly unterbrochen, der, nachdem er einen Seitenweg eingeschlagen hatte und ihnen gefolgt war, ohne sie aus dem Gesicht zu verlieren, plötzlich in der Hoffnung erschien, einige Worte ihres Gesprächs zu erlauern.

Das rasche Schweigen bei seiner Ankunft bewies ihm, daß er lästig war; er begnügte sich daher, ihnen im Abstand zu folgen, wie er dies zuweilen tat.

Von diesem Augenblick stand Aurillys Plan fest. Er mißtraute, er wußte selbst nicht, warum, er mißtraute instinktartig; denn von Vermutungen zu Vermutungen hin und her schwankend, war sein Geist nicht einen Augenblick bei der Wirklichkeit stehengeblieben.

Er konnte sich nicht erklären, warum man ihm so hartnäckig dieses Gesicht verbarg, das er früher oder später sehen mußte. Um seinen Plan besser zum Ziele zu führen, gab er sich von diesem Augenblick den Anschein, als hätte er auf ihn verzichtet, und zeigte sich den ganzen Tag als der bequemste und lustigste Geselle.

Remy bemerkte diese Veränderung nicht ohne eine gewisse Unruhe. Man kam in eine Stadt und übernachtete hier wie gewöhnlich. Am anderen Morgen reiste man unter dem Vorwand, der Weg, den man zurückzulegen habe, sei lang, bei Tagesanbruch ab. Um die Mittagsstunde mußte man anhalten, um die Pferde ausruhen zu lassen.

Um zwei Uhr brach man wieder auf und reiste noch bis vier Uhr. Ein großer Wald zeigte sich in der Ferne, es war der von La Fère. Er bot den düsteren, geheimnisvollen Anblick der Wälder im nördlichen Frankreich.

Remy und Diana wechselten einen Blick, als hätten beide begriffen, daß sie hier das Ereignis erwarte, das von der Stunde der Abreise über ihren Häuptern schwebte.

Man kam etwa sechs Uhr abends in den Wald. Nachdem man noch eine halbe Stunde gereist war, neigte sich der Tag. Ein heftiger Wind ließ die Blätter wirbeln und trieb sie nach einem ungeheuren

Teiche fort, der, in der Tiefe der Bäume verloren, sich an dem Wege hinzog, der sich vor den Reisenden ausdehnte.

Seit zwei Stunden hatte strömender Regen den lehmigen Boden durchnäßt. Sorglos für ihre Person und ihres Pferdes ziemlich gewiß, ließ Diana dieses gehen, ohne es zu halten; Aurilly ritt rechts, Remy links. Aurilly war am Rande des Teiches, Remy mitten auf dem Weg.

Kein menschliches Geschöpf ließ sich unter den düsteren, grünen Bogen der Bäume auf der langen Krümmung des Wegs sehen.

Plötzlich fühlte Diana, daß der Sattel ihres Pferdes, das wie gewöhnlich Aurilly gesattelt hatte, wankte und sich drehte; sie rief Remy, der von dem seinigen herabsprang und sich bückte, um den Riemen festzuziehen. In diesem Augenblick näherte sich Aurilly der Dame, die nur mit ihrem Pferde beschäftigt war, und durchschnitt mit dem Ende seines Dolches die seidene Rundschnur ihrer Maske.

Ehe sie diese Bewegung bemerkt oder mit der Hand nach ihrem Gesichte gegriffen hatte, nahm ihr Aurilly die Maske ab und neigte sich gegen Diana, die sich ihrerseits gegen ihn neigte. Die Augen beider trafen in einem furchtbaren Blick zusammen; niemand hätte sagen können, wer von ihnen bleicher und drohender aussah.

Aurilly fühlte, wie ein kalter Schweiß seine Stirn überströmte, er ließ die Maske und den Dolch fallen und rief voll Angst, die Hände zusammenschlagend: »Himmel und Erde! ... Die Dame von Monsoreau!!!«

»Das ist ein Name, den du nicht wiederholen wirst!« schrie Remy, indem er Aurilly am Gürtel packte und von seinem Pferde aufhob. Beide rollten auf den Boden. Aurilly streckte seine Hand aus, um seinen Dolch wieder zu ergreifen. Remy aber bückte sich über ihn, setzte ihm das Knie auf die Brust und sagte: »Nein, Aurilly, nein, du sollst hier bleiben.« Der letzte Schleier, der über Aurillys Erinnerung ausgebreitet zu sein schien, zerriß.

»Der Haudoin!« rief er, »ich bin tot!«

»Es ist noch nicht wahr, doch es wird sogleich wahr werden,« sagte Remy.

Und er drückte seine linke Hand dem Elenden, der, sich unter ihm sträubte, auf den Mund, während er mit seiner rechten sein Messer aus der Scheide zog.

»Nun hast du recht,« sagte er, »nun bist du tot, Aurilly.«

Und der Stahl verschwand in der Kehle des Lautenspielers, der ein unverständliches Röcheln ausstieß.

Die Augen starr, auf ihren Sattelknopf gestützt, bebend, aber unbarmherzig, hatte Diana den Kopf nicht von diesem furchtbaren Schauspiel abgewendet. Als sie über das Blut an der Klinge hinspringen sah, warf sie sich zurück und fiel, steif, als ob sie tot wäre, von ihrem Pferd.

Remy hatte in diesem Augenblick keine Gedanken für sie; er durchsuchte Aurilly, nahm ihm die beiden Rollen Gold, band einen Stein an den Hals des Leichnams und stürzte ihn in den Teich. Wer Regen fiel fortwährend in Strömen vom Himmel herab.

»O, mein Gott!« sagte er, »vertilge die Spur deiner Gerechtigkeit, denn sie hat noch andere Schuldige zu treffen.«

Wann wusch er sich die Hände in dem düsteren, stehenden Wasser, nahm die immer noch ohnmächtige Diana in seine Arme, hob sie auf ihr Pferd und stieg, seine Gefährtin haltend, auf das seinige. Erschreckt durch das Geheul der Wölfe, die herbeikamen, als ob sie diese Szene gerufen hatte, verschwand das Pferd Aurillys im Wald.

Als Diana wieder zu sich gekommen war, setzten die Reisenden, ohne ein Wort auszutauschen, ihren Weg nach Chateau-Thierry fort.

König Heinrich III. ladet Crillon nicht zum Frühstück, und Chicot ladet sich selbst ein.

Am Morgen nach dem Tage, wo die von uns erzählten Ereignisse im Walde von La Fère vorgefallen waren, stieg der König von Frankreich ungefähr gegen neun Uhr aus dem Bad. Der Kammerdiener, der ihn in eine Decke von feiner Wolle gewickelt und mit zwei Tüchern von dichter persischer Watte abgerieben, hatte den Coiffeuren Platz gemacht, die wiederum den Parfümeuren und den Höflingen Platz machten.

Als die letzteren weggegangen waren, ließ der König seinen Haushofmeister kommen und sagte ihm, er würde etwas anderes als seine gewöhnliche Kraftbrühe zu sich nehmen, da er diesen Morgen Appetit verspüre.

Diese Kunde brachte im ganzen Louvre eine sehr legitime Freude hervor, und der Dampf der Fleischspeisen fing an, aus den Küchen auszuströmen, als Crillon, der Oberst der französischen Leibwachen, bei Seiner Majestät eintrat, um ihre Befehle einzuholen.

»Wahrhaftig, mein guter Crillon,« sagte der König, »wache diesen Morgen, wie du willst, über dem Heile meiner Person, zwinge mich aber, um Gottes willen, nicht, den König zu machen; ich bin heute ganz heiter und selig; mir scheint, ich wiege nicht eine Unze und fliege in die Luft. Ich habe Hunger, begreifst du das, mein Freund?«

»Ich begreife es um so mehr, Sire, als ich selbst starken Hunger habe.« erwiderte der Oberst.

»Ah! du, Crillon, du hast immer Hunger.« versetzte der König lachend.

»Nicht immer, Sire, oh! nein. Eure Majestät übertreibt, aber dreimal des Tags, – und Eure Majestät?« – »Oh! ich, einmal im Jahr, und dann nur, wenn ich gute Nachrichten erhalten habe.«

»Harnibieu! es scheint, Ihr habt gute Nachrichten erhalten, Sire? Desto besser, desto besser, denn sie werden, scheint mir, immer seltener.« – »Ganz und gar nicht, Crillon; doch du kennst das Sprichwort.«

»Ah! ja, keine Nachrichten, gute Nachrichten. Ich mißtraue den Sprichwörtern, Sire, und besonders diesem; es ist Euch keine Kunde von Navarra zugekommen?« – »Nichts.«

»Nichts?« – »Allerdings, ein Beweis, daß man dort schläft.«

»Und von Flandern?« – »Nichts.«

»Nichts? ein Beweis, daß man sich dort schlägt. Und von Paris?« – »Nichts.«

»Ein Beweis, daß man dort Komplotte macht.« – »Oder Kinder, Crillon; ah! bei Gelegenheit der Kinder, Crillon, ich glaube, daß ich eines haben werde.«

»Ihr, Sire!« rief Crillon im höchsten Maße erstaunt.

– »Ja, die Königin hat in dieser Nacht geträumt, sie wäre in andern Umständen.«

»Endlich, Sire!« – »Nun, was?« – »Es macht mich äußerst freudig zu wissen, daß Eure Majestät so frühzeitig am Morgen Hunger hat. Gott befohlen, Sire.«

– »Gehe, mein guter Crillon, gehe.«

»Harnibieu! Sire,« versetzte Crillon, »da Eure Majestät so gewaltigen Hunger hat, so müßte sie mich zum Frühstück einladen.« – »Warum dies, Crillon?«

»Weil man sagt, Eure Majestät lebe von der Luft, weshalb sie abmagere, da die Luft schlecht ist, und so wäre ich entzückt gewesen, sagen zu können: ›Harnibieu, das sind reine Verleumdungen, der König ißt wie alle.‹«

– »Nein, Crillon, nein, im Gegenteil; laß glauben was man glaubt; es läßt mich erröten, wenn, ich wie ein einfacher Sterblicher vor meinen Untertanen esse. Begreife also wohl; ein König muß immer poetisch bleiben und sich stets nur erhaben zeigen. Höre ein Beispiel.«

»Ich höre, Sire.« – »Erinnere dich an den König Alexander.«

»An welchen König Alexander?« – »An Alexander Magnus'. Ah! es ist wahr, du verstehst das Lateinische nicht. Nun wohl, Alexander liebte es, sich vor seinen Soldaten zu baden, weil Alexander schön, wohlgebaut und hübsch rund war, weshalb man ihn mit Apollo und sogar mit Antinous verglich.«

»Oh! oh! Sire, Ihr hättet teufelmäßig unrecht, wenn Ihr es machtet wie er und Euch vor den Eurigen badetet, denn Ihr seid sehr mager, mein armer Sire.« – »Braver Crillon, geh,« sagte Heinrich, indem er ihm auf die Schulter klopfte, »du bist ein vortrefflicher Grobian, du schmeichelst mir nicht; du bist kein Höfling, mein alter Freund.«

»Ihr ladet mich auch nicht zum Frühstück ein,« erwiderte Crillon, gutmütig lachend, und nahm dann vom König, eher zufrieden, als unzufrieden, Abschied, denn der Schlag auf die Schulter hatte das fehlende Frühstück aufgewogen.

Sobald Crillon weggegangen war, wurde die Tafel bestellt. Der königliche Haushofmeister hatte sich selbst übertroffen: eine Art Frikassee von jungen Rebhühnern mit Trüffeln und Kastanien erregte sogleich die Aufmerksamkeit des Königs, den schöne Austern schon in Versuchung geführt hatten. Die gewöhnliche Kraftbrühe, das treue Stärkungsmittel des Monarchen, wurde vernachlässigt; vergebens öffnete sie ihre großen Augen in ihrer goldenen Schale, ihre bettelnden Augen erlangten durchaus nichts von Seiner Majestät.

der König begann mit den jungen Rebhühnern. Er war bei seinem vierten Mundvoll, als ein leichter Tritt hinter ihm den Boden streifte, ein Stuhl auf seinen Röllchen krachte, und eine wohlbekannte Stimme mit scharfem Tone ein Gedeck forderte.

Der König wandte sich um und rief: »Chicot!«

»In Person.«

Und seinen alten Gewohnheiten getreu, streckte sich Chicot in seinem Stuhle aus, nahm einen Teller, eine Gabel und fing an, von der Platte mit Austern, sie mit Zitronensaft besprengend, ohne ein Wort hinzuzufügen, die größten und fettesten abzuheben.«

»Du hier, du zurückgekehrt!«, – »Still!« winkte Chicot, der den Mund voll hatte, mit der Hand. Und er benutzte den Ausruf des Königs, um die Rebhühner an sich zu ziehen.

»Halt, Chicot, das ist meine Platte!« rief Heinrich und streckte die Hand aus.

Chicot teilte brüderlich mit seinem Fürsten und gab ihm die Hälfte zurück.

Dann goß er sich Wein ein, ging von den Rebhühnern zu einer Platte Thunfisch über, von dem Thunfisch zu farcierten Krebsen, verzehrte als Quittung und am Schlüsse die königliche Kraftbrühe, stieß einen Seufzer aus und sagte: »Ich habe keinen Hunger mehr.«

»Bei Gottes Tod! ich hoffe wohl, Chicot.« – »Ah! guten Morgen, mein Könige wie geht es dir? Ich finde, du siehst diesen Morgen ganz munter aus.«

»Nicht wahr, Chicot?« – »Ein reizendes Färbchen. Ist es von dir?«

»Bei Gott!« –»Dann mache ich dir mein Kompliment.«

»Es ist wahr, ich fühle mich diesen Morgen äußerst heiter gestimmt.« – »Desto besser, mein König, desto besser. Ah! doch dein Frühstück ist damit nicht zu Ende, es bleiben dir wohl noch einige kleine Leckerbissen.«

»Hier sind Kirschen von den Namen von Montmartre eingemacht.« – »Sie sind zu sehr gezuckert.«

»Nüsse mit Korinthen gefüllt.« – »Pfui! man hat die Kerne in den Weinbeeren gelassen.«

»Tu bist mit nichts zufrieden.« – »Bei meinem Ehrenwort, es artet auch alles aus, selbst die Küche, und man lebt immer schlechter an deinem Hof.«

»Sollte man an dem des Königs von Navarra besser leben?« fragte Heinrich lachend. – »Ei, ei! ich sage nicht »Dann gehen dort große Veränderungen vor.« – »Ah! was das betrifft, du kannst es gar nicht glauben, Henriquet.«

»Erzähle mir etwas von deiner Reise, das wird mich zerstreuen.« – »Sehr gern, ich bin nur zu diesem Behufe gekommen. Wo soll ich anfangen? Soll ich von meiner Abreise ausgehen?«

»Nein, deine Reise war vortrefflich, nicht wahr?« – »Du siehst wohl, daß ich ganz zurückkehre, wie mir scheint.«

»Ja, erzähle mir also, von deiner Ankunft in Navarra.« – »Gut.«

»Was trieb Heinrich als du ankamst?« – »Liebe.«

»Mit Margot?« – »Oh! nein.«

»Das hätte mich gewundert; er ist also seiner Frau immer noch untreu, der Ruchlose, untreu einer Tochter Frankreichs; zum Glück gibt sie es ihm zurück. Und wer war die Nebenbuhlerin Margots bei deiner Ankunft?« – »Fosseuse.«

»Eine Montmorency. Ah! das ist nicht schlecht für diesen Bearner Bären. Man sprach hier von einer Bauerndirne, von einem Gärtnermädchen, von einer Bürgerstochter.« – »Oh! das ist alles alt.«

»Margot ist also betrogen?« – »Soviel es eine Frau sein kann.«

»Und sie ist wütend darüber?« – »Ganz toll.«

»Und sie rächt sich?« – »Ich glaube wohl.«

Heinrich rieb sich die Hände mit unsäglicher Freude. »Was wird sie machen?« rief er lachend, »wird sie Himmel und Erde in Bewegung setzen, Spanien auf Navarra, Artois und Flandern auf Spanien werfen? Wird sie ihren kleinen Bruder Henriquet gegen ihren kleinen Gatten Henriot zu Hilfe rufen?« – »Es ist wohl möglich.«

»Du hast sie gesehen?« – »Ja.«

»Und was tat sie in dem Augenblick, wo du sie verließest?« – »Oh! das würdest du nicht erraten.« »Sie schickte sich an, einen andern Liebhaber zu nehmen?« – »Sie schickte sich an, Wehefrau zu werden.«

»Wie! Wehefrau? Was soll das heißen?« – Oh! rolle deine Augen, solange du willst; ich sage, daß deine Schwester, als ich abreiste, im Begriff war, eine Entbindung vorzunehmen.«

»Für eigene Rechnung?« rief Heinrich erbleichend; »sollte Margot Kinder haben?« – »Nein, für Rechnung ihres Gemahls; du weißt wohl, daß die letzten Valois die Tugend der Fruchtbarkeit nicht besitzen. Pest! das ist nicht wie bei den Bourbonen.«

»Margot alkouchiert also tatsächlich?« – »Ganz vollständig.«

»Wen denn?« – »Fräulein Fosseuse.«

»Wahrhaftig, das begreife ich nicht.« – »Ich auch nicht, doch ich habe mich nicht vermessen, dir Licht in der Sache zu geben, ich wollte dir nur sagen, wie die Dinge stehen.«

»Vielleicht hat sie nur, um ihre Person zu verteidigen, in diese Demütigung eingewilligt.« – »Sicher hat ein Kampf stattgefunden; doch sobald ein Kampf stattfand, war der eine oder der andere Teil der unterliegende; deine Schwester war minder stark als Heinrich, das ist es nur.«

»In der Tat, das freut mich.« – »Schlechter Bruder.«

»Sie müssen sich gegenseitig verwünschen?« – »Ich glaube, daß sie sich im Grunde nicht anbeten.«

»Aber scheinbar?« – »Sind sie die besten Freunde der Welt.«

»Ja; doch an einem schönen Morgen wird sie eine neue Liebe völlig entzweien.« – »Diese neue Liebe ist gekommen, Heinrich.«

»Bah!« – »Bei meiner Ehre; doch soll ich dir sagen, was ich fürchte?«

»Sprich!« – »Ich befürchte, diese neue Liebe wird sie versöhnen, statt sie zu entzweien.«

Und löffelweise, halb im Scherz und halb im Ernst sprechend, flößte Chicot seinem König die bittere Wahrheit ein, daß sein Schwager Heinrich die vorenthaltene Mitgift in Gestalt der Stadt Cahors durch siegreichen Sturm sich selbst geholt habe.

»Gottes Tod!« rief Heinrich wütend, »meine Stadt! er hat meine Stadt genommen!«

»Verdammt! Du begreifst, Henriquet, du wolltest sie ihm nicht geben, nachdem du sie ihm versprochen, und er mußte sich entschließen, sie zu nehmen. Doch halt, hier ist ein Brief, den er mich beauftragt hat, dir eigenhändig zu übergeben.«

Hierbei zog Chicot einen Brief aus seiner Tasche und übergab ihn dem König. Es war der von Heinrich nach der Einnahme von Cahors geschriebene Brief.

Heinrich erhält Kunde aus dem Norden.

Ganz außer sich, vermochte der König kaum den Brief zu lesen, den ihm Chicot gegeben hatte.

Während er das Lateinische des Bearners mit Zuckungen der Ungeduld, die den Boden zittern ließen, entzifferte, bewunderte Chicot vor einem großen, venezianischen Spiegel seine Haltung und den unendlichen Liebreiz, den seine Person unter dem militärischen Kleide angenommen hatte.

Unendlich war das rechte Wort, denn Chicot hatte nie so großartig ausgesehen; auf seinem etwas kahlen Haupte saß eine kegelförmige Pickelhaube nach der Art der deutschen Sturmhauben; und er war im Augenblick damit beschäftigt, daß er seinen, durch die Reibung der Waffen befleckten, büffellederen Koller, den er, um zu frühstücken, abgelegt hatte, wieder befestigte; während er darauf seinen Panzer zuschnallte, ließ er überdies auf dem Boden Sporen klirren, die mehr geeignet waren, einem Pferde den Bauch aufzuschlitzen, als es anzutreiben. »Oh! ich bin verraten!« rief Heinrich, als er zu Ende gelesen hatte, »der Bearner hatte einen Plan, und ich ahnte nichts davon.«

»Mein Sohn,« erwiderte Chicot, »du kennst das Sprichwort: Stille Wasser sind tief.«

»Geh zum Teufel mit deinen Sprichwörtern!«

Chicot ging auf die Tür zu, als wollte er gehorchen.

»Nein, bleibe!«

Chicot blieb stehen.

»Cahors genommen!« fuhr Heinrich fort. – »Und zwar auf eine ganz artige Weise.«

»Er hat also Generäle, Ingenieure?« – »Keineswegs, der Bearner ist zu arm hierzu; wie sollte er sie bezahlen? Nein, er tut alles selbst.«

»Und ... er schlägt sich?« sagte Heinrich mit einer gewissen Verachtung. – »Ich wage nicht zu behaupten, daß er es von vornherein mit großer Begeisterung getan hat, aber dann stürzte er sich köpflings in das Treffen und schwamm im geschmolzenen Blei und im Feuer wie ein Salamander.«

»Teufel, Teufel!« machte Heinrich. – »Und ich versichere dir, Heinrich, es wurde dort warm gestritten.«

Der König stand hastig auf und ging mit großen Schritten im Saal auf und ab.

»Das ist eine Niederlage für mich!« rief er; »man wird über mich lachen, man wird Verse über mich machen. Diese Spitzbuben von Gaskognern sind Spottvögel, und ich höre schon, wie sie ihre Zähne wetzen, und sehe sie zu den furchtbaren Melodien ihrer Sackpfeifen lächeln. Gottes Tod! zum Glück habe ich den Gedanken gehabt, Franz die so dringend verlangte Hilfe zu schicken; Antwerpen wird mich für Cahors entschädigen, der Norden wird die Fehler des Südens tilgen.«

»Amen,« sagte Chicot, indem er zart, um seinen Nachtisch zu vollenden, die Finger in die Konfektbüchsen und Kompottschalen des Königs tauchte. In diesem Augenblick öffnete sich die Tür, und der Huissier meldete: »Der Herr Graf du Bouchage!«

»Oh!« rief Heinrich, »ich sagte es dir, Chicot, hier erhalte ich Nachricht. Tretet ein, Graf, tretet ein.«

Der Huissier hob den Vorhang auf, und man sah im Rahmen der Tür den jungen Mann, einem Porträt von Holbein oder Titian ähnlich, erscheinen. Er schritt langsam vor und beugte das Knie mitten auf dem Teppich des Zimmers.

»Immer bleich,« rief der König, »immer traurig. Höre, mein Freund, nimm für einen Augenblick dein Festgesicht an und sage mir nicht Gutes mit einer schlimmen Miene; sprich geschwind, du Bouchage, denn mich dürstet nach deiner Erzählung. Du kommst von Flandern?« – »Ja, Sire.«

»Und rasch, wie ich sehe.« – »Sire, so schnell, wie es ein Mensch auf Erden zu tun vermag.«

»Sei willkommen. Antwerpen, wie steht es mit Antwerpen?« – »Antwerpen gehört dem Prinzen von Oranien, Sire.«

»Dem Prinzen von Oranien, was soll das heißen? Marschierte mein Bruder nicht nach Antwerpen?« – »Ja, Sire, doch nun marschiert er nicht mehr nach Antwerpen, sondern nach Chateau-Thierry.«

»Er hat das Heer verlassen?« »Er hat kein Heer mehr, Sire.«

»Oh!« machte der König, auf seinen Knien wankend und in seinen Lehnstuhl zurückfallend; »aber Joyeuse?« – »Sire, mein Bruder hat, nachdem er mit seinen Seeleuten Wunder der Tapferkeit verrichtet, nachdem er den ganzen Rückzug gehalten, die wenigen Leute, die dem Unglück entkamen, gesammelt und mit ihnen ein Geleit für den Herrn Herzog von Anjou gebildet.«

»Eine Niederlage,« murmelte der König. Doch plötzlich rief er, mit einem seltsamen Blitz im Auge: »Die Flamländer sind also für meinen Bruder verloren?« – »Durchaus, Sire.«

»Ohne Wiederkehr?« – »Ich fürchte es.«

Die Stirn des Fürsten klärte sich allmählich wie unter dem Lichte eines inneren Gedankens auf.

»Der arme Franz,« sagte er lachend, »er hat Unglück mit den Kronen. Er hat die von Navarra verfehlt; er hat die Hand nach der von England ausgestreckt; er hat die von Flandern berührt; wetten wir, du Bouchage, daß er nie regieren wird, der arme Bruder, er, der doch so große Lust danach trägt.«

»Ei, mein Gott! es ist immer so, wenn man nach etwas Lust hat!« sagte Chicot mit feierlichem Tone.

»Und wieviel Gefangene?« – »Ungefähr zweitausend.«

»Wieviel Tote?« – »Wenigstens ebensoviel. Herr von Saint-Aignan ist darunter.«

»Wie! er ist tot, der arme Saint-Aignan?« – »Ertrunken.«

»Ertrunken! Ihr habt euch also in die Schelde gestürzt?« – »Nein, die Schelde hat sich auf uns gestürzt.«

Der Graf gab nun dem König eine genaue Erzählung von der Schlacht und der Überschwemmung. Heinrich hörte ihn von Anfang bis Ende mit einer Haltung, einem Stillschweigen und einer Miene an, denen es nicht an Majestät gebrach.

Dann kniete er vor seinem Betpult im Nebenzimmer nieder, verrichtete sein Gebet und kehrte einen Augenblick nachher mit einem vollkommen erheiterten Gesicht zurück.

»Ich hoffe, ich nehme die Dinge wie ein König hin,« sagte er. »Ein vom Herrn unterstützter König ist wirklich kein Mensch mehr. Auf, Graf, ahme mir nach, und da dein Bruder gerettet ist, wie, Gott sei Dank, der meinige, nun, so wollen wir uns fassen!« – »Ich bin zu Euren Befehlen, Sire.«

»Was verlangst du als Lohn für deine Dienste, du Bouchage?« – »Sire,« erwiderte der junge Mann, den Kopf schüttelnd, »ich habe keinen Dienst geleistet.«

»Ich bezweifle es; aber jedenfalls hat dein Bruder Dienste geleistet.« – »Ungeheure, Sire.«

»Er hat die Armee gerettet, sagst du, oder vielmehr die Trümmer der Armee?« – »Bei dem, was davon übrig ist, findet sich kein Mann, der nicht sagen wird, er verdanke meinem Bruder das Leben.«

»Nun, du Bouchage, es ist mein Wille, meine Wohltat auf euch beide auszudehnen, und ich ahme hierin dem Allmächtigen nach, der euch so sichtbar begünstigt, indem er euch beide gleich, das heißt, reich, tapfer und schön gemacht hat. Sprich, du Bouchage, was willst du, was verlangst du?« – »Da Eure Majestät mir die Ehre erweist, so liebevoll zu mir zu reden, so wage ich es, ihr Wohlwollen zu benutzen. Ich bin des Lebens müde, Sire, und dennoch widerstrebt es mir, mein Leben abzukürzen, da es Gott verbietet; alle Ausflüchte, die ein Mann von Ehre in einem solchen Falle anwendet, sind Todsünden; ich verzichte also darauf, vor dem Ziele zu sterben, das Gott meinem Leben gesteckt hat; doch die Welt stößt mich ab, und ich werde sie verlassen.«

»Mein Freund!« rief der König.

Chicot schlug die Augen auf und schaute voll Teilnahme den schönen, mutigen, reichen, jungen Mann an, der so verzweifelt redete.

»Sire,« fuhr der Graf mit dem Ausdruck der Entschlossenheit fort; »alles, was mir seit einiger Zeit begegnet, bestärkt mich in diesem meinen Verlangen; ich will mich in die Arme Gottes werfen, der der höchste Tröster der Betrübten ist, wie er zugleich der unumschränkte Herr der Glücklichen dieser Erde ist; habt also die Gnade, Sire, mir die Mittel zu erleichtern, alsbald in einen geistlichen Orden einzutreten, denn mein Herz ist, wie der Prophet sagt, traurig wie der Tod.«

Chicot, der Spötter, unterbrach einen Augenblick die stete Gymnastik seiner Arme und seiner Gesichtsmuskeln, um auf diesen majestätischen Schmerz zu horchen, der so edel, so aufrichtig aus der sanftesten, überzeugendsten Stimme sprach, die Gott je der Jugend und der Schönheit gegeben.

Sein glänzendes Auge erlosch im Schein des trostlosen Blickes des Jünglings, sein ganzer Körper sank voll Mitgefühl mit dieser Entmutigung zusammen, die jede Fiber im Körper des Grafen nicht abgespannt, sondern durchschnitten zu haben schien.

Auch der König fühlte, wie sein Herz beim Anhören dieses schmerzlichen Gesuches schmolz, und er sagte: »Ah! ich verstehe, Freund, du willst in einen geistlichen Orden eintreten, doch du fühlst dich noch Mensch und fürchtest dich vor den Prüfungen?« – »Ich fürchte nicht die strengen Proben, Sire, sondern die Zeit, die sie der Unentschlossenheit lassen; nein, nein, nicht um die Prüfungen zu mildern, die man mir auferlegen wird, denn ich gedenke meinem Körper nichts von den physischen Leiden, meinem Geist nichts von den moralischen Entbehrungen zu schenken, sondern um dem einen oder dem andern jeden Vorwand, zur Vergangenheit zurückzukehren, zu benehmen» mit einem Wort, um aus der Erde jenes Gitter hervorspringen zu lassen, das mich für immer von der Welt trennen soll, und das nach den gewöhnlichen kirchlichen Regeln langsam wächst wie eine Dornhecke.«

»Armer Junge,« sagte der König, »ich glaube, er wird ein guter Prediger werden, nicht wahr, Chicot?«

Chicot antwortete nicht. Du Bouchage fuhr fort: »Ihr begreift, Sire, daß sich in meiner Familie selbst der Kampf entspinnen wird; daß ich bei meinen nächsten Verwandten den heftigsten Widerstand finden werde; mein Bruder, der Kardinal, der zugleich so gut und so weltlich ist, wird tausend Gründe suchen, um mich von meinem Willen abzubringen, und wenn es ihm nicht gelingt, mich zu überreden, wie ich dessen sicher bin, so wird er mit Rom kommen, das Fristen zwischen jeden Grad der Orden stellt, und hier ist Eure Majestät allmächtig, hier werde ich die Kraft des Armes erkennen, den Eure Majestät über meinem Haupte auszustrecken die Gnade hat. Ihr habt mich gefragt, was ich wünsche, Sire; Ihr habt mir versprochen, meinem Wunsche zu entsprechen; mein Wunsch, wie Ihr seht, ist ganz in Gott; erlangt von Rom, daß ich vom Noviziat entbunden werde.«

Der König erhob sich lächelnd aus seiner Träumerei, nahm den Grafen bei der Hand und sagte: »Ich werde tun, was du von mir verlangst, mein Sohn, du willst Gott gehören, und du hast recht, er ist ein besserer Herr als ich. Du sollst nach deinen Wünschen ordiniert werden, lieber Graf, ich verspreche es dir.« – »Eure Majestät erfüllt mich mit Freude!« rief der junge Mann und küßte Heinrich die Hand mit einem Entzücken, als ob er zum Herzog, zum Pair oder zum Marschall von Frankreich ernannt worden wäre. »Es ist also abgemacht.«

»Bei meinem Königswort, bei meiner adligen Ehre.«

Du Bouchages Antlitz verklärte sich; etwas wie ein Lächeln der Verzückung zog über seine Lippen hin; er verbeugte sich ehrfurchtsvoll vor dem König und verschwand.

»Das ist ein glücklicher, ein sehr glücklicher junger Mann!« rief Heinrich.

»Gut!« versetzte Chicot, »mir scheint, du hast ihn um nichts zu beneiden, er ist nicht kläglicher als du, Sire.«

»Aber, begreifst du denn, Chicot, er wird Mönch werden, er wird sich dem Himmel ergeben.«

»Ei! wer zum Teufel hindert dich denn, dasselbe zu tun? Er verlangt vergeblich Dispense von seinem Bruder, dem Kardinal; doch ich kenne einen Kardinal, der dir alle notwendigen Dispense gibt; dieser steht noch besser mit Rom als du; du kennst ihn nicht? Es ist der Kardinal von Guise.«

»Chicot!«

»Und wenn dich die Tonsur beunruhigt, nun, die schönste Schere der Rue de la Coutellerie, eine goldene Schere, meiner Treu, und die schönsten Hände der Welt werden dir dieses kostbare Symbol geben, das dann die Zahl der Kronen, die du getragen hast, auf drei bringen wird.«

»Schöne Hände, sagst du?« – »Nun! willst du etwa Übles von den Händen der Frau Herzogin von Montpensier sagen, nachdem du so von ihren Schultern gesprochen hast? Welch ein König bist du, und wie streng zeigst du dich in Beziehung auf deine Untertaninnen.«

Der König faltete die Stirn und fuhr über seine Schläfe mit einer Hand hin, die so weiß war, wie die, von denen man sprach, aber sicher mehr zitterte.

»Gut, gut,« sagte Chicot, »lassen wir dies, denn ich sehe, daß dich dieses Gespräch langweilt, und kehren wir zu den Dingen zurück, die mich persönlich interessieren.«

Chicot vollendete eben diese Worte, als der Huissier Nambu von der Türschwelle aus rief: »Ein Bote des Herrn Herzogs von Guise für Seine Majestät.«

»Ist es ein Kurier oder ein Edelmann?« fragte der König. – »Es ist ein Kapitän, Sire.«

»Laßt ihn eintreten, er sei willkommen.«

Zu gleicher Zeit trat ein Gendarmenkapitän in der Felduniform ein und machte die gewöhnliche Verbeugung.

Die zwei Gevattern.

Chicot hatte sich bei dieser Ankündigung wieder gesetzt; er wandte seiner Gewohnheit gemäß unverschämterweise den Rücken der Tür zu, und sein halb verschleierter Blick versenkte sich in eine innere Betrachtung, die bei ihm so häufig stattfand, als die ersten Worte, die der Bote der Herren von Guise sprach, ihn beben ließen.

Demzufolge öffnete er die Augen wieder. Zum Glück oder zum Unglück schenkte der König, nur mit dem Ankömmling beschäftigt, dieser bei Chicot stets vielsagenden Gebärde keine Aufmerksamkeit. Der Bote stand zehn Schritte von dem Lehnstuhle, in den Chicot sich duckte, und da das Profil kaum über den Stuhl hervorragte, so sah Chicots Auge den Boten gänzlich, während der Bote nur Chicots Auge sehen konnte.

»Ihr kommt von Lothringen?« fragte der König den Boten, dessen Wuchs ziemlich edel, und dessen Miene ziemlich kriegerisch war.

»Nein, Sire, von Soissons, wo mir der Herr Herzog, der diese Stadt seit einem Monat nicht verlassen hat, den Brief übergab, den ich zu den Füßen Eurer Majestät niederzulegen die Ehre habe.«

Chicots Auge funkelte und verlor keine Gebärde des Ankömmlings, wie seinen Ohren keines seiner Worte entging.

Der Bote öffnete seinen mit silbernen Spangen geschlossenen Koller und zog aus einer mit Seide gefütterten ledernen Tasche, die an seinem Herzen ruhte, nicht einen, sondern zwei Briefe hervor, denn der eine zog den andern nach, an den er sich durch das Wachs seines Siegels angehängt hatte; als daher der Kapitän nur einen ziehen wollte, fiel der zweite auf den Boden.

Chicots Auge folgte diesem Briefe im Flug, wie das Auge der Katze dem Vogel. Er sah auch, wie sich bei dem unerwarteten Fall dieses Briefes eine Röte auf den Wangen des Boten verbreitete, und wie er in Verlegenheit geriet, um den ersten dem König zu geben und den andern aufzuheben.

Doch Heinrich sah nichts. Heinrich, ein Muster des Vertrauens, merkte nichts. Er öffnete nur den Brief, den man ihm bot, und las ihn.

Als der Bote den König in das Lesen vertieft sah, vertiefte er sich in die Betrachtung des Königs, auf dessen Gesicht er den Wiederschein aller Gedanken, die der interessante Inhalt in seinem Geiste hervorrufen konnte, zu suchen schien.

»Ah! Meister Borromée! Meister Borromée!« murmelte Chicot, während er mit den Augen jeder Bewegung des Getreuen des Herrn von Guise folgte. »Ah! du bist Kapitän und gibst dem König nur einen Brief, während du zwei in deiner Tasche hast; warte, mein Kind, warte.«

»Es ist gut! es ist gut!« sagte der König, indem er jede Zeile des Briefes des Herrn von Guise mit sichtbarer Zufriedenheit zum zweiten Male las, »geht, Kapitän, geht und sagt dem Herzog, ich sei ihm dankbar für sein Anerbieten.«

»Eure Majestät beehrt mich nicht mit einer geschriebenen Antwort?« fragte der Bote.

»Nein, ich werde ihn in einem Monat oder in sechs Wochen sehen und ihm folglich selbst danken, geht.«

Der Kapitän verbeugte sich und verließ das Gemach.

»Nu siehst wohl, Chicot,« sagte nun der König zu seinem Gefährten, den er immer noch in seinem Lehnstuhle glaubte, »du siehst wohl, Herr von Guise ist rein von jeder Machenschaft. Dieser brave Herzog, er hat die Sache von Navarra erfahren; er befürchtet, die Hugenotten könnten keck werden und das Haupt erheben, denn es ist ihm zu Ohren gekommen, die Deutschen wollten schon dem König von Navarra Verstärkung schicken. Was tut er nun? Errate, was er tut!«

Chicot antwortete nicht; Heinrich glaubte, er erwarte seine Erklärung, und fuhr fort: »Er bietet mir die Armee an, die er in Lothringen angeworben hat, und meldet mir, in sechs Wochen werde diese Armee mit ihrem General ganz und gar zu meiner Verfügung stehen. Was sagst du dazu, Chirot?«

Völliges Stillschweigen von selten des Gaskogners.

»In der Tat, mein lieber Chicot,« sagte der König, »du hast das Alberne, daß du halsstarrig bist wie ein spanisches Maultier, und daß du, wenn man das Unglück hat, dich von einem Irrtum zu überzeugen, was häufig vorkommt, schmollst, ah! ja, du schmollst wie ein Dummkopf.«

Nicht ein Hauch widersprach Heinrich in seiner Meinung, die er so offenherzig über seinen Freund geäußert hatte. Es gab etwas, was Heinrich noch mehr mißfiel als der Widerspruch, dies war das Schweigen.

»Ich glaube, dieser Bursche hat die Frechheit gehabt, einzuschlafen,« sagte er. »Chicot,« fuhr er fort, indem er auf den Lehnstuhl zuschritt, »dein König spricht mit dir, willst du antworten?«

Doch Chicot konnte nicht antworten, denn er war gar nicht da. Heinrich fand den Stuhl leer. Seine Augen durchliefen das ganze Zimmer; der Gaskogner war ebensowenig im Zimmer wie im Stuhl.

Der König wurde von einem abergläubischen Schauer ergriffen; es kam ihm zuweilen der Gedanke, Chicot sei ein übermenschliches Wesen, eine teuflische Verkörperung, allerdings guter Art, aber dennoch teuflisch.

Er rief Nambu. Dieser versicherte Seiner Majestät auf das bestimmteste, er habe Chicot fünf Minuten vor der Entfernung des Gesandten hinausgehen sehen. Nur sei er mit der Vorsicht eines Menschen hinausgegangen, der nicht wolle, daß man ihn weggehen sehe.

»Offenbar,« sagte Heinrich, während er in sein Betzimmer ging, »offenbar ärgerte sich Chicot, weil er unrecht hatte. Mein Gott! wie erbärmlich sind doch die Menschen! Ich sage das in Beziehung auf alle, selbst auf die geistreichsten.«

Nambu hatte recht; seine Sturmhaube auf dem Kopf und sein langes Schwert an der Seite, durchschritt Chicot geräuschlos die Vorzimmer; aber so vorsichtig er auch war, mußte er doch die Sporen auf den Stufen klirren lassen, die von den Gemächern nach der Pforte des Louvre führten, und dieses Geräusch veranlaßte viele Leute, sich umzudrehen, und trug Chicot viele Verbeugungen ein, denn man kannte Chicots Stellung beim König, und viele verbeugten sich tiefer vor ihm, als sie es vor dem Herzog von Anjou getan hätten.

In einer Ecke der Pforte blieb Chicot stehen, als wollte er einen Sporn befestigen.

Der Kapitän des Herrn von Guise ging, wie gesagt, kaum fünf Minuten nach Chicot weg, dem er keine Aufmerksamkeit geschenkt hatte. Er stieg die Stufen hinab und durchschritt die Höfe. In dem Augenblick, wo er aus der Pforte des Louvre trat und über die Zugbrücke schritt, wurde er durch ein Klirren von Sporen erweckt, die das Echo der seinigen zu sein schienen.

Er wandte sich um, weil er dachte, der König schicke ihm jemand nach, und war nicht wenig erstaunt, als er unter der Sturmhaube das leutselige Gesicht und die gleisnerisch freundliche Miene des Bürgers Robert Briquet erkannte.

»Ah! mein Gott!« sagte Borromée. – »Alle Wetter!« rief Chicot.

»Mein lieber Bürgersmann!« – »Mein ehrwürdiger Vater!«

»Mit dieser Sturmhaube!« – »Unter diesem Koller!«

»Es ist mir sehr lieb, daß ich Euch sehe.« – »Es gereicht mir zur Zufriedenheit, daß ich Euch treffe.«

Und die beiden Eisenfresser schauten sich ein paar Sekunden mit dem Zögern zweier Hähne an, die kämpfen wollen und, um einander einzuschüchtern, sich auf ihren Sporen erheben.

Borromée ging zuerst vom Ernsten zum Sanften über. Die Muskeln seines Gesichts spannten sich ab, und er sagte mit einer Miene kriegerischer Offenherzigkeit und liebenswürdiger Freundlichkeit: »Gottes Leben! Ihr seid ein schlauer Gevatter, Meister Robert Briquet.«

»Ich, mein Ehrwürdiger?« erwiderte Chicot, »ich bitte, aus welcher Veranlassung sagt Ihr mir das?« – »Aus Anlaß des im Kloster der Jakobiner Erlebten, wo Ihr mich glauben ließet, Ihr wärt nur ein einfacher Bürger. Ihr müßt in der Tat zehnmal verschlagener und mutiger sein als ein Anwalt und ein Kapitän zusammen.«

Chicot fühlte, daß das Kompliment mit den Lippen und nicht mit dem Herzen gemacht war.

»Ah! ah!« erwiderte er mit gutmütigem Tone, »was sollen wir von Euch sagen, Seigneur Borromée?« – »Von mir?«

»Ja, von Euch.«– »Und warum?«

»Daß Ihr mich glauben ließt, Ihr wärt nur ein Mönch. Ihr müßt in der Tat zehnmal schlauer als der Papst selbst sein; und wenn ich dies sage, setze ich Euch nicht herab, Gevatter, denn der gegenwärtige Papst ist ein tüchtiger Luntenriecher, wie Ihr zugestehen müßt.« – »Denkt Ihr, was Ihr sagt?«

»Alle Wetter! lüge ich je?« – »Nun wohl, so nehmt meine Hand.« Und er reichte Chicot die Hand.

»Ah! Ihr habt mich im Kloster schlecht behandelt, Bruder Kapitän.« – »Ich hielt Euch für einen Bürgersmann, Meister, und Ihr wißt wohl, was wir Kriegsleute von den Bürgern halten.«

»Es ist wahr,« versetzte Chicot lachend, »es ist gerade wie mit den Mönchen, und dennoch habt Ihr mich in der Falle gefangen.« – »In der Falle?«

»Allerdings; denn unter dieser Verkleidung stelltet Ihr eine Falle. Ein braver Kapitän, wie Ihr, vertauscht nicht ohne eine wichtige Ursache seinen Panzer gegen eine Kutte.« – »Gegen einen Kriegsmann werde ich keine Geheimnisse haben. Ja, ich habe gewisse persönliche Interessen im Kloster der Jakobiner; doch Ihr?«

»Ich auch, doch still!«

»Wollen wir nicht ein wenig in aller Gemütlichkeit beim Glase Wein uns miteinander unterhalten?«

Mit diesen Worten kam Borromée Chicots innerstem Wunsche entgegen, und diese Zufriedenheit steigerte sich noch, als Borromée das wohlbekannte Füllhorn als Schenke vorschlug; von dessen Vorhandensein Chicot sich den Anschein gab, nichts zu wissen.

Das Füllhorn.

Der Weg, den Borromée Chicot machen ließ, ohne zu vermuten, daß Chicot ihn so gut wie er kannte, erinnerte unsern Gaskogner an seine schönen Jugendtage.

Bald erschien die Rue Saint-Jacques vor seinen Augen, dann das Kloster Saint-Benoit, und beinahe dem Kloster gegenüber das Wirtshaus zum *Füllhorn*, etwas älter aussehend, etwas schmierig, etwas verfallen, aber immer noch außen von Platanen und Kastanienbäumen beschattet und innen mit seinen blanken, zinnernen Kannen und seinen glänzenden Kasserollen ausgestattet.

Nachdem Chicot von der Türschwelle einen Blick auf das Äußere und in das Innere geworfen hatte, machte er sich einen hohen Rücken, verlor noch sechs Zoll von seiner Gestalt, die er schon in Gegenwart des Kapitäns verkleinert hatte, fügte seine Satyrgrimasse dazu, die seinem offenen Wesen und seinen ehrlichen Augen sehr unähnlich war, und wollte so den Versuch machen, von seinem alten Wirte Bonhomet unerkannt zu bleiben.

Chicot schritt hinter Borromée her und wurde in der Tat von dem Wirt zum *Füllhorn* gar nicht gesehen oder vielmehr nicht erkannt.

Er kannte die dunkelste Ecke der gemeinschaftlichen Stube und wollte sich darin niederlassen, als ihn Borromée zurückhielt und zu ihm sagte: »Alles schön und gut, Freund, doch hinter diesem Verschlag ist ein kleiner Winkel, wo zwei Menschen ganz ungestört miteinander plaudern und trinken können.«

»Gehen wir dahin,« sagte Chicot.

Borromée machte dem Wirt ein Zeichen, durch das er fragen wollte: »Gevatter, ist das Kabinett frei?«

Bonhomet antwortete durch ein anderes Zeichen: »Es ist frei!«

»Kommt,« sagte Borromée. Und er führte Chicot, der sich den Anschein gab, als stoße er sich an allen Ecken des Hausflurs, in den kleinen Winkel, der unsern Lesern, welche die *Dame von Monsoreau* gelesen haben, so wohl bekannt ist.

»Erwartet mich hier,« sagte Borromée, »ich will von einem Vorrecht Gebrauch machen, das die Stammgäste hier haben.«

»Welches Vorrecht meint Ihr?« – »Ich will selbst in den Keller gehen und den Wein auswählen, den wir trinken werden.«

»Oh! oh!« machte Chicot, »ein schönes Vorrecht; geht.«

Borromée ging hinaus.

Chicot folgte ihm mit dem Auge; sobald die Tür sich hinter ihm geschlossen hatte, nahm er von der Wand ein Bild ab, hinter dem sich ein Loch befand, und durch dieses Loch konnte man in die große Stube sehen, ohne gesehen zu werden.

»Ah! ah!« sagte Chicot, »du führst mich in eine Schenke, deren Stammgast du bist; ah, du treibst mich in einen Winkel, wo du glaubst, ich könne nicht gesehen werden, und wo du denkst, ich könne nicht sehen, und in diesem Winkel ist ein Loch, und infolge dieses Loches machst du nicht eine Gebärde, die ich nicht sehe. Oh! mein Kapitän, du bist mir nicht gewachsen.«

Und während er diese Worte mit einer Miene der Verachtung sprach, die nur ihm eigentümlich war, hielt er sein Auge an den künstlich durchbohrten Verschlag. Er erblickte Borromée, der zuerst vorsichtig seinen Finger auf die Lippen legte und sodann mit Bonhomet sprach, der in seine Wünsche durch ein olympisches Kopfnicken willigte.

Aus der Bewegung der Lippen des Kapitäns erriet Chicot, der in solchen Dingen sehr bewandert war, daß die von ihm ausgesprochenen Worte sagen wollten:

»Bedient uns in jenem Winkel und kommt nicht herein, welches Geräusch Ihr auch hören möget.«

Sodann nahm Borromée eine Lampe, die ewig auf einem Schranke brannte, hob eine Falltür auf und stieg selbst in den Keller hinab.

Sogleich klopfte Chicot auf eine eigentümliche Weise an den Verschlag. Sofort wurde Bonhomet aufmerksam, schaute in die Luft und horchte. Chicot klopfte zum zweiten Male und wie ein Mensch, der sich wundert, daß man einem ersten Rufe nicht gefolgt ist. Da eilte Bonhomet in den Winkel und sah Chicot aufrecht und mit drohendem Gesicht.

Bei diesem Anblick stieß der Wirt einen Schrei aus; er hielt Chicot für tot und dachte, er stehe einem Gespenst gegenüber.

»Was soll das heißen, Meister,« sagte Chicot, »seit wann laßt Ihr Leute wie mich zweimal rufen?«

»Oh! teurer Herr Chicot,« erwiderte Bonhomet, »seid Ihr es, oder ist es Euer Schatten?«

»Ob ich es bin, oder ob es mein Schatten ist, ich hoffe, daß Ihr mir, sobald Ihr mich erkennt, Punkt für Punkt gehorchen werdet.«

»Ah! gewiss, mein lieber Herr, befehlt nur.«

»Was Ihr auch in diesem Kabinett hören möget, und was auch vorgeht, Ihr werdet hoffentlich warten, bis ich Euch herbeirufe.«

»Dies wird mir um so leichter sein, Herr Chicot, als mir Euer Gefährte das gleiche befohlen hat.«

»Ja, aber er wird nicht rufen, versteht Ihr mich wohl, Herr Bonhomet, sondern ich werde rufen; und wenn er ruft, hört Ihr, so soll es sein, als ob er nicht riefe.«

»Abgemacht, Herr Chicot.«

»Gut; und nun entfernt alle Eure anderen Kunden unter irgendeinem Vorwand, und in zehn Minuten müssen wir frei und ebenso einsam sein, als ob wir gekommen wären, um am Karfreitag hier zu fasten.«

»In zehn Minuten, edler Herr Chicot, wird mit Ausnahme Eures ergebensten Dieners keine Katze mehr im ganzen Wirtshause sein.«

»Geht, Bonhomet, geht, Ihr habt Euch meine ganze Achtung erhalten,« sagte Chicot mit majestätischer Gebärde.

»Oh! mein Gott! mein Gott! was wird in meinem armen Hause vorfallen?« sagte Bonhomet, während er sich entfernte, und da er rückwärts ging, stieß er auf Borromée, der mit zwölf Flaschen aus dem Keller zurückkam.

»Du hast gehört,« sagte dieser, »in zehn Minuten keine Seele mehr im ganzen Wirtshaus.«

Bonhomet machte mit seinem sonst so hochmütigen Kopfe ein Zeichen des Gehorsams und begab sich in seine Küche. Borromée kehrte in seinen Winkel zurück und fand Chicot, der ihn, das Bein vorwärts gestreckt und ein Lächeln auf den Lippen, erwartete.

Wir wissen nicht, wie Bonhomet die Sache anfing, als aber die zehnte Minute abgelaufen war, trat der letzte Student über die Schwelle seines Hauses und sagte zum letzten Schreiber, dem er den Arm reichte: »Ho! ho! das Wetter steht heute auf Sturm bei Meister Bonhomet; machen wir uns aus dem Staub, oder es trifft uns der Hagel.«

Was in dem Winkel des Füllhorns vorfiel.

Als der Kapitän mit einem Korb von zwölf Flaschen in der Hand in den Winkel zurückkehrte, empfing ihn Chicot mit so offener und lächelnder Miene, daß Borromée versucht war, ihn für einen Einfaltspinsel zu halten.

Die Vorbereitungen dauerten nicht lange. Als erfahrene Trinker forderten die beiden Genossen einige eingesalzene Eßwaren in der lobenswerten Absicht, den Durst nicht erlöschen zu lassen. Bonhomet brachte ihnen die verlangten Speisen, wobei ihm jeder einen letzten mahnenden Blick zuwarf.

Bonhomet antwortete beiden, aber der aufmerksame Beobachter würde einen großen Unterschied zwischen dem an Borromée und dem an Chicot gerichteten Blicke gefunden haben. Dann ging der Wirt hinaus, und die zwei Gefährten fingen an zu trinken.

Anfangs leerten sie eine Anzahl volle Gläser, ohne ein Wort zu sprechen. Chicot besonders war herrlich; ohne etwas anderes gesagt zu haben, als: »Bei meiner Seele, das ist ein schöner Burgunder!« und: »Bei meiner Seele, das ist ein vortrefflicher Schinken!« hatte er zwei Flaschen geleert, das heißt eine Flasche auf jede Bemerkung. »Bei Gott!« murmelte Borromée beiseit, »es ist ein seltenes Glück, daß ich es mit einem solchen Trunkenbold zu tun habe.«

Bei der dritten Flasche schlug Chicot die Augen zum Himmel auf und sagte: »In der Tat, wir trinken auf eine Weise, daß wir uns betrinken werden.«

»Ja, die Wurst ist so gesalzen,« sagte Borromée.

»Ah! das ist Euch genehm; wohl, so fahren wir fort; ich habe einen starken Kopf.«

Und jeder von ihnen leerte abermals seine Flasche.

Der Wein brachte auf die beiden Gefährten eine ganz entgegengesetzte Wirkung hervor: er löste Chicots und band Borromées Zunge.

»Ah!« murmelte Chicot, »du schweigst, Freund; du zweifelst an dir.«

»Ah!« sagte Borromée leise zu sich selbst, »du schwatzest, du betrinkst dich also.«

»Wieviel Flaschen braucht Ihr, Gevatter?« fragte Borromée. – »Wozu?«

»Um heiter zu werden?« – »Vier; ich habe meine Rechnung.«

»Und um angestochen zu werden?« – »Sagen wir sechs.«

»Und um berauscht zu sein?« – »Nehmen wir das Doppelte.«

»Gaskogner,« dachte Borromée, »er stammelt und ist erst bei der vierten.«

»Dann haben wir Muße,« sagte Borromée und zog aus dem Korbe eine fünfte Flasche für sich und eine fünfte für Chicot.

Chicot bemerkte nun, daß von den fünf zu Borromées Rechten stehenden Flaschen die eine zur Hälfte, die anderen zu zwei Dritteln leer waren, keine aber ganz leer. Dies bestätigte ihn in dem Gedanken, daß der Kapitän Übles gegen ihn im Schilde führe. Er erhob sich, um die fünfte Flasche entgegenzunehmen, die ihm der Kapitän reichte, und schwankte auf den Beinen. »Gut,« sagte er, »habt Ihr es gefühlt?« – »Was?«

»Ein Erdstoß.« – »Bah!«

»Ja, bei allen Teufeln! zum Glück ist das Wirtshaus zum *Füllhorn* solid, obgleich es auf einem Zapfen ruht.« – »Wieso ruht es auf einem Zapfen?«

»Allerdings, da es sich dreht.«

»Es ist richtig,« sagte Borromée, sein Glas bis auf den letzten Tropfen leerend; »ich fühlte wohl die Wirkung, erriet aber die Ursache nicht. Nun Wohl, mein lieber Mitbruder,« fuhr Borromée fort, »denn nicht wahr, Ihr seid Kapitän wie ich?«

»Kapitän von der Fußsohle bis zu den Haarspitzen.«

»Ei! mein lieber Kapitän, so sagt mir doch, was war eigentlich die Ursache Eurer Verkleidung?«

»Welcher Verkleidung?« – »Der, die Ihr trugt, als Ihr zu Dom Modeste kamt.«

»Wie war ich denn verkleidet?« – »Als Bürger.«

»Ah! es ist wahr.« – »Sagt mir das.«

»Gern; doch nicht wahr, Ihr werdet mir dann Eurerseits sagen, warum Ihr als Mönch verkleidet waret; Vertrauen für Vertrauen.« – »Topp.«

»Schlagt ein,« sagte Chicot und reichte dem Kapitän die Hand. Dieser schlug senkrecht in Chicots Hand.

»Nun ist es an mir,«, sagte dieser.

Und er schlug neben Borromées Hand. »Ihr wollt also wissen, warum ich als Bürger verkleidet war?« fragte, Chicot mit einer Zunge, die immer schwerer wurde. – »Ja, da bin ich neugierig.«

»Und Ihr werdet mir Eurerseits alles sagen?« – »Bei meinem Ehrenwort, so wahr ich Kapitän bin.«

»Mit zwei Worten seid Ihr auf dem laufenden.«

»Ich höre.« – »Ich spionierte für den König.«

»Wie, Ihr spioniertet?« – »Ja.«

»Ihr spioniert also gewerbsmäßig.« – »Nein, als Liebhaber.«

»Was habt Ihr bei Dom Modeste bespäht?« – »Alles. Ich bespähte zuerst Dom Modeste, sodann Bruder Borromée, ferner den kleinen Jacques und endlich das ganze Kloster.«

»Und was habt Ihr entdeckt, mein würdiger Freund?« – »Zuerst habe ich entdeckt, daß Dom Modeste ein großer Dummkopf ist.«

»Dazu braucht man nicht sehr geschickt zu sein.« – »Verzeiht, verzeiht, Seine Majestät Heinrich III., der kein Einfaltspinsel ist, betrachtet ihn als ein Licht der Kirche und gedenkt einen Bischof aus ihm zu machen.«

»Gut, ich habe nichts gegen diese Beförderung zu sagen, im Gegenteil; ich werde an diesem Tage lachen; was habt Ihr weiter entdeckt?« – »Ich entdeckte, daß ein gewisser Bruder Borromée kein Mönch war, sondern ein Kapitän.«

»Ah! wahrhaftig, Ihr habt das entdeckt!« – »Mit dem ersten Blick.«

»Sodann?« – »Ich entdeckte, daß sich der kleine Jacques mit dem Rapier einübte, um mit dem Degen zu fechten, und auf eine Scheibe, um nach einem Menschen zu schießen.«

»Ah! du hast das entdeckt,« sagte Borromée, die Stirn faltend; »und was hast du noch entdeckt?« – »Oh! gib mir zu trinken, oder ich erinnere mich nicht mehr.«

»Du wirst bemerken, daß du die sechste Flasche angreifst, « sagte Borromée lachend. – »Ich bekomme auch einen Stich und behaupte nicht das Gegenteil; sind wir hierher gekommen, um Philosophie zu treiben?«

»Nein, nein, wir sind gekommen, um zu trinken.« – »Trinken wir also,« sagte Chicot und füllte sein Glas.

»Nun!« fragte Borromée, als er Chicot Bescheid getan hatte, »erinnerst du dich?« – »An was?«

»An das, was du noch im Kloster gesehen hast?« – »Bei Gott!«

»Nun! was hast du gesehen?« – »Ich habe gesehen, daß die Mönche, statt Pfaffen zu sein, Kriegsknechte waren und, statt Dom Modeste zu gehorchen, dir gehorchten. Das habe ich gesehen.«

»Ah! wahrhaftig! Aber das ist ohne Zweifel noch nicht alles?« – »Nein; doch ich muß trinken, trinken, trinken, oder das Gedächtnis kommt mir abhanden.«

Und als Chicots Flasche leer war, reichte er sein Glas Borromée, der ihm aus der seinigen einschenkte.

Chicot leerte sein Glas, ohne Atem zu holen.

»Nun? erinnern wir uns?« fragte Borromée. – »Ob wir uns erinnern? Ich glaube wohl.«

»Was hast du noch gesehen?« – »Ich habe gesehen, daß ein Komplott stattfand.«

»Ein Komplott!« versetzte Borromée erbleichend. – »Ja, ein Komplott.«

»Gegen wen?« – »Gegen den König.«

»In welcher Absicht?« – In der Absicht, ihn zu entführen.«

»Und wann dies?« – »Wenn er von Vincennes zurückkehren würde.«

»Donner!« – »Wie beliebt?«

»Nichts. Ah! Ihr habt das gesehen?« – »Ich habe es gesehen.«

»Und Ihr habt den König davon in Kenntnis gesetzt?« – »Bei Gott! ich war zu diesem Behufe gekommen.« »Ihr seid also die Ursache, daß der Streich mißlungen ist?« – »Ich bin es.«

»Sturm und Wetter!« murmelte Borromée zwischen den Zähnen. – »Was sagt Ihr?«

»Ich sage, Ihr habt gute Augen, Freund.« – »Bah!« erwiderte Chicot stammelnd; »ich habe noch ganz andere Dinge gesehen. Gebt mir eine von Euren Flaschen, und Ihr sollt Euch wundern, wenn ich Euch sage, was ich gesehen habe.«

Borromée beeilte sich, Chicots Wunsch zu entsprechen.

»Sprecht!« sagte er. – »Einmal habe ich Herrn von Mayenne verwundet gesehen.«

»Bah!« – »Ein schönes Wunder, er war auf meiner Straße. Und dann habe ich die Einnahme von Cahors gesehen.«

»Wie, die Einnahme von Cahors! Ihr kommt also von Cahors?« – »Gewiß. Ah! Kapitän, das war in der Tat schön anzusehen, und ein Tapferer, wie Ihr, hätte ein Vergnügen an diesem Schauspiel gefunden.«

»Ich zweifle nicht daran; Ihr wart also beim König von Navarra?« – »An seiner Seite, wie wir sind.«

»Und Ihr habt ihn verlassen?« – »Um diese Kunde dem König von Frankreich zu überbringen.«

»Und Ihr kommt vom Louvre?« – »Eine Viertelstunde vor Euch.«

»Da wir uns seit dieser Zeit nicht trennten, so frage ich Euch nicht, was Ihr seit unserem Zusammentreffen im Louvre gesehen habt.« – »Fragt, fragt im Gegenteil, denn bei meinem Wort, das ist das Seltsamste.«

»Sprecht also.« – »Sprecht, sprecht,« machte Chicot, »es ist leicht zu sagen, sprecht.«

»Macht einen Versuch.« – »Noch ein Glas Wein, um mir die Zunge zu lösen ... ganz voll, gut. Nun wohl, Kamerad, ich habe gesehen, daß du, als du den Brief Seiner Hoheit des Herzogs von Guise aus der Tasche zogst, einen andern fallen ließest.«

»Einen andern?« rief Borromée aufspringend. – »Ja, der hier ist,« sagte Chicot. Und nachdem er drei- oder viermal das Ziel verfehlt hatte, drückte er seine Fingerspitze auf Borromées büffelledernes Wams, gerade an der Stelle, wo der Brief war.

Borromée bebte, als ob Chicots Finger glühendes Eisen gewesen wären, und als ob dieses glühende Eisen seine Brust berührt hätte, statt sein Wams zu berühren.

»Oho!« sagte er, »es würde nur noch eins fehlen.«

– »Woran?«

»An alldem, was Ihr gesehen habt.« – »Was?«

»Daß Ihr wüßtet, an wen der Brief adressiert ist.«

– »Ein schönes Wunder!« sagte Chicot und ließ seine Arme auf den Tisch fallen; »er ist an die Frau Herzogin von Montpensier adressiert.«

»Heiliges Blut Christi!« rief Borromée; »doch Ihr habt hoffentlich dem König nichts davon gesagt?« – »Nicht ein Wort, aber ich werde es ihm sagen.«

»Und wann dies?« – »Wenn ich einen Schlaf gemacht habe,« sagte Chicot. Und er ließ seinen Kopf auf seine Arme fallen, die schon auf dem Tisch lagen.

»Ah! Ihr wißt, daß ich einen Brief für die Herzogin habe?« fragte der Kapitän mit gepreßter Stimme. – »Ich weiß es ganz genau,« ruckste Chicot.

»Und wenn Ihr Euch auf Euren Beinen halten könnt, werdet Ihr in den Louvre gehen?« – »Ich werde in den Louvre gehen.«

»Und mich angeben?« – »Und Euch anzeigen.«

»Es ist also kein Scherz?« – »Was?«

»Daß, sobald Euer Schlaf beendigt ist ...« – »Nun?«

»Der König alles erfährt?« – »Aber, mein lieber Freund,« sagte Chicot, indem er den Kopf in die Höhe hob und Borromée mit matten Augen anschaute; »begreift doch; Ihr seid Verschwörer, ich bin Spion; ich habe so und so viel für jedes Komplott, das ich anzeige; Ihr habt ein Komplott angezettelt, ich zeige Euch an. Wir treiben jeder sein Gewerbe. Gute Nacht, Kapitän.«

»Ah!« sagte Borromée, ein Flammenauge auf seinen Gefährten heftend, »ah, du willst mich anzeigen, lieber Freund?« – »Sobald ich wach sein werde, teurer Freund, das ist abgemacht.«

»Noch du mußt wissen, ob du auch erwachst,« rief Borromée und führte dabei einen so wütenden Degenstoß gegen den Rücken seines Zechgenossen, daß er ihn völlig zu durchbohren und auf den Tisch zu nageln glaubte. Er hatte aber ohne das von Chicot aus Dom Modestes Waffenlager entlehnte Panzerhemd gerechnet. Der Degen zerbrach wie Glas auf diesem starken Panzerhemd, dem Chicot zum zweiten Male das Leben zu verdanken hatte. Und ehe sich der Mörder von seinem Staunen erholte, spannte sich Chicots rechter Arm wie eine Feder ab, beschrieb einen Halbkreis und gab Borromée einen fünfhundert Pfund schweren Faustschlag ins Gesicht, daß er ganz blutig und zerquetscht an die Wand rollte.

In einer Sekunde stand Borromée wieder, in einer zweiten hatte er seinen Degen in der Hand. Diese zwei Sekunden waren aber für Chicot hinreichend gewesen, sich ebenfalls wieder aufzurichten und vom Leder zu ziehen. Alle Weindünste waren wie durch einen Zauber verschwunden; Chicot hielt sich halb auf sein linkes Bein zurückgeworfen, das Auge starr, das Faustgelenk fest und bereit, seinen Feind zu empfangen.

Der Tisch streckte sich wie ein Schlachtfeld, worauf die leeren Flaschen lagen, zwischen den Gegnern aus und diente jedem als Verschanzung. Doch der Anblick des Blutes, das von seiner Nase auf sein Gesicht und von seinem Gesicht auf die Erde floß, berauschte Borromée, und er stürzte, jeder Klugheit bar, so nahe auf seinen Feind zu, als es der Tisch erlaubte.

»Doppelter Dummkopf,« sagte Chicot, »du siehst wohl, daß du trunken bist, denn von der einen Seite des Tisches zur andern kannst du mich nicht erreichen, während mein Arm sechs Zoll länger als deiner, und mein Degen ebenfalls sechs Zoll länger als deiner ist. Nimm dies zum Beweis.« Und ohne auszufallen, streckte Chicot seinen Arm mit der Geschwindigkeit des Blitzes vor und stieß Borromée mitten auf die Stirn. Borromée schrie laut auf, mehr jedoch aus Zorn als aus Schmerz, und da er trotz allem ungemein mutig war, so griff er mit verdoppelter Erbitterung an.

Chicot nahm, immer auf der andern Seite des Tisches, einen Stuhl, setzte sich ganz ruhig und sagte, die Achseln zuckend: »Mein Gott! wie albern doch die Soldaten sind! Sie behaupten, sie verstehen den Degen zu handhaben, und der geringste Bürger könnte sie wie Mücken töten. Gut, gut! nun will er mir ein Auge ausstoßen. Ah! du steigst auf den Tisch; das fehlte nur noch. Doch nimm dich in acht, du erzdummer Esel, die Stöße von unten nach oben sind furchtbar, und wenn ich wollte, würde ich dich spießen wie eine Lerche.«

Und er stieß ihn in den Bauch, wie er ihn auf die Stirn gestoßen hatte.

Borromé wurde rot vor Wut und sprang vom Tische herab.

»So ist es gut,« sagte Chicot, »wir sind nun auf gleicher Höhe und können plaudern, während wir fechten. Ah! Kapitän, Kapitän, wir morden also hin und wieder, zwischen zwei Komplotten?«

»Ich tue für meine Sache, was Ihr für die Eurige tut,« erwiderte Borromée, zu ernsten Gedanken zurückgeführt und unwillkürlich erschrocken über das düstere Feuer, das aus Chicots Augen sprang.

»Das heiße ich sprechen,« versetzte Chicot, »und dennoch, Freund, sehe ich mit Vergnügen, daß ich's besser verstehe als Ihr.«

Borromée hatte einen Stoß nach Chicot geführt, der dessen Brust gestreift.

»Nicht schlecht, doch ich kenne den Stoß; es ist der, den Ihr dem kleinen Jacques gezeigt habt. Ich sagte also, ich tauge mehr als Ihr, Freund, denn ich habe den Streit nicht angefangen, so große Lust ich auch dazu hatte; mehr noch, ich ließ Euch Euer Vorhaben ausführen, indem ich Euch jeden Raum dazu gönnte, und selbst in diesem Augenblick pariere ich nur; dies geschieht, weil ich Euch einen Vorschlag zu machen habe.«

»Nichts!« rief Borromée, außer sich über Chicots Ruhe, »nichts!«

Und er führte einen Stoß der den Gaskogner durchbohrt haben müßte, hätte dieser nicht mit seinen langen Beinen einen Schritt gemacht, der ihn aus dem Bereich seines Gegners brachte.

»Ich will dir trotzdem diesen Vorschlag nennen, damit ich mir nichts vorzuwerfen habe.«

»Schweige,« rief Borromée, »unnötig, schweige.«

»Höre,« erwiderte Chioct, »es geschieht zur Beruhigung meines Gewissens; begreifst du? Ich habe keinen Durst nach deinem Blut und will dich nur in der höchsten Not töten.«

»Aber töte mich doch, töte, wenn du kannst,« schrie Borromée wütend.

»Nein, ich habe schon einmal in meinem Leben einen Eisenfresser, wie du bist, getötet, einen Eisenfresser, der sogar stärker war als du. Bei Gott! Du kennst ihn wohl, er gehörte auch zum Hause Guise und war ein Advokat.«

»Ah! Nicolas David,« murmelte Borromée, indem er sich erschrocken in Verteidigungsstand setzte. – »Ganz richtig.«

»Ah! du hast ihn getötet?« – »Oh! mein Gott, ja, mit einem hübschen kleinen Stoß, den ich dir zeigen werde, wenn du meinen Vorschlag nicht annimmst.«

»Nun, worin besteht dein Vorschlag? Laß hören.« – »Du gehst vom Dienst des Herzogs von Guise in den des Königs über, jedoch ohne den des Herzogs von Guise zu verlassen.« »Das heißt, ich soll Spion werden wie du?« – »Nein, es wird ein Unterschied stattfinden; mich bezahlt man nicht, aber dich wird man bezahlen; du fängst damit an, daß du mir den Brief des Herrn Herzog von Guise an die Herzogin von Montpensier zeigst; du läßt mich eine Abschrift nehmen, und ich lasse dich in Ruhe bis zu einer neuen Gelegenheit. Nun! bin ich nicht artig?« – »Halt, hier hast du meine Antwort.«

Borromées Antwort war ein Stoß über den Arm seines Gegners, den er so rasch ausführte, daß die Spitze des Degens Chicots Schulter streifte.

»Ah! ah!« sagte Chicot, »ich sehe wohl, daß ich dir durchaus den Stoß von Nicolas David zeigen muß; es ist ein einfacher, schöner Stoß.«

Nun machte Chicot, der sich bis jetzt nur verteidigend gehalten hatte, einen Schritt vorwärts und griff ebenfalls an.

»Sieh den Stoß,« sagte Chicot, »ich mache eine Finte in Tiefquart.«

Und er machte seine Finte; Borromée parierte zurückweichend, doch nachdem er einen ersten Schritt rückwärts getan hatte, mußte er stehenbleiben, denn der Verschlag fand sich hinter ihm.

»Gut! so ist es, du parierst den Zirkelstoß, und darin hast du unrecht, denn mein Faustgelenk ist besser als deines; ich binde also den Degen, ich komme in einer Hochterz zurück, ich falle weit aus, und du bist getroffen, oder vielmehr du bist tot.«

Der Stoß war in der Tat blitzartig auf die Auseinandersetzung gefolgt, und der feine Degen war, in Borromées Brust eindringend, wie eine Nadel zwischen zwei Rippen durchgeschlüpft und hatte sich tief und mit einem matten Ton in den tannenen Verschlag eingearbeitet.

Borromée streckte die Arme aus und ließ seinen Degen fallen, seine Augen erweiterten sich blutig, sein Mund öffnete sich, ein roter Schaum erschien auf seinen Lippen, sein Kopf neigte sich auf seine Schulter mit einem Seufzer, der einem Röcheln glich; dann hörten seine Beine auf, ihn zu unterstützen, und zusammensinkend erweiterte sein Körper den Einschnitt des Degens, vermochte ihn aber nicht vom Verschlag loszumachen, an dem er von Chicots höllischem Faustgelenk festgehalten wurde, so daß der Unglückliche, einem riesigen Nachtfalter ähnlich, an die Wand angenagelt blieb, an die seine Füße in geräuschvollen Stößen anschlugen.

Kalt und unempfindlich, wie er es unter solchen Umständen war, besonders wenn er in seinem Herzen die Überzeugung hegte, er habe alles getan, was ihm sein Gewissen zu tun vorgeschrieben, ließ Chicot den Degen los, der horizontal steckenblieb, öffnete den Gürtel des Kapitäns, durchsuchte sein Wams, nahm den Brief und las die Aufschrift: »Herzogin von Montpensier.«

Das Blut floß indessen in schäumenden Fäden aus der Wunde, und der Schmerz des Todeskampfes prägte sich in den Zügen des Verwundeten aus.

»Ich sterbe, ich verscheide,« murmelte er; »mein Gott und Herr, erbarme dich meiner!«

Diese letzte Anrufung der göttlichen Barmherzigkeit von einem Menschen, der hieran ohne Zweifel nur im letzten Augenblick gedacht hatte, rührte Chicot.

»Wir wollen mildherzig sein,« sagte er, »und da dieser Mensch sterben muß, so sterbe er wenigstens so sanft wie möglich.«

Und er näherte sich dem Verschlag, zog seinen Degen mit Anstrengung aus der Wand, unterstützte den Körper und verhinderte dadurch, daß er schwer auf die Erde fiel.

Doch diese letztere Vorsicht war unnötig, der Tod war rasch und eisig herbeigeeilt; er hatte schon die Glieder des Besiegten gelähmt, seine Beine bogen sich, er schlüpfte in Chicots Arme und rollte schwerfällig auf den Boden.

Diese Erschütterung ließ aus der Wunde eine Welle schwarzen Blutes hervorspringen, mit der vollends der Rest des Lebens aus Borromée entfloh.

Chicot öffnete die Verbindungstür und rief Bonhomet.

Er brauchte nicht zweimal zu rufen; der Schenkwirt hatte an der Tür gehorcht und wußte nur nicht, welcher von den beiden Gegnern unterlegen war.

Zum Lobe Meister Bonhomets müssen wir sagen, sein Gesicht nahm einen Ausdruck wahrer Freude an, als er Chicots Stimme hörte und sah, daß es der Gaskogner war, der unversehrt die Tür öffnete. Chicot, dem nichts entging, bemerkte diesen Ausdruck und wußte ihm in seinem Innern Dank dafür.

Bonhomet trat zitternd in das kleine Kabinett ein.

»Ah! guter Jesus!« rief er, als er den Leib des Kapitäns in seinem Blute gebadet sah. Chicot beruhigte den entsetzten Wirt und ließ sich von ihm seine Wunde mit Öl reiben, während 'er selbst den Brief des Herzogs von Lothringen abschrieb.

Dieser Brief lautete:

»Liebe Schwester, die Expedition nach Antwerpen ist sonst gelungen, für uns aber gescheitert; man wird Euch sagen, der Herzog von Anjou sei tot, glaubt es nicht, er lebt. *Er lebt.* Versteht Ihr? das ist die ganze Frage. Es liegt eine ganze Dynastie in diesen zwei Worten; diese zwei Worte trennen das Haus Lothringen von Frankreichs Thron mehr, als es der tiefste Abgrund tun würde.

Beunruhigt Euch Indessen nicht zu sehr hierüber. Ich habe entdeckt, daß zwei Personen, die ich gestorben glaubte, noch vorhanden sind, und es liegt für den Prinzen in dem Leben dieser beiden Personen eine starke Aussicht auf den Tod. Denkt also nur an Paris; in sechs Wochen wird es Zeit sein, daß die Lige handelt; die Ligisten müssen also erfahren, daß der Augenblick naht, und sich bereithalten.

Die Armee ist auf den Beinen; wir zählen zwölftausend sichere und wohlausgestattete Leute; ich werde mit dieser Armee nach Frankreich ziehen unter dem Vorwand, die deutschen Hugenotten zu bekämpfen, die Heinrich von Navarra Unterstützung bringen; ich werde die Hugenotten schlagen und, unter der Maske eines Freundes in Frankreich einziehend, als Herr und Gebieter handeln.

»N.S. Ich billige vollkommen Euren Plan in Beziehung auf die Fünfundvierzig; nur erlaubt mir, Euch zu sagen, teure Schwester, daß Ihr diesen Burschen mehr Ehre erweist, als sie verdienen.

»Euer wohlgewogener

H. von Lothringen.«

»Nun,« sagte Chicot, »das ist alles klar, mit Ausnahme der Nachschrift. Gut, die Nachschrift werden wir im Auge behalten.«

»Lieber Herr Chicot,« wagte Bonhomet zu fragen, als er sah, daß Chicot aufgehört hatte zu schreiben, »lieber Herr Chicot, Ihr habt mir noch nicht gesagt, was ich mit dem Leichnam tun soll.« – »Das ist ganz einfach.«

»Ja, für Euch, der Ihr voll Einbildungskraft seid, aber nicht für mich.« – »Nun, stelle dir zum Beispiel vor, dieser unglückliche Kapitän sei auf der Straße mit Schweizern in Streit geraten, und man habe ihn verwundet hierher gebracht, hättest du dich geweigert, ihn aufzunehmen?«

»Gewiß nicht, wenn Ihr es mir nicht etwa verboten hättet, lieber Herr Chicot.« – »Nimm an, in diesen Winkel niedergelegt, sei er trotz der Sorge, die du auf ihn verwendet, in deinen Händen vom Leben zum Tode übergegangen. Das wäre ein Unglück, nicht wahr?«

»Gewiß ...« – »Und statt dir Vorwürfe zuzuziehen, würdest du Lobeserhebungen für deine Menschenfreundlichkeit verdienen. Denke, sterbend hat dieser arme Kapitän den dir wohlbekannten Namen des Priors der Jakobiner von Saint-Antoine ausgesprochen.«

»Den Namen Dom Modeste Gorenflots?« rief Bonhomet voll Erstaunen. – »Ja, Dom Modeste Gorenflots. Nun wohl, du wirst Dom Modeste benachrichtigen; Dom Modeste wird herbeieilen, und da man in einer von den Taschen des Toten seine Börse wiederfindet, du begreifst, es ist wichtig, daß man diese Börse findet, ich sage dir das nur zur Nachachtung, und da man in einer von den Taschen des Toten seine Börse und in der andern diesen Brief findet, so faßt man keinen Verdacht.«

»Ich verstehe, lieber Herr Chicot,« – »Mehr noch, du erhältst eine Belohnung, statt bestraft zu werden.«

»Ihr seid ein großer Mann, lieber Herr Chicot; ich laufe in die Priorei von Saint-Antoine.« – »Warte doch, zum Teufel! Ich habe gesagt, die Börse und den Brief.«

»Ah! ja, und den Brief, Ihr habt ihn?« – »Ganz richtig.«

»Ich soll nicht sagen, daß er gelesen und abgeschrieben worden ist?« – »Bei Gott, gerade dafür, daß dieser Brief unberührt geblieben, wirst du eine Belohnung erhalten.«

»Es ist also ein Geheimnis in diesem Brief?« – »In diesen Zeitläuften finden sich in allem Geheimnisse, mein lieber Bonhomet.«

Nach dieser weisen Antwort befestigte Chicot äußerst geschickt die Seide wieder unter dem Siegelwachs, dann verband er das Wachs so künstlich, daß das geübteste Auge nicht den geringsten Sprung, hätte sehen können.

Sobald dies geschehen war, steckte er den Brief in die Tasche des Toten, ließ sich auf seine Wunde mit Öl und Weinhefe getränkte Leinwand auflegen, zog den schützenden Panzer über seine Haut, das Hemd über seinen Panzer, sein Wams über sein Hemd, hob seinen Degen auf, trocknete ihn ab, stieß ihn wieder in die Scheide und entfernte sich.

Doch er kehrte noch einmal um und sagte:»Wenn dir aber die Fabel, die ich erfunden habe, nicht gut vorkommt, so kannst du den Kapitän anklagen, er habe sich selbst den Degen durch den Leib gerannt.«

»Ein Selbstmord?« –»Bei Gott, du begreifst, das gefährdet niemand.«

»Doch man wird den Unglücklichen nicht in geweihter Erde begraben.« –»Puh!«versetzte Chicot,»macht man ihm damit ein großes Vergnügen?«»Ich glaube wohl.« –»So tue, was du willst, mein lieber Bonhomet, Gott befohlen.«

Dann sagte er, zum zweiten Male zurückkehrend:»Ah! ich will bezahlen, da er tot ist.«

Chicot warf hierauf drei Goldtaler auf den Tisch, legte zum Zeichen des Stillschweigens seinen Finger auf seine Lippen und ging hinaus.

Der Gatte und der Liebhaber.

Nicht ohne mächtige Gemütsbewegung sah Chicot wieder die ruhige und öde Rue des Augustins, die Ecke, welche die Häuser, die vor dem seinigen standen, bildeten, und endlich sein Haus selbst mit seinem dreieckigen Dach, seinem wurmstichigen Balkon und den mit Drachenköpfen verzierten Dachrinnen.

Er hatte so sehr gefürchtet, nur eine Lücke an Stelle dieses Hauses zu finden, daß ihm das Haus als Wunder der Reinlichkeit, der Freundlichkeit und des Glanzes erschien.

Auch seinen Goldtalerschatz fand er unversehrt in dem Stützbalken, in dem er ihn, wie wir wissen, versteckt hatte.

»Alle Wetter,« murmelte Chicot, als er, seinen Schatz vor seinen Augen, mitten im Zimmer kauerte, »alle Wetter, ich habe da einen vortrefflichen Nachbar, einen würdigen Mann, der mein Geld in Achtung erhalten und selbst geachtet hat; das ist wahrhaftig eine unschätzbare Handlung in diesen Zeitläuften. Bei Gott! ich bin diesem artigen Mann einen Dank schuldig, und er soll ihn noch diesen Abend haben.«

Hierauf setzte Chicot das zudeckende Brettchen wieder auf den Balken, trat an das Fenster und schaute nach dem Hause gegenüber. Es hatte immer noch die graue, düstere Farbe, welche die Einbildungskraft unwillkürlich den Gebäuden leiht, deren Charakter sie kennt.

»Es muß ihre Stunde zum Schlafengehen noch nicht gekommen sein.« sagte Chicot, »und überdies sind diese Leute, dessen bin ich sicher, keine argen Schläfer; wir wollen also sehen.«

Er stieg hinab und klopfte, nachdem er seiner lachenden Miene allen Liebreiz zu geben bemüht gewesen, an die Tür des Nachbars.

Er hörte auf der Treppe gehen, und zwar mit behendem Schritte, und wartete dennoch ziemlich lange, ehe er zum zweiten Male klopfte.

Bei dieser neuen Aufforderung öffnete sich die Tür, und ein Mann erschien im Schatten.

»Meinen Dank und guten Abend,« sagte Chicot, indem er die Hand ausstreckte; »ich bin nun zurückgekehrt und komme, um Euch meine Erkenntlichkeit auszudrücken, lieber Nachbar.«

»Was beliebt?« machte eine Stimme, deren Ton Chicot sehr in Erstaunen setzte.

Zugleich tat der Mann, der die Tür geöffnet hatte, einen Schritt rückwärts.

»Ah! ich täusche mich,« sagte Chicot, »Ihr wart nicht mein Nachbar, als ich abreiste, und, Gott vergebe mir, dennoch kenne ich Euch.«

»Und ich kenne Euch auch,« erwiderte der junge Mann.

»Ihr seid der Herr Vicomte Ernauton von Carmainges.«

»Und Ihr, Ihr seid der Schatten.«

»In der Tat,« rief Chicot, »ich falle aus den Wolken.« »Was wünscht Ihr, mein Herr?« fragte der junge Mann etwas ärgerlich.

»Verzeiht, ich störe Euch wohl, mein lieber Herr.« – »Nein, doch Ihr werdet mir wohl erlauben, Euch zu fragen, was zu Euren Diensten steht?«

»Nichts, wenn nicht, daß ich mit dem Herrn des Hauses sprechen wollte.« – »Sprecht also!«

»Wieso?« – »Der Herr des Hauses bin ich.«

»Ihr? Ich bitte, seit wann?« – »Seit drei Tagen.«

»Gut! das Haus war also zu verkaufen?« – »Es scheint, da ich es gekauft habe.«

»Aber der ehemalige Eigentümer?« – »Bewohnt es nicht mehr, wie Ihr seht.«

»Wo ist er?« – »Ich weiß es nicht.«

»Verständigen wir uns, mein Herr.« – »Das ist mir ganz lieb,« erwiderte Ernauton mit sichtbarer Ungeduld; »nur wollen wir uns rasch verständigen.«

»Der ehemalige Eigentümer war ein Mann von fünfundzwanzig bis dreißig Jahren, der aber vierzig zu sein schien.« – »Nein; es war ein Mann von fünfundsechzig bis sechsundsechzig Jahren, was sein Alter zu sein schien.«

»Kahl.« – »Nein, im Gegenteil, mit einem Wald weißer Haare.« »Nicht wahr, er hatte eine ungeheure Narbe an der linken Seite seines Kopfes?« –. »Die Narbe habe ich nicht gesehen, aber eine große Anzahl von Runzeln.«

»Das begreife ich nicht.« – »Nun, so sprecht,« sagte Ernauton, nachdem er einen Augenblick geschwiegen, »was wolltet Ihr von diesem Mann, mein lieber Herr Schatten?«

Chicot wollte sagen, was seine Absicht war; doch plötzlich schien es ihm besser, an sich zu halten, und er erwiderte: »Ich wollte ihm einen kleinen Besuch machen, wie man dies unter Nachbarn zu tun pflegt.«

Auf diese Art log Chicot nicht und verriet nichts.

»Mein lieber Herr,« sagte Ernauton höflich, zugleich aber die Öffnung der Tür beträchtlich vermindernd, die er mit der Hand hielt, »mein lieber Herr, ich bedaure, Euch keine genaue Auskunft geben zu können.«

»Ich danke, mein Herr,« sagte Chicot, »ich werde anderswo suchen.«

»Aber,« fuhr Ernauton fort, während er die Tür immer mehr zumachte, »aber das hält mich nicht ab, mir zu dem Zufall, der mich mit Euch wieder in Berührung setzt, Glück zu wünschen.«

»Du möchtest mich gern beim Teufel sehen, nicht wahr?« dachte Chicot, während er den Gruß erwiderte.

Doch da Chicot sich immer noch nicht zurückzog, sagte Ernauton, von dem nur noch das Gesicht zwischen der Tür und dem Pfosten sichtbar war: »Auf baldiges Wiedersehen, mein Herr.«

»Nur noch einen Augenblick, Herr, von Carmainges.«

»Mein Herr,« entgegnete Ernauton, »zu meinem großen Bedauern kann ich nicht länger verweilen; ich erwarte jemand, der gerade an diese Tür klopfen soll, und dieser jemand würde es mir sehr verargen, wenn ich bei seinem Empfang nicht mit aller möglichen Diskretion zu Werke ginge.«

»Das genügt, mein Herr, ich begreife,« sagte Chicot; »verzeiht, daß ich Euch belästigt habe, ich entferne mich.«

»Gott befohlen, lieber Herr Schatten.«

»Gott befohlen, würdiger Herr Ernauton.«

Hierauf machte Chicot einen Schritt rückwärts und sah, wie man ihm die Tür vor der Nase schloß.

Chicot bedachte, daß es sehr seltsam sei, Ernauton sich so als Herrn in dem geheimnisvollen Hause einnisten zu sehen, dessen Bewohner so plötzlich verschwunden waren. Um so mehr, als sich auf diese früheren Bewohner ein Satz im Briefe des Herzogs von Guise, der den Herzog von Anjou betraf, beziehen konnte.

Es kam ihm seltsam vor, daß er Ernauton in diesem Hause sah, wo er Remy gesehen hatte, einmal, weil sich diese beiden gar nicht kannten; es mußte also noch ein Chicot unbekannter Vermittler im Spiele sein.

Zweitens wunderte er sich, weil dieses Haus an Ernauton verkauft worden war, der kein Geld besaß, um es zu kaufen.

»Es ist wahr,« sagte Chicot zu sich selbst, indem er sich so bequem als möglich auf seiner Dachrinne, seinem gewöhnlichen Beobachtungsposten, einrichtete, »der junge Mann behauptet, er werde einen Besuch bekommen, und dieser Besuch sei der einer Frau; heutzutage sind die Frauen reich und erlauben sich manches. Ernauton ist schön, jung, zierlich, Ernauton hat gefallen, Man hat ihm Rendezvous gegeben, man hat ihn dieses Haus zu kaufen beauftragt; er hat das Haus gekauft und das Rendezvous angenommen.«

Als Chicot so weit in seinen Betrachtungen gekommen war, wurde er seinem Nachsinnen durch die Ankunft einer Sänfte entzogen, die von der Seite des Gasthofes zum Kühnen Ritter kam.

Diese Sänfte hielt vor der Schwelle des geheimnisvollen Hauses. Eine verschleierte Dame stieg aus und verschwand alsbald durch die Tür, die Ernauton halb geöffnet hielt.

»Armer Junge,« murmelte Chicot, »ich täuschte mich nicht, er erwartete eine Frau, und nun will ich mich schlafen legen.«

Chicot erhob sich; doch er blieb unbeweglich stehen.

»Ich' täusche mich,« sagte er, »ich werde nicht schlafen. Doch, wenn ich nicht schlafe, so sind es nicht Gewissensbisse, die mich am Schlafen hindern, es wird die Neugierde sein, und was ich da sage, ist so wahr, daß ich, wenn ich an meinem Beobachtungsposten bleibe, nur mit einem beschäftigt sein werde, nämlich damit, zu erfahren, welche von den edlen Damen vom Hofe den schönen Ernauton mit ihrer Liebe beehrt. Es ist also besser, wenn ich auf meinem Posten bleibe, da ich doch sicher wieder aufstehen würde, um dahin zurückzukehren.«

Damit setzte sich Chicot wieder.

Es war ungefähr eine Stunde abgelaufen, ohne daß wir sagen könnten, ob Chicot an die unbekannte Dame oder an Borromée dachte, ob er von der Neugierde in Anspruch genommen oder von Reue erfüllt war, als er am Ende der Straße den Galopp eines Pferdes zu hören glaubte. Es erschien in der Tat bald ein in seinen Mantel gehüllter Reiter.

Dieser hielt mitten in der Straße an und suchte sich, wie es schien, auszukennen. Da erblickte er die Gruppe, welche die Sänfte und ihre Träger bildeten. Er ritt gerade auf sie zu, man hörte seinen Degen an seine Sporen schlagen, er war also bewaffnet. Die Träger wollten sich ihm widersetzen; doch er sprach leise ein paar Worte zu ihnen, und sie traten nicht nur ehrfurchtsvoll auf die Seite, sondern es nahm sogar, als er abgestiegen war, einer aus seinen Händen die Zügel seines Pferdes.

Der Unbekannte ging auf die Tür zu und klopfte heftig an.

»Bei Gott!« sagte Chicot zu sich selbst, »es war vernünftig von mir, daß ich geblieben bin! Meine Ahnungen, die mir verkündigten, es würde etwas Seltsames vorgehen, betrogen mich nicht. Das ist der Mann, armer Ernauton! Es wird sogleich eine Ermordung geben. Doch wenn es der Mann ist, so ist er sehr gut, daß er seine Ankunft durch ein so heftiges Klopfen verkündigt.«

Aber trotz des heftigen Klopfens zögerte man, ihm zu öffnen.

»Öffnet!« rief der Klopfende.

»Öffnet! öffnet!« wiederholten die Träger.

»Unleugbar,« sagte Chicot, »ist es der Mann; er hat gedroht, die Träger peitschen oder hängen zu lassen, und die Träger sind für ihn. Der arme Ernauton wird bei lebendigem Leibe geschunden werden. Aber nur, wenn ich es dulde,« fügte Chicot hinzu. »Denn er hat mir beigestanden, und folglich muß ich ihm eintretendenfalls auch beistehen. Der Fall ist aber eingetreten, wie mir scheint, oder er wird nie mehr eintreten.«

Chicot war entschlossen und edelmütig; überdies neugierig; er nahm seinen langen Degen von der Wand, schob ihn unter seinen Arm und stieg eiligst seine Treppe hinab. Chicot wußte seine Tür zu öffnen, ohne daß das geringste Geräusch entstand, was eine unerläßliche Wissenschaft für jeden ist, der mit Nutzen horchen will. Er schlüpfte unter dem Balkon hinter einen Pfeiler und wartete.

Kaum stand er hier, als sich die Tür gegenüber auf ein Wort öffnete, das der Unbekannte durch das Schloß flüsterte; doch er blieb auf der Schwelle. Einen Augenblick nachher erschien die Dame im Türrahmen. Sie nahm den Arm des Kavaliers, der sie zur Sänfte zurückführte, die Tür schloß und wieder zu Pferde stieg.

»Es unterliegt keinem Zweifel, es war der Mann,« sagte Chicot; »im ganzen ein guter Kerl, daß er nicht ein wenig in dem Hause suchte, um meinem Freund Carmainges den Bauch aufschlitzen zu lassen.«

Die Sänfte setzte sich in Bewegung, der Kavalier ritt am Schlag.

»Bei Gott!« sagte Chicot zu sich selbst, »ich muß diesen Leuten folgen, damit ich weiß, wer sie sind und wohin sie gehen; sicher werde ich aus meiner Entdeckung einen guten Rat für meinen Freund Carmainges ziehen.«

Chicot folgte ihnen in der Tat, wobei er die Vorsicht beobachtete, im Schatten der Mauern zu bleiben und seinen Tritt vom Geräusch der Menschen- und Pferdetritte übertönen zu lassen.

Das Erstaunen Chicots war nicht gering, als er die Sänfte vor dem Gasthaus zum *Kühnen Ritter* anhalten sah. Beinahe in demselben Augenblick öffnete sich die Tür, wie wenn jemand gewacht hätte.

Immer noch verschleiert, stieg die Dame aus, trat ein und ging in das Türmchen hinauf, dessen Fenster im ersten Stock beleuchtet waren. Der Mann ging hinter ihr hinauf.

Beiden voran schritt Frau Fournichon, eine Kerze in der Hand haltend.

»Das ist mir offenbar durchaus unbegreiflich,« sagte Chicot, indem er seine Arme über der Brust kreuzte.

Wie Chicot in dem Briefe des Herzogs von Guise klarzusehen anfing.

Chicot glaubte wohl irgendwo die Gestalt dieses so gefälligen Kavaliers gesehen zu haben, vermochte sich aber der Persönlichkeit nicht genau zu erinnern. Während er aber noch, im Schatten verborgen, die Augen auf das beleuchtete Fenster geheftet, sich fragte, was dieser Mann und diese Frau jetzt unter vier Augen im *Kühnen Ritter* machten, sah unser würdiger Gaskogner, wie sich die Tür des Wirtshauses öffnete, und in dem Lichtstreifen, der aus der Öffnung hervordrang, etwas wie der schwarze Umriß eines Mönchleins erschien.

Dieser Umriß hielt einen Augenblick an, um nach demselben Fenster zu schauen, nach dem Chicot schaute.

»Oho!« murmelte er, »das scheint mir ein Jakobinerrock zu sein; läßt Meister Gorenflot in der Zucht nach, daß er seine Schafe zu einer solchen Stunde der Nacht und in einer solchen Entfernung von der Priorei umherschweifen läßt?«

Chicot folgte mit den Augen dem Jakobiner, während er die Rue des Augustins hinabging, und ein besonderer Instinkt sagte ihm, er würde in dem Mönch den Schlüssel zu dem Rätsel finden, den er bis jetzt vergebens gesucht hatte.

Wie Chicot die Gestalt des Kavaliers bekannt vorkam, so auch die des Mönchleins.

»Ich will verdammt sein,« sagte er, »wenn dieses Mönchsgewand nicht dem kleinen Ungläubigen angehört, den man mir als Reisegefährten geben wollte, und der mit der Büchse und dem Rapier so gut umzugehen weiß.«

Um seiner Sache gewiß zu werden, verlängerte Chicot seine an sich schon langen Schritte. Bald hatte er auch den sich beständig sehnsüchtig nach den erhellten Fenstern umschauenden Mönch eingeholt und sah nun, daß er sich nicht getäuscht hatte.

»Holla! kleiner Bursche,« sagte er; »holla, mein kleiner Jacques; holla, mein kleiner Clement. Halt!«

Dieses letzte Wort sprach er so militärisch scharf, daß der Mönch bebte.

»Wer ruft mich?« fragte er mit einem heftigen und mehr herausfordernden als wohlwollenden Ton.

»Ich!« erwiderte Chicot, indem er sich vor dem Jakobiner hoch aufrichtete; »ich, erkennst du mich nicht, mein Sohn?« – »Ah! Herr Robert Briquet,« rief das Mönchlein.

»Ich selbst. Kleiner. Und wohin gehst du so spät, liebes Kind?« – »In die Priorei, Herr Briquet.«

»Gut; doch woher kommst du?« – »Ich?«

»Allerdings, kleiner Nachtschwärmer.« – Zitternd erwiderte der junge Mensch: »Ich weiß nicht, was Ihr da sagt, Herr Briquet; ich bin im Gegenteil in einem wichtigen Auftrag von Dom Modeste abgeschickt, und er selbst wird Euch dies bezeugen, wenn es nötig ist ...«

»Ruhig, ruhig, mein kleiner Heiliger; wir fangen Feuer wie eine Lunte, wie es scheint.« – »Ist kein Grund dazu vorhanden, wenn man sich nennen hört, wie Ihr mich nennt?«

»Ah! siehst du, wenn ein Gewand wie das deinige zu einer solchen Stunde aus einer Schenke herauskommt ...« – »Ich, aus einer Schenke!«

»Ei! gewiß, ist das Haus, aus dem du kommst, nicht das zum Kühnen Ritter? Ah! du siehst wohl, daß ich dich ertappe.« – »Ihr habt recht,« erwiderte Clement; »doch ich kam nicht aus einer Schenke.«

»Wie, ist das Wirtshaus zum Kühnen Ritter keine Schenke?« – »Eine Schenke ist ein Haus, wo man trinkt, und da ich in diesem Hause nichts getrunken habe, so ist dieses Haus für mich keine Schenke.«

»Teufel! die Unterscheidung ist fein, und wenn mich nicht alles täuscht, wirst du eines Tages ein gewaltiger Theologe; doch wenn du nicht in dieses Haus gingst, um zu trinken, warum gingst du denn dahin?« – Clement antwortete nicht, und Chicot konnte auf seinem Gesichte trotz der Dunkelheit den festen Willen lesen, nicht ein einziges Wort mehr zu sagen.

Nachdem Chicot vergeblich auf verschiedene Weise versucht hatte, den Kleinen zum Sprechen zu bringen, beschloß er, es mit der Ungerechtigkeit zu versuchen, die bei Frauen, Kindern und abhängigen Naturen manchmal Wunder wirkt.

»Gleichviel, Kleiner,« sagte er, als ob er auf seinen ersten Gedanken zurückkäme, »gleichviel, du bist ein ganz artiges Mönchlein; doch du gehst in Wirtshäuser und gar in Wirtshäuser, wo man schöne Frauen findet, und du bleibst entzückt vor dem Fenster stehen, wo man ihren Schatten sehen kann; Kleiner, Kleiner, ich werde es Dom Modeste sagen.«

Der Schlag traf scharf, schärfer sogar, als es Chicot gedacht hatte, denn er vermutete anfangs nicht, die Wunde würde so tief werden, Jacques wandte sich um, einer Schlange ähnlich, die man mit den Füßen tritt.

»Das ist nicht wahr,« rief er, rot vor Scham und Zorn, »ich schaue nicht nach den Frauen.«

»Doch, doch!« fuhr Chicot fort, »es war im Gegenteil eine sehr schöne Frau im *Kühnen Ritter*, als du herauskamst, und du hast dich umgewandt, um sie noch zu sehen, und ich weiß, daß du im Türmchen auf sie wartetest, und ich weiß, daß du sie gesprochen hast.«

Da konnte Jacques nicht mehr an sich halten.

»Allerdings habe ich sie gesprochen,« rief er, »ist es eine Sünde, mit Frauen zu sprechen?«

»Nein, wenn man mit ihnen nicht aus eigenem Antrieb und durch eine Versuchung Satans bewogen spricht.«

»Satan hat mit alldem nichts zu tun, und ich mußte wohl mit dieser Dame sprechen, da ich beauftragt war, ihr einen Brief zu übergeben.«

»Beauftragt von Dom Modeste?« – »Ja, klagt nun bei ihm.«

Einen Augenblick betäubt und in der Finsternis tappend, fühlte Chicot bei diesen Worten einen Blitz die Dunkelheit seines Gehirnes durchzucken.

»Ah!« sagte er, »ich wußte das wohl.« – »Was wußtet Ihr?«

»Das, was du mir nicht sagen wolltest.« – »Ich sage *meine* Geheimnisse nicht einmal und noch viel weniger die von *andern*.«

»Ja; aber mir.« – »Warum Euch?«

»Mir, der ich ein Freund von Dom Modeste bin, und dann mir ...« – »Nun?«

»Mir, der ich zum voraus alles weiß, was du mir sagen könntest.« – Der kleine Jacques schaute Chicot, den Kopf schüttelnd und mit einem ungläubigen Lächeln an.

»Soll ich dir erzählen, was du mir nicht erzählen willst?« fragte Chicot. – »Erzählt es mir.«

»Vor allem,« sagte Chicot, »ist der arme Borromée ...«

Jacques' Gesicht verdüsterte sich.

»Oh!« sagte der Knabe, »wenn ich dabei gewesen wäre ...«

»Wenn du dabei gewesen wärest?« – »So würde die Sache nicht so gegangen sein.«

»Du hättest ihn gegen die Schweizer verteidigt, mit denen er Streit bekommen?« – »Ich hätte ihn gegen jeden verteidigt.«

»Somit wäre er nicht getötet worden?« – »Oder ich wäre mit ihm getötet worden.«

»Nun, du warst nicht dabei, und der arme Teufel ist in einem abscheulichen Wirtshause gestorben und hat sterbend den Namen von Dom Modeste ausgesprochen?« – »Ja.«

»Man hat Dom Modeste davon benachrichtigt?« – »Ein Mann erschien ganz bestürzt und machte Lärm im Kloster.«

»Und Dom Modeste ließ seine Sänfte kommen und eilte nach dem Füllhorn?« – »Woher wißt Ihr das?« »Oh! du kennst mich noch nicht, Kleiner; ich bin ein Stück von einem Hexenmeister.«

Jacques wich zwei Schritte zurück.

»Das ist noch nicht alles,« fuhr Chicot fort, der sich, während er sprach, durch das eigene Licht seiner Worte erleuchtete, »man fand einen Brief in der Tasche des Toten.« – »Einen Brief, so ist es.«

»Und Dom Modeste beauftragte seinen kleinen Jacques, diesen Brief an seine Adresse zu überbringen.« – »Ja.«

»Und der kleine Jacques lief auf der Stelle nach dem Hotel Guise.« – »Oh!«

»Wo er niemand fand ...« – »Guter Gott!«

»Als Herrn von Mayneville.« – »Barmherzigkeit.«

»Der Jacques in das Wirtshaus zum Kühnen Ritter führte.« – »Herr Briquet! Herr Briquet, wenn Ihr das wißt!«

»Alle Wetter, du siehst wohl, daß ich es weiß,« rief Chicot triumphierend. – »Ihr seht also wohl, Herr Briquet, daß ich nicht schuldig bin.«

»Nein,« erwiderte Chicot, »du bist weder durch Handlung noch durch Unterlassung schuldig, wohl aber in Gedanken.« – »Ich?«

»Gewiß, du findest die Herzogin sehr schön.« – »Ich!!«

»Und du wendest dich um, damit du sie noch einmal durch die Scheiben siehst.« – »Ich!!!«

Das Mönchlein errötete und stammelte: »Es ist richtig, sie gleicht einer Jungfrau Maria, die zu den Häupten meiner Mutter war.«

»Oh!« murmelte Chicot, »wieviel geht für die Leute verloren, die nicht neugierig sind.«

Dann ließ er sich von dem kleinen Clement alles erzählen, was er selbst erzählt hatte, nur diesmal mit Einzelheiten, die er nicht wissen konnte.

Dann, als er nichts mehr von ihm erfahren konnte, rief er: »Vorwärts, vorwärts, Kleiner, denn man erwartet dich voll Ungeduld in der Priorei.« – »Es ist wahr: ich danke, Herr Briquet, daß Ihr mich daran erinnert.«

Und das Mönchlein verschwand, eiligst davonlaufend.

Mit großen Schritten kehrte Chicot nach seinem Hause zurück. Die Sänfte, die Träger und das Pferd waren immer noch vor der Tür des *Kühnen Ritters*. Geräuschlos erreichte er seine Rinne. Er sah das dem seinigen gegenüberliegende Haus noch beleuchtet. Denn von nun an hatte er nur noch Blicke für dieses Haus.

551

Er sah anfangs durch den Spalt eines Vorhangs Ernauton hin und her gehen, der voll Ungeduld zu warten schien. Dann sah er die Sänfte zurückkehren, Mayneville wegreiten und endlich die Herzogin in das Zimmer treten, wo Ernauton mehr zitterte als atmete.

Ernauton kniete vor der Herzogin nieder, die ihm ihre weiße Hand zu küssen gab. Dann hob die Herzogin den jungen Mann auf und ließ ihn sich gegenüber an eine zierlich bestellte Tafel sitzen.

»Das ist sonderbar,« sagte Chicot, »das fing wie eine Verschwörung an und endigt wie eine Liebesgeschichte.«

»Ja,« fuhr Chicot fort, »doch wer betreibt diese Liebesgeschichte? Frau von Montpensier.«

Dann sich durch ein neues Licht erleuchtend, murmelte er: »Hoho! Liebe Schwester, ich billige Euren Plan in Beziehung auf die Fünfundvierzig, nur erlaubt mir, Euch zu sagen, daß Ihr diesen Burschen viel Ehre erweist.«

»Alle Wetter!« rief Chicot, »ich komme auf meinen ersten Gedanken zurück; es ist keine Liebe, es ist eine Verschwörung. Die Herzogin von Montpensier liebt Herrn Ernauton von Carmainges; überwachen wir die Liebschaft der Frau Herzogin.«

Chicot wachte bis um halb acht Uhr; zu welcher Stunde Ernauton, den Mantel auf der Nase; weglief, während die Herzogin von Montpensier wieder in ihre Sänfte stieg.

»Was ist nun,« murmelte Chicot, indem er seine Treppe hinabging, »was ist nun die Chance eines Todes, welcher den Herzog von Guise von dem mutmaßlichen Thronerben befreien soll? Wer sind die Leute, die man für tot hielt, und die noch leben?

»Alle Wetter! ich könnte wohl auf der Spur sein.«

Nachricht von Aurilly.

Am andern Tage arbeitete der König im Louvre mit dem Oberintendanten der Finanzen, als man ihm meldete, Herr von Joyeuse der Ältere sei von Chateau-Thierry angekommen und erwarte ihn mit einer Botschaft vom Herzog von Anjou im großen Audienzzimmer.

Der König verließ hastig den Intendanten und lief zu seinem teuren Freunde.

Viele Offiziere und Höflinge waren im Kabinett versammelt; die Königinmutter war in Begleitung ihrer Ehrenfräulein eingetroffen, und diese munteren Fräulein erschienen stets als Sonnen, von Trabanten umgeben.

Der König reichte Joyeuse seine Hand zum Kusse und ließ einen zufriedenen Blick über die Versammlung schweifen. In der Ecke der Eingangstür, an seinem gewöhnlichen Platz, stand Henri du Bouchage, der seinen Dienst und seine Pflichten aufs strengste erfüllte.

Der König dankte ihm und grüßte ihn durch ein freundliches Nicken mit dem Kopf, das Henri durch eine tiefe Verbeugung erwiderte. Dies veranlaßte Joyouse den Kopf zu wenden und seinem Bruder von ferne zuzulächeln, ohne jedoch sichtbar zu grüßen, aus Furcht er könnte die Etikette verletzen.

»Sire,« sagte Joyeuse, »ich bin zu Eurer Majestät vom Herrn Herzog von Anjou abgesandt, der vor kurzem von seinem Zuge nach Flandern zurückgekehrt ist.«

»Mein Bruder befindet sich wohl, Herr Admiral?« – »So wohl, Sire, als es der Zustand seines Geistes erlaubt; ich kann jedoch Eurer Majestät nicht verbergen, daß Monseigneur leidend zu sein scheint.«

»Er wird der Zerstreuung bedürfen nach seinem Unstern,« sagte der König, glücklich, auf die seinem Bruder widerfahrene Niederlage laut Bezug zu nehmen, während er ihn zu beklagen schien. – »Ich glaube, ja, Sire.«

»Man hat uns gesagt, Herr Admiral, das Unglück sei entsetzlich gewesen.« – »Sire ...«

»Aber durch Euch sei ein großer Teil der Armee gerettet worden; empfangt meinen Dank, Herr Admiral. Wünscht der arme Herr von Anjou uns nicht zu sehen?« – »Sehnsüchtig, Sire ...«

»Wir werden ihn auch besuchen. Seid Ihr nicht auch dieser Ansicht, Madame?« fragte Heinrich, indem et sich an Katharina wandte, deren Herz alles litt, was ihr Gesicht hartnäckig verbarg.

»Sire,« antwortete sie, »ich wäre meinem Sohn allein entgegengegangen, doch da Eure Majestät sich mit diesem Vorhaben guter Gesinnung zu verbinden die Gnade hat, so wird diese Reise ein Vergnügen sein.«

»Ihr kommt mit uns, meine Herren,« sagte der König zu den Höflingen; »wir reisen morgen ab, und ich halte in Meaux Nachtlager.«

»Sire, ich werde also Monseigneur diese gute Kunde überbringen?«

»Nein! Ihr sollt mich nicht so bald verlassen, Herr Admiral, nein! Ich begreife, daß ein Joyeuse von meinem Bruder geliebt und zurückgewünscht wird, aber wir haben zwei, Gott sei Dank! ... du Vouchage, Ihr werdet nach Chateau-Thierry abreisen, wenn es Euch beliebt.«

»Sire,« fragte Henri, »wird es mir gestattet sein, nach Paris zurückzukehren, nachdem ich die Ankunft Eurer Majestät Monseigneur dem Herzog von Anjou gemeldet habe?«

»Das könnt Ihr halten, wie Ihr wollt,« antwortete der König.

Henri verbeugte sich und wandte sich der Tür zu. Zum Glück folgte ihm Joyeuse mit den Augen.

»Ihr erlaubt, Sire, daß ich ein Wort zu meinem Bruder sage?« fragte er.

»Tut es. Doch was gibt es?« fragte der König leise.

»Er wird eilen, was die Pferde laufen können, um den Auftrag zu befolgen, und ebenso eilen, um zurückzukehren, was wider meine Pläne, Sire, und wider die des Herrn Kardinals, unseres Bruders, ist.«

»Geh also, geh und besänftige mir diesen wütenden Verliebten.«

Anne lief seinem Bruder nach und holte ihn in den Vorzimmern ein.

»Nun,« sagte Joyeuse, »Ihr reist mit großer Eile ab, Henri?« – »Ja wohl, mein Bruder.«

»Weil Ihr schnell zurückkommen wollt?« – »Das ist wahr.«

»Ihr gedenkt also nicht, eine Zeitlang in Chateau-Thierry zu verweilen?« – »So kurz wie möglich.«

»Warum?« – »Wo man sich vergnügt, mein Bruder, ist nicht mein Platz.«

»Im Gegenteil, Henri, weil der Herr Herzog von Anjou dem Hofe Feste geben wird, solltet Ihr in Chateau-Thierry bleiben.« – »Es ist mir unmöglich, mein Bruder.«

»Wegen Eures Wunsches, Euch zurückzuziehen, wegen Eurer Klosterpläne?« – »Ja, mein Bruder.«

»Ihr habt vom König eine Dispensation verlangt.« – »Wer hat Euch das gesagt?«

»Ich weiß es.« – »Es ist wahr, ich habe dies getan.«

»Ihr werdet sie nicht erhalten.« – »Warum, mein Bruder?« »Weil es nicht im Interesse des Königs liegt, sich eines Dieners, wie Ihr seid, zu berauben.« – »Dann wird mein Bruder, der Kardinal, tun, was Seine Majestät nicht tun will.«

»Dies alles um einer Frau willen?« – »Anne, ich bitte Euch, dringt nicht weiter in mich.«

»Ah! seid unbesorgt, ich werde nicht wieder anfangen; doch kommen wir zum Ziele ... Ihr reist nach Chateau-Thierry ab; wohl! doch statt so hastig zurückzukehren, wie Ihr wolltet, wünschte ich, daß Ihr mich in meiner Wohnung erwartetet; wir haben einander seit langer Zeit nicht mehr gesehen, und Ihr begreift, daß es für mich ein Bedürfnis ist, mit Euch zusammen zu sein.« – »Bruder, Ihr geht nach Chateau-Thierry, um Euch zu belustigen. Wenn ich aber in Chateau-Thierry bleibe, werde ich all Euer Vergnügen vergiften.«

»Oh! nein, nein, ich widerstehe, denn ich habe ein glückliches Temperament, das imstande ist, in Eure Melancholie Breschen zu schießen.« – »Mein Bruder ...«

»Erlaubt mir, Graf,« sagte der Admiral mit gebietendem Tone, »ich vertrete hier unsern Vater und schärfe Euch ein, mich in Chateau-Thierry zu erwarten; Ihr findet dort meine Wohnung, die auch die Eurige sein wird. Sie ist im Erdgeschosse und geht auf den Park.« – »Wenn Ihr befehlt, Bruder,« sagte Henri ergeben.

»Nennt es, wie Ihr wollt, Wunsch oder Befehl, doch erwartet mich.« – »Ich werde gehorchen, Bruder.«

»Und ich bin überzeugt, daß Ihr mir deshalb nicht grollen werdet,« fügte Joyeuse hinzu und schloß seinen Bruder in seine Arme.

Dieser entwand sich etwas erbittert der brüderlichen Umarmung, verlangte seine Pferde und reiste sogleich nach Chateau-Thierry ab. Er eilte mit dem Zorne eines aufgebrachten Menschen, das heißt, er verschlang gleichsam den Raum.

An demselben Abend ritt er vor Einbruch der Nacht den Hügel hinan, auf dem Chateau-Thierry, die Marne zu seinen Füßen, liegt. Sein Name öffnete ihm die, Pforten des Schlosses, das der Prinz bewohnte. Doch er brauchte mehr als eine Stunde, um eine Audienz zu erhalten. Der Prinz, sagten die einen, sei in seinen Gemächern; er schlafe, sagten die andern; er mache Musik, vermutete der Kammerdiener. Noch keiner von den Bedienten konnte eine bestimmte Antwort geben.

Henri beharrte auf seinem Verlangen, den Prinzen zu sehen, um nicht mehr an den Dienst des Königs denken zu müssen und sich wieder ganz seiner Traurigkeit überlassen zu können. Auf sein Drängen und da man wußte, daß er und sein Bruder mit dem Herzog sehr vertraut waren, führte man ihn in einen der Salons des ersten Stockes, wo der Prinz endlich geruhte, ihn zu empfangen. Es herging eine halbe Stunde, die Nacht fiel unmerklich vom Himmel herab. Der schleppende, schwere Gang des Herzogs von Anjou erscholl in der Galerie; Henri erkannte ihn und wollte ihm mit dem gewöhnlichen Zeremoniell nahen. Doch der Prinz, der große Eile zu haben schien, überhob seinen Botschafter rasch dieser Förmlichkeit, indem er ihn bei der Hand nahm und umarmte.

»Guten Tag, Graf,« sagte er, »warum plagt man Euch damit, daß man Euch zu einem armen Besiegten schickt?«

»Der König schickt mich, Monseigneur, um Euch zu melden, er hege großes Verlangen, Eure Hoheit zu sehen, und um sie nach ihren großen Anstrengungen in keiner Weise zu bemühen, wird sich Seine Majestät zu ihr begeben und spätestens morgen in Chateau-Thierry eintreffen.«

»Der König wird morgen kommen!« rief Franz mit einer Bewegung der Ungeduld.

Doch er faßte sich rasch und fügte hinzu: »Morgen, morgen ... es wird wahrhaftig nichts im Schloß, nichts in der Stadt bereit sein, um Seine Majestät zu empfangen.« Henri verbeugte sich wie ein Mensch, der einen Befehl überbringt, aber nicht den Auftrag hat, ihn zu erläutern, und sagte: »Ihre Majestäten wünschen so sehnlich, Euch zu sehen, daß sie nicht an etwaige Schwierigkeiten gedacht haben.«

»Nun, nun,« sagte rasch der Prinz, »es ist meine Sache, die Zeit auszunutzen, und ich verlasse Euch daher auch, Henri; ich danke Euch für Eure Geschwindigkeit, denn Ihr seid schnell geritten, wie ich sehe, Henri; ruht aus.«

»Eure Hoheit hat mir keine anderen Befehle zu erteilen?« fragte Henri ehrfurchtsvoll..

»Keine! Legt Euch nieder! Man wird Euch in Eurer Wohnung bedienen, Graf. Ich habe diesen Abend keinen Dienst, ich bin leidend, unruhig, ich habe den Appetit und den Schlaf verloren, wodurch mein Leben, wie Ihr Euch denken könnt, sehr traurig wird. Ah! habt Ihr das Neueste gehört?«

»Nein, Monseigneur; welche Neuigkeit?«

»Aurilly ist von den Wölfen gefressen worden.«

»Aurilly!« rief Henri ganz erstaunt.

»Jawohl, – gefressen! – Das ist seltsam; alles, was mir näher steht, endet übel! Guten Abend, Graf, schlaft wohl!«

Und der Prinz entfernte sich mit raschem Schritt.

Zweifel.

Henri ging hinab und fand, als er die Vorzimmer durchschritt, viele ihm bekannte Offiziere, die herbeiliefen und sich unter allerlei Freundschaftsbeweisen anboten, ihn in die Wohnung seines Bruders, zu führen, die an einer Ecke des Schlosses lag. Es war die Bibliothek, die der Herzog Joyeuse während seines Aufenthalts in Chateau-Thierry angewiesen hatte. Zwei möblierte Salons aus der Zeit von Franz I. standen miteinander in Verbindung und mündeten nach der Bibliothek aus, die nach den Gärten schaute. In der Bibliothek hatte Joyeuse sein Bett aufschlagen lassen; streckte er den Arm aus, so berührte er die Wissenschaft, öffnete er die Fenster, so genoß er die Natur; höher organisierte Menschen bedürfen vollständigerer Genüsse, und die Morgenluft, der Gesang der Vögel oder der Wohlgeruch der Blumen fügten zu den Liedern und Schilderungen französischer Meister einen neuen Reiz.

Henri beschloß, alles so zu lassen, wie es war, weil es ihm gleichgültig war, ob er sich hier oder sonstwo befand.

Doch da der Graf dazu erzogen worden war, unter keinen Umständen seine Pflicht gegen den König oder gegen die Prinzen des Hauses Frankreich zu vernachlässigen, so erkundigte er sich genau nach dem Teil des Schlosses, den der Prinz seit seiner Rückkehr bewohnte.

Der Zufall schickte Henri in dieser Hinsicht einen vortrefflichen Helfer; es war der junge Fähnrich, dessen Indiskretion in dem kleinen Dorfe in Flandern, wo wir unsere Personen einen Augenblick haltmachen ließen, dem Prinzen das Geheimnis des Grafen verriet; dieser Fähnrich hatte den Prinzen seit seiner Rückkehr nicht verlassen und konnte Henri daher vortrefflich unterrichten.

Als der Prinz in Chateau-Thierry ankam, suchte er vor allem Zerstreuung; er bewohnte die großen Gemächer, hielt morgens und abends Empfänge ab, jagte bei Tag im Walde Hirsche oder ging im Park auf die Beize; doch seit der Kunde von dem Tode Aurillys, die dem Prinzen zugekommen war, man wußte nicht wie, hatte sich der Prinz in einen mitten im Parke liegenden Pavillon zurückgezogen. Dieser Pavillon, ein für jedermann, mit Ausnahme der Vertrauten des Prinzen, unzugänglicher Aufenthaltsort, war unter dem Blätterwerke wie verloren und wurde kaum über den riesigen Hagebuchen und durch dir dichten Hecken sichtbar. In diesen Pavillon hatte sich der Prinz seit zwei Tagen zurückgezogen; die ihn nicht kannten, sagten, der Kummer, den ihm Aurillys Tod verursache, habe ihn bewogen, sich in solche Einsamkeit zu versenken; die ihn kannten, behaupteten, in diesem Pavillon gehe ein schändliches, höllisches Werk vor, das eines Morgens an den Tag kommen werde.

Beide Annahmen waren um so wahrscheinlicher, als der Prinz in Verzweiflung zu sein schien, wenn ihn ein Geschäft oder ein Besuch nach dem Schlosse rief. Sobald dieser Besuch empfangen, oder dieses Geschäft abgemacht war, kehrte er in seine Einsamkeit zurück, wo er nur von zwei Kammerdienern bedient wurde, die seit seiner Geburt bei ihm waren.

»Wenn der Prinz in dieser Laune ist,« sagte Henri, »so werden die Feste nicht sehr heiter sein.«

»Sicher nicht,« erwiderte der Fähnrich, »jeder wird Mitleid mit dem Schmerz des Prinzen zu haben wissen, der in seinem Stolze und in seiner Zuneigung getroffen worden ist.«

Henri fuhr fort zu fragen, ohne es zu wollen, und nahm ein seltsames Interesse an diesen Fragen; der Tod Aurillys, den er bei Hofe gekannt und in Flandern wiedergesehen hatte; die Gleichgültigkeit, mit der ihm der Prinz den Verlust, den er erlitten, mitgeteilt; die Abgeschlossenheit, in der der Prinz, wie man sagte, seit diesem Tode lebte, dies alles stand für ihn, ohne daß er wußte wie, mit dem geheimnisvollen, düsteren Gewebe in Verbindung, mit dem seit einiger Zeit die Ereignisse seines Lebens verflochten waren.

»Und man weiß nicht,« fragte er den Fähnrich, »man weiß nicht, wie dem Prinzen die Nachricht von dem Tode Aurillys zugekommen ist?«

»Nein.«

»Aber erzählt man sich denn nichts hierüber?« »Oh! gewiß, Ihr wißt, wahr oder falsch, man erzählt sich immer etwas.«

»Nun, so laßt hören.«

»Der Prinz soll unter den Weiden beim Flusse gejagt und sich von den andern Jägern entfernt haben – denn er tut alles sprungweise, er erhitzt sich, läßt sich fortreißen bei der Jagd wie beim Spiel, wie im Feuer, wie im Schmerz –, als man ihn plötzlich mit bestürztem Gesichte zurückkommen sah.

»Die Höflinge fragten ihn, in der Meinung, es handle sich nur um ein Jagdabenteuer.

»Er hielt zwei Rollen Gold in der Hand.

»,Begreift ihr das, meine Herren?' fragte er mit bebender Stimme, ,Aurilly ist tot, Aurilly ist von den Wölfen gefressen worden'.

»Alles schrie laut auf.

»,Nein' sagte der Prinz, ,es ist so, oder der Teufel soll mich holen; der arme Lautenspieler war immer mehr ein großer Musiker als ein guter Reiter; es scheint, sein Pferd ist mit ihm durchgegangen, und er ist so in eine Schlucht gestürzt, daß es ihm den Tod brachte; am andern Tage fanden zwei Reisende, die an dieser Schlucht vorüberkamen, seinen Leichnam halb von den Wölfen gefressen, und zum Beweise, daß die Sache sich wirklich so zugetragen hat, und daß nicht Räuber die Schuld tragen, dient, daß hier die zwei Rollen Gold sind, die er bei sich trug, und die man gewissenhaft zurückgebracht hat.'

»Da man nun niemand diese Rollen hatte bringen sehen,« fuhr der Fähnrich fort, »so vermutete man, sie seien dem Prinzen von den beiden Reisenden zugestellt worden, die ihm, als sie ihm am Ufer des Flusses begegneten und ihn erkannten, die Kunde von dem Tode Aurillys mitgeteilt haben sollen.«

»Das ist seltsam,« murmelte Henri.

»Um so seltsamer,« sagte der Fähnrich, »als man sagt – ist es wahr? ist es eine Erfindung? –, man habe den Prinzen die kleine Pforte des Parkes auf der Seite der Kastanienbäume öffnen und durch diese Pforte etwas wie zwei Schatten hereinkommen sehen. Der Prinz hat also zwei Personen, zwei Reisende wahrscheinlich, in den Park eingelassen; seit dieser Zeit ist der Prinz in seinen Pavillon ausgewandert, und wir haben ihn nur flüchtig erblickt.«

»Und niemand hat die beiden Reisenden gesehen?« fragte Henri.

»Ich,« erwiderte der Fähnrich. »Als ich nämlich beim Prinzen die Abendparole für hie Schloßwache holte, begegnete ich einem Mann, der mir nicht dem Hause Seiner Hoheit anzugehören schien; doch ich konnte sein Gesicht nicht sehen, da sich dieser Mann, als er mich erblickte, abwandle und die Regenkappe seines Leibrocks auf seine Augen niedergeschlagen hatte.«

»Die Regenkappe seines Leibrocks, sagt Ihr?«

»Ja, er schien ein flämischer Bauer zu sein, und er erinnerte mich, ich weiß nicht warum, an den, der Euch begleitete, als wir uns dort begegneten.«

Henri bebte; diese Bemerkung knüpfte sich für ihn an das unbestimmte, aber hartnäckige Interesse an, das ihm diese Geschichte einflößte; auch ihm, der wußte, daß Diana und ihr Gefährte Aurilly anvertraut waren, war der Gedanke gekommen, die Reisenden, die dem Prinzen den Tod des unglücklichen Flötenspielers verkündigt hatten, seien die beiden ihm Bekannten.

Henri schaute den Fähnrich aufmerksam an und fragte dann: »Und welcher Gedanke kam Euch, als Ihr diesen Mann erkannt zu haben glaubtet?«

»Hört, was ich denke, doch will ich damit nichts bestimmt behaupten. Der Prinz hat ohne Zweifel seinen Absichten auf Flandern nicht entsagt; er unterhält demzufolge Spione; der Mann mit dem wollenen Leibrock ist ein Spion, der auf seiner Reise den Unfall des Musikers erfahren und zwei Nachrichten zu gleicher Zeit überbracht haben wird.«

»Das ist wahrscheinlich,« sagte Henri nachsinnend; »was machte aber dieser Mensch, als Ihr ihn saht?«

»Er ging an der Hecke hin, die das Blumenbeet begrenzt, und schritt auf die Treibhäuser zu.«

»Doch Ihr spracht von zwei Reisenden?«

»Man sagt, man habe zwei Personen hereinkommen sehen; doch mir ist nur eine vor Augen gekommen, der Mann mit dem wollenen Rocke.«

»Demnach würde der Mann mit dem wollenen Rock in den Treibhäusern wohnen?«

»Das ist wahrscheinlich.«

»Und diese Treibhäuser haben einen Ausgang?«

»Gegen die Stadt, ja, Graf.«

Henri blieb einige Zeit schweigsam; sein Herz schlug gewaltig; die für ihn, der bei dieser ganzen geheimnisvollen Geschichte ein doppeltes Gesicht zu haben schien, scheinbar gleichgültigen Umstände hatten ein ungeheures Interesse.

Es war mittlerweile Nacht geworden, und die jungen Leute sprachen miteinander ohne Licht in Joyeuses Wohnung.

Von der Reise ermüdet, durch die seltsamen Ereignisse, die man ihm erzählt hatte, bedrückt, ohne Widerstandskraft gegen die Gemütsbewegungen, die in ihm entstanden waren, hatte sich der Graf auf das Bett seines Bruders zurückgelegt und tauchte seine Blicke mechanisch in den Azur des Himmels, der mit Diamanten bestirnt zu sein schien.

Der junge Fähnrich saß auf dem Rande des Fensters und überließ sich dem Schwunge des Geistes, der Poesie der Jugend, dem alles durchdringenden Wohlbehagen, das die balsamische Frische des Abends verleiht.

Ein großes Stillschweigen lagerte sich über dem Park und der Stadt; nach und nach wurden die Lichter angezündet, die Hunde kläfften in der Ferne in ihren Häusern gegen die Knechte, die am Abend die Ställe zu schließen hatten.

Plötzlich stand der Fähnrich auf, machte mit der Hand ein Zeichen, um die Aufmerksamkeit des Grafen zu erregen, neigte sich zum Fenster hinaus und rief mit leiser Stimme Henri, der auf dem Bette lag, zu: »Kommt, kommt!«

»Was denn?« fragte Henri, plötzlich aus seinem Traume erwachend.

»Der Mann, der Mann!«

»Welcher Mann?«

»Der Mann mit dem wollenen Rock, der Spion!«

»Oh! oh!« machte Henri, indem er vom Bette zum Fenster sprang und sich auf die Schulter des Fähnrichs stützte.

»Seht,« fuhr der Fähnrich fort, »seht Ihr ihn dort? Er geht an der Hecke hin; wartet, er wird wieder erscheinen; schaut in den vom Monde beleuchteten Raum; dort ist er, dort ist er.«

»Sieht er nicht finster aus?«

»Finster, das ist das rechte Wort,« erwiderte du Bouchage, selbst finster werdend.

»Glaubt Ihr, es sei ein Spion?«

»Ich glaube nichts und glaube alles.«

»Seht, er geht vom Pavillon des Prinzen nach den Treibhäusern.«

»Der Pavillon des Prinzen ist also dort?« fragte du Bouchage, indem er mit dem Finger den Punkt bezeichnete, woher der Fremde zu kommen schien.

»Seht jenes Licht, das unter dem Blätterwerk zittert.«

»Nun?« »Das ist der Speisesaal.«

»Ah!« rief Henri, »hier erscheint er wieder.«

»Ja, er kehrt offenbar zu seinem Gefährten in die Treibhäuser zurück; hört Ihr?« »Was!«

»Das Geräusch eines Schlüssels, der im Schlosse gedreht wird.«

»Das ist seltsam,« sagte du Bouchage, »dies alles kann nur etwas sehr Gewöhnliches sein, und dennoch ...«

»Und dennoch schauert Ihr, nicht wahr?«

»Ja,« sagte der Graf; »doch was ist das wieder?« Man hörte den Klang einer Glocke.

»Es ist das Signal zum Abendessen für das Haus des Prinzen; werdet Ihr mit uns zu Nacht speisen, Graf?«

»Nein, ich danke, ich fühle kein Bedürfnis, und wenn der Hunger kommt, so werde ich rufen.«

»Wartet nicht hierauf, Herr Graf, kommt und ergötzt Euch in unserer Gesellschaft.«

»Nein, das ist mir unmöglich.«

»Warum?«

»Seine Hoheit hat mir eingeschärft, daß ich mich in meinem Zimmer bedienen lasse; doch ich halte Euch nicht länger auf.«

»Ich danke, Graf, guten Abend; bewacht unser Gespenst gut.«

»Oh! ja, dafür stehe ich Euch, wenn sich nicht,« fügte Henri aus Furcht, zuviel gesagt zu haben, hinzu, »wenn sich nicht der Schlaf meiner bemächtigt, was mir wahrscheinlicher und gesünder vorkommt als das Bewachen von Spionen und Gespenstern.«

»Gewiß,« sagte der Fähnrich lachend. Und er verabschiedete sich von du Bouchage.

Kaum war er aus der Bibliothek weggegangen, als Henri in den Garten eilte.

»Oh!« murmelte er, »es ist Remy, es ist Remy! Ich würde ihn in der Finsternis der Hölle erkennen.«

Und der junge Mann, der seine Knie unter sich zittern fühlte, drückte seine feuchten Hände auf seine glühende Stirn.

»Mein Gott!« sagte er, »ist es nicht vielmehr eine Ausgeburt meines armen kranken Gehirns, und steht es nicht geschrieben, daß ich schlafend oder wachend, bei Tag oder bei Nacht, unablässig die beiden Gestalten wiedersehen werde, die eine so tiefe Furche in mein Leben eingegraben haben?«

»In der Tat,« fuhr er fort, wie ein Mensch, der ein Bedürfnis fühlt, sich selbst zu überreden, »warum sollte Remy hier in diesem Schlosse beim Herzog von Anjou sein? Was sollte er hier machen? Welche Verbindung könnte der Herzog von Anjou mit Remy haben? Wie sollte er Diana verlassen haben, er, ihr ewiger Gefährte? Nein, er ist es nicht.«

Nach einem Augenblick gewann aber eine innige, tiefe, instinktartige Überzeugung wieder die Oberhand, und er murmelte voll Verzweiflung, während er sich an die Wand anlehnte, um nicht zu fallen: »Er ist es, er ist es!«

Als er diesen alle anderen beherrschenden Gedanken vollendete, vernahm, er abermals das scharfe Geräusch des Schließens, und obgleich dieses Geräusch beinahe unmerklich war, faßten es doch seine überreizten Sinne auf.

Ein unbeschreiblicher Schauer durchlief den ganzen Leib des jungen Mannes. Er horchte abermals.

Rings um ihn herrschte ein solches Stillschweigen, daß er sein eigenes Herz schlagen hörte.

Es vergingen einige Minuten, ohne daß er etwas von dem, was er erwartete, erscheinen sah. In Ermangelung der Augen, sagten ihm indessen seine Ohren, daß sich jemand nahte. Er hörte den Sand unter Tritten krachen. Plötzlich kam es ihm vor, als sähe er an dem düsteren Grunde der Hagebuchen eine noch düsterere Gruppe sich hinbewegen.

»Hier kommt er zurück,« flüsterte Henri; »ist er allein, ist jemand bei ihm?«

Die Gruppe rückte nach der Gegend vor, wo der Mond einen schattenlosen Raum versilberte. In dem Augenblick, wo der Mann mit dem wollenen Rocke in entgegengesetzter Richtung diesen Raum durchschritt, hatte Henri Remy zu erkennen geglaubt. Diesmal sah Henri zwei Schatten, die sich so deutlich unterschieden, daß man sich nicht täuschen konnte. Eine tödliche Kälte stieg bis in sein Herz hinab und schien ihn in Marmor verwandelt zu haben.

Die Schatten gingen rasch, obgleich festen Schrittes; der erste war in einen wollenen Leibrock gekleidet, und der Graf glaubte wieder, wie das erstemal, Remy zu erkennen.

Ganz in einen großen Männermantel gehüllt, entzog sich der zweite jeder näheren Bestimmung. Und dennoch glaubte Henri unter diesem Mantel zu erraten, was niemand hätte sehen können.

Der junge Mann stieß eine Art schmerzlichen Stöhnens aus, und sobald die beiden geheimnisvollen Personen hinter den Hagebuchen verschwunden wären, eilte er, von Gebüsch zu Gebüsch schlüpfend, denen nach, die er erkennen wollte.

»Oh!« murmelte er, während er ihnen folgte, »mein Gott, täusche ich mich nicht, ist es möglich?«

Gewißheit.

Henri schlüpfte auf der dunkeln Seite der Hecke hin, wobei er die Vorsicht gebrauchte, weder auf dem Sande noch am Blätterwerk Geräusch zu machen.

Aber wegen der gebotenen beständigen Vorsicht konnte er nicht gut sehen. Doch an der Haltung, an den Kleidern, am Gang erkannte er in dem Mann mit dem wollenen Rock immer wieder Remy. Einfache Vermutungen, für ihn gräßlicher als Wirklichkeiten, erhoben sich in ihm in Beziehung auf den Gefährten dieses Mannes.

Der Weg, an dem die Hagebuchen hinliefen, mündete gegen die große Dornhecke und in eine Wand von Pappelbäumen aus, die vom übrigen Teil des Parks den Pavillon des Herrn Herzogs von Anjou trennte und ihn mit einem grünen Vorhang umhüllte, in dessen Mitte er, wie gesagt, völlig verschwand. Es fanden sich hier schöne Bassins, düstere Gebüsche, von gewundenen Alleen durchschnitten, und hundertjährige Bäume, auf deren Dom der Mond Kaskaden silbernen Lichtes ergoß, während darunter der Schatten schwarz, undurchsichtig, undurchdringlich war.

Als sich Henri dieser Hecke nahte, fühlte er, daß ihm der Mut beinahe entschwand.

So dreist die Befehle des Prinzen überschreiten und sich einer so vermessenen Indiskretion überlassen, war nicht eines loyalen, redlichen Edelmannes würdig, sondern eines feigen oder eifersüchtigen Spions, der sich zu den ungebührlichsten, äußersten Schritten entschlossen hat.

Doch da der Mann beim Öffnen der Schranke, die den großen Park vom kleinen trennte, eine Bewegung machte, wobei sich sein Gesicht entblößte, und da dieses Gesicht wirklich Remys war, so hatte der Graf keine Bedenklichkeiten mehr, und er schritt entschlossen weiter.

Man hatte die Tür wieder zugemacht; Henri sprang über die Querbalken und folgte den beiden fremden Besuchern des Prinzen.

Diese beeilten sich. Unter einer Allee von dichtbelaubten Kastanienbäumen, an deren Ende man den sanft beleuchteten Pavillon erblickte, konnte Henri nicht so leicht mehr den Leuten folgen, die ihn, wenn sie sich umgekehrt hätten, sogleich bemerkt haben müßten. Überdies erfaßte ihn ein neuer Schrecken.

Bei dem Geräusch, das auf dem Sand die Tritte Remys und seines Gefährten machten, kam der Herzog aus dem Pavillon heraus. Henri warf sich hinter den dicksten Baum und wartete. Er konnte nichts sehen, außer, daß sich Remy sehr tief bückte, daß Remys Gefährte eine Verneigung nach Frauenart und keinen männlichen Bückling machte, und daß der Herzog entzückt dem letzteren den Arm bot, wie er es bei einer Frau getan haben würde. Dann wandten sich alle drei nach dem Pavillon und verschwanden unter dem Vorhause, dessen Tür sich hinter ihnen schloß.

»Ich muß ein Ende machen,« sagte Henri, »und einen bequemeren Standpunkt wählen, von wo aus ich alles sehen kann, ohne selbst gesehen zu werden.«

Er bemerkte ein Gebüsch, das zwischen dem Pavillon und den Spalieren lag, ein Gebüsch, in dessen Mittelpunkt ein Springbrunnen spielte, einen ganz sicheren Beobachtungsposten.

Hinter der Statue verborgen, die den Springbrunnen überragte, um die ganze Höhe des Piedestals emporgehoben, konnte Henri alles sehen, was in dem Pavillon vorging, dessen Hauptfenster sich gerade vor ihm öffnete. Da niemand bis dahin dringen konnte oder vielmehr dringen durfte, so hatte man keine weitere Vorsicht angewendet.

Eine Tafel war gedeckt, üppig bestellt und mit kostbaren, in venezianischen Gläsern eingeschlossenen Weinen beladen. Nur zwei Sitze an dieser Tafel erwarteten zwei Gäste. Der Herzog wandte sich dem einen zu, ließ den Arm von Remys Gefährten los, bezeichnete ihm den andern Sitz und schien ihn aufzufordern, seinen Mantel abzulegen, der, sehr bequem für einen nächtlichen Gang, sehr unbequem wurde, wenn man das Ziel dieses Ganges erreicht hatte, und dieses Ziel ein Abendessen war.

Die Person, an welche die Einladung gerichtet war, warf nun ihren Mantel auf einen Stuhl, und das Licht der Kerzen beleuchtete ohne irgendeinen Schatten das bleiche, majestätisch schöne Antlitz einer Frau, die Henris erschrockene Augen sogleich erkannten. Es war die Dame des geheimnisvollen Hauses der Rue des Augustins, die Reisende aus Flandern, es war jene Diana endlich, deren Blicke tödlich wirkten wie Dolchstöße. Diesmal trug sie die Kleider ihres Geschlechts; sie war angetan mit einem Gewände von Brokat; Diamanten glänzten an ihrem Hals, in ihren Haaren, an ihren Handgelenken. Unter diesem Schmucke trat die Blässe ihres Gesichtes noch mehr hervor, und ohne die Flamme, die aus ihren Augen sprang, hätte man glauben können, der Herzog habe durch Anwendung eines Zaubermittels den Schatten dieser Frau, nicht die Frau selbst, heraufbeschworen.

Hätte er sich nicht an der Statue halten können, über der er seine Arme, kälter als der Marmor selbst, kreuzte, so wäre Henri rücklings in das Bassin gefallen.

Der Herzog schien trunken vor Freude; er umschloß gleichsam mit den Augen dieses wunderbare Geschöpf, das sich ihm gegenüber gesetzt hatte und die Gegenstände, die man vor ihm aufgestellt, kaum berührte. Von Zeit zu Zeit streckte sich Franz über der Tafel aus, um eine von den Händen seiner stummen, bleichen Tischgenossin zu küssen, die ebenso unempfindlich für diese Küsse zu sein schien, als wäre ihre Hand aus dem Alabaster gemeißelt, dessen Durchsichtigkeit und Weiße sie hatte.

Immer wieder bebte Henri, fuhr mit der Hand an seine Stirn, wischte mit dieser Hand den eisigen Schweiß ab, der in Tropfen darauf stand, und fragte sich: »Lebt sie? Ist sie tot?«

Der Herzog strengte alle seine Kräfte an und entwickelte seine ganze Beredsamkeit, um die ernste Stirn der Dame zu entrunzeln.

Remy, der allein die beiden bediente, da der Herzog alle Diener entfernt hatte, schien von Zeit zu Zeit, mit dem Ellenbogen seine Gebieterin streifend, wenn er hinter ihr vorbeiging, sie durch diese Berührung wieder zu ermutigen und zum Leben oder vielmehr zu der Lage der Dinge zurückzurufen.

Dann stieg eine dunkelrote Woge auf die Stirn der jungen Frau, ihre Augen schleuderten einen Blitz, sie lächelte, als hätte ein Zauberer eine unbekannte Feder dieses sinnvollen Automaten berührt, und der Mechanismus der Augen den Blitz, der der Wangen die Färbung, der der Lippen das Lächeln bewirkt. Dann versank sie wieder in ihre Unbeweglichkeit.

Der Prinz näherte sich indessen und fing an, durch seine leidenschaftlichen Reden seine schöne Eroberung zu erwärmen. Diana, die von Zeit zu Zeit nach der Prachtvollen, über dem Kopfe des Prinzen an der Wand hängenden Uhr schaute, schien sich sodann gegen sich selbst anzustrengen und nahm, das Lächeln auf ihren Lippen bewahrend, einen tätigeren Anteil am Gespräch.

Unter dem Obdache des Blätterwerks zerriß sich Henri die Fäuste und verfluchte die ganze Schöpfung von den Frauen an, die Gott geschaffen, bis auf Gott, der ihn selbst geschaffen hatte. Es kam ihm ungeheuerlich, greuelhaft vor, daß diese reine und strenge Frau sich auf eine so gemeine Weise dem Prinzen hingab, weil er ein Prinz war, und der Liebe, weil sie in diesem Palast vergoldet erschien. Sein Abscheu gegen Remy war so groß, daß er ihm ohne Mitleid die Eingeweide geöffnet hätte, um zu, sehen, ob ein solche» Ungeheuer Blut und Herz eines Menschen habe. In diesem Taumel der Wut und Verachtung verging für Henri die Zeit dieses für den Herzog von Anjou so köstlichen Abendessens.

Diana läutete. Erhitzt durch den Wein und die galanten Redensarten, stand der Prinz vom Tische auf, um Diana zu umarmen. Alles Blut stockte in Henris Adern. Er suchte an seiner Seite, ob er einen Degen, in seiner Brust, ob er einen Dolch hätte.

Mit seltsamem Lächeln, das sicher noch nie seinesgleichen auf irgendeinem Gesichte gehabt hatte, hielt Diana den Prinzen zurück und sagte: »Monseigneur, erlaubt, daß ich, ehe ich vom Tische aufstehe, mit Euch diese Frucht teile, nach der mich gelüstet.« Bei diesen Worten streckte sie die Hand nach einem Körbchen von Goldfiligran aus, das zwanzig herrliche Pfirsiche enthielt, und nahm eine davon. Dann machte sie von ihrem Gürtel ein Messerchen los, dessen Klinge von Silber, dessen Heft von Malachit war, zerschnitt die Pfirsich in zwei Teile und bot einen davon dem Prinzen, der ihn ergriff und gierig damit nach seinen Lippen fuhr, als ob er Dianas Lippen küßte. Diese leidenschaftliche Handlung brachte einen solchen Eindruck auf ihn selbst hervor, daß eine Wolke sein Gesicht in dem Augenblick verdunkelte, wo er in die Frucht biß.

Diana schaute ihm mit ihrem klaren Auge und ihrem unveränderlichen Lächeln zu. Remy, der sich mit dem Rücken an einen Pfeiler von geschnitztem Holz gelehnt hatte, schaute ebenfalls mit düsterer Miene.

Der Prinz fuhr mit einer Hand über seine Stirn, wischte einige Schweißtropfen ab, die darauf peilten, und verschlang das Stück, in das er gebissen hatte. Dieser Schweiß war ohne Zweifel das Symptom einer plötzlichen Unpäßlichkeit; denn während Diana die andere Hälfte der Pfirsich aß, ließ der Prinz das, was ihm von der seinigen übrigblieb, auf seinen Teller fallen, stand mit einer gewissen Anstrengung auf und schien seine schöne Tischgenossin einzuladen, mit ihm im Garten freie Luft zu schöpfen.

Diana erhob sich und nahm, ohne ein Wort zu sprechen, den Arm, den ihr der Prinz bot. Remy folgte ihnen mit den Augen, besonders dem Prinzen, den die Luft völlig wiederbelebte. Während des Gehens trocknete Diana die kleine Klinge ihres Messers an einem goldgestickten Taschentuch ab und steckte es wieder in seine saffianlederne Scheide. So kamen sie ganz nahe zu dem Gebüsch, wo Henri verborgen war.

Der Prinz drückte verliebt den Arm der jungen Frau an sein Herz und sagte: »Ich fühle mich wieder besser, und dennoch weiß ich nicht, weicht Schwere mein Gehirn bedrückt; ich sehe, Madame, ich liebe zu sehr.«

Diana riß einige Blumen von einem Jasmin, einen Zweig von einer Rebwinde und zwei schöne Rosen ab. die eine ganze Seite des Sockels der Statue bedeckten, hinter der sich Henri erschrocken kleiner zu machen suchte.

»Was macht Ihr, Madame?« fragte der Prinz.

»Gnädigster Herr,« antwortete sie, »man hat mir stets versichert, der Wohlgeruch der Blumen sei das beste Mittel gegen Betäubung. Ich pflücke einen Strauß in der Hoffnung, von mir gegeben, werde dieser Strauß den magischen Einfluß haben, den ich ihm wünsche.«

Doch während sie die Blumen des Straußes zusammenfaßte, ließ sie eine Rose fallen, die der Prinz galanterweise aufzuheben sich beeilte.

Franz' Bewegung war rasch, doch nicht so rasch, daß Diana nicht Zeit gehabt hätte, auf die andere Rose einige Tropfen von einer Flüssigkeit fallen zu lassen, die in einem goldenen Fläschchen enthalten war, das sie aus ihrem Busen zog. Dann nahm sie die Rose, die der Prinz aufgehoben hatte, steckte sie an ihren Gürtel und sagte: »Diese ist für mich, tauschen wir.«

Und für die Rose, die sie aus den Händen des Prinzen empfing, reichte sie ihm den Strauß. Der Prinz nahm ihn gierig, roch voll Entzücken daran und schlang seinen Arm um Dianas Leib. Doch dieser wollüstige Druck brachte ohne Zweifel die Sinne des Prinzen vollends in Verwirrung, denn er wankte auf seinen Knien und war genötigt, sich auf eine Rasenbank zu setzen, die sich in seiner Nähe befand.

Henri verlor die beiden Personen nicht aus dem Gesicht, und dennoch hatte er auch einen Blick für Remy, der im Pavillon das Ende dieser Szene abwartete oder vielmehr jeden Umstand zu verschlingen schien. Als er sah, wie der Prinz wankte, trat er bis auf die Schwelle des Pavillons vor. Diana aber setzte sich, als sie Franz wanken fühlte, zu ihm auf die Bank.

Die Betäubung währte diesmal länger als das erstemal, der Prinz hatte den Kopf auf die Brust gesenkt, er schien den Faden seiner Gedanken und fast des Gefühl seines Daseins verloren zu haben, und dennoch deutete die krampfhafte Bewegung seiner Finger auf Dianas Hand an, daß er aus Instinkt seinen Liebeswahn verfolgte.

Endlich erhob er langsam den Kopf, und als sich seine Lippen in der Höhe von Dianas Gesicht fanden, machte er eine Anstrengung, um die seiner schönen Tischgenossin zu berühren, doch die junge Frau stand auf, als hätte sie diese Bewegung nicht gesehen.

»Ihr leidet, Monseigneur?« sagte sie, »es wäre besser, wir kehrten zurück.«

»Oh! ja, kehren wir zurück!« rief der Prinz, entzückt vor Freude; »ja, kommt, ich danke.«

Und er stand ganz schwankend auf; statt daß sich Diana auf seinen Arm stützte, war er es nun, der sich auf ihren Arm stützte; so vermochte er bequemer zu gehen, und er schien Fieber und Betäubung zu vergessen; Plötzlich sich aufrichtend, drückte er wie im plötzlichen Überfall einen Kuß auf den Hals der jungen Frau.

Diese bebte, als ob sie, statt des Eindrucks eines Kusses, die Verwundung eines glühenden Eisens gefühlt hätte.

»Remy, ein Licht! ein Licht!« rief sie.

Sogleich kehrte Remy in den Speisesaal zurück, zündete an den Kerzen auf dem Tische ein einzeln stehendes Licht an, das er von einem Leuchter nahm, näherte sich rasch, dieses Licht in der Hand, dem Eingang des Pavillons und rief: »Hier, Madame.«

»Wohin geht Eure Hoheit?« fragte Diana, indem sie das Licht ergriff und den Kopf abwandte.

»Oh! zu mir! zu mir! ... und nicht wahr, Ihr werdet mich führen, Madame?« erwiderte der Prinz voll Trunkenheit.

»Gern, Monseigneur,« antwortete Diana; und sie hob das Licht in die Höhe und schritt dem Prinzen voran.

Remy öffnete im Hintergrunde des Pavillons ein Fenster, durch das die Luft so gewaltig eindrang, daß die Kerze, die Diana trug, wie wütend ihre ganze Flamme, und ihren ganzen Rauch Franz, der gerade im Luftzug stand, in das Gesicht trieb.

Die Liebenden, Henri hielt sie für solche, kamen so, eine Galerie durchschreitend, bis zum Zimmer des Herzogs und verschwanden hinter der Tapete mit den Lilien, die ihm als Türvorhang diente.

Henri hatte alles, was vorgefallen war, mit wachsender Wut gesehen, und dennoch war diese Wut so, daß sie an Vernichtung grenzte. Es war, als bliebe ihm nur Kraft genug, das Schicksal zu verfluchen, das ihm eine so grausame Prüfung auferlegt hatte. Er hatte sein Versteck verlassen und schickte sich, gelähmt, mit herabhängenden Armen und blicklosen Augen an, halb tot nach seiner Wohnung im Schloß zurückzukehren, als sich plötzlich der Türvorhang, hinter dem er Diana und den Prinzen hatte verschwinden sehen, wieder öffnete, die junge Frau in den Speisesaal stürzte und Remy, der unbeweglich dastand und nur ihre Rückkehr abzuwarten schien, mit den Worten: »Komm, komm, alles ist vorbei!« mit sich fortriß.

Und beide eilten wie trunken oder wahnsinnig in den Garten. Doch bei ihrem Anblick hatte Henri seine ganze Kraft wiedererlangt; er stürzte ihnen entgegen, und sie fanden ihn plötzlich mitten in der Allee, aufrecht, die Arme kreuzend und schrecklicher in seinem Schweigen, als es die furchtbarsten Drohworte hätten sein können. Henri war in der Tat zu jenem Grad von Verzweiflung gelangt, daß er jeden getötet hätte, dem es eingefallen wäre zu behaupten, die Frauen seien nicht Ungeheuer, von der Hölle abgesandt, um die Welt zu beschmutzen.

Er faßte Diana beim Arm und hielt sie so fest, trotz des Angstschreis, den sie ausstieß, trotz des Messers, das ihm Remy so scharf auf die Brust setzte, daß es sein Fleisch verletzte.

»Oh! Ihr erkennt mich ohne Zweifel nicht,« sagte er mit furchbarem Zähneknirschen, »ich bin jener Neuling, der Euch liebte, und dem Ihr nicht Liebe schenken wolltet, weil es für Euch keine Zukunft mehr, sondern nur eine Vergangenheit gab. Ah! schöne Heuchlerin, und du, feiger Lügner, ich kenne euch nun, ich kenne euch und verfluche euch; der einen sage ich: Ich verachte dich; dem andern: ich verabscheue dich.«

»Gebt Raum!« rief Remy mit erstickter Stimme, »gebt Raum, junger Narr ... oder ...«

»Es sei,« erwiderte Henri, »töte meinen elenden Leib, da du meine Seele getötet hast.«

»Still!« murmelte Remy wütend, während er seine Klinge immer mehr eindrückte, so daß man schon das Eisen in der Brust des jungen Mannes hörte.

Doch Diana stieß Remys Arm heftig zurück, faßte du Bouchage am Arm und stellte sich ihm starr gegenüber. Sie war leichenbleich; ihre schönen Haare hingen steif auf ihre Schultern herab; als sie mit ihrer Hand Henris Handgelenk berührte, durchdrang diesen eine Kälte, der einer Leiche ähnlich.

»Mein Herr,« sagte sie, »urteilt nicht vermessen über Gottes Dinge! ... ich bin Diana von Meridor, die Geliebte des Herrn von Bussy, den der Herzog von Anjou auf eine elende Weise töten ließ, als er ihn retten konnte. Vor acht Tagen hat Remy Aurilly, den Schuldgenossen des Prinzen, erdolcht, und den Prinzen habe ich soeben mit einer Frucht, mit einem Strauß und mit einem Lichte vergiftet. Platz! mein Herr, Platz für Diana von Meridor, die auf der Stelle in das Kloster der Hospitaliterinnen geht.«

Sie sprach es, ließ Henris Arm los und nahm wieder Remys, der auf sie wartete. Henri fiel auf die Knie und folgte mit den Augen der furchtbaren Gruppe der Mörder, die wie eine höllische Erscheinung in der Tiefe des Gebüsches verschwanden.

Erst eine Stunde nachher gelang es dem jungen Mann, den die Aufregung gelähmt, der Schrecken niedergeworfen hatte, während sein Kopf in Flammen stand, wieder so viel Kräfte zusammenzuraffen, daß er sich bis zu seiner Wohnung schleppen konnte; auch dabei mußte er wohl zehnmal von neuem ansetzen, bis er das Fenster erklettern konnte. Er machte ein paar Schritte im Zimmer, schwankte und fiel auf sein Bett. Im Schloß schlief alles.

Verhängnis.

Am andern Tag gegen neun Uhr streute eine schöne Sonne Gold über die sandigen Alleen von Chateau-Thierry, Zahlreiche, am Tage vorher bestellte Arbeiter hatten mit Tagesanbruch die Ausschmückung des Parkes und der für den Empfang des Königs bestimmten Gemächer begonnen. Nichts rührte sich noch in dem Pavillon, wo der Herzog ruhte, denn er hatte am Abend seinen zwei alten Dienern verboten ihn zu wecken. Sie sollten warten, bis er riefe.

Gegen neun Uhr sprengten zwei Kuriere mit verhängten Zügeln in die Stadt und verkündeten die nahe bevorstehende Ankunft Seiner Majestät. Die Schöppen, der Gouverneur und die Garnison stellten sich auf, um auf dem Weg, auf dem der Zug kommen sollte, Spalier zu machen.

Um zehn erschien der König unten am Hügel. Er ritt seit dem letzten Pferdewechsel. Es war dies eine Gelegenheit, die er stets und hauptsächlich bei seinem Einzug in die Städte ergriff, da er sich mit Recht für einen schönen Reiter halten durfte. Die Königin Mutter folgte ihm in einer Sänfte; fünfzig Edelleute bildeten, gut beritten und reich gekleidet, ihr Geleit.

Eine Kompanie Leibwachen, befehligt von Crillon selbst, hundertundzwanzig Schweizer, ebensoviel Schotten, unter der Anführung Larchants, Maultiere und Bedientenvolk aller Art bildeten ein Heer, dessen Reihen den Krümmungen der Landstraße folgten, die vom Fuß zum Gipfel des Hügels aufsteigt. Endlich kam der Zug in die Stadt unter dem Läuten der Glocken, dem Donner der Kanonen und dem Klange von Musik aller Art.

Der Jubel der Einwohner war groß; der König war in jener Zeit so selten, daß er, von nahem gesehen, noch einen Schimmer von Gottheit zu haben schien.

Vergebens suchte der König, während er durch die Menge ritt, seinen Bruder. Er fand nur Henri du Bouchage am Gitter des Schlosses.

Sobald Heinrich III. im Innern war, erkundigte er sich nach der Gesundheit des Herzogs von Anjou bei dem Offizier, der es übernommen hatte, Seine Majestät zu empfangen.

»Sire,« antwortete dieser, »Seine Hoheit bewohnt seit einiger Zeit den Pavillon im Park, und wir haben sie diesen Morgen noch nicht gesehen. Es ist jedoch wahrscheinlich, daß sie sich wohl befindet, da sie sich gestern wohl befunden hat.«

»Das ist ein sehr abgelegener Ort, dieser Pavillon im Park, wie es scheint, da man dort nicht einmal die Kanonenschüsse hört?« fragte Heinrich unzufrieden.

»Sire,« wagte einer von den Dienern des Herzogs zu bemerken, »Seine Hoheit erwartete vielleicht Eure Majestät nicht so bald.«

»Alter Narr,« brummte Heinrich, »glaubst du denn, ein König komme nur so zu den Leuten, ohne sie zuvor zu benachrichtigen? Der Herr Herzog von Anjou weiß meine Ankunft seit gestern.«

Um aber dann nicht alle durch eine sorgliche Miene traurig zu machen, rief Heinrich, der auf Kosten seines Bruders sanft und gut erscheinen wollte: »Da er uns nicht entgegenkommt, gehen wir ihm entgegen.«

»Zeigt uns den Weg,« sagte Catharina aus ihrer Sänfte heraus. Die ganze Eskorte schlug den Weg nach dem alten Parke ein.

In dem Augenblick, wo die ersten Leibwachen zu den Hagebuchen gelangten, durchdrang ein düsterer, herzzerreißender Schrei die Lüfte.

»Was ist das?« fragte, der König, sich gegen seine Mutter umwendend.

»Mein Gott!« flüsterte Catharina, die auf allen Gesichtern zu lesen suchte, »das ist ein Schrei der Angst oder der Verzweiflung.«

»Mein Prinz! mein armer Herzog!« rief der andere alte Diener des Herzogs von Anjou, der mit allen Zeichen des heftigsten Schmerzes an einem Fenster erschien.

Alle eilten nach dem Pavillon, der König von den anderen fortgerissen. Er kam in dem Augenblick dahin, wo man den Körper des Herzogs von Anjou aufhob, den sein Kammerdiener auf dem Boden seines Schlafzimmers gefunden hatte, als er ohne Befehl eingetreten war, um die Ankunft des Königs zu melden. Der Prinz war kalt, steif und gab kein anderes Lebenszeichen von sich, als eine seltsame

Bewegung der Augenlider und ein verzerrendes Zusammenziehen der Lippen.

Der König blieb auf der Schwelle stehen und alle hinter ihm.

»Das ist ein abscheuliches Vorzeichen!« murmelte er.

»Ich bitte, entfernt Euch, mein Sohn,« sagte Catharina zu ihm.

»Der arme Franz!« sagte Heinrich, glücklich, entlassen zu sein und auf diese Art das Schauspiel des Todeskampfes zu vermeiden.

Alles Volk strömte dem König nach.

»Seltsam! seltsam!« murmelte Catharina, die allein mit den beiden Dienern bei dem Prinzen oder vielmehr bei dem Leichnam kniete; und während man in der ganzen Stadt umherlief, um den Arzt des Prinzen zu finden, und ein Kurier nach Paris eilte, um die Ankunft der Ärzte des Königs zu beschleunigen, die in Meaux bei der Königin geblieben waren, untersuchte sie, allerdings mit weniger Wissenschaft, aber nicht mit weniger Scharfsinn, als es Miron selbst hätte tun können, die Anzeichen dieser seltsamen Krankheit, der ihr Sohn unterlag.

Sie hatte Erfahrung, die Florentinerin; sie befragte auch vor allem, kalt und ohne sie in Verwirrung zu bringen, die Diener, die sich in ihrer Verzweiflung die Haare ausrauften und das Gesicht zerschlugen. Beide antworteten, der Prinz sei in der Nacht nach Hause gekommen, nachdem ihn zu sehr ungelegener Zeit Herr Henri du Bouchage, der im Auftrag des Königs erschienen, gestört habe. Dann fügten sie hinzu, nach dieser im großen Schlosse erteilten Audienz habe der Prinz ein kostbares Abendessen bestellt, befohlen, daß sich niemand, ohne gerufen zu werden, im Pavillon einfinden solle, und endlich auf das bestimmteste eingeschärft, daß ihn am Morgen niemand wecken, und daß niemand bei ihm eintreten dürfe, ehe er ein Zeichen dazu gegeben habe.

»Er erwartete ohne Zweifel irgendeine Geliebte?« – »Wir glauben das, Madame,« antworteten demütig die Diener, »doch die Diskretion hat uns abgehalten, uns Gewißheit hierüber zu verschaffen.«

»Beim Abtragen mußtet Ihr doch bemerken, ob mein Sohn allein zu Nacht gespeist hat?« – »Wir haben noch nicht abgetragen, Madame, da Monseigneur ausdrücklich befahl, daß niemand in den Pavillon eintreten dürfe.«

»Gut,« sagte Katharina, »es ist also niemand hierher gekommen?«
– »Niemand, Madame.«

»Entfernt euch!«

Diesmal blieb Catharina allein.

Sie ließ den Prinzen auf dem Bett, wie man ihn gelegt hatte, und begann eine ängstliche Untersuchung jedes der Symptome oder jeder der Spuren, die sich ihren Augen als Ergebnis ihres Argwohns oder ihrer Befürchtungen zeigten.

Sie sah die Stirn von einer schwarzbraunen Farbe überzogen, seine Augen blutig und blau umkreist und erblickte auf seinen Lippen eine Furche, der ähnlich, die brennender Schwefel auf lebendigem Fleisch hervorbringt. Sie beobachtete dasselbe Zeichen an den Nasenlöchern und auf den Nasenflügeln.

»Wir wollen doch sehen,« sagte sie, rings umherschauend.

Und das erste, was sie erblickte, war der Leuchter, in dem sich die ganze, am Abend vorher von Remy angezündete Kerze verzehrt hatte.

»Diese Kerze hat lange gebrannt,« sagte sie, »Franz war also lange in diesem Zimmer. Ah! hier ist ein Strauß auf dem Boden.«

Catharina griff hastig danach und murmelte, als sie bemerkte, daß alle diese Blumen, mit Ausnahme einer einzigen, die geschwärzt und vertrocknet, noch frisch waren: »Was ist das? Was hat man auf die Blätter dieser Blume gegossen! ... Mir scheint, ich kenne eine Flüssigkeit, welche die Rosen so vertrocknen läßt.«

Schauernd warf sie den Strauß von sich.

»Das würde mir das Aussehen der Nasenlöcher und die Auflösung des Fleisches auf der Stirn erklären; doch die Lippen?«

Catharina lief in den Speisesaal, die Bedienten hatten nicht gelogen, nichts war seit dem Ende des Mahles berührt worden.

Die am Rande der Tafel liegende Hälfte einer Pfirsich, der ein Halbkreis von Zähnen eingedrückt war, fesselte besonders Catharinas Aufmerksamkeit.

Diese Frucht, so frischrot im Herzen, war geschwärzt wie die Rose und hatte im Innern marmorartig violette und braune Flecken. Die zerfressende Tätigkeit zeichnete sich besonders an dem Schnitte an der Stelle aus, wo das Messer hatte durchkommen müssen.

»Das ist für die Lippen,« sagte sie; »doch Franz hat nur einen Biß in diese Frucht getan. Er hatte diesen Strauß, dessen Blumen noch frisch sind, nicht lange in seiner Hand gehalten, das Übel ist nicht ohne Gegenmittel, das Gift kann nicht tief eingedrungen sein.

»Doch wenn es nur oberflächlich gewirkt hat, warum diese völlige Lähmung und diese vorgeschrittene Zersetzung? Ich muß nicht alles gesehen haben.«

Während Katharina diese Worte sprach, ließ sie ihre Augen abermals umherlaufen und sah an seinem Stabe von Rosenholz, durch seine goldene Kette gehalten, den rot und blau gefärbten Lieblingspapagei des Prinzen hängen. Der Vogel war tot, steif, seine Flügel waren gesträubt.

Katharina schaute ängstlich nach dem Licht zurück, mit dem sie sich schon einmal beschäftigt hatte, um aus dessen gänzlichem Verbrennen zu erkennen, daß der Prinz früh in sein Gemach zurückgekehrt war.

»Der Rauch!« sagte Katharina zu sich selbst, »der Rauch! Der Docht der Kerze war vergiftet, mein Sohn ist tot.«

Sogleich rief sie. Das Zimmer füllte sich mit Dienern und Offizieren.

»Miron! Miron!« sagten die einen.

»Einen Priester!« sagten die andern.

Doch während dieser Zeit hielt die Königinmutter an die Lippen des Toten ein Fläschchen, das sie beständig in ihrer Tasche trug, und beobachtete die Züge, um die Wirkung des Gegengiftes zu beurteilen. Der Herzog öffnete noch einmal die Augen und den Mund, doch in seinen Augen glänzte kein Blick mehr, in seine Kehle stieg die Stimme nicht mehr empor.

Düster und stumm entfernte sich Catharina aus dem Zimmer, wobei sie den beiden Dienern ein Zeichen machte, daß sie ihr folgten, ehe sie mit irgend jemand gesprochen hätten. Sie führte sie sodann in einen andern Pavillon, wo sie sich, beide unter ihrem Blicke haltend, niedersetzte.

»Der Herr Herzog von Anjou,« sagte sie, »ist beim Abendessen vergiftet worden; Ihr habt ihm dieses Abendessen gereicht.« Bei diesen Worten sah man das Gesicht der Männer Todesblässe überziehen.

»Man foltere uns,« sagten sie, »man töte uns, aber man beschuldige uns nicht.«

»Ihr seid Dummköpfe; glaubt ihr, wenn ich einen Verdacht gegen euch hätte, die Sache wäre nicht schon abgemacht? Ich weiß wohl, Ihr habt euren Herrn nicht ermordet, doch andere haben es getan, und ich muß die Mörder kennen. Wer ist in den Pavillon gekommen?«

»Ein elend gekleideter alter Mann, den der Herzog seit zwei Tagen empfing.«

»Aber ... die Frau?«

»Wir haben sie nicht gesehen ... Welche Frau meint Eure Majestät?«

»Es ist eine Frau dagewesen, die einen Strauß gemacht hat.«

Die Diener schauten sich mit solcher Einfalt an, daß Catharina mit einem einzigen Blicke ihre Unschuld erkannte.

»Man hole mir den Gouverneur der Stadt und den Gouverneur des Schlosses,« sagte sie.

Die Diener stürzten nach der Tür.

»Wartet einen Augenblick!« rief Catharina, die sie mit diesem einzigen Wort wie auf die Schwelle nagelte. »Nur ihr allein und ich, nur wir wissen, was ich euch gesagt habe; ich werde es niemand weiter sagen; wenn es jemand erfährt, so erfährt er es durch einen von euch; an diesem Tage sterbt ihr beide. Geht!«

Catharina befragte die Gouverneure weniger offen. Sie sagte ihnen nur, der Herzog habe von einer gewissen Person eine schlimme Kunde erhalten, die ihn tief ergriffen, dies sei die Ursache seines Übels, wenn man die Personen abermals befragte, würde sich der Herzog vielleicht von seiner Erschütterung erholen. Die Gouverneure ließen die Stadt, den Park, die Umgegend durchforschen, niemand wußte, was aus Remy und Diana geworden. Henri allein kannte das Geheimnis, doch es war keine Gefahr, daß er es enthüllte.

Gedeutet, übertrieben, verstümmelt, durchlief die gräßliche Nachricht den ganzen Tag Chateau-Thierry und die Provinz; jeder erklärte nach seinem Charakter und seinem Verständnis den Unfall, der dem Herzog widerfahren war. Doch niemand, mit Ausnahme Catharinas und du Bouchages, glaubte, daß der Herzog ein toter Mann sei.

Der unglückliche Prinz erlangte weder die Stimme noch das Gefühl wieder; er gab vielmehr kein Zeichen des Bewußtseins mehr von sich.

Von finsteren Eindrücken heimgesucht, was er am meisten in der Welt fürchtete, wäre der König gern nach Paris zurückgekehrt; doch die Königin-Mutter widersetzte sich seiner Abreise, und der Hof war genötigt, im Schloß zu bleiben.

Die Ärzte kamen in Menge herbei; Miron allein erriet die Ursache des Übels und erkannte seine verhängnisvolle Bedeutung; doch er war zu sehr Höfling, um nicht die Wahrheit zu verschweigen, besonders nachdem er sich mit Catharinas Blicken beraten hatte. Man befragte ihn von allen Seiten, und er antwortete, sicher habe der Herzog großen Kummer und heftige Schläge erlitten. Er kompromittierte sich also nicht, was sehr schwierig in solchen Fällen ist. Als ihn Heinrich III. ersuchte, er möge bejahend oder verneinend die Frage: »Wird der Herzog leben?« beantworten; da antwortete er: »In drei Tagen werde ich es Eurer Majestät sagen.«

»Und was werdet Ihr *mir* sagen?« fragte Catharina mit leiser Stimme. – »Euch, Madame, das ist etwas anderes; ich werde ohne Zögern antworten.«

»Was?« – »Eure Majestät befrage mich.«

»An welchem Tage wird mein Sohn tot sein, Miron?« – »Morgen abend, Madame.«

»So bald!« – »Ah! Madame,« flüsterte der Arzt, »die Dosis war auch gar zu stark.«

Katharina legte einen Finger auf ihre Lippen, schaute den Sterbenden an und wiederholte ganz leise ihr unheilvolles Wort: »Verhängnis!«

Die Hospitaliterinnen.

Der Graf hatte eine furchtbare Nacht zugebracht, eine Nacht, die an Delirium und Tod grenzte. Aber seinen Pflichten getreu, erhob er sich, sobald er die Ankunft des Königs verkündigen hörte, und empfing, wie wir gesehen, den König am Gitter; doch nachdem er Seiner Majestät seine Huldigung dargebracht, die Königin-Mutter begrüßt und dem Admiral die Hand gedrückt hatte, schloß er sich wieder in seinem Zimmer ein, nicht mehr, um zu sterben, sondern um seinen Plan, den nichts erschüttern konnte, entschieden in Ausführung zu bringen.

Gegen elf Uhr morgens, als sich nämlich infolge der gräßlichen Nachricht, die sich verbreitet, der Herzog von Anjou sei auf den Tod getroffen, alles zerstreut hatte, während der König von diesem neuen Ereignis ganz betäubt blieb, klopfte Henri an die Tür seines Bruders, der sich, da er einen Teil der Nacht auf der Landstraße zugebracht, in sein Zimmer zurückgezogen hatte.

»Ah! du bist es,« fragte Joyeuse, halb eingeschlafen, »was gibt es?« – »Ich komme, um Abschied von Euch zu nehmen, mein Bruder,« erwiderte Henri.

»Wie, Abschied ... du willst fort von hier?« – »Ja, ich gehe, mein Bruder, denn ich denke, nichts hält mich hier zurück.«

»Wie, nichts?« – »Allerdings; da die Feste, denen ich Eurem Wunsche nach beiwohnen sollte, nicht stattfinden, so bin ich nun von meinem Versprechen entbunden.«

»Ihr täuscht Euch, Henri,« entgegnete der Großadmiral; »ich erlaube Euch ebensowenig heute abzureisen, wie ich es Euch gestern erlaubt hätte.« – »Es sei, mein Bruder, doch dann werde ich mich zum erstenmal in meinem Leben in die schmerzliche Notwendigkeit versetzt sehen, Euren Befehlen ungehorsam zu sein und es an der schuldigen Ehrerbietung gegen Euch mangeln zu lassen; denn von diesem Augenblick an erkläre ich Euch, Anne, daß mich nichts mehr zurückhalten wird, in einen geistlichen Orden einzutreten.«

»Aber die Dispensation, die von Rom kommen soll?« – »Ich werde sie in einem Kloster erwarten.«

»Wahrhaftig, Ihr seid entschieden ein Narr!« rief Joyeuse, indem er mit einem in seinem Gesichte sich scharf ausprägenden Erstaunen aufstand. – »Im Gegenteil, mein teurer und geehrter Bruder, ich bin der Weiseste von allen, denn ich allein weiß, was ich tue.«

»Henri, Ihr hattet uns einen Monat versprochen.« – »Unmöglich, mein Bruder.«

»Noch acht Tage.« – »Nicht eine Stunde.«

»Aber du leidest sehr, armes Kind!« – »Im Gegenteil, ich leide nicht mehr, und deshalb sehe ich, daß es für mein Übel kein Mittel gibt.«

»Aber, mein Freund, jene Frau ist doch nicht von Erz; man kann sie erweichen; ich will sie geschmeidig machen.« – »Ihr werdet das Unmögliche nicht tun, Anne; aber ließe sie sich auch erweichen, so würde ich doch nicht mehr willens sein, sie zu lieben.«

»Wie soll ich das verstehen?« – »Es ist so, mein Bruder.«

»Wie! wenn sie dich haben wollte, würdest du sie nicht mehr wollen? Das ist, bei Gott! Wahnsinn!« – »Oh! nein, gewiß nicht,« rief Henri mit einer Bewegung des Abscheus, »zwischen dieser Frau und mir kann keinerlei Gemeinschaft mehr bestehen.«

»Was soll das heißen?« fragte Joyeuse erstaunt, »und wer ist denn diese Frau? Laß hören, sprich, Henri, du weißt, daß wir nie Geheimnisse füreinander gehabt haben.«

Henri fürchtete, zuviel gesagt und vom Gefühl hingerissen, eine Tür geöffnet zu haben, durch die das Auge seines Bruders bis zu dem furchtbaren Geheimnis dringen konnte, das er in seinem Herzen verschloß. Er verfiel daher in ein entgegengesetztes Extrem und sprach, wie es in solchen Fällen oft geschieht, um das unkluge Wort, das ihm entschlüpft war, wieder zurückzunehmen, ein noch unklugeres aus.

»Mein Bruder,« sagte er, »dringt nicht weiter in mich, diese Frau wird mir nicht gehören, da sie nun Gott gehört.« – »Torheiten, Märchen; diese Frau eine Nonne, sie hat dich belogen.«

»Nein, Bruder, diese Frau hat mich nicht belogen, sie ist Hospitaliterin; sprechen wir also nicht mehr von ihr, und ehren wir alles, was sich in die Arme des Herrn wirft.«

Anne hatte genug Gewalt über sich, um Henri die Freude nicht merken zu, lassen, die ihm diese Mitteilung verursachte.

Er fuhr fort: »Das ist etwas Neues, denn du sprachst nie hiervon.«

»Das ist in der Tat neu, denn sie hat erst kürzlich den Schleier genommen; doch ich bin dessen gewiß; wie der meinige, so ist auch ihr Entschluß unwiderruflich, haltet mich nicht zurück, Bruder, umarmt mich, da Ihr mich liebt, laßt mich Euch für alle Eure Güte, für alle Eure Geduld, für alle Eure unendliche Liebe für einen armen Wahnsinnigen danken, und Gott befohlen!«

Joyeuse schaute seinem Bruder ins Gesicht; er schaute ihn an wie einer, der tief gerührt ist und darauf rechnet, seine Rührung werde bei dem andern die Kraft der Überredung unterstützen. Doch Henri blieb unerschütterlich gegen diese Rührung und antwortete mit seinem traurigen, ewigen Lächeln. Joyeuse umarmte seinen Bruder und ließ ihn gehen.

»Geh,« sagte er zu sich selbst; »es ist noch nicht alles vorbei, und so große Eile du auch haben magst, so werde ich dich doch bald einholen.« Er suchte den König auf, der, mit Chicot an seiner Seite, in seinem Bett frühstückte.

»Guten Morgen! guten Morgen!« sagte Heinrich zu Joyeuse, »es freut mich sehr, dich zu sehen, Anne, denn ich fürchtete, du würdest den ganzen Tag liegenbleiben, Träger. Wie geht es meinem Bruder?« – »Ich weiß es nicht, ich komme, um mit Euch von dem meinigen zu sprechen.«

»Von welchem?« – »Von Henri.«

»Will er immer noch Mönch werden?« – »Mehr als je.«

»Er nimmt das Ordensgewand?« – »Ja, Sire.«

»Er hat recht, mein Sohn.«– »Warum, Sire?«

»Ja, man kommt auf diesem Weg schnell in den Himmel.«

»Oh! Sire,« sagte Chicot zum König, »man kommt noch viel schneller dahin auf dem Weg, den dein Bruder nimmt.«

»Sire, will mir Eure Majestät eine Frage erlauben?« – »Zwanzig, Joyeuse, ich langweile mich sehr in Chateau-Thierry, und deine Fragen werden mich ein wenig zerstreuen.«

»Sire, Ihr kennt alle geistliche Orden des Königreichs?« – »Wie die Wappen, mein Lieber.«

»Wie ist es mit den Hospitaliterinnen?« – »Das ist eine ganz kleine, sehr ausgezeichnete, sehr strenge Gemeinde, bestehend aus zwanzig Stiftsdamen von St. Joseph.«

»Legt man bei ihnen das Gelübde ab?« – »Ja, durch Begünstigung und auf Fürsprache der Königin.«

»Ist es eine Unbescheidenheit, wenn ich Euch nach der Stätte dieser Gemeinschaft frage?« – »Nein; sie ist in der Rue du Chevet-Saint-Landry in der Cité hinter dem Notre-Dame-Kloster.«

»In Paris?« – »In Paris.«

»Ich danke, Sire.« – »Doch warum, zum Teufel, fragst du danach? Sollte dein Bruder seinen Willen verändert haben und, statt sich zum Kapuziner zu machen, nunmehr Hospitaliterin werden wollen?« »Nein, Sire, ich würde ihn dann nach dem, was mir Eure Majestät zu sagen die Gnade hatte, nicht so verrückt finden, sondern ich habe den Verdacht, daß ihm von einem Mitglied dieser Gemeinde der Kopf verrückt worden ist, und ich möchte folglich diese eine entdecken und mit ihr sprechen.«

»Bei Gott!« sagte der König, »ich habe dort vor bald sieben Jahren eine Superiorin gekannt, die sehr schön war.«

»Nun! Sire, es ist vielleicht noch dieselbe.«

»Ich weiß es nicht; auch ich, Joyeuse, bin seit jener Zeit gleichsam in den geistlichen Stand eingetreten.«

»Sire,« sagte Joyeuse, »ich bitte Euch, gebt mir auf jeden Fall einen Brief an diese Superiorin und einen Urlaub auf zwei Tage.« – »Du verläßt mich!« rief der König, »du läßt mich ganz allein hier!«

»Undankbarer,« sagte Chicot, die Achseln zuckend, »bin ich nicht da?« – »Meinen Brief, Sire, bitte!« sagte Joyeuse.

Der König seufzte, schrieb aber trotzdem.

»Doch du hast nur in Paris zu tun?« sagte Heinrich, indem er Joyeuse den Brief zustellte. – »Verzeiht, Sire, ich muß meinen Bruder geleiten oder wenigstens bewachen.«

»Das ist richtig; geh also, und komm bald zurück.«

Joyeuse ließ sich diese Erlaubnis nicht wiederholen; er bestellte schnell seine Pferde und ritt, als er sich versichert hatte, daß Henri schon fort war, im Galopp bis an den Ort seiner Bestimmung.

Ohne die Stiefel zu wechseln, ließ sich der junge Mann unmittelbar nach der Rue du Chevet-Saint-Landry führen. Diese Straße mündete nach der Rue d'Enfer und der damit parallel laufenden Rue des Marmouzets aus.

Ein schwarzes, ehrwürdiges Haus, hinter dessen Mauern man die Gipfel einiger hohen Bäume erblickte, spärliche, vergitterte Fenster, eine kleine Pforte, dies war das Äußere des Klosters der Hospitaliterinnen. Auf den Schlußstein des Bogens über der Pforte hatte ein plumper Handwerksmann mit dem Meißel die lateinischen Worte:

MATRONAE HOSPITES

eingegraben. Die Zeit hatte die Inschrift und den Stein ganz zernagt.

Joyeuse ließ seine Pferde in die Rue des Marmouzets führen, aus Furcht, ihre Anwesenheit in der Straße könnte ein zu großes Aufsehen erregen. Dann klopfte er an das Gitter des Turmes und sagte, als sich jemand zeigte: »Wollt der Frau Superiorin melden, der Herzog von Joyeuse, Großadmiral von Frankreich, wünsche sie im Auftrag des Königs zu sprechen.«

Das Gesicht der Nonnen die hinter dem Gitter erschienen war, errötete unter ihrem Schleier, und der Turm schloß sich wieder. Fünf Minuten nachher öffnete sich eine Tür, und Joyeuse trat in das Sprechzimmer. Eine schöne Frau von hoher Gestalt machte Joyeuse eine tiefe Verbeugung, die der Admiral gebührend erwiderte.

»Madame,« sagte er, »der König weiß, daß Ihr unter die Zahl Eurer Kostgängerinnen eine Person, die ich sprechen muß, aufgenommen habt. Wollt mir eine Unterredung mit dieser Person verschaffen.«

»Mein Herr, wäre es Euch gefällig, mir den Namen dieser Dame zu sagen?« – »Ich weiß ihn nicht, Madame.«

»Wie soll ich dann Eurem Wunsche entsprechen?« – »Nichts kann leichter sein. Wen habt Ihr seit einem Monat aufgenommen?« – »Ihr bezeichnet mir diese Person zu bestimmt oder zu wenig,« sagte die Superiorin, »und ich vermöchte Eurem Verlangen nicht Genüge zu leisten.

»Warum nicht?« – »Weil ich seit einem Monat niemand aufgenommen habe, außer diesen Morgen.«

Diesen Morgen?« – »Ja, Herr Herzog, und Ihr begreift Eure Ankunft zwei Stunden nach der ihrigen gleicht zu sehr einer Verfolgung, als daß ich Euch die Erlaubnis, mit ihr zu sprechen, gewähren könnte.«

»Madame, ich bitte Euch.« – »Unmöglich, mein Herr.«

»Zeigt mir nur diese Dame.« – »Unmöglich, sage ich Euch; Euer Name hat genügt, um Euch die Pforten meines Hauses zu öffnen, doch um mit irgend jemand, außer mir, hier zu sprechen, bedürft Ihr eines Befehls des Königs.«

»Hier ist dieser Befehl, Madame,« erwiderte Joyeuse und überreichte den vom König unterzeichneten Brief.

Die Superiorin las ihn und verneigte sich.

»Der Wille Seiner Majestät soll geschehen, selbst wenn er dem Willen Gottes entgegensteht,« sagte sie und wandte sich nach dem Hof des Klosters.

»Ihr seht nun, Madame,« sagte Joyeuse, der sie mit aller Höflichkeit zurückhielt, »Ihr seht, daß ich das Recht habe; doch ich befürchte einen Mißbrauch oder einen Irrtum, vielleicht ist diese Dame nicht die, welche ich suche, habt also die Güte, mir zu sagen, wie sie gekommen ist, warum sie gekommen ist, und wer sie begleitet hat.«

»Dies alles ist unnötig, Herr Herzog,« entgegnete die Superiorin, »Ihr irrt Euch nicht, die Dame, die erst diesen Morgen angekommen ist, nachdem sie vierzehn Tage auf sich warten ließ, diese Dame, die mir von einer Person empfohlen worden ist, die alles Ansehen bei mir hat, ist sicher die, welche der Herr Herzog von Joyeuse sprechen muß.«

Bei diesen Worten machte die Superiorin dem Herzog eine neue Verbeugung und verschwand. Nach zehn Minuten kam sie zurück mit einer Hospitaliterin, deren Schleier ganz über ihr Gesicht herabgeschlagen war. Es war Diana, die schon das Ordenskleid genommen hatte. Der Herzog dankte der Superiorin, bot der fremden Dame einen Stuhl, setzte sich selbst, und die Superiorin ging hinaus, indem sie mit ihrer Hand die Türen des öden, düsteren Sprechzimmers schloß.

»Madame,« sagte Joyeuse, »Ihr seid die Dame der Rue des Augustins, die geheimnisvolle Frau, die mein Bruder, der Herr Graf du Bouchage, wahnsinnig liebt.«

Die Hospitaliterin neigte den Kopf, um zu antworten, sprach aber nicht. Dieses Benehmen erschien Joyeuse als eine Unhöflichkeit; zuvor schon nicht sehr gut gegen die Fremde gestimmt, fuhr er fort: »Ihr konntet unmöglich glauben, Madame, es genüge, schön zu sein oder schön zu scheinen, kein Herz unter dieser Schönheit verborgen zu haben, eine beklagenswerte Leidenschaft in dem Gemüte eines jungen Mannes meines Namens entstehen zu machen und eines Tages zu diesem jungen Mann zu sagen: ›Schlimm für Euch, wenn Ihr ein Herz habt, ich habe keines und will keines haben.‹«

»Das habe ich nicht geantwortet, mein Herr, und Ihr seid schlecht unterrichtet,« sagte die Hospitaliterin mit einem so edlen und so rührenden Ton ihrer Stimme, daß sich Joyeuses Zorn einen Augenblick milderte.

»Die Worte tun nichts zum Sinn, Madame; Ihr habt meinen Bruder zurückgestoßen und in Verzweiflung gebracht.«

»Ohne meine Schuld, mein Herr, denn ich habe stets Herrn du Bouchage von mir zu entfernen gesucht.«

»Das nennt man den Kunstgriff der Koketterie.«

»Niemand hat das Recht, mich anzuklagen; ich habe keine Schuld; geratet Ihr gegen mich in Zorn, so werde ich Euch nicht antworten.«

»Oho!« rief Joyeuse, der sich immer mehr erhitzte, »Ihr habt meinen Bruder ins Verderben gestürzt und glaubt, Euch mit dieser herausfordernden Majestät rechtfertigen zu können. Nein, nein, der Schritt, den ich tue, muß Euch Licht über meine Absichten geben; ich spreche im Ernste, das schwöre ich Euch, und an dem Zittern meiner Hände und meiner Lippen seht Ihr, daß Ihr guter Beweisgründe bedürfen werdet, um mich zu besänftigen.«

Die Hospitaliterin stand auf und sagte mit derselben Kaltblütigkeit: »Wenn Ihr gekommen seid, um eine Frau zu beleidigen, so beleidigt mich, mein Herr; wenn Ihr gekommen seid, um mich von meinem Willen abzubringen, so verliert Ihr Eure Zeit. Entfernt Euch.«

»Ah! Ihr seid kein menschliches Geschöpf,« rief Joyeuse außer sich, »Ihr seid ein Dämon.«

»Ich habe gesagt, ich würde nicht mehr antworten; doch das ist nicht genug, und ich gehe.«

Und die Hospitaliterin machte einen Schritt nach der Tür.

Joyeuse hielt sie zurück.

»Ah! wartet einen Augenblick, ich suche Euch schon zu lange, um Euch so entfliehen zu lassen, und da es mir endlich gelungen ist, Euch zu finden, da mich endlich Eure Unempfindlichkeit in dem Gedanken bestätigt hat, Ihr seid ein höllisches Geschöpf, abgesandt von dem Feinde der Menschen, um meinen Bruder zu verderben, so will ich dieses Gesicht sehen, auf das der Abgrund seine schwärzesten Drohungen geschrieben hat; ich will das Feuer dieses unseligen Blickes sehen, der die Geister verwirrt. Es ist nun an uns, Satan!«

Und während Joyeuse mit einer Hand das Zeichen des Kreuzes in Form einer Teufelsbeschwörung machte, riß er mit der andern den Schleier ab, der das Gesicht der Hospitaliterin bedeckte; doch stumm, unempfindlich, ohne Zorn, ohne Vorwurf, heftete diese ihren sanften, reinen Blick auf den, der sie so grausam verletzte, und sagte: »Oh! Herr Herzog, was Ihr da macht, ist eines Edelmanns unwürdig,«

Joyeuse war im Herzen getroffen, so viel Sanftmut beschwichtigte seinen Zorn, so viel Schönheit brachte seine Vernunft in Verwirrung.

»Es ist wahr,« sagte er nach langem Stillschweigen, »Ihr seid schön, und Henri mußte Euch lieben; doch Gott hat Euch die Schönheit nur gegeben, um sie wie einen Wohlgeruch über ein an das Eure gefesseltes Dasein auszubreiten.«

»Mein Herr, habt Ihr nicht mit Eurem Bruder gesprochen? Oder wenn Ihr mit ihm gesprochen habt, so hielt er es nicht für geeignet,

Euch zu seinem Vertrauten zu machen, denn sonst hätte er Euch erzählt, daß ich getan habe, was Ihr sagt; ich habe geliebt, ich werde nicht mehr lieben; ich habe gelebt, ich muß sterben.«

Joyeuse hatte Diana unablässig angeschaut. Die Flamme dieser allmächtigen Blicke war bis in die Tiefe seiner Seele eingedrungen, jenen vulkanischen Feuerausbrüchen ähnlich, die das Erz der Bildsäulen schmelzen, wenn sie nur an ihnen vorüberkommen.

Dieser Strahl hatte alles Üble im Herzen des Admirals verzehrt, das reine Gold verblieb darin, und dieses Herz brach aus wie der Tigel unter dem Flusse des Metalls.

»Oh! ja,« sagte er noch einmal mit leiserer Stimme, indes er fortwährend seinen Blick auf sie heftete, in dem das Feuer des Zornes immer mehr erlosch; »oh! ja, Henri mußte Euch lieben ... Oh! Madame, habt Mitleid, auf den Knien flehe ich Euch an, liebt meinen Bruder.«

Diana blieb kalt und schweigsam.

»Treibt nicht eine Familie bis zum Todeskampf, richtet die Zukunft unseres Geschlechtes nicht zugrunde, laßt nicht den einen aus Verzweiflung, die anderen aus Kummer sterben.«

Diana antwortete nicht und schaute nur fortwährend den vor ihr gebeugten Flehenden traurig an.

»Oh!« rief Joyeuse endlich, indem er wütend seine krampfhaft geballte Faust an sein Herz preßte, »oh! habt Mitleid mit meinem Bruder, habt Mitleid mit mir, ich brenne, dieser Blick versengt mich ... Gott befohlen, Madame, Gott befohlen!«

Er erhob sich wie ein Wahnsinniger, riß die Riegel der Tür des Sprechzimmers auf und entfloh ganz verwirrt bis zu seinen Leuten, die ihn an der Ecke der Rue d'Enfer erwarteten. Seine Hoheit Monseigneur der Herzog von Guise

Am Sonntag, den 10. Juni, ungefähr um elf Uhr, war der ganze Hof in dem Zimmer vor dem Kabinett versammelt, wo seit seinem Zusammentreffen mit Diana von Meridor der Herzog von Anjou langsam und unglücklich hinstarb. Weder die Wissenschaft der Ärzte noch die Verzweiflung seiner Mutter noch die vom König befohlenen Gebete hatten das unselige Ereignis zu beschwören vermocht. Am Morgen des 10. Juni erklärte Miron dem König, es gebe kein Mittel für die Krankheit, und Franz von Anjou würde den Tag nicht überleben.

Der König legte einen großen Schmerz zur Schau und sagte, indem er sich an die Anwesenden wandte:

»Das gibt unsern Feinden viel Hoffnung.«

Worauf die Königin-Mutter erwiderte: »Unser Schicksal liegt in den Händen Gottes, mein Sohn.«

Chicot, der ganz demütig und zerknirscht in der Nähe des Königs stand, sagte ganz leise zu diesem: »Helfen wir Gott, wenn wir können, Sire.«

Nichtsdestoweniger verlor der Kranke gegen halb zwölf Uhr die Farbe und das Gesicht; sein bis dahin offener Mund schloß sich; der Blutfluß, der seit einigen Tagen alle Anwesenden erschreckt hatte, wie einst der Blutschweiß Karls IX., hörte plötzlich auf, und alle Glieder wurden kalt.

Heinrich saß zu den Häupten seines Bruders. Catharina hielt, neben dem Bett sitzend, eine eisige Hand des Sterbenden. Der Bischof von Chateau-Thierry und der Kardinal von Joyeuse sprachen Sterbegebete, die die Anwesenden kniend und mit gefalteten Händen wiederholten.

Gegen Mittag öffnete der Kranke die Augen; die Sonne befreite sich von einer Wolke und übergoß das Bett mit einer goldenen Glorie. Franz, der bis dahin nicht einen Finger hatte rühren können, und dessen Geist wie die Sonne, die wieder erschien, verschleiert gewesen war, Franz hob einen Arm mit der Gebärde eines erschrockenen Menschen zum Himmel empor.

Er schaute umher, hörte die Gebete, fühlte sein Übel und seine Schwäche und erriet seine Lage, vielleicht, weil er schon halb jene finstere, unselige Welt erblickte, wohin gewisse Seelen gehen, nachdem sie die Erde verlassen haben. Dann stieß er einen Schrei aus und schlug sich mit solcher Gewalt vor die Stirn, daß die ganze Versammlung erbebte. Die Stirn faltend, als ob er in seinem Innern eines von den Geheimnissen seines Lebens gelesen hätte, murmelte er: »Bussy ... Diana!«

Dieses letzte Wort hörte niemand als Catharina, mit so schwacher Stimme sprach es der Sterbende. Mit der letzten Silbe dieses Namens gab Franz seinen Geist auf.

Durch ein seltsames Zusammentreffen verschwand in demselben Augenblick die Sonne, die das Wappenschild von Frankreich und die goldenen Lilien bestrahlte; so daß diese Lilien, einen Augenblick zuvor noch glänzend, ebenso düster wurden wie der Azur, den sie vorher mit einem Gestirn schmückten, das nicht minder schimmerte als das, welches das träumerische Auge am Himmel sucht.

Catharina ließ die Hand ihres Sohnes fallen. Heinrich III. schauerte und stützte sich zitternd auf die Schulter Chicots, der ebenfalls schauerte, doch nur wegen der Ehrfurcht die jeder Christ den Toten schuldig ist. Miron hielt einen goldenen Kelchdeckel an Franz' Lippen und sagte, nachdem er ihn einige Sekunden aufmerksam betrachtet hatte: »Monseigneur ist tot.«

Worauf sich ein langer Seufzer in den Vorzimmern als Begleitung des Klagepsalms erhob, den der Kardinal murmelte.

»Tot!« wiederholte der König, der sich in seinem Lehnstuhl bekreuzte. »Der einzige Erbe des Thrones von Frankreich,« murmelte Catharina, die ihren Platz neben dem Toten verlassend, schon zu dem einzigen Sohn, der ihr blieb, zurückgekehrt war.

»Oh!« sagte Heinrich, »dieser Thron von Frankreich ist sehr weit für einen König ohne Nachkommenschaft; die Krone ist sehr weit für ein einziges Haupt ... Keine Kinder, keine Erben, wer wird mir in der Regierung folgen?«

Als er diese Worte vollendete, erscholl ein gewaltiger Lärm auf der Treppe und in den Sälen.

Nambu stürzte in das Sterbezimmer und meldete: »Seine Hoheit Monseigneur der Herzog von Guise.«

Bestürzt über diese Antwort auf die Frage, die er an sich selbst gerichtet, erbleichte der König, stand auf und schaute seine Mutter an.

Catharina war noch bleicher als ihr Sohn. Bei der Ankündigung dieses furchtbaren Unglücks, das ein Zufall seinem Geschlechte weissagte, ergriff sie die Hand des Königs und drückte sie, als wollte sie ihm sagen: »Hier ist die Gefahr ... doch fürchtet nichts, denn ich bin bei Euch!«

Der Sohn und die Mutter hatten sich in demselben Schrecken und in derselben Drohung begriffen.

Der Herzog trat mit seinen Kapitänen ein. Er erschien mit erhobener Stirn, wenn auch seine Augen den König und das Sterbebett seines Bruders mit einer gewissen Verlegenheit suchten.

Mit jener erhabenen Majestät, die er allein vielleicht in gewissen Augenblicken in seiner so seltsam gemischten Natur fand, hielt Heinrich III. den Herzog durch eine fürstliche Gebärde auf, durch die er ihm den königlichen Leichnam auf dem durch den Todeskampf zerkrümpelten Bett zeigte. Der Herzog beugte sich und fiel langsam auf die Knie. Alles um ihn her neigte das Haupt und bog das Knie. Heinrich III. allein blieb aufrecht bei seiner Mutter stehen, und sein Blick glänzte zum letzten Male vor Stolz.

Chicot erschaute diesen Blick und murmelte ganz leise den andern Vers aus den Psalmen: »Er wird die Mächtigen vom Throne stürzen und die Demütigen erheben.«

Über tredition

Eigenes Buch veröffentlichen

tredition wurde 2006 in Hamburg gegründet und hat seither mehrere tausend Buchtitel veröffentlicht. Autoren veröffentlichen in wenigen leichten Schritten gedruckte Bücher, e-Books und audio-Books. tredition hat das Ziel, die beste und fairste Veröffentlichungsmöglichkeit für Autoren zu bieten.

tredition wurde mit der Erkenntnis gegründet, dass nur etwa jedes 200. bei Verlagen eingereichte Manuskript veröffentlicht wird. Dabei hat jedes Buch seinen Markt, also seine Leser. tredition sorgt dafür, dass für jedes Buch die Leserschaft auch erreicht wird.

Im einzigartigen Literatur-Netzwerk von tredition bieten zahlreiche Literatur-Partner (das sind Lektoren, Übersetzer, Hörbuchsprecher und Illustratoren) ihre Dienstleistung an, um Manuskripte zu verbessern oder die Vielfalt zu erhöhen. Autoren vereinbaren direkt mit den Literatur-Partnern die Konditionen ihrer Zusammenarbeit und partizipieren gemeinsam am Erfolg des Buches.

Das gesamte Verlagsprogramm von tredition ist bei allen stationären Buchhandlungen und Online-Buchhändlern wie z. B. Amazon erhältlich. e-Books stehen bei den führenden Online-Portalen (z. B. iBookstore von Apple oder Kindle von Amazon) zum Verkauf.

Einfach leicht ein Buch veröffentlichen: **www.tredition.de**

Eigene Buchreihe oder eigenen Verlag gründen

Seit 2009 bietet tradition sein Verlagskonzept auch als sogenanntes "White-Label" an. Das bedeutet, dass andere Unternehmen, Institutionen und Personen risikofrei und unkompliziert selbst zum Herausgeber von Büchern und Buchreihen unter eigener Marke werden können. tradition übernimmt dabei das komplette Herstellungs- und Distributionsrisiko.

Zahlreiche Zeitschriften-, Zeitungs- und Buchverlage, Universitäten, Forschungseinrichtungen u.v.m. nutzen diese Dienstleistung von tradition, um unter eigener Marke ohne Risiko Bücher zu verlegen.

Alle Informationen im Internet: **www.tredition.de/fuer-verlage**

tradition wurde mit mehreren Innovationspreisen ausgezeichnet, u. a. mit dem Webfuture Award und dem Innovationspreis der Buch Digitale.

tradition ist Mitglied im Börsenverein des Deutschen Buchhandels.

Dieses Werk elektronisch lesen

Dieses Werk ist Teil der Gutenberg-DE Edition DVD. Diese enthält das komplette Archiv des Projekt Gutenberg-DE. Die DVD ist im Internet erhältlich auf **http://gutenbergshop.abc.de**